FIONA MCINTOSH

Die Diamantenerbin

Autorin

Fiona McIntosh, geboren in Brighton, England, ist zeit ihres Lebens viel gereist: Sie verbrachte einen Teil ihrer Kindheit in Afrika, arbeitete in Paris und siedelte schließlich nach Australien über. Gemeinsam mit ihrem Mann gibt sie ein Reisemagazin heraus. Die Autorin lebt mit ihrer Familie in der Nähe von Adelaide, Südaustralien.

Von Fiona McIntosh bereits erschienen:

Herzen aus Gold
Der Duft der verlorenen Träume
Wenn der Lavendel wieder blüht
Das Mädchen im roten Kleid
Der Schokoladensalon

Besuchen Sie uns auch auf www.facebook.com/blanvalet und www.twitter.com/BlanvaletVerlag

Fiona McIntosh

Die Diamantenerbin

Roman

Deutsch von
Theda Krohm-Linke

blanvalet

Die Originalausgabe erschien 2019 unter dem Titel
»The Diamond Hunter«
bei Penguin Randomhouse Australia Pty Ltd.

Sollte diese Publikation Links auf Webseiten
Dritter enthalten, so übernehmen wir für
deren Inhalte keine Haftung, da wir uns diese
nicht zu eigen machen, sondern lediglich auf deren Stand
zum Zeitpunkt der Erstveröffentlichung verweisen.

Penguin Random House Verlagsgruppe FSC® N001967

1. Auflage
Copyright der Originalausgabe © 2019 by Fiona McIntosh
This edition published by agreement with
Penguin Randomhouse Australia Pty Ltd.
Copyright der deutschsprachigen Ausgabe © 2021 by Blanvalet
in der Penguin Random House Verlagsgruppe GmbH,
Neumarkter Straße 28, 81673 München
Redaktion: Judith Schneiberg
Umschlaggestaltung: www.buerosued.de
Umschlagmotiv: Ildiko Neer/Arcangel Images; www.buerosued.de
KW · Herstellung: sam
Satz: Buch-Werkstatt GmbH, Bad Aibling
Druck und Bindung: GGP Media GmbH, Pößneck
Printed in Germany
ISBN 978-3-7341-0969-0

www.blanvalet.de

Für den ersten Mann, den ich je liebte …
und immer noch liebe.
Ruhe in Frieden, Dad,
nach einem langen, wundervollen Leben.
Frederick Richards 1926–2019

Prolog

Vaal River, Kapkolonie, Südafrika
September 1871

Die Luft war schwer unter der Hitze des Tages, und die afrikanische Sonne kam ihr so unbarmherzig vor wie der Blick ihrer Mutter bei der ersten Begegnung mit dem Mann, den Louisa geheiratet hatte.

Louisa Knight wusste jetzt, dass der Tod sie im Visier hatte. Sie betrachtete es als persönlichen Triumph, dass weder Zorn noch Verzweiflung ihre Gedanken beherrschten, als ihr klar wurde, dass sie sich von diesem letzten Fieberanfall nicht mehr erholen würde. Das Fieber hatte so viele getötet, warum sollte gerade sie verschont bleiben?

Was Louisa jedoch empfand, als sie an ihr eigenes Ende dachte, war Trauer um alles, was sie zurücklassen musste. Es würde nicht lange dauern, denn sie wusste, dass ihr Körper nicht mehr lange durchhalten würde, auch wenn ihre Gedanken nach jedem Fieberanfall, bei dem ihre Zähne klapperten wie Würfel in einer Faust, wieder völlig klar waren.

Louisa würde ihren letzten Atemzug tun, und die beiden Menschen, die ihr am nächsten standen, würden nicht wissen, dass sie gegangen war. Irgendwie war es so leichter für sie. Sie wollte nicht mehr das Schuldgefühl in den Augen ihres Mannes sehen, und schon gar nicht die Angst in den Augen ihres Kindes. Stattdessen ließ sie all ihren Kummer vor sich antreten. Der gewichtigste starrte sie mit wehmütigem Lächeln an; sie wünschte so sehr, sie könnte erleben, wie ihre Tochter erwachsen wurde und all ihre vielversprechenden Anlagen entfaltete. Clementine hatte einen großen Wortschatz, ihre Instinkte – besonders ihre Empathie – waren bereits so ausgeprägt, und ihre Gedankengänge manchmal so komplex, dass Louisa sich um sie sorgte. *Ich hoffe, meine Tochter erwartet mehr vom Leben, als nur eine pflichtbewusste Ehefrau zu werden,* dachte sie.

Welche Ironie! Sie hatte sich nicht nur mit der Ehe als der einzigen Errungenschaft in ihrem Leben begnügt, sondern hatte auch noch den Zorn ihrer Familie auf sich gezogen, weil sie sich in jemanden verliebte, der weder über Bildung noch über Vermögen verfügte. Trotz ihrer spöttischen Gedanken kam kein Lächeln über ihre Lippen; sie hatte bereits die Kontrolle über ihren Körper verloren. *Nur noch ein bisschen länger,* flehte sie, damit sie ihre Gedanken vollends ordnen und dieses Leben angemessen aufgeräumt verlassen konnte.

Ja, sie hatte einen armen Mann geheiratet. Ihn zurücklassen zu müssen war ihr zweiter Kummer. In ihren sieben gemeinsamen Jahren hatte sie bei James nur Liebe erlebt. Ihre Leidenschaft füreinander hatte so hell gelodert wie Magnesiumflammen. Sie war so stark, dass sie beide wie geblendet waren und alles um sie herum in Dunkelheit versank.

Sie hatte ihn instinktiv gewählt und von Anfang an gewusst, dass sie irgendwann dafür würde bezahlen müssen. Und tatsächlich musste sie die Schuld früher begleichen, als sie gedacht hatte. Wie schade. Aber wenn sie auf ihre siebenundzwanzig Jahre zurückblickte, war sie nie ohne Liebe gewesen. Ihre Eltern überschütteten sie mit Zuneigung, ihr Halbbruder vergötterte sie – und sie ihn –, und dann James, ihre Liebe – nun, er betete sie einfach nur an. Oberflächlich betrachtet passten sie nicht gut zusammen – das konnte sie kaum leugnen –, aber in Wahrheit waren sie das perfekte Paar, süchtig nacheinander.

Armer, geliebter James. Sein grenzenloses Verlangen, ihrer Familie zu beweisen, dass Armut nicht sein Leben bestimmen sollte, war maßgeblich für seine kapriziösen Entscheidungen. Einer dieser unberechenbaren Beschlüsse würde sie jetzt umbringen. Es gab keinen Ausweg mehr.

Sie wandte sich ihrem dritten Kummer zu: dem geliebten Reggie. Sie hatte ihn nie als Halbbruder betrachtet. Er war ihr großer Bruder, und sie liebte ihn bedingungslos. Sie sah ihn in diesem Moment vor sich, wie er in England die Faust schüttelte, weil sie so eine törichte Romantikerin war. »Was ist mit deiner Familie? Was mit deinem Leben hier in England? Woodingdene gehört dir – es wird nie mein Besitz sein; wir sollten es gemeinsam führen. Und wenn du schon nicht an dich denkst, wie wäre es, wenn du bei deinem unvernünftigen Abenteuer mal an Clementine denkst? Meine Nichte ist von Kopf bis Fuß eine Grant.«

Das konnte sie nicht leugnen. Ihre Tochter benahm sich eher, als sei sie sein Kind und nicht James'. Sie war ernst, ehrgeizig, nicht die Spur unzuverlässig. Schon mit sechs Jahren konnte man sich auf sie verlassen, auf ihre Stimmungen, ihre Art und ihre Versprechen. Und doch liebte das kleine Mädchen seinen Vater genauso sehr, wie

Louisa es tat. James konnte ihr gemeinsames ernstes Kind in den angespanntesten Situationen zum Lachen bringen, und Clementine würde sich von jetzt an darauf verlassen müssen, denn die schwierigsten Umstände standen drohend bevor. Der Charakter des Kindes würde auf die härteste aller Proben gestellt. Sie konnte nur hoffen, dass ihr Mann dieses Zelt, das er als Zuhause bezeichnete, verlassen, sein Scheitern einsehen und wieder nach England zurückkehren würde.

Woraus bestand denn im Moment ihr Leben? Sie aßen, schliefen und liebten sich unter der Zeltleinwand. Ihre Familie wäre entsetzt. Hoffentlich würden sie nie von ihrem Leben in Afrika erfahren. Vielleicht erstatteten sie ja James das Geld für den Grabstein, den sie bereits bestellt hatte. Er wartete beim Bestattungsunternehmen darauf, dass die Worte in den Stein gemeißelt wurden, die er dort sehen wollte. Nichts Großartiges. James würde es schlicht halten, aber seine Trauer würde tief und komplex sein. Vor einem Monat noch hatte sie ihm einen Brief geschrieben, als sie sich von ihrem zweiten Fieberanfall erholt hatte. Danach hatte sie ihn versteckt, damit er ihn zum richtigen Zeitpunkt finden sollte. Sie hatte das Gefühl gehabt, ihn davor warnen zu müssen, in seiner Trauer nicht nur an sich zu denken … er durfte ihr Kind nicht vergessen. Sie hatte diesen Brief in dem Wissen geschrieben, dass sie Afrika nie wieder verlassen und das weiche, dunstige Grün des Tals von Woodingdene nie mehr wiedersehen würde. Dieses neue und mit Sicherheit tödliche Fieber war grausam früh in den dunklen Stunden kurz vor der Dämmerung aufgetreten, nachdem James gegangen war, um als einer der Ersten am Fluss anzukommen, wo er nach seinen kostbaren Diamanten grub.

Wieder wandte sie sich ihrem Innersten zu, um ihren letzten Kummer zu betrachten. Zu klein, um für irgendjemand anderen eine Rolle zu spielen, und doch schmerzte dieser Verlust am tiefsten. Das Kind, das in ihr wuchs, hatte nie eine Chance gehabt, obwohl sie so sehr gehofft hatte, dieses Jahr zu überleben. Sie hatte James nicht gesagt, dass er wieder Vater werden würde; seit sie das Schiff in Kapstadt verlassen hatten, hatte es den richtigen Moment noch nicht gegeben, denn sie wollte erst ganz sicher sein. Ihr war während der gesamten Reise von England hierher übel gewesen, was sie zunächst darauf geschoben hatte, nicht seefest zu sein. Leider jedoch hatte ihre Gesundheit sich weiter verschlechtert. Ihr kostbarer Junge – und sie war sicher, dass es ein Sohn war – würde sie ins Grab begleiten. Die kleine Karoo – diese afrikanische Wüste – würde sie und ihren Sohn in ihre geheimnisvollen, stummen Tiefen ziehen und sie bewahren, bis ihre Knochen zu Staub zerfallen würden. James hatte nie verstanden, warum er sie in der kleinen Koje, die sie miteinander geteilt hatten, nicht berühren durfte. Er hatte ihre Verweigerung als Verzweiflung gelesen, – als eine Art Strafe für das Unglück, in das er sie geführt hatte. Dabei hatte sie jede Unze ihrer Kraft für das Baby gebraucht. Doch jetzt war es zu spät für ihn. James sollte nicht der Qual ausgesetzt sein zu wissen, dass sie sein Kind mit sich genommen hatte.

Louisa schob die dunklen Gedanken beiseite und dachte an die Ereignisse, die sie dazu bewogen hatten, in die Kapkolonie zu reisen. Das ganze bedauerliche Chaos lag nur am Wetter. *Typisch britisch*, dachte sie freudlos.

Ihr Schiff war am Kap der Guten Hoffnung gestrandet. In London hatte man ihnen gesagt, dass die P-&-O-Schiffe

jetzt durch den Suezkanal fuhren, der vor etwa zwei Jahren eröffnet worden war, aber James, der die Unterstützung durch ihr privates Vermögen ablehnte, hatte die Passage bezahlt, die er sich leisten konnte. Die Schiffe von Saw, Savill und Co befuhren immer noch die Route um das furchterregende Kap und versuchten, den Roaring Forties zu trotzen, die sie schneller auf die andere Seite der Welt zu dem großartigen Kontinent Australien brachten.

Seine Entschlossenheit und sein Stolz, mit dem er ihr Geld abgelehnt hatte, hatten sie beeindruckt. Zu Hause in Northumberland hatte alles noch wie ein großartiges Abenteuer geklungen. Auf Woodingdene konnte sie nichts verletzen. Sie hatte immer die Verpflichtung gefühlt, eine gute Partie zu machen – um den Reichtum und den guten Namen ihrer Familie fortzuführen. Sie wusste, wie sehr ihr Vater gehofft hatte, durch sie den Respekt zu erlangen, den er ersehnte.

»Heirate altes Geld«, hatte er sie gedrängt. »Ich möchte, dass du einen guten Namen trägst, der dir alle Vorteile bietet.«

»Aber mir gefällt Grant«, hatte sie unzählige Male gesagt.

»Das war bei deiner Mutter genauso, als sie mich geheiratet hat, aber selbst sie sieht die Vorteile, wenn ihre einzige Tochter unsere Familie strategisch mit einer anderen verbindet, damit es unseren Enkelkindern einmal besser geht.«

»Was ist mit Reggie?«

»Fang nicht damit an, Louisa. Es ist so schon schwer genug. Ich mag Reggie sehr, aber er wird immer ...«

»Ich betrachte ihn als meinen Bruder, einen echten Grant, und nicht als das, was du gerade sagen wolltest.«

Ihr Vater hatte gelächelt. »Er hat Glück, dass du seine Halbschwester bist, aber er wird nicht mehr lange der einzige Mann in deinem Leben sein. Du bist jetzt zwanzig. Ich fürchte, wir müssen deiner Mutter gestatten, dass sie sich auf die Jagd nach den besten Partien macht.«

»Ich will aus Liebe heiraten, Vater.«

»Selbstverständlich willst du das. Ich nehme an, deine Mutter liebt mich, aber glaube nicht einen Moment lang, dass sie sich nicht zuerst in mein Bankkonto und meine Großzügigkeit verliebt hat.«

Es stimmte. Ihr Vater war nicht knauserig mit seinem Geld; sie hatte gehört, wie einige eifersüchtige Frauen hinter dem Rücken ihrer Mutter darüber getuschelt hatten.

»Habt ihr gesehen, wie er damit um sich wirft? Dieses protzige Haus, das er im Norden gebaut hat! Geschmacklos!«

»Das ist neues Geld immer, meine Liebe.«

»Und seht euch doch einmal an, wie er es für sie verschwendet. Sie funkelt ja wie ein Kronleuchter.« Louisa hatte das Bild ihrer Mutter als funkelnder Kronleuchter gefallen, aber als sie das grausame Gelächter hörte, das diesen Vergleich begleitete, begriff sie, dass das kein Kompliment gewesen war.

Der Landsitz ihres Vaters war in der Tat riesig. Er befand sich auf fast tausend Hektar privatem Land, aber in ihren Kinderaugen war Woodingdene Estate ein freundliches Haus mit einem magischen Garten. Henry Grant hatte sich mit diesem Backsteinbau ein Denkmal gesetzt und mit seinem Geld aus seinen zahlreichen Investitionen in Übersee ein idyllisches Fleckchen geschaffen, das Erinnerungen an all seine Reisen barg. Als Louisa älter wurde, hatte sie begriffen, dass es weniger elegant als vielmehr protzig war. Dennoch war Woodingdene seiner Zeit in Design, Einrichtung und vor allem mit dem neumodischen, wasserbetriebenen elektrischen Generator, der das Haus mit Strom versorgte, weit voraus. Kein Wunder, dass die Leute über Woodingdene redeten, als sei es direkt vom Mond auf einen natürlichen Vorsprung unterhalb des Hügels gefallen. Das weitläufige Anwesen lag an einem See und einem langsam dahinplätschernden Bach und verfügte über einen Steingarten, einen großartigen Park und Gärten im Tal mit sanften Wasserfällen.

Im Moment wagte sie es nicht, an die eiserne Brücke mit ihren romantisch verschlungenen Initialen zu denken. James hatte sie im Auftrag ihres Vaters entworfen, und so waren die junge, leidenschaftliche Frau und der verschlossene schottische Ingenieur zusammengekommen. Sie hatte sich in ihn verliebt, bevor sie seiner Abenteuerlust erlag.

Komm jetzt, flüsterte der Tod. *Es ist Zeit.*

Louisa Knight spürte einen ganz leichten Luftzug an ihren Haaren, die ihr Ehemann einmal als »Feenflechten« bezeichnet hatte. Als sie ihn gefragt hatte, warum, erklärte er, sie seien so lang und weich, dass eine Fee sich in ihre dunkelblonden Locken einkuscheln und einschlafen könnte. Heute waren ihre Haare feucht – sicherlich waren sie strähnig, dachte sie, aber das spielte keine Rolle mehr.

»Clementine?«, flüsterte sie.

»Ich bin hier, Mummy.« Sie fühlte, wie eine kleine Hand nach ihrer griff. Clementine war also die ganze Zeit an ihrer Seite gewesen.

»Hol deinen Vater … aber umarme mich zuerst.«

Sie fühlte, wie sich die weichen Ärmchen ihrer Tochter um ihren Hals schlangen, und eine weiche, warme Wange schmiegte sich an ihr trockenes, fieberheißes Gesicht. Clementine sagte, sie liebe sie, und sie würde zum Fluss laufen, um ihren Vater zu holen.

»Das ist lieb von dir, mein Liebling.« Ihre Kraft reichte gerade noch aus, um einen Kuss auf die Wange des Kindes zu drücken. Die Haut war samtig wie ein reifer Pfirsich. Sie konnte nur hoffen, dass ihre Tochter ihr Lächeln noch sah, als sie sich zum Gehen wandte, denn sie wusste, bei ihrer Rückkehr war es erloschen … wie sie.

James Knight stand kurz davor, alles zu verlieren.

Er hatte bereits seine Chance auf Australien verpasst, und sein Status als aufstrebender junger Ingenieur hatte sich ebenfalls in Wohlgefallen aufgelöst. Seine Frau sah ihn in der letzten Zeit anders an. Ihr Blick war nicht mehr verständnisvoll, und ihre Mundwinkel zogen sich immer weiter nach unten und vermittelten ihre Enttäuschung. James wusste, dass Louisa dagegen ankämpfte; sie sagte ihm immer noch, dass sie ihn liebte, und trotz seines Scheiterns lag eine besondere Zärtlichkeit in ihrer Stimme. Aber sie wollte seine Hände und die Hitze seines Verlangens nicht mehr auf ihrem Körper spüren. Durch ihre immer wiederkehrende Krankheit war ihre stolze Erscheinung zum Skelett abgemagert, und sie konnte sich kaum noch aufrecht halten. Ihre einst straffen Schultern hingen jetzt resigniert herab. Er hatte ihren Idealismus bewundert, als sie sich kennengelernt hatten und er sich in die Frau verliebt hatte, die seine Abenteuer teilen wollte und ihrem verwegenen Glück suchenden Ehemann begeistert und beseelt folgen wollte. Aber er hatte auch das

Entsetzen in ihren Augen gesehen, als er ihr den Vorschlag unterbreitet hatte, nicht weiter mit dem Schiff nach Australien zu fahren und hier auf diesem Kontinent zu bleiben. Es war ein kühner, äußerst riskanter Plan gewesen, bei dem alles auf dem Spiel gestanden hatte: alles, was ihm wichtig war, und alles, was sie aufgrund ihrer Erziehung vermied.

Seine Energie und seine Versprechungen hatten sie schließlich überzeugt, aber sie musste die Erkenntnis verdauen, dass James ihre Reise zu den Diamantfeldern der Kapkolonie bereits gebucht hatte, bevor sie ihr Einverständnis dazu gegeben hatte. Er hatte auf seine Überredungskünste gebaut. »So sind wir näher an unserem Zuhause«, hatte er ihr versichert, als sie am Dock standen und sich von den Leuten verabschiedeten, die sie kennengelernt hatten.

Aber jetzt, ein Jahr später, wusste James, dass es keine Rolle spielte, ob sie in Australien oder in Afrika waren – seine geliebte Louisa gab nichts mehr auf seine Abenteuerlust und seine Versprechungen auf ein großes Vermögen. Vor allem Letzteres hatte eine große Bedeutung gehabt, da sie selbst eine reiche Frau war und schon ein paar Mal angeboten hatte, entweder ihre Schiffspassage nach Hause zu bezahlen oder seine Unternehmungen zu finanzieren, damit ihr Leben einfacher würde. Er hatte beides in seiner gewohnt ritterlichen Art abgelehnt und erklärt, wenn sie jetzt in einem Zelt wohnten, würden sie das Leben viel mehr schätzen, wenn ihm endlich der große Wurf gelänge. Aber jetzt blieben ihm nur noch wenige Pfund auf seinen Namen. Sein Name! Der hatte auch keinen Wert; wenn überhaupt, so war er nur ein schmutziges Wort für die Familie seiner Frau, und er wusste nur zu gut, wie sehr sie es hassten, dass ihre beiden geliebten Mädchen, Louisa und Clementine, seinen Namen trugen.

James stieß die Schaufel in den Boden und warf die Erde auf sein Tablett. Unglücklich holte er tief Luft, bereits sicher, dass kein Diamant in der Sonne aufblitzte. Selbst ungeschliffen wurde manchem Mann beim Anblick dieser prachtvollen Steine die Kehle eng. Er hatte sich den Tausenden anderer Glücksritter aus der ganzen Welt angeschlossen, die hofften, schnell zu Reichtum zu kommen. Nur wenigen war es gelungen. Aber kaum jemand wollte aufgeben, solange manche noch Erfolg hatten.

»Daddy?«

»Clementine – was ist, mein Schätzchen?«

Seine Tochter watete barfuß auf Zehenspitzen durch das Wasser auf ihn zu. Ihr Rock war völlig durchnässt.

»Mummy ist wieder krank. Kannst du kommen?«

»Hat sie dich geschickt?« Er hoffte es, denn in diesem Fall brauchte er die Schuld für Clementines durchnässte Kleidung nicht auf sich zu nehmen.

»Ja.«

»In Ordnung, Liebling. Ich bin gleich fertig.«

»Kann ich hier bei dir warten? Ich bin nicht gerne alleine bei ihr, wenn sie so traurig aussieht.«

James runzelte die Stirn. »Schläft sie jetzt?«

Sein kleines Mädchen blickte ihn ernst aus Augen an, die viel zu groß für ihren Kopf schienen, und nickte. »Sie ist kurz aufgewacht, aber dann wieder eingeschlafen.«

»Gleich bin ich so weit. Ich gebe nur noch ein paar Schaufeln ins Sieb.«

»Erzählst du mir die Geschichte vom Stein des kleinen Erasmus?«, fragte sie ihn. »Ich helfe dir auch beim Schauen.« Mit forschendem Blick sah sie auf das Tablett.

James lächelte. Selbst seine kleine Tochter war fasziniert von den Geschichten, die sich vor zehn Jahren zugetragen hatten und zur Legende geworden waren. James sah, dass der Mann, der nicht weit von ihm entfernt arbeitete, ihm einen Blick zuwarf. Er mochte den Zulu, der ruhig und stetig arbeitete, ohne sich ablenken zu lassen. Vor allem durch Clem, die mit jedem redete, hatten sie sich angefreundet.

»Kennst du die Geschichte von dem besonderen Stein schon, Joseph?«

»Nein, Mr Knight.«

»Nun, er ist einer der Gründe, warum wir alle hier sind.«

Joseph One-Shoe nickte, arbeitete aber weiter, und James begann zu erzählen, während er seine Pfanne rüttelte, um dieses allerwichtigste Glitzern in der nassen Erde zu entdecken. »Der Sohn eines Buren-Farmers fand einen Stein, als er sich unter einem Baum ganz in der Nähe des Ufers des Orange River ausruhte. Er fand, dass er ›glitzerte‹.«

»Sein Name ist Erasmus«, sagte Clementine zu Joseph.

James grinste. »Und er nahm ihn mit nach Hause, damit seine kleine Schwester damit spielen konnte.«

»Ich hätte auch gern eine kleine Schwester.«

»Vielleicht bekommst du ja eines Tages eine.«

»Hier ist nichts drin, Daddy.«

Er nickte traurig. Seit einem Monat schon fand er nichts, trotz der unzähligen Siebe, die er hoffnungsvoll geschüttelt hatte. Er gab eine weitere Schaufelvoll in das Sieb, und während das schlammige Wasser in den Fluss zurücktropfte und ihre Kleidung bespritzte, kehrte er zu seiner Erzählung zurück.

»Die Kinder spielten schon längst nicht mehr mit dem glänzenden Stein, als ein Nachbar, dem er gefiel, anbot, ihn zu kaufen. Er hielt ihn für einen Topas. Die Familie sagte, die Kinder wollten ihn nicht mehr und schenkten ihn dem Nachbarn.«

»Warum?«, fragte Clem.

»Weil sie großzügig waren.«

»Wollten sie das Geld nicht? Ich dachte, es wären arme Bauern gewesen.«

»Arm ist relativ.«

»Was bedeutet das?«

»Nun, wir bezahlen den Buren-Farmern Geld, damit wir auf ihrem Land schürfen dürfen.«

»Dann sind wir also ärmer als sie«, sagte sie.

Du bist viel zu klug für deine sechs Jahre, Clem, dachte er.

»Auf jeden Fall hat ihn der Nachbar einem irischen Hausierer gegeben.«

»Für wie viel?«

»Nun, das weiß ich nicht genau. Auf jeden Fall sagten die Leute damals, O'Reilly – so hieß der Hausierer – wusste, dass es ein Diamant war, weil er damit seinen Namen in eine Fensterscheibe geritzt hatte.«

Clementine wandte sich an Joseph. »Wusstest du, dass man mit einem Diamanten Glas schneiden kann, Joseph?«

Joseph blickte von seinem Sieb auf und wischte sich mit seinem Taschentuch den Schweiß von der Stirn. Er lachte sie an. »Jetzt weiß ich es, Miss Clementine.«

Sie erwiderte sein Lächeln. Ihr Vater erzählte die Geschichte zu Ende.

»O'Reilly zeigte ihn schließlich einem Mineralogen – das ist jemand, der etwas von der Erde versteht, Clem –, der ihn untersuchte und bestätigte, dass es in der Tat der als Diamant bekannte seltene Edelstein sei. Er schätzte seinen Wert auf fünfhundert Pfund. Der irische Hausierer verkaufte voller Freude den Stein an den Gouverneur des Kaps, der ihn 1867 zur Weltausstellung nach Paris schickte. Die Leute waren erstaunt über seine einundzwanzig ein Viertel Karat Perfektion.«

»Und er war gelb.« Clementine runzelte die Stirn. »Das hast du vergessen.«

»Ja, von einem bräunlichen Gelb, so wie Vickery's Darjeeling-Tee, wenn man ihn nicht lange genug ziehen lässt.« Er zwinkerte Joseph zu und erklärte, was er mit dieser Bemerkung meinte.

»Auf jeden Fall nannte man ihn ›Eureka‹, und es muss ein wirklich außerordentlicher Stein gewesen sein, dessen Anblick allen den Atem raubte. Später wurde er zu einem kissenförmigen Diamanten von fast elf Karat geschliffen. Und ich schwöre, wir werden unseren eigenen Eureka finden, und er wird uns reicher machen, als man es sich vorstellen kann.«

»Und er wird viel größer sein als einundzwanzig ein Viertel Karat, Daddy.«

»Meinst du, vielleicht fünfzig?« James grinste.

»Einhundert«, sagte sie und machte einen Luftsprung.

Joseph One-Shoe lachte, und James wusste, dass er sie verstanden hatte. »Genau, Clem. Ich glaube, du solltest besser deine Unterröcke trocknen lassen, bevor deine Mutter dich sieht.«

»Ich glaube nicht, dass sie heute noch einmal aufsteht und es sieht«, sagte sie. Dabei klang sie viel älter, als sie war.

James bekam ein schlechtes Gewissen; er sollte jetzt

wirklich nach Louisa schauen. »Lauf schon mal vor. Ich komme sofort, Liebling.«

Er blickte ihr nach, als sie durch das flache Wasser zum Ufer watete. »Wiedersehen, Joseph.«

»Auf Wiedersehen, Miss Clementine.«

James beugte sich wieder über seine Arbeit. Dieses sonnenverbrannte, ausgedörrte Land gehörte den Jägern, Sammlern und Kriegern, die hier schon seit Jahrhunderten lebten. Die Buren waren Farmer, aber ihm kam es so vor, als ob sie nur existierten, nicht lebten. In ihren Gesichtern war so wenig Freude; sie waren ernste, harte Holländer, die in einem unbarmherzigen Land um ihr Überleben kämpften, in dem fast jede Kreatur sie töten konnte, wenn nicht die Sommer sie dahinrafften. Briten und andere weiße Glücksjäger, die nur die wenigen warmen Monate in ihrer Heimat kannten, hatten hier nichts verloren. Und doch war er hier, ein Teil des gierigen Mobs, und suchte an einem der gefährlichsten und bedrohlichsten Orte im Reich Seiner Majestät nach einem verborgenen Schatz.

James Knight presste grimmig die Lippen zusammen und begann erneut, die Erde durch das Sieb zu rütteln. Er versuchte sich einzureden, dass heute nach afrikanischen Maßstäben ein milder Morgen war. Aber ganz gleich in welcher Jahreszeit war er immer abhängig von den Elementen, immer stand er knöcheltief im Wasser, todmüde und hungrig, und allein der Gedanke an den nahenden afrikanischen Sommer deprimierte ihn. Das entsprach nicht seiner normalen Gemütsverfassung; sein Schwager Reggie hatte ihm einmal vorgeworfen, er sei ein unerträglich fröhlicher Mensch. Aber Afrika forderte seinen Tribut. War der Preis zu hoch?

Du hast dir die Suppe eingebrockt, jetzt musst du sie auch auslöffeln, sagte eine Stimme mit dem mürrischen Tonfall seines Vaters in seinem Kopf. Das stimmte. Aber was war ein Leben ohne Risiken? Allerdings litt Louisa am meisten unter seinen Entscheidungen. Er hatte ihre Treue und ihr Vertrauen in ihn nicht verdient, solange er für seine Familie noch nichts geleistet hatte.

Sollte er ihr Geld annehmen, um eine Überfahrt nach Hause zu buchen und sich mit der schmerzhaften Verachtung seiner Verwandten konfrontieren? Er stellte sich gerade Reggies Zorn vor, als ein Schrei ertönte. Er drang durch die Steppe bis an den Fluss, wo schwitzende, erschöpfte Männer in ihre Arbeit vertieft waren. Alle hatten Hunger, die meisten freuten sich wahrscheinlich schon auf den Sonnenuntergang, wenn sie in der Bretterbude, die als Kneipe zusammengezimmert worden war, ein wässeriges Bier oder ein paar Schnäpse kippen konnten.

James stand zufällig als einziger Weißer am nächsten zu dem Uferbereich, auf den der Mann zurannte; näher stand nur noch Joseph One-Shoe, mit dem er bei den Grabungen im Fluss ein seltsames, meistens stummes Einvernehmen teilte.

Der Mann, immer noch weit entfernt, schrie erneut. Seine Worte waren nicht zu verstehen, aber man spürte ihre Intensität in der klaren Luft. James setzte den Hut mit der kecken Feder ab und richtete sich auf, um seine schmerzenden Gliedmaßen zu strecken. Sein Hemd hing wie ein feuchter Lappen auf seinem Rücken, und seine Hose war nass bis zu den Knien vom Wasser des Vaal River. Louisa hatte nach ihm gerufen, Clem wartete auf ihn. Aber erst einmal wollte er hören, was da los war, sagte er sich.

Der aufgeregte Mann sprang über kleine Erdhügel, ohne auf den Weg zu achten. Anscheinend war es ihm egal, ob er stürzte, was erschwerte Arbeitsbedingungen wegen eines verstauchten Knöchels oder potenziellen Tod durch einen Schlangenbiss bedeuten konnte. Er war gekleidet wie alle Goldgräber: eine Hose, die mit Schnur in der Taille zusammengebunden war, durchgelaufene Stiefel. Am Anfang hatte James noch versucht, sich ordentlich anzuziehen, hauptsächlich Louisa zuliebe, doch in dieser Umgebung und bei der Arbeit hier war das unmöglich, und mit der Zeit sah er genauso zerlumpt und heruntergekommen aus wie die anderen. Es war einfach nicht durchzuhalten, sich jeden Tag zu rasieren, weiße Hemden und polierte Stiefel zu tragen. Das Halstuch saugte den Schweiß auf, und die silbergraue Raubvogelfeder, die seine Tochter gefunden hatte, war seine Identifikation. Clementine sagte, ihr Nachname bedeute bestimmt, dass seine Vorfahren eine Rüstung getragen hätten, deshalb sollte auch er etwas Silbriges tragen. Clementine zuliebe tat er alles. Trotzdem war James froh, dass in ihrem Familienzelt kein Spiegel hing, der ihm zeigen konnte, wie heruntergekommen er mittlerweile aussah.

Der Mann schrie erneut und schwenkte die Arme, um ihre Aufmerksamkeit zu erregen. Offensichtlich schrie er aus freudiger Erregung und nicht, um sie zu warnen. Immer mehr Männer im Flussbett richteten sich auf und blickten ihm entgegen, aber James würde die Nachrichten sicher als Erster hören.

Er blickte nach rechts, wo sein Gefährte, der gebaut war wie die Dampfmaschinen, die James einst entworfen hatte, seinen Claim unermüdlich weiter bearbeitete.

Aber auch Joseph hatte den Rufer natürlich gehört und erwiderte James' Blick.

»Was sagt er?« Das bescheidene, aber adäquate Englisch des Mannes beeindruckte James. Es verstand von Josephs Sprache kein einziges Wort – bekam noch nicht einmal das Pidgin-Englisch über die Zunge, das die Buren mit den Eingeborenen sprachen. Er wusste, dass der Zulu ein Krieger war, weil er ein Stirnband aus Leopardenfell trug, das von seinem Mut zeugte. Ansonsten war er in eine zu große, geflickte Hose, die er an den Schienbeinen abgeschnitten hatte, und ein Hemd gekleidet, letzteres jedoch trug er nur, wenn er nach Sonnenuntergang mit Frauen zusammen gewesen war. Obwohl der Afrikaner sich mühelos über den steinigsten Boden fortbewegen konnte, trug er an einem Fuß einen zerrissenen Stiefel. Er war ihm zu klein, deshalb hatte er die Kappe abgeschnitten.

»Ich kann ihn noch nicht verstehen«, erwiderte James. Er wischte sich mit dem Ärmel über das Gesicht, bedauerte aber sofort den Schmutzfleck, der dadurch entstand. Louisa würde darauf bestehen, das Hemd zu waschen.

»Daddy!« Er wandte seinen Blick wieder seinem Kind zu, das erneut am Flussufer stand. Seit dem Tag ihrer Geburt war er sich sicher, dass alleine schon ihretwegen Louisas Familie ihm nicht so ablehnend gegenüberstehen sollte. Clementine war so anmutig in ihren Bewegungen wie ihre Mutter, von der sie auch die dunkelblonden Haare geerbt hatte – ihr ernster Gesichtsausdruck erinnerte an ihren Onkel Reggie –, aber sie besaß auch den analytischen Verstand der Familie Knight. James fand, dass seine Tochter für ihre sechs Jahre beängstigend frühreif war. Voller Neugier speicherte sie Wissen wie in einem Tresor. Ihr Mund stand nicht still, und mit ihrer ernsthaften Art und dem unwiderstehlichen Charme, den sie mit Sicherheit von ihrer Mutter geerbt hatte, zog sie alle in ihren Bann. Vor der Geburt seiner Tochter hatte er sich nicht vorstellen können, ein anderes Mädchen mehr lieben zu können als Louisa ... und doch wusste nur er allein, dass es so war. Seine Tochter war der Grund dafür, dass er sich jeden Morgen aufs Neue wieder an die Arbeit machte und hoffte, dass heute der Tag war, an dem er ihre Zukunft würde sichern können. Triumphierend würde er sie nach England zurückbringen; er würde seine beiden Mädchen mit feinen Kleidern überschütten, für sie ein oder zwei prächtige Häuser anschaffen und Einladungen zu den wichtigsten gesellschaftlichen Ereignissen für sie annehmen. Sie würden als das Paar gelten, dem der Himmel lächelte.

Erneut rief seine Tochter nach ihm, die kleinen Hände trichterförmig vor den Mund gelegt, damit der Schall ihre Worte weitertrug. Ihre Mutter drehte ihr die Haare nicht mehr zu Löckchen, sondern ließ sie offen fließen, sodass sie in der Sonne golden schimmerten. Gehalten wurden sie von einem Satinband, das Louisa ihrer Tochter jeden Tag in die Haare band. Heute passte es in der Farbe zum wolkenlosen blauen Himmel, aber auch zu ihren Augen, die so blau waren wie der blaue Schmetterling in seiner Heimat Schottland.

Damit sie ihn gut hören konnte, rief er mit lauter Stimme: »Geh nicht wieder durchs Wasser, Clem. Ist deine Mutter wach?« Er blickte zu der Zeltstadt, in der sie wohnten, und versuchte, nicht an Woodingdene zu denken, das riesige Anwesen, das seine Frau aufgegeben hatte, um mit ihm zusammen zu sein.

Was als weitläufige kleine Ansammlung von nicht

mehr als über Stöcke gezogene Leinwände begonnen hatte, hatte sich so ausgedehnt, dass die Zelte jetzt dicht beieinanderstanden, keine Grenzen mehr zu erkennen waren und bevölkert waren von Menschen aus aller Herren Länder, die hier ein kümmerliches Dasein fristeten. Sein Kind hatte nicht genug zu essen, sie wurde mager, und ihre Haut war braun statt rosig. Ihre Beine waren so dünn und staksig wie bei einem neugeborenen Kalb. Aber sie war nicht unglücklich – da war er sich sicher.

»Was?«, rief er.

Sie war näher gekommen. »Ich sagte, sie ist sehr krank. Sie will sich nicht bewegen.«

Er blickte über die Schulter zu dem Mann hinüber, der auf sie zurannte. Joseph hatte aufgehört zu arbeiten und wartete auf ihn. Er rief seinem Kind zu: »Setz dich zu ihr. Ich bin sofort da.« Er blies ihr einen Kuss zu.

Sie schickte ihm ebenfalls einen Luftkuss und lief wieder zu den Zelten. Clementine kannte sich in der Zeltstadt genauso gut aus wie er; sie trugen beide einen Lageplan im Kopf. Aber die alte Frage brannte in seinem Magen wie ein Geschwür: Was für ein Leben war das für ein Kind, das eigentlich an die Schule denken und hübsche Kleider tragen sollte? Eine überflüssige Frage. Sie saßen jetzt nun einmal in der Kapkolonie fest, bis sie die Schiffspassage nach Hause bezahlen konnten. Der Erfolg konnte sich heute, morgen, nächste Woche einstellen. Sein Recht, hier zu graben, war nicht teuer. In diesem Flussabschnitt waren regelmäßig Diamanten gefunden worden, und die Syndikate begannen offen, Farmen zu kaufen. Auch diese Farm würde bald schon gekauft werden.

»Diamanten?« Der Afrikaner runzelte die glatte Stirn. Er hatte sich ganz aufgerichtet und beschirmte die

Augen gegen die grelle Sonne mit der Hand. Unter der Haut seiner Oberarme, die von einem dünnen Schweißfilm überzogen waren, spielten die Muskeln. James kam sich Joseph gegenüber immer klein und mickerig vor, und das, obwohl er in seiner Familie mit knapp eins achtzig der Größte war. Die meisten Leute aus dem Westen hatten wenig mit den Afrikanern am Hut, sie kamen besser mit den Indern und Malaien, den sogenannten Kap-Farbigen, zurecht. Es war Clementine gewesen, die sich mit dem Mann angefreundet hatte, weil er ein Stück Fluss neben ihrem Vater bearbeitete. Sie teilten sich die Ausrüstung, kümmerten sich gegenseitig um ihre Claims und ihre Habseligkeiten, und von Zeit zu Zeit aßen sie auch zusammen. Louisa fühlte sich in seiner Gegenwart sicher.

»Ich kann seinen Namen nicht aussprechen, deshalb hat er mir erlaubt, ihn Joseph One-Shoe zu nennen«, hatte Clementine ihren Eltern eines Abends erklärt.

James hatte gelacht. »Das ist aber ein seltsamer Name. Joseph nach deinem Kuschelkaninchen?«

»Ja. Eigentlich wollte ich ihn Joseph Two-Pence nennen.«

»Warum?«

»Weil er mir erzählt hat, dass er mehr nicht gespart hat.«

»Wahrscheinlich spricht er unsere Sprache nicht.«

»Doch, Daddy. Er hat es gelernt, in einer … einer … besonderen Schule, die ein Pastor geleitet hat.«

»Einer Missionsschule?«

»Ja, genau das hat er gesagt. Eine Missionsschule. Er versteht alles, was wir sagen, aber er kann nur langsam sprechen, weil er nicht alle unsere Wörter kennt …

außerdem hat er gesagt, spricht er nur, wenn er auch etwas zu sagen hat.«

James dachte daran, wie er über diese Bemerkung gelacht hatte, weil der Mund seiner Tochter nie stillstand. »Ihr gebt ein gutes Paar ab.«

»Ich mag Joseph – genauso gerne wie meine Puppe, vielleicht sogar mehr.«

»Weil er dir antworten kann?«

»Nein, weil er so weise ist.«

»Weise.« Er hatte gelächelt. »Weißt du überhaupt, was das bedeutet?«

»Es bedeutet klug.«

»Ja, eine bestimmte Art von klug.«

»Bist du weise?«

»Leider nicht.«

»Ich glaube, er ruft etwas über einen neuen Diamantenfund«, unterbrach Joseph James' Erinnerungen.

James wandte den Kopf. »Du hast recht«, erwiderte er. Sein Puls ging schneller. »Es handelt sich um ein gerade erst ausgetrocknetes Flussbett!«

Beide Männer wateten durch das flache Wasser zum Ufer.

»Wo?«, fragte Joseph.

»Er sagt, die De-Beers-Farm. Das muss von hier fast zwanzig Meilen weit weg sein.« Er warf seinem Begleiter einen Blick zu. »Wenn es eine neue Ader ist, und er scheint ganz aufgeregt zu sein, muss ich mit meiner Familie dorthinziehen. Wir müssen das Zelt abbauen und unsere Sachen packen.« Er stöhnte. »Eine kranke Frau und ein kleines Kind können sich nur langsam fortbewegen. Ich muss zusehen, dass wir einen Karren für den

Transport bekommen.« Er schüttelte den Kopf. »Das schaffe ich nie. Ich werde gar nicht erst die Chance haben, einen Claim abzustecken.«

»Das mache ich für dich«, sagte Joseph. »Ich muss nichts packen. Ich kaufe deinen Claim.« Er streckte die Hand aus.

James starrte auf die rosige Handfläche mit den deutlich ausgeprägten Linien. Weise Linien, laut Clem. »Warum willst du das tun?«

»Dein Kind ist nett zu mir. Sie hat mir ein paar neue englische Wörter beigebracht, und jetzt kann ich weiter als zwanzig zählen. Ich kann besser mit Geld umgehen, und keiner kann mich mehr betrügen. Sie will mir alle Zahlen bis hundert und noch viele Wörter beibringen.«

»Und du willst das für uns tun?«

»Wenn du mir vertraust?«

»Ich vertraue dem Herzen meines Kindes.« Er legte die Hand auf die Brust. »Sie nennt dich ihren Freund. Andere Freunde hat sie nicht.«

Der Mann nickte. »Ich bin Zenzele ...«, sagte er. Er fügte noch andere Namen und einen Klicklaut hinzu, den James verwirrend fand und nicht aussprechen konnte.

»Ich bin James, aber mir fällt es schwer, deinen Namen auszusprechen. Clementine ...« Er zeigte zum Ufer. »Sie nennt dich Joseph One-Shoe.«

Joseph nickte lächelnd. »Dieser Name gefällt mir.« James hatte das sichere Gefühl, dass sein Gefährte einen ganzen Saal voll düster dreinblickender Menschen zum Strahlen bringen konnte, wenn er so lächelte.

Er schüttelte dem Mann die Hand und wies auf seine Füße. »Warum trägst du übrigens nur einen Schuh? Ich bin sicher, dass wir dir einen zweiten Stiefel organisieren können.«

Joseph blickte ihn nachdenklich an und suchte nach den richtigen Worten. »Ich bin Diamantengräber wie du, Mr James, aber ich bin ein Krieger von meinem Stamm. Das will ich nicht vergessen.« Er hob den Fuß, an dem er keinen Schuh trug. »Das hier bedeutet, ich vergesse nie, dass ich meilenweit gelaufen bin, um einen Löwen zu töten, der meinen Freund getötet hat, dass ich für meinen Stamm gekämpft habe und dass ich hier bin, weil mein Häuptling mich geschickt hat. Es sagt mir, ich bin ein Zulu, kein weißer Mann.« Er zupfte an seiner abgeschnittenen Hose, um seinen Standpunkt klarzumachen.

James pfiff leise. »Du hast einen Löwen getötet.«

»Deshalb wache ich in der Nacht. Sie beobachten uns.«

»Wir haben Gewehre.«

»Das ist eher etwas für die nicht so Tapferen. Ein Krieger darf einen Löwen nur mit seinem Speer bekämpfen und mit seinem ...« Das richtige Wort fiel ihm nicht ein, deshalb tippte er sich an die Schläfe.

James nickte lächelnd. Er kramte in seinen Hosentaschen und zog ein paar zerknüllte Scheine hervor. »Das ist mein letztes Geld. Es müsste reichen. Wenn du rechtzeitig dorthinkommst, kaufe den größten Claim, den du kriegen kannst – wir bearbeiten ihn zusammen. Wir werden Partner.«

Stirnrunzelnd wiederholte Joseph das Wort. »Partner.«

»Du und ich.« James zeigte ihm und sich auf die Brust und schüttelte das Sieb, das Joseph in der Hand hielt. »Zusammen.«

»Ah, Partner?«, wiederholte Joseph, als wollte er das

neue Wort abspeichern. James grinste ihn ermutigend an.
»Dann will ich rechtzeitig dort sein, Mr James. Ich gehe jetzt. Niemand wird mich einholen.«

Der Läufer war angekommen. Er war so außer Atem, dass er nicht mehr sprechen konnte. Er beugte sich vor und stemmte die Hände auf die Knie, um wieder zu Luft zu kommen. Aus dem Flussbett und den Zelten strömten die Männer herbei, um die Neuigkeiten zu hören. »Eine neue Diamantenader!«, stieß er hervor. »Sie haben Diamanten bei De Beers Farm gefunden. Sie lagen einfach auf dem Veld herum. Hals über Kopf sind Claims abgesteckt worden. Ich bin nur gekommen, um mein Werkzeug zu holen.«

Joseph erwiderte den Blick, den James ihm zuwarf, mit einem wissenden Grinsen. Er zeigte über den Fluss auf das gegenüberliegende Ufer. James verstand, was er meinte, glaubte es aber erst, als der Zulu wieder in den Fluss watete und zu schwimmen begann. Er hatte sich einen Lederbeutel zwischen die Zähne gesteckt. Offensichtlich sorgte er dafür, dass James' Geld trocken blieb. Nur wenige der anderen Männer sahen, wie der Afrikaner sich von der Menge entfernte, aber ein Schrei ertönte, als zwei gerissene Australier auf ihn zeigten.

»Hey, seht mal! Der schwarze Bastard rennt los!«

»Er hat genau denselben Anspruch wie jeder von uns«, warf James ein.

»Ja, und er wird lange vor uns da sein, weil er quer übers Land laufen kann. Habt ihr schon mal gesehen, wie diese Kerle rennen können?«

James schüttelte den Kopf. Er war froh, dass Clementine nicht in der Nähe war, auch wenn sie an diese Sprache durch das Leben im Lager gewöhnt war.

»Pass auf, Kumpel! Der ist schon da, bevor auch nur einer von uns überhaupt zusammengepackt hat.«

James grinste innerlich. Zum ersten Mal seit fast einem Jahr überkam ihn wieder das Gefühl der Vorfreude und des Glaubens an sein Schicksal, das ihn bewogen hatte, das Schiff zu verlassen und den gut bezahlten Job bei einem großen technischen Unternehmen auf der anderen Seite der Welt aufzugeben. Mit seinem Kind auf dem Arm und seiner bangen Frau an der Seite hatte er das Schiff verlassen. Louisa hatte viele Fragen gestellt, aber sie hatte auch auf ihre Jugend und ihre Liebe vertraut. »Komm mit mir«, hatte er gefleht, als sie ihn ungläubig angeschaut hatte. In ihrem Blick stand der Vorwurf: *Du hast Australien versprochen, nicht Afrika. Du hast ein Zuhause versprochen, kein Zelt. Du hast eine richtige Stadt versprochen mit Hotels, Theatern und Mode, nicht die Wildnis …«*

»Ich werde hier ein Vermögen machen, und du wirst stolz auf uns sein … und deine Familie wird Kreide fressen«, hatte er stattdessen versprochen.

Und hier war sie nun. Seine letzte Chance, sein Versprechen gegenüber der schönen, vertrauensvollen Louisa zu halten.

»Wir sollten besser keine Zeit mehr verlieren«, sagte er zu dem Aussie.

Die Männer rannten sich gegenseitig fast über den Haufen, als sie voller Gier und Hoffnung zu ihren Zelten liefen. Sie wühlten das Wasser auf wie ein Fischschwarm und schubsten sich gegenseitig zur Seite, um schneller voranzukommen. James ließ sich Zeit. Es würde bestimmt noch zu Prügeleien kommen. Der heißeste Teil des Tages stand noch bevor, wenn sie die Ochsen vor die Karren spannten, in denen die schmutzigen, staubigen Zelte vom Fluss zum rauen Veld transportiert wurden.

Er würde auf Joseph One-Shoe vertrauen. Er blickte in die Ferne, wo er gerade noch Josephs Gestalt erkennen konnte, der schnell und furchtlos querfeldein ihrem Vermögen entgegenlief.

Während James Knights Stimmung sich hob, tat Louisa Knight ihren letzten Atemzug. Still verabschiedete sie sich, während neben ihr ihre Tochter darüber schwatzte, dass sie einen Diamanten so groß wie eine Kastanie finden würden.

Teil I

1

Das Große Loch, Kimberley, Kapkolonie
März 1872

Sie diskutierten, ob Handschuhe nötig waren, um gemäß den Queensberry-Regeln zu boxen, obwohl Joseph bevorzugte, was James als »Faustkampf« bezeichnete. Sein Gegner – John Rider, auch Knuckles, »Knöchel«, genannt – hatte eine ähnliche Neigung für die schnellere, blutigere Version. Zweifellos wollte die brüllende Menge das Knacken und Krachen ungeschützter Fäuste gegen Nase, Kinn und Rippen hören ... vor allem von den Körperteilen, die zu Knuckles gehörten.

Die Männer hatten für ihren Wetteinsatz bisher viel zu sehen bekommen. Der Schnurrbart von Knuckles bildete eine natürliche Plattform, über die Ströme von Blut aus seiner übel zugerichteten Nase rinnen konnten. Clem hatte gehört, dass dieser Kämpfer erstaunliche Knockouts lieferte und sich seine finalen Siegerschläge gerne für die späteren Runden aufhob.

»Du hast ihn schon in der Tasche, Knuckles. Sieh ihn dir doch an. Er ist schon halb am Boden«, hatte Clementine seinen Trainer sagen hören, als er dem Mann die Schultern massierte. Sie hatte ihre Fähigkeit zum Lippenlesen im unablässigen Lärm im Großen Loch so verfeinert, dass sie aus der Ferne erkennen konnte, was zwei

Männer zueinander sagten. Der Boxkampf, den ihr bester Freund heute Abend bestand, ärgerte sie. Sie versuchte sich der dicken Luft, die scharf nach dem Schweiß der Männer und verschiedenen Ölen roch, zu entziehen. Die Männer im Publikum hatten ihre Haare mit einer Pomade geglättet, die nach Lavendel roch, aber die Seile, die um den Ring gespannt waren, waren mit Tierfett eingerieben worden, und dieser Geruch bereitete ihr Übelkeit. Die schwitzenden Körper der beiden Boxer glänzten von einem mineralisch riechenden Fett, damit die Schläge abglitten. Auch die zahlreichen Öllampen gaben einen stechenden Geruch ab. Die Zuschauer tranken Ale und lachten dröhnend, wenn jemand einen Witz machte oder eine gewagte Wette abschloss. Einzelne Stimmen waren nicht herauszuhören; es herrschte einfach ein allgemeines, aufgeregtes Gebrüll. Clem ging durch den Kopf, dass sie alles Schöne im Leben mochte – da kam sie ganz nach ihrer Mutter. Sie trug zwar keine hübschen Kleider, weil sie nicht praktisch waren, aber das bedeutete nicht, dass sie ihr nicht gefielen. Sie spielte auch nicht mit ihren beiden Puppen, weil sie so schnell schmutzig wurden und kaputtgehen konnten. Ihre Lumpenpuppe hingegen vertrug alles – wie Joseph –, und lächelte sie immer an, ganz gleich, wie mitgenommen sie aussah.

Sie hatte zwar nur wenige Erinnerungen an Woodingdene, aber die standen ihr lebhaft vor Augen, und ein alter Mann, der für ihren Großvater arbeitete, hatte bleibenden Eindruck auf sie gemacht. Er war Schotte und anscheinend verantwortlich für alles, was auf dem Besitz mit Fischen und Jagen zu tun hatte. Jeder nannte ihn den »Ghillie«, was so viel heißt wie Jäger. Seinen richtigen Namen wusste sie nicht, aber er hatte ihr einmal eine

Puppe aus Lumpen gemacht, als sie sich bei der Unterhaltung der Erwachsenen gelangweilt hatte und zu den Bootsschuppen gelaufen war. Der Ghillie war gerade dabei gewesen, eine Angelschnur aufzuwickeln und die Angeln zu säubern. Sie hatten sich unterhalten, und bald schon hatte er zu einem der sauberen Lappen, die er in einem Korb aufbewahrte, gegriffen und eine Puppe daraus gemacht.

»Ich habe diese Puppen immer für meine Meggie gemacht, als sie noch ein kleines Mädchen war.«

»Wer ist Meggie?«

»Meine schöne Tochter.« Sie hatte bemerkt, dass sich ein Schleier über seine Augen legte und nicht mehr weiter gefragt, weil sie spürte, dass er traurig war.

»Möchtest du gerne einen Jungen oder ein Mädchen?«

»Einen Jungen, bitte«, hatte sie erwidert.

»Warum das?«

»Weil ich gerne einen Bruder hätte. Mädchen sind so zimperlich. Die, die zu mir zum Spielen kommen, wollen nie mit mir auf Bäume klettern oder herumlaufen. Sie wollen immer nur Teegesellschaft im Puppenhaus spielen.«

Er hatte gegrinst. »Dann mache ich deiner Stoffpuppe eine Hose. Du musst ihr einen Namen geben.«

»Ich werde ihn Gillie nennen, nach Ihnen.«

»Ich fühle mich geehrt, Miss Clementine.«

Gillie, der hauptsächlich aus Kattun bestand, grinste sie immer noch mit seinem aufgemalten Lächeln an, das ihre Mutter regelmäßig erneuert hatte, damit es nicht verblasste.

Ein Aufschrei ging durch die Menge. Clem war es in diesem Moment egal, dass Joseph One-Shoe mittlerweile der Held des Boxrings für die Leute in Kimberley war, ungeschlagen bis zum heutigen Tag. »Jetzt ist Schluss, Daddy«, versuchte sie zu verhandeln. Ihr Vater wandte den Blick von Josephs blutüberströmtem Gesicht ab.

»Er besiegt ihn, Clem.«

»Mr Knuckles denkt das auch«, beharrte sie. Der Gegner spuckte erneut ins Stroh.

»Der Engländer hält nicht mehr lange durch, aber Joseph schon, oder?« Ihr Mann nickte keuchend. Wie immer machte er nicht viele Worte. »Außerdem sind für den Sieger bei diesem letzten Kampf viele Rohdiamanten drin.«

»Davon haben wir genug«, entgegnete sie.

»Bald haben wir den ganz großen, das verspreche ich dir, und dann können wir nach Hause fahren.«

Nach Hause. Mit diesen zwei Wörtern versuchte ihr Vater sie immer wieder zu überreden, wenn er sie auf seine Seite ziehen wollte. Aber England war nicht ihr Zuhause. Ihr Zuhause war hier. Und wenn sie in die Heimat ihres Vaters zurückgingen, müssten sie ihre Mutter alleine in ihrem Grab zurücklassen. Sie könnte nicht mehr jede Woche dorthin gehen, könnte keine wilden Blumen mehr daraufstellen, damit ihr kaltes Bett hübsch aussah, könnte nie mehr beten oder einseitige Gespräche führen, um zu erklären, warum sie keine Unterröcke mehr trug und ihre Haare nur noch alle vierzehn Tage wusch. O ja, und es tat ihr leid, dass sie so oft die Schule schwänzte, weil sie Daddy und Joseph lieber dabei zusah, wie sie versuchten, »die Kastanie« auszugraben, den riesigen Rohdiamanten, den ihr Vater unbedingt finden wollte. Und wenn sie nach Hause zurückgingen, müssten sie auch Joseph One-Shoe zurücklassen.

Sie beugte sich vor. Dass sie an einem Ort war, den andere kleine Mädchen nicht zu betreten wagten, brachte sie nicht in Verlegenheit. »Joseph?«

Sein großer runder Kopf drehte sich zu ihr. Ein Auge war zu einem schmalen Schlitz zugeschwollen, und aus einem tiefen Schnitt über dem anderen Auge floss das Blut, obwohl ihr Vater ihn mit Fett zugeschmiert hatte. »Ja, Löwin?« Er klang erschöpft.

»Hast du gespürt wie der Knochen unter seiner Brust gebrochen ist?«

Er nickte. »Ich habe gesehen, wie er sich gekrümmt hat.«

»Eine seiner Rippen ist gebrochen«, murmelte sie. »Und eines seiner Augen ist vollkommen zugeschwollen.«

Ihr Vater lachte. »Niemand würde mir glauben, wenn ich erzählte, dass mein Boxer seine Strategie mit einer Siebenjährigen diskutiert. Wir sollen also auf die Rippen zielen.«

»Nein«, sagten Clementine und Joseph gleichzeitig.

»Joseph tut nur so«, erklärte Clementine. »Mr Knuckles wird sich unwillkürlich schützen.« Ihre Stimme wurde von der Glocke übertönt, und Joseph richtete sich auf. »Du musst ihn in dieser Runde k. o. schlagen«, schrie sie angstvoll. Mit dem Mund formte sie ein Wort auf Zulu, das nur Joseph verstehen konnte; es bedeutete »aufsteigend«, aber sie wussten beide, dass sie damit die Richtung seines Schlags meinte.

»Der Einsatz auf diese letzte Runde beträgt eins zu sechs«, warnte James Joseph.

»Das weiß er, Daddy.« Sie warf ihm einen vorwurfsvollen Blick zu.

Selbst wenn Clementine sich aufrichtete, konnte sie Joseph nur in die Augen blicken, wenn er mit gekreuzten Beinen auf dem Boden saß, so wie er es jetzt tat in ihrer winzigen Hütte. Das Brüllen der blutrünstigen Menge hatten sie hinter sich gelassen, und das Sägemehl vom Boxring wurde wohl gerade wieder zusammengefegt, um es für einen späteren Kampf zu verwenden.

Clem wischte Joseph das Blut aus dem Gesicht. Ihr Vater hatte den Schnitt über seinem Auge genäht und war dann losgezogen, um ihren Preis abzuholen und den Erfolg mit einem oder zwei – oder sechs – Whiskys in einer der Kneipen am Ort zu feiern.

»Tue ich dir weh?«

Er schüttelte den Kopf.

»Bist du der stärkste Mann der Welt, Joseph?«

Er zuckte zusammen, als der Riss an seiner Lippe wieder aufplatzte, und lächelte. »Vielleicht.«

Sie gab ihm ein Läppchen. »Drück es darauf.«

»Es würde deiner Mutter nicht gefallen, wenn sie sähe, was du tust.«

»Mummy ist tot. Sie kann mich nicht daran hindern.«

»Du klingst wie eine alte Frau.«

»Und du jetzt wie ein Engländer.«

Joseph zuckte mit den Schultern. »Das hast du mir beigebracht.«

Sie lächelte. »Du kannst zurück zu deinen Leuten gehen und ihnen meine Sprache beibringen. Du kannst wieder unter deinem richtigen Namen Zenzele leben und wieder deine Sprache mit den ganzen Klicklauten sprechen.«

»Für den Augenblick bin ich mit Joseph ganz zufrieden.«

»Ist der Häuptling immer noch böse?«

»Wahrscheinlich. Ich sollte den Stamm ja nur bis *intwasahlobo* verlassen.« Er runzelte die Stirn. »Tut mir leid.« Erneut zuckte er zusammen, als er grinste. »Wie heißt das Wort für die Zeit, wenn die Blätter kommen?«

»Frühling.«

Er nickte. »Zwei Frühlinge sind gekommen, und ich bin immer noch hier.«

»Vermisst du deine Leute?«

»Ja.« Er war jetzt froh, dass er Thandiwe nicht bestätigt hatte, dass sie Mann und Frau wurden. Er hatte sich darauf vorbereitet, sich mit ihrer Familie zusammenzusetzen, um den Brautpreis zu bezahlen, aber dann hatte ihn der Häuptling auf seine wichtige Mission geschickt. Er hatte ihr gesagt, er würde bis zum nächsten Regen wegbleiben. Damals hatte er ja nicht gewusst, dass er sie anlog. Thandiwe hatte mittlerweile sicher seinen Freund Lungani zum Mann genommen. Er wünschte ihnen Wohlstand und viele Kinder, aber er ließ die Gedanken an die Frau, die er liebte, nur selten zu ... er wurde hier gebraucht, von einer anderen, viel jüngeren Frau.

»Ich will nicht, dass du gehst.« Plötzlich umarmte Clementine ihn. »Bitte, du darfst mich nie verlassen, Joseph.«

Der Zulu war vorsichtig. Er war beliebt bei den Weißen, aber den Frauen würde es nicht gefallen, wenn sie sähen, wie er mit dem Kind Zärtlichkeiten austauschte.

Sanft schob er sie weg. »Bevor ich dich verlasse, wirst du mich verlassen müssen«, versicherte er ihr.

»Sie werden mich mit Gewalt fortzerren müssen«, sagte sie.

»Pass auf, dass du deine Bluse nicht mit Blut beschmutzt«, fügte er hinzu, um einen Vorwand zu haben, sich ganz aus der Umarmung zu lösen.

»Zu spät. Mrs Carruthers hat gesagt, ich solle Unterröcke tragen wie ein richtiges Mädchen, und sie will mit Daddy darüber sprechen.« Er nickte stumm. »Aber Röcke und Unterröcke sind so hinderlich«, fuhr sie verärgert fort. »Daddy sagt, ich muss sie tragen, wenn wir nach England zurückgehen, aber ich gehe nie zurück.« Er beobachtete sie aufmerksam. Sie wollte auf irgendetwas hinaus, das spürte er. »Mrs Carruthers sagt, ich werde bald nach Hause geschickt, damit ich richtig in die Schule gehen kann. Sie sagt, meine Mutter habe es versucht, aber bei meinem Vater sei Hopfen und Malz verloren, und was er mir über griechische Mythen und Astronomie oder die Geografie der Welt beibringt, nützt einem Mädchen nichts. Sarah Carruthers sagt, ihre Mutter findet, ich sei verwahrlost und sollte nicht so viel Zeit mit dir verbringen.«

Er nickte. Das überraschte ihn nicht. Ihr Gespräch wurde vom Gesang Betrunkener unterbrochen, und Clementine musste kichern, obwohl sie so ärgerlich war.

»Ich hole deinen Vater, bevor noch jemand einen Eimer mit etwas Garstigem über ihm auskippt«, sagte Joseph. Seufzend erhob er sich, musste sich aber bücken, weil er viel zu groß war für die Hütte, in der die Knights lebten.

Clementine blieb in der behelfsmäßigen Tür stehen, als ihr Gefährte in die Nacht hinausging. Seine leicht gebeugte Haltung sagte ihr, dass die gebrochene Rippe und seine blauen Flecken ihm wehtaten. Hoffentlich fing er nicht wieder an zu bluten.

Sie hatten mit einem Knockout überzeugend gewonnen; ein blitzschneller Uppercut, für den Joseph eine Menge Prügel eingesteckt hatte, bis der genau richtige Moment dafür gekommen war. Clementine hatte es im gleichen Augenblick gesehen wie Joseph. *Jetzt!*, hatte sie innerlich geschrien.

Dann hatte es dem Boxchampion aus England den Boden unter den Füßen weggerissen, als Josephs Faust in einem Bogen von unten an seinem Kinn gelandet war. Sie hatte gehört, wie seine Zähne knirschten, und das Gebrüll der Menge hatte beinahe das Dach des Schuppens angehoben, in dem der Boxkampf stattfand. Das Bier floss in Strömen, ebenso wie das Blut aus Mr Knuckles' Mund. Clem dachte, dass er sich bestimmt auf die Zunge oder in die Lippe gebissen hatte. Die Leute waren außer Rand und Band.

Clem blickte zu ihrem Vater, der gerade eine Flasche ansetzte, um die letzten Reste Schnaps daraus zu trinken. Er sagte oft, dass er unten auf dem Glasboden nach ihrer Mutter suche, aber Clem verstand nicht ganz, was er damit meinte. Unter dem gleichen Vorwand suchte er in ihrem Gewinn nach dem Glück und hielt Ausschau nach dem Diamanten, der so groß war wie eine Kastanie.

Er wirkte zufrieden, wie er seine Ballade herausbrüllte, aber sie konnte sich nicht erinnern, wann er das letzte Mal wirklich glücklich ausgesehen hatte. Sie wollte nicht, dass er sie hochhob, so tat, als ob alles in Ordnung sei, und ihr dabei seinen Whisky-Atem ins Gesicht blies. Das war immer, wenn er eine Flasche ausgetrunken und weder das Glück noch ihre Mutter darin gefunden hatte. Dann weinte er, umarmte sie und sagte, wie leid es ihm täte, dass er ihr so ein schreckliches Leben zumutete. Er versprach, alles wiedergutzumachen, gelobte Besserung, was ihm für ein paar Tage auch gelang, aber dann holte ihn sein *Schatten* – wie Joseph One-Shoe es nannte – wieder ein.

Clementine schlüpfte aus ihrer kargen, kleinen Hütte, deren Einrichtung nur aus zwei Betten und ein paar zusammengehämmerten Regalen bestand. In dem sogenannten Zuhause hatten sie den Wüstenwinter erlebt, und in den Nächten hatte ihr Atem weiß vor ihrem Mund gestanden. Fasziniert hatte sie ihn betrachtet, und der Gedanke, dass der Dunst ihr Lebensatem war, der sich in nichts auflöste wie ihre Mutter, hatte sie von der Kälte abgelenkt und fasziniert. Joseph One-Shoe hatte ihr versichert, solange sie sehen könnte, wie dieser Dampf ihren Mund verließ, könnte sie alles erreichen, was sie sich vornähme.

Clementine wünschte sich, dass ihr Vater so mit ihr reden würde. Früher war das so gewesen, aber jetzt starrte er nur noch in ein schwarzes Loch der Trauer, in das er all seine Lebenskraft, seine Hoffnung, seinen Sinn für die Zukunft und seine Begeisterung für das Leben schüttete. Für Clementine blieb nur Leere. Sie versuchte, sie mit fröhlichem Geplapper zu füllen, mit Liebe und Zuneigung, aber sie bekam nicht viel dafür zurück. Ein leichtes Lächeln ab und zu, aber sie spürte, dass er es nur aus Pflichtgefühl tat – weil er ein kleines Mädchen hatte, das in seinem Gesicht etwas anderes sehen sollte als nur den Schmerz.

Der Alkohol betäubte den Kummer, aber ihr Vater war ihr fremd, wenn er betrunken war, und diese betrunkenen Nächte kamen immer häufiger vor. Ihre Rollen waren vertauscht, und immer öfter war sie diejenige, die ihren

Vater ins Bett brachte. Heute Abend half Clem Joseph, ihn hinzulegen, aber vorher schwenkte er einen kleinen Stoffbeutel mit Geld.

»Es gehört dir«, sagte er zu seinem Zulu-Freund. »Ich glaube, meinen Anteil habe ich vertrunken.« Sein Kopf sank auf das flache Kissen zurück.

Clementine schmunzelte, wie es eine nachsichtige Ehefrau tun würde. »Er wird jetzt schlafen.«

Im Schein der einzigen Kerze in der Blechhütte ließ Joseph aus dem Beutel fünf kleine Rohdiamanten in seine Handfläche gleiten. Er blickte Clem an.

Sie zuckte mit den Schultern. »Er will sie dir geben. Morgen werdet ihr die Kastanie finden«, sagte sie und tippte sich an die Nase, wie es ihr Vater immer tat.

»Bist du nicht müde?«

Clem schüttelte den Kopf. »Kann ich noch ein Weilchen bei dir bleiben?« Sie blickte sich in der Hütte um. Außer einem Tintenfass, in dem Gänseblümchen standen, die sie gepflückt hatte, gab es keine Dekoration. »Ich will noch ein bisschen in den Sternenhimmel gucken.«

Joseph nickte, und sie folgte ihm nach draußen. Sorgfältig achtete sie darauf, nicht nach seiner Hand zu greifen, so gerne sie es auch getan hätte ... nur für den Fall, dass sie jemand beobachtete.

Sie gingen von der armseligen Siedlung in Richtung des Großen Lochs.

Es war eine kühle Nacht. Joseph trug nur seine Stammesdecke, aber Clementine war froh, dass sie sich noch rasch ihren Umhang und ihre Wollmütze gegriffen hatte. »Daddy hat gesagt, es ist die größte, von Hand gegrabene Grube der Welt«, sagte sie.

Der Rand war ab und zu von Laternen beleuchtet.

Niemand arbeitete um diese Uhrzeit – außer ihnen waren nur noch ein paar Männer da, die in der Ferne saßen und tranken; sie waren so weit weg, dass sie nicht hören konnten, worüber sie redeten. Jemand zupfte auf einem Banjo, und die melancholische Melodie hüllte sie ein wie eine Decke.

Joseph setzte sich und zog seinen Umhang fester um sich.

»Daddy hat auch gesagt, dass du gerne an unserem Claim Wache hältst.«

»Wir wollen ja nicht, dass jemand unsere Kastanie stiehlt, wenn sie mitten in der Nacht auf einmal aus der Erde kommt.«

»Nein.« Sie lachte. Plötzlich hörten sie Schritte. Jemand hustete. Es war ihr Vater.

»Oh, dieser Staub, der bringt mich noch um«, sagte er laut in ihr behagliches Schweigen hinein.

Clementine kannte keine Welt ohne die Staubwolke, die über dem Großen Loch hing, aber ihr waren die Nächte lieber, weil man sie dann nicht sah; nachts legte sie sich so, sodass sie den Himmel sehen konnte, grenzenlos in seiner unendlichen Schwärze.

»Du hast mich allein gelassen«, jammerte James und hockte sich neben sie.

Clementine kicherte. »Du hast geschnarcht, Daddy. Ooh, sieh mal!« Clementine stupste Joseph an und zeigte zum Himmel.

»Was war da?«

»Eine Sternschnuppe. Daddy, du hast gesagt, wenn man eine Sternschnuppe sieht, muss man sich etwas wünschen.« Sie konnte nicht sehen, wie der Zulu zusammenzuckte, als sie nach seiner großen Hand griff, deren Knöchel immer noch bluteten. Sie ergriff auch die Hand ihres Vaters und legte die Hände der Männer in ihren Schoß.

»Was sollen wir uns denn wünschen, Liebling?«

»Dass wir morgen den großen Diamanten finden.«

Sie kniff die Augen übertrieben fest zusammen und drückte die Hände der beiden Männer so fest, wie sie konnte. »Ihr müsst es euch mit mir wünschen.«

Die beiden gehorchten, und schließlich öffneten alle wieder die Augen.

»Clem, sieh nur, wie hell die Venus ist.«

Damit auch Joseph wusste, wovon die Rede war, zeigte sie auf den Himmelskörper. »Sie wird auch der helle Planet genannt.«

»Komm, lass uns mit dem Astronomie-Unterricht weitermachen, Clem«, sagte ihr Vater. »Kennst du den hellsten Stern am Himmel?«

»Nördliche oder südliche Hemisphäre?«, fragte sie, wobei das schwierige Wort ihr beinahe die Zunge verknotete.

Ihr Vater schmunzelte. »Sei nicht so kokett.«

»Der Nordstern?«, sagte sie unsicher.

»Guter Versuch, Clem, aber der hellste Stern ist der Sirius. Wir können ihn von überall auf der Welt sehen, weil er so funkelt. Da ist er. Er wird auch ›Hundsstern‹ genannt.«

»Warum, Daddy?«

»Sein Sternbild – kannst du dich erinnern, wie wir über Sternbilder gesprochen haben?« Clementine nickte. »Im Lateinischen gehört das Sternbild des Sirius zum Canis Major, dem Großen Hund. Wenn wir die Hauptsterne miteinander verbinden, erkennt man die Umrisse eines Hundes. Hier von Afrika aus sehen wir ihn direkt über unseren Köpfen, aber wenn wir in England wären, wäre er eher in südlicher Richtung.« James zeigte den Umriss mit dem ausgestreckten Finger. »Südöstlich von Woodingdene, dem Zuhause deiner Mutter, nach Südwesten.« Er nickte versonnen. »Er ist leicht zu finden, aber wenn du Hilfe brauchst, dann such zuerst nach dem Gürtel des Orion – daran erinnerst du dich doch noch, oder?«

»Ja. Mrs Carruthers hat gesagt, ich würde Unsinn reden, als ich das der Klasse erklärt habe.«

»Man sollte Mrs Carruthers einmal ordentlich ihren dicken Hintern versohlen, wenn sie so etwas zu dir sagt.«

Clem begann zu kichern.

James fuhr fort: »Such nach den drei Sternen des Oriongürtels, verbinde sie mit einer imaginären Linie, und diese führt dich dann zum Sirius ... du musst immer zuerst nach Orion Ausschau halten.«

Er seufzte.

»Ich weiß, es ist schwer zu glauben, aber Sirius brennt heller als unsere Sonne, Clem, und ich habe es zwar noch nicht gesehen, aber ich habe mit Astronomen gesprochen, die mir gesagt haben, dass seine Strahlen ...« Erneut zeigte er darauf. »Siehst du die spitzen Strahlenarme, die vom Hauptkörper ausgehen?« Als er sich zu ihr beugte, roch sie den Whisky, aber heute Abend roch sie nicht den säuerlichen Atem eines Betrunkenen, wie sie befürchtet hatte. Sein Atem roch eher süß nach Honig, so wie damals in der Nacht, als sie um ihre Mutter geweint und er ihr von ihren schottischen Vorfahren erzählt hatte. Das war der Vater, den sie liebte: liebevoll und voller Interesse. Die Hand des Zulu hielt sie ebenfalls noch. Er war das Gegengewicht: stark, weise, immer nüchtern, immer fürsorglich. Clementine vermisste ihre

Mutter, aber sie wollte nie von den beiden Männern in ihrem Leben getrennt sein – wenn die beiden ihre Eltern waren, dann war ihr das mehr als genug. Erneut wandte sie ihre Aufmerksamkeit ihrem Vater zu.

»Diese Strahlenarme funkeln in einem Regenbogen herrlicher Farben. Der Sirius ist wirklich ein besonderer Stern.«

»Dann sollten wir unseren Riesendiamanten Sirius nennen, wenn wir ihn finden«, sagte Clementine.

»Ja, das ist tatsächlich ein großartiger Name für einen Diamanten, wenn wir jemals einen finden sollten. Dann also, auf die Grabung morgen!«

»Kommst du ins Bett, Clem?«

»Ich bringe sie nach Hause, Mr James«, versicherte Joseph ihm.

James gähnte und küsste seine Tochter auf das fettige Haar. Dann rappelte er sich auf, sagte Gute Nacht und schlurfte davon.

Joseph wies zum Himmel. »Da ist der Stern, von dem dein Vater spricht. Wir nennen ihn inDosa. Der Stern, der die Nacht über den Himmel zieht und die Morgenröte heraufholt«, sagte er. Seine Zähne leuchteten weiß in der Dunkelheit.

Clem wiederholte das Wort, und sein Lächeln wurde breiter. »Wir müssen uns mehr anstrengen, Miss Clementine.«

»Wie meinst du das?«

Der Zulu zuckte mit den Schultern. »Für deinen Vater. Sein Schatten wird dunkler.«

»Er war nicht betrunken.«

»Deshalb empfinde ich ja ...«, er suchte nach dem richtigen Wort, »Unbehagen«, sagte er dann unsicher.

»Mr James war traurig. Ich traue dieser Stimmung nicht. Dann kommt die Krankheit.«

»Was sollen wir denn tun?«

»Du musst in seiner Nähe bleiben. Bring ihn zum Lächeln.«

»Ich werde es versuchen.«

Der Zulu erhob sich, ohne ihre Hand loszulassen. »Dein Daddy hat dir nicht erzählt, dass inDosa ein anderer Stern folgt. Frag ihn danach. Du bist der kleine Stern, der ihm folgen muss, aber eines Tages wirst du Sirius werden und hell strahlen.«

»Aber wer wird mir dann folgen?«

»Ich. Immer.«

»Und wenn du vor mir stirbst?«

Joseph lachte leise. »Dann wird dir mein Geist folgen.«

»Sag mir, was ich tun muss, wenn du stirbst, damit ich mich richtig um dich kümmern kann.«

Wieder lachte er, dieses Mal lauter. »Ich bin noch lange nicht so weit, Miss Clementine.«

»Ich will aber nicht, dass dich jemand verbrennt, Joseph.«

»Wir begraben unsere Toten, Miss Clementine. Oft hüllen wir sie in das Fell des Tieres, das wir töten, weil Blut vergossen werden muss.«

»Warum?«

»Es ist ein Opfer an die Götter, damit der Familie oder dem Toten kein Unheil geschieht, wenn er sich auf den Weg zu seinen Vorfahren macht. Wir geben den Toten leichte Füße für die bevorstehende Reise ihres Geistes, damit sie sich nicht verlaufen oder zwischen hier und dem Leben nach dem Tod stecken bleiben.

»Vielleicht macht dein einer Schuh deine Reise zu

schwer. Soll ich ihn dir dann vom Fuß ziehen?«Entzückt lachte er. »Wenn du willst.«

»Dann kannst du dich leichter auf bloßen Füßen wie ein guter Zulu bewegen und mir für immer geräuschlos auf Zehenspitzen folgen.«

Er nickte.

»Aber, Joseph ...«

»Ja, Miss Clementine?«

»Bitte, stirb nicht.«

»Ich verspreche es dir.«

Sie klammerte sich an ihn, und er nahm sie auf den Arm und richtete sich zu seiner vollen Höhe auf. »Und ich werde über dich wachen und stolz auf dich sein, wo auch immer du bist.«

2

Woodingdene Estate, Northumberland, England
März 1872

Reggie Grant starrte auf die Seiten und versuchte sich einzureden, dass das, was er gerade dreimal hintereinander gelesen hatte, nicht wahr sein konnte. Der zerknitterte Umschlag hatte in dem kleinen Poststapel rechts neben seinem Wasserglas gelegen; die leuchtend bunten Briefmarken hatten seine Aufmerksamkeit von den Morgenschlagzeilen abgelenkt, einfach aufgrund der Tatsache, dass sie afrikanisch waren. Seine Laune hob sich. Endlich! Er hatte schon so lange nichts mehr von ihr gehört.

Die Vorderseite des Briefes würdigte er kaum eines Blickes. Die Unterseite war mit rötlichem Staub bedeckt, und der Brief hatte offensichtlich eine mühevolle Reise mit der Post Ihrer Majestät hinter sich gebracht, um ihn zu erreichen. Er brauchte noch nicht einmal einen Brieföffner, denn der Umschlag löste sich schon bei der kleinsten Berührung seines Fingernagels an der Kante. Bevor er jedoch die zwei Seiten lesen konnte, wurde er durch das Eintreten des gerade neu eingestellten Robert Milton abgelenkt. Obwohl ihm im Wesentlichen die Führung des Haushalts oblag, stand er Reggie außerdem für alle möglichen anderen Aufgaben zur Verfügung, wie seine Garderobe und Fahrten nach London, sofern es nötig war. *Ein Hans Dampf in allen Gassen*, dachte Reggie, wobei es ihn ein wenig ärgerte, dass er die Szenerie zu spät betreten hatte, um das Leben des Landadels mit zahlreichen Dienstboten für unterschiedliche Aufgaben zu genießen. Dennoch, Woodingdene bot auch so einen großen Unterschied zu der feuchten Londoner Wohnung, deren Trübseligkeit unter mehreren Schichten Farbe und der Second-Empire-Sehnsucht seiner französischen Mutter verdeckt worden war. Die schlechte Adresse hatte keine allzu große Rolle gespielt, sosehr hatte sein Vater ihnen das Blaue vom Himmel versprochen. Und doch war er in Spitalfields aufgewachsen und von einer Mutter großgezogen worden, die sich ihre Reize mit gutem Geld bezahlen ließ. Schon als Jugendlicher, als sie in ihren seidenen Gewändern noch eine wundervolle schmale Taille hatte, war ihm bewusst gewesen, dass ihr atemloser französischer Akzent und ihre großzügige Art sie zu einer der unwiderstehlichsten Prostituierten in London machten. Nach den Slums von Paris, wo sie ursprünglich gelebt hatten, war die Wohnung in Spitalfields ein Schloss – dank Henry Grant, der seine »Maitresse«, wie er sie gerne nannte, immer zur Verfügung haben wollte.

Und so war Woodingdene, das weitläufige Landschloss, in dem das Geld aus den Wasserhähnen zu fließen schien, Reggie wie der Buckingham Palace erschienen.

»Was kann ich für Sie tun, Sir?«, durchbrach Milton seine Gedanken. Er hatte sich mit Leichtigkeit in seine neue Rolle hineingefunden und gab Reggie die Zuversicht, dass er dieser Familie vorstehen und es zu etwas bringen konnte, obwohl die Fußstapfen, in die er getreten war, große waren.

»Nimmt Mrs Grant ihr Frühstück auf ihrem Zimmer ein?«

»Ich vermute, man hat ihr ein Tablett nach oben geschickt«, sagte Milton.

»Fühlt sie sich nicht wohl?«

»Nicht, dass ich wüsste.«

Geschickt geantwortet, dachte Reggie. Milton würde seine Arbeit gut machen, aber es würde eine Weile dauern, bis er Lilian Grant davon überzeugt hatte, dass der frühere Butler der Familie nicht hatte bleiben können. Reggie hatte es liebenswürdigerweise als Ruhestand bezeichnet. Obwohl er großzügig war, hatten Bellamy und andere Dienstboten des Hauses die Ankunft des »Bastards« in ihrem Leben nicht gerade freundlich begrüßt. Die Situation war für Reggie unhaltbar gewesen, und er hatte die alten Dienstboten, für die das Wort seines Vaters Gesetz gewesen war, entlassen. Er trauerte um seinen Vater und wünschte sich mehr als einmal, dass stattdessen die scharfzüngige Lilian gestorben wäre, aber jetzt mussten sie leider miteinander auf Woodingdene auskommen.

Er wusste, dass er Zugeständnisse machen musste, damit ihr gemeinsames Leben erträglich würde, ganz gleich, wie sehr sie ihn verabscheute.

»Dass ich eine andere Mutter habe, ist nicht meine Schuld«, hatte Reggie ihr kürzlich in einer Auseinandersetzung erwidert. »Aber ich bin trotzdem Henry Grants Sohn. Du brauchst mich jetzt.«

»Wir sind ohne dich sehr gut zurechtgekommen.«

»Ach ja? Hat mein Vater deshalb anderswo Trost gesucht?«

Die Bemerkung hatte sie getroffen, und sie hatte

schmerzerfüllt das Gesicht verzogen; kurz hatte sie die Lippen zusammengepresst und die Augen geschlossen.

»Mit wem er herumgehurt hat, ist mir egal.«

»Ja, aber ich bin das Ergebnis, und er hat mir seinen Namen gegeben. Und auf seinem Totenbett hat er mir Anweisungen gegeben. Bezüglich dir, Louisa und Clementine. Lilian, die Auseinandersetzung ist alt. Du hast dich die ganze Zeit gegen mich gewehrt, seit meine Schwester …«

»Halb-Schwester«, unterbrach sie ihn scharf.

Er lächelte, um ihr zu zeigen, dass sie ihn nicht verletzen konnte.

»Lilian«, begann er erneut, »ich weiß, dass du Louisa liebst. Ich weiß, du bist in Clementine vernarrt. Ich hoffe, du verstehst, dass ich trotz unserer Differenzen genau dasselbe für sie empfinde. Sie sind alles, was uns beiden geblieben ist. Also, konzentriere dich auf deine Liebe zu ihnen. Hör auf, dein Herz mit Hass auf mich zu füllen. Ich habe meinem Vater versprochen, mich um die drei Frauen dieser Familie zu kümmern, und ich beabsichtige, mein Versprechen zu halten.«

»Bis du selbst eine Frau findest – du bist fast dreißig. Und dann wird sich die Hackordnung dramatisch ändern.«

Oh, eine neue Taktik. Dieses Argument sprach Bände. »Du hast in dieser Hinsicht absolut nichts zu befürchten. Überhaupt nichts«, sagte er eindringlich. Er hoffte, sie würde die verborgene Bedeutung spüren, ohne jedoch die Wahrheit zu erkennen.

Er erinnerte sich, wie Lilian Grant ihn mit ihrem starren, eiskalten Blick fixiert hatte. Er hatte ihrem Blick standgehalten und die Eiseskälte ertragen, während sie über seine sorgfältig maskierte Äußerung nachdachte. Schließlich meinte sie, ihn verstanden zu haben. Sie hatte eine Augenbraue hochgezogen und gesagt: »Ich verstehe.«

Erleichterung durchflutete ihn. Sollte sie doch denken, dass er die Zuneigung von Männern vorzog. Das war ihrem Entsetzen, wenn sie die Wahrheit wüsste, immer noch vorzuziehen.

Seine Gedanken wanderten von der Syphilis zurück zu Lilian Grant. In ihrer Jugend war sie zweifellos eine Schönheit gewesen; wahrscheinlich hatte sie sich der Männer, die um ihre Gunst warben, kaum erwehren können. Jetzt war sie weit über sechzig, aß wenig, um schlank zu bleiben, ging täglich spazieren und trainierte ihren Kopf, indem sie die Zeitung gründlich las. In gewisser Weise war er beeindruckt von ihr, wenn er sie mit seiner schlampigen Mutter verglich, die sich um diese Tageszeit noch von der Wollust der vergangenen Nacht erholte.

»Dann hoffe ich nur, dass du diskret vorgehst«, hatte sie ihn gewarnt.

Sie hatten nie wieder über das Thema gesprochen, aber er hatte zur rechten Zeit die richtigen Worte gefunden, um ihre Ängste zu beruhigen. Zwar waren sie sich nicht nähergekommen, aber sie akzeptierten beide, dass Reggie sich hier auf Woodingdene aufhalten musste, um ihre Interessen zu schützen.

Der Butler räusperte sich.

»Kann ich ihren Mangel an Interesse denn Ihnen zum Vorwurf machen, Milton?«, sagte er leichthin und wandte seine Aufmerksamkeit wieder dem Brief zu. Er wusste noch nicht genau, ob der neue Butler überhaupt Sinn für Humor hatte.

»Ich denke schon, Sir. Mrs Grant kann sich nur schwer mit meiner Anwesenheit abfinden.«

Offensichtlich war er geübt in der Kunst der Untertreibung. »Danke, Milton. Heute Morgen nur ein bisschen Porridge und Sahne, bitte.«

»Sehr wohl, Sir. Soll ich Ihnen einschenken?«, fragte der Mann und nickte zu der silbernen Kanne hin, die neben dem Poststapel stand. Er erinnerte Reggie an einen Esel; grau mit einem traurigen Ausdruck in dem langen Gesicht – er würde schon noch herausfinden, worüber Milton lachen konnte.

»Nein, ich mache es selbst.«

Milton ging, und Reggie war in dem riesigen Frühstückszimmer allein. Er schenkte sich Tee ein, ignorierte die dünnen Zitronenscheiben, die Lilian immer zum Tee nahm, und schüttete sich stattdessen ein wenig Milch in das starke Gebräu. Dann trank er einen Schluck und wandte sich wieder dem zusammengefalteten Brief zu. Er freute sich bereits auf eine lange, humorvolle Nachricht seiner Schwester.

Halbschwester, ahmte er im Stillen Lilian Grant nach. Er seufzte. Wenn er ehrlich war, so waren sie garstiger zueinander gewesen, als sein Vater noch gelebt hatte, vielleicht, weil sie beide um seine Aufmerksamkeit kämpften und eifersüchtig auf den anderen waren. Seit seinem Tod vor über einem Jahr hatte die neue, schwierige Existenz, die sich anfühlte wie ein Waffenstillstand, ihnen geholfen, miteinander auszukommen, und sei es nur um Louisas willen. Louisa würde Woodingdene einmal erben, nicht er. Lilian konnte den Besitz nicht führen, und sie wollte es auch gar nicht, außerdem hatte sie ihm gesagt, sie wisse, dass er das in ihrer aller Interesse tun würde. Es war das einzige Zugeständnis, dass sie ihm je gemacht hatte.

Er trank erneut einen Schluck Tee. Erstaunt stellte er fest, dass der Brief nicht von Louisa war. Stirnrunzelnd blickte er noch einmal auf die Vorderseite des Umschlags. Auch die Adresse war nicht in der schwungvollen Handschrift seiner Schwester geschrieben. Stattdessen war es die nüchterne Handschrift ihres Ehemanns, des Ingenieurs.

Es klirrte leise, als er die Tasse auf die Untertasse stellte. Mit einem hörbaren Seufzer fragte er sich, warum sein Porridge so lange dauerte. Die Aufgaben des Tages, die vor ihm lagen, fielen ihm ein. An dem, was James Knight zu sagen hatte, war er wirklich nicht interessiert; wenn Knight schrieb, dann war ihm vermutlich das Geld ausgegangen. Geistesabwesend überflog er die Zeilen. Zu Anfang war die Schrift noch sehr ordentlich, aber im Lauf der beiden kurzen Seiten wurde sie rasch undeutlicher. Man sah die Schrift des Mannes förmlich zusammenbrechen.

Es konnte nicht wahr sein. Aber es konnte auch kein Scherz sein. James schrieb wahrhaftig, dass Louisa gestorben sei. Er musste sich verlesen haben. Tot? Nein! Auf einmal war seine Kehle wie zugeschnürt, und sein Atem kam in lauten, rasselnden Stößen – er musste sich bewusst dazu zwingen, seine Lunge mit Luft zu füllen, weil er sich nicht mehr darauf verlassen konnte, unbewusst weiterzuatmen. Der Puls hinter seinem Ohr pochte laut, als der Schock durch seinen Körper raste. Ihm wurde schwindlig. Reggie blickte auf das Datum oben am Brief und stöhnte leise. Seine Schwester war nicht gerade erst gestorben, sie war anscheinend schon lange tot, begraben in den elenden Tiefen der afrikanischen Wüste, wo ihr Körper vertrocknen und sich auflösen würde.

Noch zweimal las er den Brief. Es war deutlich zu spüren, dass der Mann untröstlich war, aber Knight und seine Gefühle waren ihm absolut egal.

Louisas Mann war der einzige Grund, warum sie tot war.

Milton trat ein, ein aufgesetztes Lächeln im Gesicht. »Ihr Porridge mit Sahne, Sir ...«

Er blieb abrupt stehen, als Reggie so plötzlich aufstand, dass der Tee aus der Tasse schwappte.

»Mr Grant? Sind Sie ...«

»Milton, bitte rufen Sie Mrs Grant. Sagen Sie ihr, es sei dringend. Ich bin im Arbeitszimmer meines Vaters.«

Sie saßen sich am Doppelschreibtisch gegenüber. Ihre Feindseligkeit hatte sich durch den Schmerz, der viel größer war als der über Henrys Tod, in etwas anderes verwandelt. Reggie starrte auf die helle, teilweise honigfarbene Walnuss-Maserung. Er legte die Hand auf die warme, lederbespannte Oberfläche des Schreibtischs und holte tief Luft. Wie alle Möbel seines Vaters war auch der Schreibtisch reich mit Schnitzereien versehen, was Reggie seltsam tröstlich fand, als ob er endlich von dem Vater umarmt würde, der dem unehelichen Sohn eher Pflichtgefühl als Zuneigung entgegengebracht hatte.

Erst jetzt wusste er Henry Grants einzigartigen, besonderen und sehr extravaganten Stil zu schätzen, dessen Überladenheit sich von dem seiner Zeitgenossen immer abgehoben hatte. In diesem Jahr auf Woodingdene war ihm klargeworden, dass sein Vater sich nicht darum scherte, was andere von ihm hielten. Mit seinem Bankkonto war auch sein Ego gewachsen, und er hatte grenzenloses Vertrauen in sein spezielles Gefühl für Ästhetik gehabt. Dass er Reggie seinen Namen gegeben hatte, war möglicherweise der ultimative Ausdruck seiner Arroganz gewesen. Haus und Ländereien waren ein Abbild von Henrys Geschmack, seiner Leidenschaft, Kunst und Möbel zu sammeln, und seines fortschrittlichen Denkens. Die einzige Person, die Reggies Vater so gut kannte, dass sie ihm mehr über ihn erzählen konnte, saß ihm gegenüber, und er musste sich wirklich noch mehr Mühe mit ihr geben ... vor allem jetzt.

Reggie wartete und blickte durch die Panoramafenster in das grüne Tal, das zu ihrem Besitz gehörte. Seine Schönheit inspirierte und erschreckte ihn jedes Mal aufs Neue. Heute fielen Sonnenstrahlen darauf, die ihm den Anschein gaben, als hätten Engel Löcher in die Wolken gebohrt, um die Landschaft mit goldenen Lichtsäulen zum Leuchten zu bringen. Er redete sich ein, dass Louisa ihn durch dieses himmlische Licht zu erreichen und zu trösten versuchte. Aber Louisa lag tief in afrikanischer Erde und war schon seit sechs Monaten verloren.

Und er empfand keine Verzweiflung, sondern blanke Wut.

Er hatte nicht aufgeblickt, als Lilian, die den Brief las, keuchte und anschließend in Tränen ausbrach. Sie würde es nicht wollen, dass er sie so verletzlich sah. Seine neue Großzügigkeit ihr gegenüber erstaunte ihn.

Ihre Tränen waren von kurzer Dauer. Sie war anders als seine Mutter, die stundenlang getobt hätte. Sie hätte ihren Kummer allen in einer leidenschaftlichen Zurschaustellung hysterischer Gefühle zeigen müssen. Am Ende wäre sie ohnmächtig geworden und hätte mit Riechsalz wiederbelebt werden müssen. Kopfschmerzen, im Bett, Alkohol, betrunkene Küsse, mit denen sie ihn überschüttet hatte – so war sie gewesen, als sie von Henrys Tod erfahren hatte. Es hatte jedoch nicht lang gedauert, bis sie wieder einen reichen Liebhaber gefunden hatte, der ihr das Leben ermöglichte, wie sie es bevorzugte: mit vollem Unterhalt und regelmäßigen Geschenken wie Parfüm, Schokolade, Seidentüchern und privaten Festen.

Er sah, wie Lilian schluckte und ihre Emotionen bezwang. Er mochte sie nicht, aber auf ihre Stärke und ihre Haltung konnte man sich verlassen.

Lilians Tränen hatten eine schwache, aber dennoch verräterische Spur auf ihren gepuderten Wangen hinterlassen. Verstohlen beobachtete er, wie sich ihr Gesichtsausdruck in kontrollierte Verzweiflung verwandelte. Vermutlich würde es keine Tränen mehr geben. Auch er würde die Tote nicht beweinen. Und so saßen zwei wütende Menschen am Schreibtisch, die sich auf einmal in der gleichen Situation befanden und eine Entscheidung treffen mussten.

Er half ihr. »Lilian, ich glaube, wir brauchen beide Zeit, um den Inhalt dieses Briefes zu begreifen und damit fertigzuwerden. Möchtest du vielleicht heute Abend mit mir essen? Dann könnten wir uns unterhalten, nachdem wir Zeit hatten, unsere Gedanken zu ordnen.«

»Das ist ein kluger Vorschlag, Reggie. Ja, wir sehen uns heute Abend.«

»Sehr gut. Ich bedauere zutiefst, dass wir uns in dieser schmerzlichen Situation befinden, aber ...« Warum redete er so geschwollen? Sag es doch einfach! »Ein Kind sollte nicht vor seiner Mutter sterben. Schon Henrys Tod hat dich viel Kraft gekostet, Lilian, und dein Verlust ... unser Verlust ... erfüllt mich mit aufrichtiger Trauer.«

Wieder starrte sie ihn eindringlich an; er sah, dass sie noch nicht wirklich bereit war, ihm zu vertrauen, aber sie kam näher. Sie nickte. »Lass etwas Einfaches auftragen heute Abend. Ich habe keinen Appetit.«

Sie ging. Wegen eines Hüftleidens war ihr Gang steif, aber sie hielt sich kerzengerade, als ob sie einen Besenstiel im Rücken hätte. Gerade erst war sie aus ihrer Rolle als trauernde Witwe wieder aufgetaucht und hatte begonnen, ab und zu wieder hellere Farben zu tragen, heute eine taubengraue Bluse und über den dunklen Röcken einen Hauch von Lavendel. Diese hübschen Farben würden jetzt zweifellos wieder im Schrank verschwinden, und sie würde erneut die schwarze Trauerkleidung des vergangenen Jahres anlegen.

»Ich lasse den Kamin im kleinen Esszimmer anheizen – vielleicht können wir dort ein einfaches Abendessen zu uns nehmen«, sagte er.

Lilian blieb an der Tür stehen. »Keine Dienstboten. Gib ihnen heute Abend frei. Ich möchte niemanden um mich herum haben.«

Er verstand. Jeder trauerte auf seine Art.

3

Lilian hatte sich frisieren lassen und die Haare zu einem hoch angesetzten Knoten geschlungen, der von einem schwarzen Spitzenband gehalten wurde; ihr Geschmack war tadellos. Reggie hatte keine Ahnung, wie sie diese Fülle in ihre Haare bekam. Die Geheimnisse der Frauen faszinierten ihn, aber er ließ nicht zu, dass sie ihn von seinen Interessen ablenkten.

»Darf ich dir einen Sherry anbieten, Lilian?«

»Danke.« Sie setzte sich auf das Sofa gegenüber dem Kamin, wobei sie die Tournüre ihres schweren schwarzen Seidenrocks sorgfältig arrangierte. Die Seide raschelte über den zahlreichen Unterrockschichten. Reggie konnte sich nicht vorstellen, sich so kleiden zu müssen. Er war froh darüber, dass bei ihm lediglich der steife, hohe Kragen ins Kinn stach. Er richtete seine weiße Krawatte, dann griff er nach der schweren Karaffe.

Lilian war eingehüllt in den warmen Lichtstrahl des großen runden Lampenschirms über dem Sofa, von dem filigrane Blumen und schimmernde Fransen herunterhingen. Sie wirkte dadurch noch zarter.

»Hast du es dem Personal schon gesagt?«

»Noch nicht«, antwortete er vorsichtig. Er war sich nicht sicher, was ihr lieber war. »Ich dachte, morgen vielleicht, nachdem wir Gelegenheit hatten, uns zu fassen.«

Das schien sie zu befriedigen. Ihre Schultern entspannten sich. »Ich bin froh, dass Henry diesen Schmerz nicht mehr erleben musste. Er war kein gewalttätiger Mann, aber rachsüchtig. Ich glaube, er hätte James Knight etwas angetan.«

»Ich wünschte, ich hätte meinen Vater besser gekannt, aber er hat sich bewusst von mir ferngehalten.«

»Wann hat er von dir erfahren?«

Er reichte ihr ein geschliffenes Kristallglas mit kurzem Stiel, in dem der süße, schwere spanische Sherry funkelte. Sie ergriff es, und ihre Finger berührten sich. Die neue Wendung ihrer Beziehung faszinierte ihn. »Ich glaube, er wusste es von Anfang an. Meine Mutter muss wohl schrecklich unglücklich über ihre Schwangerschaft gewesen sein.«

»Weil sie ihr die Figur ruiniert hat?«

»Ja, und sie auch in ihrem Lebensstil behinderte.«

Lilian nickte. »Wie bist du damit zurechtgekommen, dass deine Mutter eine Prostituierte war?«

Reggie stieß die Luft aus. »Sie bezeichnete sich selbst als Maitresse. Ich hatte nicht besonders darunter zu leiden. Ich war ja im Internat und ...«

»Zweifellos auf unsere Kosten.«

»Mein Vater bestand darauf. Ich verbrachte den größten Teil meiner Kindheit in Institutionen – meine einzige Freude mit vierzehn waren die regelmäßigen Besuche auf Woodingdene, wo ich versuchte, ihn kennenzulernen. Ich liebte Louisa und wünschte mir, dich beeindrucken zu können. Er hatte mich in Rechnungswesen unterrichten lassen. Er sagte, so könnte ich meinen Lebensunterhalt verdienen und etwas über die Familiengeschäfte lernen.«

»Ach ja?«

»Ich habe es mir nicht ausgesucht. Ich war in die Situation hineingeboren worden und habe versucht, nicht auszubrechen – ich bin ja auch nur hier, weil mein Vater es von mir verlangt hat, bevor er starb.«

»Ich weiß«, gab sie erschöpft zu.

»Du hast nichts von mir zu befürchten, und auch nicht von meiner Mutter – du brauchst sie um nichts zu beneiden.«

»Nur dafür, dass sie meinen Gatten seiner Frau und seinem Heim entfremdet hat – und sie schenkte ihm den Sohn, den ich ihm nie geben konnte.«

Das war es, dachte er. Das war ihr Schmerz. Der Tag war voller Überraschungen. »Und doch bin ich hier und nicht bei ihr. Sie hat alles verloren. Könnte man es nicht eher so sehen, dass du etwas gewonnen hast?« Die kühne Bemerkung war heraus, bevor er sich zurückhalten konnte. Er hatte das Gefühl, sein hoher Kragen schnürte ihm die Kehle zu.

Lilians Reaktion überraschte ihn. Sie lachte. »So wie du es darstellst, hast du vermutlich recht. Ich habe also gewonnen, willst du sagen?«

»Ich bin hier, um mich um Henrys Besitz zu kümmern. Ich schwöre dir, Lilian, meine Mutter wird keinen Penny mehr von seinem Geld sehen. Wenn sie Hilfe braucht, werde ich ihr mein Geld geben.«

»Kann ich denn dem Wort eines Grant trauen?«

»Meinem ja.«

Sie stieß einen erschöpften Seufzer aus. »In Ordnung, Reggie. Versuchen wir es, ja? In einer Sache können wir beide uns auf jeden Fall vertrauen.«

»In unserer Liebe zu Louisa«, sagte er.

»Ja. Im Anfang habe ich nicht daran geglaubt, aber letztendlich musste ich akzeptieren, dass ihr euch so nahe wart, wie Geschwister es nur sein können. Ihre Liebe zu dir kam von Herzen.«

»Wie auch meine.«

»Ich muss darauf ebenso vertrauen wie auf meinen Instinkt, denn ich muss sagen, dass Henry dir gegenüber keine Zuneigung gezeigt hat.«

Sie wusste, wie sie ihn verletzen konnte. »Ja, ich fand es als Kind sehr verwirrend. Er sorgte für mich, aber er wollte nichts mit mir zu tun haben. Er schickte mich weg. Besuchte mich nie. Antwortete nie auf meine Briefe. Ich glaube, nur weil Louisa zufällig meine Existenz entdeckte, wurde mein Name überhaupt jemals laut ausgesprochen.«

»Ich kann mich noch gut an den Tag erinnern. Wir hatten einen fürchterlichen Streit. Ich fuhr in unser Londoner Haus, aber Louisa weigerte sich, mich zu begleiten, was sich wie ein doppelter Verrat anfühlte. Es faszinierte sie, dass sie nicht mehr das einzige Kind der Grants sein musste. Wenn dein Vater weniger mit seinem Reichtum und seinen Leistungen geprahlt hätte, wäre es vielleicht einfacher für sie gewesen.«

Er lachte leise. »Sie ist zu mir in die Schule nach Sussex gekommen und hat gesagt, es sei langsam an der Zeit, dass ich die Last mittrage, Henry Grants Kind zu sein.«

Lilian lächelte. »Sie war immer so gut mit allen, gar nicht wie Henry oder ich.«

»Sie vereinte das Beste von euch beiden.« Er ergriff sein Whiskyglas, das auf dem Kaminsims stand. »Ist es falsch, auf Louisa zu trinken?«

»Keineswegs.«

»Dann erhebe ich mein Glas auf die schönste Tochter,

der eine Frau ihre Liebe schenken kann, und auf die Schwester, die ich angebetet habe.«

Sie hob ebenfalls ihr Glas. Ihr Gesichtsausdruck war schwer zu ergründen. Er fragte sich, ob sie im Stillen wohl *Halbschwester* sagte, verwarf den Gedanken aber gleich wieder.

»Natürlich war sie in den vergangenen anderthalb Jahren nicht hier, aber ich spüre ihren Verlust körperlich«, gestand er. »Mrs Archer hat eine Suppe für uns vorbereitet, doch ich glaube ehrlich gesagt nicht, dass ich etwas hinunterbekomme.« Er blickte zu der kleinen Porzellanterrine, die auf einer Warmhalteplatte stand. Die Kelle lugte unter dem Deckel hervor.

Lilian schüttelte den Kopf. »Ich auch nicht.«

Reggie stellte sich an den Marmorkamin. In einem anderen Haus hätte er als prachtvoll gegolten, aber hier in Woodingdene wirkte er schlicht.

»Louisa hat mir erzählt, dass du die hier für sie gesammelt hast«, sagte er und betrachtete bewundernd die Reihe exquisiter Porzellanvasen in zartem Blau auf dem Kaminsims.

»Ja. Wir haben sie auf unserer großen Orientreise gefunden.« Sie schüttelte den Kopf bei der Erinnerung und verzog die Mundwinkel zu einem leisen Lächeln. »Henry sammelte, was immer ihn faszinierte. Manche Leute haben unfreundlicherweise behauptet, er habe keinen Geschmack gehabt, aber ich finde, er war eher unkonventionell als vulgär.«

»Ich finde, das zeigt sich an seinem Lebensstil.«

»Ja. Und ich bedauere, dass ich ihm nur ein Kind schenken konnte, das seine Visionen teilte.«

»Louisa liebte euch beide sehr.«

»Nicht genug, um auf uns zu hören«, sagte sie.

Reggie trat leise zu einem der schweren Ledersessel und setzte sich.

»Selbst du warst dagegen, dass sie James heiratete«, fuhr sie fort. »In dieser Hinsicht war sich ihre Familie einig.«

Freude erfüllte ihn, weil Lilian ihn als Familienmitglied bezeichnete. »Ich habe ihn damals gehasst, und jetzt habe ich einen guten Grund, ihn doppelt zu hassen.«

»Ich wünschte, er wäre tot und Louisa auf dem Weg nach Hause.« Ihr Tonfall klang unversöhnlich.

Reggie stimmte ihr zu. »Er wird es nie zu etwas bringen. Vermutlich steht ihm auch die Karriere als Ingenieur jetzt nicht mehr offen – andere werden ihn ersetzt haben. Er hat sich ein Wolkenkuckucksheim erschaffen. Er ist nicht böse, aber sein Leichtsinn war schon von Anfang an sein Verderben.«

»Nicht *sein* Verderben!«, sagte Lilian scharf. Sie verschüttete ein paar Tropfen Sherry auf ihr Kleid. Falls sie es überhaupt gemerkt hatte, so reagierte sie nicht. »Unser Verderben! Mir ist egal, ob er trauert. Ich hoffe, er erholt sich nie wieder von seiner Trauer. Er hat mir mein einziges Kind genommen; er hat diesem wunderschönen kleinen Mädchen die Mutter genommen, und das alles nur, weil er egoistisch und sorglos ist. Er fühlt weder sich selbst noch anderen gegenüber Verantwortung und Pflicht.« Sie musste husten und rang nach Atem. Reggie sprang auf, um ihr ein Glas Wasser zu reichen.

»Hier, Lilian, trink. Bitte beruhige dich wieder.«

Sie nahm das Glas mit zitternder Hand und trank das Wasser gierig aus. »Danke«, stieß sie hervor. »Verzeih mir. Ich hatte mir gelobt, mich nicht aufzuregen.«

»Hier ist niemand Wichtiges.«

Sie schwieg. Schließlich blickte sie auf, und der orangerote Schein des Kaminfeuers brachte ihr Gesicht zum Leuchten. »Doch, du bist wichtig, Reggie. So schwer es mir fällt, es zuzugeben, du bist mein Verbündeter, die einzige Person, auf die ich jetzt zählen kann.«

Er konnte kaum glauben, dass er sie richtig verstanden hatte. »Es muss schwer für dich sein, das zuzugeben.«

»Schwerer, als du dir vorstellen kannst, aber wir stehen jetzt an einer schrecklichen Kreuzung, und ich brauche dich, Reggie.«

Er blinzelte. Erstaunlich. Lag da tatsächlich ein Flehen in ihrem Tonfall?

»Mir ist klar, dass dies alles sehr überraschend für dich kommt«, fuhr sie fort, aber es gibt etwas, was du wissen musst. Ich wollte es niemandem erzählen, bis … Nun, das spielt keine Rolle mehr. Jetzt bin ich dazu gezwungen.«

Er hätte gerne sein Whiskyglas, das auf dem Kaminsims stand, in der Hand gehabt und einen Schluck getrunken. »Was ist los?« Er setzte sich neben sie, so nahe, dass er ihr Veilchenparfüm riechen konnte.

»Ich sterbe, Reggie.« Die Worte hingen ein paar Sekunden lang in der Luft. »Ich weiß es seit einer ganzen Weile. Henry habe ich es nie gesagt – irgendwie war nie der richtige Moment. Mein Arzt hat mir versichert, es sei inoperabel, aber ich möchte mich auch gar keiner Operation unterziehen. Ich habe einen aggressiven Krebs – jeder Eingriff würde das Unvermeidliche höchstens für ein, zwei Jahre aufhalten.«

»Ich verstehe«, sagte er, entsetzt über die verstörenden Nachrichten. Noch vor wenigen Stunden hatte er ihr den Tod gewünscht, aber jetzt stieg Wut in ihm auf, weil er sie schon wieder verlieren sollte, wo sie doch gerade erst zueinander gefunden hatten. »Wie lange hast du noch?«

»Wer weiß? Ein paar Monate vielleicht.«

»Oh, Lilian.«

Sie legte tatsächlich ihre Hand auf seine. Verwirrt starrte er auf ihre blassen Finger. »Ich brauche dein Mitleid nicht, Reggie. Ich habe meinen Frieden damit gemacht, und nach Henrys Tod und den Nachrichten von heute muss ich zugeben, dass es mir wesentlich leichterfällt loszulassen. Es gibt nicht mehr viel, für das es sich zu leben lohnt.«

»Aber ...« Er machte eine hilflose Geste.

»Woodingdene?« Sie lachte leise. »Woodingdene war immer Henrys Leidenschaft. Ich habe sein Geld genossen, Reggie, ich will nicht lügen, aber so weit im Norden, so dicht an Schottland zu wohnen?« Lilian schnaubte leise. »Ich trage den Süden in der Seele – ich bin ganz in der Nähe von London geboren. Die Stadt und die Theater fehlen mir. Ich liebe Restaurants und ein gesellschaftliches Leben, nicht diese ländliche Existenz. Aber es war erträglich, weil wir eine Familie waren und weil ich Henry hatte.«

»Dann zieh nach London«, schlug er vor. »Ich helfe dir.«

»Wenn ich nicht todkrank wäre, dann würde ich es vielleicht tun. Aber plötzlich fühlt es sich sehr mühsam an für die wenigen Monate. Ich bin ständig erschöpft, und es wird zunehmend schlimmer werden. Hier werde ich gut versorgt.«

»Es tut mir so leid«, stieß er hervor.

»Ich habe heute Nachmittag gedacht, dass die Nachricht von Louisas Tod alle Entscheidungen hinfällig macht, die ich treffen sollte. Plötzlich spielt nur noch eines eine Rolle, und alles Übrige kann seinen natürlichen Lauf nehmen.«

»Kann ich dir bei dem, was eine Rolle spielt, helfen?«

»Genau deshalb krieche ich vor dir zu Kreuze – deshalb bin ich bereit, dir ab dem heutigen Abend alle Verantwortung für Woodingdene und die Angelegenheiten meines Ehemanns zu übertragen. Deshalb sitze ich hier, trinke Sherry und rede mit dir, als seien wir Mutter und Sohn. Ich brauche dich, Reggie. Du musst mir einen einzigen Gefallen tun, und dann kann ich sterben.«

Das war ein bisschen zu dramatisch nach seinem Geschmack, aber er konnte sich der Intensität ihres Blicks und dem Druck ihrer Hand nicht entziehen.

»Was immer du willst«, sagte er, wobei er hoffte, dass er ihren letzten Wunsch nicht sein Leben lang bedauern musste.

»Danke.« Sie lächelte ihn an. »Wenn du das für mich tust, hast du die volle Kontrolle über das Imperium der Grants.«

Sie wusste, wie unwiderstehlich das klang, und sein ganzer Körper reagierte auf das verführerische Angebot.

»Was soll ich tun?«

»Ich möchte, dass du sofort nach Afrika aufbrichst, und wenn möglich die Leiche meiner Tochter nach Hause holst, damit sie neben ihrem Vater bestattet werden kann. Wenn es nicht geht, musst du etwas noch Wichtigeres mit nach Hause bringen. Clementine.«

Er kniff die Augen zusammen. »Können wir sie nicht holen lassen …«

»Nein«, erwiderte sie scharf. »Das muss persönlich erledigt werden. Ich vertraue dir diese Pflicht und Verantwortung als Oberhaupt der Familie an.«

Oberhaupt der Familie. Wie das klang. »In Ordnung«, erwiderte er, in Gedanken schon bei allen Problemen, die ihre Forderung mit sich brachte. »Louisa exhumieren zu lassen und nach Hause zu bringen, ist nicht unmöglich. Es wird Fragen geben und ...«

»Du kannst alles regeln! Du solltest jetzt schon Vorkehrungen treffen.«

Er nickte und stieß leise die Luft aus. »Aber Clementine nach Hause zu holen? Das wird nicht einfach sein. Ihr Vater ist wahrscheinlich damit nicht einverstanden.«

Ihr Lächeln war verschlagen. »Es ist mir absolut gleichgültig, ob du seine Zustimmung hast oder nicht, Reggie.« In ihrer Stimme lag ein lauernder Unterton, aber er hatte nicht die Zeit, sich darauf zu konzentrieren. »Außerdem weißt du gar nicht, was er für sie möchte. Ich habe den Brief auch gelesen. James ist in tiefer Trauer – seine Schrift gibt uns einen unmissverständlichen Hinweis auf seinen Gemütszustand. Ist ein Trinker ein gutes Vorbild für ein Kind? Ist ein Vater, der in einer Diamantenmine arbeitet, überhaupt zu gebrauchen? Er spricht von einem Schwarzen, der sich um Clementine kümmert. Ein Schwarzer! ›Ein Zulu-Krieger‹, schreibt er, als ob uns das beeindrucken sollte. Da fürchtet man sich doch zu Tode!«

»Ich kann dir nur zustimmen.«

»Dann fahr hin, hol meine Enkelin und bring sie nach Hause! Ich will, dass Clementine in England das Leben führt, zu dem sie geboren wurde.«

Er schluckte.

»Du bist ihnen das schuldig.«

»Und wenn er sich dagegen wehrt?«

»Was dann?«

Er starrte Lilian schockiert an. Da er sich nach einem Schluck Whisky sehnte, trat er an den Kamin, aber das hätte sie ihm vielleicht als Schwäche ausgelegt. Er drehte sich zu ihr um und fuhr stirnrunzelnd fort: »Ich gehe davon aus, dass er Nein sagt. Dass er sein Kind nicht ohne Weiteres gehen lassen wird.«

Sie wartete, so als ob sie noch eine weitere Frage gestellt hätte. Ihre blassen Augen funkelten im Schein des Feuers, wie von einer inneren Leidenschaft entzündet. Es konnte am Krebs liegen; es konnte aber auch der Teufel sein, der ihn durch sie in die Ecke drängte. Er wollte ihr gefallen. Er wollte der Hausherr sein. Reginald Grant, Sohn des Henry Reginald Grant, wollte das Imperium seines Vaters mit der vollen Zustimmung und Unterstützung der Witwe seines Vaters übernehmen und nicht mehr nur der Bastard sein, über den die Gesellschaft hinter vorgehaltener Hand tuschelte.

»Was willst du von mir hören?«, stieß er hervor.

»Ich will von dir hören, Reggie, dass du Clementine hierherbringst, bevor ich sterbe, ganz gleich, welche Hindernisse sich dir in den Weg stellen.«

Jetzt griff er zu seinem Glas. Langsam trank er einen Schluck, rollte den Torfgeschmack des Islay Whiskys auf seiner Zunge, bevor er ihn hinunterschluckte. Sanft und tröstlich brannte er in seiner Kehle. Er leckte sich über die Lippen und erwiderte den Blick des Teufels.

»Ich werde Clementine nach Hause bringen.«

»Um jeden Preis?«

»Unter allen Umständen«, erwiderte er, überrascht von der Glut in seiner Stimme.

Lilian belohnte ihn mit einem Lächeln, das ihn mehr wärmte als das Feuer in seinem Rücken. Er hatte das

Gefühl, endlich für die Jahre des Ausgeschlossenseins entschädigt worden zu sein. Ein Schauer der Befriedigung durchlief ihn, und er fühlte sich fest in die Familie integriert.

»Dann trinke ich auf dich, Reggie Grant, den ich von jetzt an als Familienmitglied betrachte. Solange ich lebe, werde ich auf dich vertrauen. Enttäusch mich nicht. Auf dich!«

Er hob sein Glas, überrascht davon, was ihm die Trauer des heutigen Tages eingebracht hatte. Einen bittersüßen, erhebenden Preis.

»Auf unsere Familie«, sagte er und trank sein Glas aus. Dieses Mal schmeckte der Schluck nach Jod, von den Algen, die zu dem Geschmack des berühmten Whiskys beitrugen. Und für einen winzigen Augenblick – nur einen Herzschlag lang – fühlte er sich in seinem Versprechen Lilian gegenüber so einsam wie die Hebrideninsel, von der der Single Malt stammte.

4

Das Große Loch, Kimberley, Kapkolonie
Mai 1872

Joseph zog etwas aus seiner Tasche. »Für dich, Miss Clementine.«

Überrascht schaute sie auf den dreieckigen Klumpen aus grauem Stein, den ihr Freund ihr reichte. Die Kanten waren klar umrissen, aber nicht scharf, und durch das, was die Diamantensucher als »blauen Grund« bezeichneten zogen sich haarfeine, elfenbeinfarbene Streifen. Zum Staunen jedoch brachte sie der glasklare Quader, der aus der Mitte aufragte. Aus langer Übung wusste Clementine mittlerweile ganz genau, dass der Steinklumpen im Sonnenlicht einen bläulichen Schimmer aufweisen und der Quader hell funkeln würde. Wenn sie ihn offen liegen ließen, würde die Erde, die an dem schimmernden Stein klebte, krümelig und gelb werden. Sie blickte auf einen Diamanten in der Größe ihrer Daumenspitze.

»Hast du ihn heute gefunden?« Sie blickte auf und schaute Joseph aus weit aufgerissenen, glänzenden Augen an.

Joseph One-Shoe nickte. »Dein Vater ist ganz aufgeregt. Unser erster Fund in zwei Monden. Wenn es den einen gibt, gibt es auch noch mehr.« Er legte einen Finger an die Lippen. »Sprich mit niemandem darüber.«

Das brauchte er ihr nicht zu sagen. Von frühester Kindheit an war Clementine daran gewöhnt, dass man über »Funde« nicht redete. Ihr Vater und Joseph wollten verhindern, dass die anderen Diamantengräber von diesem Diamanten auch nur das Geringste mitbekamen.

»Wie viel?«

Er zuckte leicht mit den Schultern. »Vielleicht drei Ka-rotten.«

Sie kicherte. »Nicht Ka-rotten, Joseph. Ka-rat.«

Er grinste, und sie merkte, dass er nur einen Witz gemacht hatte.

»Dein Vater hat gesagt, sie werden funkeln wie die Sterne, wenn wir sie erst richtig sauber gemacht haben. Komm, wir befreien unseren neuen Stein.« Joseph griff nach einem kleinen Hammer, und Clementine beugte sich vor, als er mit Leichtigkeit den Stein weghämmerte, der den Diamanten umgab. Es faszinierte sie, wie die Diamanten an die Oberfläche kamen, und sie hatte mit Begeisterung zugehört, als ihr Vater es eines Abends Joseph erklärt hatte. Sie hatten einen sehr guten Morgen gehabt und ein halbes Dutzend kleiner halbkarätiger Diamanten gefunden, die sie noch am gleichen Nachmittag an die Händler verkauft hatten, die ihre farbenprächtigen Zelte rund um das Große Loch aufgebaut hatten. Die Rohlinge waren für eine anständige Summe weggegangen, sodass sie sich die Miete, Essen, endlich neue Kleider und neue Werkzeuge für größere und bessere Funde leisten konnten. An jenem Tag hatten sie sich reich gefühlt. Bevor er in den Pub ging, war ihr Vater auf die Hauptstraße gegangen und hatte bei Blacklaws neue Stiefel für Joseph One-Shoe und für Clementine gekauft. Stolz war sie in das robuste neue Schuhwerk geschlüpft. Das Leder war zwar noch steif, aber sie liebte ihre neuen Schuhe. Sie waren von einem dunklen Rot, dunkler noch als der billige Wein, den ihr Vater manchmal mit nach Hause brachte, und farbenprächtiger als die Stiefel von Sarah Carruthers, die damit prahlte, dass ihr malaiischer Diener sie jeden Tag blank putzte. Josephs Stiefel waren glänzend schwarz.

»Du kannst dein Gesicht darin sehen, Joseph«, hatte ihr Vater gesagt, als er sie seinem Freund lächelnd überreichte.

»Ich glaube nicht«, hatte Joseph gelacht.

»Ach, komm, Joseph, zieh sie an«, hatte Clementine geschimpft.

»Ich möchte sie nicht abnutzen. Außerdem müsstest du mich dann Joseph Two-Shoe nennen.« Sie wollte protestieren, aber er hatte sie mit seinem speziellen Lächeln angelächelt – es kam wie der Blitz und erhellte ihre Welt auch ebenso so plötzlich. »Zumindest einen davon werde ich bald schon tragen.«

»Nur einen?« Ihr Vater hatte geseufzt.

»Dann halten sie zweimal so lange«, hatte Joseph erwidert, und dieser Logik konnten Clementine und ihr Vater nichts entgegensetzen.

Jetzt beobachtete Clem ihn, als er wieder an den kleinen Steinherd trat, wo er ihnen eine Mahlzeit kochte.

Es gab Fleisch – Antilope, ein seltener Luxus für die drei, die sich hauptsächlich von Yamswurzeln und Mais ernährten. Manchmal gab es auch Maniok, aber nur, wenn Joseph kochte.

»Koch das bitte nie selber«, hatte er James gewarnt. »Es enthält ein Gift und kann Schaden anrichtet, wenn man es nicht richtig …« Er hatte nach dem richtigen Worten gesucht.

»Zubereitet?«, hatte James vorgeschlagen.

»Wenn man es nicht kocht, wie es gekocht werden muss«, hatte Joseph seinen Satz vollendet. »Es ist gefährlich und kann töten. Man macht daraus auch einen bitteren Trunk, der die Leute ...« Er tat so, als taumele er hin und her, um das Wort zu demonstrieren, das er nicht finden konnte.

Später hatten andere Leute James erzählt, dass die Pflanze Blausäure enthielt, die erst ausgekocht werden musste.

Während des Mittagessens hielt Clementine den neuen Diamanten in der Hand. James erzählte ihr von der blauen Erde, in der diese Diamanten gefunden wurden.

»Wie heißt der Stein um den Diamanten herum?«, fragte Joseph, während sie ihre Mahlzeit aus gewürzten Bohnen und Reis aßen. Er zeigte auf die Überreste des Steins an ihrem Tagesfund.

James blickte auf. »Die Geologen nennen ihn jetzt Kimberlit. Es ist vulkanisches Gestein aus dem Erdmantel. Du weißt vermutlich nicht, was der Erdmantel ist?«

Joseph schüttelte stirnrunzelnd den Kopf; Clementine tat es ihm nach.

»Hm, wie kann ich es einfach formulieren? Er befindet sich dort, wo das flüssige Feuer der Erde blubbert. Hast du schon einmal von Vulkanen gehört?«

»Ja, Mr James. Miss Clementine hat mir Bilder gezeigt.«

»Ah, gut. Dann stell dir das Kimberlit wie einen sehr kleinen Vulkan vor, der auf dem Kopf steht. Und die Öffnung über der Erde ist wesentlich größer als das, was Tausende von Meilen unter der Oberfläche beginnt.« Er zeichnete mit dem Finger einen Umriss in die Luft. »Es ist wie ein unterirdischer Trichter, und wenn das Magma – Fels, der zu einer dicken Flüssigkeit geschmolzen ist – an die Oberfläche kommt, zieht es die Diamanten mit sich, die unter großem Druck und hohen Temperaturen über Millionen von Jahren hinweg kristallisiert sind.«

Clementine sah den sehnsüchtigen Ausdruck in den Augen ihres Vaters.

»Diamanten sind wundervoll. Durch sie können wir in die fernsten Tiefen unseres Planeten blicken, vielleicht sogar bis zum Anfang, wenn sie ihre kostbaren Geheimnisse an die Oberfläche bringen.«

»Wie Sterne, die vom Himmel gefallen sind, Daddy«, sagte Clementine.

»Tatsächlich. Eine perfekte Metapher, Clem.«

»Was ist eine Metapher?«

»Es ist eine Art, etwas zu beschreiben, indem man es mit etwas anderem vergleicht.«

»Wie zum Beispiel?«

»Indem man dich zum Beispiel mit einem hungrigen Schweinchen vergleicht.«

Clementine lachte so laut los, dass der Reis, den sie gerade im Mund hatte, herumflog. Ihre beiden Lieblingsmänner stimmten in ihr Lachen ein.

Solche Momente fröhlicher Unterhaltung mit ihrem Vater wurden immer seltener. Normalerweise brauchte sie sie so sehr wie das tägliche Brot, aber mittlerweile spielte er kaum noch mit ihr. Es lag nicht daran, dass sie zu groß wurde für das Geplapper und die Spiele, die sie mit ihrer Mutter so gern gespielt hatte. Sie war doch nur ein bisschen größer geworden, sagte sie empört zu Joseph. Sie wollte, dass ihr Vater Karten mit ihr spielte und andere Kinderspiele, aber sie hatte Joseph sogar Hüpfekästchen beibringen müssen, weil ihr Vater kein Interesse mehr daran zeigte, über die Zahlenfelder zu hüpfen, die sie mit einem Stock in den Staub zeichnete. Er erfand keine Geschichten mehr über ihre geliebte Lumpenpuppe, und auch seine Gutenachtgeschichten gehörten der Vergangenheit an; jetzt lasen sie und Joseph sich gegenseitig laut aus den wenigen Büchern, die sie besaß, vor. Für Joseph war es eine gute Übung, aber Clementine vermisste ihren Vater – er verschönerte die Geschichten oder spielte sie ihr sogar mit unterschiedlichen Stimmen vor und brachte sie dadurch zum Lachen. Mittlerweile hielt er sich am liebsten im Digger's Rest auf, einer der vielen Kneipen, die in der blühenden Stadt Kimberley aufgemacht hatten. Sein Leben bestand nur noch aus Diamantenschürfen, all abendlichem trinken und nach Hause schwanken, um dort in einen unruhigen Schlaf zu fallen. In den letzten Tagen war es am schlimmsten gewesen; er hatte kaum etwas gegessen und war schon betrunken, noch bevor er sich wieder zu seinem Claim aufgemacht hatte.

Die Aufmerksamkeit ihres Vaters ihr gegenüber wurde so brüchig wie die bläuliche Erde, die sich in gelbe Krümel aufgelöst und den Rohdiamanten freigelegt hatte. Er war überraschend schwer und kalt, wenn man ihn berührte.

Clementine hielt den Diamanten ins Licht, um das Regenbogenfeuer zu bewundern, das entstand, wenn sich die Sonnenstrahlen darin brachen. Ihr Vater hatte ihr erklärt, wenn diese Steine richtig geschnitten und poliert würden, funkelten sie in so schönen Farben, dass man sie ständig anschauen müsste. »Vielleicht drei Karat – du hast recht, Joseph«, sagte sie. Sie wusste das Gewicht zwar nicht genau, aber es machte ihr Spaß, so wissend zu klingen. »Sieht nach hervorragender Qualität aus«, bemerkte sie in aller Unschuld. Sie kniff die Augen zusammen und betrachtete den Diamanten fachmännisch, als würde sie durch eine Lupe schauen. »Vielleicht werde ich eines Tages Diamantensortierer.«

»Du solltest lieber von dem schönen Schmuck träumen, den man aus diesen Steinen machen kann. Wie viele haben wir mittlerweile, Miss Clementine?«

»Mit diesem hier vierundzwanzig. Daddy sagt, wenn wir doppelt so viele haben, sind wir beinahe reich.«

Er nickte, verstand jedoch, dass Clementine sich unter »reich« nichts vorstellen konnte. »Wir brauchen eigentlich nur einen wirklich großen, und dann hört dein Vater vielleicht auf.«

»Wenn er aufhört, muss ich nach Hause zurück.«

Er blickte sie zärtlich an. »Wenn er aufhört, hat er vielleicht eine Chance, wieder gesund zu werden, und du kannst endlich damit anfangen zu leben wie eine richtige junge Dame. Das ist viel wichtiger. Komm, wir verstecken diesen hier bei den anderen Steinen.«

Unten im Loch arbeitete James Knight fieberhaft. Joseph One-Shoe war gerade gekommen. Er sagte wenig, aber James sah die Anklage in den Augen des Freundes. Er wusste, er hätte mehr Zeit mit seiner Tochter verbringen sollen; er hatte sie seit Tagen nicht gesehen und sie ganz Josephs Fürsorge überlassen. Auch die verächtlichen und vorwurfsvollen Blicke, die die Frauen ihm zuwarfen, wenn er abends zum Biertrinken in die Stadt ging, sagten ihm, dass niemand es billigte, dass ein junger afrikanischer Krieger ein weißes Mädchen aufzog. Joseph One-Shoe war zweifellos beliebt, aber es gab eine unsichtbare Linie, und James war sich im Klaren darüber, dass er seinen Freund gezwungen hatte, sie zu überschreiten und weit hinter sich zu lassen. Natürlich war Joseph vorsichtig; der bescheidene Mann achtete darauf, nicht zu viel Aufmerksamkeit auf sich zu lenken, doch James zwang ihn, seiner kleinen Tochter Mutter, Vater und Freund gleichzeitig zu sein. Manchmal glaubte er, dass Clem Joseph mehr liebte als ihn, und er konnte es ihr nicht verübeln.

»Vorsichtig, Knight, wenn du so weitermachst, kommst du in Australien raus«, rief ihm einer der irischen Diamantengräber von einem nahe gelegenen Claim zu.

»Neidisch, Paddy?«

»Vielleicht wenn du ›Heureka!‹ schreist.«

Die neue Stadt Kimberley existierte nur wegen dieses riesigen Lochs. James stand mittlerweile zwölf Meter tiefer in einem kleinen Loch mit hohen Wänden, das er und Joseph gegraben hatten. Er richtete sich kurz auf, um sich umzublicken, und wischte sich den Schweiß weg, der in Strömen über sein Gesicht floss, als ob er im Regen stünde. Aber hier regnete es nur selten, und so ließ der Staub, der sich mit dem Schweiß mischte, nur die hellsten Teile seines Gesichts frei: das Weiße der Augen, die Lachfältchen darum herum, die allerdings schon lange nicht mehr so deutlich waren wie früher; seine Zähne. Seine Arme waren lehmverkrustet, seine Kleidung schmutzig. Louisa hätte sich für ihn geschämt. Er schämte sich ja selbst.

Das Gelände sah aus wie die archäologischen Ausgrabungsstätten, die er in Zeitungen gesehen hatte, an Orten wie der Levante, wo man nach Gräbern voller Schätze und den mumifizierten Überresten ägyptischer Pharaonen suchte. Der Unterschied war jedoch, dass diese

Ausgrabungen hier weder kalkuliert noch strategisch waren – sie waren nur hektisch. Die Männer waren losgerannt, als der Bote von dem Fund berichtet hatte. Joseph One-Shoe war der schnellste gewesen und hatte als einer der ersten einen Claim gekauft und ihn schon abgesteckt, als James und Clementine endlich angekommen waren. Joseph hatte zwei gebrochenen Menschen gegenübergestanden und in der ersten Woche hatten sie kaum ein Wort miteinander gewechselt. Louisas Tod hatte sie mehrere Tage Verzögerung gekostet und das neue Diamantenfeld hatte bei ihnen keine Aufregung ausgelöst.

James erinnerte sich nicht gerne an jene Zeit. Er hatte versucht, den dunkelsten Moment in seinem Leben zu verdrängen. Auch jetzt wandte er seine Gedanken bewusst von Louisas Beerdigung und der Trauer ab. Er musste sein Kind aus Afrika wegbringen; das war das stumme Versprechen, das er Louisas Leiche gegeben hatte und er hoffte, sie würde irgendwie darum wissen, dass er ihre Tochter zu ihrer Familie nach England zurückschicken würde.

Ihre Ausgrabungen waren weit fortgeschritten, zumal sie sich jetzt nicht mehr mit den Streitigkeiten und Kämpfen aus der Anfangszeit herumschlagen mussten.

Nach den ersten Monaten versuchte jeder Mann, schneller zu graben als die anderen. Löcher brachen ein, vermischten sich mit dem Claim des Nachbarn. Noch mehr Staubwolken stiegen auf, drangen in die Atemwege und legten einen Schmutzschleier über die Haut. Kämpfe brachen aus, und es gab brutale Auseinandersetzungen, wenn unter den eingestürzten Grabungsstellen Diamanten gelegen hatten, oder, was noch schlimmer war, wenn der Einsturz eine neue Fundstelle offenbarte. Manchmal gab es sogar tödliche Auseinandersetzungen wegen unklarer Grenzen. Joseph One-Shoe hatte ihren Claim gut ausgesucht. Er war so groß, dass James ihn mit festen Mauern umgeben konnte, so dick, dass die benachbarten Grabungen nicht mit ihrem Claim in Berührung kamen.

Das Große Loch war immer größer und tiefer geworden. James schätzte, dass ein Mann mindestens eine halbe Stunde brauchen würde, um darum herumzulaufen, vielleicht auch länger. Die Strecke konnte sich sogar noch verdoppeln, wenn dieses Chaos anhielt, da die Männer immer weiter und tiefer gruben, in der Hoffnung, auf neue Funde zu stoßen. Da man nicht mehr ohne Weiteres zwischen den einzelnen Claims hin und her laufen konnte, bestanden die Zugänge mittlerweile aus einem Gewirr von Seilen und Flaschenzügen: von oben sah es aus wie ein Fadenspiel, das von einem Irren gespielt wurde. Es gab keine Ordnung und keinen Plan; die Diamantensucher waren auf gegenseitige Kooperation angewiesen, die täglich immer wieder neu auf die Probe gestellt wurde.

Die Drähte waren an manchen Stellen eine Viertelmeile hoch gespannt und über ein komplexes Flaschenzugsystem konnten Eimer mit Erde aus den tiefsten Tiefen des Kraters bis an den Rand gezogen werden, wo sie ausgekippt und gesiebt wurde. James musste akzeptieren, dass hier Platos Satz zutraf, »Notwendigkeit ist die Mutter aller Erfindungen«.

Er hielt inne, wischte sich noch einmal mit einem roten Taschentuch das Gesicht ab. Seine Oberschenkelmuskeln schmerzten, und seine Wirbelsäule knackte.

»Geh jetzt hoch, James«, sagte Joseph. »Ich mache hier weiter.«

»Nein, mir geht es gut.«

»Das glaube ich nicht. Du brauchst Wasser und ein bisschen Ruhe. Du kannst ja die Erde aussieben. Ich bin ausgeruht und ...« Er rieb seine Fingerspitzen aneinander, um James zum Lächeln zu bringen. »Ich glaube, nach dem Fund heute früh liegt Magie in der Luft.«

James rang sich ein Grinsen ab. Clementine hatte mit Joseph über Magie gesprochen. Seine Kultur hatte ihre eigenen Begriffe für Zauber und Überirdisches. »In Ordnung. Dann gräbst du jetzt. In dem, was ich heute ausgegraben habe, ist nichts. Das brauchst du dir nicht anzugucken.«

»Ich habe einen Eimer mit Wasser für dich hingestellt. Miss Clementine hat uns Brot und Käse geschickt.«

Wann hatte die Siebenjährige damit begonnen, sich Gedanken über seine Mahlzeiten zu machen? James tat die Sorge seines Freundes mit einer Handbewegung ab und steckte sein Hemd in die lose sitzende Hose. Seine Kleider schlotterten ihm um den Leib, als ob seine Schultern eine Wäscheleine wären.

»Du musst etwas essen«, flehte Joseph ihn an. Seine großen, seelenvollen Augen musterten ihn besorgt.

»Ich tue mein Bestes für sie, das weißt du«, murmelte James, aber es gelang ihm nicht, das Selbstmitleid in seiner Stimme zu unterdrücken.

Joseph One-Shoe hörte es. James sah es daran, wie der Freund die Augen niederschlug, damit er die Verachtung darin nicht erkannte. »Sie ist viel zu viel alleine.«

James holte wütend Luft, um etwas Scharfes zu erwidern, aber Joseph war schneller. »Ich bin nicht genug. Ich bin nicht ihr Vater.«

»Du benimmst dich aber so.«

Jetzt hob der Zulu seinen Blick und James sah den Zorn

in seinen Augen. Die Stimme des Zulu-Kriegers blieb jedoch ruhig. »Jemand muss sich ja um sie kümmern. Du bist nicht oft genug da.«

»Ich grabe!«

»Du wirst sie verlieren.«

James zuckte gleichmütig mit den Schultern, aber seine Stimme verriet ihn. »Ich habe schon ihre Mutter verloren.«

Joseph nickte nur. Nach kurzem Schweigen sagte er: »Deshalb braucht Clementine dich ja. Es ist unerheblich, wie viele Diamanten du findest, wenn du die Liebe deines Kindes verlierst.«

Joseph hatte recht. Er ließ sie mit seiner ständigen Abwesenheit im Stich. Schlimmer noch, er wusste, dass Clementine eine reiche junge Frau sein würde, wenn sie mit dreißig ihr Vermögen erbte. Und es frustrierte ihn, dass sie bereits jetzt ein reiches kleines Mädchen war. Ihre Mutter hatte ihr alles hinterlassen, was sie besaß, zusätzlich zu dem Treuhandvermögen in ihrem Namen. Was auch immer er verdienen konnte, Clementine würde das Geld niemals nötig haben.

Ärgerlich stieß er die Luft aus. »In Ordnung, Joseph. Ich werde mir Mühe geben.«

Josephs Lächeln wirkte immer wie ein Balsam, und auch jetzt beruhigte es James.

Langsam kletterte er nach oben, das Taschentuch um Nase und Mund gebunden, um den Staub abzuhalten. Hier oben war viel mehr Lärm. Innerhalb der Mauern seiner kleinen Grube hörte er nur sich: das klopfende Geräusch seiner Hacke, mit der er die Erde lockerte, sein Husten, sein schweres Atmen und Stöhnen. Die Stimmen der anderen erreichten ihn zwar, aber er war so in seinem eigenen Elend versunken, dass er sie kaum registrierte. Außerhalb seiner Grube jedoch war der Lärm der anderen Männer ohrenbetäubend, und er stellte unglücklich fest, dass auch er Teil dieses riesigen und wütenden Getriebes war. Die Männer redeten abgehackt und mürrisch, die Lippen fest zusammengepresst, feindselig, sogar gewalttätig, weil jeder danach strebte, Afrikas Schatz zu heben, bevor es jemand anderer tat. Nirgendwo war Freude. Und dabei hatte er früher doch so viel Freude an seiner Arbeit als Ingenieur gehabt. Das schönste von all seinen Projekten war die Brücke gewesen, die er für seine geliebte Louisa entworfen und gebaut hatte.

Bei dieser Erinnerung überfiel ihn ein heftiger Hustenanfall. Es tat ihm nicht gut, an sie zu denken. Er fühlte sich sowieso schon wie ein Sterbender. Vielleicht war das die Antwort – dann wären sie endlich wieder vereint. Er nahm seinen Weg an die Oberfläche wieder auf. Früher war es so einfach gewesen; jetzt brauchte er fünfzehn Minuten, um sich hochzuschleppen und dann auf Umwegen um hohe Mauern herum an den Rand zu gelangen. Bald würden sie vielleicht sogar so eine Art Aufzug brauchen. Er hatte gesehen, dass viele der schwarzen Arbeiter in großen Holzfässern heruntergelassen wurden, wie Seiltänzer im Zirkus. Sein Ingenieursverstand meldete sich: ein automatischer Lift hätte sicherlich Zukunft, wenn es im Großen Loch weiterhin Schätze zu holen gab. Vielleicht sollte er ein besseres Lastensystem entwerfen – damit konnte er möglicherweise Geld verdienen.

Geld. Es beherrschte seine Gedanken. Wann würde er im Großen Loch endlich den Schatz finden, der sein Leben ändern und Clem das Leben geben konnte, das sie verdiente?

Joseph zog sein Hemd aus und bereitete sich auf einen langen Arbeitsnachmittag vor. Zum Schutz vor der Sonne hatte er sich einen Hut aufgesetzt. Das Sonnenlicht war so grell, dass ihm die Augen tränten und er ständig blinzeln musste. Er krempelte seine Hose bis über seinen einen Stiefel auf. Wenn der andere Fuß nicht nackt gewesen wäre, hätte er sich fast für einen weißen Mann gehalten. Er sprach ihre Sprache fließend, konnte auch ein paar einfache Wörter lesen, und er wusste, dass ihm das Macht über seine Landsleute gab. Den weißen Mann zu bekämpfen war zwecklos, aber dass er seine Sprache beherrschte und verstand, wie sein Verstand arbeitete, machte ihn zu einer anderen Art von Krieger. Zu einem weisen Mann, bei dem es weniger um Muskelkraft und Tapferkeit ging als um Intelligenz und Diplomatie. Als er nach Hacke und Schaufel griff und mit seinem nackten Fuß festen Stand suchte, dachte er über die faszinierende Frage nach, die Clementine ihm beim Frühstück gestellt hatte.

»Wie sieht deine Zukunft aus, Joseph?«

Es war eine überwältigende Frage, und es machte ihn nervös, dass Clementine sie stellte, aber er antwortete aufrichtig.

»Nicht alle Afrikaner hier werden gut behandelt oder haben Freunde wie ich.« Er schwieg kurz. »Ich glaube, wenn sie auch ein bisschen Englisch sprechen würden, könnte ihr Leben besser sein. Es würde ihnen leichterfallen, mit dem weißen Volk zusammenzuleben.«

»Und ... was willst du tun?«

Er trug die Idee jetzt schon seit einigen Monaten mit sich herum, aber sie nahm erst wirklich Form an, als das Kind ihn mit eifrigem Interesse ansah.

Zum ersten Mal sprach er sie laut aus. »Ich glaube, ich möchte gerne einen Weg finden, um meinem Volk Englisch beizubringen. Und sie sollen ein bisschen rechnen und lesen lernen, damit sie Schilder, Formulare und die Schlagzeilen in der Zeitung verstehen können.«

Clementine hatte in die Hände geklatscht. »Ich würde gerne mit dir unterrichten.«

Diese Art von Unterstützung war typisch für Clementine. Ermutigung und reine Freude, dass er eine Aufgabe gefunden hatte, leuchteten aus ihrem Gesicht.

Blinzelnd blickte Joseph nach oben und sah, wie James einen Daumen in die Luft reckte; er war bereit für den ersten Eimer, den Joseph nach oben schickte. Joseph erwiderte die Geste. Ihm gefiel die universelle stumme Botschaft, die im Lärm der vielen Menschen um sie herum auf große Distanz hin kulturelle Unterschiede überbrückte.

Er wandte sich wieder seiner Grabung zu. *Bring uns heute Glück,* richtete er seine Gedanken an Sirius, den hellsten aller Sterne. Dann stieß er seine Hacke in den krümeligen gelben Boden.

James hatte das Essen gegessen, das seine Tochter ihm eingepackt hatte. Er hatte eigentlich keinen Hunger, aber das Schuldgefühl, dass sie sich so um ihn kümmern musste, nagte an ihm. Zum Glück war sie in der Schule und würde zu Hause mit ihren Hausaufgaben beschäftigt sein, auch wenn sie in ihrer frühreifen Art ihren gleichaltrigen Schulkameraden weit überlegen war. Manchmal fürchtete sich James geradezu davor, wie gierig sie neue Informationen aufnahm und welchen Lerneifer sie an den Tag legte. Ihre Lehrerin, Mrs Carruthers, konnte er ebenso wenig leiden wie Clem, und er schaffte es nicht immer, die Verachtung, die er ihr gegenüber empfand, vor seiner Tochter zu verbergen. Sie schien zu glauben, es sei ihre Pflicht – sogar ihr Recht –, Clementine beizubringen, sich wie ein kleines Mädchen zu benehmen. Als Lehrerin war sie nicht qualifiziert, aber sie hatte es sich mit Feuereifer zur Aufgabe gemacht, den Kindern Ordnung beizubringen. Sie kam ihm vor wie eine von diesen Missionarinnen, die sich überall einmischen. Er begrüßte es in gewisser Weise, dass jemand sich um die Kinder kümmerte, aber musste es unbedingt Sarah Carruthers sein? Diese tyrannische, verkniffene alte Jungfer vermittelte den Eindruck, alles zu hassen, was mit Hüpfen, Laufen, lautem Lachen, Geschichtenerfinden, mit einer Lumpenpuppe sprechen – oder sich mit einem Schwarzen anzufreunden – zu tun hatte. Viele der bigotten Leute hier – die sogenannten Christen – fanden diese Beziehung irgendwie ungeheuerlich. Die Frauen waren noch schlimmer als die Männer; die Männer schätzten wenigstens noch Josephs Mut im Boxring und respektierten, wie hart er arbeitete. Ehrlich gesagt war es ziemlich schwer, Joseph One-Shoe nicht zu mögen – er redete kaum mit anderen und war äußerst zurückhaltend.

»Morgen, Knight. Ob heute wohl der Tag ist, was meinst du?«

James schluckte den letzten Rest Brotkanten, an dem er gekaut hatte, hinunter und blickte auf. Maximilian Granger grinste ihn selbstgefällig an. Er gehörte zu der Gruppe um Fleetwood Rawstorne, der den ersten Diamanten am Colesberg Kopje, damals noch ein unbedeutender Hügel, gefunden hatte.

Der kleine Hügel war schon seit Langem verschwunden und stattdessen dehnte sich jetzt hier das Große Loch aus. Der Ort New Rush war entstanden, weil ein alter Bantu-Diener von Rawstorne dort den ersten Diamanten gefunden hatte. James musterte Maxie, der immer noch die rote Wollmütze trug, die jeder Mann in Rawstornes Gruppe im letzten Winter auf dem Kopf gehabt hatte, damit man sie besser von den anderen Diamantensuchern unterscheiden konnte.

»Vielleicht gräbst du ja mal was Anständiges aus, damit dein kleines Mädchen in eine bessere Unterkunft kommt. In eurer Blechhütte wird es diesen Sommer glühend heiß werden.«

James nickte. Er erwiderte lieber nichts, aber Maxie hatte recht, auch wenn er ihm in diesem Moment lieber mit Josephs starkem rechtem Haken geantwortet hätte. Stirnrunzelnd blickte er ins Loch, wobei er sich fragte, warum Joseph wohl so lange brauchte, um den ersten Eimer hochzuschicken.

»Ja, ich mache mich besser mal auf, Granger, wenn ich heute mein Vermögen finden will.«

»Viel Glück, Knight. Du und dein Zulu, ihr könnt es brauchen.«

James wartete, bis der Mann weitergegangen war, dann beschattete er die Augen mit der Hand und hielt Ausschau nach Joseph. Er sah ihn sofort, aber warum hockte Joseph da unten in ihrem Claim und arbeitete nicht? Besorgt kniff er die Augen zusammen, um besser sehen zu gehen. Joseph blickte nach oben und erwiderte ernst den Blick seines Freundes.

Was soll das?, dachte James. Ihn regte gerade alles hier auf – Louisas Tod, sein Schuldgefühl, der rasende Wunsch nach einem Schluck Alkohol, obwohl es noch so früh am Tag war, und die erbarmungslose Hitze, die ihm vorkam wie Folter. Und jetzt hatte auch noch Joseph One-Shoe beschlossen, in eine Art Trance zu verfallen! Da konnten sie sich ja gleich ihre eigenen Gräber schaufeln! Er zuckte übertrieben mit den Schultern, damit Joseph es aus der Distanz, die zwischen ihnen lag, auch wahrnahm.

Joseph schüttelte einmal den Kopf.

Nein, der Zulu war bei klarem Verstand. *Was war denn bloß los?* Er stand auf, um seinem Freund klarzumachen, dass er eine Antwort wollte.

Joseph hob nur vorsichtig den Finger und krümmte ihn. Er sah entsetzt aus.

5

Blinzelnd setzte James sich in Bewegung. Er durfte nicht laufen – nein, das würde nur Aufmerksamkeit erregen, und ihm war schon klar, dass Joseph One-Shoe die neugierigen Blicke der anderen vermeiden wollte. Stattdessen ergriff er einen Eimer und eines der alten Siebe aus ihren Tagen am Fluss und steckte es sich bewusst sorglos unter den Arm. Er schob seinen Hut zurück, pfiff eine Melodie und zwang sich zum Schlendern. Aus den Augenwinkeln beobachtete er Joseph verstohlen. Er hatte seine Position noch nicht verändert, und James fragte sich, ob eine Wand einzustürzen drohte, oder ob Joseph vielleicht den »blauen« Grund erreicht hatte, in dem Diamanten lagen, die ein einzelner Mann mit einer Hacke jedoch nicht alleine heben konnte. Oder war ihr Claim plötzlich nutzlos geworden?

Wenn Joseph und er rasch handelten, konnten sie vielleicht einen größeren Schaden vermeiden. Er war jetzt nahe am Claim, und Joseph, der sein Näherkommen spürte, drehte sich zu ihm um. Selbst aus dieser Entfernung sah James, dass seine Lippen nicht rosig wie sonst, sondern blass und grau waren. Sie wirkten trocken und aufgesprungen.

Geh nicht zu schnell, mahnte er sich. *Lenk die Aufmerksamkeit der anderen nicht auf dich.*

»Tag, Knight«, rief ein Australier aus seiner Grube heraus. Sie war nicht annähernd so tief wie die von James und Joseph, aber drei Männer arbeiteten darin; sie würden diesen Claim rasch tiefer machen. James konnte sich kaum vorstellen, wie weit Australien von Südafrika entfernt war, aber die Männer, die von dort gekommen waren, um hier ihr Glück zu suchen, sah man immer nur bei der Arbeit und abends beim Bier in der Kneipe. Man musste die breitschultrigen Kerle, einen Neuseeländer und zwei Australier, trotz ihrer raubeinigen Art und ihrem Mangel an Manieren, über den die Frauen der anderen Diamantenschürfer das Gesicht verzogen, einfach mögen.

»Morgen, Mr Thompson.«

»Aah, sag Tommo zu mir, sonst habe ich das Gefühl, du sprichst mit meinem alten Herrn.« Tommo grinste. »Du siehst so aus, als hättest du es eilig, Kumpel.«

»Ich muss Joseph ablösen«, erwiderte James.

»Sehen wir uns heute Abend auf ein Ale?«

»Ja, klar, Tommo.«

Er ging weiter. Jetzt war er nur noch wenige Meter entfernt. Joseph hatte sich hingesetzt und lehnte mit dem Rücken an der Wand. Er trank einen Schluck aus seiner Feldflasche, aber sein Gesicht wirkte immer noch angsterfüllt.

Ist er krank?, fragte sich James. Das wäre genauso eine Katastrophe, als ob die Wand ihrer Grube eingebrochen wäre, aber als er an den letzten Claims vorbeikam, die ihn von seiner Grube trennten, schienen die Wände alle intakt zu sein. Erleichtert stieß er die Luft aus.

James hatte eine kleine Leiter gezimmert, damit sie leicht in ihre Grube hinein- und wieder herauskamen, aber schon nach zwei Tritten sprang er hinunter. Besorgt wandte er sich zu Joseph, dessen Gesichtsausdruck sich nicht geändert hatte.

»Joseph?«, flüsterte er.

»Mr James. Ich glaube, wir müssen uns die Wand hier mal ansehen.«

Es lag also an der Wand. Einerseits war James erleichtert darüber, dass das Problem behoben werden konnte, andererseits quälte ihn aber auch die Sorge, was das wohl wieder kosten mochte. Er bekam Sodbrennen – das hatte er noch nie zuvor gehabt. Ob er wohl ein Magengeschwür hatte? Joseph wandte ihm den Rücken zu und hockte in der hintersten Ecke des Claims. James hatte schon beim Herkommen gesehen, dass in dem Claim, der an diese Ecke grenzte, niemand arbeitete – wahrscheinlich war gerade Schichtwechsel –, und als er die Leiter heruntergeklettert war, hatte er gesehen, dass in der Grube neben ihnen nur ein Mann arbeitete, der ganz vertieft in seine Funde war. Gut.

James hockte sich neben Joseph. »Was gibt es hier zu sehen?«, fragte er und betrachtete die intakte Wand.

Joseph legte den Finger an die Lippen. Das Entsetzen in seinem Gesicht hatte sich noch vertieft. Seine Augen waren unergründlich schwarz. Joseph hielt James seine geschlossene Faust hin, mit der er so oft seine Gegner k.o. geschlagen hatte. Aber jetzt öffnete er sie langsam. Alles um sie herum schien sich zu verlangsamen. James stockte der Atem. Auf Josephs Handfläche lag ein Stück blauer Grund und daraus ragte der größte Rohdiamant hervor, den James je gesehen hatte – vielleicht der größte, der in diesem Diamantenrausch überhaupt bisher aufgetaucht war. Anmutig lag er auf seinem bröckeligen Untergrund und verlangte, wie eine Göttin bewundert zu werden.

James wusste, dass Rohdiamanten normalerweise trüb

waren, aber dieser massive Stein glitzerte mit prachtvoller Arroganz.

Er zitterte. Plötzlich wurde alles um ihn herum zu laut, zu hell, zu eindringlich. Seine Kopfhaut zog sich um seinen Schädel zusammen und sein Atem kam stoßweise, als wolle er anfangen zu weinen. Nur mit äußerster Willenskraft erreichte er, dass seine Augen trocken blieben. Eine Welle der Erleichterung raste durch seinen Körper.

James wusste, dass er genauso ängstlich wirkte wie Joseph. Beinahe gaben seine Beine nach, und instinktiv legte er seine Hand gegen die Erdmauer, um nicht umzufallen. Vor seinem geistigen Auge erschienen zahlreiche neue, erschreckende Probleme. Gewalttätigkeit und Diebstahl drohten. Er schloss Josephs Finger wieder zu einer Faust.

Aber Joseph schüttelte den Kopf und ließ den schweren, kühlen Diamanten in James' Hand gleiten, offensichtlich wollte er mit dem Angst einflößenden Fund nichts zu tun haben.

James konnte jetzt nicht mit ihm streiten. Der Diamant musste versteckt werden. Er zog sein Taschentuch aus der Tasche und wickelte den Stein so rasch ein, wie seine zitternden Finger es erlaubten. Entschlossen drängte er die Angst zurück.

»Wir werden mit niemandem darüber reden«, stieß er hervor.

Joseph nickte. Er griff nach dem Eimer auf seinen Knien, der James gar nicht aufgefallen war. Er blickte hinein und sah erstaunt eine kleine Galaxie schimmernder Sterne auf einem Bett von bröckeligem Basalt. Bei dreißig Diamanten hörte er auf zu zählen. Jeder einzelne von ihnen war ein winziger Lakai seiner Königin, die jetzt in seiner Tasche lag.

»Bedeck sie mit mehr Erde. Niemand darf sie sehen«, murmelte er. Er stand so unter Schock, dass er zwar ruhig klang, aber wie erstarrt war.

Sie griffen zu ihren kleinen Spaten und warfen gemeinsam bläuliche Erde über die blitzenden Steine, bis diese nicht mehr zu sehen waren.

James lehnte sich gegen die Wand. Er fühlte sich erst sicher, als die Steine vollständig verborgen waren. Joseph hatte sein Entsetzen noch nicht überwunden.

»Was jetzt?«, fragte der Zulu.

James stieß langsam die Luft aus, und ganz allmählich stieg Freude in ihm auf. Er wusste, dass sie ihn bald völlig überwältigen würde. Sie mussten unbedingt hier weg, bevor er seine Freudenschreie nicht mehr zurückhalten konnte. *Das war es!* Das war sein Heureka-Moment! Das war der Fund, von dem er geträumt hatte, seit er Louisa am Hafen von Kapstadt seine aufgeregte Entschuldigung ins Ohr gestammelt hatte.

Er hätte am liebsten dem Himmel die Faust gezeigt, weil er ihm seine Frau genommen hatte, bevor er ihr seinen Wert beweisen konnte – sein Instinkt hatte ihn nicht getrogen. Es hatte Louisa das Leben gekostet, aber er konnte es wenigstens an ihrem gemeinsamen Kind wiedergutmachen. Alle Mühen, alles Leid konnten sie jetzt hinter sich lassen. Jetzt konnte er sich ein Leben leisten, wie er es sich vorstellte, aus eigenen Mitteln und nicht von Almosen abhängig.

James stand auf, weil er es keine Minute länger mehr ertrug, im Dreck zu knien. Seine Beine zitterten vor Erregung; nie mehr brauchte er sich beschämen zu lassen.

Die Diamantenhändler würden sich gegenseitig überbieten für das, was Joseph und er gefunden hatten. Beim Anblick dieses Steins würde die Diamantenwelt durchdrehen. Er konnte nur schätzen, wie viel Karat der Rohdiamant besaß – vielleicht über dreihundert. Er musste unbedingt seinen Atem unter Kontrolle bekommen, den man bestimmt hören konnte. Und die Australier konnten wahrscheinlich selbst einige Claims weiter sein Herz schlagen hören.

Er jedenfalls hörte es.

6

Die Kleine Karoo, Westkap
Mai 1872

Reggie Grant sehnte sich nach ganz einfachen Dingen, vor allem jedoch nach einem langen Bad.

Auf dem Ochsenkarren, mit dem er zu diesem Ort namens Kimberley fuhr, gab es wenig mehr als ein feuchtes Tuch, mit dem er seine Toilette machen konnte. Er erleichterte sich hinter Bäumen, aß eher aus Sicherheitsgründen als wegen der Gesellschaft mit allen anderen zusammen und schlief auf der Erde in ständiger Angst vor wilden Tieren. All das machte ihn nervös – ja, sogar feindselig. Einer der Fahrer versicherte ihm, er könne sich glücklich schätzen, dass sie bisher noch nicht auf reißende Flüsse gestoßen seien.

»Dann könnten Sie sich wirklich beklagen«, sagte er, als sie eines Abends an einem kleinen Feuer beisammensaßen. Es war mild, deshalb fror eigentlich niemand, aber der Fahrer hatte darauf bestanden, dass sie alle eng zusammenrückten. »Wenn Sie wollen, können Sie auch ein Feuer anzünden«, hatte er gesagt. »Löwen mögen Flammen nicht, aber Menschenfleisch schmeckt ihnen ganz gut.«

Die Frauen in seinem Karren keuchten erschreckt auf, aber Reggie schluckte Angst und Widerwillen, dass er so weit von zu Hause entfernt war, hinunter und schwieg.

Seine Gründe, dieser Expedition zuzustimmen, unterschieden sich völlig von Lilian Grants. Seit seiner hastigen Abreise aus England hatte sich ihr Gesundheitszustand verschlechtert, und auf dem Schiff hatte ihn ein Telegramm erreicht, in dem er darüber informiert wurde, dass ihr Leben nur noch an einem seidenen Faden hing. Seine Reise hatte dadurch eine solche Dringlichkeit bekommen, dass er sich sofort auf den Weg nach Norden hatte machen müssen, obwohl er lieber noch ein paar Tage in Kapstadt geblieben wäre und die Schönheit der Stadt genossen hätte. Er durfte sie jetzt nicht enttäuschen.

Während er auf die Kutsche gewartet hatte, die ihn zu seinem Ochsenkarren bringen sollte, hatte er wenigstens noch zwei Tage in Kapstadt verbringen können, und er war sogar ein Stück den dramatischen Tafelberg hinaufgewandert. Dort konnte er das bewundern, was die Einheimischen das Tischtuch nannten. Sein Führer hatte ihm erklärt, dass dieses meteorologische Phänomen eintrat, wenn südöstliche Winde am Berghang auf die kältere Luft in der Höhe trafen. Der Nebel legte sich auf den flachen Gipfel, und man hatte den Eindruck, der Tafelberg sei mit einem makellos weißen Tischtuch bedeckt. Es hieß, die Wolken entstünden, weil der Teufel und ein legendärer Pirat, ein Mann namens Van Hunks, um die Wette rauchten.

Reggie hätte diese wundervolle Stadt mit ihrem seltsam geformten Berg gerne weiter erkundet, aber er hatte eine Mission. Eine Frau, die er beeindrucken wollte, lag im Sterben, während eine Frau, die er geliebt hatte, gestorben war; er wollte das Ziel, das ihn hierhergebracht hatte, nicht aus den Augen verlieren. Ein kleines Mädchen musste gerettet werden, und er war ihre einzige

Hoffnung auf ein Leben in adeligen Verhältnissen – da war er sich sicher. Was er jedoch niemandem sagen konnte, war, dass er Clementine vielleicht mehr brauchte als sie ihn. Mittlerweile waren sie vierzig Tage mit dem Ochsenkarren unterwegs. Er hatte nicht gewusst, was ihn erwartete, da er nie weiter als bis London gereist war. Die Reise nach Afrika war an sich schon ein Abenteuer, und er musste zugeben, dass das Leben auf dem Schiff überaus bequem, geradezu luxuriös gewesen war. Zwei Frauen hatten sich vergeblich bemüht, seine Aufmerksamkeit zu erringen. Ihr hübsches, perlendes Lachen und ihre Flirtversuche hatten ihm ebenso gefallen wie die Tatsache, dass er den größten Teil des Tages mit anderen Männern verbrachte, mit denen er sich nach dem Essen zum Rauchen zurückziehen konnte. Es hatte sich aufregend und gefährlich zugleich angefühlt, für reich gehalten zu werden; was spielte es da für eine Rolle, dass es sich nicht um seinen eigenen Reichtum handelte? Er war damit beauftragt, das Vermögen zu verwalten, und das bedeutete Verantwortung, Pflicht und Status. Es mochte ja nicht sein Geld sein, aber wenn er in diesem letzten Jahr seit dem Tod seines Vaters nicht nach Woodingdene gezogen wäre und sich darum gekümmert hätte, dann würde es vielleicht gar nicht mehr Clementine gehören, sondern wäre den schlechten Investitionen zum Opfer gefallen, die er ständig abwehren musste.

In seinen Gesprächen mit Lilian war ihm klargeworden, dass sie keine Ahnung von der prekären finanziellen Situation ihres Mannes gehabt hatte. Ein Treffen mit dem Anwalt seines Vaters war ernüchternd gewesen, aber Reggies scharfer Verstand hatte die beängstigende Situation sofort erfasst. Sie hatten sich in der Kanzlei seines Vaters in Gray's Inn getroffen. Mr Pottage, der Anwalt der Familie, war ein stattlicher Herr mit einer Vorliebe für Koteletten und einen extravaganten Schnurrbart, wohingegen sein glatt rasiertes Kinn ihm gewichtiges Selbstbewusstsein verlieh. Reggie dachte an den Schnurrbart-Kamm, den seine Schwester ihm als verfrühtes Geburtstagsgeschenk gegeben hatte, bevor sie nach Afrika reiste, um zu sterben. Er hatte ihn in diesem Moment in der Tasche, einen kurzen, eleganten Schildpattkamm in einem exquisit verzierten silbernen Etui. Auf einer Seite hatte sie seinen Namen eingravieren lassen. Er war perfekt, so wie Louisa, und er benutzte ihn täglich. Er fand, Mr Pottage hätte durchaus auch Kämme für seine Koteletten gebrauchen können, die grau, buschig und zerzaust waren. Dieser Mangel an Gepflegtheit vermittelte Reggie eine Einsicht in das Berufsethos des Mannes.

Pottage saß hinter seinem polierten Schreibtisch, umgeben von Bücherregalen mit juristischen Werken, und genoss es sichtlich, seine Dokumente im Rhythmus der großen Standuhr zu verlesen, die die Stunden maß, nach denen er sich seine Dienste königlich entlohnen ließ. Im Zimmer roch es nach Bienenwachspolitur, Haarpomade und gekochten Eiern. Auf dem Schreibtisch lagen noch die Eierschalen, die das Personal offensichtlich vergessen hatte, als das Lunchtablett des Mannes abgeräumt worden war.

»Ich sehe, Sie bewundern die Uhr«, bemerkte Pottage.

Er hatte gar nichts bewundert; er hatte einfach nur den Blick schweifen lassen, leicht panisch wegen der Probleme, die auf ihn zukamen. »Ja, in der Tat, eine prachtvolle Standuhr, Mr Pottage. Um zum Thema zurückzukehren – Sie meinen tatsächlich ›Bankrott‹?«

Pottage seufzte dramatisch und schwieg wie ein Schmierenschauspieler, der seinem Publikum den Moment der Spannung vermitteln will. »Zwangsvollstreckung.«

Reggie blinzelte vor unterdrückter Wut. »Du liebe Güte!«, sagte er statt des vulgären Fluchs, der ihm auf der Zunge lag. »Warum erfahre ich das erst jetzt?«

Mr Pottage betrachtete ihn nachdenklich. »Weil Ihre Rolle bis jetzt darin bestand, dafür zu sorgen, dass auf Woodingdene alles funktioniert, und nicht, sich um die Bücher zu kümmern. Das war Aufgabe der Kanzlei und der Buchhalter Ihres Vaters.«

Reggie verbarg seine Empörung über den verächtlichen Tonfall des Mannes. Mr Pottages Arroganz brachte seine Haut zum Prickeln.

»Aber es ist jetzt keine Verwaltungsangelegenheit mehr, mein lieber Junge. Finanzielle Entscheidungen müssen jetzt getroffen werden, deshalb ist Ihre Mitwirkung notwendig.«

Reggie las zwischen den Zeilen. Offensichtlich war ihnen klargeworden, dass sie einen Sündenbock brauchten, deshalb brachten sie den unerfahrenen illegitimen Sohn ins Spiel, den sie so verachteten.

»Und Lilian hat keine Ahnung?«

Der Anwalt wirkte beleidigt. »Wir behelligen Mrs Grant nicht mit Geldangelegenheiten, Reggie«, sagte er. Allein die Beantwortung solcher Fragen schien für ihn eine Zumutung zu sein. »Ihr Vater hat uns mit dieser Aufgabe beauftragt, bis die Familie hinzugezogen werden muss; ich würde Mrs Grant gerne die hässliche Wahrheit ersparen. Und deshalb sind Sie sozusagen der Stellvertreter ihrer Tochter.« Er lächelte milde, sichtlich zufrieden mit seinen klugen Worten. Woodingdene war bedroht – beziehungsweise, dachte Reggie, das Imperium der Grants wurde belagert.

»Wie viel Zeit haben wir?«, erwiderte er. Er hatte keine Lust mehr, mit der Nachricht über den potenziellen Bankrott diplomatisch umzugehen. Er konnte sich auch nicht daran erinnern, dem Mann erlaubt zu haben, ihn mit dem Vornamen anzureden. Warum war er nicht Mr Grant, wie es sein Vater gewesen war? Offensichtlich hatte sein Vater so beiläufig von ihm gesprochen, dass er in dieser Kanzlei nur als Reggie bekannt war.

Pottage fuhr mit gelangweilter Stimme fort: »Ihr Vater hat gegen unseren Rat einige sehr unkluge Investitionen getätigt; die schlechteste Entscheidung war es, ständig Geld in die Millwall Iron Works zu stecken.«

Reggie zuckte leicht mit den Schultern, damit der Anwalt weiterredete.

»Das Unternehmen war an der Londoner Börse gelistet und hatte mit Schiffsbau und Eisenbahnen einen kometengleichen Aufstieg, weil Namen wie Brunel damit verbunden waren. Aber als die ersten Schiffe nicht vom Stapel laufen konnten, begannen die Probleme. Das Unternehmen wurde verkauft, florierte noch einmal für einige Jahre, ging aber dann erneut in Konkurs. Ich habe Ihrem Vater abgeraten, dieses Unternehmen …«

»Warum?«, fragte Reggie.

Der Anwalt schüttelte nur den Kopf. »Ich hatte immer das Gefühl, dass sein Erfolg nur vorübergehender Natur war.«

»Gibt es dazu schriftliche Unterlagen?«

Die buschigen Augenbrauen wurden irritiert hochgezogen. »Nein, lieber Junge. Hierbei handelt es sich um

Gespräche, die ein Anwalt mit seinem wichtigsten Klienten hat. Ihr Vater hatte natürlich einen Börsenmakler, aber große Investitionen erforderten auch die Teilnahme eines Anwalts, deshalb war ich mit den meisten seiner finanziellen Angelegenheiten vertraut.« Pottage tippte mit seinem fleischigen Zeigefinger im Takt seiner Worte auf den Schreibtisch. Er wirkte wie ein Professor, der mit seinem Studenten spricht.

Reggie ignorierte den tadelnden Tonfall und ließ ihn fortfahren; im richtigen Augenblick würde er Pottage schon an seinen tatsächlichen Status erinnern.

»Trotz meines Ratschlags war er entschlossen, auf den Erfolg des Unternehmens zu spekulieren, vor allem, als es begann, in der Mitte des letzten Jahrzehnts Panzerplatten für Russland zu bauen. Ihr Vater hatte eine Vorliebe für Russland.«

»Fahren Sie fort.«

Pottage zupfte nervös an seinen buschigen Koteletten und erklärte müde: »Vor zehn Jahren gab es einen schwerwiegenden Unfall mit dem berühmten Schwungrad, das als eines der größten in England gilt. Ich weiß nicht, ob es stimmt, aber es ist sicherlich spektakulär: fast zwölf Meter im Durchmesser und etwa einhundertzehn Tonnen schwer. Ein Junge wurde getötet, der am Hochofen arbeitete – er wurde zerquetscht. Das Rad drehte sich zu schnell und löste sich aus den Scharnieren. Metallstücke wurden in alle Richtungen geschleudert und verletzten auch einige andere Arbeiter.«

In diesem Moment hasste Reggie den Anwalt. Er war sich sicher, dass weder der schreckliche Tod des Jungen noch die Not der Familien der Verletzten bei dem Mann mehr als eine vorübergehende Neugier ausgelöst hatte.

»Dieser Schatten über der Firma wurde noch dunkler, als 1866 Panik im finanziellen Sektor ausbrach. Unternehmen wie Millwall, die bereits angeschlagen waren, brachen zusammen. Ihr Vater war nicht der Einzige, der Geld verlor, aber er besaß bei Weitem am meisten Aktien.« Er warf Reggie einen scharfen Blick zu. »Natürlich war dies nur eine von mehreren schlechten Investitionen. Ihr Vater war ein eifriger Sammler von ungewöhnlichen Gegenständen und bezahlte oft ein kleines Vermögen für Dinge, die keinerlei Wert darstellten. Und wir dürfen natürlich nicht das Geld vergessen, das in Woodingdene mit all seinen Verrücktheiten floss.«

»Verrücktheiten? Mr Pottage, Woodingdene ist doch auf jeden Fall ein Gewinn«, empörte sich Reggie. »Haben Sie Ihr Haus durch Wasserkraft elektrifiziert, Sir?«

Das Doppelkinn des Anwalts bebte.

»Ich vermute, Sie verlassen sich – wie die meisten – auf Gas. Aber die weitreichenden Pläne meines Vaters bedeuten, dass in den nächsten Jahren alle Seen um Woodingdene sauberen Hydro-Strom produzieren werden, mit dem das gesamte Anwesen elektrifiziert werden kann. Kein Geruch, keine Explosionsgefahr, keine Lüftungsprobleme, kein Druckmangel, keine Erstickungsgefahr. Ich werde dafür sorgen, dass sein Traum in Erfüllung geht.«

Der Mann wich nicht einen Schritt zurück und gab vor allem nicht zu, dass seine Äußerung unangemessen gewesen war. »Wer will so etwas denn schon, Reggie? Abgesehen von der potenziellen Elektrifizierung würden Sie auf jeden Fall einen Käufer brauchen, der … nun, sagen wir, ähnliche Leidenschaften verfolgt.«

»Woodingdene steht nicht zum Verkauf.« Reggie hatte

das eigentlich nicht laut sagen wollen – zumindest jetzt noch nicht. Aber jetzt war es nun einmal heraus.

»Das ist die Entscheidung der Familie, aber ein Besitz ist nur so viel wert wie das Land, auf dem er liegt, oder wie das, was ein Käufer zu zahlen bereit ist. Ich muss gestehen, ich bin nicht überzeugt, dass ein vermögender Gentleman das Haus so ... faszinierend finden würde wie ihr Vater, als er es erbaut hat.«

Reggie dachte nicht daran, den ästhetischen Wert des Hauses mit einem Mann zu diskutieren, der in einem vergangenen Jahrzehnt lebte. »Es geht also um den Grundstückswert.«

Pottage verzog das Gesicht. »Sie wollen ja nicht verkaufen, deshalb ist dieser Teil unseres Gesprächs lediglich akademischer Natur, aber wir können es natürlich doch besprechen, oder?«

Wenigstens in diesem Moment wirkte der Mann etwas verlegen, stellte Reggie mit Genugtuung fest.

»Die Bank würde vermutlich versuchen, es zu verkaufen, wenn es zum Äußersten käme, aber Sie müssten so realistisch sein einzusehen, dass es sich kaum als Ganzes verkaufen lassen würde. Wir müssten es aufteilen, sodass einzelne Grundstücke verkauft werden könnten, auf die andere vermögende Personen dann ihre prachtvollen Häuser bauen könnten. Ich muss zugeben, eine recht spektakuläre Lösung! Das Haus selbst? Nun, mein lieber Junge, sein Wert ist gemindert durch seine ... nun ja, sagen wir *Einzigartigkeit*.«

Dass Pottage die ganze Zeit über so redete, als ob sie Partner seien, ging Reggie zunehmend auf die Nerven. Das »wir« machte ihn langsam wütend.

Der Anwalt fuhr fort: »Außerdem liegt es im Norden,

und wir würden einen Käufer finden müssen, der bereit ist, so viel Geld weit von London entfernt zu investieren. Er müsste sowohl über eine Menge Bargeld als auch über recht liberale Ansichten verfügen – wirklich kein leichter Verkauf.« Er holte tief Luft, sichtlich froh darüber, das alles ausgesprochen zu haben, und griff nach einer Tasse Tee, die schon lange nicht mehr vor ihm stand. »Ich will damit sagen, dass Ihr Vater nach Lust und Laune, aus Emotionen heraus investiert hat. Früher einmal hat er damit auch alles richtig gemacht, aber seine Fehler, die mit den Jahren seine erfolgreichen Entscheidungen in der Zahl weit übertroffen haben, wirken sich jetzt sehr schlecht aus. Zweifellos werden Sie auch mit der Bank Ihres Vaters darüber sprechen wollen, aber aus unserer Sicht als Ihr juristischer Berater, Reggie, ist die finanzielle Situation äußerst prekär. Sie werden so viel wie möglich verkaufen müssen, und Sie werden eine ordentliche Finanzspritze brauchen. Und allein das Land ist so viel wert, dass ein Verkauf von Woodingdene Ihnen den größten Gewinn sichert.«

»Wie viel Zeit habe ich?«

»Gar keine, mein lieber Junge. Das Limit ist erreicht, und die Zeit drängt.« Erneut klopfte er mit seinem Zeigefinger auf die Lederplatte seines Schreibtischs, um seine Worte zu betonen. »Bevor die Dominosteine fallen, brauchen Sie Bargeld, und zwar jetzt!«

»Bargeld«, wiederholte Reggie. Er versuchte, sich seine Ungläubigkeit nicht anmerken zu lassen, es gelang ihm jedoch nicht.

Der ältere Mann nickte langsam und schloss die Augen, als ringe er um Geduld in diesem Gespräch mit einem begriffsstutzigen Dummkopf.

Reggie wartete, bis der Anwalt seinen Blick wieder auf ihn richtete.

»Fünftausend Pfund könnten Ihnen vielleicht eine Atempause von zwei Jahren verschaffen, damit Sie einen Käufer suchen können, aber wir müssten auch große Teile des Aktienbestands Ihres Vaters auflösen.«

»Mr Pottage, wie stellen Sie sich das vor? Wie soll ich denn plötzlich an so eine große Menge Bargeld kommen?« Er lächelte schmallippig und blickte den Anwalt fragend an.

Einen Moment lang wirkte der Anwalt um eine Antwort verlegen. Schließlich runzelte er die Stirn und erwiderte aufrichtig:

»Ich dachte, das hätte ich klargemacht. Die Finanzierung von Woodingdene muss überprüft werden. Sie müssen wahrscheinlich kurzfristig Land verkaufen, um Ihre dringendsten Schulden zu begleichen. Und Sie müssen ganz bestimmt das Portfolio Ihres Vaters an Aktien und Anteilen bereinigen. In seinen Häusern befinden sich so viele Kunstwerke – das meiste könnte versteigert werden. Brauchen Sie das Londoner Haus noch?«

»Das Londoner Haus bleibt, Sir«, sagte Reggie mit fester Stimme. »Ich werde jedoch die Kunstsammlung der Familie einer gründlichen Prüfung unterziehen.«

»Sie müssen flüssig bleiben, Reggie. Kurz vor seinem Tod habe ich Ihrem Vater den gleichen Ratschlag gegeben.«

»Und er hat nicht auf Sie gehört?«

»Er hat in noch mehr Schiffe investiert«, sagte der ältere Mann und beugte sich empört vor. »Man sollte meinen, dass er aus der Millwall-Iron-Sache gelernt hätte, oder wenigstens aus dem großen Sturm von 1859. Damals gingen mehr als hundertdreißig Schiffe unter, und achthundert Menschen verloren ihr Leben. Ihr Vater hatte in mindestens drei dieser Schiffe investiert, und das Geld war verloren. Eines dieser Schiffe war die *Royal Charter*, ein Klipper, der Gold aus New South Wales geladen hatte. Der Ort hat einen seltsamen Namen, an den ich mich nicht recht erinnern kann. Ich will immer Zitrone sagen, aber das stimmt nicht – allerdings handelt es sich tatsächlich um eine Frucht. Oh, jetzt habe ich es. Orange.«

»Orange?«

Der ältere Mann nickte. »Dort ist anscheinend ein Goldrausch. Man hat »beachtliche« Mengen Gold gefunden, und ihr Vater hat eine Gruppe von Bergarbeitern aus Cornwall bezahlt, die im März 1851 nach Australien fahren sollten. Sie haben auch reichlich Gold gefunden, aber alle Männer sind mitsamt ihrem Schatz untergegangen.«

»Und wir anscheinend mit ihnen«, sagte Reggie und stieß die Luft aus.

»Leider ja. In diesem Fall war es Pech, aber Ihr Vater hat auch Geld in verschiedene spekulative Anlagen gesteckt. Er hatte seine Finger in so vielen Projekten – ich muss sagen, es ist nie klug, sich mit solchen kleinen Investitionen zu verzetteln.«

Reggie schmeckte dieser Vorwurf gar nicht, und er tat so, als müsse er husten, weil ihm das Gelegenheit gab, den Kopf wegzudrehen. Kurz darauf verabschiedete er sich unter einem Vorwand und erklärte, er müsse zurück nach Northumberland, um ein paar schwere Entscheidungen zu treffen.

Er hatte die hohen Schulden nicht verursacht, aber sie lasteten jetzt allein auf seinen Schultern, dachte er verzweifelt. Das Gespräch mit Mr Pottage hatte in ihm das

Gefühl ausgelöst, er sei an einer Verschwörung gegen das Imperium beteiligt. »Ihr Vater hätte sicher nicht gewollt, dass Lilian von dieser Situation erfährt«, hatte der Anwalt ihm noch auf den Heimweg mitgegeben.

Dieses Treffen in Pottages Kanzlei schien eine Ewigkeit her zu sein, und doch waren seitdem kaum acht Wochen vergangen.

Sie hatten den gefährlichen, steilen und schmalen Mitchell's Pass am Western Cape überwunden und waren nun in der Wüste der Kleinen Karoo angelangt. Die Ochsen hatten die schweren Karren den Pass hinaufziehen müssen, bevor sie schließlich nach Ceres gelangten. Die Passstraße war das erstaunliche Werk eines begabten Ingenieurs, erfuhr Reggie, der vor einem Vierteljahrhundert mit der fünfzehnjährigen Tochter eines französischen Colonels durchgebrannt war. Als Straße konnte man das Bauwerk jedoch kaum bezeichnen, in Reggies Augen war es nicht viel mehr als ein Viehpfad. Der einzige menschliche Laut, der die Stille durchdrang, waren die Schreie der Treiber, die mit ihren Peitschen die Ochsen antrieben.

Das flache Buschland der Kleinen Karoo mit seinem spärlichen Bewuchs an Akazien, deren lange weiße Dornen die Unwirtlichkeit der Landschaft betonten, langweilte Reggie. Wind, Staub und die Tatsache, dass Hygiene ein seltener Luxus war, trugen in Verbindung mit der beunruhigenden Bedrohung durch Löwen und Leoparden zum ständigen Gefühl der Gefahr bei. Reggie konnte nur hoffen, dass die Größe der Springbockherden den Hunger der Raubkatzen befriedigte. Nach all den haarsträubenden Geschichten der einheimischen Fahrer hatte er keine

Lust, diesen Jägern Auge in Auge gegenüberzustehen, und er war froh, dass wenigstens die Fahrer die Gewehre ständig in Anschlag hielten.

Er hatte sich ein wenig von den vier Karren und den übrigen Reisenden, die sich nahe am Kreis der Lagerfeuer aufhielten, abgesondert. Die Ochsen würden ihn vermutlich vor den Raubkatzen warnen, dachte er. Sie waren angepflockt und rochen die Gefahr wahrscheinlich eher als schläfrige Männer mit Gewehren. Solange er aufmerksam blieb und sich in Sichtweite der Lagerfeuer aufhielt, konnte ihm nichts passieren, versicherte er sich. Weit weg von den Gesprächen seiner Mitreisenden und in der Nähe der Ochsen hatte er Gelegenheit zum Nachdenken.

Er tat so, als führe er im Schein einer Kerze Tagebuch, damit die anderen ihn nicht für einen seltsamen Eigenbrötler hielten. Stumm redete er mit dem Ochsen, der ihm am nächsten stand, damit er die Gedanken, die er tief in sich verschlossen hielt, wenigstens einmal formulierte.

»Weißt du, Ochse, Mr Pottage hat mir eine weitere Verpflichtung aufgeladen, indem er mir von den Schulden meines Vaters erzählt hat. Ich kann nicht einfach verkaufen, wie er es sagt ... ich brauche eine Strategie. Auf keinen Fall soll in London irgendjemand denken, dass das Imperium der Grants bröckelt – das brächte bloß die Glücksritter auf den Plan und würde anständige Investoren abschrecken. Ich muss so schlau vorgehen, wie mein Vater es offensichtlich nie war. Ich muss Woodingdene für Clementine erhalten, ohne dass jemand von unserem drohenden Untergang erfährt.« Seufzend ordnete er seine Gedanken. »Ich muss jetzt das Schiff durch die raue See steuern und uns in Sicherheit bringen. Und ich bin zu dem Schluss gekommen, Ochse, dass wir die sichere Küste nur erreichen können, wenn ich an das Trustvermögen von Clementine herankomme.«

Genau. Endlich hatte er die vage Idee in Worte gefasst. Nach Wochen chaotischer Gedanken kam es ihm vor, als sänke er in beruhigend warmes Wasser.

Clementines Trustfonds, von ihrem Großvater angelegt, war durch den Tod ihrer Mutter und durch den bevorstehenden Tod ihrer Großmutter gewaltig gewachsen. Gegenwärtig war das kleine Mädchen ein Vermögen wert.

Reggie murmelte weiter vor sich hin. »Ich muss nur für kurze Zeit Zugang bekommen, damit ich ihr Vermögen und ihr Erbe retten kann. Ich tue dies ausschließlich für sie.« Es fühlte sich tröstlich an, diesen Plan einem anderen Lebewesen zu erklären. »Sie ist schließlich noch ein Kind und braucht im Moment nicht so viel. Aber ich muss ihren Lebensunterhalt sicherstellen; ich habe Lilian versprochen, die Zukunft ihrer Enkeltochter und alles, was mein Vater geschaffen hat, zu schützen. Mein Vater kann stolz auf mich sein, und auch Lilian wird Achtung vor mir haben, wenn sie stirbt. Vor allem aber werde ich etwas Wichtiges im Gedenken an meine Schwester tun, indem ich mich um ihr Kind kümmere, als sei es mein eigenes.«

Eine Frau schlenderte in seine Richtung, und er unterbrach seine Unterhaltung mit dem Ochsen.

Sie war die einzige unverheiratete Frau in der Wagenkolonne. Zu Reggies Verzweiflung war sie mit ihrem Vater seinem Karren zugeteilt worden, und wie er es befürchtet hatte, hatte sie großes Interesse an seinem Wohlergehen entwickelt. Sie waren mittlerweile seit vierzig Tagen unterwegs. In zwei Tagen würde die Reise zu Ende sein, und sie schien seine Gleichgültigkeit noch nicht bemerkt zu haben.

»Ah, Miss Hampton, wie nett von Ihnen«, sagte er. Er schluckte seine Verärgerung hinunter und nahm höflich die Blechtasse an, die Anne ihm gebracht hatte. Gute Manieren waren ihm im Internat förmlich eingebläut worden.

»Sie wirkten so vertieft in Ihre Aufzeichnungen, Mr Grant, aber ich wollte Ihnen den Kaffee nicht vorenthalten, den wir gemacht haben. Er schmeckt köstlich.«

»Danke, das ist äußerst großzügig von Ihnen«, sagte er. Ihm war klar, dass sein Lächeln gefährlich einladend war, aber abweisendes Verhalten war auch nicht angebracht. Ihr Vater Percy war ein reicher Großgrundbesitzer aus Südengland. Er hatte sich monatelang in Kapstadt aufgehalten, um Land zu kaufen, und reiste jetzt mit seiner Tochter nach Kimberley, um zu erkunden, ob es sich auszahlen würde, auch dort Besitz zu erwerben. Er sprach sogar davon, einige Diamantenclaims zu kaufen. Reggie hatte von seinem Vater gelernt, dass es nie schadete, geschäftliche Beziehungen zu knüpfen, und so hatten er und Percy sich angewöhnt, die Abende gemeinsam mit einem Brandy und einer Zigarre zu verbringen und sich über Geschäfte zu unterhalten.

Möglicherweise waren ihm ja Percy Hamptons Kontakte oder sein Einfluss noch einmal nützlich, und deshalb wäre es unklug, die Verbindung aufs Spiel zu setzen. Also ließ er bei der Tochter des Mannes seinen Charme spielen. Das war ein Balanceakt, bei dem er die Nerven behalten musste: Es könnte sie beleidigen, wenn er zum

Beispiel die Tasse Kaffee heute Abend ablehnte, oder aber wenn er später ihre intensiveren Avancen ablehnte. Anne Hampton war offensichtlich auf der Jagd nach einem Ehemann und hielt ihn für einen geeigneten Kandidaten. Irgendwie musste es ihm gelingen, sie zufriedenzustellen, ohne sie zu weit gehen zu lassen.

»Darf ich mich ein Weilchen zu Ihnen setzen, Mr Grant? Ich möchte nicht, dass Sie sich einsam fühlen.«

Es wäre ihm lieber gewesen, sie hätte die Etikette beachtet und daran gedacht, dass sie sich ohne Anstandsdame nicht in seiner Nähe aufhalten sollte. Andererseits schienen die üblichen Regeln bei der Reise mit den Ochsenkarren nicht zu gelten. »Gerne«, sagte er. »Allerdings kann ich Ihnen versichern, dass ich mich alleine sehr wohlfühle. Und um die Wahrheit zu sagen, ich habe gerade überlegt, ob ich mich zur Ruhe begeben soll.« Es machte ihn verlegen, dass er ihr in seiner sitzenden Position mit der Tasse in der Hand nicht helfen konnte. »Dort ist ein bequemer Stein«, sagte er und zeigte auf einen Felsbrocken, der zum Glück nicht so weit von ihm entfernt war, dass sein Vorschlag unhöflich wirkte. »Möchten Sie sich dorthin setzen?«

»Perfekt«, gurrte sie und ließ sich auf dem Stein nieder. Sie strich ihre Röcke glatt, und er konnte nur bewundern, mit welcher Haltung sie auf einem Stein mitten in einer afrikanischen Wüste saß. Während der Reise verzichtete sie auf die Tournüre, aber Reggie war sicher, dass sie in Kimberley wieder in formeller Kleidung auftreten würde.

»Es ist außergewöhnlich, wie es den Damen gelingt, trotz des Staubs, der Hitze und all der Unbequemlichkeiten dieser schrecklichen Reise so sauber und hübsch auszusehen.« Er formulierte seine Aussage bewusst allgemein, um sie nicht direkt anzusprechen.

»Gefällt Ihnen die Reise nicht, Mr Grant?«

»Gefällt sie irgendjemandem?«, antwortete er mit einer Gegenfrage. »Manchmal habe ich das Gefühl, mich auf einer Expedition in eine neue Welt zu befinden.«

Sie lächelten und blickten beide durch die Dunkelheit zu den vertrauten Umrissen von aufgetürmten Möbeln, Haushaltsgegenständen, Holz, Maschinen und Wellblechplatten, die von den Ochsen durch die Wüste geschleppt wurden, um neue Städte zu bauen. Einer der Karren war beladen mit einer tragbaren Dampfmaschine, die das Große Loch mit Strom versorgen sollte.

»Meiner Meinung nach, Mr Grant, ist diese Wüste für die Fahrer der Karren das, was das Meer für die Seeleute ist.«

»Meinen Sie, sie sind geborene Wanderer?«

»Vielleicht suchen sie nach etwas?« Sie klang wehmütig, und er nahm an, dass sie sich selbst meinte.

»Glauben sie wirklich, es im dunklen Herzen von Afrika zu finden?« Er verbarg seinen Sarkasmus hinter einem leichten Tonfall und einem Grinsen.

Wie er es vorausgesehen hatte, lachte sie. »In Ihren Ohren klinge ich bestimmt wie eine alberne Romantikerin.«

Reggie trank seinen Kaffee aus und seufzte, als bereite er sich darauf vor, den Abend zu beschließen. »Ich finde diese Sicht aufs Leben nicht schlimm, Miss Hampton. Zyniker gibt es mehr als genug.« Er wechselte das Thema. »Ist Ihnen eigentlich schon aufgefallen, Miss Hampton, dass Ochsen ganz unterschiedliche Charaktere haben?« Das müsste sie eigentlich ablenken.

Sie warf ihm einen entsetzten Blick zu. »Machen Sie sich lustig über mich, Mr Grant?«

»Nein, keineswegs«, versicherte er ihr. »Mir ist aufgefallen, dass jeder eine einzigartige Persönlichkeit besitzt, und je erfahrener die Fahrer sind, desto besser wissen sie, wie sich die Ochsen verhalten: manche führen an, andere folgen und wieder andere neigen zu Nervosität.«

»Und dieses Tier hier?«, fragte sie lächelnd.

Ernst erwiderte er: »Er heißt Themba. Das bedeutet ›vertraut‹. Zu wissen an welcher Stelle man sie einsetzen muss, ist wichtig für eine erfolgreiche Reise, und es wird viel Sorgfalt und Übung darauf verwandt, die richtigen Ochsen für den jeweiligen Fahrer zusammenzustellen.«

»Das wusste ich gar nicht«, bemerkte sie. Sie klang beeindruckt.

»Ich auch nicht, bis ich mich mal mit den Fahrern unterhalten habe.«

»Wo wird Themba eingesetzt?«, fragte sie lächelnd.

»Nun, Themba geht ganz vorne. Er ist geduldig, und man kann darauf vertrauen, dass er nicht in Panik gerät, die weniger zuverlässigen Tiere nicht in die Irre führt und nicht als Erster müde wird. Er weiß auch, wie er seinen Kopf zu senken hat, wenn ihm das Joch angelegt wird, und er zieht mit größter Kraft an. Ich möchte Sie mit der Wissenschaft des Bullenkopfs nicht langweilen, Miss Hampton. Der Ochse hält seinen Kopf in unterschiedlichen Winkeln, je nachdem, ob er im Joch geht und Gewichte ziehen muss, oder ob er frei ist. Es wird allgemein angenommen, dass die größte Kraft vom Ansatz seiner Hörner ausgeht.« Insgeheim wunderte er sich über sich selbst, dass er ein solches Gespräch führte, aber er beglückwünschte sich auch zu der brillanten Idee, über ein so faszinierendes und doch inhaltsleeres Thema zu sprechen.

»Themba ist also der Ochse an der Spitze?« Anscheinend hatte sie ihm aufmerksam zugehört.

»In der Tat, und ich bin froh darüber. Es sieht so aus, als hätten wir Glück gehabt – ich habe beunruhigende Geschichten gehört über gebrochene Räder, die repariert werden mussten, über umgestürzte Karren mit schwerer Ladung und einen Ochsen, der darunter begraben wurde. Wie soll man so einen Ochsen beruhigen und sich um ihn kümmern?«

Fasziniert riss sie die Augen auf.

Es stimmte tatsächlich, dass er eine Menge über diese Ochsentrupps gelernt hatte. »Ich habe mit Henry, einem unserer Fahrer, gesprochen, und er erzählte mir, die gefürchtetsten Hindernisse seien Baumstümpfe. Sie aus dem Weg zu räumen gehört zu den Aufgaben der afrikanischen Jungen, die uns voranlaufen.«

»Ich habe mich schon gefragt, was sie da tun«, sagte sie.

Er nickte. »Jan muss den Fahrer vor den Baumstümpfen warnen, damit der Wagen nicht dagegen prallt und aus der Spur kommt. Dadurch geraten die Tiere häufig in Panik, und im schlimmsten Fall kann die Achse des Wagens brechen. Und das bedeutet immer eine Verzögerung von mehreren Tagen, verbunden mit der Rationierung von Wasser, schlechter Stimmung und so weiter.«

»Du liebe Güte, Mr Grant. Ich hoffe, wir überstehen die nächsten Tage ohne Zwischenfälle.«

»Seien Sie unbesorgt, Miss Hampton. Ich kann Ihnen versichern, dass es nur noch zwei Tage sind«, sagte er.

Anne Hampton antwortete nicht auf seine beruhigende Aussage, sondern reckte ihr Kinn, damit er ihrem Beispiel folgte und zum Himmel blickte. »Bis ich nach Afrika kam, hatte ich kein Interesse am nächtlichen Himmel«, sagte sie. Erneut schlich sich der wehmütige Tonfall in ihre Stimme. Und dabei hatte er geglaubt, er habe ihn vertrieben. »Schauen Sie doch nur diese samtige Decke voller blitzender Wunder an!«, hauchte sie ehrfürchtig.

Es war tatsächlich ein mondheller Abend, und als Reggie die elegante Wölbung ihres Halses betrachtete, verspürte er eine untypische Enttäuschung darüber, dass er sich zu dieser Frau und eigentlich zu keiner Frau, nicht so hingezogen fühlte, wie sie es gerne gehabt hätte. Sie hatte so viel zu bieten: Schönheit, gute Manieren, einen guten Namen – und dazu stammte sie noch aus einer Familie, die immer reicher wurde. Anne Hampton würde sich über ihre Zukunft keine Sorgen machen müssen. Ihre einzige Sorge war es, einen guten Ehemann zu finden, der sie vielleicht vor allem aus Liebe heiratete und sie glücklich machen würde.

Eine Sekunde lang spielte er mit dem Gedanken. Könnte er das nicht? Nein. Sie würden beide ihr Leben lang unglücklich werden. Da ihre Gefühle in jeder Hinsicht betrogen würden, würde sie zu ihrem Vater rennen. Und er konnte es sich nicht leisten, sein Problem zu enthüllen.

Die arme Anne, die nach einem Mann suchte. Es gab sicher viele Verehrer, die sie aus zynischen Gründen heiraten würden. Zweifellos behielt der Vater deshalb seine kostbare Tochter so dicht bei sich. Erst jetzt wurde Reggie klar, dass sie ihn beide prüften. Beim vertraulichen Geplauder am Lagerfeuer bewertete der alte Hampton sein

Potenzial als Ehemann. An ihren Gesprächen hatte er gar kein aufrichtiges Interesse. Nun, er musste einen Weg finden, sich aus dem zunehmend dichteren Netz, das sie wob, zu befreien.

»Wissen Sie viel über die Sterne, Mr Grant?«, fragte sie.

»Nein. Ich bin absolut kein Romantiker, Miss Hampton.« Er senkte seine Stimme zu einem traurigen Murmeln. »Ich bin der archetypische Realist.«

»Das klingt, als sei das eine wenig beneidenswerte Eigenschaft, Mr Grant«, sagte sie, ohne ihren Blick vom tiefschwarzen Meer des südlichen Himmels zu wenden. »Als ob dieser Charakterzug böse wäre.«

»Oh, ich möchte nicht, dass Sie das denken, Miss Hampton. Lassen Sie es mich lieber so formulieren: Das Leben hat mich gelehrt, pragmatisch zu sein.« Er täuschte ein Gähnen vor und schüttelte entschuldigend den Kopf. »Verzeihen Sie mir, Miss Hampton.«

»Ich wünschte, Sie würden mich Anne nennen.«

»Verzeihen Sie mir, Anne«, sagte er und neigte leicht den Kopf, »dass ich so erschöpft bin.«

»Nun, Sie sind ja auch den ganzen Tag neben den Karren hergelaufen, Mr Grant. Wahrscheinlich rührt daher Ihre Müdigkeit.«

Sie beobachtete anscheinend jeden seiner Schritte. Am liebsten hätte er ihr gestanden, dass er durch das Laufen den entsetzlich langweiligen Gesprächen im Planwagen entging. »Zu Hause fechte und reite ich fast jeden Tag, und ich fühle mich verpflichtet, mein Training beizubehalten.«

»Deshalb haben Sie auch so eine gute Figur, Sir.« Sie lachte.

Er reichte ihr den Kaffeebecher. »Noch einmal vielen Dank für Ihre Freundlichkeit. Kann ich Sie zum Feuer zurückgeleiten?« Er half ihr beim Aufstehen und wartete, bis sie ihre Röcke geordnet hatte, obwohl sie gar nicht in Unordnung geraten waren.

»Danke.« Wenngleich er ihr nicht den Arm bot, überrumpelte sie ihn und hängte sich bei ihm ein. *Du liebe Güte.* Jetzt saß er in der Falle, denn es wäre ungehobelt, jetzt nicht höflich zu lächeln und Arm in Arm mit ihr zum Feuer zu gehen. Anne Hampton achtete darauf, dass jeder in ihrer Reisegruppe ihre Vertrautheit bemerkte. In einem großartigen Auftritt ging sie langsam an seinem Arm zurück ans Lagerfeuer, wo später die Männer schlafen würden, während sich die Frauen bereits in die Zelte zurückzogen.

Steckt sie ihr Terrain ab?, fragte er sich. *Du musst ihre Hoffnungen sofort zunichtemachen*, drängte eine Stimme in seinem Kopf.

Er verlangsamte seinen Schritt. »Habe ich Ihnen eigentlich schon erzählt, warum ich nach Afrika gekommen bin, Miss Hampton?«

»Nein, Mr Grant. Sie hüllen sich in geheimnisvolles Schweigen über den Grund Ihrer Reise.«

Er lachte freudlos. »Wohl kaum geheimnisvoll, aber ich muss zugeben, dass ich sehr verschwiegen bin. Ich habe es für mich behalten, weil mich ein trauriger Grund ins Landesinnere führt.« Er erklärte ihr kurz Clementines Situation.

Sie blieb stehen und wandte sich ihm zu. Die anderen waren für den Moment vergessen. »Sie meinen, Sie nehmen das Kind Ihrer Schwester zu sich?«

»In der Tat. Genau das habe ich vor.« Er hatte weder

erwähnt, dass Clementine die Tochter seiner Halbschwester war, noch dass ihr Vater noch lebte. »Meine Rolle ist es jetzt, der bestmögliche Vormund für Clementine zu sein; ich möchte sie beschützen, für sie sorgen, sie großziehen und sie lieben, damit sie mit der Zuneigung und dem Komfort leben kann, den ihre Mutter ihr sicher zugedacht hat. Meine Schwester wollte nicht in Afrika leben; und jetzt muss ich ihrer Tochter das Leben bieten, das Louisa für sie geplant hat.«

»Wie ungeheuer liebenswert von Ihnen, Mr Grant.«

Reggie entzog ihr sanft seinen Arm, geleitete sie aber das letzte Stück des Weges, sodass sie kaum merkte, dass sie nicht mehr miteinander verbunden waren. »Ja, obwohl ich nicht sicher bin, ob meine Auserwählte bereit ist für ein Kind«, sagte er in einer letzten, brutaleren Anstrengung, die süße Anne Hampton von seiner Spur abzubringen.

Die Lüge traf sie unvorbereitet. Sie schwieg. »Oh! Verzeihen Sie mir, Mr Grant. Mir war nicht klar, dass es eine Mrs Grant ...«

»Die gibt es auch nicht. Aber es gibt jemanden, den ich sehr mag. Und ihr muss ich meine Entscheidung, Clementine mit nach Hause zu bringen, noch erklären. Wissen Sie, als ich abreiste, glaubte ich noch, dass meine Mission lediglich darin bestünde, sie nach England zu holen, aber ich bin zu dem Schluss gekommen, dass die Familie ihres Vaters nicht geeignet ist, Clementine großzuziehen. Die Grants sind ihre rechtmäßigen Vormunde. Wir haben die Mittel und vor allem den Wunsch, diesem Kind die Umgebung zu bieten, die es verdient hat.«

Anne Hampton wirkte niedergeschlagen, aber sie hob ihr Kinn. »Ich bin voller Bewunderung für Ihre Mission,

Mr Grant, und freue mich schon darauf zu hören, dass die kleine Clementine sicher in Ihrer Obhut ist.«

Sie streckte die Hand aus, und Reggie beugte sich darüber. Er war zuversichtlich, ihre Hoffnungen auf ihn als ernsthaften Heiratskandidaten zerstört zu haben.

»Schlafen Sie gut, Miss Hampton«, sagte er. »Wir sehen uns morgen früh.«

Er ließ ihre Hand los, dann nickte er den anderen zu, die sie verstohlen beobachtet hatten, und ging erleichtert, um seinen Schlafsack unter einem der Planwagen auszurollen.

7

Kimberley, Kapkolonie
Mai 1872

Zwei Männer und ein kleines Mädchen starrten auf den kleinen Haufen bröckeligen Steins, der auf dem aus alten Versandkisten gebauten Tisch lag. Der Tisch stand an einer der Wände in der Hütte, die sie als ihr Zuhause betrachteten, dabei unter einem Bein ein zusammengefaltetes Zeitungspapier, damit er nicht so wackelte.

James Knight saß auf einem Klappstuhl, den er einem reisenden Kesselflicker abgekauft hatte. Seine Tochter saß auf seinem Schoß, und ihr engster Freund, Joseph One-Shoe, hockte auf seinen Fersen neben ihnen. Er hatte diese Sitzhaltung angenommen, seit er laufen konnte, und er versicherte den Knights immer wieder, dass es für ihn weder unbequem noch beleidigend war, nicht auf einem eigenen Holzstuhl sitzen zu können.

Die grob zusammengezimmerte Tür ihrer Wellblechhütte war geschlossen. Die Morgensonne, die durch die Ritzen drang, kam ihnen heller vor als sonst, weil sie den Rest der Welt absichtlich ausgeschlossen hatten. Sie wussten, dass das nicht lange währen würde, und deshalb bereiteten sie sich angespannt darauf vor, ihre wichtigste gemeinsame Entscheidung zu treffen. Hinter ihnen lagen auf einer Bank die Überreste ihres Frühstücks; normalerweise hätten sie alles sofort weggeräumt, aber dann hätten sie draußen Wasser holen müssen. Und da sie nicht abgewaschen wurden, wurden die Reste der Hafergrütze in den Blechschüsseln hart und der Tee in ihren Bechern schal.

Als ein plötzlicher Windstoß draußen den Staub auf dem Tisch aufwirbelte, blickten alle noch angestrengter auf den Diamanten.

Sogar in seiner rohen Form hatte er Feuer.

»Er ist ein wahres Ungetüm. Ein anderes Wort gibt es dafür nicht«, sagte James voller Ehrfurcht.

Keiner der beiden Männer hatte den Stein noch einmal angesehen, seit sie ihn gefunden hatten. Jetzt lag er offen vor ihnen. Darum herum glitzerten andere Diamanten in unterschiedlichen Reinheitsgraden, die im Vergleich winzig aussahen.

»Es ist die Kastanie, Daddy«, murmelte Clementine. Weitaus mehr als der Stein faszinierte sie die Tatsache, dass ihr Vater zum ersten Mal seit Langem nüchtern war.

»Ja, das stimmt, Liebling. Was meinst du, Joseph?«

Der Zulu antwortete nicht sofort und betrachtete den Diamanten eingehend. »Er macht mir Angst«, gestand er.

Clementine lächelte ihn an. »Warum?«

»Er ist gefährlich, Miss Clementine.«

Sie warf ihrem Vater einen Blick zu. Ihr fiel auf, wie ausgezehrt sein Gesicht wirkte. Er hatte tiefe Schatten unter den Augen, und seine Wangen waren eingefallen. Sie hatte einmal ein Skelett in einem Bilderbuch gesehen, ein schreckliches Bild, aber mittlerweile fand sie, dass auch ihr Vater aussah wie ein Skelett. Sie spürte seine knochigen Beine durch die Hose, und sein Körper war so kantig, dass sie sich gar nicht mehr gerne an ihn kuschelte. Heute hatte er immerhin kein Fieber.

»Weil böse Männer ihn stehlen könnten?« Das kleine Mädchen sah die beiden an. »Weil sie uns wehtun könnten?«

James nickte seufzend. »Du begreifst schnell, Clem, aber du musst dir keine Sorgen machen. Niemand außer uns dreien ...« Er tippte auf ihre Brust, dann auf seine und drückte Josephs Schulter. »... weiß von diesen Diamanten. Außer uns weiß keine Menschenseele von der Kastanie.«

Clementine lächelte ihn an. »Wir haben jetzt vierundachtzig Diamanten und das Ungeheuer, Daddy. Das ist viel, oder?« Erneut blickte sie auf die kleineren Diamanten, von denen die meisten aussahen wie zwei aneinandergeklebte Pyramiden.

»Ja, es ist sehr viel, Clem«, stimmte ihr Vater zu. Er warf Joseph einen Blick zu. »Was denkst du?«

»Der große gehört dir«, erwiderte Joseph, ohne zu zögern.

»Aber du hast ihn gefunden!«

»Du hast den Claim bezahlt.«

»Und wir haben vereinbart, ihn uns zu teilen.« James schlug sich mit der Seite der Hand gegen die Handfläche. »Jeder die Hälfte, Joseph.«

»Wie willst du denn das Ungetüm in zwei Teile schneiden, Daddy?«

Joseph grinste. »Sie versteht es besser als wir, Mr James.« James umarmte seine Tochter. »Das geht nicht, Clem. Nur ein Diamantenschleifer weiß, wie man einen Diamanten zersägt.«

Clementine überlegte. »Verkauf ihn doch an die Männer in den Zelten, und dann können wir uns das Geld teilen, das sie uns dafür geben.«

James blickte Joseph an und dann wieder seine Tochter. »Das können wir nicht, Clem. Dieser Rohdiamant ist zu groß. Er ... er macht einem Angst, genau wie Joseph gesagt hat. Und er kann andere verzweifelte Männer dazu bringen, dumme Dinge zu tun. Ich glaube ehrlich gesagt nicht, Liebling, dass sich irgendjemand in den Zelten der Händler diesen Diamanten leisten kann. Und außerdem ...« Er küsste sie auf die Wange. »... wenn irgendjemand hier Wind davon bekommt, dass wir etwas Großes zu verkaufen haben, wissen es sofort alle anderen. Und das bringt alle in Gefahr, sogar die Händler.«

»Sie haben alle Angst vor Joseph und seinem rechten Haken«, sagte sie und schlug in die Luft. Beide Männer lachten, aber dann blickten sie sich wieder ernst an. »Und was sollen wir tun?«, fragte sie stirnrunzelnd.

Es war Joseph, der antwortete. »Dein Vater nimmt diesen riesigen Diamanten an sich, und keiner von uns verliert ein Wort darüber.« Er ergriff ihn und hielt ihn ins Licht, damit er funkelte. Schon der Rohdiamant ließ die Brillanz erahnen, die sich unter seiner Oberfläche verbarg.

»Er ist bestimmt Zehntausende wert, Clem«, murmelte ihr Vater. »Das ist unsere Zukunft.«

»Was ist mit Josephs Zukunft?«, fragte sie besorgt.

»Meine liegt hier«, versicherte Joseph ihr. »Eine Handvoll von diesen Steinen, Miss Clementine, und ich bin ein wohlhabender Mann.«

James machte eine Handbewegung. »Nimm sie alle.«

»So viele brauche ich nicht, Mr James.«

»Trotzdem.«

»Ich brauche noch nicht einmal halb so viel. Was soll aus einem Afrikaner werden, der so viele Diamanten in einem Beutel um den Hals mit sich herumträgt?« Wieder blickte Clementine zwischen den beiden Männern hin und her. Sie verstand die Frage nicht. »Ich werde sechs nehmen plus das Alter von Miss Clementine.«

»Aber das sind ja dann nur dreizehn«, sagte sie.

»Clem, manchmal weiß ich nicht, ob ich mehr Angst vor den Männern da draußen haben soll, wenn sie von unserem Diamanten erfahren, oder vor deinem scharfen Verstand.«

»Du brauchst doch keine Angst vor mir zu haben, Daddy. Ich liebe dich und mein Verstand auch.«

James grinste sie schief an, und einen Moment lang sah sie den Vater, der ihr so lange gefehlt hatte – ein Gesicht, aus dem nur Freude leuchtete.

»Liebling, ich muss dir noch etwas sagen ... äh, nein, bleib bitte, Joseph«, sagte er, als der Zulu sich zum Gehen wandte. »Ich brauche dich vielleicht.«

Obwohl sie noch so klein war, spürte Clementine ganz genau, dass Joseph bereits wusste, was ihr Vater sagen wollte.

»Nun, jetzt wo wir unsere Kastanie haben, muss ich dich nach Hause bringen.«

»Nach England?«

James nickte.

»Warum?«

»Weil du dort hingehörst.«

»Und du?« Glaubte er etwa, sie sähe nicht, dass er Joseph einen verstohlenen Blick zuwarf?

Er seufzte. »Ich weiß nicht mehr, wohin ich gehöre, Clem. Ich glaube, ich habe alle im Stich gelassen, ganz besonders deine Mutter.«

»Wenn wir nach England gehen, müssen wir sie allein zurücklassen.«

»Ich werde mich um ihr Grab kümmern, Miss Clementine«, sagte Joseph. Ich werde ihr immer frische Blumen hinstellen und den Staub wegwischen.«

»Wirst du auch ein Gebet für sie sprechen?«

»Wenn du mir eines beibringst, ja. Und ich werde die Geister meines Volks bitten, auf sie aufzupassen und ihre Seele zu beschützen.«

Clementine blickte wieder zu ihrem Vater. »Müssen wir nach England?«

Er nickte. »Du musst lernen, dich wie eine richtige junge Lady zu benehmen, Clem.« Als sie ihm widersprechen wollte, legte er ihr einen Finger auf die Lippen, um sie zum Schweigen zu bringen. »Das war der Wunsch deiner Mutter. Sie wollte, dass du schöne Kleider trägst, richtiges Essen isst und gut erzogen wirst.« Er berührte eine ihrer Locken. »Sie hätte gewollt, dass deine Haare gewaschen und gebürstet werden, mit Seidenbändern darin. Sie hätte gewollt, dass du eine richtige Schule besuchst, auf Tanzveranstaltungen und Gesellschaften gehst, die für eine junge Frau deines Standes angemessen sind.«

»Das will ich aber noch gar nicht«, erwiderte sie.

Beide Männer lächelten. »Ich weiß, mein Liebling«, sagte ihr Vater. »Aber du wächst viel zu schnell.«

»Warum können wir denn nicht alle nach England fahren?« Sie warf Joseph einen Blick zu, kannte aber die Antwort, bevor ihr Vater sie aussprach.

»Joseph gehört hierher, so wie wir nach England gehören, Clem.«

Joseph blickte sie aus seinen dunklen Augen an. Auch wenn er, wie sie, am liebsten geweint hätte, so zeigte er es nicht – er war stark für sie. So war das eben bei Erwachsenen. Sie zwangen sich, nicht zu weinen. Ihr traten die

Tränen in die Augen, aber sie wollte ebenso stark sein wie Joseph.

»Wann müssen wir fahren?«

»Sobald ich eine Transportmöglichkeit gefunden habe«, sagte ihr Vater. »Ich glaube, die nächsten Planwagen fahren in ein paar Tagen. Wir müssen diesen Diamanten aus dem Land bekommen, Clem. Verstehst du das?«

Sie nickte und schlug die Augen nieder. Sie war so traurig, dass sie das Gefühl hatte, nie wieder glücklich sein zu können. Wie sollte sie sich von Joseph One-Shoe verabschieden. Irgendwie schien ihr das noch schwerer zu sein, als die tote Mutter zurückzulassen. »Wir müssen ihm einen Namen geben.«

»Wem, Liebling?«

»Die Kastanie braucht einen Namen.«

»Ja, tatsächlich«, sagte James. Seine Miene hellte sich auf, nur Joseph wirkte weiter ernst und traurig. In diesem Moment verstand Clementine, dass sich zwar das Leben ihres Vaters zum Besseren wenden würde, sie und Joseph jedoch eine dramatische Veränderung erleben würden. Joseph hatte ihr bereits erklärt, dass er nicht zu seinem Stamm zurückkehren konnte. Das bedeutete, dass er hier auf den Diamantenfeldern gefangen war, und jetzt wollten ihn auch noch seine engsten Freunde – eigentlich seine Familie – verlassen. Und sie? Sie konnte sich ein anderes Leben nicht vorstellen. Das Große Loch war ihr Zuhause, und Joseph war ihre Familie.

»Wie willst du ihn denn nennen, Clem?«

Darüber brauchte sie nicht nachzudenken; das hatte sie längst getan. »Sirius natürlich.«

Ihr Vater seufzte voller Freude. »Ja, natürlich. Der Sirius-Diamant. Perfekt. Der hellste Stern am Himmel, und der hellste Stern auf der Erde. Ausgezeichnete Wahl, Clem. Und jetzt«, sagte er, während er Anstalten machte, sich zu erheben, sodass sie von seinem Schoß rutschte, »jetzt ziehe ich Erkundigungen wegen eines Ochsenwagens ein. Vielleicht mache ich auch einen kleinen Zwischenstopp in der Kneipe. Lass uns heute Abend etwas Besonderes essen, Joseph. Wir sollten feiern.«

»Ja, Mr James, das sollten wir.« Er warf Clementine einen ernsten Blick zu, und dann wandte er sich ab.

James kam zum Abendessen nicht nach Hause, obwohl Joseph ein Festmahl gekocht hatte. Auf dem Speiseplan stand Hühnchen mit einer scharfen Sauce, die Joseph und seine Mutter nur bei besonderen Anlässen gekocht hatten. Er sagte, es sei das Lieblingsessen der gesamten Familie gewesen.

Er brachte Clementine den Namen auf Zulu bei. Es klang einfach, aber als sie versuchte, ihn auszusprechen, stolperte sie. »Wir nennen das Gericht auch Rennendes Hühnchen«, fügte er hinzu.

»Warum?«

»Weil in meinem Dorf die Hühner überall frei herumlaufen dürfen, und wenn meine Mutter eines für das Festmahl töten wollte, musste sie es zuerst jagen. Wenn das Huhn schlau war, musste sie lange hinter ihm herlaufen.«

Clem lachte, obwohl ihre Stimmung heute eher düster war. »Schade, dass Daddy nicht zum Essen gekommen ist, Joseph. Es schmeckt köstlich.«

Er nickte. »Dein Vater feiert auf seine Weise.«

»Eigentlich finde ich gar nicht, dass heute ein Festtag ist. Nur Daddy glaubt, wir müssten feiern.«

»Du musst ihm verzeihen, Clem. Ich glaube, er ist genauso traurig wie wir, aber er hat seine Entscheidung getroffen, weil es so am besten für dich ist.«

»Aber ich will nicht hier weg!«

»Ich weiß. Aber er denkt schon an die Zeit, wenn du älter bist. Du kannst es jetzt noch nicht verstehen, aber es ist wichtig, dass du in die Welt zurückkehrst, in der du geboren bist.«

»Und warum gehst du dann nicht nach Hause zu deinem Stamm, Joseph?« Sie wollte ihn nicht wütend machen, aber die Entscheidungen der Erwachsenen ärgerten sie. Sie gefielen ihr nicht, und niemand schien sich darum zu kümmern, was sie empfand – anscheinend noch nicht einmal Joseph. Doch eigentlich wusste sie, dass es unfair war, so von ihm zu denken. Ihr Vater mochte ja egoistisch sein – selbst ihre Mutter hatte ihn ab und zu so bezeichnet –, aber Joseph war auf keinen Fall selbstsüchtig. Er tat alles für andere.

»Ich glaube, sie würden mich schlecht behandeln, Miss Clementine.«

Seinem Tonfall und seinem Gesichtsausdruck nach zu urteilen hörte es sich eher so an, als ob er sagen wollte, dass sie ihn töten würden.

Clementine fühlte sich schrecklich. »Sollen wir nach draußen gehen und den Sternenhimmel anschauen?«

Sie kuschelte sich unter Josephs Decke. Am liebsten hätte sie sie mit ihm geteilt und sich an seinen warmen, muskulösen Körper geschmiegt, aber das hätte er nie zugelassen, um nicht den Zorn von Leuten wie Miss Carruthers, die sich überall einmischte, zu erregen. Also setzte sie sich nur so dicht neben ihn, wie es zulässig war.

»Ich sehe Sirius«, sagte er und zeigte auf einen Stern, der fast direkt über ihnen stand.

Sie legte den Kopf zurück. »Er funkelt so hell.« Sie fuhr mit dem Finger seinem Umriss nach. »Sieh mal, Joseph. Man kann eine Linie ziehen von den Sternen am nördlichen Horizont bis zum südlichen Horizont. Da ist Orion.«

»Er steht auf deiner Hand«, bemerkte Joseph. Clementine lachte.

»Ich habe Sirius nicht gewählt, weil er der hellste Stern am Himmel ist.«

»Nein?«

»Weißt du noch, wie Daddy gesagt hat, er würde auch Hundsstern genannt?«

Joseph nickte.

»Nun, Sirius ist der Große Hund.« Sie stupste ihn an. »Das bist du. Du bist der große Hund – du hast die Kastanie gefunden.«

»Und vermute ich richtig, dass du der kleine Hund bist?«

Sie lächelte in die Dunkelheit, froh darüber, dass er sie verstand. »Mummy hat gesagt, sie habe einen Hund gehabt, als sie klein war. Er war ihr treuester Freund. Ich möchte dein treuester Freund auf der ganzen Welt sein.«

»Das bist du bereits, Clementine.«

»Gut. Das bedeutet, dass wir die beiden Hunde sind. Sirius und sein Freund Canis Minor. Sollen wir ihn den kleinen Hund nennen?«

»Dein Gedächtnis ist so hell wie Sirius selbst«, sagte Joseph ehrfürchtig. »Vergisst du überhaupt jemals etwas?«

Sie zuckte mit den Schultern. »Mrs Carruthers sagt immer, ich sei zu klug für diese Welt, aber sie sagt das nicht so, als ob ich mich darüber freuen könnte. Sie macht immer ein wütendes Gesicht dabei.«

»Bald wirst du dir über Mrs Carruthers keine Gedanken mehr machen müssen.«

»Ich will nicht ohne dich leben, Joseph.«

»Das musst du auch nicht, Clementine.«

Er legte eine Hand auf sein Herz.«

»Du wirst jeden Tag meines Lebens hier drin sein, und ich werde immer bei dir sein.«

»Das ist aber nicht dasselbe«, jammerte sie.

»Es ist sogar besser«, sagte er und grinste sie an, aber sie spürte, dass es nur das tapfere Lächeln der Erwachsenen war. »Du wirst immer hinter mir sein, und wenn ich über meine Schulter blicke, weiß ich, dass du nicht weit von meinem Herzen entfernt bist.«

Ihr Vater kehrte erst im Morgengrauen in die Hütte zurück, schaffte es aber nicht durch die Tür. Er brach vor der Hütte zusammen, mit pfeifendem Atem, so betrunken, dass er bewusstlos wurde, als er auf dem Boden aufschlug. Jeder, der ihn sah, nahm an, dass James Knight den Verkauf ein paar guter Rohdiamanten feierte, die er und der Zulu in den letzten Wochen ausgegraben hatten. Man hatte ihn an den gestreiften Zelten der Händler gesehen, die mit lautem Geschrei und Handzeichen die Diamantensucher an ihre Tresen lockten. Hätte jemand Knight genauer beobachtet, so hätte er gesehen, wie er ein halbes Dutzend guter Rohdiamanten verkaufte, jeder einzelne in der klassischen achteckigen Form.

Joseph war einverstanden gewesen mit den sechs Diamanten, die James ausgesucht hatte; auch ihm war klar, dass sie Rohdiamanten von bester Qualität brauchten, um die Geschichte von Knights Abreise nach England aufrechterhalten zu können. Niemand sollte auf die Idee kommen, dass sie etwas viel Besseres gefunden hätten und davonliefen. Die sechs Rohdiamanten würden einen Top-Preis erzielen und ihnen die nötige Deckung liefern.

»Ich nehme das meiste Bargeld, lasse dir aber so viele Diamanten da, wie du willst«, sagte James zu Joseph.

»Ich habe dir gesagt, was ich will. Wenn jemand mehr bei mir findet, bekomme ich Schwierigkeiten. Ich kann diese Rohdiamanten verkaufen, wenn ich muss ... wie du weißt, brauche ich nicht viel, Mr James«, hatte Joseph erwidert.

»Wirst du weitergraben?«

Der Zulu hatte nicht eine Sekunde gezögert. »Nein.«

James hatte auf eine weitere Erklärung gewartet, aber als nichts kam, fuhr er fort: »Dann verkauf den Claim. Behalte den Erlös und sag mir nicht, dass du ihn nicht willst. Ich habe keine Zeit, um auf das Geld zu warten. Wenn du willst, kann ich den Verkauf für dich in die Wege leiten, aber den Nutzen davon sollst du haben, schließlich nehme ich unseren großen Gewinn.«

»Nein, du nimmst mir meine Familie, Mr James – und sie ist viel mehr wert.« Bevor James etwas Entschuldigendes erwidern konnte, fuhr Joseph fort: »Ich will es euch nicht schwer machen. Ich werde dir helfen, Miss Clementine auf einen Planwagen nach Kapstadt zu kriegen.«

»Sie wird sich dagegen wehren.«

Joseph hatte nur genickt. »Ich werde Sirius und seine Gefährten, abzüglich der Diamanten, die ich behalte, in ihrem Spielzeug verstecken.«

»In Gillie? Das ist eine kluge Idee!«

»Du musst nur darauf achten, dass sie ihre Puppe immer dicht bei sich trägt.«

Und jetzt, viele Stunden später, beobachtete Joseph, was beim Verkauf der Steine herausgekommen war. Aber so sehr Joseph es auch hasste, seinen Freund jeden Abend in dieser schrecklichen Verfassung zu sehen, heute Abend konnte er es ihm verzeihen.

Das Johlen und Lachen des Betrunkenen, das die meisten Stammgäste der Kneipe bei dem verwitweten Schotten für normal hielten, passte absolut in ihren Plan.

Aber nur sein Kind und der Zulu wussten, dass James Knight nicht seinen Gewinn feierte, sondern immer noch um all das trauerte, was er verloren hatte. So sehr Joseph One-Shoe glauben wollte, dass sein Freund sein selbstzerstörerisches Verhalten aufgeben würde, wenn er Afrika verließ, so sagte ihm doch sein Verstand, dass James Knight sich bereits auf dem Abstieg in eine Grube voller Schuldgefühle befand, aus der er sich nie mehr würde befreien können.

Von ferne hörte er die Klänge des Pianos in einer der Kneipen. Joseph liebte die weichen Töne, die erklangen, wenn jemand darauf spielte, der das Instrument beherrschte; die klagenden Laute ließen ihn James' Rausch verzeihen, der geglaubt hatte, heute Anlass zum Feiern zu haben. Aber was mochte morgen sein, fragte sich Joseph? Was würde der nächste Tag bringen?

8

Reggie stieß einen langen Seufzer aus. Er drückte das saubere Handtuch an sein Gesicht und schüttelte seine nassen, frisch gewaschenen Haare wie ein Hund. Es war ein wunderbares Gefühl, endlich wieder sauber zu sein. Vor zwei Monaten hatte er zum letzten Mal ein Wannenbad genommen, und jetzt, hier im Kimberley Club, einem Paradies für Gentlemen inmitten einer staubigen Wüste, hatte er eine der einfachsten Freuden auf der Welt wiederentdeckt: ein heißes Bad.

Das irritierende Geräusch eines schrillen Pfiffs drang in seine Suite. Reggie tapste auf bloßen Füßen über den Teppich zu der Mahagonikommode, auf der seine Taschenuhr lag. Es war Mittag, und man hatte ihm gesagt, dass um zwölf Uhr der Pfeifton alle Diamantengräber aus ihren Gruben oder Zelten zum Mittagessen rief.

Gestern war er auf einem der Ochsenkarren mitgefahren, die Vorräte zum Großen Loch brachten und hatte sich dort flüchtig umgesehen. Er war Zeuge gewesen, wie die Männer beim ersten Pfeifton aus der riesigen Grube in der Erde wie ein Ameisenheer auf der Jagd nach Nahrung ausschwärmten. Er war während der Fahrt durch die Wüste an großen Ameisenhügeln vorbeigefahren, und wenn er ein wenig die Augen zusammenkniff, konnte er sich einreden, dass das berühmte Große Loch aussah wie eine mittelalterliche Ameisenstadt. Zu seiner Architektur gehörten Türme aus Felsen und Erde, wobei die höheren Türme hinter den Diamantengräbern aufragten, die schneller und tiefer gruben. Während er die Anlage betrachtete, fragte er sich, welcher Claim wohl seinem Schwager gehörte.

Die meisten Diamantengräber aßen in der Hauptgrube, um ihre Claims im Auge zu behalten. Die übrigen – vielleicht waren sie vertrauensseliger, oder aber sie wussten einfach, dass sie eine Pechsträhne hatten – machten sich auf den Weg zu dem Gewirr von Wellblechhütten, Zelten und anderen Unterkünften, die um das Loch herumlagen. Vermutlich wurden sie dort von ihren Frauen und Familien erwartet.

»Sie haben jeden Tag eine Stunde Pause«, erklärte der Fahrer, der Reggies Blicke bemerkte. »Nur im Hochsommer machen sie von zwölf Uhr an drei Stunden Mittagspause und arbeiten dafür am Abend länger.«

Reggie nickte. In Wirklichkeit interessierte es ihn nicht. Er wollte mit dem Leben dieser Leute nichts zu tun haben. Sie konnten sich ja gerne für Pioniere, Abenteurer und Schatzsucher halten, aber in seinen Augen waren sie nichts anderes als arme Bauerntölpel, die ums Überleben kämpften. Sie waren schmutzig und ungepflegt, und die meisten von ihnen machten einen verzweifelten Eindruck. Er konnte sich nicht vorstellen, dass seine schöne, immer makellos gekleidete Schwester wie diese Unglücklichen von der Hand in den Mund gelebt hatte.

Seit er Knights Brief gelesen hatte, kochte er innerlich vor Wut, und auch jetzt spürte er tief im Innern ihr Brodeln. In der Hoffnung, James Knight zu erblicken, hatte er die Männer, die aus diesem bemerkenswert großen Loch herausströmten, gemustert. Als sich schließlich nur noch schwarze Männer über den Rand der Grube hievten, hatte er sich abgewandt.

»Ich gehe zu Fuß zurück«, hatte er gesagt. Er wollte nicht einen Moment länger in dieser Hitze und dem Staub bleiben. Streunende Hunde rannten um diese ausgezehrten Männer herum, und jeder freie Zentimeter Haut war von Fliegen bedeckt. Und sie zuckten nicht einmal! Er sah fahrende Händler, die alle möglichen Waren anboten, von Zigaretten bis zu Eisentöpfen, und einige Frauen verkauften Eier, Brot und ein paar angeschlagene Äpfel. Über dem Gestank der Latrinen, die sicher nichts weiter als Löcher im Boden waren, lag der Geruch nach abgestandenem Kaffee. In der Ferne wurde gerade ein alter Ochse geschlachtet. Bald würde es zu den bereits überwältigenden Gerüchen auch noch nach Blut und Eingeweiden stinken.

Er konnte diese niederste Form der menschlichen Existenz nicht mehr ertragen. *Zweifellos macht irgendjemand irgendwo viel Geld damit*, dachte er, *aber ganz bestimmt nicht diese armen Kerle hier.*

Als er am nächsten Morgen über den im Schachbrettmuster gefliesten Boden in der Empfangshalle des Kimberley Clubs zur Veranda ging, um dort sein Frühstück einzunehmen, wusste er schon nach kürzester Zeit, wohin das meiste Geld aus den Diamantenvorkommen floss. Diese Zuflucht für Gentlemen hieß nur die Privilegierten und Reichen willkommen, und zu Reggies Glück hatte der Club seines Vaters in London Besuchsrechte hier. Der Name Grant garantierte ihm eine herzliche Aufnahme, und er bekam eine vorzügliche Suite im Erdgeschoss im hinteren Teil des Anwesens, wo es friedlich und schattig war.

Die Räume gewährten den Reichen Privatsphäre, um unter sich zu bleiben. In den stillen Fluren wachten die Fotografien ernster Männer über diejenigen, die die Freitreppe – sie wurde zweimal täglich von den schwarzen Dienstboten gebohnert, stellte Reggie fest – in den Billardraum oder die Bibliothek hinaufgingen. Auch die Köpfe wilder Tiere hingen an den Wänden; ihr friedlicher Ausdruck mit ihren Glasaugen ließ einen freundlichen Tod vermuten, der über die Gewehre in den Händen der weißen Männer hinwegtäuschte. Reggie schloss daraus, dass sie auf der Jagd erschossen worden und von den Großwildjägern, die im Club verkehrten, gespendet worden waren.

Dass nur der Name eines Vorsitzenden in goldenen Lettern aufgeführt war, zeigte, wie neu der Club war. Reggie wunderte sich sowieso, dass es an so einem Ort voller Bretterbuden bereits so einen Club gab.

Auf der Veranda ruhte er sich unter einem strombetriebenen Ventilator aus, der sich sanft drehte. Von so etwas träumte man in England noch. Er speiste wie ein Mitglied des Königshauses – und wurde auch so bedient. Eine ganze Schar von Dienern sprang auf den kleinsten Wink von ihm herbei. Sie hielten den Blick gesenkt, wenn sie mit ihm sprachen. Er konnte gut verstehen, dass man sich an diesen Lebensstil gewöhnen konnte, vorausgesetzt, man war weit genug weg vom Schmutz und den Fliegen auf den Diamantenfeldern.

Das sagte er auch zu einem Herrn, der ihm höflich Guten Morgen wünschte, als Reggie an ihm vorbeiging.

»Man kann förmlich zusehen, wie dieser Ort sich entwickelt. Nächstes Jahr wird er sogar einen richtigen Namen bekommen. Sie sind wahrscheinlich durch das Gewirr der Verkaufshütten gegangen?«

Reggie nickte.

»Es gibt große Pläne. Nächstes Jahr Weihnachten werden dort Gebäude aus Backsteinen und Mörtel stehen, darauf gebe ich Ihnen mein Wort.« Der Mann streckte die Hand aus. »John Plume.«

Reggie schüttelte sie. »Reginald Grant.«

»Von den Grants aus Northumberland?«

Es überraschte Reggie, dass der Name seines Vaters so weit reichte. »Ja, genau.«

»Sie sind sein Sohn?«

Er nickte.

»Es hat mir leidgetan, als ich von seinem Ableben hörte. Er war ein Visionär, Ihr Vater!«

»Viele würden ihn nicht so großzügig beschreiben.«

»Ich war in Ihrem Haus in London – verwirrend, das muss ich zugeben, aber trotzdem faszinierend – wie eine Reise um die Welt.«

Reggie lachte. Mr Plumes Beobachtung stimmte mit seinen überein; er war selbst nur ein Mal im Londoner Haus gewesen, aber das würde er natürlich nicht preisgeben. »Ich möchte nach meiner Rückkehr aus Afrika gerne mehr Zeit dort verbringen«, erwiderte er vage. Die Vorstellung, einen Wohnsitz in London und einen im Norden zu haben, war verführerisch. »In den letzten Jahren habe ich mich hauptsächlich im Norden aufgehalten«, sagte er.

»Wie geht es Ihrer Mutter?«

Er rang sich ein Lächeln ab. Lohnte es sich, diesem Fremden die Wahrheit zu erzählen? Er entschied sich für Diplomatie. »Mrs Grant war in der letzten Zeit kränklich, aber sie freut sich auf meine Rückkehr und vor allem auf den englischen Sommer.« Im Zweifel sollte man immer über das Wetter reden, hatte er gelernt.

»O ja, in der Tat. Es war ein grässlicher Winter zu Hause, nicht wahr? Wie lange bleiben Sie hier, alter Junge?«

»Nicht lange.«

»Sie wollen wahrscheinlich ein wenig mit Diamanten spekulieren?«

»Ja, ich möchte auf jeden Fall einen Claim erwerben, aber dann reise ich auch gleich wieder ab«, sagte er. Es gefiel ihm, sich hinter seinen klug gewählten Worten verstecken zu können.

Der Mann seufzte. »Die Hitze kann einen verrückt machen, sagt man, und langsam glaube ich es.«

»Der erschreckendste Aspekt für mich ist das Nichts, das einen hier umgibt.«

»Es ist nicht nur schlecht hier. Schon allein die Vorstellung, einen Diamanten aus der Erde zu graben, der so groß ist wie ein Kieselstein, hält die meisten Männer bei Verstand.«

»Was, so groß?«

»Auf mein Wort. Wir sind alle hier wegen des Heureka-Diamanten. Er hat die Welt in Brand gesetzt. Er wurde auf der Weltausstellung in Paris ausgestellt. Ich glaube, die meisten hier können sich gar nicht vorstellen, wie viel er wert ist. Soweit ich weiß, gehört er dem Gouverneur des Kaps. Der nächste große Fund könnte jederzeit stattfinden … das glauben zumindest die Männer, denen die Claims gehören.«

»Besitzen Sie auch welche, Mr Plume?«

»Ich gehöre zu einer Gesellschaft. Wir besitzen mehrere Claims und haben mit kleineren Diamanten schon gute Profite erzielt.«

»Aber Sie suchen immer noch nach dem großen?«

»O ja. Wir hoffen immer noch darauf, das Hundert-Karat-Ei auszugraben, das in Europa oder Amerika Höchstpreise erzielen wird.« Er grinste.

»In der Tat. Apropos Eier, ich habe schrecklichen Hunger«, sagte Reggie und winkte einem Bediensteten, der vorbeieilte. »Ich hätte gerne Rührei mit etwas Toast und eine Kanne Kaffee.«

»Sofort, Sir«, erwiderte der Mann.

»Vielleicht sehen wir uns ja morgen noch, Mr Plume«, wandte Reggie sich wieder an seine neue Bekanntschaft.

»Ich hoffe, Sie haben Erfolg beim Erwerb Ihres Claims, Grant.«

Anscheinend war die Nachricht von der schlechten finanziellen Lage des Grant-Imperiums noch nicht durchgedrungen. Es wäre so schön, wenn er hier einige kleinere Steine oder sogar einen einzelnen großen Diamanten finden könnte, um den Ruin des Familienunternehmens abzuwenden! Während des Frühstücks beschäftigte er sich mit diesem angenehmen Gedanken, um sich abzulenken, während er mechanisch kaute und die Zeitung las, die hier bezeichnenderweise *The Diamant News* hieß.

Die Wochenzeitung schien sehr gut zu laufen. Es gab viele Anzeigen: ein Ort namens Eishaus bot eisgekühlte Getränke und Erfrischungen an; eine Gruppe namens Christy Minstrels hatte ihren Debüt-Auftritt in Parker's Music Hall; im Eisenwarenladen bot ein Mann namens Joel Myers an, jede Art der Bezahlung für sämtliche Werkzeuge anzunehmen, die Farmer und Diamantengräber brauchten. Vierzig Merinoschafe wurden vermisst, allerdings wurde das Wort »gestohlen« im Artikel nicht ein einziges Mal erwähnt; eine Belohnung von einem Pfund wurde für die Wiederbeschaffung einer Taschenuhr angeboten, die in Klipdrift gestohlen worden war. Staunend schüttelte Reggie den Kopf. Die Werbung war wirklich sehr unterhaltsam, und so verbrachte er den größten Teil des Vormittags bei einigen Kannen Kaffee und einem ausgedehnten Frühstück.

Schließlich faltete er die Zeitung zusammen und beschloss, dass es an der Zeit war, sein Versprechen gegenüber Lilian Grant einzulösen und ihre Enkelin zu suchen. Bis jetzt hatte er noch keinen richtigen Plan. Er wusste nur, dass er in weniger als zwei Monaten eine Schiffspassage für zwei Erwachsene und ein Kind buchen wollte. Er hoffte darauf, an Bord des gleichen Schiffes gehen zu können, das ihn nach Kapstadt gebracht hatte, und das zurzeit auf dem Weg nach Australien und wieder zurück war. Für die Reise nach Kapstadt brauchte er ungefähr fünfundvierzig Tage. In seinem Zimmer blickte er in den Spiegel und musterte sich prüfend.

»Du hast hier also vier Tage Zeit, Reggie«, erklärte er seinem Spiegelbild, während er seinen Schnurrbart kämmte und darüber nachdachte, ob er ihn sich lieber abrasieren sollte. Ohne Schnurrbart sähe er sicher jünger aus. Bisher hatte er eher älter wirken wollen, aber seit er hier war, hatte ihn der brennende Wunsch überwältigt, Louisa so ähnlich wie möglich zu sehen, damit jeder merkte, dass das gleiche Blut in ihren Adern floss. Diese subtile und doch starke Botschaft würde auch Knight nicht entgehen. »Wir wollen unser Kind zurück«, murmelte er seinem Spiegelbild zu. *Wir brauchen sie*, dachte er nur, sprach es jedoch nicht laut aus.

Vier Tage, um James Knight zu finden und ihn zu überreden, zurück nach England zu kommen. Ihm klarzumachen, dass die restlichen Grants ihn willkommen heißen und für ihn und sein Kind sorgen würden, bis er wieder auf eigenen Füßen stand. Reggie stellte sich bereits vor, wie er für Knight einen unwiderstehlichen Ingenieursposten in einem Unternehmen weit entfernt von Northumberland finden würde. Möglicherweise fand sich für Knight auch eine Stelle in seinem Unternehmen, aber auf jeden Fall musste Clementine in der Obhut ihrer Großmutter bleiben. Je weiter er Knight von seiner Tochter entfernen konnte, desto mehr konnte er das Kind im Schoß der Familie Grant einbetten, bis das kleine Mädchen sich schließlich unter keinen Umständen mehr von der einzigen Frau auf der Welt, die es liebte und ihr alles gab, was sie brauchte, trennen wollte.

In seinen Gedanken funktionierte alles reibungslos. James Knight und sein Stolz waren das einzige Hindernis.

»Verlier nicht die Ruhe, Reggie«, sagte er zu seinem Spiegelbild. »Sei überzeugend. Wende all deine Überredungskünste an. Hol sie nach Hause.« Zufrieden nickte er sich zu. Er sah aus wie ein wohlhabender, sehr entspannter Mann. Etwas anderes brauchte niemand zu wissen, vor allem nicht Knight.

»Dann wollen wir sie mal suchen gehen«, sagte er zu sich.

In den letzten Stunden war er sich vorgekommen, als jage er Schatten nach. James und Clementine waren zwar hier, aber Reggie verpasste sie an jedem Ort, an den er geschickt wurde – auch in der Kneipe, die nach abgestandenem Whisky, Erbrochenem und verschüttetem Bier roch. Sein Kind nahm James doch wohl nicht mit hierhin?

»Er war vor etwa einer Stunde auf einen Schluck hier.

Aber jetzt ist er bestimmt wieder auf den Diamantenfeldern. Die Pfeife hat bereits das Ende der Mittagspause angezeigt.«

Das erinnerte Reggie daran, dass er auch Appetit verspürte. »Kommt er später noch einmal wieder, was meinen Sie?«

Der Mann, der hinter dem Tresen die Gläser abtrocknete, grinste. »Nun, Jimmy liebt seinen Alkohol, aber wahrscheinlich nicht hier. Er geht gerne da drüben in die Kneipe.« Er zeigte mit seinem Kinn in die Richtung. »Allerdings habe ich gehört, dass er mit seinem kleinen Mädchen zu Bordinckx und Fallek gehen wollte.«

Reggie wiederholte den Namen. »Sollte ich das kennen?«

»Nur wenn Sie Rohdiamanten zu verkaufen haben, Mister.«

»Und wo ist der Laden?«

»Sie haben ein Büro an der Hauptstraße, direkt hier. Aber er hat seiner Tochter hier eine Limonade gekauft, deshalb sind sie wahrscheinlich schon auf dem Weg nach Du Toit's Pan.«

Auch das wiederholte Reggie und runzelte verwirrt die Stirn.

Der Mann wiederholte den Namen langsam. »Für den Weg sollten sie eine Kutsche mieten, Mister. Es sei denn, Sie wollen mit ihren schicken Schuhen durch den Dreck laufen.«

Reggie ignorierte den Seitenhieb. »Wo finde ich Mr Bordinckx oder Mr Fallek?«

Jetzt lachte ihn der Kerl offen aus. »Ich habe keine Ahnung, ob Sie sie finden, aber Jimmy Knight wollte zu Martin's Hotel.«

»Warum ist er denn dahin gegangen, wenn ein Händler von derselben Firma direkt hier ist?«

»Wahrscheinlich, weil seine Rivalen nicht wissen sollen, dass er gute Steine gefunden hat. Das ist normalerweise der Grund, warum Diamantengräber woanders hinfahren, um ihre Steine zu verkaufen.«

»Ich verstehe.« Irgendwie freute ihn das. James fand also Diamanten. Das war ein gutes Omen, aber es bedeutete auch, dass das Gespräch mit ihm sich in zwei Richtungen entwickeln konnte. Entweder würde James offen dafür sein, mit vollen Taschen zurückzukehren, vielleicht sogar erleichtert, weil jemand ihn dazu drängte – oder er war nach dem Fund noch entschlossener, das Vermögen zu suchen, hinter dem alle diese Männer hier her waren.

»Dann bleibst du eben hier, James«, murmelte er und wandte sich zum Gehen. *Und wir kümmern uns um Clementine.*

Auf dem staubigen Weg, den sie hier als Hauptstraße bezeichneten, beschloss er, dass es keinen Zweck hatte, sich in die andere Pionierstadt zu begeben. Nach langem Suchen hatte er Knights Claim gefunden, aber in der Grube arbeitete nur ein Afrikaner. James hatte vermutlich einen Sklaven eingestellt, um mehr Zeit für … ja für was eigentlich zu haben? Für sein Kind? Zum Trinken? Reggie hatte herumgefragt, und so langsam entstand ein Bild von James, das ihm nicht gefiel. Und was noch schlimmer war, war, dass alle Leute immer wieder von einem Zulu namens Joseph One-Shoe redeten. Was war das denn für ein Name? Warum spielte ein Afrikaner so eine große Rolle in Clementines Leben?

»Passen Sie gut auf ihre Whiskyvorräte auf, Mister«, bemerkte ein Spaßvogel. Die anderen Männer, die um ihn herumstanden, brachen in schallendes Gelächter aus, während die meisten Frauen, die die Erde auf der Suche nach Diamanten durchsiebten, zu erschöpft wirkten, um in die allgemeine Heiterkeit einzustimmen, nur eine lief ihm hinterher, als er sich zum Gehen wandte.

»Mr Grant?«

Er drehte sich um, irritiert darüber, dass sie ihn am Jackett gepackt hatte. Er blickte auf ihre rauen, schwieligen Hände. Zumindest hatte sie sie gewaschen und an ihrer Schürze abgetrocknet.

»Was ist?«, fragte er ärgerlich. Es war heiß, und die Zunge klebte ihm am Gaumen.

»Sind Sie mit James Knight verwandt?«

Sie wirkte zwar nicht besonders kultiviert, aber sie besaß doch Bildung, und sie war Engländerin. Er blinzelte. »Ich bin sein Schwager.«

»Oh, dann sind Sie mit Louisa verwandt. Mein Beileid für Ihren Verlust. Wir vermissen Sie sehr.«

Reggie presste die Lippen zusammen.

»Ich bin froh, dass Sie hier sind«, sagte sie. Sie hob das Kinn und schob eine Haarsträhne, die sich aus ihrer Leinenhaube gelöst hatte, wieder an ihren Platz zurück. Gebildet, aber wahrscheinlich in Not geraten. »Sie müssen dafür sorgen, dass Louisas Kind unter richtige Obhut kommt und erzogen wird. Dieses Mädchen hat viel zu viele Freiheiten.«

Na ja. Sie besaß wahrhaftig die Kühnheit, *ihn* zu tadeln, ihn, der gekommen war, um Clementine zu helfen und dafür zu sorgen, dass sie in der richtigen Umgebung aufwuchs. »Und wer sind Sie, bitte?«

»Ich bin Mrs Carruthers. Ich leite die Schule.«

Er musterte sie verwirrt.

»Im Moment ist nur an drei Tagen in der Woche Schule«, sagte sie defensiv. »Und wenn ich keinen Unterricht gebe, helfe ich meinen Brüdern auf den Diamantenfeldern – aber auch wenn heute Schule wäre, wäre Clementine Knight wahrscheinlich nicht anwesend. Meistens schwänzt das Kind den Unterricht. Sie hat ihren eigenen Kopf, und wissen Sie, Sir, ich habe den Eindruck, Ihre Nichte hält sich für zu klug für die Schule.« Sie runzelte übertrieben die Stirn. »Können Sie sich das vorstellen?«

Reggie war der Meinung, dass Schullehrer eine große Verantwortung trugen. »Wie alt sind Sie, Mrs Carruthers? Sie sehen sehr jung aus, wenn Sie mir meine Beobachtung verzeihen wollen.« Er lächelte liebenswürdig, konnte aber die Frau jetzt schon nicht ausstehen, mit ihren unerbetenen Ratschlägen und ihrem nörgelnden Gesichtsausdruck.

»Ich bin zweiundzwanzig, Sir. Ich mag ja jetzt Diamanten für meine Brüder aussieben, aber ich konnte es mir nicht aussuchen, dass sie mich hierher mitgenommen haben. Mein Gatte war Missionar, und er starb kurz nach unserer Ankunft. Wir hatten gehofft, unsere eigene Mission für diese armen unglücklichen Eingeborenen aufbauen zu können, aber diesen Traum kann ich nicht mehr verfolgen. Ich muss bei meiner Familie leben, bis wir wieder nach Hause zurückkehren. Alle diese Männer hier hoffen auf den großen Schatz.« Sie klang verächtlich. »Ich verfüge jedoch über Bildung, und deshalb will ich wenigstens den Kindern hier helfen, damit sie die Gelegenheit haben, einen anderen Weg als ihre Eltern einzuschlagen.«

Hochmütige kleine Xanthippe! »Ich bin sicher, die

Eltern hier wissen Ihr Interesse am Wohlergehen der Kinder sehr zu schätzen.« Sie kniff die Augen zusammen, als sie überlegte, ob das ein Lob oder eine sarkastische Bemerkung sein sollte. »Doch ich möchte Sie bitten, sich um Clementine nicht zu sorgen. Schon als sie England verließ, war sie doppelt so intelligent wie die meisten Kinder in ihrem Alter, und sie nimmt wahrscheinlich deshalb so selten am Unterricht teil, weil Ihr Unterricht sie langweilt, Mrs Carruthers. Es gibt keinen Grund, sich über ihre Schulbildung aufzuregen. In den nächsten Monaten wird Clementine Privatunterricht von weit höherer Qualität erhalten, sodass ihr Verstand und ihre Intelligenz sich bestens entfalten können. Ich wünsche Ihnen einen guten Tag!« Er lüpfte seinen Hut und ging, bevor die schockierte Frau ihm antworten konnte.

Innerlich lächelte er. Mit einem Mitglied der Familie Grant sollte man sich besser nicht anlegen – auch nicht mit einer Siebenjährigen. Er wanderte um das Große Loch herum, überrascht darüber, wie lange er für die Strecke brauchte. Als er die Straße zurück in den Ort wieder erreicht hatte, stellte er fest, dass im Claim der Knights niemand mehr war. Der schwarze Arbeiter war gegangen. Reggie, der mittlerweile völlig verschwitzt war, machte sich erneut auf den Weg durch das Gewirr der Hütten zur Unterkunft der Knights. Dass sie so wohnten, hatte ihn so erschreckt, dass er einen Besuch dort bisher vermieden hatte, aber jetzt hatte er wohl keine Wahl mehr.

An den Türen waren Namen angebracht, und bald schon stand er vor der Wellblechhütte der Knights. Die Tür stand offen, und er warf einen Blick in den winzigen, halbdunklen Raum. Er war kaum größer als die Stiefelkammer in Woodingdene. Clementine war nirgends zu sehen, also waren Vater und Tochter wohl immer noch an dem Ort, an dessen Namen er sich mittlerweile nicht mal mehr erinnern konnte.

Er zuckte zusammen, als ein Mann in der Tür auftauchte. Das musste der Zulu-Krieger sein, von dem er gehört hatte. Zumindest trug er Hemd und Hose, wenn auch aus der gleichen groben Qualität wie die Kleidung der anderen Diamantengräber. Ein Fuß steckte in einem Stiefel, stellte er fest, der andere war nackt. Wie merkwürdig – aber jetzt verstand er wenigstens den Namen des Mannes.

»Guten Morgen, Sir«, sagte der Zulu in perfektem Englisch.

Das überraschte ihn. »Äh … ich möchte zu James Knight, aber er ist wahrscheinlich …« Eigentlich wollte er sagen, ›nicht in der Stadt‹, aber das passte hier wohl kaum. »… nicht hier.«

»Er ist heute nach Du Toit's Pan gefahren, Sir, um Vorräte zu kaufen.«

Ein blöder, unaussprechlicher Name. »Und wann kommt er wieder?«

»Rechtzeitig zum Abendessen«, sagte der Mann. »Ich bin Joseph One-Shoe.«

Reggie lächelte gepresst. »Das habe ich mir schon gedacht«, sagte er und blickte auf die großen Füße des Mannes.

»Miss Clementine hat mir den Namen gegeben«, sagte der Schwarze.

»Ich verstehe. Nun, sagen Sie Mr Knight bitte, dass der Bruder seiner Frau hier ist.« »Schwager« würde der Zulu wahrscheinlich nicht verstehen. »Und dass ich ihn sprechen möchte.«

»Ja, Sir.«

»Ich bin im Kimberley Club.«
Der Mann nickte.
»Wissen Sie, wo das ist, Junge?«
Der Gesichtsausdruck des Schwarzen veränderte sich nicht. Reggie fand seine Ruhe seltsam beunruhigend. »Er weiß es, Sir.«
»Nun, ich erwarte ihn dort heute Abend.«
»Ich werde es ihm sagen, Sir.«
»Gut. Dann gehen Sie wieder an Ihre Arbeit«, sagte er und entließ ihn mit einer Handbewegung. Der intensive Blick des Mannes bereitete ihm Unbehagen; die dunklen Augen schienen tiefer zu dringen, als ihm lieb war. Der Zulu neigte höflich den Kopf und verschwand wieder in der Hütte.
Reggie zupfte nervös an seinem gestärkten Kragen, dann machte er sich wieder auf den Weg in die Oase des Clubs. Er musste überlegen, wie er das Gespräch mit Knight am besten anfing, und dazu durfte er keinen leeren Magen haben. Auf der Speisekarte stand gebratenes Hähnchen, und plötzlich hatte er ungeheuren Hunger.

9

Clementine blickte zwischen den beiden Männern hin und her. Sie spürte eine Spannung, die gerade eben noch nicht da gewesen war, als sie nach dem Verkauf einiger Diamanten fröhlich aus Du Toit's Pan mit frischen Lebensmitteln nach Hause gekommen waren.

»Erzähl noch einmal ganz genau«, verlangte James.

Sie wusste nicht, warum ihr Vater darauf bestand – selbst sie konnte wiederholen, was Joseph laut und deutlich gesagt hatte, als sie am Tisch saßen und die Bohnensuppe, die auf ihrem kleinen Holzofen vor sich hin köchelte, löffelten. Joseph hatte sogar das Brot von gestern, das er nach Zulu-Art in der Holzkohle gebacken hatte, noch einmal aufgebacken. Clementine stellte fest, dass Joseph nicht mit der Wimper zuckte; sie wünschte, sie könnte lernen, so geduldig zu sein wie er. Er wiederholte die Worte des Besuchers.

»Er sagte, ich solle dir ausrichten, der Bruder deiner Frau sei hier. Er ist im Kimberley Club untergekommen und möchte dich dort heute Abend treffen.«

Clementine fand, ihr Vater sah plötzlich krank aus, was traurig war, weil sie so einen schönen Tag gehabt hatten. Er hatte ihr ein neues Kleid gekauft, damit sie genauso hübsch aussah wie ihre Mutter; sie hatten Joseph ein neues Hemd gekauft, weil das einzige Hemd, das er besaß, so zerschlissen war, dass man es nicht mehr flicken konnte. Und sie hatten jeder eine Glasschale voller Eiscreme gegessen, was für Clementine so schmeckte wie alle Geburtstage, an die sie sich erinnern konnte, zusammen. Über diese Bemerkung hatte ihr Vater laut gelacht, obwohl er gerade Erdbeer- und Vanilleeis im Mund hatte. Sie hatte sich für Schokolade und Pfefferminz entschieden. Und als ob das alles nicht schon wundervoll genug gewesen wäre, war ihr Vater auch noch mit ihr zu dem Laden des Konditors Mr Thomas gegangen, der gerade in Du Toit's Pan neu aufgemacht hatte.

Sie hatten eine Schachtel voller mit Zuckerguss verzierter Plätzchen gekauft, darunter auch gerollte Waffeln, die mit einer Nusscreme gefüllt und in Schokolade getaucht waren, und für jeden einen winzigen Kuchen, den Clementine leicht mit einem einzigen Happs hätte aufessen können, aber sie wollte sich zwingen, nur immer ein bisschen daran zu knabbern, damit er möglichst lange hielt. Ihr Kuchen war so hübsch, mit seinen gezuckerten Blumen. Der Sirupkuchen, den sie gekauft hatten, würde sicher bis morgen reichen. Und zum Schluss hatte ihr Vater ihr auch noch erlaubt, im Lebensmittelladen etwas für Joseph auszusuchen, was sie ihm mitbringen konnte. Sie hatte sich für eine Dose Lyle's Golden Syrup entschieden, weil sie der warme Schimmer des Sirups faszinierte. Als sie nach Afrika gekommen waren, hatten sie eine Dose dabeigehabt, und Clementine sammelte in der leeren Dose immer noch ihre Kupfermünzen. Ihr Vater schüttelte sie jeden Nachmittag, bevor er in die Kneipe ging.

Die auffällige grüne Dose mit dem seltsamen Bild des toten Löwen, den die Bienen umschwärmten, stand jetzt unberührt auf dem Tisch. All die Freude über ihren

Ausflug und die guten Sachen, die sie mitgebracht hatten, hatte sich aufgelöst, als sie erfahren hatten, dass ein Mann ihren Vater besuchen wollte.

»Ist er wichtig für uns?«, fragte sie unschuldig, während sie ihre Suppe löffelte.

»Er ist dein Onkel«, sagte ihr Vater mit gepresster Stimme. Er war mit seinem Stuhl vom Tisch abgerückt, als ob er keinen Appetit mehr hätte.

»Iss deine Suppe, Daddy. Joseph hat sie für uns gekocht.« So etwas hätte ihre Mutter sagen können. Von ihr hatte Clementine gelernt, den Vater zu ermuntern.

»Ich bin gerade zu wütend.«

Das sah sie ihm an. »Warum?«, fragte sie.

»Weil dieser Mann uns Schwierigkeiten machen wird, Clem.«

»Er ist mein Onkel, also gehört er zur Familie. Sollten wir uns nicht freuen, ihn zu sehen?«

»Er ist bestimmt aus gutem Grund hier. Er will uns nicht nur besuchen.«

Joseph veränderte leicht seine Sitzposition. Das war seine Art zu sprechen, ohne etwas zu sagen.

»Was ist?«, fragte ihr Vater.

Joseph zuckte leicht mit den Schultern. »Vielleicht will er nur das Grab seiner Schwester besuchen, Mr James.«

»Merk dir meine Worte, Joseph, er ist hier, um uns einen Schmerz zuzufügen. Ich werde nicht in diesen Club der Reichen gehen, das sage ich dir.«

Er erhob sich abrupt. Es war eine Beleidigung für Josephs Essen, fand Clementine.

»Ich gehe in die Kneipe.« Er griff in seine Hosentasche und zog eine Handvoll Geldscheine heraus.

Clementine keuchte.

»Hier«, sagte er und warf sie auf den Tisch, dass sie herumflatterten wie trockene Blätter. Manche fielen zu Boden.

Einen Moment lang bewegte sich keiner. Dann nahm sich der Vater ein paar Banknoten. »Der Rest gehört dir, Joseph. Du kannst etwas für das Essen beiseitelegen.«

»Das ist zu viel, Mr James«, sagte Joseph und schüttelte enttäuscht den Kopf.

»Es gehört dir, sage ich. Nimm es, versteck es oder gib es aus, es ist mir egal. Du arbeitest wesentlich härter als ich, und du hast es dir verdient. Wir haben unsere Rohdiamanten zu einem sehr guten Preis verkauft, und wir haben noch wesentlich mehr zu verkaufen.«

»Daddy, warum ist er hier? Was glaubst du?«

»Ich weiß es nicht. Wahrscheinlich will er, dass wir mit ihm nach England zurückkommen.«

»Willst du das nicht auch?«

»Ich lasse mich nicht von den Grants herumschubsen. Das haben sie schon von Anfang an versucht. Sie wollen nur besitzen und kontrollieren. Ich bin ein stolzer Mann, Clem, und deine Mutter hat mich genau deshalb geliebt. Was auch immer er will, was auch immer er uns erzählt, ich will es nicht. Wir gehen zurück nach England, aber zu meinen Bedingungen, Liebling, und nicht, weil dein reicher Onkel mit den Fingern schnipst. Wir werden genauso reich sein wie er. Ich werde es ihnen schon noch zeigen!«

Clementine und Joseph starrten ihm, erstaunt über seine Feindseligkeit, nach. Ihre Suppe wurde kalt.

»Iss auf!«, sagte Joseph, als die Blechtür zugeknallt war.

Clementine runzelte die Stirn. »Joseph, ich verstehe nicht, was Daddy da sagt. Er will nach England zurückkehren, macht sich aber Gedanken, weil dieser Mann gekommen ist, um uns nach Hause zu holen?«

»Ich glaube, Erwachsene denken nicht immer so klar wie Kinder, Clementine.«

»Warum ist Daddy so wütend?«

Joseph zuckte mit den Schultern. »Dein Vater ist hier drinnen wütend«, sagte er und legte seine Hand über sein Herz. »Er kann nicht verzeihen, dass deine Mutter gestorben ist und er sie nicht retten konnte.«

»Wem kann er nicht verzeihen?«

»Sich selbst.«

Während er auf James Knight wartete, suchte Reggie nach dem Grab seiner Schwester auf dem örtlichen Friedhof. Der Friedhofswärter sah in einem großen Buch nach und forderte Reggie dann auf, ihm zu folgen. Der Mann war respektvoll und höflich, stellte aber keine Fragen. Vielleicht sagten ihm die Blumen, die Reggie über den Kimberley Club bestellt und mitgenommen hatte, genug darüber, warum er hier war und das Grab einer Frau namens Louisa Knight sehen wollte.

»Ihr Mann und ihre kleine Tochter besuchen sie meistens sonntags«, sagte er zu Reggie, als sie dorthin gingen.

Das war wohl der Versuch des Mannes, das peinliche Schweigen zu durchbrechen.

»Ich bin wahrscheinlich der einzige andere Verwandte, der sie jemals besuchen kommt«, erwiderte Reggie. »Kann ich Ihnen Geld dalassen, damit Sie dafür sorgen, dass das Grab in Ordnung gehalten und jede Woche mit frischen Blumen geschmückt wird?«

»Das können Sie gerne tun, Sir, aber die Familie kümmert sich sehr um das Grab.«

»Treffen Sie trotzdem bitte alle Vorkehrungen und schicken Sie mir sobald wie möglich alle nötigen Dokumente in den Kimberley Club. Ich bin nur für ein paar Tage hier.«

»Sehr wohl, Sir.« Der Mann schwieg, dann sagte er: »Mrs Knight ruht hier, Mr Grant.«

Reggie blickte in die Richtung, in die der Mann zeigte. Er hatte nicht damit gerechnet, von solchen Gefühlen überwältigt zu werden. Es gelang ihm zwar, die Tränen zurückzudrängen, aber seine Kehle war so zugeschnürt, dass er keine Luft mehr bekam. *Ruht.* Was für ein friedliches Wort, um den Tod seiner Schwester zu umschreiben. Als sie gegangen war, war sie so voller Leben mit all seinen Versprechungen gewesen, und jetzt lag sie einige Fuß tief unter der Erde.

Als der Friedhofswärter gegangen war, bückte sich Reggie, um die verblühten Wildblumen zu entfernen und einen Strauß von Nelken und Rosen in das Tongefäß zu stellen. Er berührte den Stein, froh darüber, dass Knight sich wenigstens darum gekümmert hatte, obwohl er ihre liebende Familie in England nicht erwähnt hatte. Auf dem Grabstein stand nur, dass sie ihren James und ihre innig geliebte Tochter Clementine hinterließ. Vielleicht hatte für mehr Text das Geld nicht gereicht, aber Reggie brachte es trotzdem nicht über sich, seinem Schwager zu verzeihen.

»Wir vermissen dich so sehr, Louisa. Das Leben ist nicht mehr dasselbe, seit du von uns gegangen bist. Ich weiß, dass du in Clementine weiterlebst, und ich bin gekommen, um sie nach Hause zu holen, Louisa. Es ist der Wunsch deiner Mutter und auch mein Wunsch ... Ich werde dafür sorgen, dass sie so aufwächst, wie du es gerne gehabt hättest. Es wird ihr an nichts fehlen, das verspreche ich dir.« Er schwieg und holte tief Luft. »Gib mir ein Zeichen, dass dies dein Wunsch ist«, bat er. Reggie glaubte an Omen, und er war der festen Überzeugung, sie gut deuten zu können. Er wartete. War die Brise, die durch das Gras hinter dem Friedhof ging, eine Botschaft aus dem Grab? Das bezweifelte er. So leichtgläubig war er nun auch nicht. Als jedoch ein einzelnes Blütenblatt von einer cremefarbenen Rose auf das Grab herabfiel, kam es Reggie so vor, als habe Louisa aus dem Sarg heraus die Blume berührt und ihm die Erlaubnis gegeben, um die er sie gebeten hatte.

»Danke«, sagte er mit Nachdruck. »Ich werde Afrika nicht ohne sie verlassen, ganz gleich, was es mich kostet. Ruhe in Frieden, meine Liebste.«

Reggie berührte seine Lippen mit der Hand und legte dann die Finger auf den kühlen Granit des Grabsteins. »Schon morgen wird sich Clementine in meiner Obhut befinden.« Es war ein kühnes Versprechen, und Reggie selbst war von seinen Worten überrascht. Sie kamen ihm vor wie eine Welle aus Gefühlen, die ihn nach Hause tragen würde.

James Knight hatte nicht im Kimberley Club vorgesprochen. Die Mitglieder dort gehörten nicht zu den Männern, die in Gruben kletterten und nach Diamanten suchten. Nein, das waren Männer, die ihren Reichtum nutzten, um ihn zu vermehren, und in dieser Stadt bedeutete das, die Claims anderer Männer zu kaufen. Es waren gebildete Männer, wie Mr Cecil Rhodes, und es gab auch gröbere Klötze, wie Barney Barnato, aber sie alle machten ein Vermögen damit, Händlern in Europa Diamanten zu verkaufen. Ob Reggie Grant jetzt wohl auch dazu gehören wollte und es ihm nachmachte? Von dem riesigen Vermögen des Grant-Imperiums zu leben war wohl nicht genug für Louisas Halbbruder. Jetzt musste er auch noch hierherkommen und den Witwer seiner Schwester herumkommandieren – und in eine klaffende Wunde, die einfach nicht heilen wollte, Salz reiben.

James trank sein viertes Bier aus und bedeutete dem Wirt, ihm einen weiteren Whisky einzuschenken. Schon lange wurde er deswegen nicht mehr schief angesehen. Nein, mittlerweile schenkten sie ihm einfach immer nach, sodass er sich in seinem Kummer suhlen konnte.

»In der letzten Zeit verträgst du nicht mehr viel, Jimmy«, bemerkte der Barkeeper. »Du siehst aus wie ein wandelndes Skelett, Mann. Iss endlich was, damit du nicht auf einmal tot umfällst.«

James machte eine abwehrende Handbewegung und stieß einen angewiderten Laut aus. »Mir geht's gut, Mac. Mein Leben wird jetzt eine Wendung zum Besseren nehmen«, lallte er mit lauter Stimme.

Ein paar Männer, die in seiner Nähe standen, lachten. Ihre Mienen sagten deutlich, dass sie das schon oft gehört hatten – von anderen und von ihm.

Schwankend drehte James sich zu ihnen. »Habt ihr was zu sagen, Jungs?«

Sie wehrten ab, aber er ließ sich nicht abwimmeln. »Ihr wisst nichts! Aber in den nächsten Wochen werdet ihr alles über James Douglas Knight erfahren!«

»Ach ja? Und was?«, fragte einer.

»Das werdet ihr schon sehen.« James taumelte. »Sie werden in der Zeitung über mich berichten.«

»Tatsächlich?«, sagte der Wirt grinsend. »Komm,

Jimmy, geh nach Hause. Ich verkaufe dir nichts mehr. Du musst dich um dein kleines Mädchen kümmern.«

»Schreib mir nicht vor, was ich zu tun habe, Mac.«

Der Wirt blickte zu einem kräftigen Mann an der Tür, den er dafür bezahlte, dass es in der Kneipe friedlich zuging. James Knight schien zwar kaum die Kraft zu haben, um sich zu prügeln, aber er klang so, als suche er Streit. Der bullige Kerl kam an die Theke und verfrachtete James nach draußen auf die Straße. »Heute Abend kommst du besser nicht mehr zurück, Jimmy. Wasch dich und sieh zu, dass du nüchtern wirst, Mann. Und vor allem, iss etwas.«

James antwortete mit einer Flut von Flüchen, über die die Leute, die vorbeikamen, lachten. Leider befand sich auch gerade der Pfarrer auf der gegenüberliegenden Straßenseite, und er kam herbeigelaufen, um nach seinem Schäfchen zu sehen.

»Mr Knight?«

»Herr Pastor«, sagte James, der offensichtlich glaubte, völlig nüchtern zu sein und gerade zu stehen.

»Soll ich Sie nach Hause begleiten?«

»Mir geht es gut.«

»Sie sehen aber nicht so aus, Mr Knight.«

»Bis Sonntag, Pastor«, sagte James nur und schlurfte davon.

»Aber heute ist Sonntag«, rief der Geistliche hinter ihm her. »Sie waren heute früh nicht in der Kirche.«

James war mittlerweile in einem Zustand, in dem es ihm völlig egal war, was die Leute von ihm dachten.

»Wir fahren morgen!«, knurrte er und schüttelte die knochige Faust.

Seine Wahrnehmung war getrübt, und er bemerkte die

große Gestalt im dunklen Anzug erst, als sie ganz dicht vor ihm stand.

»Wag es nicht, mich zu ignorieren, Knight.«

»Nimm die Hände weg!«, lallte James und zerrte an den Fingern, die sich in sein Hemd krallten.

Reggie ließ ihn los, aber selbst durch den Alkoholdunst spürte James, wie der Bastard ihn mit seinem wütenden Gesichtsausdruck lähmte, als würde er ihm die Kehle zudrücken. James wusste, dass er längst nicht mehr der starke, drahtige Mann war, als der er mit seiner jungen Frau und seinem Kind zu den Diamantenfeldern gekommen war. Und die Kraft, die ihm die tägliche Arbeit als Diamantengräber verliehen hatte, war mit jedem Schluck Alkohol geschwunden. In diesem kurzen Moment, als er den hasserfüllten und angewiderten Gesichtsausdruck wahrnahm, begriff er, dass in der letzten Zeit nur noch Joseph gearbeitet hatte. Er war zu seinem Aufseher geworden, gab Befehle und merkte gar nicht, wie bequem er geworden war, indem er einfach nur zusah, wie ein anderer Mann die harte Arbeit leistete. Aber dass sie sich die Erlöse teilten, kam ihm ganz selbstverständlich vor. Anscheinend hatte er sich eingeredet, wie fair es von ihm war, Joseph seinen Anteil zu geben, aber eigentlich war es nicht gerecht aufgeteilt. Joseph bekam nur ganz wenig, und auch wenn er behauptete, er wolle nicht mehr, so war James auf jeden Fall zu einer nutzlosen Belastung geworden.

Als ob Reggie dieses stumme Zwiegespräch hören könnte, sagte er: »Du hast immer nur genommen, James. Und bevor du dich jetzt aufregst und mir erklärst, dass du von uns nicht einen Penny angenommen hast – ich meine nicht das Geld, jedenfalls noch nicht. Du hast den Grants etwas viel Kostbareres genommen: unsere Frauen. Clementine ist unsere Erbin, und du hast meiner Schwester und meiner Nichte das Leben genommen, indem du sie in diese Hölle gebracht hast. In Australien hätte meine Schwester vielleicht wenigstens wie eine Frau von Stand leben können, aber hier ... Du hast Louisa getötet mit deinem verzweifelten und nutzlosen Verlangen, dir selbst einen Namen zu machen!«

James wollte sich die Vorwürfe nicht anhören. Er schob Reggie beiseite, was ihm nur gelang, weil der Mann nicht damit gerechnet hatte. Wenn er nicht so überrascht gewesen wäre, hätte er ihn wohl kaum von der Stelle bewegen können. Warum half ihm eigentlich keiner? Dieser verdammte Pastor war auch nie da, wenn man ihn brauchte. Die Straße war leer und dunkel, bis auf den Kerzenschein, der aus einigen Hütten drang, sie aber nicht erreichte.

Er ging an einer Gruppe afrikanischer Männer vorbei, die um ein kleines Feuer herumsaßen. Sie sangen ein Lied in einer Sprache, die er nicht verstand. Es klang nicht besonders heiter; ein Klagelied, das zu seiner Stimmung passte. Er stolperte, fiel fast hin, ging schwankend an ihnen vorbei. Kein einziger von ihnen hob den Kopf, um ihm nachzuschauen.

James blickte zurück. Die Bewegung verursachte ihm Schwindel und Übelkeit. Aber er sah, dass Reggie ihm folgte. Reggie war nicht auffallend groß, aber auf James wirkte er in diesem Moment überwältigend.

Da Reggie es nicht eilig zu haben schien, versuchte James, schneller zu gehen. Er hatte das Gefühl zu laufen. Nach Hause und zu Clementine wollte er nicht – er wollte erst nüchtern sein, bevor sie ihren Onkel kennenlernte, damit er Reggie kontrollierter gegenübertreten konnte. Also wandte er sich zum Großen Loch. Reggie würde sich dort nicht auskennen, aber selbst mit seinem vernebelten Kopf war James zuversichtlich, dass er den Schwager auf den schmalen Wegen zwischen den Gruben abhängen konnte. Reggie würde sich in dem Gewirr nicht zurechtfinden.

Erneut blickte er sich um. Reggie hatte ihn noch nicht erreicht, aber die Distanz zwischen ihnen schien ihm nichts auszumachen. Mit langsamen, ruhigen Schritten kam er auf ihn zu. Wahrscheinlich wollte er ihn damit einschüchtern. James schrie ihm etwas Unverständliches zu, was nur in seinen eigenen Ohren ein Fluch gegenüber der Familie Grant war. Er stolperte und stürzte, rappelte sich aber wieder auf. Kurz blieb er stehen, um sich zu übergeben. Vage war ihm klar, dass er seine Stiefel beschmutzte, und kurz blitzte die Erinnerung an Louisa, die ihn enttäuscht anschaute, vor seinem inneren Auge auf. Beim Sturz musste er sich das Knie aufgeschürft haben, er spürte, wie das Blut das Bein herunterrann. Als er weitertaumelte, stellte er verwirrt fest, dass sich niemand im Großen Loch befand. Er zog seine Taschenuhr heraus, konnte aber in der Dunkelheit die Zeiger nicht erkennen. Wie lange hatte er denn getrunken?

Er fuhr herum und sah, dass Reggie höchstens noch zwanzig Schritte von ihm entfernt war. James rannte davon – so kam es ihm zumindest vor. Er lief in die entgegengesetzte Richtung zu dem Teil des Lochs, wo sich die Gruben dicht an dicht reihten. Hier war der dunkelste, verlassenste Bereich. Und dann konnte er plötzlich nicht mehr weiter. Stöhnend erbrach er den Rest der Flüssigkeit, die sich noch in seinem Magen befand. Der Whisky stieß ihm auf; es schmerzte, als hätte jemand Säure auf ihn geschüttet. Er weinte, seine Tränen mischten sich mit Speichel, und noch lange, nachdem sein Magen leer war, schluchzte und würgte er. Der grässliche Geruch hüllte ihn ein, und eine Zeit lang lag er einfach auf dem Rücken und blickte zum Himmel, an dem der Mond und die Sterne hinter Wolken verborgen waren. Der so sehnlich erwartete Regen stand bevor.

Nach und nach kam er wieder zu sich. Er fragte sich, ob er wirklich Reggie gesehen hatte oder nur ein Gespenst – ob ihm seine Fantasie einen Streich gespielt hatte. Doch als er sich umblickte, zog sich sein Magen erneut schmerzhaft zusammen. Reggie hatte es sich in der Nähe auf einer grob gezimmerten Bank bequem gemacht und beobachtete ihn.

Er zündete sich eine Zigarette an und warf das Streichholz weg. Wie ein Glühwürmchen sank es zu Boden. Stöhnend richtete James sich auf. Er bedauerte mittlerweile, dass er zum Großen Loch gelaufen war. »Warum bist du hier, Reggie?«

»Eine gute Frage, James. Und auch die richtige Frage, weil du damit direkt zum Punkt kommst. Wie du weißt, ist mein Vater gestorben.«

»Ja, und?« James sah, dass seine Antwort Reggie überraschte und wehtat. Wann war er eigentlich so garstig geworden? Er konnte sich selbst nicht mehr leiden, aber diesen Mann verabscheute er nun mal, also war es wohl egal.

»Nun, ich habe jetzt das Familienunternehmen übernommen.«

»Warum sollte mich das interessieren, Reggie?«

»Weil ich jetzt der Hüter des Unternehmens bin und

aller, die davon abhängen.« Als James schwieg, fuhr er fort: »Lilian liegt im Sterben.«

»Gut.«

»So grausam und mit so schlechten Manieren kenne ich dich gar nicht.«

»Und mir war nicht bewusst, dass du für Lilian Grant auch nur das Geringste empfindest. Sie hasst dich – oder zumindest nimmt sie in der Öffentlichkeit kein Blatt vor den Mund, wenn sie sich über den Bastard ihres Mannes äußert.

»Und doch haben Lilian und ich trotz allem seit Kurzem ein gemeinsames Interesse.«

»Ach ja?«

»In der Tat. Unser gemeinsames Interesse liegt – im übertragenen Sinn – hier in Afrika.«

James kniff die Augen zusammen. Reggies Worte verwirrten ihn. »Du willst doch nicht etwa einen Diamantenclaim kaufen?« Seine Stimme klang verächtlich und verzweifelt zugleich.

»Oh, vielleicht tue ich das tatsächlich. Ich finde das Ganze hier faszinierend. Ich stelle ein paar Afrikaner ein, wie dieser kräftige Kerl, den du beschäftigst, und vielleicht finde ich ja auch ein paar von den Edelsteinen, hinter denen alle so her sind.« Er zog an seiner Zigarette, und im Schein der Glut leuchtete sein Gesicht kurz auf. In diesem Licht erkannte James eine starke Ähnlichkeit mit Louisa, die seiner Seele wehtat – und dann war sie wieder verschwunden, weil die Glut erlosch, und Reggie den Rauch in seine Richtung blies. »Nein – wie gesagt, es war nur im übertragenen Sinn gemeint. Seltsamerweise ist das Band, das Lilian und mich zusammenschweißt, die Familie. Sie hat wohl mittlerweile akzeptiert, dass in meinen

Adern reichlich Grant-Blut fließt, und mir ist klargeworden – zu spät, muss ich leider zugeben –, dass Lilian eine fabelhafte Frau ist, deren ausschließlicher Wunsch es ist, ihre Familie um sich zu scharen.«

James lachte höhnisch. »Und du bist der Einzige, der ihr geblieben ist.«

Reggie reagierte nicht so, wie James gehofft hatte. Er schüttelte den Kopf, als müsse er über die Frage tatsächlich nachdenken. »Ich gelte für sie nicht als Familie, und du natürlich auch nicht. Aber Clementine. Sie erbt ein großes Vermögen, wie du dir ja vielleicht denken kannst.«

»Sehe ich so aus, als ob mich ihr Vermögen auch nur die Spur interessiert, Reggie?«

»Das ist irrelevant. Süchtige interessiert gar nichts außer dem Stoff, nach dem sie süchtig sind. Ehrlich gesagt führst du dich auf wie ein Mann, der dieses Vermögen vertrinken und auspissen würde, James.«

»Und warum bist du hier? Um das Vermögen für Clementine zu retten?«

»Was auch immer ich eigentlich vorhatte, – mir wird zunehmend klar, dass ich hier bin, um einem Mann das Leben zu retten.«

James schloss halb die Augen und versuchte herauszubekommen, was hinter Reggies Worten steckte. »Ich verstehe nicht«, sagte er schließlich.

»Du bist ein Trinker.« Reggie hob die Hand. »Nein, widersprich mir nicht. Ich habe Erkundigungen eingezogen und weiß, welche Dämonen du bekämpfst, doch du benutzt die falsche Waffe, James. Die Flasche wird dich nicht retten, sie wird dich töten – aber du leidest wahrscheinlich am Fieber. Ich habe es eben in deinen glasigen Augen gesehen. Du bist krank.«

Fieber. Das war es also, was ihn seit gestern umgetrieben hatte; ihm war nicht in den Sinn gekommen, dass er krank sein könnte. Er hatte heute so einen glücklichen Tag mit Clem verlebt, und er hatte die nagenden Kopfschmerzen, das leichte Zittern und den Schüttelfrost, der ihn trotz der Hitze immer wieder überfiel, verdrängt. Er hatte keine Zeit für das Fieber. »Das mag sein. Aber in Kürze werde ich von meinem eigenen Vermögen trinken. Du aber wirst immer abhängig sein von einer Frau, die du hasst, und immer versuchen, die Erinnerung an deine Schwester hochzuhalten.« James hatte nicht gewusst, dass er zu so grausamen Worten fähig war, aber Reggie hatte ihm schon vor Jahren klargemacht, dass er so wenig wie möglich mit dem Mann zu tun haben wollte, der ihm die Schwester gestohlen hatte.

»Hör mir zu, James. Es ist Zeit, nach Hause zu kommen. Clementine kann nicht hier aufwachsen, wild, wie ein bitterarmes Straßenkind, erzogen von einem Alkoholiker und einem Schwarzen. Komm, Mann! Wenn du schon nicht an dich denken willst, dann denk wenigstens an Louisa und was sie für ihr geliebtes einziges Kind wollen würde.

»Ich denke an nichts anderes als an Louisa«, lallte James und spuckte wütend auf den Boden. »Ich bringe Clem ja nach Hause.«

Das schien Reggie zu erschüttern. »Nach Northumberland?«

James lachte freudlos. »So dumm bin ich nicht. Wahrscheinlich nach Schottland. So sehr es euch auch ärgert, ihr Nachname ist Knight. Und wenn ich zurückkomme, werde ich genug Geld haben, um uns ein angenehmes Leben zu sichern, ohne das Vermögen anzurühren, das du so eifersüchtig bewachst. Sie kann es haben, wenn sie dreißig wird. Bis dahin kümmere ich mich um sie. Sie ist mein Kind, und ich kann mit ihr gehen, wohin ich will.«

»Hör mir zu! Ich will doch nur helfen!«

James rappelte sich auf. »Wem helfen? Dir selbst? Du wärst doch nicht unangekündigt hierhergekommen, wenn du nicht einen Plan hättest, Reggie. Ich meine mich zu erinnern, dass du immer derjenige mit einem Plan warst – ein Plan für Louisa, ein Plan für uns, als wir heirateten, ein Plan für uns alle, Geschäfte miteinander zu machen – kannst du dich erinnern?«

»Ja. Es war eine vernünftige Idee.«

»Ja, aber es ging immer nur um dich. Ihr Geld, deine große Idee, es zu investieren. Ich habe zumindest versucht, mir ein Leben aufgrund meiner eigenen Fähigkeiten aufzubauen.«

»Und das hier nennst du ein Leben, James? In der afrikanischen Wüste zu graben, in einer Wellblechhütte zu leben, kaum genug zum Leben verdienen zu können? Deine Tochter läuft in Lumpen herum und wartet darauf, dass ihr betrunkener Vater endlich nach Hause kommt. Und wenn nicht, ist ja egal, es gibt ja noch diesen bulligen Zulu, der sich um sie kümmert.«

»Er ist ein Krieger – wag es nicht, ihn zu beleidigen. Er ist wichtig für uns, und er kümmert sich tatsächlich um sie – um uns.«

»James, reden wir von derselben Person? Er ist ein Barbar, der barfuß herumläuft – wenn ihr ihn ließet, dann würde er wahrscheinlich lieber nackt sein und mit dem Speer auf uns zielen.«

James trat schneller auf ihn zu, als Reggie es für möglich

gehalten hatte, und stieß ihn vor die Brust. »Auf dich vielleicht.«

»Nimm deine Hand weg!«

»Niemand hat dich hierhergebeten. Geh doch zurück zu deinem müßigen Leben in England. Uns geht es schon gut.«

»Ach ja? Mit was denn, du jämmerliches Würstchen?«

Die Beleidigung war so gemein, dass James das Verlangen verspürte zurückzuschlagen. Er hatte ja noch ein Ass im Ärmel. *Zwei, um genau zu sein*, dachte er selbstzufrieden, wenn er Clementine dazu zählte. Und James nutzte seine Waffen. Das Geheimnis, dass Clem und Joseph unbedingt hatten wahren müssen, verriet er jetzt der einzigen Person, mit der er nie etwas hatte zu tun haben wollen. Man musste Reggie zugutehalten, dass er schwieg, während James ihm höhnisch seine Neuigkeiten darlegte.

»Du lügst«, sagte er schließlich nach unbehaglich langem Zögern.

»Du kannst mir glauben oder auch nicht. Warum sollte mir das etwas ausmachen? Du brauchst ja nur zu wissen, dass Clems Zukunft mit mir gesichert ist. Ich habe unseren Rücktransport nach Kapstadt gebucht und bereits Tickets auf einem Schiff nach London reserviert.« James grinste träge, obwohl er sich gar nicht mehr so großartig fühlte. Das Fieber machte ihn benommen, und seine Haut fühlte sich klamm an. So locker seine Kleider auch saßen, drückten sie plötzlich auf seinen Körper.

»Zeig mir noch einmal, wie groß der Diamant ist«, verlangte Reggie.

James lachte, und selbst in seinen Ohren klang es wie das Kreischen einer Hyäne. »Schscht! Das Große Loch hat Ohren.« Das erheiterte ihn so, dass er noch lauter lachte.

Kurz kam er zu Sinnen, als ihn zwei Fäuste an der Hemdbrust packten. »Erzähl mir von diesem Diamanten«, knurrte Reggie so dicht vor seinem Gesicht, dass James in seinem Atem den Fisch riechen konnte, den er zum Abendessen gegessen hatte.

James stieß ihn weg und taumelte rückwärts. Ihm war klar, dass er sich gefährlich nahe am Rand des Großen Lochs befand. Er zeigte mit dem Finger auf Reggie. »Ah, jetzt bist du wohl interessiert, was?« Erneut holte er zum Schlag gegen seinen Schwager aus. Er konnte nicht mehr sagen, ob das Große Loch vor oder hinter ihm war. Aber plötzlich fiel alle Euphorie von ihm ab, und er fühlte sich völlig nutzlos. Der Gedanke an Louisa und die Erinnerung daran, wie er sie verloren hatte, erdrückte ihn; er fühlte sich wie Atlas, der in der griechischen Mythologie das Himmelsgewölbe auf den Schultern tragen musste, damit es nicht herunterstürzte und die gesamte Menschheit erschlug. Doch seine Welt war bereits tot. Ihm blieb nur noch, lange genug zu leben, um Clementine sicher nach Hause zurückzubringen und für sie zu sorgen. »Er ist Zehntausende wert ... vielleicht sogar ein Vielfaches ... nur dieser eine Diamant allein. Clem und ich können davon bis an unser Lebensende leben.« Er würde auf keinen Fall sagen, dass er das Gefühl hatte, seine Tage seien gezählt. »Er hat mehrere hundert Karat, Reggie. Du hast wahrscheinlich keine Ahnung, was das bedeutet. Aber ich kann dir versichern, dass er selbst als Rohdiamant fast vollkommen ist. Der Diamant ist lupenrein – darauf verwette ich mein Leben.«

»Lupenrein? Was faselst du da, Knight?«

James, den das Fieber jetzt gepackt hatte, sprang irre grinsend um Reggie herum. Er wusste, dass er wie ein

Verrückter wirkte. »Lupenrein. Einzigartig. Perfekt, Reggie. Was du leider nicht bist. Aber deine Halbschwester war es. Sie hatte keinen einzigen Makel.« Dann stöhnte er. »Außer natürlich, mich zu heiraten.« Er wackelte mit dem Finger, als ob er sich über seine eigene Bemerkung freute. »Und wenn dieser Stein geschnitten und geschliffen ist, dann wird er berühmt. Ich habe nicht den geringsten Zweifel, dass er auf großen, internationalen Ausstellungen gezeigt werden wird. Wir reden über einen Jahrhundertfund – und damit meine ich ...« Er musste husten, beugte sich vor, um sich zu übergeben, überlegte es sich dann aber anders und drückte sich auf den Magen, bis er rülpste. Reggie blickte ihn so voller Verachtung an, dass James auf einmal, zu seiner Überraschung, wieder klar denken konnte. »Jeder einzelne Diamantengräber hier könnte ein Leben lang in dieser riesigen Grube verbringen, und wir alle müssten uns glücklich schätzen, wenn auch nur einer von uns jemals etwas so Bemerkenswertes fände wie diesen Stein, den Joseph One-Shoe gestern ausgegraben hat. Ja, Reggie, der schwarze Mann. Der Zulu-Krieger, den du als Barbaren abtust. Theoretisch gehört der Stein ihm, ebenso wie der halbe Claim. Er hat ihn ausgegraben. Aber er hat ihn Clementine und mir geschenkt.«

Reggie blickte ihn staunend an. »Warum?«

»Weil er etwas besitzt, das du vielleicht in deinem ganzen jämmerlichen Leben nie erfahren hast. Er weiß, dass wir ihn lieben. Und dafür liebt er uns. Er hat keine Verwendung für einen Stein dieser Größe oder Qualität, weil er weiß, dass Männer wie du falsche Schlüsse ziehen und ihm nie erlauben würden, von seinem Fund zu profitieren. Er will, dass Clem den Nutzen davon hat, und das will ich auch. Und deshalb fahren wir nach Hause, Reggie. Ich werde ihn verkaufen, ein Vermögen damit machen, und Clem und ich werden alt und dick und glücklich werden, ohne uns jemals wieder Gedanken über Afrika, die Familie Grant oder den Tod von Clems Mutter zu machen.« Er fantasierte, das merkte er selbst. »Und selbst, wenn ich bald sterbe, Reggie, ist es nicht umsonst gewesen. Ich habe mein Ziel erreicht, ein Vermögen zu machen und dazu keinen Penny vom Geld der Grants gebraucht. Clementine Knight wird doppelt erben.«

Jetzt erbrach er sich doch. Er beugte sich vor und weinte vor Schmerzen, als der Alkohol sich scharf den Weg zurück durch seine Speiseröhre brannte.

10

Reggie stand unter Schock. Während sein verhasster Schwager unglaubliche Mengen übel riechender Flüssigkeit erbrach, eilten seine Gedanken bereits zu der noch schnelleren Möglichkeit, die Schulden der Familie Grant zu begleichen. Vielleicht konnte er James ja überreden.

»Ich bin hier, um euch beide abzuholen. Lass mich das für euch tun – euch sicher nach Hause bringen.«

»Wir brauchen dich nicht als Eskorte«, stöhnte James. »Ich weiß wirklich nicht, warum du gekommen bist. Hau ab. Lass uns in Ruhe, Reggie ... für immer.«

»Das kann ich nicht, James. Clementines Großmutter liegt im Sterben, und wenn sie erfährt, dass du ihr verwehrst, ihre Enkelin noch einmal zu sehen, wird sie dich verfluchen. Hast du denn kein Herz? Und wo ist überhaupt dieser Diamant, mit dem du so prahlst?« Den letzten Satz flüsterte er nur.

»Sicher verwahrt mit den anderen.«

»Anderen?«

James lächelte geheimnistuerisch. »Viele kleine Diamanten. Ihre Lumpenpuppe kann keinen weiteren Stein mehr aufnehmen, jetzt wo Sirius eingenäht ist. Der schlaue Joseph One-Shoe. Niemand würde darauf kommen, in der Puppe eines kleinen Mädchens nachzusehen.«

Ihre Lumpenpuppe? Die Diamanten waren in Clementines Spielzeug eingenäht? Sie war ein Geschenk vom Jagdpächter gewesen. Lilian hatte die Puppe grässlich und vulgär gefunden, aber Louisa hatte das aufgenähte Grinsen und die wirren Haare geliebt.

James lallte vor sich hin. »Zeit für uns, in mein geliebtes Schottland zurückzukehren. Und du, Reggie, kannst zur Frau deines Vaters fahren und von ihren Almosen leben, um dir einzubilden, du seist ein bedeutender Mann und nicht abhängig von den spärlichen Zuwendungen einer alten Frau und dem Wohlwollen einer toten Schwester.«

Das war mehr, als Reggie ertragen konnte. Die alte Wunde schmerzte immer noch: all die Jahre, die er annehmen musste, sie würden auf ihn herabblicken, sogar der Mann, der ihn gezeugt hatte. Er hasste sich für seine jämmerlichen Gedanken, aber in ihm weinte diese kleine Stimme: *Ich bin unschuldig – ich habe nicht darum gebeten, auf die Welt zu kommen.* Er tat immer noch, was Henry wollte; seine Forderungen reichten über das Grab hinaus und zwangen Reggie, sich mit aller Kraft und Klugheit dafür einzusetzen, dass die Grants und ihr Besitz geschützt waren. Auch Clementine gehörte auf vielfältige Weise zum Besitz, unter anderem wegen der hochrangigen, strategischen Heirat, die er für sie arrangieren konnte, wenn sie erwachsen war. In der Zwischenzeit jedoch musste er ihren Trust, Woodingdene und alles, was dazugehörte, verwalten. Ein Teil davon konnte sicher zu Bargeld gemacht werden. Und jetzt – im Geiste rieb er sich voller Vorfreude die Hände –, jetzt gab es zahlreiche Diamanten, vor allem einen, mit dem sämtliche Liquiditätsprobleme des Hauses auf einen Schlag gelöst werden konnten. Das Potenzial berauschte Reggie.

Er trat auf den schwankenden James zu. »Du hast kein Recht, so mit mir zu reden. Ich bin in guter Absicht hierhergekommen, um dir und meiner Nichte ein Heim zu bieten, eine Chance, ein neues Leben anzufangen und Clementine all das zu geben, was sie verdient.«

»Reggie«, lallte James. Er keuchte. »Damals, als ich dich gut gekannt habe, hast du nichts ohne Berechnung gemacht. Dir ist es immer nur um dich gegangen. Ich habe nie verstanden, warum Louisa dich so anbetete.«

Die Bemerkung traf Reggie bis ins Mark. Aber James war noch nicht fertig – er verabreichte ihm noch eine letzte Dosis Gift.

»Wir beide haben nie viel voneinander gehalten. Also tu nicht so, als ob es dir um uns ginge. Ich durchschaue dich, Reggie. Du hast etwas vor, und offensichtlich brauchst du uns dazu. Ich weiß nicht, was es ist, aber aus irgendeinem Grund willst du mir mein kleines Mädchen nehmen. Ihr Name ist Knight, nicht Grant, ganz gleich, wie sehr du es möchtest. Sie ist einfach nur eine entfernte Verwandte durch Heirat. Und übrigens, sie ist nicht Louisa – du könntest Clementine nie dazu bringen, dich blind zu lieben, und wenn du es noch so sehr möchtest. Meine Tochter ist sehr viel kritischer als ihre Mutter.«

Er stach ihm mit dem Finger gegen die Brust, als er diese letzte Beleidigung aussprach. Es tat zu weh. Dieser Säufer fand einfach kein Ende. Er wusste wohl nicht, dass er schlafende Hunde weckte, als er immer weiter mit seinem Zeigefinger auf Reggies Brustbein einstach.

»Du bist Clementines nicht würdig.«

Genug! Reggies Wut war alt. Sie stammte aus einer Wunde, die nicht heilen wollte und schmerzte beständig.

»Nein, James. Du bist ihrer nicht würdig, so wie du Louisa nicht verdient hast oder den Namen unserer Familie, den du beschmutzt.« Er stieß den zuckenden Schotten zurück und wollte ihm gerade sagen, dass er ihn bei den Behörden anzeigen würde. Und wenn er den verantwortlichen Beamten bestechen müsste, er würde erreichen, dass Clementine in einem gerichtlichen Verfahren ihrem unzuverlässigen, sinnlos betrunkenen Vater weggenommen würde.

Aber James war nicht mehr da.

Mit rudernden Armen fiel er rücklings in die Grube des Großen Lochs.

11

Reggie starrte mit offenem Mund auf die Stelle, wo James gestanden und ihn noch vor einer Sekunde mit wüsten Beschimpfungen überschüttet hatte. Jetzt stand da niemand mehr. Er hatte keinen Laut von sich gegeben, als die Grube ihn geschluckt hatte, und wo eben noch sein Körper gewesen war, war jetzt nur noch Dunkelheit.

Reggie lief an den Rand und schaute in die Finsternis der Grube hinunter. Er konnte nichts sehen. Hastig kramte er in seiner Tasche, holte eine Schachtel Streichhölzer heraus und zündete eines an. Einen kurzen Moment lang sah er James Knight unten liegen. Dann erlosch das Streichholz, und die Dunkelheit senkte sich wieder über den Schauplatz wie ein Bühnenvorhang. Entsetzt und wie erstarrt blickte Reggie in das schwarze Loch. Wild sah er sich um – niemand war zu sehen. Soweit er wusste, hatte niemand sie hier bei ihrem Streit beobachtet. War das ein Stöhnen? Was sollte er tun?

Lauf!, drängte seine innere Stimme ihn. *Sieh zu, dass du hier wegkommst!*

Er zwang sich, langsam zu gehen, nahm sogar den längsten Weg um die Grube herum, damit er auf der genau gegenüberliegenden Seite, wo James gestürzt war, gesehen werden konnte. Ja, er war gestürzt. Das klang schon viel akzeptabler.

Als er sich der Straße näherte, klopfte er sich den

Staub von den Kleidern und richtete sich auf. Die Zigarette in seiner Tasche fiel ihm ein. Sie würde ihn beruhigen und ihm auf dem Weg in den Kimberley Club das Aussehen eines Mannes geben, der nach dem Abendessen noch einen kleinen Spaziergang gemacht hatte. Er rauchte langsam, blies seine Angst nach jedem Zug an der Zigarette aus. Das Hindernis war aus dem Weg geräumt. Er konnte innerhalb weniger Tage mit Clementine und dem Diamanten auf dem Heimweg sein. Ein Lächeln wollte ihm zwar noch nicht gelingen, aber der Druck auf seiner Brust löste sich, und ein Brandy würde sicher auch seinen Pulsschlag verlangsamen. Morgen früh würde er alles leichter verkraften können.

Er hatte eine ganze Nacht lang Zeit, sich die richtige Geschichte auszudenken, sich zu beruhigen und sich einen Plan für morgen zurechtzulegen, wenn sie James gefunden hatten und ihnen gar nichts anderes übrig blieb, als Clementine in die Obhut des letzten Blutsverwandten zu geben.

Vor einem Tag hätte Joseph One-Shoe vielleicht behauptet, den größten Schock seines Lebens erlebt zu haben. Bevor er Sirius ausgegraben hatte, war der frühe Tod eines entfernten Cousins bei einem Jagdunfall das Schlimmste, was der junge Zenzele bis dahin erfahren hatte. Der Schock und die Trauer darüber, zusehen zu müssen, wie sein Cousin seinen Verletzungen erlag, hielten an. Es war ihm plötzlich bedrohlich vorgekommen, ein erwachsener Mann zu sein, der für das Dorf sorgen musste, und er hatte das Gefühl gehabt, seine Unschuld verloren zu haben. Sirius hatte eine andere Art der Erkenntnis bedeutet. Dem Sturz von James Knight zuzuschauen übertraf jedoch beide Erlebnisse. Der Verwandte mit seiner herablassenden Miene und seinen salbungsvollen Worten hatte dem Zulu etwas viel Kostbareres als irgendeinen Diamanten gestohlen.

Er hatte sich auf die Suche nach seinem Freund gemacht, hatte sich aber in die Schatten zurückgezogen, als er sah, dass dieser auf den Besucher getroffen war. Sich in Familienangelegenheiten einzumischen hatte er nicht das Recht. Also hatte er die beiden nur beobachtet und war ihnen gefolgt. Er hörte ihren wütenden Wortwechsel. Er verstand, dass dieser Mann aus England ihnen die Heimfahrt anbot, um ihnen dort ein Zuhause zu geben und vor allem dafür zu sorgen, dass Clementine eine richtige Erziehung genoss. Darin stimmte Joseph mit ihm überein. Der Familie ihrer Mutter zu erlauben, ihre Erziehung zu unterstützen, erschien einem Mann, der aus einem Stamm kam, in dem sich alle gemeinsam um die Kinder kümmerten, nur logisch. Die beiden Männer konnten einander offensichtlich nicht leiden, aber James, der wieder mal betrunken war, erschien besonders stur und absichtlich gemein.

Und dann passierte alles so schnell, dass Joseph kaum glauben konnte, was er gesehen hatte. James hatte als Erster zugeschlagen und den Engländer bedrängt. Joseph hatte alles aus nächster Nähe beobachten können, weil seine dunkle Haut ihn in der Dunkelheit fast unsichtbar machte; auch als der Mann erschrocken um sich blickte, hatte er den Zulu nicht sehen können und geglaubt, alleine zu sein.

Joseph begriff, dass es kein vorsätzlicher Mord gewesen war, aber James hatte aufgeschrien. Hatte der Mann das nicht gehört?

Jetzt hockte er neben dem einzigen Mann, den er je geliebt hatte und musste akzeptieren, dass er tot war. Er hatte seinen letzten Atemzug in Josephs Armen getan. Joseph hatte ein Streichholz aus der Schachtel, die der fremde Mann voller Panik weggeworfen hatte, angezündet und das bleiche Gesicht des Todes gesehen. Zunächst empfand er gar nichts, aber dann überwältigte ihn ein lähmendes Gefühl des Verlusts. Er barg den Kopf seines Freundes im Schoß und schob die dunkle Haarlocke zurück, die ihm in die Stirn gefallen war. Ihm war klar, dass er den Neuankömmling nicht des Mordes an James Knight beschuldigen konnte.

Nichtsdestotrotz hatte der Onkel die wichtigste Person in dieser Geschichte von der Zukunft befreit, die ihr bevorgestanden hätte, wenn sie weiter in der Obhut ihres Vaters geblieben wäre. Joseph würde Miss Clementines Leben über das ihrer toten Eltern stellen. Wenn er die Lüge, die mit Sicherheit gerade geschmiedet wurde, für sich behielt, hatte sie die Chance auf Freiheit und eine weitaus hellere Zukunft.

Mit Tränen voller Schuldgefühl in den Augen legte sich Joseph One-Shoe seinen toten Freund über die Schulter. Er konnte sich nicht entsinnen, wem der Claim gehörte, aber er lag besonders tief, sodass der Sturz lang gewesen war. Zum Glück gab es eine Leiter, und während James' leblose Finger gegen seine Schenkel schlugen, stieg Joseph One-Shoe mit der Last auf dem Herzen nach oben, dass sein Schweigen dem einen Familienmitglied helfen würde, mit dem Tod des anderen davonzukommen.

Reggie ging immer langsamer, sodass er, als er den Ort erreichte, fast dahinschlenderte. Hoffentlich merkte nur er, wie gezwungen seine lässige Haltung war. Er griff in seine Tasche, aber dann fiel ihm ein, dass er ja seine letzte Zigarette bereits geraucht hatte, und plötzlich sehnte er sich nach mehr beruhigendem Tabak.

James war tot. Den Mann, der ihn daran hindern wollte, die kleine Clementine nach Hause in den Schoß der Familie zu bringen, gab es nicht mehr. Reggie hatte jetzt eine sehr reale Chance, alle Schulden der Familie in einer einzigen Transaktion zu löschen. Die Idee funkelte wie der Diamant, der die Familie Grant und ihr Imperium hoffentlich retten würde.

Es gelang ihm zwar nicht, ein fröhliches Liedchen zu pfeifen, als er in den Kimberley Club spazierte, dessen bunte, bleiverglaste Doppeltüren ihn wie in eine warme Umarmung hineinzogen, aber er wirkte lässig genug.

»Guten Abend, Mr Grant.«

Es beeindruckte ihn, dass die Angestellten bereits seinen Namen kannten. »Ein schöner Abend«, erwiderte er jovial. »Ich habe einen Spaziergang durch den Ort gemacht – hier ist es abends ja sehr belebt.«

»Ja, gewiss, Sir. Das Große Loch meidet man nachts am besten. Dort lauern zu viele Gefahren.«

»Oh, es fiele mir im Traum nicht ein ... äh, Godfrey, oder?«

»Ja, Sir, Godfrey. Möchten Sie noch etwas trinken?«

»Ich bin ein bisschen erschöpft. Vielleicht lassen Sie mir ein wenig Brandy auf meine Suite bringen – einen doppelten, vielleicht? Ich möchte noch etwas lesen.« Es erstaunte ihn, wie normal er klang, wenn man bedachte, dass er gerade einen Mann getötet hatte.

»Selbstverständlich, Sir. Ich lasse ihn sofort in Ihre Suite schicken. Ich wünsche Ihnen einen schönen Abend.«

Er drückte Godfrey einen Geldschein in die Hand – mehr, als vielleicht klug war, aber es konnte nie schaden, sich Verschwiegenheit zu sichern.

»Schlafen Sie gut«, sagte Godfrey und steckte das Geld ein.

Doch an Schlaf war im Moment absolut nicht zu denken. Reggies Herz schlug heftig, und der Gedanke, dass jeden Moment die Polizei eintreffen und sich eine starke Hand auf seine Schulter legen könnte, schnürte ihm die Kehle zu, als er über den schwarz-weißen Fliesenboden der Eingangshalle ging.

Aber nichts geschah. Der einzige Laut, der in den stillen Straßen zu hören war, war das Zirpen der Grillen. Reggie trank seinen Cognac – man hatte ihm, wahrscheinlich auf Godfreys Anweisung hin, eine halbe Karaffe vom feinsten französischen aufs Zimmer gebracht – und spielte im Geiste dabei immer wieder die Szene ab.

Es war ein Unfall. Er hatte James nichts antun wollen. James hatte ihn einfach zur Weißglut gebracht, war ihn zu oft angegangen, hatte ihn zu oft beleidigt.

Nichtsdestotrotz ist es herzlos von dir, sein Kind mitzunehmen und seine Diamanten zu stehlen, widersprach eine Stimme in seinem Inneren.

Und beides konnte er nicht leugnen.

Mit einer Ruhe, die ihn selbst überraschte, genoss Reggie am nächsten Morgen wieder ein hervorragendes Frühstück unter dem Dach der kühlen Veranda des Kimberley Club. Er hatte seinen Anzug in die Reinigung gegeben und seine

Schuhe auf Hochglanz polieren lassen, heute trug er einen hellen Leinenanzug, um das Bild eines Mannes zu bieten, der sich eine Pause von seinen Geschäften gönnt.

Er hielt den Blick fest auf einen Roman mit dem Titel *Zwanzigtausend Meilen unter dem Meer* gerichtet. Diese Abenteuergeschichte entsprach mehr seinem Geschmack, als das langwierige Drama des Romans von Charles Dickens, den er ebenfalls dabeihatte.

»Was lesen Sie denn da so aufmerksam, Grant?«, fragte der Herr aus der Suite gegenüber. Sie waren sich schon öfter begegnet, aber er hatte nicht gedacht, dass der Mann seinen Namen kannte.

Froh über die Unterbrechung setzte er ein Grinsen auf und zeigte dem Fragenden den Buchumschlag.

Der Mann nickte anerkennend. »Ich mag gute Zeichnungen«, sagte er. Er ergriff das Buch und blätterte es durch.

»Ich musste es in Paris bestellen.«

»Gute Geschichte?«

»Ehrlich gesagt bin ich gerade erst am Anfang.« Er achtete darauf, dass seine Stimme fest klang. Mittlerweile suchte man bestimmt schon nach ihm. »Sie dürfen gerne darin lesen, solange wir uns hier aufhalten.«

Sein Nachbar nickte. »Das tue ich vielleicht. Danke.« Er zog seinen hellen Hut und ging weiter.

Sie würden bald kommen. James war bestimmt schon im Morgengrauen entdeckt worden; man hatte Reggie gesagt, dass die meisten Diamantengräber mit dem ersten Licht anfingen zu arbeiten, um der größten Hitze des Tages zu entgehen. Mittlerweile lag James bestimmt schon im Leichenschauhaus, wenn es hier denn eines gab. Er wandte sich wieder seinem Buch zu.

»Morgen, Grant.«

Er blickte auf und tat so, als sei er unterbrochen worden. »Oh, hallo.« Es war der Mann von gestern. »Ich habe gerade überlegt, ob ich nicht ein wenig ausgehe.«

»Haben Sie schon gefrühstückt? Du liebe Güte, Mann! Konnten Sie nicht schlafen?«

»Nicht so richtig. Ich treffe mich heute mit Verwandten, die ich seit Jahren nicht gesehen habe. Ich freue mich sehr darauf – vor allem darauf, meine Nichte wiederzusehen.«

»Sind Ihre Verwandten Diamantengräber?«

»Meine Schwester ist hier gestorben. Ich besuche ihren Mann und ihr Kind.« Er seufzte traurig. »Eigentlich will ich sie überreden, mit mir nach Hause zu kommen.«

»Hatte ihr Schwager großes Glück?«

Reggie schüttelte den Kopf. »Nein. So wie ich es gehört habe, hatte er eher eine Pechsträhne. Das ist einer der Gründe, warum ich hier bin. Ich will ihnen die Hand reichen, sie nach Hause holen und ihnen ein Dach über dem Kopf geben.«

»Sehr großherzig von Ihnen«, bemerkte sein Gesprächspartner.

Reggie zuckte verlegen mit den Schultern. »So ist es bei den Grants.«

Der Mann grinste. »Dann hoffe ich, dass sie einen großartigen Tag haben. Am Großen Loch hat es ein wenig Unruhe gegeben, wie ich gehört habe.«

»Ach ja?« Reggie hielt den Atem an.

»Irgendwas mit einer Leiche.«

»Ach du liebe Güte! Wer?«

»Äh, Kaffee und Rührei«, sagte der Mann zu einem vorbeieilenden Kellner, dann wandte er sich wieder Reggie zu. »Einer der Afrikaner hat wohl einen betrunkenen Diamantengräber gefunden. Im Laufe des Tages wird wahrscheinlich alles bekannt werden. Aber das ist nicht wirklich etwas Neues, oder? Ich bin sicher, morgen ist es schon vergessen.«

»Ja, wahrscheinlich«, erwiderte Reggie. Seine Laune hob sich. »Nun, ich breche besser auf. Vielleicht sehen wir uns ja heute Abend, Plume.«

»Eher nicht. Ich will heute nach Barkly West, um mir die Diamantenfelder am Fluss anzusehen. Von da fahre ich vielleicht noch weiter.«

»Dann verabschiede ich mich von Ihnen. Morgen bin ich hoffentlich mit meinem Schwager und meiner Nichte schon auf dem Weg nach England.«

»So schnell?«

»Ja. Unser Gespräch wird voraussichtlich nicht lange dauern. Entweder stimmt James zu oder nicht. Ich kann ihn ja nicht zwingen.«

Plume schüttelte ihm die Hand. »Sie sind ein guter Mann, Grant. Wir müssen uns unbedingt in England treffen. In ein paar Monaten bin ich wieder zurück.«

»Dann sehen wir uns in meinem Club.« Er genoss den Klang seiner Worte. Jetzt hörte er sich endlich an wie ein echter Gentleman. »Essen Sie doch irgendwann einmal mit mir zu Abend im Travellers Club an der Mall.«

Plume wirkte beeindruckt. »Hervorragend! Gute Reise, Grant. Ich habe gerade Fry an der Rezeption gesehen. Vor dem müssen Sie sich in Acht nehmen. Er hat das Herz eines Heiden.«

Reggie hatte keine Ahnung, wovon der Mann redete, fragte aber auch nicht nach. In aller Ruhe ergriff er sein Buch, seinen Notizblock und den Füller. Falls er ein Alibi brauchte, hatte er jetzt zwei Spuren bei zuverlässigen Männern gelegt. Plötzlich räusperte sich jemand.

Der Hotelmanager stand vor ihm. »Mr Grant.« Er wirkte verlegen und scheuchte einen Kellner weg, damit sie allein waren.

»Ja?« Hoffentlich war sein Gesichtsausdruck unschuldig und ausreichend verwirrt.

»Äh, Mr Grant, Sir. Es ist etwas unangenehm, aber Detective Fry ist im Foyer.«

»Detective?«

»Unser ranghöchster Polizeibeamter hier«, sagte der Manager.

»Und er will zu mir?« Er klang verwirrt.

»Leider ja, Sir. Ein Wort der Warnung, Sir. Detective Fry und die Justiz gehen nicht immer denselben Weg.« Um anzudeuten, dass diese Bemerkung unter ihnen bleiben sollte, führte er in der universellen Zeichensprache den Finger an die Nase.

»Hat er gesagt, worum es geht?«, fragte Reggie.

»Das soll er Ihnen am besten selber sagen.«

»Ja … gut.« Reggie seufzte. »Gehen Sie voraus.«

Stumm gingen sie in die Eingangshalle, wo ein Mann in einer dunklen Uniform wartete. Er war einen Kopf größer als Reggie, der auch nicht gerade klein war. Die Spitzen des ausladenden Schnurrbarts des Detectives zuckten, als er sie näher kommen sah.

»Mr Reginald Grant?« Er wartete Reggies Bestätigung gar nicht erst ab. »Ich bin Detective Fry. Verzeihen Sie mir die Störung.« Dabei machte er keineswegs den Eindruck, als ob es ihm leidtäte, dachte Reggie.

»Äh, sollen wir dort hineingehen«, schlug der Hotelmanager vor und führte die beiden Männer in den leeren

Billardraum. »Hier sind Sie ungestört.« Er schloss die Flügeltüren und blieb an der Wand stehen.

Der Raum wirkte riesengroß. An den Wänden hingen präparierte Tierköpfe, und obwohl Reggie nicht hinschaute, schienen ihre toten Augen ihn anklagend anzublicken. Sie kamen ihm vor wie ein Tribunal, bereit, den Mörder für schuldig zu erklären.

»Worum geht es, Fry?«, fragte er und legte Empörung und Irritation in seine Stimme.

»Ich habe keine angenehmen Nachrichten, Sir.« Die Worte waren förmlich, und Reggie spürte kein Mitleid in seiner Stimme.

Reggie blickte in ein Gesicht, das von Wasserpocken zernarbt war. Der Hals des Mannes wackelte wie der Kropf eines Truthahns. »Geht es um meine Stiefmutter, Mrs Grant?«, fragte er gebrochen. »Ich ... ich hatte gehofft, nach Hause zurückzukehren ...«

»Es geht um eine lokale Angelegenheit.« Jetzt klang er herzlos. »Ich muss Ihnen leider mitteilen, dass ihr Schwager, Mr James Knight, heute Morgen tot am Großen Loch gefunden wurde.«

Es war real.

Erstaunlicherweise hatte er das Gefühl, diese Tatsache das erste Mal zu hören. Er brauchte gar nicht besonders zu schauspielern. Reggie starrte den Polizisten an. Dann richtete er seinen Blick auf den Hotelmanager, der aus Respekt die Augen niederschlug.

»Das kann nicht sein«, stieß er hervor.

»Doch, Sir. Einer der Diamantengräber hat seine Leiche gefunden und uns benachrichtigt. Allerdings müssten Sie als der nächste erwachsene Verwandte seine Leiche formell identifizieren.«

»Aber ich wollte mich heute mit ihm treffen!«, sagte Reggie schmerzerfüllt. »Er und Clementine wollten mit mir nach Hause fahren. Deshalb bin ich doch hier, Mann!«

»Brandy, bitte!«, herrschte Fry den Hotelmanager an, der sich sofort in Bewegung setzte. »Mr Knight war nicht gesund, Sir. Ich habe gehört, er habe sich nie vom Tod seiner Frau erholt, und der Wirt in einem der letzten Lokale, in dem er gesehen wurde, hat bestätigt, dass er betrunken war, als er ging.« Er räusperte sich, und sein Truthahnhals bebte. »Tatsächlich, Mr Grant, hat er Streit angefangen und sich schlecht benommen. Wir glauben, dass er volltrunken zum Großen Loch hinaufgelaufen ist und …«

»Und was?«

Der Brandy kam in einem Cognacschwenker auf einem Silbertablett.

»Trinken Sie, Sir«, drängte ihn der Polizist.

Reggie gehorchte. Der Brandy half. Anscheinend war er blass geworden. Seine Hand zitterte sogar, als er das Glas ergriff.

»Ihre Nichte ist unsere größte Sorge.«

»Sie kommt mit mir nach Hause. Sie hat nur noch mich. Ich werde die volle Verantwortung für Clementine übernehmen.«

Das Gesicht des Detective entspannte sich, und Reggie wurde klar, dass es den Behörden nur um Clementine gegangen war. Er hatte ihnen dieses Problem damit abgenommen. Und dabei hatte er geglaubt, um sie kämpfen zu müssen. Jetzt musste er sich zusammenreißen, um nicht erleichtert aufzuseufzen.

»Das freut mich, Mr Grant.«

»Wo ist Clementine jetzt? Weiß sie es schon?«

»Man hat es ihr gesagt. Ich weiß nicht, ob Sie darüber informiert sind, aber sie steht einem Zulu sehr nahe, der Joseph One-Shoe genannt wird.« Er zuckte mit den Schultern. »Ich war bei ihnen. Sie lebten wie eine Familie zusammen, diese drei. Ich habe Joseph One-Shoe gebeten, Clementine zur Polizeiwache zu bringen.«

»Gut. Fahren wir jetzt dorthin?«

»Mein Fahrer wartet.«

Reggie trank den Brandy nicht aus. Er stellte das Glas wieder aufs Tablett und dankte dem Hotelmanager mit einem Nicken. »Gehen wir, Detective Fry.«

Er erkannte James, der auf einem Tisch in einer Art behelfsmäßigen Leichenschauhaus lag, sofort. Das Gebäude war an die Polizeiwache angebaut, die selbst nicht mehr als eine zusammengezimmerte Wellblechbude war. Reggie tat sein Bestes, um sich seine Bestürzung über die Umgebung nicht anmerken zu lassen, und blickte ernst und feierlich drein. Es gelang ihm sogar zu zittern, als das Leintuch zurückgezogen wurde und er die erschlafften Gesichtszüge des Schwagers, den er verabscheute, sah. Mit einem gespielt traurigen Seufzer wandte er sich ab von dem Mann, den er einst um sein gutes Aussehen beneidet hatte.

»Ja, das ist James Knight«, sagte er. Erfreut stellte er fest, dass der Körper keinerlei Spuren eines Kampfes aufwies; soweit er sehen konnte, hatte James keine Verletzung.

»Danke, Mr Grant.« Detective Fry nickte und zog das Laken wieder über das Gesicht des Toten.

»Er hat doch nicht gelitten, oder?«

»Er ist offensichtlich gestürzt und auf einen Felsbrocken

aufgeschlagen. Unser Arzt hat gesagt, es sei wahrscheinlich alles sehr schnell gegangen. Mr Knight war sehr betrunken, deshalb kann man nicht davon ausgehen, dass der arme Mann etwas mitbekommen hat.«

Erleichtert nickte Reggie und blickte den Detective gefasst an. »Das ist entsetzlich, zumal ein Kind betroffen ist.« Er musste jetzt rasch das eigentliche Thema ansprechen.

»Möchten Sie noch einen Augenblick hierbleiben?« Fry wies mit dem Kinn auf die Leiche.

»Nein. Aber danke, dass Sie fragen. Was geschieht als Nächstes?«, fragte er erschöpft. »Ich meine, in Bezug auf Clementine. Sie ist mir am wichtigsten, da sie jetzt offiziell eine Waise ist.«

»Ja, ja. In der Tat. Eigentlich müsste sie bereits hier sein.«

Reggie zuckte leicht gequält mit den Schultern, um zu zeigen, dass er daran auch nichts ändern könnte.

»Wenn Sie mir bitte folgen wollen, Mr Grant.« Detective Fry hielt Reggie die Tür auf. »Äh, was ist mit der Beerdigung?«

»Ich wäre Ihnen dankbar, wenn Sie sich darum kümmern könnten. Ich werde die nötige Summe an das Beerdigungsinstitut am Ort schicken. Es gibt doch hier eines, oder?«

»Ja, das kann alles arrangiert werden, Sir.«

»Gut. Schicken Sie die Rechnung an den Kimberley Club. Ich werde dort Anweisungen für die Zahlung hinterlassen.«

Der Detective hielt inne. »Sie bleiben nicht?«

»Nein, nein. Das ist alles viel zu verstörend. Mein Vater ist gestorben und nicht lange danach meine Schwester.

Und jetzt James. Ich muss sofort nach England reisen, da Clementines Großmutter schwer krank ist. »Außerdem glaube ich nicht, dass Clementine einen Nutzen davon hätte, wenn sie sieht, wie ihr Vater neben ihrer Mutter beerdigt wird.«

Der Mann sah so aus, als sei ihm das völlig gleichgültig, deshalb fuhr Reggie fort: »Lilian Grant bleibt nicht mehr viel Zeit, sie ist sterbenskrank«, sagte er, ohne sich seiner Lüge zu schämen. Er wollte diesen Ort schließlich so schnell wie möglich verlassen. »Ihr größter Wunsch ist es, ihr einziges Enkelkind noch einmal zu sehen, und deshalb habe ich die Reise nach Afrika gemacht. Ich hoffte, James dazu zu bringen, dass er mit Clementine nach England zurückkommt. Wir wollten unsere Familie wieder vereinen, ihnen ein schönes Heim geben und ihnen ein Leben bieten, um das die meisten sie beneiden würden.«

Der Polizist nickte. »Wusste er das?«

»Ich bin zu spät gekommen. Ich bin gestern erst angekommen und habe ihn und das Kind um Minuten verpasst. Man sagte mir, sie seien in einen Ort gegangen, um Lebensmittel zu kaufen oder Diamanten zu verkaufen, ich weiß nicht mehr genau.« Er zuckte mit den Schultern, erfreut darüber, dass in seinem Alibi so viel Wahrheit steckte. »Ich denke, James hätte zugestimmt, wenn man bedenkt, wie tief er hier gesunken ist.« Die beiden Männer setzten sich langsam wieder in Bewegung. »Und deshalb möchte ich keine Zeit verlieren. James ist zwar tot, aber ich kann Lilian Grants letzten Wunsch erfüllen, indem ich ihr ihre geliebte Enkelin zurückbringe. Ich habe gehört, die nächsten Planwagen fahren morgen los.«

Der Mann nickte. »Ich glaube, ja.«

»Dann sollte ich dabei sein, da ich in fünfundvierzig Tagen drei Kabinen auf einem Schiff nach London gebucht habe.«

»Wir müssen nur die Dokumente sehen, mit denen Sie sich ausweisen können, Sir.« Der Detective hob die Hand. »Eine reine Formalität. Clementine ist bei ihrer Familie natürlich am besten aufgehoben.«

»Ich danke Ihnen für Ihr Verständnis, Detective Fry. Was ist mit dem Zulu, der sie beschützt?«

Fry blickte ihn an, als habe er gerade in einer Fremdsprache mit ihm geredet. »Der Schwarze?«

Reggie nickte.

»Machen Sie sich um ihn keine Gedanken. Er wird schnell genug auf dem Weg zu seinem Stamm sein. Ich sage Ihnen, der steckt wieder in seinem Leopardenfell, noch bevor der morgige Tag zu Ende ist.«

12

Sie standen in Detective Frys sogenanntem Büro. In Reggies Augen sah es eher aus wie der abgetrennte Bereich einer großen Hütte. Trotzdem wirkte es ordentlich – mit einem Schreibtisch und einem Aktenschrank –, auch wenn Reggie fand, der Mann ähnelte eher den Sheriffs im Westen Amerikas als den Polizeibeamten in Nordengland, an die Reggie gewöhnt war. Er spürte, dass sich der Mann nicht immer ans Gesetz hielt, und er wollte ihm noch ein bisschen auf den Zahn fühlen. Im Moment jedoch musste er sich auf das unangenehme erste Treffen mit Clementine vorbereiten, und sie von allem zu trennen, was sie kannte.

Ich werde dafür sorgen, dass du diese betrübliche Episode vergisst, kleine Clementine, gelobte er im Stillen, als er in dem fensterlosen Raum auf ihre Ankunft wartete. Zum Glück war es ein milder Morgen; er wollte sich nicht vorstellen, wie heiß es in diesem Büro um die Mittagszeit sein würde. Er roch jetzt schon Frys Schweiß. Offensichtlich hatte der Polizist seit Tagen nicht gebadet. Auch er begann zu schwitzen, bemerkte aber erleichtert, dass er nur den Duft seines Toilettenwassers und seines frischgewaschenen Baumwollhemdes ausströmte. Er wollte unbedingt, dass Clementine ihn mochte.

Fry räusperte sich, und als Reggie sich umdrehte, sah er den riesigen Joseph One-Shoe, der von einem von Frys

Männern hereingebracht wurde. Neben ihm ging ein kleines Mädchen, das sich an den Oberschenkel des Kriegers klammerte. Trotz ihres zarten Körperbaus, ihrer zerlumpten Kleidung und ihrer rot geränderten Augen war die Schönheit ihrer Mutter nicht zu verkennen. Es schien Reggie, als sei Louisa nicht gestorben, sondern dem Tod entkommen, indem sie in ihrer Tochter weiterlebte. Er hatte das Gefühl, Louisa stünde im Raum und beobachte ihn. Diese riesigen Augen! Er erinnerte sich daran, wie er sie einmal mit Glasmurmeln verglichen hatte, die viel zu groß für Louisas zarte Züge wirkten. Er hätte schwören können, dass es ihre Augen waren, die ihn anschauten, dieses silbrige Indigoblau, eher forschend als schüchtern. Dieser Blick verlieh Clementine die gleiche überirdische Anmutung, wie Louisa sie gehabt hatte. Einen Moment lang stockte Reggie der Atem, so heftig schlug sein Herz.

»Alles in Ordnung, Sir?«, fragte Fry.

Die massige Gestalt von Clementines Begleiter beherrschte machtvoll und geschmeidig den Raum. Reggie bemerkte, wie eng seine Nichte sich an ihn drückte. Die Hände des Mannes, groß wie Bärentatzen, lagen um ihre Schultern. Sie war ein winziges, zerlumptes Mädchen in den Klauen eines Ungeheuers. Aber er war ganz offensichtlich ihr Monster: stumm, aufmerksam, ihr treuer Wächter, dachte Reggie. Diese beiden würden nicht einfach zu trennen sein.

Er trat vor. Sogar der großzügige Cupido-Bogen ihres Mundes erinnerte an Louisa. Er sah nur das Erbe der Grants in ihr, und mit dieser Erkenntnis hatte Reggie auf einmal das Gefühl, als ob das Schicksal ihm eine besondere Genehmigung erteilt hätte. Da in diesem Kind offensichtlich nichts von Knight war, war es nur richtig, dass er sie zu der einzigen noch lebenden Grant mitnahm in das Haus, in dem sie geboren worden war wie schon davor ihre Mutter.

»Guten Morgen, Clementine«, sagte er so sanft, wie er konnte. Er hockte sich vor sie, damit sie nicht zu ihm aufschauen musste.

»Guten Morgen, Sir.« Oh, sie lispelte sogar ein wenig, genau wie Louisa als Kind. Sein Herz hatte wieder zu seinem Rhythmus gefunden, aber jetzt stolperte es erneut. Hoffentlich spürte sie seine Anspannung nicht.

»Erinnerst du dich an mich? Ich bin dein Onkel Reginald. Du darfst mich gerne Onkel Reggie nennen.«

»Und magst du mich?«

Es bestürzte ihn, wie gefasst sie war. »›Mögen‹ ist nicht das richtige Wort, um auszudrücken, was ich für dich empfinde, Clementine. Als du noch in England warst, liebte ich dich wie meine eigene Tochter, und ich war sehr traurig, als du und deine Mutter weggegangen seid.«

»Hast du meine Mutter geliebt?«

»Ja. Das habe ich. Meine Schwester war diejenige, die ich auf der ganzen Welt am meisten liebte. Das haben wir also vielleicht gemeinsam.«

»Ich wünschte, ich hätte einen Bruder, der so für mich empfindet.«

Reggie grinste. »Nun, jetzt hast du einen Onkel, und er möchte dich mit nach Hause nehmen, damit du deine Großmutter kennenlernen kannst. Sie ist sehr krank, Clementine.« Er blinzelte. »Und ihr einziger Wunsch ist es, ihre schöne Enkelin noch einmal zu sehen, weil wir dich vermissen und uns wünschen, dass du sehen kannst, wo deine Mutter zu dem glücklichen Menschen herangewachsen ist, der sie einmal war.«

»Hier war meine Mummy niemals glücklich«, sagte Clementine. Sie klang sehr viel älter, als sie war.

»Ich weiß, Liebling. Sie hat mir geschrieben, und es mir erzählt. Aber sie liebte dich und deinen Vater mehr als all ihre Sorgen, und deshalb hat sie ihr Bestes getan.«

»Du kannst gehen«, sagte Fry von oben herab zu dem Zulu und machte eine herablassende Geste.

Reggie hätte ihn am liebsten geschlagen. Er bewegte sich auf Zehenspitzen durch dieses schwierige Gelände und hatte gerade das Gefühl gehabt, ein wenig an seine Nichte heranzukommen, und dieser Dummkopf zerschlug den zarten Moment.

»Nein!« Clementine verzog ängstlich das Gesicht. Sie drehte sich um und klammerte sich an ihren Begleiter.

Reggie richtete sich seufzend auf. Der Mann, den sie Joseph One-Shoe nannten, wirkte verlegen, aber nicht gedemütigt. »Darf ich Miss Clementine Gesellschaft leisten, Detective Fry, bis diese Angelegenheit erledigt ist?«

»Du liebe Güte, er spricht wie ein Engländer«, sagte Reggie scherzend.

»Mr Knight und Ihre Nichte haben mich gut unterrichtet, Sir«, erwiderte der Zulu, der sich offenbar durch die Bemerkung nicht beleidigt fühlte.

Es war ein Fehler. Er hatte Clementines Aufpasser unterschätzt. Clementine runzelte bestürzt die Stirn. Auch sie sollte man nicht unterschätzen, dachte Reggie; sie war für ihr Alter außerordentlich intelligent. Er durfte sich nicht anmerken lassen, dass es ihn beleidigte, von einem Sklaven im Plauderton angesprochen zu werden. Der Mann stand da, mit gestrafften Schultern und einem anklagenden Ausdruck in den Augen. Er war irritierend selbstbewusst in der Gegenwart von Vorgesetzten, und es war Reggie, der als Erster den Blick abwandte. Und auf einmal traf ihn die Erkenntnis, wie eine kalte Hand, die sich um seinen Hals legte, dass Joseph One-Shoe alles wusste.

Ich habe ihn nicht gestoßen, schrie sein ganzer Körper in dem angsterfüllten Schweigen. *Er ist gestolpert und gestürzt.*

Josephs Gesichtsausdruck war undurchschaubar.

Du kannst es gar nicht wissen! Reggie atmete flach und stoßweise. Er trat einen Schritt zurück, um seine Fassung wiederzugewinnen, ließ aber den Aufpasser nicht aus den Augen.

Er war sich sicher, dass der Afrikaner erwiderte: *Ich war da. Ich habe alles gesehen, alles gehört, alles verstanden.*

Er hatte nicht die Absicht, vor allen anderen ein Gespräch mit einem Sklaven zu führen, und ganz gewiss würde er auch nicht in Panik geraten. Stattdessen wandte er seine Aufmerksamkeit wieder seiner Nichte zu, die ihn trotz ihrer Angst mit dem Blick ihrer Mutter durchbohrte. Es war erschreckend, wie schuldig er sich auf einmal fühlte.

»Clementine, mein Liebling, Mr One-Shoe darf gerne bleiben, aber ich muss dir etwas Wichtiges sagen.« Er hätte lieber *besprechen* gesagt, aber die Situation war nicht zu verhandeln. So oder so würde er morgen früh mit seiner Nichte auf dem Planwagen wegfahren.«

»Mein Daddy hat gesagt, du wärst hier, um Ärger zu machen, und jetzt ist er tot.«

Reggie atmete tief ein. »Clementine, nein. Das stimmt nicht. Ich wollte euch beide nach England mitnehmen. Hier, sieh mal.« Er zog die Schiffspassagen und die Dokumente, mit denen er sich Fry gegenüber ausgewiesen hatte, aus der Tasche. Er zeigte auf die Schiffskarten. »Drei Kabinen auf dem Schiff nach England. Ich hatte nie die Absicht, Ärger zu machen. Mir ging es nur darum, unsere Familie zusammenzubringen.« Er spürte Joseph One-Shoes dunklen Blick auf sich ruhen, als wolle er ihn herausfordern, ihm in die Augen zu sehen. Aber den Gefallen tat er ihm nicht. Unverwandt blickte er das Kind an – die Trophäe.

»Ich glaube, er wollte sterben«, erwiderte sie und schockierte mit ihrer Bemerkung sowohl Reggie als auch Fry.

»Letzte Nacht war er traurig, furchtbar betrunken und äußerst wütend, Clementine«, sagte der Polizist.

»Weil er wusste, dass Onkel Reggie da war?«

Reggie konnte nicht zulassen, dass Fry für ihn antwortete. »Er hat mich nicht im Club aufgesucht, wie ich gehofft hatte, damit wir ein Gespräch unter Männern führen konnten.« Er musste das Thema wechseln. »Ich will dir sagen, warum ich hier bin.« Niemand unterbrach ihn, während er sorgfältig seine Worte wählte und sich mit seinem sanften Tonfall und einem freundlichen Lächeln erneut ihr Vertrauen erschlich. Er verschwieg ihr nichts, noch nicht einmal die Strapazen der langen Reise und seinen Wunsch, das Grab seiner Schwester zu sehen.

Schließlich zuckte er mit den Schultern. »Ich wollte deinen Vater und dich so gerne nach Hause holen, Clementine. Darf ich jetzt wenigstens dich zu deiner Großmutter mitnehmen? Möchtest du mit nach England kommen, um dein Heim zu sehen, den Ort, an dem du geboren bist? Alle deine Spielzeuge sind dort. Auch das Spielzeug deiner Mutter, wie ihr Puppenhaus und ihr Schaukelpferd, erwartet dich.«

»Ist denn auf Woodingdene irgendetwas, was meinem Vater gehört?«

Sie erinnerte sich an den Namen. Er war beeindruckt, seine Angst ließ nach. Offensichtlich sagte er genau das Richtige. »Ja, in der Tat. Es gibt eine schöne Brücke über einen Bach, die er entworfen und zu Ehren deiner Mutter gebaut hat, aber das Interessanteste ist vielleicht sein Teleskop.«

Jetzt hatte er definitiv den richtigen Ton getroffen. Was wusste so ein kleines Mädchen von einem Teleskop? Und doch weiteten sich ihre Augen, und sie lächelte.

»Er hat mir erzählt, wie er nachts damit immer die Sterne betrachtet hat.«

»Es ist ein sehr gutes Gerät. Ich muss gestehen, ich verstehe nichts von Astronomie – ich kenne kaum die Namen der Sterne.«

Sie lächelte, und Reggies Stimmung hob sich.

»Ich weiß viel darüber. Ich kann es dir beibringen.«

»Machst du das? Das wäre großartig, und auf unserer langen Schiffsreise haben wir Zeit genug.«

»Es gefällt Joseph One-Shoe wahrscheinlich nicht, mit einem Schiff zu verreisen.«

Das war es. Das war der heikle Moment, den er erwartet hatte. Reggie seufzte und richtete sich wieder auf. Er erwiderte den ruhigen Blick des Afrikaners und sah mit aller Deutlichkeit die flammende Anklage dahinter.

»Clementine, geh mit Detective Fry. Er besorgt dir eine Limonade.« Der Polizist warf ihm einen finsteren Blick zu. »Joseph und ich müssen etwas besprechen, aber es dauert nur ein paar Minuten. Geh schon«, sagte er. Erleichtert sah er, dass ihr Freund sie ermunternd in Richtung Tür schubste.

Detective Fry war zwar nicht glücklich über die Aufgabe, schien aber trotzdem froh zu sein, dass er den Raum verlassen konnte. Reggie beobachtete, wie seine Nichte Joseph One-Shoe anschaute, als sie sich von Fry zur Tür führen ließ.

Als sie gegangen waren, wandte sich Reggie wieder zu dem Afrikaner, der selbstsicher und ruhig vor ihm stand.

»Mr One-Shoe, ich nehme meine Nichte mit nach Hause. Sie kann nicht hierbleiben.«

»Ja, Sir.«

Das überraschte Reggie, aber er fuhr fort: »Sie hängt offensichtlich in einer Weise an Ihnen, die ich nicht verstehe, aber das ändert nichts – verstehen Sie das auch?«

»Ja, Sir.«

»Es wäre also vermutlich leichter für sie, wenn Sie sie ermutigten, nach England zurückzukehren, statt sich dagegen zu wehren. Wenn es sein muss, nehme ich sie auch mit Gewalt mit, aber lieber wäre es mir, sie käme freiwillig mit.

»Ich verstehe, Sir.«

»Und was verstehen Sie sonst noch, Mr One-Shoe.«

Joseph One-Shoe blinzelte, als müsse er einen Moment lang nachdenken.

»Und bevor Sie darauf antworten, sollten Sie sich im Klaren darüber sein, dass ich Ihnen das Leben schwer machen kann.« Reggies Tonfall blieb sachlich, der Mann musste begreifen, dass er in diesem Punkt nicht mit sich reden ließ. »Sie können nichts daran ändern, Mr One-Shoe. James Knight ist tot, wie meine Schwester, und meine Nichte ist Waise. Das ist eine Tatsache. Niemand wird ihr erlauben, bei Ihnen zu bleiben – *niemand*, ganz gleich, was Sie behaupten.« Er fixierte ihn mit kühlem

Blick. »Ihre Familie ist reich, wir lieben sie, und wir wollen ihr ein schönes Zuhause und eine gute Erziehung bieten, die ihrem Stand entspricht. Sie wollen ja sicherlich auch nur das Beste für sie, und es ist am besten für sie, nach England zurückzukehren und all den Kummer in Afrika hinter sich zurückzulassen.« Er wartete, aber der Afrikaner schwieg. »Sagen Sie mir, dass Sie nur das Beste für Clementine wollen, Joseph.«

»Ja, das will ich.«

»Sie machen nicht viele Worte, was? Wie wäre es, wenn ich Sie bezahle?«

»Für mein Schweigen?«

Reggie brauste auf. »Damit Sie ohne weitere Aufregung mitkommt.«

»Ich habe mein eigenes Geld.«

»Sie sind sehr selbstbewusst, nicht wahr?«

»Ich weiß nicht, was das bedeutet, Sir.«

Reggie knirschte mit den Zähnen. »Ich meine, Sie wirken sehr selbstsicher.«

»Für einen Afrikaner, meinen Sie, Sir?« Es war eine höfliche Frage.

»Für einen schwarzen Wilden, ja.«

Joseph One-Shoe nickte nachdenklich. »Ich bin ein Zulu. Wir sind Krieger und vertrauen auf unseren ...« Er tippte sich auf den Bauch.

»Instinkt?«

»Ich kenne dieses Wort nicht, aber wenn es bedeutet, sich auf seine Gefühle und sein Wissen zu verlassen, dann ja.«

»Und was sagen Ihre Gefühle Ihnen?«

»Ich spreche nicht mit Fremden über meine Gefühle, Sir. Sie gehören mir.«

»Verfluchter Kerl!«, knurrte Reggie. »Weichen Sie mir nicht aus.«

Josephs Miene blieb unverändert freundlich, aber er schwieg.

»Und, lassen Sie sie klaglos gehen?«

»Ja, Sir.«

»Warum?«

»Es ist *zu ihrem Besten*, wie ihr Engländer sagt.«

»Und ...«

»Ich werde nichts mehr zum Tod ihres Vaters sagen. Es hilft ihr nicht. Sie sollte ihr Leben in ihrem wahren Heim verbringen, und sie sollte besser als bisher aufwachsen.«

»Bravo, Mr One-Shoe«, sagte Reggie. Am liebsten hätte er applaudiert. »Es freut mich, dass für Sie Clementine an erster Stelle steht.«

»Immer, Sir.«

»Dann werden Sie mir helfen, sie zum Aufbruch zu überreden?«

Der Mann ließ den Kopf sinken und nickte.

Reggie musste ihm sagen, dass er nur ehrbare Absichten hatte. »Joseph?«

Der Zulu blickte auf.

»Ich kann Ihnen nur sagen, dass ich Clementines Mutter von ganzem Herzen geliebt habe. Das ist keine Lüge. Und als Louisa uns verließ und Clementine mitnahm, hatte ich das Gefühl, dass der Sonnenschein aus unserem Leben verschwunden war. Ich behaupte nicht, meine Nichte besonders gut zu kennen, aber ich habe sie als Säugling gekannt, und ich liebe sie. Ich verspreche, es wird ihr an nichts fehlen. Sie wird sich niemals ungeliebt oder verängstigt fühlen. Ich werde für sie sorgen, bis ich sterbe, und dann ist sie hoffentlich schon glücklich verheiratet, hat eine eigene Familie und ein eigenes Leben.«

Joseph stieß einen Seufzer aus, den man zwar nicht hörte, aber sah. Reggie spürte Qual darin, als ob es äußerst schmerzhaft für One-Shoe wäre, diese Entscheidung zu treffen. »Ich werde dazu beitragen, dass sie fährt, Sir.« Mit diesem Satz drehte sich der riesige Afrikaner wortlos um, und erst als sich die Tür hinter ihm schloss, wurde Reggie klar, dass er nicht wusste, was der Zulu überhaupt wusste, was er gesehen oder nicht gesehen hatte.

Reggie erlaubte Clementine zurückzugehen, um Abschied von Joseph zu nehmen, während er zum Club zurückkehrte, um seine Rechnung zu begleichen und seine Abreise mit dem Kind zu organisieren.

»Schicken Sie bitte diese Nachricht an das Haus von James Knight. Sie ist nicht versiegelt, sodass der Bote ihren Inhalt mit seinen Worten wiedergeben kann. Der Afrikaner spricht zwar gut Englisch, aber ich bezweifle, dass er lesen kann.«

»Eigentlich kann Joseph One-Shoe hervorragend lesen, Mr Grant«, erwiderte der Manager.

Reggie schluckte. »Wie ist das möglich?«

Der Manager zuckte mit den Schultern. »Die Familie Knight hat offensichtlich Wert darauf gelegt, es ihm beizubringen.«

»Nun, gut, um die heikle Situation nicht noch mehr zu strapazieren, bitte ich Sie, dafür zu sorgen, dass Mr One-Shoe meine Nichte vor zwölf Uhr mittags hierherbringt. Wir fahren um vierzehn Uhr ab. Können Sie das organisieren.«

»Selbstverständlich. Und ... äh, Mr Grant, wegen der Beerdigung von James Knight.«

»Er soll neben meiner Schwester, seiner Frau, beigesetzt werden. Ich werde Anweisungen für den Grabstein hinterlassen, und ich würde mich sehr freuen, wenn Sie mir eine Fotografie davon schicken könnten, damit Clementine eine Erinnerung an die Gräber ihrer Eltern hat.«

»Oh, wir haben eine ganz moderne Fotografie-Ausrüstung, Sir. Mr Field besitzt ein Stereoskop, und ich glaube, die Mode der *Cartes de visite* hat auch New Rush schon erreicht.«

Reggie schüttelte den Kopf. »Dieses ganze Zeug brauche ich nicht. Sie ist noch sehr klein, und ich halte das für unnötig. Aber später einmal möchte ich ihr ein einziges Foto geben, eine deutliche Detailaufnahme, damit sie weiß, dass sie Waise war und ihre Familie sie zurück nach England holen musste. Bitte sorgen Sie dafür, dass die Fotografie gut mit Glas abgedeckt ist. Ich bezahle dafür, dass sie in Leder eingerahmt wird.«

»Ich verstehe, Mr Grant. Sie hat großes Glück, dass Sie in dieser schwierigen Zeit hier sind und sofort für sie sorgen können.«

»Das ist gewiss Zufall«, erwiderte Reggie. »Obwohl«, fügte er hinzu, »das Schicksal manchmal seltsame Wege geht, finden Sie nicht auch?« Die beiden Männer erhoben sich. »Oh, noch etwas – könnten Sie sich darum kümmern, dass Clementine auch ihre Lieblingsdinge einpackt? Da ist vor allem eine Lumpenpuppe, die sie sehr liebt, wie ich gehört habe. Ich halte es für sehr wichtig, sie mit so viel Trost und Vertrautem wie nur möglich zu umgeben. Alles, was wir im Planwagen nicht mitnehmen können, soll später nachgeschickt werden. Ich lasse Ihnen die nötige Summe dafür da.«

»Sehr wohl, Sir. Ich werde alles zu Ihrer Zufriedenheit erledigen. Und bitte beehren Sie uns bald wieder im Kimberley Club.«

Reggie lächelte. Er konnte nur hoffen, dass ihm der Mann seine Unaufrichtigkeit nicht ansah. Er hatte nicht die Absicht und schon gar nicht den Wunsch, dieses öde Land noch einmal zu bereisen, trotz dieses schönen Clubs.

Sie verabschiedeten sich, und Reggie blieb nur noch, seine Sachen zu packen und geduldig zu warten. Alles war geregelt. Jetzt konnte er seine ganze Aufmerksamkeit auf Clementine richten ... die hoffentlich ihr Lieblingsspielzeug dabeihatte.

13

Joseph One-Shoe hatte Clementine geraten, sich nicht von den Leuten zu verabschieden, die ihr im Lauf der Jahre zur Familie geworden waren. »Das regt dich nur noch mehr auf«, hatte er gesagt und sie besorgt angeblickt. Ihre Augen waren rot und brannten vom vielen Weinen.

Gerade war ein Mann aus dem Kimberley Club mit einem unverschlossenen Umschlag gekommen. In dem Schreiben stand, dass der Mann ohne Mr Grants Nichte nicht gehen würde. Joseph hatte zu Clementine gesagt, dass er ebenso gut von der Polizei oder vom königlichen Hof der Königin Victoria in England kommen könnte, wenn man bedächte, wie viel Macht die reichen Männer im Kimberley Club hatten. Der Mann hatte angeboten, den Brief laut vorzulesen, aber Joseph hatte das abgelehnt.

Clementine blickte Joseph an, als er den Inhalt des Schreibens las. Sie wusste, dass er ihn zweimal las, weil er sichergehen wollte, auch alles verstanden zu haben. Sein Blick wurde traurig, und er ließ seine Schultern hängen. An der Art, wie er sich zu ihr herunterbeugte – was er nicht oft tat –, erkannte Clementine, dass es schlechte Nachrichten gab.

»Muss ich dich wirklich verlassen?«, sagte sie. Sie konnte nicht warten, bis der geduldige Mann die richtigen Worte fand.

»Dein Onkel liebt dich, Miss Clementine. Er möchte, dass du die Mutter deiner Mutter wiedersiehst, bevor sie für dich verloren ist.« Er blinzelte. Vielleicht wurde ihm bewusst, dass er nicht ganz aufrichtig war.

Alles, was sie liebte, wurde ihr genommen. »Aber dann bist du ganz allein.«

»Ich verspreche dir, stark zu sein, Clementine«, sagte er, und sie sah an seinem schiefen Lächeln, dass er ein wahrer Zulu-Krieger war, denn er war tapfer, obwohl er es nicht empfand.

»Ich will nicht lernen, in England zu leben. Ich kenne nur das Leben hier mit dir und Daddy.«

»Du wirst es schon lernen. Ich habe ja auch die Art des weißen Mannes gelernt. Du wirst das Leben der Herren kennenlernen ... wobei dein Vater natürlich auch ein Herr war, Clementine.«

»Es ist schon gut, Joseph. Ich weiß ja, dass Daddy uns im Stich gelassen hat, aber wir haben ihn geliebt.«

»Ja, das haben wir.«

»Und die Engel haben ihn zu Mummy gebracht, damit sie nicht mehr so allein ist.«

Sie sah, wie sich sein ausdrucksstarker Mund leicht verzog, als sei ihm gerade etwas Unangenehmes durch den Kopf gegangen. »Ja. Sie sind zusammen.«

»Aber wir werden getrennt.« Jetzt konnte sie die Tränen nicht mehr zurückhalten. Ihr Mut verließ sie.

»Clementine. Wir werden nie getrennt sein.« Er riskierte es, sie in den Arm zu nehmen, und der Mann aus dem Club scharrte mit den Füßen, aus Verlegenheit darüber oder weil ihn diese Zurschaustellung von Gefühlen entsetzte. Sie klammerte sich an Joseph, aber plötzlich fiel ihr ein, dass Joseph vielleicht für seine Zärtlichkeit bestraft werden könnte, und sie zwang sich, ihn loszulassen.

Joseph blickte sie voller Stolz an. »Brav, Miss Clementine. Verlass dich auf deine Stärke. Sie ist immer da, und du kannst immer auf sie zurückgreifen.«

Sie wusste nicht genau, was er damit meinte, aber sie wollte tapfer für ihn sein. Schniefend sagte sie: »Wann werde ich dich wiedersehen?«

Er zeigte nach oben. »Blick in den Nachthimmel, und ich werde direkt hinter dir sein. Ich habe meine Meinung geändert. Du bist jetzt Sirius. Ich bin dein treuer Freund und werde dir immer als der kleine Hund folgen.«

Erneut begann Clementine zu weinen. »Wenn ich erwachsen bin, komme ich zurück und suche nach dir.«

Er riskierte es, sie noch einmal zu umarmen. »Und ich werde darauf warten, dass du mich findest, Clementine.« Dicht an ihrem Ohr flüsterte er: »Dein Onkel liebt dich, und ich glaube es ihm auch, aber er sagt nicht immer die Wahrheit. Vergiss das nie.«

Sie blickte ihn eindringlich an und sah die tiefe Traurigkeit in seinem Gesicht. Beide schwiegen, und sie hatte das Gefühl, als hätten sie einen geheimen Pakt geschlossen.

»Sie soll eines ihrer Lieblingsspielzeuge mitbringen«, erinnerte der Mann Joseph. Die emotionale Szene schien ihn zu langweilen.

»Ich kann lesen«, erwiderte Joseph One-Shoe.

»Werde nicht unverschämt, One-Shoe. Du vergisst deinen Platz.«

Clementine warf ihm einen finsteren Blick zu. »Ich hole meine Sachen. Sie können draußen warten, Mr Wer-auch-immer-Sie-sind.«

Der Mann grinste, und es war nicht freundlich. »Nein, mir wurde gesagt, ich soll bei dir bleiben. Beeil dich, kleines Mädchen.«

Sie trug ihr neues Kleid. Joseph band Schleifen in ihre Zopfbänder, bevor er ihr ihre einzige Haube reichte, die sie besaß und nur äußerst ungern aufsetzte. Er blickte sie mahnend an. »Du wirst sehr hübsch damit aussehen.«
»Ich will nicht hübsch sein.«
»Doch, du willst«, sagte er. Er schloss die Reisetasche, die ihre wenigen Besitztümer enthielt.
»Wo ist Gillie?«
»Hier. Verwahr ihn sicher.« Er warf ihr einen eindringlichen Blick zu, anders als sein sonst zärtlicher, zugewandter. Dieser war voller Intensität, als wollte er ihr eine Botschaft übermitteln. »Sehr sicher.« Dann blickte er den wartenden Mann an. »Sie ist fertig.«
»Lass uns gehen.«
»Joseph One-Shoe soll auch mitkommen.«
»Das ist sinnlos. Er darf sich in der Umgebung des Clubs nicht aufhalten.«
»Ich werde euch folgen. Wenn sie ihrem Onkel übergeben wird, gehe ich.«
»Wie du willst.«
Das seltsame Trio brach auf. Clementine fühlte sich nicht verpflichtet, neben einem unfreundlichen Dienstboten herzugehen, der geschickt worden war, um sie abzuholen. Ohne ihn eines Blickes zu würdigen, blieb sie an Josephs Seite. Dem Mann schien es egal zu sein, solange sie sich in Richtung des Kimberley Clubs bewegten, ein Ort, den sie noch nie gesehen hatte und der ihr auch völlig gleichgültig war. Joseph trug ihre Tasche, und sie

wusste, dass sie ihre kleine Hand nicht in seine schieben durfte, auch wenn sie es noch so sehr wollte. Also drückte sie ihre Puppe fest an sich, deren seltsames Gewicht ihr ein Trost war.

Die Diamantengräber waren alle im Großen Loch, aber viele der Frauen traten aus ihren Wellblechhütten und Zelten, um dem kleinen Mädchen alles Gute zu wünschen. Kleinkinder klammerten sich an die Röcke ihrer Mütter, und die Frauen wischten sich die Hände an ihren Schürzen ab und riefen ihr ermutigende Worte nach.

»Alles Gute, Clem.«

»Schick England einen Kuss von mir, Clemmie.«

»Du wirst einige Herzen brechen, Kind.«

Die Stimmen folgten ihr, und sie winkte einigen Frauen zu. Ein paar der kleineren Kinder liefen ein Stück neben ihr her, bevor sie von ihren Müttern nach Hause gerufen wurden.

»Joseph ...«

Er ließ gar nicht erst zu, dass sie ihre Ängste in Worte fasste. »Sei stark, Miss Clementine. Es ist nicht mehr weit.«

Sie sagte nichts mehr, aber sie konnte spüren, dass Joseph stolz auf sie war, weil sie Ruhe bewahrte und dem Mann aus dem Club stoisch folgte.

Das zweistöckige Gebäude ragte vor ihnen auf. Sie blickte auf die Bögen der Kolonnaden, welche die Veranda umgaben. Durch eine offene Flügeltür mit Buntglasscheiben sah sie den breiten polierten Handlauf einer Treppe.

Am Tor wachten Posten in der speziellen Uniform des Kimberley Clubs über das Kommen und Gehen seiner Mitglieder.

»Keinen Schritt weiter, Zulu«, sagte der Mann, und sie blieben stehen. »Komm, kleines Mädchen. Mr Grant wartet drinnen auf dich.«

»Können Sie ihn bitte holen? Ich will Joseph noch etwas Privates sagen.« Jetzt bot sie ihm offen die Stirn, indem sie einen Arm um Josephs Bein schlang.

Ihr Begleiter stieß hörbar verärgert die Luft aus. »Geh keinen Schritt weiter, Joseph One-Shoe.«

Joseph erwiderte nichts. Er blickte Clementine an. Der Mann flüsterte einem der Wachtposten etwas zu. Dieser nickte und verschwand dann durch das Tor und ging in den Club.

Clementine sah Männer auf der Veranda in Korbsesseln sitzen, die Zeitung lasen, an Getränken nippten oder sich leise unterhielten. Niemand beachtete sie.

»Joseph, wird mein Daddy ... neben Mummy beerdigt?«

Er nickte. »Ich verspreche es dir, Miss Clementine. Dein Onkel hat bestimmt schon Vorkehrungen getroffen.«

»Ich müsste doch eigentlich dabei sein, wenn er beerdigt wird, oder nicht?«

»Ich denke, du solltest dich an deinen Vater so erinnern, wie er war, als er dich noch zum Lachen brachte und dir Dinge über die Welt außerhalb von Afrika erzählt hat. Ich glaube nicht, dass du dich an ihn im Grab erinnern solltest. Er würde das auch nicht wollen.«

»Ich komme zurück, Joseph.«

»Ich weiß.«

»Vergiss mich nicht.«

»Niemals.« Er berührte sein Herz. »Du bist für immer hier drin, und in Gillie ist ein ganz besonderer Teil von Afrika. Er gehört jetzt dir.«

Clementine glaubte zu verstehen, was er sagte; er vermittelte ihr eine unausgesprochene Botschaft.

Sie sprang hoch, und er fing sie auf, und sie weinte an seiner Schulter. Es war unschicklich, aber das schien selbst Joseph egal zu sein. Mittlerweile waren die Männer auf der Veranda doch auf sie aufmerksam geworden. Man hörte Zeitungen rascheln und ärgerliche Bemerkungen.

Dann durchbrach Onkel Reggies Stimme den innigen Moment. »Ah, komm, Clementine. Wir wollen uns doch gut benehmen, oder?«

Joseph ließ sie vorsichtig herunter. Onkel Reggie strahlte, obwohl sie sein Unbehagen spürte, als er über die Schulter zu den Clubmitgliedern blickte, die sie jetzt alle beobachteten.

»Lasst uns keine Szene machen, was?« Er nickte Joseph zu, und lächelte noch breiter. »Danke, Mann.«

Joseph ließ Clementine los, und dann wurde ihr die Welt, die sie kannte, genommen. Es war keine äußere körperliche Empfindung, und doch spürte sie im Inneren einen brennenden Schmerz – schlimmer noch als über den Verlust ihrer Eltern. Sie hatten sie beide verlassen. Aber Joseph One-Shoe war hier, und er wurde gezwungen, sie gehen zu lassen, aus Pflichtgefühl, aber vor allem, weil seine Haut schwarz und ihre weiß war.

Er war der beste Vater gewesen, den sich ein Kind nur wünschen konnte. Warum sah das keiner?

»Joseph …« In ihr stieg Panik auf.

Er beugte sich zu ihr herunter und flüsterte ihr ins Ohr: »Ich will, dass du heute ich bist, Miss Clementine. Sei ein Krieger. Ich weiß, dass das in dir steckt. Du siehst allen Gefahren tapfer ins Gesicht. Sei furchtlos, Miss Clementine. Sei ein Zulu!« Leise sagte er einen Satz in seiner

Sprache, den sie zwar nicht verstand, der sich aber um sie legte wie die weiche Decke, die sie einhüllte, wenn sie gemeinsam in die Sterne blickten.

Als er sich aufrichtete, nickte er einmal. »Auf Wiedersehen, Miss Clementine. Denk an meine Warnung.«

Sie weinte, aber es waren einfach nur Tränen der Emotion; sie verlor weder ihre Fähigkeit zu funktionieren noch klar zu denken. Heute war sie eine Zulu.

»Auf Wiedersehen, Joseph One-Shoe. Ich liebe dich.«

Er griff in seine Tasche und zog ein kleines Perlendeckchen heraus. Sie wusste, was das war – sie hatte es schon einmal in der Hand gehabt und mit Joseph darüber gesprochen. Er hatte die kleinen Perlen selbst zu diesem kleinen Deckchen aufgefädelt. Es bestand aus den vertrauten Zulu-Perlenfarben – fünf an der Zahl –, aber es war das helle Blau des afrikanischen Himmels, das das Diamantenmuster beherrschte. Der blaue Diamant war umgeben von Perlen in der Farbe des Blutes. Und darum herum reihten sich Perlen in der Farbe von Josephs Haut. Sie repräsentierten sie und Joseph One-Shoe in einem der Liebesamulette, die die Männer der Zulu für die Frauen anfertigten, denen sie sich zutiefst verbunden fühlten. Er drückte es ihr in die Hand. Dann trat er einen Schritt zurück und formte unhörbar Worte auf Zulu, die sie ihm von den Lippen ablas. *Ich liebe dich* – Worte in seiner Sprache, die er ihr beigebracht hatte.

»Clementine, gib mir deine Tasche«, sagte ihr Onkel sanft. »Oh, sie ist ja nicht besonders schwer, was? Ich glaube, wir müssen ein wenig für dich einkaufen, wenn wir in Kapstadt sind. Komm, Liebes, wir brechen in Kürze auf.«

Clementine Knight warf einen letzten Blick auf den

Mann, den sie am meisten auf der Welt liebte, dann drehte sie sich brav um und folgte dem anderen, den sie erst noch lieben lernen musste. Sie trat durch die Tore des Clubs, hörte das Metall klirren, als sie sich hinter ihr schlossen, um Joseph und seinesgleichen fernzuhalten, während Clementine und ihresgleichen hineindurften.

Sie drehte sich um, aber er war weg, und sie wusste, es war besser so.

»Dieses Perlendeckchen ist sehr hübsch«, sagte Onkel Reggie. »Ist es etwas Wichtiges?«

»Ja«, sagte sie auf eine Weise, wie Joseph es tat.

»Nun, dann pass gut darauf auf und halt es fest. Ich kann sehen, dass es dir viel bedeutet.« Er lächelte sie an. Sie versuchte ebenfalls, sich ein Lächeln abzuringen, und hoffte, dass es ihr gelang. »Hier«, fuhr er mit sanfter Stimme fort. »Lass mich deine Puppe für dich tragen. Ich werde gut auf sie achten, während wir unsere Abreise vorbereiten. Später gebe ich sie dir zurück. In Ordnung?«

Clementine zögerte. Sie wollte Gillie gerne bei sich behalten und auf ihn aufpassen, wie Joseph ihr aufgetragen hatte, aber eigentlich war es egal. Ihre Eltern waren tot. Sie war von Joseph getrennt worden. Sie wurde mit nach England genommen. Nichts war mehr wichtig. Am liebsten hätte sie geweint, aber Joseph hatte sie gebeten, sich wie ein Zulu-Krieger zu benehmen. Für ihn würde sie stark sein. Sie reichte Gillie schließlich ihrem Onkel.

»Braves Mädchen. Wir werden ein wundervolles Leben zusammen haben, du und ich, Clem. Darf ich dich Clem nennen?«

Onkel Reggie umklammerte ihre Puppe so fest, als sei sie ihm ebenso wichtig wie ihr. Sie schloss die Finger um das Perlendeckchen; dieser Zulu-Liebesbrief war für sie jetzt wichtiger als Gillie. Es repräsentierte Joseph One-Shoe, der mit ihr reiste, und Clementine gelobte sich im Stillen, es nie aus der Hand zu geben ... solange sie lebte.

Teil II

14

London
Oktober 1894

Der Rock von Clementine Grants Matrosen-Ensemble schwang ein paar Zentimeter über dem Boden. Sie ließ sich ihre Ausgehkleider am liebsten vom Schneider anfertigen. Ihre Näherin hätte dicke weiße Bänder genommen, um dem Kleid ein modisches Aussehen zu geben; ihr Schneider hatte jedoch zugestimmt, den dunklen Stoff nur mit einer dünnen weißen Linie um den Gürtel herum und am Rand des Matrosenkragens aufzubrechen. Es sah aus wie die erwachsene Version einer Schuluniform. Das schien ihr angebracht und weniger einschüchternd, um sich gleich mit Kindern zu treffen. Außerdem machte der dunkelblaue Stoff das Kleid zurückhaltend. Sie trug keinen Schmuck, keinen auffälligen Hut, und ihre weichen Stiefel machten nicht das kleinste Geräusch auf den Dielenbrettern.

Ihr Auftritt war ein Kontrast zu dem violetten Gewand aus Samt und Seide, in dem ihre Gastgeberin vor ihr den Korridor entlangschritt. Clementine fragte sich, ob sie sich absichtlich wie eine Matriarchin gekleidet hatte. Der Taft unter ihrem Rock knisterte und rauschte bei jedem Schritt. Sie hatte erfahren, dass Mrs Collins eine neue Ehrenamtliche war und erst kürzlich einen britischen

Industriellen geheiratet hatte, der zweimal so alt war wie sie und sie mit allem Möglichen überhäufte ... nur nicht mit Intelligenz, dachte Clementine. Wenn dem so wäre, hätte Mrs Collins Nachforschungen über ihren Gast angestellt und herausgefunden, dass Clementine Grant das Waisenhaus, durch das sie gerade gingen, regelmäßig besuchte und mit großzügigen finanziellen Zuwendungen unterstützte. Sie hätte auch bereits über Clems Pläne für den Norden Bescheid gewusst. Die Halle, die sie durchquerten, gehörte zu einem Mädchenwaisenhaus in Saffron Hill, im Bezirk Camden. Die alte Villa war umgebaut worden und hatte jetzt fünf Schlafsäle, in denen fünfzig Mädchen schliefen, von Säuglingen bis hin zu Vierzehnjährigen. Einige Zimmer waren zu Waschräumen und Toiletten umgebaut worden. Es gab eine große Küche, einen Salon und ein Waschhaus, und im ursprünglichen Wohnhaus befanden sich die privaten Räume für die Frauen, die sich um die Waisen kümmerten, die hier aufwuchsen. Um das Haus herum war ein Garten, in dem die Kinder spielen konnten, und ein Stall. Verständlicherweise ging es im Speisesaal am lebendigsten zu, und genau hierhin eilte Clementine gerade.

»Ich bin ein wenig überrascht über ihr Interesse an den Mohrenkindern, Miss Grant«, warf ihre Begleiterin ihr über die Schulter zu. Ihr Kinn war hinter den voluminösen Puffärmeln kaum zu sehen.

»Tatsächlich? Warum sagen Sie das?«, fragte Clementine. Sie kannte die Frau erst seit zehn Minuten und musste schon darum kämpfen, ihre Abscheu zu verbergen.

»Oh, natürlich brauchen sie Hilfe, und sie haben wirklich sehr viel Glück, dass das Heim sie überhaupt aufgenommen hat«, kam die hochmütige Antwort, »aber es wäre am besten, wenn die Jungs später Schuhputzer werden und die Mädchen niedere Dienstboten.« Sie lachte ein perlendes Lachen. »Dann würde man wenigstens den Schmutz nicht sehen, wenn sie Kohlen holen.« Clem musste einen kurzen Moment lang die Augen schließen, um Mrs Collins nicht so anzurempeln, dass ihr grässlicher, widerlich violetter Hut herunterfiel. »Ich weiß aus einer verlässlichen Quelle, dass ihre Gehirne unterentwickelt sind, und sie bleiben ihr Leben lang dümmlich und träge.« Mrs Collins war dem fatalen Irrtum erlegen, mit einer Gleichgesinnten zu sprechen. »Sie wissen schon, wie Ochsen im Geschirr.«

Clementine kochte innerlich, aber sie ließ sich nichts anmerken. Sie wusste alles über Ochsen: intelligente Geschöpfe, die unermüdlich die Forderungen der Menschen erfüllten. »Wer hat das behauptet?«

»Wie bitte?«, sagte die Puffärmel-Frau und verzog fragend ihr verkniffenes Gesicht.

Clementine beschleunigte ihre Schritte, um zu Mrs Collins aufzuholen. Ja, sie wollte es genießen. »Ich möchte zu gerne erfahren, wer Ihnen diese Information gegeben hat. Ich meine, die ruhige Art der Kinder könnte man ja auch auf normale Schüchternheit, auf Traurigkeit, weil sie ihre Eltern verloren haben, auf Mangelernährung oder auf Krankheit zurückführen. Das ist ja wohl kaum ein Maßstab für ihre Intelligenz.«

»Nein, mein Mann hat irgendwo von einem Wissenschaftler gelesen, der sagt, das Negergehirn sei kleiner und nicht so lernfähig wie unseres«, sagte ihre Begleiterin, als ob diese vagen Behauptungen schon als ausreichender Beweis dienen könnten. Über dem Klick-Klack von Mrs Collins Stiefelabsätzen begann Clementine, an all die violetten Dinge zu denken, mit denen sie Mrs Collins auf beleidigende Weise vergleichen konnte. Ihr gutes Gedächtnis und ihr unermüdlicher Wissensdurst halfen ihr dabei. Vergnügt erinnerte sie sich an eine Wasserschneckenart, die sie im Natural History Museum in London gesehen hatte. Bei Angst hinterließ sie einen violetten Fleck. Es gab auch eine violette Meeresschnecke, und ein violetter Frosch aus Indien wurde »Schweinenase« genannt. *Perfekt*. Von jetzt an würde Mrs Collins für sie »Schweinenase« sein.

»Seien wir doch ehrlich«, fuhr die Frau fort, »respektable Viktorianer wollen mit diesen Dunkelhäutigen, die in unser Land strömen, nichts zu tun haben. Warum bleiben sie nicht einfach, wo sie geboren wurden? Ich meine, ich habe gehört, dass sie gefügige Dienstboten abgeben, aber können wir diesen Schwarzen auch so weit trauen, dass wir sie in unsere Häuser lassen?«

»Nun, um Ihre erste Frage zu beantworten, ich glaube, es liegt daran, dass wir nicht dort geblieben sind, wo wir geboren wurden, Mrs Collins. Wir haben ihre Eltern versklavt, damit sie für uns arbeiten, und viele afrikanische Kinder hier haben äußerst verdienstvolle Eltern, die als Soldaten für England gekämpft haben, und …«

»Ach, auch dann kann man soziale Ungleichheit nicht vermeiden, Miss Grant. Das gehört alles zur Struktur unseres Empires …«

Clementine hörte einfach nicht mehr zu. Sie verspürte das dringende Bedürfnis, der Frau ihren Sonnenschirm auf den Kopf zu schlagen. Sie dachte an Joseph One-Shoe; er hatte ihr beigebracht, ein freundliches Lächeln aufzusetzen, um ihre Gefühle zu verbergen und unter Kontrolle zu halten. »Gefühle darfst du nur zeigen, wenn du jemanden liebst. Hass verbirgst du besser. Es macht dich mächtig, wenn du merkst, dass du stärker bist als der Löwe in dir.«

Jetzt hielt sie sich an seinen Rat und beruhigte den brüllenden Löwen in sich. »Kennen Sie Menschen aus Afrika oder der Karibik persönlich?« Ihre Stimme klang sanft, ja sogar interessiert.

Mrs Collins blieb abrupt stehen, als wäre sie gerade beinahe in einen Hundehaufen getreten. »Du liebe Güte, nein!«, sagte sie. »Ich sehe natürlich die farbigen Waisenkinder hier, obwohl ich noch mit keinem geredet habe. Und eine Bekannte von mir hat eine Mulattin als Dienerin. Sie bedient auch mich recht gut, muss ich zugeben, aber nein, nein, ich habe Angst, dass es in meiner Situation nicht schicklich wäre, Umgang mit erwachsenen Mohren zu haben. Bei Ihnen ist es doch gewiss genauso?«

»Ich würde es ohne Bedenken tun«, erwiderte Clementine heiter. »Als ich klein war, lebte ich mit einem afrikanischen Mann zusammen. Er war Zulu. Ich habe ihn als Vater betrachtet. Ich liebte ihn, Mrs Collins – ich liebe ihn immer noch von ganzem Herzen und denke jeden Tag an ihn.« Ihre Begleiterin blickte sie entsetzt an. »Und ... ich weiß nicht, ob sie gehört haben, dass ich daran denke, ein afrikanisches Kind aus diesem Waisenhaus zu adoptieren?« Das stimmte nicht ganz, aber es war zumindest nicht so weit von der Wahrheit entfernt, dass sie deshalb Gewissensbisse hatte.

»Warum das denn?«, stammelte Mrs Collins. Kurzfristig hatte es ihr die Sprache verschlagen.

Clementine lachte. »Um ihm ein Zuhause zu geben – warum sonst? Um ihm ein Leben, eine Zukunft zu schenken.«

»Aber sie sind doch nicht verheiratet, Miss Grant.«

Diese Bemerkung brachte für Clementine das Fass zum Überlaufen. »Mrs Collins, ich brauche keinen Ehemann, um meine Stellung oder meine Entscheidung bewerten zu lassen – jetzt nicht und auch in Zukunft nicht. Und jeder Mann, den ich heiraten würde, würde ein bedürftiges Kind in seinem Leben willkommen heißen. Ich würde mich nie auf einen Mann einlassen, der nicht die geringste Sympathie für meine Ansichten hegt. Im Gegenteil, ich hoffe, er teilt sie, wenn es um das Wohlergehen junger Menschen in Not geht – ganz gleich, was für eine Hautfarbe sie haben.«

Mrs Collins blickte sie verständnislos an. Mittlerweile standen sie vor dem Speisesaal. Clementine hörte leise Kinderstimmen und das Klappern von Besteck auf Porzellan. Die nächste Bemerkung von Mrs Collins brachte Clementine zum Lachen.

»Äh, kommen Sie zur Feuerwerksdarbietung, Miss Grant?«, fragte sie, als hätte Clementine gar nichts gesagt.

In zwei Jahrzehnten hatte sich anscheinend gar nichts geändert: Afrikaner wurden immer noch als praktische, vielleicht sogar geschätzte Dienstboten betrachtet, aber sie sollten auf keinen Fall über ihren Stand hinauswachsen. Ihre einzige Befriedigung war, dass sie und ihre Eltern Joseph One-Shoe nicht nur als Arbeitskollegen, sondern auch als Familienmitglied behandelt hatten.

»Feuerwerk?«, fragte sie.

»Oh, Sie müssen unbedingt kommen. Alle Gönner nehmen an der Guy-Fawkes-Nacht teil. Die Kinder basteln schon Puppen, die bei einem Feuer verbrannt werden sollen, das man noch von Primrose Hill aus sehen kann.

Oh, es wird ein großartiger Spaß werden! Mr Collins und ich werden ganz bestimmt da sein.« Sie leierte eine Liste von Namen anderer schwerreicher Leute und ihren Beiträgen herunter. Ganz offensichtlich ging es hierbei weniger um die Kinder, als vielmehr um den Pomp und das Ego der Gönner, die bei dieser Gelegenheit ihren Reichtum herzeigen und ihre Menschenfreundlichkeit zur Schau stellen konnten. »Und Mr Collins finanziert natürlich das Feuerwerk«, fügte Mrs Collins hinzu. Sie tat ihr Bestes, um bescheiden zu klingen, versagte aber kläglich.

»Äußerst großzügig. Mrs Collins, Sie waren so freundlich, mich zu begleiten, aber ich muss gestehen, dies ist nicht mein erster Besuch, und ich möchte mich lieber ein wenig hier aufhalten und mit den Kindern unterhalten.«

»Mit den Kindern?«, wiederholte ihre Begleiterin entsetzt. »Aber ich dachte, ich stelle Sie den Verantwortlichen für den Speisesaal vor.«

»Ich kenne sie bereits. Ich werde dieses Mal nicht so lange in London sein, aber ich möchte auf jeden Fall einige der Kinder sehen. Ich wollte nicht unhöflich erscheinen, indem ich Ihr großzügiges Angebot, mich zu begleiten, ablehnte, aber ich komme regelmäßig hierher.«

»Aber warum? Ich meine, warum verbringen Sie Zeit mit den Kindern und nicht mit den Leuten, die diesen großzügigen Ort hier erst ermöglichen?«

»Weil ich gerne mit ihnen zusammen bin, Mrs Collins. Ich möchte ein ähnliches Waisenhaus im Norden errichten, und dafür möchte ich genau herausfinden, was die Kinder brauchen, was sie wollen und wonach sie streben.«

»Miss Grant, meiner Meinung nach sind die Kinder hier schon für den Dienst im Haushalt bestimmt. Wir sollten ihnen keine Flausen in den Kopf setzen.«

Clementine lächelte so neutral, dass Joseph stolz auf sie gewesen wäre, und zuckte leicht mit den Schultern. »So funktioniert dieses Waisenhaus, und es bildet die Mädchen hervorragend für ihre Arbeit im häuslichen Dienst aus. Aber ich lege ebenso viel Wert auf Bildung wie auf eine praktische Ausbildung, und vielleicht finde ich ja heraus, welche von den kleinen Mädchen gerne Malerin oder Schriftstellerin werden wollen. Ich will herausfinden, ob sie ein Talent zum Nähen haben, sodass sie ihr eigenes Geschäft aufmachen können, oder vielleicht auch eine eigene Pension leiten können, weil sie gut organisieren können.« Insgeheim freute sie sich darüber, dass Mrs Collins blass wurde. »Ich werde auch den Jungen helfen – denen, die davon träumen, Architekten, Kaufleute oder Geschäftsmänner zu werden.«

Mrs Collins war einer Ohnmacht nahe. »Sie meinen, sie sollen so werden wie wir?«

»Ich werde ihnen auf jeden Fall die Gelegenheit dazu geben. Eine Chance, ihr Potenzial auszuschöpfen, das Beste aus dem Talent, das in ihnen schlummert, zu machen. Ich möchte Kindern Hoffnung geben. Aber verzeihen Sie mir, ich halte Sie auf. Noch einmal vielen Dank – ich freue mich, dass wir uns kennengelernt haben«, sagte sie und streckte höflich ihre behandschuhte Hand aus. »Ich werde ganz bestimmt zum Feuerwerk kommen und die Darbietung Ihrer Familie bewundern.«

Das schien ihre Begleiterin aufzumuntern. »Die Freude ist ganz auf meiner Seite, Miss Grant.«

Clementine war froh, dass sie sich mit einem Lächeln trennten, aber sie war auch überzeugt davon, dass Mrs Collins allen ihren Bekannten von dieser rechthaberischen Besucherin aus dem Norden mit ihren seltsamen Ideen erzählen würde. Letztendlich war das Clementine völlig gleichgültig, dachte sie, als sie den Speisesaal durchquerte. Es war noch nicht Mittag, deshalb hatte die Essensglocke noch nicht geläutet, aber einige Mädchen deckten bereits eifrig die Tische, und sie erblickte mehrere vertraute Gesichter.

Die Waisenkinder trugen ihre strenge Heimkleidung, die aus schwarzen Kitteln mit weißen Schürzen und weißen Hauben, unter denen ihre Haare verschwanden, bestanden. Clementine lächelte, als sie ihren Liebling sah. Das Kind riskierte ein scheues Winken und kicherte dann mit seiner besten Freundin. Sie waren ein auffallendes Pärchen. Nel hatte eine Haut wie der glänzende schwarze Whitby-Jet-Schmuck, den die Königin bevorzugte, und ihre Gefährtin, Amy, ganz helle, sommersprossige Haut. Beide hatten dicke Haare, die eine in der Farbe von Stiefelwichse, die andere wie eine reife Karotte.

»Morgen, Miss Grant«, sagten sie im Chor, und die anderen Frauen und Mädchen im Saal drehten sich um und knicksten.

»Guten Morgen alle zusammen.« Clementine lächelte. »Lasst euch von mir nicht stören.«

Eine der Aufseherinnen kam auf sie zu. Ihr rosiges Mondgesicht strahlte vor Freude.

»Ich war gerade in der Nähe«, log Clementine. »Ich hoffe, es macht Ihnen nichts aus, dass ich vorbeigekommen bin, Sally.«

»Sie sind immer willkommen, Miss Grant. Was machen Ihre Pläne für Northumberland?«

»Ich glaube, ich habe ein geeignetes Grundstück gefunden. Ich will nicht lügen – ich bin aufgeregt.«

»Möchten Sie mit ein paar Mädchen sprechen?«

»Ich würde sehr gerne mit Nel und Amy sprechen, und vielleicht mit Dolly. Ist sie in der Nähe?«

»Sie hilft hinten aus, aber bitte, möchten Sie sich nicht in den kleinen Garten setzen? Dann schicke ich Ihnen die Mädchen hinaus. Es regnet ja nicht. In etwa zwanzig Minuten wollen wir essen.«

»Danke. Äh, Sally? Sie griff in ihre Ledertasche. »Ich habe Yorkshire Toffees für die Mädchen mitgebracht. Können Sie bitte dafür sorgen, dass alle ein oder zwei bekommen?« Sally würde darauf achten, dass alle Mädchen ihren gerechten Anteil bekamen, das wusste Clementine, deshalb hatte sie die Bonbons nicht am Empfang gelassen. »Ich möchte auch die Kinder belohnen, die mir helfen, ohne dass die anderen sich übergangen fühlen. Ich habe ein ganz kleines Geschenk für die drei Mädchen, ist das in Ordnung?«

»Wie nett von Ihnen. Natürlich. Es kann nicht schaden, wenn man sich ab und zu als etwas Besonderes fühlt.«

Sie lächelten einander wissend zu, und dann ging Clementine in den Garten.

Nel und Amy kamen angelaufen und redeten beide aufgeregt auf sie ein. Sie trugen keine Mäntel; Clementine vermutete, dass sie sowieso nicht mehr als einen Schal besaßen, um die winterliche Kälte abzuhalten. Falls sie die kühle Oktoberluft spürten, so ließen sie es sich nicht anmerken, aber Clementine hatte trotzdem ein schlechtes Gewissen, weil sie Handschuhe trug.

»Langsam, Mädchen. Kommt, setzt euch zu mir. Ich habe ein Geschenk für euch.«

Sie setzten sich auf eine Bank unter einem knorrigen Apfelbaum, und Clementine zog zwei kleine Päckchen aus ihrer Tasche. Amy begann zu weinen, als sie ihres entgegennahm.

Nel hingegen vergoss keine Tränen, sondern lachte leise voller Entzücken darüber, dass sie etwas ganz für sich alleine bekam. Clementine musste an Joseph One-Shoes Lachen denken. Sie hatte mit der Waisenhaus-Leitung schon darüber gesprochen, dass sie Nel sobald wie möglich mit nach Northumberland nehmen wollte, aber als sie jetzt die beiden anschaute, wurde ihr rasch klar, dass sie unzertrennlich waren. Wenn sie nur Nel mitnahm, würden wahrscheinlich beide Mädchen unglücklich werden, und sie hatten in ihrem Leben schon genug Kummer erlebt.

»Ihr müsst sie nicht jetzt aufmachen. Es sind kleine Bänder. Ein schönes grünes, das gut zu deinen Augen passt, Amy, und für dich habe ich ein rotes ausgesucht, Nel, das bestimmt großartig zu deiner wundervollen Haut und deinen Haaren aussieht. Ich kann dir zeigen, wie du es am besten in deine Locken bindest.«

Beide schlangen ihr die Arme um den Hals und drückten sie so fest, dass sie keine Luft mehr bekam. Erneut bekam Clementine ein schlechtes Gewissen, weil sie ein Band für das unverfänglichste Geschenk gehalten hatte – schließlich hatte sie seit ihrer Ankunft in England genügend Bänder in allen Farben und Stoffen.

»Komme ich schon in das neue Haus, Miss Grant?«, fragte Nel und blickte Clementine aus ihren großen, seelenvollen Augen an.

»Sobald du zehn wirst.«

Amy stiegen erneut die Tränen in die Augen.

»Amy, bitte weine nicht. Du kommst mit uns, das verspreche ich dir.« Clementine nickte ermutigend und hob einen Finger. »Keine Tränen mehr. Das sind doch frohe Nachrichten!«

Amy konnte nicht aufhören zu weinen, und Clementine sah, wie sie nach Nels Hand griff. Die dunkle Haut von Nels Arm hob sich von Amys blassem Arm ab, und wieder musste Clem an Joseph denken, der ihre kleine Hand in seiner großen gehalten hatte. Das war doch ein Zeichen, oder? Sie musste nach Afrika zurückkehren, und diese Gedanken über ihn zum Schweigen bringen.

Lächelnd blickte sie ihre zwei kleinen Schutzbefohlenen an. »Ich dachte, ihr könntet beide Präfekten werden. Ich könnte eure Hilfe gebrauchen.«

Amys grüne Augen leuchteten auf. »Danke, dass wir zusammenbleiben dürfen. Ich glaube, ich würde sterben, wenn Nel nicht neben mir schlafen würde.«

»Ich würde es nicht wagen, euch auseinanderzureißen«, versicherte Clementine ihnen. »In Ordnung. Ihr müsst wieder hinein. Schließlich habt ihr Pflichten. Welchen Monat haben wir?«

»Oktober«, antworteten sie im Chor.

»Gut. Und wann ist dein Geburtstag, Nel?«

»Ich weiß nicht, Miss Grant. Miss Jackson hat bestimmt, dass ich im Mai zehn werde.«

»Und ich werde im April zehn«, warf Amy hastig ein.

»Ausgezeichnet. Sobald ihr beide zehn seid, dürft ihr mit mir kommen. Bei meinem nächsten Besuch reden wir über unsere Uniformen. Vielleicht müssen sie nicht gerade schwarz sein … dunkelgrün vielleicht?« Clementine lachte über ihr aufgeregtes Jubelgeschrei.

Ein weiteres Mädchen, reif und anmutig in seinen Bewegungen, kam auf sie zu. »Sie wollten mich sehen, Miss Grant?«

»Fort mit euch, ihr reizenden Mädchen«, sagte sie und umarmte die beiden ein letztes Mal. »Wir sehen uns bald wieder. Meine Güte, Dolly ... du bist aber gewachsen, seit ich dich zuletzt gesehen habe.«

Das Mädchen entspannte sich ein wenig. »Miss Jackson musste eine neue Uniform für mich bestellen. Sie sagte, die müsste jetzt reichen.«

»Wann gehst du hier weg?« Clementine klopfte auf die Bank neben sich, und Dolly setzte sich. Sie kam Clementine vor wie eine wachsame Gazelle, elegant und mit großen Augen. Dolly kam aus der Karibik. Wenn sie sprach, hatte ihre Stimme ein melodiöses Timbre.

»Anfang nächsten Jahres, Miss Grant. Ich werde als Hausmädchen zu einer Familie nach Wales geschickt.«

»Wie fühlst du dich dabei?«

»Ich bin dankbar. Ich bin jetzt fast vierzehn und war beinahe acht Jahre hier. Es ist an der Zeit, dass ich meinen Platz hier für ein anderes Mädchen räume, das Hilfe braucht.«

Es klang eingeübt, als habe Dolly den Satz immer und immer wieder von den Erwachsenen um sie herum gehört. Clementine tat das Herz weh. Sie hatte dieses Mädchen immer schon gemocht – ihre so ruhige, friedliche Art, ebenso wie ihre Großherzigkeit.

»Wenn du dir eine Tätigkeit aussuchen könntest, Dolly, was wolltest du dann gerne sein?« Das Mädchen an der Schwelle zur Frau war groß und geschmeidig. Sie hatte einen schmerzlichen Zug um den Mund, und ihre Augen schienen über die Welt, in der sie sich bewegte, hinauszublicken. Jetzt schlug sie die dunklen Augen nieder. »Außer uns ist niemand hier, Dolly«, beruhigte Clementine sie. »Du kannst es mir ruhig sagen.«

»Ich möchte gerne Krankenschwester sein ... oder Nonne.«

»Nonne? Nun, dass hatte ich nicht erwartet. Aber Krankenschwester, das ist großartig.« Clementine überlegte. »Was hieltest du davon, wenn ich versuche, dich in diesem Bereich ausbilden zu lassen?« Es war ein wenig unverantwortlich, das einfach so zu sagen, aber jetzt stand sie in der Pflicht. Dolly blickte auf. In ihren Augen stand Hoffnung.

»Warum tun Sie das für uns?« Und bevor Clem antworten konnte, fügte sie hinzu: »Es gibt auch weiße Kinder hier, aber Sie sind immer besonders freundlich zu mir gewesen, und ich weiß, dass Nel Sie als ihre besondere Freundin betrachtet.«

»Mein bester Freund war Afrikaner. Ein Zulu-Krieger. Mein Vater hat in einer Diamantenmine gearbeitet, und als ganz kleines Mädchen habe ich dort gelebt.«

»War?«

»Er ...« Sie hatte es noch nie laut jemand anderem gegenüber ausgesprochen. Dolly wartete gespannt. »Nun, er ist gestorben.« Jetzt war es heraus, und doch fühlte es sich falsch an. Ein Jahr nach ihrer Ankunft in England hatte sie erfahren, dass er gestorben war, aber niemand hatte sie getröstet.

Clem konnte sich noch gut an jenen Tag erinnern – Onkel Reggie, der die Morgenzeitung las, das kratzende Geräusch, mit dem sie Butter auf ihre Toastscheibe strich. Plötzlich hatte er die Zeitung sinken lassen und sie angeschaut.

»Clem, Liebling?«

»Ja, Onkel Reg? Willst du mir etwas Interessantes aus der Zeitung vorlesen?«

»Heute nicht, Clem. Aber ich muss dir etwas Wichtiges sagen.«

Sie hatte geglaubt, er wolle ihr sagen, dass sie eine große Reise machten, dass er nach London fahren müsse und sie nicht mitnehmen könne, oder ob sie zu ihrem nächsten Geburtstag gerne ein Pony hätte.

»Du weißt doch, dass du mich kürzlich nach diesem Joseph Black-Shoe in Afrika gefragt hast?«

»Ich frage dich ständig nach ihm, Onkel. Und sein Name ist Joseph One-Shoe.«

»Nun, Liebling, ich habe eine Nachricht über ihn bekommen, aber sie ist leider nicht gut. Weißt du, es gab nämlich ein Malheur.«

Malheur. Das Wort kannte sie nicht.

»Anscheinend hat er etwas Giftiges gegessen. Etwas, das Meniok …

»Maniok«, korrigierte sie ihn. Was mochte das bedeuten?

»Ja, nun, ich weiß nicht. Mir wurde gesagt, die Afrikaner essen es gerne, aber es ist gefährlich. Er wurde sehr krank, und er hat es nicht überlebt.«

»Nein, Onkel Reggie, das kann nicht …«

»Liebling, reg dich nicht auf. Du hast ihn so lange nicht mehr gesehen. Und wahrscheinlich hättest du ihn sowieso nie wiedergesehen.« Er blickte zu Boden. »Afrika ist viel zu weit weg für ein kleines Mädchen, und ich habe ganz bestimmt nicht die Absicht, dorthin zurückzukehren, also akzeptiere bitte diese unguten Nachrichten und lass es gut sein.« Er seufzte, als sie das Gesicht verzog. »Tränen sind in Ordnung, Clem, wenn es sein muss.« Er griff in seine Tasche und zog ein großes Taschentuch heraus. »Hier, bitte. Geh doch einfach mit deinem Toast auf dein Zimmer. Ich schicke Jane mit Kakao hinauf. Den magst du doch, oder?«

»Du hast gesagt, Kakao darf man nur abends trinken.«

»Habe ich das? Nun, ich mache die Regeln, damit ich sie für mein liebstes Mädchen auf der ganzen Welt brechen kann, was? Na komm, geh nach oben, Liebling. Wenn Nanny Einwände hat, sag ihr, ich habe dir erlaubt, dein Frühstück mit hinaufzunehmen. Aber sei vorsichtig auf der Treppe. So ist es gut«, sagte er, als sie gehorsam aufstand und mit ihrem Teller zur Tür ging. »Und, Clem?«

Sie drehte sich zu ihm um.

»In London ist ein neuer Wasser-Zirkus, Liebling. Das ist bestimmt sehr lustig! Und sieh mal!« Er zog etwas aus der Innentasche seines Jacketts. »Wir haben Eintrittskarten. Zwar nicht in der ersten Reihe – da würden wir nur nass –, aber ziemlich weit vorne. Die besten Plätze im ganzen Zirkus. Du kannst schon mal packen. Morgen fahren wir hin.«

Und das war es. Joseph One-Shoe war tot – wie schade, aber was hältst du davon, wenn wir in den Zirkus gehen?

Sie hatte seitdem unzählige Male an jenen Moment gedacht, aber sie war ja auch noch so klein gewesen. Onkel Reggie war ihr einziger Anker, Joseph hatte sie jedoch nie vergessen. Und sie hatte nie ganz akzeptiert, dass er gestorben war, denn wenn jemand Maniok richtig zubereiten konnte, gerade im Hinblick auf seine giftigen Bestandteile, dann war es Joseph. Da musste ein Irrtum vorliegen.

An jenem traurigen Tag hatte Clementine Grant bei einer Tasse Kakao in ihrem Kinderzimmer beschlossen, nur noch mit sich selbst über Joseph One-Shoe zu sprechen. Er war ihr Geheimnis – und wenn sie alt genug war und genug Geld zusammengespart hatte, dann brauchte sie nicht mehr darauf zu warten, dass sie jemand nach Afrika mitnahm. Sie würde selbst dorthinfahren, und entweder würde sie Joseph finden, oder sie würde an seinem Grab stehen und ein für alle Mal erfahren, was wirklich geschehen war.

Dieses Versprechen hatte seit ihrer Kindheit in ihrem Herzen gebrannt. Und Clem hatte sich eingeredet, dass er nicht tot war, wenn sie es einfach nicht aussprach. Die kindliche Vorstellung hatte sich in ihrem Kopf festgesetzt, und sie hatte sich daran gehalten – bis zu diesem Moment, als die direkte Frage eines dunkeläugigen jungen Mädchens sie zwang, eine Wahrheit auszusprechen, die sie nie akzeptiert hatte.

»Ist er gestorben, als Sie bei ihm waren?«

Clementine schüttelte traurig den Kopf. »Nein, angeblich starb er, kurz nachdem meine Familie mich hierhin zurückgebracht hatte.«

»Sie glauben nicht, dass er tot ist, Miss Grant?«

Clem schüttelte den Kopf. »Ich weiß nicht, was ich glauben soll, ich fühle nur in meiner Seele, dass ich seinen Tod gespürt hätte. Ich werde das Gefühl nicht los, dass alles ein Irrtum ist, und wir von einem anderen Mann erfahren haben.« Sie seufzte leise. »Ich habe mir gelobt, eines Tages nach Afrika zu reisen, um sein Grab zu finden, wenn es eines gibt. Bis jetzt war allerdings nie der richtige Zeitpunkt.«

»Ist er jetzt da?«

»Ja, Dolly. Ich bin alt genug, eigensinnig genug und entschlossen genug, und ich habe die Mittel, um zu reisen.«

Es freute sie, dass Dolly lachte. »Und was werden Sie tun, wenn Sie das Grab finden?«

Clem zuckte mit den Schultern. »Das weiß ich wirklich nicht. Wahrscheinlich weinen, weil ich letztendlich doch immer weiter daran geglaubt hatte, dass er noch lebt. Der Mann ist ein Zulu, und er braucht eine richtige Zulu-Bestattung. Wenn ich sein Grab finden kann, dann kann ich wenigstens das für ihn tun, weil er so viel für mich getan hat.«

Dolly lächelte. »Er wird wissen, dass Sie das für ihn getan haben.«

»Ja, das glaube ich auch. Er hat mir versprochen, dass er mir immer folgt.«

Dolly begriff, wie schmerzlich der Moment war, und schwieg. Clementine räusperte sich. Kurz stieg Freude in ihr auf, weil sie diese Entscheidung getroffen hatte. Sie fühlte sich so real an. Die Leute würden versuchen, sie ihr auszureden, aber nichts und niemand konnte sie davon abhalten. In ein paar Monaten, nach dem Jahreswechsel, würde ihr Vermögen ihr gehören; im Januar wurde sie dreißig. Es war ihr wichtig, ihr Vermögen endlich vollständig unter Kontrolle zu haben. Und diese Entscheidung gehörte dazu, weil kein anderer Erwachsener dann mehr Macht über sie haben würde.

»Nun zu dir, Dolly. Es kann sein, dass du zwei Jahre bei der Waliser Familie in Stellung sein musst, aber es ist sicher möglich, es so zu verhandeln, dass du mit sechzehn deine Ausbildung zur Krankenschwester beginnen kannst. Wie klingt das in deinen Ohren?«

Dolly blinzelte ungläubig. »Können Sie das tun?«

»Ich kann«, erwiderte Clementine zuversichtlich. Im Stillen überlegte sie bereits, welche Waffen sie wohl einsetzen musste. Und sie nahm sich vor, Geld für Dollys Ausbildung beiseitezulegen. Der Dienst als Hausmädchen war vergeudete Zeit, aber sie würde während ihrer Schwesternausbildung finanzielle Unterstützung brauchen.

»Oh, Miss Grant, ist das ein Versprechen? Ich werde sehr, sehr fleißig sein bei meiner Familie, damit sie zufrieden mit mir sind.«

Clementine legte die Hand auf ihr Herz. »Ich verspreche es. Und ich werde alles in die Wege leiten, bevor ich nach Kapstadt aufbreche.« Sie ergriff das letzte Päckchen, das sie mitgebracht hatte. »Ich dachte, das gefällt dir vielleicht – es sind zwei Bänder, die du an deinen freien Tagen tragen kannst, wenn du mit der Arbeit angefangen hast.«

Dolly drückte das kleine Päckchen an ihr Herz. »Ich hoffe, ich verdiene das.«

Clementine hätte dieses entzückende Kind am liebsten in die Arme genommen. »Du hast es verdient und noch viel mehr, aber vor allem deine Ausbildung. Du wirst eine gute Krankenschwester werden, Dolly, und du wirst uns alle stolz machen. Die Patienten, um die du dich kümmerst, können sich glücklich schätzen.« Sie umarmte das schlanke Mädchen und drückte ihre Wange an deren seidige Haut.

»Dolly ist nicht mein richtiger Name«, sagte das Mädchen.

Clementine warf ihr einen fragenden Blick zu. »Ich … das wusste ich nicht. Wie heißt du denn?«

»Ich bin auf Sarah getauft.«

»Sarah«, wiederholte Clementine. »Der Name passt zu dir. Und warum Dolly?«

»Die Familie, bei der meine Mutter in Stellung war, bevor sie starb, sagte im Scherz immer, ich sähe aus wie eine dieser Golliwog-Lumpenpuppen.«

Clementine blinzelte schuldbewusst.

»Aus Golly wurde Dolly, und … na ja, schließlich nannte mich niemand mehr Sarah.«

»Das wird ab heute anders. Ich bestehe darauf. Es dauert vielleicht eine Weile, bis sich die Leute daran gewöhnen, aber wenn du nach Wales gehst, werden dich alle nur als Sarah kennen. Und eines Tages wirst du Schwester Sarah sein.« Das Mädchen lächelte, und Clementine empfand Hoffnung und Ehrgeiz für dieses liebenswerte junge Mädchen. »Und jetzt darfst du das Essen nicht verpassen. Wir sehen uns in ein paar Wochen, und vielleicht habe ich dann schon Neuigkeiten für dich.«

Dolly bedankte sich mindestens ein Dutzend Mal, bevor sie schließlich ging. Clementines Herz quoll über vor Liebe.

Sie blieb noch eine Weile sitzen und dachte an die drei Mädchen, als sie plötzlich merkte, dass Sally sie beobachtete. Clementine erhob sich.

»Sie können sie nicht alle retten, Miss Grant«, sagte Sally sanft.

Clementine grinste. »Aber ich kann es versuchen.«

15

Will Axford saß im Grand Divan bei Simpson's am Strand und holte tief Luft. Es war eine Wohltat, dem Trubel zu entkommen – den Einkaufenden mit ihren Tüten und Schachteln, den Tagesausflüglern mit ihren staunenden Blicken, den erschrockenen Pferden, den rumpelnden Kutschen und dem allgemeinen Lärm, Staub und Schmutz am Piccadilly und der geschäftigen Regent Street. Allerdings bevorzugte er trotz all dieser Aktivitäten die Anonymität des West End gegenüber der ständigen Überprüfung und Beobachtung an der Börse im Finanzdistrikt der Stadt, wo er seine Geschäfte abwickelte.

Ein Exemplar der *Abenteuer von Sherlock Holmes* lag in Griffweite, und er hoffte, die Geschichte, die er gelesen hatte, bevor sein Gast eintraf, noch beenden zu können.

»Sie sehen aus wie der Verdurstende, der auf die sprichwörtliche Oase stößt, Sohn«, sagte ein vorbeikommender Gast.

Will stand auf. Seine Gedanken an Sherlock Holmes traten in den Hintergrund. Er erkannte in dem Mann einen alten Bekannten seines Vaters. »Guten Tag, Mr Barden. Habe ich Ihnen diesen Eindruck vermittelt?« Er klang unschuldig, aber er wusste, dass der alte Kauz richtiggelegen hatte.

»Ich dachte, ihr jungen Kerle haltet euch am liebsten in der City auf – mitten im Geschehen.«

Will nickte lächelnd. »Eigentlich will ich genau diesem Trubel entkommen, Sir. Die meisten meiner Altersgenossen brauchen ihn wie das tägliche Brot, aber ich gehe gerne ins West End, weit weg vom Wahnsinn, den Lloyd's of London hervorzurufen scheint.«

»Zum Glück müssen wir uns hier nicht auch noch mit der königlichen Hochzeit herumschlagen. Das ganze Gewimmel, die ständige Straßenreinigung und die Absperrungen.«

Will fand, dass es am Piccadilly ganz genauso zuging, aber er zog den unschuldigeren, ungezügelten Handelsgeist der harten Geschäftemacherei der Innenstadt trotzdem bei Weitem vor.

»Die, die sie kennengelernt haben, finden sie klug«, sagte Barden. »Ich habe auch gehört, sie sei witzig und weltgewandt, aber auch kalt.«

»Die Leute verwechseln wahrscheinlich Stärke mit Kälte. Ich bewundere sie.«

Barden warf ihm einen ungläubigen Blick zu. »Haben Sie gehört, dass es jetzt sogar schon ein Golfturnier nur für Damen in Royal Lytham gibt?«, sagte er.

Will lächelte. »In diesem Monat werden zum ersten Mal auch Damen in Oxford zugelassen.«

Der alte Mann schnalzte missbilligend mit der Zunge. »Was wird nur aus dieser Welt?«

»Sie findet ihr Gleichgewicht, nehme ich an, Sir.«

»Unterstützen Sie etwa diesen ganzen Gleichberechtigungs-Unsinn?« Er zog die buschigen Augenbrauen hoch.

Will zuckte mit den Schultern. »Es ist unvermeidlich – und auch klug, finde ich.«

»Du liebe Güte, Mann! Weiß Ihr Vater davon?« Barden klang aufrichtig besorgt, aber Will lachte nur.

»So lange ich vernünftige Entscheidungen über Versicherungen fälle, ist er, glaube ich, relativ zufrieden mit mir.«

»Gehen die Geschäfte gut?«

»Ja, Sir. Wir haben mehr zu tun, als wir bewältigen können.«

»Schön zu hören, Junge. Sie werden vermutlich regelmäßig Schiffe versichern, die jetzt in die australische Kolonie fahren?«

Will runzelte die Stirn.

»Es gibt Gold an einem Ort, dessen Namen ich nicht aussprechen kann.«

»Ah, Kalgoorlie. Ja, in der Tat. Das ist bereits im Gange, Sir. Einige Schiffe sind schon mit Goldgräbern aufgebrochen, und wir versichern auch ihren Heimweg – dann hoffentlich mit Gold in den Lagerräumen.«

»Ausgezeichnet, ausgezeichnet. Nun, ich lasse Sie allein. Ich kann die Schildkrötensuppe und den gebackenen Kabeljau empfehlen.«

Will beschloss, dem alten Herrn nicht zu sagen, dass er beides verabscheute. »Ich werde es berücksichtigen, Mr Barden, Sir.«

»Nennen Sie mich Geoffrey. Bis dann, William.« Er schlenderte weiter, gefolgt von einer Wolke süß duftenden Zigarrenrauchs.

Wenn man schon mal anonym bleiben will, dachte Will. Er sah dem Lunch heute mit wenig Vorfreude entgegen. Abgesehen von der Schildkrötensuppe konnte er zu einer unangenehmen Unterhaltung mit einem Mann werden, den er zwar eigentlich sympathisch fand, von dem er aber schon vor langer Zeit festgestellt hatte, dass er nicht nur äußerst manipulativ sein konnte, sondern seine finanzielle

Situation zudem noch wenig stabil war. Laut seinem Vater, der regelmäßig Bemerkungen darüber machte, zeigte Will ein unheimliches Gespür für potenziell schlechte Geschäfte.

»Noch einmal willkommen«, gurrte der Sommelier, der an seinen Tisch trat. »Darf ich Ihnen etwas zu trinken bringen, während Sie auf Ihren Gast warten?« Er reichte ihm die Weinkarte.

Will nickte. »Etwas Leichtes, Erfrischendes?«

»Wie wäre es mit einem Glas Crémant de Bourgogne, Sir? Er wird aus Pinot Noir gemacht, aber Sie werden ihn frisch und fruchtig finden.«

»Sehr gut.« Will blickte auf seine Taschenuhr. Er hatte immer noch fast fünfzehn Minuten Ruhe. Hoffentlich wurde er nicht wieder unterbrochen.

Er saß mit dem Rücken zum Eingang des Grand Divan, der seinen Namen von seinen bescheidenen Anfängen als Raucherraum hatte. Heute war das Etablissement besser bekannt als eines der beliebtesten Lokale für britische Schachspieler, die sich vor fünfzig Jahren zum Spielen auf Sofas geräkelt hatten, während Boten mit Zylindern hin und her geschickt wurden, um ihre letzten Züge zu verkünden. Mittlerweile war der Grand Divan eines der besten Restaurants im Land: Seine Spezialität waren Braten, ganz gleich was der alte Barde behauptete.

Will saß auf dem Platz, den schon Charles Dickens am liebsten eingenommen hatte. Sollte er das seinem Gast gegenüber erwähnen? Er besaß neues Geld – ziemlich viel sogar –, und so etwas beeindruckte ihn.

»Bin ich zu spät, Will?« Eine Stimme durchbrach seine Gedanken, und er blickte auf. »Nein, Mr Grant, keineswegs. Ich war zu früh.«

»Bitte nennen Sie mich doch Reggie. Ich komme mir sonst vor wie mein Vater, und diese Schuhe fülle ich nicht aus.« Reginald Grant hatte ein ansteckendes Grinsen. Bei seinem Anblick musste Will daran denken, dass Reggie bereits eine Insolvenz überlebt hatte. Er fragte sich, ob das Gerücht, er sei schon wieder insolvent, stimmte.

»Reggie also. Wie war die Fahrt nach London?«

Grant hob lässig die Hand. »Ich bleibe ein paar Tage in meinem Londoner Haus. Sie sollten mal vorbeikommen. Morgen Abend sind Henry Irving und noch ein paar andere Leute zum Essen da.«

Will lächelte. Er war beeindruckt, und das sollte er wahrscheinlich auch sein. Irving war der Liebling der Londoner Theaterszene.

»Eine entzückende, sehr, sehr schöne junge Schauspielerin namens Minnie Ashley gesellt sich vielleicht auch noch zu uns, zusammen mit zahlreichen anderen Theaterleuten.«

Der Kellner kam, sodass Will eine Antwort erspart blieb, weil sein Gast den Wein aussuchte und sich dann in die Speisekarte vertiefte. Will entschied sich rasch für ein einfaches gebratenes Hühnchen, die Spezialität des Hauses. Während des Essens plauderten sie über Banalitäten, und Will erkundigte sich höflich nach der Nichte, auf die Reggie sehr stolz war.

»Oh, sie ist die kostbarste Blume von all den wundervollen Dingen um mich herum.«

»Tatsächlich?«

»Die Geschichte, wie ich sie in Afrika gefunden habe, habe ich Ihnen bereits erzählt, oder?«

»Ja, eine erstaunliche Geschichte.«

»Das war eine aufregende Zeit.« Versonnen schüttelte er den Kopf.

»Klingt ziemlich heldenhaft«, bemerkte Will, halb im Scherz.

Reggie, der die Bemerkung offensichtlich als Kompliment verstand, schüttelte den Kopf. Reden konnte er nicht, weil er gerade einen großen Bissen seines gebackenen Kabeljaus im Mund hatte. »Unsere Zeit dort war sehr kurz. Ihre Großmutter lag im Sterben, und sie verschied dann auch einen Monat nach unserer Rückkehr. Aber wenigstens haben sie sich noch einmal gesehen, obwohl es natürlich erneut ein großer Verlust für das Kind war. Doch sie ist sehr widerstandsfähig. Mittlerweile ist sie zu einer wunderbaren, äußerst intelligenten Frau herangewachsen. Sie scheint von allem etwas zu verstehen, ich schwöre es.«

»Wie alt ist Clementine jetzt?«

Grant runzelte die Stirn. »Sie wird dreißig.«

Will zog unwillkürlich eine Augenbraue hoch, ärgerte sich jedoch sofort, dass er so deutlich gezeigt hatte, was er dachte.

»Ich weiß, ich weiß, was Sie denken, Will. Immer noch unverheiratet, aber ich habe es einfach nicht übers Herz gebracht, sie zu einer Heirat zu zwingen, um die gesellschaftlichen Normen zu erfüllen.«

Das hatte Will gar nicht gedacht. Er hatte sich gefragt, zu was für einer Frau sie wohl unter dem Einfluss ihres Onkels Reggie herangewachsen war.

Reggie ahnte davon nichts. »Ich glaube, Sie haben recht«, fuhr er fort. Ich habe den Widerwillen meines Vaters gegen den Konservatismus seiner Zeit übernommen, zumal ja auch unsere Ära unter dem Zwang nach sozialer

Konformität leidet. Was Clementine angeht, so ist sie sehr unabhängig, und das kann sie auch sein, weil sie über ein unfassbar großes Vermögen verfügt. Sie muss nicht heiraten, um abgesichert zu sein. Mein Mädchen wird nur aus Liebe heiraten, und in diesem Punkt stimmen wir beide absolut überein. Ich möchte, dass sie von ihrem zukünftigen Mann angebetet wird, so wie ich es seit Jahren tue.«

Will musste unwillkürlich lächeln. Die zärtlichen Worte seines mittelalten Klienten gefielen ihm. So etwas hatte er von Reggie noch nie zuvor gehört, und auf einmal interessierte ihn das Gespräch über die junge Frau.

»Wie füllt sie ihre Tage aus?«

»Nicht mit Nähen oder Haushaltsführung, das kann ich Ihnen versichern«, erwiderte Reggie stolz. »Sie sitzt im Vorstand von zwei Wohltätigkeitskomitees, in die sie viel Interesse und Zeit investiert. Sie ist Schirmherrin eines kleinen Londoner Waisenhauses, will aber mit ihren eigenen Mitteln auch eines oben im Norden finanzieren. Das ist so bewundernswert an ihr. Sie wartet nicht, bis andere etwas tun. Die meisten würden Wohltätigkeitsveranstaltungen abhalten, und andere Reiche zum Spenden aufrufen, aber Clementine geht ihren eigenen Weg. Und, als ob das nicht schon genug wäre, ist sie auch noch sehr an Schmuck interessiert. Sie möchte schrecklich gerne selber Schmuck entwerfen. Ich weiß, dass sie darauf hinarbeitet, vielleicht sogar an einen Studienaufenthalt in Übersee denkt.«

Das überraschte Will. »Wie faszinierend.«

Reggie ließ den Inhalt seines Weinglases herumwirbeln; es war nur noch ein Viertel voll, und er war bereits beim dritten Glas angelangt. »Mmm, ja, schon. Das kommt noch aus ihrer Zeit in Afrika.«

»Sie haben doch gesagt, sie war noch ein kleines Mädchen, als Sie sie nach England geholt haben.«

»Ja, sieben. Aber sie hat diese Jahre nur zwischen den Diamantenfeldern verbracht. Wenn die Juden von Hatton Garden sie hineingelassen hätten, hätte meine Nichte schneller als jeder ihrer Söhne gelernt, Diamanten zu sortieren, das schwöre ich.«

»Das klingt alles bezaubernd.«

Reggie zog ein Silberetui aus der Tasche, nahm eine dünne Zigarre heraus und bot Will eine an. »Auch eine?«

Will schüttelte den Kopf. »Nein, danke.«

»Hier«, sagte Reggie und zog eine kleine Fotografie heraus, die ebenfalls in dem Etui steckte. »Das ist sie. Es wurde vor ein paar Monaten im Park von Woodingdene aufgenommen.« Er reichte Will das Foto.

Will betrachtete die anziehende junge Frau mit den gleichmäßigen Gesichtszügen. Sie hatte sehr große Augen, und obwohl er die Farbe auf dem Sepiabild nicht erkennen konnte, schienen sie ihm direkt ... direkt ins Herz zu blicken. Ihr Blick war ein wenig wehmütig, und ihren großzügigen Mund umspielte nur ein leises Lächeln. Es war, als habe der Fotograf sie bei einem amüsanten, aber geheimen Gedanken eingefangen. Der Wind zerrte anscheinend an ihrem Haarknoten, und sie hatte einen Arm gehoben, um ihn festzuhalten, während blonde oder es konnten auch rötliche Haarsträhnen sein, ihr bereits ums Gesicht wehten. Es verlieh ihr einen übermütigen Ausdruck, so als sei sie gerade aus dem Bett aufgestanden. Bei dem Gedanken wurde Will rot, und er übertünchte seine Verlegenheit mit einem leichten Hüsteln. Er griff nach seinem Wasserglas.

Reggie wedelte seinen Zigarrenrauch weg. »Entschuldigung, alter Knabe.«

Will schüttelte den Kopf. »Nein, alles in Ordnung.«

»Sie ist ein Juwel, oder?« Reggie wies mit dem Kinn zu dem kleinen Foto hin, das Will ihm jetzt zurückgab.

»Sehr hübsch. Sie ist sicher bei allen gesellschaftlichen Ereignissen äußerst begehrt.«

Reggie schnaubte leise. »Clementine ist nicht ganz einfach in dieser Hinsicht. Sehr umgänglich, wenn sie Lust dazu hat und eine äußerst fähige, charmante Gastgeberin. Aber zu anderen Zeiten ist sie eine Einzelgängerin.«

»Zu ihren Bedingungen?« Will lächelte.

»Genau. Kapriziös, aber man kann danach süchtig werden. Ich glaube, über die Jahre hat sie vielleicht ein Dutzend Heiratsanträge bekommen, aber nicht ein einziger hatte Aussicht auf Erfolg.«

»Nun, offensichtlich wartet sie auf jemand Bestimmten.«

»Ich glaube, sie wartet gar nicht, Will, das ist das Problem. Nun ja, eigentlich nicht wirklich ein Problem. Ich bin dankbar, dass sie immer noch bei mir ist. Ich habe es nicht eilig, sie zu verheiraten, aber ich weiß natürlich auch, dass es irgendwann sein muss.«

»Es klingt so, als stünden Sie sich sehr nahe.«

Reggie zog an seiner Zigarre und blies erst den Rauch aus, bevor er antwortete. »Unzertrennlich, seit sie wieder in England ist. Ich weiß noch, wie sie sich auf der Schiffsreise verletzt hat. Sie war nicht seefest und wurde schnell seekrank. Ich konnte nicht viel für sie tun, zumal ich ihr vorgekommen sein muss wie ein Fremder. Ich erinnere mich, dass sie stolperte und sich den Kopf anschlug. Sie hatte eine Beule auf der Stirn und ein blaues Auge. In den sieben Tagen, in denen sie krank war, war sie verwirrt, was ihr Angst machte. Ich war ständig an ihrer Seite, und sie lernte, dass sie sich vor mir nicht zu fürchten brauchte – auf dieser Reise wurden wir Freunde und schließlich Seelenverwandte. Mit den Jahren hat sich daraus eine Liebe entwickelt, so tief wie zwischen Vater und Tochter. Ich würde für sie sterben.«

Die Leidenschaft in Reggies Worten rührte Will. Sie bot ihm einen hilfreichen Einblick in einen Mann, den er so tiefer Gefühle bisher nicht für fähig gehalten hatte.

»Ich würde sie gerne einmal kennenlernen.«

»Sie sollten uns im Norden besuchen. Kommen Sie nach Woodingdene – das macht viel mehr Spaß als ein Abendessen mit Schauspielern!«

Will lachte. »Vielleicht mache ich das wirklich. Jetzt jedoch sollten wir über ihr neuestes Wagnis sprechen. Es ist ein kühnes Unterfangen. Risikoversicherung, sagen Sie? Risiko verstehe ich natürlich, aber sagen Sie mir, was Sie damit meinen.« Er bedeutete dem Kellner, den Kaffee zu bringen.«

»Nun, Will. Lloyd's will über die Schiffsversicherungen, in die so viel investiert worden ist, hinausgehen, und ich könnte mir vorstellen, dass kluge Versicherer, vor allem Leute der jungen Generation wie Sie, auf der Suche nach neuen und kreativen Ideen sind.«

»Mein Vater fasst nichts anderes an als Schiffe.«

Reggie wedelte mit seiner Zigarre. »Aber Sie würden es tun, Will. Das weiß ich. Und Sie müssen es auch, um zu überleben und auch im neuen Jahrhundert Erfolg zu haben. Dem Unternehmer im heutigen Großbritannien steht Fortschritt und Wohlstand bevor.« Er machte eine ausladende Handbewegung und verwirbelte die Rauchwolke zwischen ihnen. »Uns gehört ein Weltreich!«

Will nickte und ließ Reggie reden, während der Kellner

den Kaffee einschenkte. »Die Korsetts lockern sich, die alten Garküchen werden zu feinen Esslokalen, aus Kaffeehäusern werden Restaurants, und die Leute geben immer mehr Geld aus, weil sie nach Luxus und Pomp streben.« Reggie lachte. »Ich weiß alles darüber, weil mein Vater schon immer seiner Zeit voraus war.«

Will stimmte ihm zu. In diesen guten Zeiten gaben die Reichen tatsächlich viel Geld für immer neue Formen der Unterhaltung und Konsumgüter aus.

»Zu Beginn dieses Jahrzehnts sind Konzertsäle und Theater aus der Erde geschossen wie Narzissen im Frühling, Will. Glamouröse neue Hotels, Clubs und andere Etablissements für Gäste – nun, überall gibt es Risiken, ob es sich nun um eine gescheiterte Theaterdarbietung oder einen Brand handelt. Die Inhaber, die Bauherren, die Teilnehmenden, sie alle brauchen Versicherungen. Sie müssen nur weiterdenken, Will. Wenn ein Schiff mitsamt der Menschenleben an Bord und der Fracht für eine sichere Überfahrt versichert werden kann, warum sollten Sie dann nicht auch das Savoy Theater mit seinem Grundstück, seinen Besitzern, seinen Aufführungen und seinen Besuchern versichern?«

Will kniff die Augen zusammen. Reggie traf einen Nerv bei ihm, vor allem mit seinen modernen Ideen für eine kommerzielle Versicherung in der heutigen Zeit. Trotz seiner konservativen Erziehung wollte er auch ganz vorne mitmischen – um seine Firma zu stärken und sie als Marktführer in das neue Jahrhundert zu bringen.

»Wissen Sie, Will, ich sehe eine Zeit ...« Er hob eine Schulter, als sei er sich nicht ganz sicher, »... noch nicht, aber in nicht allzu ferner Zukunft, in der Versicherungen die Stimme des Startenors versichern, das Augenlicht eines Künstlers, das Gehör eines Komponisten – nicht, dass das bei Beethoven etwas geändert hätte –, die Beine einer Ballerina ...«

Will begann zu lachen und unterbrach Reggie. »Ich hoffe, dass ich so lange lebe, um das mitzubekommen«, sagte er amüsiert. Er trank einen Schluck Kaffee.

»Oh, jetzt lachen Sie vielleicht darüber, aber denken Sie an meine Worte.«

»Ich bezweifle das nicht, Reggie. Ich weiß, dass Sie ein gutes Gespür für geschäftliche Gelegenheiten haben, und ich vermute, Sie haben das Talent ihres Vaters geerbt, Geschmäcker und Moden vor allen anderen zu erkennen. Leider sind Sie jedoch damit Ihrer Zeit weit voraus.«

»Das betrachte ich als Kompliment, Will Axford«, sagte Reggie lächelnd. »Und für den Moment will ich mich damit begnügen, Ihnen vorzuschlagen, dass wir mit Theatern arbeiten. Sie brauchen Versicherungen gegen diverse Katastrophen, von jungen Schauspielerinnen, die sich den Knöchel brechen, bis hin zu einem Brand, bei dem nicht nur eine Vorführung, sondern das gesamte Theater in Flammen aufgeht.«

»Ich widerspreche Ihnen nicht, und ich werde dieses Konzept ernsthaft überdenken.«

»Ist das eine diplomatische Art, Nein zu sagen, Will, weil sie Ihren Vater nicht vor den Kopf stoßen möchten? Merkwürdig für einen Spross der neuen Generation, so wenig offen für Veränderung zu sein.«

»Ich muss erst selbst ein paar Recherchen anstellen.«

»Nun, warten Sie nicht zu lange. Ich habe vor, dieses Jahr Geld in einige große Shows zu stecken.«

Der Kaffee war getrunken. Es war Zeit, sich wieder in die Hektik und den Trubel bei Lloyd's zu begeben.

»Kommen Sie zu dem Essen mit den Theaterleuten. Bei Champagner und nettem Geplauder können wir die Idee weiter ausbauen.«

»Reggie, wir sollten lieber darüber sprechen, wie Sie ihren Anteil finanzieren wollen.«

»Ist mein Kreditrahmen infrage gestellt?«

Das ist der Punkt, dachte Will. *Langsam. Langsam.*

»Nein, das ist es nicht. Mein Vater ist ein vorsichtiger Mann, wie Sie sehr wohl wissen. Und wenn ich das Thema von Versicherungen, die über Schiffe hinausgehen, anschneide, wird er sofort abwinken. Er hat ein Gedächtnis wie ein Elefant, Reggie, und er wird mich sofort an Ihre Insolvenz erinnern.«

»Obwohl sie zwanzig Jahre her ist?«, fragte Reggie ungläubig.

Will seufzte. »Ihre Insolvenz war kein Geheimnis.«

»Es war nicht *meine* Insolvenz. Ich musste das Anwesen übernehmen, nachdem mein Vater gestorben war. Denken Sie daran, dass auch meine Schwester gerade gestorben war. Meine Schwiegermutter lag im Sterben, und ich musste nach Afrika reisen, um meine kleine, verwaiste Nichte abzuholen. Trotz all dieser familiären Dramen habe ich die Schulden, die ich geerbt habe, bezahlt.«

»Aber ich muss leider trotzdem fragen.«

»Ich kann mir nicht vorstellen, warum das jetzt noch wichtig sein sollte.«

»Weil mein Vater so ein gutes Gedächtnis hat. Und jedes Geschäft mit Ihnen, das ich unserer Firma vorschlage, wird bei ihm zwangsläufig die Erinnerung an das Gespräch über Millwall Iron Walks auslösen.«

»Du liebe Güte! Selbst ich habe das Desaster vergessen – und ich habe den Handel damals gar nicht gemacht. Das war mein Vater!«

Will wartete.

Reggie sprach langsam, als müsse er sich zwingen, ruhig zu atmen. »Als ich in Afrika war, habe ich in einige Diamantengrabungen investiert. Es war reine Spekulation, aber ich hörte ständig nur von Erfolgen im Großen Loch.« Mit einer heftigen Handbewegung drückte er seine Zigarre im Aschenbecher aus, der auf dem Tisch stand. »Bei meiner Ankunft war gerade eine neue Ader entdeckt worden, und die Männer in ihren Claims waren nahezu hysterisch. Auch mein Schwager gehörte dazu. Er hat sich dort zu Tode gearbeitet.«

»Ich hatte ja keine Ahnung.«

»Nein, nun, warum sollten Sie auch? Ich traf auf einen fieberkranken, völlig abgemagerten Trinker, als ich dorthin reiste, um das Grab meiner Schwester zu besuchen. James Knight starb ein paar Tage später.«

»Clementine hatte Glück, dass Sie gerade da waren.«

»Ja, ich habe das Gefühl, es war Schicksal, das uns zusammengebracht hat. Bis zum heutigen Tag weiß ich nicht, wie sie überhaupt überlebt hat. Für mich sah es so aus, als ob sie sich von Licht und Luft ernährt hätte. Na ja, egal.« Er winkte ab. »Jemand, der kein Geld mehr hatte, verkaufte mir seinen Claim für eine lächerlich geringe Summe. Und vermutlich war das Glück auf meiner Seite, denn zwei Tage später grub der Mann, den ich eingestellt hatte, eine beachtliche Menge von Rohdiamanten aus. Ich nahm sie mit nach Hause, verkaufte ein paar und beglich meine Schulden.« Er zuckte mit den Schultern und hob die Hände, um anzudeuten, dass er nichts weiter zu dem Thema zu sagen hatte. »Das ist die ganze Geschichte.«

Wills Neugier war nicht vollständig befriedigt, aber bevor er weiterfragen konnte, beugte sich Reggie vor und sah ihn eindringlich an.

»Sie müssen wirklich Clementine kennenlernen, Will. Sie hat eine sehr solide Idee, bei der Sie ihr vielleicht helfen können ... und Sie werden auch einen Nutzen davon haben. Ich habe ihr gesagt, ich würde Sie ihr vorstellen.«

Ah, darum also ging es bei dem Foto und der zärtlichen Geschichtsstunde. Will verzog keine Miene. »Ich höre.«

»Ich erwähnte ja ihr Interesse an Schmuck, aber sie hat eine ganz besondere Affinität zu Diamanten, wie man sich vielleicht denken kann. Sie plant, mit verschiedenen Parteien darüber zu sprechen, wie man das Risiko in der Diamantenindustrie reduzieren kann. Ich glaube, sie würde Ihren professionellen Rat sehr gerne annehmen – und mit der Sache kann man Geld verdienen, Will.«

Will blinzelte. »Sie möchten, dass ich mit Ihrer neunundzwanzigjährigen Nichte einen Geschäftstermin mache?«

Reggie lachte dröhnend. »Passen Sie auf, Will. Dieser gestärkte Kragen hinterlässt eine sichtbare rote Markierung. Frauen wie Clementine werden ihre Petticoats ablegen und wahrscheinlich irgendwann das verdammte Land regieren.«

Will blickte sich um, um zu sehen, ob ihnen jemand zuhörte. Reggie grinste ihn an. Leiser sagte er: »Lernen Sie sie kennen.«

»Soll ich sie bei Laune halten?«

»Du liebe Güte, nein! Haben Sie mir nicht zugehört? Sie ist eine moderne Frau mit modernen Ideen. Ich habe ihr gesagt, ich würde jemanden in ihrem Alter kennen, der sich vielleicht ihren Vorschlag anhört.«

»Wird sich mein Vater darüber aufregen?«

»Höchstwahrscheinlich«, erwiderte Reggie grinsend. »Und es ist langsam wirklich an der Zeit, dass Sie Ihre eigenen Projekte angehen, Will. Ihre Majestät wird nicht ewig leben, und der Erbe scheint ein Mann unserer Zeit zu sein. Wenn er die Krone trägt, wird es Innovationen geben.«

Der Rat hörte sich bedenkenswert an. Reggies Ideen flossen wie ein mächtiger Strom durch ihn hindurch, der seine Gedanken erleuchtete und ihn einen klareren Weg sehen ließ. Und dieser Weg führte nicht zu Schiffsversicherungen – er musste in eine neue Richtung denken. Erst in den letzten Tagen hatte er das Potenzial für eine Versicherung gegen Diebstahl erwogen. Eine Flut gewaltsamer Einbrüche in der Stadt hatte dazu geführt, dass die Londoner nach richtigen Waffen für die Polizei verlangt hatten. Will hatte jedoch an eine Versicherung gegen Diebstahlsrisiko gedacht. Es war ein so kühner Gedanke, dass er es bis jetzt noch nicht gewagt hatte, mit seinem Vater darüber zu sprechen, aber bei Reggies spöttischen Bemerkungen fühlte er sich aufs Neue motiviert, seine Idee zu verfolgen. Wenn er es nicht tat, würde jemand anderer damit beginnen. Der verfluchte Rupert Perkins schnüffelte immer im Versicherungszimmer herum, weil er hoffte, ahnungslose Händler belauschen und vielleicht Ideen aufschnappen zu können, die er zu Geld machen konnte.

»Na gut, Reggie. Ich will Ihre Nichte kennenlernen.«

»Ausgezeichnete Entscheidung. Kommen Sie nach Woodingdene. Wie wäre es mit übernächstem Wochenende?«

Will lächelte. »Soweit ich weiß, habe ich da noch nichts vor.«

»Nehmen Sie den Zug. Es ist eine fantastische Reise – ich schicke die Kutsche, um Sie am Samstag abzuholen. Sie werden etwa um die Mittagszeit ankommen. Wenn das Wetter gut ist, können wir ein Picknick auf dem Rasen machen. Das wird bestimmt großartig!«

Wie konnte er jetzt noch ablehnen? »Gut.«

»Sie können ruhig schon gehen. Ich übernehme die Rechnung«, sagte Reggie. »Sie müssen zurück ins Büro.«

Als Will sich erhob, war der Kellner bereits am Tisch, um ihm den Stuhl zurückzuziehen. Aus Gewohnheit klopfte Will sich ein paar Krümel ab. »Ja, das stimmt, aber ...«

Reggie schnalzte mit der Zunge. »Wir sehen uns im Norden, Will. Bringen Sie warme Kleidung und feste Schuhe mit.« Er streckte seine manikürte Hand aus.

Will schüttelte sie ihm. »Danke fürs Essen.«

»Das ist das Mindeste, was ich tun kann, mein lieber Junge.« Er wandte sich an den Kellner. »Bitte sagen Sie dem Koch, dass der Kabeljau hervorragend geschmeckt hat, vor allem mit der Zitronensauce ...«

Will ging quer durch den großen Speisesaal. Die Kristalle der Kronleuchter funkelten so, dass der Raum wie in Sonnenlicht getaucht war. Alles strahlte Wohlbefinden und Ruhe aus. Die Wandleuchter tauchten die elfenbeinfarbenen Wände in eine behagliche Atmosphäre, die die Gäste dazu verführte, die Zeit zu vergessen.

Warum nur fühlte Will sich so unbehaglich, als er Reggie Grant und seine Versicherungen im Restaurant zurückließ?

»Noch ein Stück Stilton, Sir, bevor Sie gehen?«

Reggie hatte keinen Appetit mehr. Schon das Mittagessen war ihm aufgestoßen, und ihm war die ganze Zeit übel gewesen. Will Axford war scharf und jung, aber auch vorsichtig. Der Seitenhieb mit Millwall war besonders schmerzhaft gewesen und hatte Reggies tiefste Ängste geweckt. Trotzdem war sein Auftreten Gold wert gewesen ... sogar Diamanten. Er gestattete sich ein Lächeln und wandte sich dem Kellner zu, der ehrerbietig auf seine Antwort wartete. »Nein, danke. Heute Abend habe ich noch ein großes Essen mit Freunden vor mir.«

»Dann haben Sie recht, Sir. Soll ich das hier auf die Rechnung setzen?«

»Ja, bitte.«

Der Kellner wandte sich zum Gehen, und Reggie dachte daran, dass aus ihm ohne Weiteres auch so ein unterwürfiger Mann hätte werden können. Dessen Leben bestand aus gezwungener Fröhlichkeit, Lachen über Witze, die er wahrscheinlich gar nicht lustig fand, der Hoffnung auf das große Trinkgeld, wenig Schlaf und magerem Essen, während die Hotelgäste schlemmten wie die Könige.

Seine Gedanken glitten ab, und insgeheim beglückwünschte er sich dazu, wie geschickt er den jungen Axford von dem Gespräch über finanzielle Stabilität zu der Betrachtung von neuen Formen der Versicherung gelenkt hatte. Es war ein doppelter Coup, der Will in das Netz hineinzog, das er wob. Jetzt musste er nur noch dafür sorgen, dass die beiden jungen Leute sich so gut verstanden, dass sie sich ein Leben ohne den anderen nicht mehr vorstellen konnten. Und dann hatte er Will Axford in der Tasche. Der Mann würde wohl kaum ein Interesse daran haben, seinen Schwiegervater zu ruinieren.

Hinsichtlich der dringenderen Angelegenheit seiner fast sicheren Insolvenz innerhalb dieses Jahres musste er rasch reagieren. Wenigstens hatte Will dieses Thema nicht angeschnitten – und wenn Axford es nicht wusste, dann hatte auch die übrige Finanzgemeinde den Braten nicht gerochen ... noch nicht.

Es schien, als habe Reggie mehr als nur die Vorliebe seines Vaters für Spekulationen geerbt. Er hatte auch den kühnen Geschmack seines alten Herrn übernommen, in höchstmögliches Risiko zu investieren. Damit konnte man entweder viel Geld gewinnen oder niederschmetternde Verluste machen. Sein Vater hatte viele Jahre lang gut verdient, aber Reggie schien erfolgloser zu sein. Er besaß zwar Willen und Leidenschaft, aber nicht die Fähigkeit zu wissen, womit er gewinnen und womit er scheitern konnte. Er führte das auf die Zeit zurück, in die er geboren worden war. Für seinen Vater war alles so viel einfacher gewesen.

Er weigerte sich zu glauben, dass seine Investitionen überstürzt oder sogar unklug waren. Und er spielte gerne. Es war erstaunlich, wie fest ihn diese »Ablenkung«, wie er sie gerne nannte, im Griff hatte. Am Anfang war alles nur ein Spaß gewesen – einfache Unterhaltung. Aber jetzt mahnte sein vornehmer Buchmacher die Schulden an, und die weniger vornehmen Männer, mit denen er Karten spielte, stießen finstere Drohungen aus. Seine Verbindlichkeiten türmten sich um ihn herum auf.

Wenn Will Axford auch nur die leiseste Ahnung vom wahren Ausmaß seiner Schulden hätte, würde er ihm nicht nur alle Kredite sperren, sondern ihm wahrscheinlich auch noch ins Gewissen reden. Will war so ein Mann: in ihm loderte ein moralisches Feuer.

Reggie dachte darüber nach, was ihm blühte, wenn er aufflog. Davor hatte er Angst. Würde Clem sich erinnern?

Sie redete in der letzten Zeit selten über Afrika; eigentlich hatte sie von dem Moment an, wo sie Woodingdene gesehen und diese wenigen schönen Wochen mit ihrer Großmutter verbracht hatte, nur selten darüber gesprochen. Und dann, als ihr Herz erneut brach, hielt ihr Onkel sie in den Armen, beruhigte sie und machte Versprechungen. Er hatte in all den Jahren hart daran gearbeitet, Afrika aus ihrem Gedächtnis zu löschen, indem er alle Erinnerungsstücke entfernt und ihre frühe Kindheit mit immer wieder neuen Kleidern, Picknicks, Geburtstagspartys und der Entfernung zugeschüttet hat, auf die er dabei immer am meisten Wert legte.

Als sie bei Hof eingeführt worden war, hatte Clementine den Namen ihrer Mutter angenommen – eigentlich war es ja seiner, weil er sich gerne einredete, sie sei seine Tochter –, und ihre einzige Verbindung zur afrikanischen Wüste war ihre Liebe zu Diamanten.

Er schenkte ihr zu jedem Geburtstag einen facettierten, geschliffenen Diamanten aus dem Vorrat an Rohdiamanten, und als sie einundzwanzig wurde, hatte sie so viele auf der Bank, dass sie sich ein prächtiges Armband daraus machen konnte. Reggie konnte sein Glück kaum fassen, denn Clementine, die normalerweise äußerst scharfsinnig und neugierig war, hatte nie nach der Herkunft dieser Diamanten gefragt. Sie hatte ihm einfach geglaubt, als er sagte, die Diamanten ihres Vaters seien in dem Drama nach seinem Tod verlorengegangen. Dennoch lauerte dieser glückliche Umstand wie ein angsterregender Schatten im Hintergrund seines Lebens. Clementines Fragen über Afrika hatten Melancholie über den Verlust der Eltern und des Lebens, wie sie es kannte, ausgelöst. Er hatte dafür gesorgt, dass ihr Leben voller Ereignisse, Zuneigung und Aktivitäten war, die ein Kind unweigerlich genießen musste, und bald schon hatten die Fragen aufgehört, die Erinnerungen waren verblasst, und Afrika war einfach nur noch ihre Vergangenheit.

Aber in Wahrheit verließ ihn niemals die Angst, dass sich Clementine eines Tages doch an die Diamanten in der Lumpenpuppe erinnern würde.

16

Woodingdene Estate, Northumberland
November 1894

Will Axford sah, wie Reggie, der sich auf seinen Gehstock stützte, zusammenzuckte.

»Clem, würdest du Will vielleicht herumführen?«

»Natürlich«, erwiderte sie und schaute Will aus ihren großen Augen an. Er hatte sich nicht geirrt, als er vor vierzehn Tagen ihre Fotografie betrachtet hatte. »Mr Axford?« Sie wies auf den schmalen Steinpfad, der durch die verschiedenen Ebenen des Gartens führte.

Will verlor nicht so leicht den Kopf, aber seit er Clementine Grant zum ersten Mal gesehen hatte, spürte er eine starke Anziehung, gegen die er in der letzten Stunde, während in einem der vielen Salons von Woodingdene Kaffee und Sandwiches serviert worden waren, angekämpft hatte.

»Das hier ist das Vasenzimmer«, hatte Clementine gesagt. Sie wirkte entspannt und schien sich in seiner Gesellschaft wohlzufühlen. Ihre Hand zitterte nicht, als sie ihm Kaffee einschenkte, und sie hatte auch den Blick nicht gesenkt, als sie ihm eine der Delikatessen angeboten hatte, die sie selbst mit zubereitet hatte. Seine Gegenwart schien sie nicht im Geringsten einzuschüchtern.

»Ihre Sandwiches sind köstlich, danke. Und das Personal hat nichts dagegen, wenn Sie sich unten aufhalten?«

Sie lachte leise, und sofort kam er sich spießig vor. »So einen altmodischen Haushalt führe ich nicht, Mr Axford. Außerdem bin ich dem Küchenpersonal schon als Siebenjährige auf die Nerven gegangen. Ich gehöre zu den geliebten alten Töpfen da unten.«

Wohl kaum ein Topf! Clementine Grant sah ganz anders aus als die Schönheiten, mit denen er sich bisher umgeben hatte. Und vor allem sah sie zehn Jahre jünger aus. Sie strahlte ein ungewöhnliches Selbstbewusstsein aus. Ihre Augen, die sogar noch größer waren, als er zuerst angenommen hatte, waren graugrün und erinnerten ihn an ein dunstiges Tal, das er auf seiner Fahrt nach Woodingdene durchquert hatte. Innerhalb weniger Minuten in ihrer Gesellschaft wusste er, dass ihr Äußeres, wenn auch faszinierend, doch irrelevant war. Und, was noch wichtiger war, er spürte, dass ihm eine solche Frau noch nie begegnet war.

Er hielt sich nicht etwa für besonders gut aussehend – obwohl alte Freunde und Kollegen ihn immer damit neckten, dass er nur aufgrund seines Aussehens so weit gekommen war. Und er glaubte auch nicht, ein besonders guter Fang zu sein, obwohl zahlreiche Frauen es darauf anlegten, dass er ihnen seine Aufwartung machte. Er war eben einfach ein Ziel für viele Familien, die nach einem idealen Schwiegersohn Ausschau hielten: Er war jung, gesund, hatte gute Zähne und ein ebenmäßiges Gesicht. Sein Nachname erregte Aufmerksamkeit, sein finanzieller Status wirkte anziehend auf Eltern, und seine Verbindungen und seine Stellung waren untadelig. Er war der ideale Ehemann für die ehrgeizige junge Frau, die geheiratet werden wollte.

»Sie sind sehr unabhängig, nicht wahr?«, hatte er gesagt und damit unwillkürlich seine Gedanken in Worte gefasst.

Selbst Reggie hatte gelacht. »Jetzt sehen Sie, was ich all die Jahre großgezogen habe. Clementine ist mein Fels, nicht wahr, Liebling?«

Reggies Nichte hatte sich zu ihrem Onkel heruntergebeugt und ihn auf den Kopf geküsst.

»Wir sind unzertrennlich«, bestätigte sie. Sie warf Will einen Blick zu. »Weil er mich nicht erstickt.« Es hörte sich an wie eine Warnung, aber sie hatte rasch das Thema gewechselt. »Wie ich bereits sagte, das hier ist das Vasenzimmer, Mr Axford, aber das haben Sie wahrscheinlich schon erraten, oder?« Ihr Lächeln erreichte ihre ungewöhnlichen Augen. Sein Herz setzte einen Schlag aus, nur um dann wieder umso heftiger zu pochen.

»Äh ... ja, ich habe mir das schon gedacht«, erwiderte er. Ihm war merkwürdig heiß, als er die Sammlung von Vasen betrachtete, die auf einem umlaufenden, hohen Regalbrett standen.

»Meine Großmutter mochte anscheinend die Farbe Grün«, fuhr Clementine fort, und er musste unwillkürlich lächeln. Die Vasen waren in verschiedenen Grüntönen gehalten, obwohl es Will auffiel, dass keine der Farben der von Clementines Augen entsprach.

Ihre Stimme holte ihn wieder in die Gegenwart zurück, auf die Terrasse, auf der sie stehen geblieben waren. »Möchten Sie ein wenig mit mir durch den Garten spazieren, Mr Axford?« Reggie war schon weggehumpelt.

»Nur, wenn Sie versprechen, mich Will zu nennen«, erwiderte er.

Sie antwortete mit einer Geste, die ein Mittelding zwischen einem Knicks und einer Verbeugung war, und er merkte deutlich, dass es ihr gefiel, als er darüber lachen musste.

»Es geht hier entlang, Will.«

Er ging neben ihr her, wobei er sorgfältig auf seine Schritte achtete, damit er auf den moosbedeckten Steintritten nicht ausrutschte.

»All diese Natursteine stammen von unserem Land. Mein Großvater hat sie ausgesucht und sie selbst verlegt.«

»Das ist beeindruckend.«

»Ich habe leider keine Erinnerung an ihn, was schade ist.«

Will schwieg. Dann sagte er: »Schauen Sie sich all dies hier an – man sieht, dass Ihr Großvater eine einzigartige Sicht auf das Leben hatte.«

Sie stand zwei Stufen über ihm und seufzte. »Ja. Mir gefällt, dass er so ganz er selbst war in einer Zeit, in der jeder in einem so engen gesellschaftlichen Korsett steckte.«

»Nicht nur zu seiner Zeit. Ich denke, das ist heute noch so.«

»Bei Ihnen vielleicht«, erwiderte sie.

»Sind Sie Ihrem Großvater so ähnlich?«

»Vielleicht. Aber meine Mutter hat sich auch nicht angepasst.«

Will fand, dass das Moos auf den Stufen überhandnahm. Er bot ihr seinen Arm.

Sie schob sich sanft an ihm vorbei und ignorierte höflich seine Hilfestellung. »Diese Stelle hier ist sehr rutschig. Lassen Sie mich vorangehen.«

Über Louisa Grant wusste er nur, dass sie eine zarte Schönheit gewesen war, die mit einem mittellosen Ingenieur nach Afrika durchgebrannt war ... so hieß es jedenfalls. Er war an dieser Art von Gerüchten nicht besonders interessiert. »Wann hat Ihr Onkel sich denn sein Bein verletzt?«

»Vor ein paar Tagen. Er ist hier heruntergegangen, um ein paar Rosen für mein Zimmer zu schneiden. Dabei ist er ausgerutscht und hat sich schmerzhaft das Knie verdreht. Ich hoffe, er muss nicht allzu lange am Stock gehen.«

Kaum war Reggie um die Ecke gebogen und außer Sichtweite, schob er sich den Spazierstock unter den Arm und hörte für einen Moment auf zu humpeln. Wie lästig diese List doch war! Er hatte sie sich ausgedacht, damit Clementine und Will alleine durch den Garten spazieren konnten, in der Hoffnung, dass dann die Natur ihren Lauf nehmen würde. Reggie war mittlerweile überzeugt, dass die jungen Leute schon nach dem ersten gemeinsamen Tag erkennen würden, dass sie zusammengehörten. Er hoffte sehr, dass sein Trick eine Beziehung zwischen den beiden beschleunigen würde.

Im Esszimmer eilte er ans Erkerfenster und blickte in den Garten hinunter. Er sah, wie Clementine sich höflich an Will vorbeischob, um voranzugehen. *Typisch! Na ja, das sind ja erst die Anfänge,* versicherte er sich.

Er würde jetzt erst einmal mit Jane, der Köchin, plaudern, um zu sehen, wie sie mit den verschiedenen Gerichten für ihr Essen zurechtkam. Er fand den Picknickstil des Mittagessens besonders gelungen. Und ein Spaziergang durch den wunderschönen Park von Woodingdene würde doch die jungen Leute sicherlich in Liebesstimmung versetzen.

Liebe. Er wollte von ganzem Herzen, dass Clementine romantische Liebe kennenlernte, etwas, das er sich versagt hatte, seit er sich mit Syphilis angesteckt hatte. Schuld daran war seine Mutter, wie meistens, wenn er gescheitert war. Sie hatte ihn damals gedrängt, seine Jungfräulichkeit zu verlieren.

»Diese schwere Bürde will doch kein Mann tragen. Du solltest dich ihrer entledigen«, hatte sie ihn mit einer abfälligen Handbewegung ermutigt.

Der früh entwickelte Vierzehnjährige hatte es als Beleidigung empfunden, dass seine Jungfräulichkeit eine Last sein sollte, die er loswerden musste ... aber seine Mutter hatte noch nie ein Blatt vor den Mund genommen. Sie war es auch, die ein Treffen für ihn mit einer ihrer Freundinnen organisiert hatte, damit er seinen »Schatz«, wie sie es mittlerweile spöttisch nannte, verlor.

Kurz darauf hatte eine Frau im mittleren Alter mit guter Figur und üppigen Brüsten ihn bei einem Wochenendbesuch im Londoner Haus seiner Mutter – das sie dank Henry Grant besaß – in Angst und Schrecken versetzt, weil sie in einem durchsichtigen Gewand in eindeutiger Absicht sein Zimmer betreten hatte.

»Keine Sorge, deine Mutter hat dafür bezahlt. Ich mache dich zum Mann«, hatte sie mit rauchiger Stimme, die er unwiderstehlich fand, geflüstert.

Nancy war der Name seines Geschenks, und Nancy hatte ihn mit dem sogenannten Harten Schanker angesteckt – eine einzelne Läsion, die sich auf seinen privatesten Teilen auf den Tag genau einen Monat nach seinem fünfzehnten Geburtstag zeigte. Es war weder schmerzhaft noch war es besonders groß. Ein paar Wochen später war sie verschwunden und hinterließ nur eine dünne silbrige Narbe. Es war ihm zu peinlich, es irgendjemand gegenüber zu erwähnen, und er war erleichtert, als es weg war.

Während der Sommerferien jedoch bekam Reggie Ausschlag an Händen und Füßen. Es war nur eine leichte Verfärbung, ebenfalls nicht schmerzhaft, und als er wieder zur Schule musste, war alles weg. Wieder erwähnte er nichts seiner Mutter gegenüber. Sie hatte beschlossen, in Frankreich zu bleiben, und so war er mit seiner Angst alleine, bis der merkwürdige Ausschlag an Handflächen und Fußsohlen abgeklungen war.

Erst bei der zufälligen Begegnung mit Nancys bester Freundin, die in die Londoner Wohnung kam, um seiner Mutter mitzuteilen, dass Nancy verschieden war, erfuhr er, dass sie an Komplikationen der »Französischen Krankheit« gestorben war.

»Du musst deine Mutter warnen«, hatte die Freundin ihm geraten.

»Warum?«

»Falls einer ihrer Kunden Beziehungen zu Nancy gehabt hat.«

»Warum?«, wiederholte er, und auf einmal schnürte es ihm die Kehle zu, als ob sein Körper es wüsste, bevor sein Verstand es akzeptieren wollte.

»Weil sie sich dann wahrscheinlich auch die Pest eingefangen haben! Wenn sie eine wunde Stelle haben oder den Ausschlag, müssen sie sofort mit Quecksilber behandelt werden.«

Das war sein Fluch. Er war mittlerweile siebzehn, und von der Seuche infiziert. In diesem Moment gelobte er, dass er nie wieder bei einer Frau liegen würde. Er würde niemanden antun, was ihm angetan worden war.

Reggie Grant stand seufzend am Fenster. Auf einmal fiel ihm ein, dass er heute sein Kalomel nicht genommen hatte. Er benutzte lieber den Namen des Präparats, als das Medikament Quecksilberchlorid zu nennen. Es klang irgendwie eleganter als Mittel gegen seine Erkrankung, die jetzt nur noch latent war. Wie lange es so bleiben würde, konnte er nicht wissen. Aber bis jetzt wusste niemand von seiner dauerhaften Gefährtin. Sie hatte jede bedeutsame Beziehung verhindert, und auch in Clementines Gegenwart war er besonders vorsichtig, weil er Angst hatte, dass sie sich irgendwie durch einen Gutenachtkuss, ein Niesen oder ein Husten anstecken könnte. Einer der angesehensten Ärzte im Land hatte ihm versichert, dass dies nicht möglich sei. Die Krankheit betraf nur ihn, und er musste damit leben und sterben, wenn sie beschloss, ihn zu überwältigen. Im Moment schluckte er seine Tabletten, rieb sich mit Quecksilberlösung ein und sorgte dafür, dass Clementine sich, wenn der Wahnsinn ihn fand, an ihn erinnern würde als den Mann, den sie ebenso sehr, wenn nicht sogar mehr liebte als ihren eigenen Vater.

Erneut blickte er hinunter in den Garten und sah, wie Clementine locker Will Axfords Ellbogen umfasste. Er wusste, wohin sie wollte, und nickte bei sich: Es war wahrscheinlich der romantischste und schönste aller Gärten, die je in Woodingdene angelegt worden waren. Dort hatte sich einst die Liebe zwischen ihren Eltern entwickelt, und vielleicht würde es ja jetzt wieder so sein.

17

Clementine führte Will auf die kleine Brücke, die den schmalen, aber schnell dahinplätschernden Bach überspannte, der durch das Tal unterhalb von Woodingdene floss.

»Mein Vater hat diese Brücke gebaut, kurz bevor wir England verlassen haben.«

Er legte seine großen Hände auf das Eisengeländer. »Es ist so elegant«, sagte er. Sichtlich beeindruckt schüttelte er den Kopf. »Es wirkt so leicht wie gesponnener Zucker.«

Das gefiel ihr, obwohl sie nicht erklären konnte, warum diese Äußerung ihr gerade von diesem Gast so viel bedeutete. »Danke. Ich erinnere mich nur noch flüchtig an meinen Vater, und was ich von dieser Brücke weiß, habe ich von anderen erfahren.«

»Erzählen Sie mir davon.«

»Oh, ich will Sie nicht langweilen, Will.«

»Das werden Sie nicht. Ich höre Ihnen gerne zu, wenn Sie sprechen.«

Mit solcher Direktheit hatte Clementine nicht gerechnet, aber sie gefiel ihr. Das Lächeln, das sie ihm schenkte, war weder scheu noch kokett, aber er zweifelte nicht daran, dass sie seine Gesellschaft genoss. »Unter uns fließt dieser Bach, den man in dieser Gegend als Burn bezeichnet. Die meisten Leute glauben, die Brücke sei aus Eisen, aber tatsächlich ist sie aus Stahl. Ich glaube, es war die erste Brücke dieser Art im Land. Jedenfalls stelle ich mir das gerne vor.« Sie grinste. »In seiner Zeit wurde alles mit Eisenschnörkeln und Verzierungen gebaut. Durch die Verwendung von Stahl ist sie leichter, und deshalb wirkt die Konstruktion fast wie im Märchen, als schwebe sie in der Luft, wie Sie so schön gesagt haben. Mein Vater behauptete immer, die luftige Struktur und das zarte Geländer symbolisierten meine Mutter.« Sie zeigte auf etwas, und Will blickte in die angegebene Richtung. »Dort drüben sehen Sie Initialen, die geschickt im Metall eingelassen sind.« Sie wartete, bis er sie sah.

»Ich sehe ein L und ein J.«

Sie nickte zufrieden. »Man kann die Buchstaben nur erkennen, wenn man ausdrücklich darauf hingewiesen wird, ansonsten wirken sie lediglich wie eine hübsche Dekoration.«

»Ich sehe auch ein C, wenn ich mich nicht irre. Ist das für Sie?«

Clementine lächelte. »Ich war gerade erst auf der Welt. Alle waren so glücklich, wie meine Großmutter mir erzählt hat. Nur weil ich auf die Welt gekommen bin, liebten sich alle.« Ihr Tonfall klang ironisch.

»Weil die Familie Grant endlich einen Erben hatte?«

»Na ja, einen weiteren zumindest«, erwiderte sie. »Wissen Sie, alle hassten meinen Vater. Er passte nicht in ihre Vorstellungen eines Ehemanns für Louisa Grant. Aber ich bewundere meine Eltern zutiefst, weil sie sich dem Druck nicht gebeugt haben. Und der gute Wille nach meiner Geburt galt einfach der nächsten Generation. Vor allem mein Großvater war begeistert, und deshalb bezahlte er bereitwillig für die Brücke, die ja etwas Schönes war, wenn man bedachte, dass mein Vater kurz davorstand, meine Mutter zu bitten, mit ihm England zu verlassen. Den Rest kennen Sie wahrscheinlich – beide waren trotzig, stolz und abenteuerlustig.«

»James Knight klingt nach einem Träumer.«

»Ja, da haben Sie wahrscheinlich recht. Ich glaube, er war sehr romantisch. Abgesehen von den Initialen achtete er auch sehr darauf, dass die Mittelöffnung der Brücke genau vierundsechzig Fuß betrug.«

»Sollte mir das etwas sagen?«

Amüsiert schüttelte sie den Kopf. »Nein, das bedeutete nur für zwei Menschen etwas. 1864 war das Jahr, in dem mein Vater nach Northumberland kam. Er begegnete meiner Mutter, als er auf der Suche nach Arbeit an die Tür von Woodingdene klopfte.« Sie legte ihre Hand unter das Geländer. »Drei Hauptbögen – einer für ihn, einer für meine Mutter, einer für mich. Er pflanzte persönlich hellrosa Rosenbüsche, um die halbhohen Ziegelpfeiler zu verdecken, damit meine Mutter nicht nur im Frühling und im Sommer den Duft der Rosen roch, sondern die Brücke auch so aussah, als ob sie nur von Luft und Blumengirlanden gehalten würde.«

»Du liebe Güte! Welcher Mann kommt auf so eine Idee?«

Clementine lachte. »Ich weiß. Es ist nur traurig, dass er arm und elend gestorben ist. Ich bin sicher, dass er etwas Besseres verdient hatte.«

»Können Sie sich nicht mehr gut an ihn erinnern?«

»Ich erinnere mich deutlich an manche Momente. Ich erinnere mich an seine Stimme, vor allem mit diesem liebenswerten schottischen Akzent. Ich weiß, dass wir oft über die Sterne geredet haben, und ich erinnere mich an einen albernen Kinderreim, den er gemacht hat; ich denke heute noch daran, wie ich auf seinen Schultern gesessen und die Landschaft um mich herum aus dieser Höhe betrachtet habe. Ich weiß noch, wie er roch, wenn er sich rasiert hatte, nach einem Arbeitstag oder nach einer betrunkenen Nacht«, fügte sie ernster hinzu. »Ich weiß, dass ich ihn liebte, und dass er mich liebte – dieses Gefühl kann man nicht vergessen.« Stirnrunzelnd schüttelte sie den Kopf. »Es ist so lange her. Sollen wir zu den Farngewächshäusern gehen?«

»Auf jeden Fall, aber erzählen Sie mir doch mehr über Afrika.«

Sie ging voraus, und er roch ihr Parfüm. Er war daran gewöhnt, dass die Frauen nach Rosen, Veilchen, Moschus und Ambra rochen – übliche Düfte für Frauen. Clementine jedoch, vielleicht die reichste Frau unter dreißig, die er kannte, duftete warm nach Gewürzen und Holz mit einem Hauch von Zitrone.

Er musste es einfach erwähnen. »Ich glaube, Ihr Parfüm riecht nach Afrika«, sagte er. In dem Moment, als er es aussprach, kam er sich albern vor.

»Waren Sie in Afrika, Will?«, fragte sie über die Schulter.

»Nein, ich ... ich meine, ich denke, dass es wahrscheinlich so riecht.« Ihr Onkel hatte ihn gewarnt, aber schon war es um ihn geschehen, und er benahm sich wie ein Narr in ihrer Gegenwart.

»An den Geruch erinnere ich mich tatsächlich deutlich. Meine Welt in Afrika roch zuerst nach Bettwäsche, die in der Sonne getrocknet war, nach Erde und Staub, der in jede Ecke meines Lebens kroch, nach meiner Mutter, die ... ihr Parfüm war ... oh Gott, gerade ist mir eingefallen, wie der Flakon aussah.« Sie zeichnete einen

Glockenumriss in die Luft. »Und es sah so aus, als klebten Regentropfen am klaren Glas. Ein grünes Etikett, soweit ich mich erinnere ...« Sie klang ganz aufgeregt.

»Fahren Sie fort«, drängte er.

Sie schloss die Augen und atmete ein, und in diesem Moment wusste Will, dass er sie den ganzen Tag anschauen könnte ... jeden Tag.

»Sie roch nach Orange, Zitrone und Limone ... und nach Kräutern. Rosmarin vielleicht? Diese frühen Kindheitserinnerungen tauchen oft ganz unvermittelt auf, so wie diese. Das Farnhaus ist hier entlang.«

Es freute ihn, dass sie beiläufig seinen Ellbogen ergriff und sie nebeneinander hergingen. »Und woran erinnern Sie sich sonst noch?«

»Nun, die Gerüche änderten sich nach dem Tod meiner Mutter. Von da an war es Schweiß, Whisky, Bier, Zigaretten, schmutzige Wäsche, Eintöpfe und der Geruch nach ledernen Boxhandschuhen.«

Er warf ihr einen erstaunten Blick zu, und sie lachte.

»Ich kann das heiße Blech der Wände in unserer Hütte riechen. Wir lebten mit einem anderen Mann zusammen ... obwohl eigentlich schlief er außerhalb der Hütte. Nur einer seiner Füße steckte in einem Stiefel. Der andere war nackt. Und seine Haut war schwarz.«

Will blieb schockiert stehen. »Ein Afrikaner?«

Sie nickte. »Mit glänzend schwarzer Haut, wie eine neue Lokomotive.« Sie blickten einander an, und ihr Lächeln drang ihm direkt ins Herz und wärmte ihn. »Sein Name ist ... war ... Zenzele. Aber wir nannten ihn Joseph One-Shoe. Jeder in New Rush kannte ihn unter diesem Namen. Oh, Will, ich liebte Joseph ebenso sehr wie meinen Vater. Am Ende ...« Kopfschüttelnd brach sie ab.

Er ermutigte sie, ihren Satz zu beenden.

»Ich wollte sagen, als mein Vater dann starb, war Joseph eigentlich mein Vater. Er kümmerte sich um mich; erzählte mir von seinem Leben als Zulu-Krieger – von der Frau, die er liebte, dem Dorf, das er verlassen hatte, vom Himmel, ihren Göttern und Schamanen – und ich brachte ihm Rechnen bei, das ABC, ein bisschen Schreiben. Er war mein allerbester Freund.«

Ihr Gesicht hatte einen wehmütigen Ausdruck, und Wills Kehle war so zugeschnürt, dass er nur ganz flach atmen konnte. Er hätte sie gerne geküsst. Was für ein dummer, kindischer, unprofessioneller Gedanke. »Äh ... Sie reden über Joseph One-Shoe in der Vergangenheit?«

»Weil er leider tot ist, das habe ich zumindest erfahren. Ich weine nicht mehr – ich habe alle meine Tränen um meine Eltern und um Joseph geweint.«

»Ich weiß nicht, was ich sagen soll«, gestand er.

»Entschuldigung, ich wollte Sie nicht in Verlegenheit bringen. Niemand kann mich mehr verletzen, das wollte ich damit eigentlich sagen ... Hier sind wir«, sagte sie und machte eine stolze Handbewegung. »Mein Großvater hat all diese Arten gesammelt.«

Er ließ sich von ihr zwischen den massiven Felsbrocken herumführen, auf denen heimische und exotische Farne wuchsen.

»Wir haben so viele Pflanzenarten, dass wir mit Kew Gardens zusammenarbeiten. Das seltene Heidekraut meines Vaters ist jetzt geschützt«, bemerkte sie zufrieden.

»Ich habe es gesehen. Auf der Kutschfahrt vom Bahnhof kam ich mir vor, als führe ich durch einen der prächtigen Parks in London.«

»Sie haben meinen Großvater als Zauberer bezeichnet. Mit Haus Woodingdene hat er sich sein Traumschloss gebaut. Ich weiß, dass manche Leute, vor allem Puristen, ihn für seinen ausgefallenen Geschmack kritisiert haben, aber ich finde, der Anblick von Woodingdene erfüllt einen jedes Mal mit hilfloser Freude, nicht wahr?«

Sie traten einen Schritt zurück, um das prächtige Herrenhaus auf dem Hügel zu betrachten.

»Ja, Clementine. Ich muss sagen, der Anblick von hier erfreut meine Seele.«

Sie blickte auf und merkte, dass er sie die ganze Zeit angesehen hatte.

»Äh ... meine Großmutter hat mir erzählt, er wollte mit Woodingdene absichtlich die Erwartungen der Leute nicht erfüllen. Er schuf zum Beispiel zwei Seen, die so aussehen, als wären sie schon immer hier in diesem Tal gewesen. Es gibt sogar eine Schlucht mit einem Bach, der voller Fische ist. Er wollte, dass sich für den Betrachter hinter jeder Wegbiegung ein schönes Bild verbirgt.«

»Wundervoll«, murmelte Will. »Sie dürfen es nie aufgeben«, rutschte ihm heraus.

Clementine blinzelte. Die Spitzen ihrer langen Wimpern wirkten wie in Gold getaucht. »Es aufgeben?« Fragend blickte sie ihn an. »Warum sollte ich es aufgeben?«

Er schüttelte den Kopf, weil ihm nicht gleich eine Ausrede einfiel. »Nur so dahingesagt.«

»Es ist mehr als nur das, Will. Ich bin Waise, und der Geist meiner Familie ist hier auf Woodingdene und seinem Land besonders spürbar. Ich liebe meine Vorfahren, und hier kommt es mir so vor, als hielten sie mich im Arm, sodass mich nichts ängstigen kann. Ich muss Woodingdene und seine Ländereien für die Zukunft bewahren – für meine Kinder, für weitere Grants.«

»Haben Sie vor zu heiraten?«, fragte er spröde.

»Natürlich.« Sie lachte. »Aber zuerst muss ich ihn einmal finden.«

Sie ging weiter, und er folgte ihr durch einen Säulengang mit Glasdach, umgeben von duftenden Blumen.

»Hier sitze ich meistens im Frühjahr und im Sommer«, sagte sie. Sie strich ihren grauen Samtrock glatt, der am Saum mit einer breiten Silberstickerei verziert war. Um ihre Schultern lag wie eine duftige Wolke ein heller Schal.

»Es ist ein so friedlicher Ort, und ich habe von hier einen fantastischen Ausblick«, sagte sie mit einer ausladenden Bewegung ihres schlanken Arms.

»Ja, es ist ein großartiger, geheimer Ort«, stimmte er ihr zu. »Vielleicht denken Sie hier darüber nach, welche Ihrer vielen Verehrer Sie heiraten werden«, fügte er hinzu. Er konnte das Thema einfach nicht fallenlassen.

Clementine seufzte. »Onkel Reggie hat geplaudert, was?«

Will zuckte entschuldigend mit den Schultern. »Ich versichere Ihnen, er hat nicht wirklich viel erzählt. Er sagte einfach nur, Sie hätten keine Eile zu heiraten.«

»Nein, das stimmt. Aber ich würde mich sehr beeilen, jemanden zu heiraten, den ich liebe.«

»Sie können gut mit Worten umgehen, Clementine. Sie sollten unterrichten.«

»Das habe ich in Afrika getan.«

Er hob eine Hand. »Ich weiß. Sie waren hochintelligent?«

»Nicht *waren*, Will.« Ihre Augen funkelten mutwillig. »Ich necke Sie nur. Sie sind ein zu leichtes Opfer.«

Das stimmte. In ihrer Gesellschaft fühlte er sich unzulänglich – wie eine tollpatschige, zögerliche Version seiner selbst. »Das liegt daran, dass Sie nicht so sind, wie ich es erwartet habe.«

»In Wahrheit bin ich sehr verwöhnt«, sagte sie. »Ich weiß, dass Sie das gedacht haben, und warum sollte es auch nicht so sein? Mein Onkel hat mir alles erlaubt.«

Ein leichter Wind kam auf, und erneut wurde Will die Kehle eng, als er sah, wie die Brise durch ihr Haar fuhr. Eine Locke löste sich und legte sich um ihr Kinn, wie er es auf der Fotografie gesehen hatte.

»Ich achte nur darauf, dass mir niemand anmerkt, wie verwöhnt und privilegiert ich bin.« Sie wirkte leicht bekümmert. »Irgendwo in meinem Hinterkopf ist immer noch dieses Bettlermädchen, das weder Rüschen noch Bänder oder sonstigen Überfluss hatte. Mein Onkel hat versucht, mir das Jungenhafte auszutreiben, aber es lebt in mir. Ich würde lügen, wenn ich behauptete, hübsche Kleider nicht zu mögen, aber ich brauche nicht ...«

»Ich verstehe Sie«, sagte er sanft. »Und dafür bewundere ich Sie umso mehr.«

Sie schwieg und betrachtete ihn mit ihrem klaren, durchdringenden Blick. »Danke. Ich habe Angst weiterzusprechen ... Ich habe einfach noch nie mit jemandem über diese Gedanken oder meine Vergangenheit geredet.«

»Ich höre Ihnen zu, wann immer Sie wollen. Ich möchte auch etwas über das Waisenhaus wissen, das sie planen.«

»Warum? Wollen Sie Geld spenden?«

Sie hatte ihm den Handschuh hingeworfen; jetzt

musste er ihn auch aufheben. »Wir unterstützen verschiedene wohltätige Organisationen. Warum also nicht auch Ihre? Ein neues Unternehmen braucht schon früh Investitionen.«

»Es ist kein Geschäft, Will.«

»Aber es muss so aufgebaut werden, damit es nicht zerrieben wird und für immer von mildtätigen Spenden abhängig ist.«

Clementine bedachte seinen Rat.

»Ich will nur sagen, lassen Sie sich von mir bei der Spendensammlung gezielt helfen.«

Sie grinste. »Ich dachte, Sie wären ein viel beschäftigter Versicherungsmakler in der Stadt.«

»Das bin ich auch, aber wir machen unser Geld, indem wir Probleme vermeiden. Hören Sie sich zumindest meine Expertise an.«

»Will, ich bin nicht zu stolz, Ihre Spenden oder Ihre Expertise anzunehmen, aber ich hätte gedacht, dass die wohltätigen Organisationen in London ständig ihre Hände in Ihren Taschen haben. Warum also ein Waisenhaus im Norden, dessen Gründerin völlig unerfahren ist?«

Er gab die halbe Wahrheit zu. »Weil mich Ihr Eifer und Ihre Energie beindrucken und inspirieren. Ich muss zugeben, Clementine, ich kenne eher Frauen in Ihrem Alter und Ihrer Stellung, die nicht so selbstlos sind. Sie denken nur an Feiern und Ausgehen, an Mode und Status.«

»Woher wollen Sie wissen, dass es bei mir nicht genauso ist?« Ihr Lächeln sagte ihm, dass sie ihn schon wieder neckte.

»Das weiß ich nicht, aber da Sie, seit wir uns begegnet sind, weder wichtige Namen noch gesellschaftliche Ereignisse erwähnt haben, kann ich das wohl ganz gut beurteilen. Ihr Onkel sagte mir, Sie hätten noch einen anderen Plan, in dem es nur um Geschäfte und nicht um Wohltätigkeit geht.«

Clementine blickte ihn durchdringend an, als ob sie ihn auf einmal mit ganz anderen Augen sähe. »In Ordnung.« Sie wandte sich ab und blickte über die Felder. Auf einer nahe gelegenen Weide grasten Schafe zufrieden. Ab und zu hoben sie die Köpfe und blickten in ihre Richtung. »Ich weiß zufällig, dass in Hatton Garden Händler zwischen den Läden der Kaufleute und Juweliere mit Diamanten in den Taschen herumlaufen, die Tausende von Pfund wert sind.«

»Du liebe Güte!«

Clementine nickte. »Es ist ein kleines Viertel, deshalb braucht man keine Droschke zu mieten. Es geht viel schneller, wenn man sich zu Fuß durch die schmalen Straßen bewegt. Aber wenn ich das weiß, wissen andere das auch, und das macht die Händler angreifbar.«

Das passte perfekt zu seinem Plan, eine Versicherung gegen Diebstahl anzubieten. Er konnte kaum glauben, was er da hörte. Sie nahm sein Schweigen als Zustimmung. »Ich habe kürzlich in der Zeitung gelesen, dass es zahlreiche Einbrüche in London gegeben hat, und dass Diebe immer frecher und auch gewalttätiger werden.«

Kurz empfand er Erstaunen, weil sie die Zeitung las – aber Clementine Grant wollte natürlich wissen, was in London passierte. »Das stimmt. Vor allem Reiche sind die Opfer.«

Sie verzog verzweifelt das Gesicht. »Es ist sicher nur eine Frage der Zeit, bevor diese Diebe sich auch auf leichtere Opfer konzentrieren. Dann brauchen sie noch nicht einmal einen Plan, wie sie in ein Gebäude einbrechen können, oder wo die wertvollsten Gegenstände zu finden sind.«

Will runzelte die Stirn und fuhr sich gedankenverloren mit der Hand durch die Haare. »Sie brauchen einfach nur eine einzelne Person zu bedrohen«, murmelte er.

»Genau. Ein kluger Krimineller weiß, wann jemand Wertsachen bei sich trägt, wenn er den richtigen Zeitpunkt abpasst.«

Will nickte. Er hatte verstanden. »Sie würden niemanden überfallen, dessen Taschen leer sind«, sagte er.

»Genau. Der beste Zeitpunkt ist der, wenn die Diamantenhändler ›frei herumlaufen‹, könnte man sagen, ohne Schutz sind. Dann können die Diebe wertvolle Rohdiamanten oder, wenn sie Glück haben, geschliffene Diamanten stehlen und im Gewirr der Straßen untertauchen, bevor die Polizei an Ort und Stelle ist. Diamanten sind nicht schwer, sie sind leicht zu verstecken. Und sie können über Amsterdam und Antwerpen schnell zu Geld gemacht werden.«

Kopfschüttelnd blickte er sie an. »Das ist ein kluger Gedanke.«

»Es freut mich, dass Sie das auch finden – ich habe nämlich vor, mit meinem Vermögen ein neues Geschäft zu gründen, das Versicherungspolicen zum Schutz der Händler in Hatton Garden gegen Diebstahl anbietet, und zwar sowohl in ihrem Ladenlokal als auch, wenn ihre Vertreter die Diamanten weitertransportieren. Es wäre schön, wenn Lloyd's sich zu einer Partnerschaft entschließen könnte.«

Will stieß einen überraschten Laut aus. »Sie sind so direkt.«

»Ich habe keine Zeit für doppeldeutige oder undurchsichtige Äußerungen, Will. Ich bin eine Frau!« Sie lachte über seinen erschrockenen Gesichtsausdruck. »Sie sind anscheinend nicht daran gewöhnt, dass eine Frau Ihnen geschäftliche Angebote macht?«

»Ich bin nicht daran gewöhnt, dass eine Frau mir überhaupt Angebote macht«, erwiderte er. »Ich würde Ihnen gerne dabei helfen, Ihren Plan zu verwirklichen, Clementine.«

Sie schenkte ihm ein strahlendes Lächeln. »Ausgezeichnet. Ich habe – aus nachvollziehbaren Gründen – großes Interesse an der Diamantenindustrie, und wenn ich auch nicht mitmischen kann, weil es immer noch eine reine Männerdomäne ist, so kann ich doch wenigstens von außen mitarbeiten und den Frauen der Zukunft den Weg bereiten. Sollen wir?« Clementine stand auf und wandte sich zum Haus.

»Ich unterstütze die Emanzipation der Frauen«, erklärte Will und war mit zwei langen Schritten an ihrer Seite.

Sie lachte leise. »Das ist schön für Sie, Will Axford.«

Langsam gingen sie über den gewundenen Pfad den Hügel hinauf. Sie seufzte leise. »Warum dieser Seufzer?«

»Ich vermisse die Schmetterlinge des Sommers, Sie nicht?«

Will lächelte. »Ich mag Schmetterlinge sehr.«

Vielleicht ist das der richtige Moment, dachte Will und fuhr fort: »Ich hoffe, das klingt jetzt nicht impertinent.«

Sie warf ihm einen spöttischen Blick zu.

»Ich habe noch nie Rohdiamanten gesehen, und ich habe mich gefragt, ob Sie wohl noch welche haben?«

»Diamanten?«

»Ja. Rohdiamanten – die ihr Onkel aus Afrika mitgebracht hat.«

»Meines Wissens hat er keine mitgebracht.«

»Oh ... verzeihen Sie.« Er wirkte verwirrt. »Ich war der Meinung, dass er mit den Diamanten, die er dort gefunden hat, seine, äh, seine damaligen Projekte finanziert hat.«

Jetzt war es an ihr, verwirrt zu lächeln. »Will, soweit ich weiß, kam Onkel Reggie nach Afrika, um das Grab meiner Mutter zu besuchen. Meiner Erinnerung nach traf er an einem heißen Nachmittag ein, am nächsten Tag hat er nach uns gesucht, und am Abend darauf wurde mein Vater bei einem Unfall getötet. Und am vierten Nachmittag saß er bereits mit mir auf einem Ochsenkarren, auf dem Weg nach Kapstadt.«

Will runzelte die Stirn. »Dann hat sich also damals Ihr Vater um Sie gekümmert?« Das passte nicht zu Reggies Erzählung.

»Natürlich. Sicher, er hat das meiste Joseph One-Shoe überlassen, aber ich habe mich nie alleingelassen oder ungeliebt gefühlt. Ich hatte zwei wundervolle Väter. Onkel Reggie hat meiner Großmutter erzählt, er hätte Joseph abscheulich gefunden, aber das lag bestimmt daran, dass es ihm nicht gefiel, dass ein Schwarzer sich um mich gekümmert hatte.«

Sie standen mittlerweile unterhalb der großen, flachen Felsblöcke, die die Treppe hinauf zum Hauptgarten des Hauses bildeten.

»Kann ich Ihnen ein Geheimnis erzählen, Will?«

»Ich wäre beleidigt, wenn Sie es nicht täten.«

Sie warf ihm einen eindringlichen Blick zu. »Ich habe vor, nach Afrika zu reisen. Ich muss Joseph finden.«

»Aber Sie haben mir gesagt, er sei tot.«

»Das hat mir mein Onkel erzählt.«

»Glauben Sie ihm nicht?« Beinahe wünschte er sich,

sie würde Ja sagen und ihm damit seine eigenen Zweifel bestätigen.

»Das habe ich nicht gesagt«, erwiderte sie leise und wandte den Blick ab. »Ich muss nur endlich für mich selbst Klarheit haben. Das Grab meiner Mutter habe ich gesehen. Das Grab meines Vaters habe ich nie gesehen, aber Joseph hat mir erzählt, dass mein Vater in seinen Armen gestorben sei. Bei meinen Eltern habe ich keine Zweifel. Aber Joseph ... Joseph und ich hatten eine Verbindung, die sich schwer erklären lässt, deshalb will ich nicht aufs Hörensagen vertrauen. Mein Onkel kann sich nicht erinnern, wer ihm von Josephs Tod erzählt hat, und er weiß auch nicht, wo er beerdigt ist oder ob er überhaupt ein Grab hat.«

»Wollte er denn nicht zu seinem Stamm zurückgehen, nachdem Sie weg waren?«

»Das bezweifle ich. Er hat mir gestanden, dass er nicht mehr zu seinem Stamm gehörte, und wenn mein Onkel von seinem Tod erfahren hat, dann muss ja jemand aus New Rush ihm das mitgeteilt haben. Ich bin auf jeden Fall nicht bereit, an seinen Tod zu glauben. Wenn er jedoch tot ist, dann will ich sein Grab finden und einige der Rituale durchführen, die seiner Seele erlauben weiterzuziehen. Zulus haben einen starken spirituellen Glauben, und er hat verdient, dass seine Familie ... Ich bin seine Familie.«

Will schluckte. Noch nie war er von einer Frau so beeindruckt gewesen. »Weiß Ihr Onkel von Ihren Plänen?«

Clementine schüttelte den Kopf. »Er würde versuchen, es mir auszureden; er würde alles tun, um mich abzulenken und zu zerstreuen. Darin ist er sehr gut, und es hat lange gedauert, bis ich ihm auf die Schliche gekommen bin. Immer wenn ich von Afrika rede, lenkt er mich geschickt ab, aber von diesem Vorhaben kann er mich nicht abbringen. Ich bin erwachsen, und sobald ich die volle Verfügungsgewalt über mein Vermögen habe, werde ich in die Kapkolonie reisen und mich nach New Rush, dem heutigen Kimberley, aufmachen.«

Clementine raffte ihre Röcke und ihre zahlreichen Unterröcke. »Wir haben einen Pakt geschlossen, vergessen Sie das nicht«, mahnte sie ihn leise.

»Das bleibt unser Geheimnis, ich verspreche es.«

»Danke. Gut, Mr Axford, jetzt kommt das schwerste Stück – sparen Sie Ihre Kräfte und reden Sie nicht«, sagte sie über die Schulter zu ihm.

Trotzdem dachte er über ihre Worte nach, während er die Stufen hinaufstieg und seinen keuchenden Atemstößen lauschte.

Oben angekommen stemmte Clementine die Hände in die schmale Taille und beugte sich vor. »Es wird nie leichter«, sagte sie atemlos.

»Bei Ihnen hat es ganz mühelos ausgesehen«, erwiderte er und holte tief Luft. »Sie wissen gar nicht, wie schnell Sie waren. Sie haben mich fast umgebracht.« Sie brach in Lachen aus. Er legte die Hand auf sein Herz. »Ich glaube, ich brauche einen Arzt«, sagte er gespielt dramatisch.

Sie lachten den ganzen Weg bis zu dem Gartenpavillon, in dem Onkel Reggie ihr Essen hatte aufbauen lassen.

»Na, ihr beiden scheint ja Spaß zu haben. Es ist so wundervoll, euer Lachen zu hören. Ich liebe es, wenn meine schöne Clementine gut unterhalten wird.«

»Sie hat mich absichtlich den schweren Weg hochgejagt«, scherzte Will.

»Über diese verfluchten Steine, was?«

»Onkel Reggie, wie geht es dir?«

»Das Knie ist in Ordnung. Ich will es allerdings lieber nicht belasten. Setzt euch.«

»Ich hoffe, kaltes Hühnchen und neue Kartoffeln mit Kräutern sind Ihnen recht, Will?«, sagte Clementine.

»Wir halten es gerne einfach«, murmelte Reggie.

Sie warf ihm einen tadelnden Blick zu. »Wenn es nach dem Geschmack meines Onkels ginge, würden wir den Hügel herunterrollen und es niemals über die Brücke schaffen.«

Will lachte. »Ich ziehe ehrlich gesagt kleine Portionen und leichtere Mahlzeiten vor, Sir.«

»Oh, sie achtet sehr darauf, dass ich dünn bleibe; sie behauptet, ich würde dadurch länger leben.«

»Vertrauen Sie Ihrer Nichte. Ich tue es.«

»Ist das so?«, sagte Reggie und schenkte sich ein Glas Wein ein. Er bot auch Clem und Will Wein an, aber sie lehnten ab und entschieden sich für Wasser, das mit frischer Minze versetzt war. »Milton macht heute private Besorgungen – ich hoffe, es macht Ihnen nichts aus, dass wir das Essen so zwanglos halten.«

»Nein, es ist mir sogar lieber, Sir.«

»Ausgezeichnet. Nun, auf Ihre Gesundheit, Will, und willkommen auf Woodingdene.«

Clementine erhob ebenfalls ihr Glas.

»Das ist köstlich«, sagte Will nach dem ersten Schluck. »So etwas habe ich noch nie getrunken.«

»Clementine ist voll von diesen seltsamen, wundervollen Ideen.«

Clem zuckte mit den Schultern. »Ich weiß gar nicht, wer mir beigebracht hat, Wasser mit Kräutern zu versetzen, um es interessanter zu machen. Wahrscheinlich Joseph One-Shoe.«

»Nun, deine Mutter war es ganz bestimmt nicht, das kann ich dir versichern. Louisa liebte Champagner, mein Liebling. Und dein Vater, nun, er war ein Mann des Whiskys. So viel er davon bekommen konnte … Auf euer Wohl!«, sagte Reggie und hob sein Glas. »Auf euch fröhliche junge Leute.«

18

»Onkel Reg?«

»Ja, mein Liebling?«

»Wir haben keine Diamanten aus Afrika mitgebracht, oder?«

Will sah erschrocken, wie Reggie beinahe an dem Bissen, den er gerade schlucken wollte, erstickte. Sein Gastgeber griff nach seinem Weinglas und leerte es auf einen Zug. Hustend kramte er in seiner Tasche nach einem Taschentuch.

Clementine sprang sofort auf und klopfte ihm besorgt auf den Rücken.

»Es geht schon wieder, Liebes, Entschuldigung«, keuchte er. »Ich muss euch um Verzeihung bitten. Wie ungehörig, diesen fantastischen Wein so hinunterzuschütten.« Er schnalzte mit der Zunge. »Ich läute nach einer neuen Karaffe.«

Will kniff die Augen zusammen, als Reggie zur Klingelschnur humpelte, um nach einem Dienstboten zu läuten. Lenkte Reggie sie absichtlich ab?«

Als Reggie wieder auf seinem Stuhl saß, nahm Will das Thema wieder auf. »Eigentlich war es meine Schuld. Ich erwähnte Clementine gegenüber die Diamanten, die Sie im Großen Loch entdeckt haben.«

Reggie blickte ihn unverwandt an, und Will sah in seinem Blick etwas, was vorher nicht da gewesen war. Ärger oder vielleicht sogar Angst? »Ich habe das doch nicht falsch verstanden, oder?«

»Nein, das haben Sie ganz richtig verstanden, Will. Ich habe für einen Tag und eine Nacht eine Grabung finanziert, weil ich im Kimberley Club einen Hinweis bekommen hatte. Die Gäste waren hauptsächlich Claim-Besitzer oder Kaufleute, einige von ihnen Juweliere oder Händler. Sie besaßen ein unermessliches Wissen über Diamanten und teilten es nur zu gerne mit mir. Ich versuchte mein Glück und engagierte auf die Empfehlung von einem der Männer ein paar Leute.« Will fand, dass Reggie übertrieben die Stirn runzelte, als er versuchte, sich an den Namen des Mannes zu erinnern. »Mir fällt der Name von dem Kerl nicht ein. Bellows? Bellamy vielleicht? Meine Leute hatten Glück – kürzlich waren im benachbarten Claim beachtliche Diamanten gefunden worden, aber es war Anfängerglück, dass meine Grabung sofort Diamanten zutage förderte. Ich gab einfach nur jemandem Geld, der keines mehr hatte. Die Rohdiamanten, die gefunden worden waren, teilten wir uns – ich bekam einen beachtlichen Anteil, weil ich die Grabung finanziert und die Männer mit Essen und Bier versorgt hatte.«

»Das hast du nie erwähnt, Onkel Reg.«

»Du warst noch so klein. Warum sollte ich, Liebling? Ah, Jane, könnten wir bitte noch eine Karaffe Wein haben?«

Will fand, Jane hätte zu keinem besseren Zeitpunkt auftauchen können.

»Vielleicht sollten wir ein bisschen über die Zeit damals reden«, sagte Clementine leichthin. Will jubelte innerlich.

»Jederzeit, Liebling, aber es war so eine unangenehme

Phase. Ich denke nicht gerne daran zurück, geschweige denn, dass ich dich mit diesen Erinnerungen belasten möchte.«

»Es sind aber meine Erinnerungen«, sagte sie. »Ich würde gerne hören, was du noch so weißt, vor allem von dem Tag, an dem wir weggegangen sind. Ich erinnere mich nur verschwommen.«

»Greift zu, ihr beiden«, sagte Reggie, und Will merkte, dass er Zeit schinden wollte.

Clementine bot Will ein paar Scheiben kaltes Huhn an, und er nickte dankend.

»Ich erinnere dich nicht gerne daran, weil es dich aufregt.«

»Ich bin nicht aufgeregt, Onkel Reggie. Ich bin interessiert.« Sie stellte die Platte ab. »Erzähl es mir noch einmal.«

Will beobachtete Reggie genau und nahm jede Nuance in seinem Tonfall wahr. Sie begannen zu essen, und Reggie begann, lebhaft zu erzählen.

Schließlich zuckte er mit den Schultern. »Und es war der Diener deines Vaters, der mich ermunterte, dich so schnell wie möglich mit nach Hause zu nehmen.«

»Nicht Diener, Onkel, wie du sehr gut weißt. Er war unser Freund und der Partner meines Vaters«, korrigierte Clem ihn.

Will warf ein: »Dann sprach er also Englisch mit Ihnen?« Er spürte, wie Reggies Blick schwer auf ihm ruhte. Anscheinend konnte er Wills Interesse nicht gebrauchen. Warum? Wovor hatte er Angst?

»Er konnte ganz gut Englisch. Meine Nichte hatte es ihm gut beigebracht.«

»Dann waren Sie also alleine mit ihm?«

Reggie schüttelte den Kopf. »Ja. Das kommt mir vor wie ein Verhör, junger Mann.«

»Verzeihen Sie mir. Es erstaunt mich nur, dass ein Eingeborener so gut Englisch sprechen konnte, und dass sie es riskiert haben, mit ihm alleine zu sein.« Er warf Clem einen Blick zu, um sie zu bitten, ihm zu vertrauen.

Reggies Schultern sanken herab. »Oh, ich hatte keine Angst vor dem Mann. Er hingegen hatte schreckliche Angst – vor mir, vor der Polizei und all den Fragen. Ich glaube, er war froh, als wir endlich weg waren, Liebling, ehrlich gesagt. Ich habe ihn großzügig bezahlt.«

»Das glaube ich nicht eine einzige Sekunde lang, Onkel Reg. Du weißt doch, wie sehr Joseph mich liebte.«

»Nur weil du es mir sagst, aber deine Erinnerungen sind die eines kleinen Mädchens. Und schließlich hattest du damals auch nicht viel, auf das du dich verlassen konntest – einen betrunkenen Vater und einen Zulu-Wilden.«

»Er war *kein* …«

»Verzeih mir, Clem. Aber du musst meine Position verstehen – bei meiner Ankunft fand ich meine Nichte, die als einzige Erbin eines großen Vermögens wie ein Bettelmädchen lebte und von einem riesigen Zulu versorgt wurde.«

Clem nickte stirnrunzelnd. Offensichtlich versuchte sie, sich in ihren Onkel hineinzuversetzen. »Aber du hast ihn nicht so gut gekannt wie ich.«

»Nein, das habe ich nicht, Liebling. Jetzt ist er tot.«

Will fand die Bemerkung hart, aber Clementine reagierte gar nicht darauf.

»Damals wollte ich natürlich, dass gut für ihn gesorgt ist, weil er sicher sein Bestes für dich getan hat. Und außerdem hatte er sein Einkommen verloren.«

»Und wo ist er jetzt?«, fragte Clementine. »Ich meine, sein Grab?«

»Woher soll ich das wissen? Sein Geist wird vermutlich im Lendenschurz durch den Dschungel irren – Löwen jagen und mit Schamanen tanzen.«

»Er hat von dem Moment an, wo wir uns kennengelernt haben, auch mit meiner Mutter zusammengelebt, also war er wohl kaum ein Wilder«, sagte Clementine betont in Richtung ihres Onkels.

Reggie gab jedoch nicht auf. »Ach ja, zusammen mit deiner Mutter, die in einem *Zelt* lebte, meinst du das, Liebling?« Sein Tonfall war sarkastisch. »Ein Wilder nach Woodingdene-Standards, würde ich vorschlagen.«

»Meine Mutter hat sich ihr Leben selbst ausgesucht, Onkel Reggie. Und nach dem, was ich weiß, dachte sie, sie werde in einer australischen Stadt leben. Es ist nicht fair, ihr daraus einen Vorwurf zu machen.«

»Ach, Clem.« Er ergriff ihre Hand. »Ich gebe niemandem die Schuld. Es waren nur schlechte Entscheidungen. Deine Eltern hätten ein schönes Leben hier haben können, und sie wären beide noch am Leben, wenn sie auf uns gehört hätten. Du könntest sie beide noch in deinem Leben haben – mehr will ich doch gar nicht sagen.«

Will sah, dass Reggie Clementine wahrscheinlich schon seit Jahren so beruhigte. Mit seinem sanften Tonfall, der liebevollen Art, großzügig und zärtlich, immer nur auf sie und ihre Bedürfnisse bedacht.

»Ich weiß, Onkel. Ich muss nur mehr erfahren. Vielleicht sollte ich eine Zeit lang nach Afrika zurückkehren?« Sie sagte es beiläufig, als wolle sie die Lage testen, und warf Will dabei einen kurzen Blick von der Seite zu.

»Was?« Das Silberbesteck kratzte laut auf dem Porzellan.

Ts, ts, dachte Will. Reggie vergaß sich.

»Liebling, sei nicht albern!«

»Das habe ich nicht vor.«

»Afrika – und ganz gewiss dieses Höllenloch von Kimberley – ist kein Ort für Frauen. Die Qualen deiner Mutter und ihr schreckliches Ende sollten dir das sagen. Bitte denke an deine Sicherheit und meine Gesundheit, Clementine. Ich glaube, ich würde vor Sorgen sterben, wenn du so eine Reise unternehmen würdest.«

Sehr geschickt, dachte Will. Sein geheimer Verdacht gefiel ihm gar nicht.

»Nun zu einem anderen Thema«, sagte Clementine. »Unser Gast billigt meinen Geschäftsvorschlag.«

Reggie wandte sich mit aufgesetztem Lächeln zu Will. Es war schwer zu sagen, ob er sich über die Neuigkeiten freute oder ihm eher den Tod wünschte, weil er gerade Zeuge dieses Gesprächs geworden war. Vielleicht Letzteres, da er bestimmt nicht damit gerechnet hatte, dass Wills Anwesenheit ein Thema aufrührte, das in den letzten zwei Jahrzehnten nicht berührt worden war.

»Nun, nun, Axford, das sind ja ausgezeichnete Neuigkeiten. Ich habe Ihnen ja gesagt, sie wird Sie überraschen, was?«

»In der Tat, Sir. Clementines Idee ist ebenso inspiriert wie relevant. Ich hatte keine Ahnung über die speziellen Bedürfnisse in Hatton Garden – aber jetzt verstehe ich es natürlich absolut. Ich helfe ihr mit Freuden.«

»Danke, Will«, sagte Clementine, und bei ihrem Lächeln wurde er so rot, wie seit seiner Jugend nicht mehr.

Er war froh, als er sah, wie Reggie wieder zum Besteck griff und weiteraß. Will trank einen Schluck Wasser und blickte Clementine über den Rand seines Wasserglases an. Er mochte diesen frischen kühlen Duft von Minze, der daraus aufstieg, aber das Lächeln, das Clementine Grant ihm schenkte, mochte er noch mehr. Es war nicht schüchtern, und es sprach von Freundschaft und vielleicht sogar mehr. *Romantik?*, überlegte er. Hoffentlich, ja.

Er schluckte sein Minzwasser hinunter. »Clementine, wussten Sie, dass in der griechischen Mythologie Minze das Kraut der Gastfreundschaft ist?«

Sie grinste spitzbübisch. »Wusstest du das, Onkel Reggie?«

Er schüttelte den Kopf. »Nein.«

Clementine warf Will einen Blick zu. »Nun, in der griechischen Mythologie gab es eine wunderschöne Wassernymphe namens Minthe, die Hades über alles liebte und sich ihm anbot, aber Persephone verwandelte rasend vor Eifersucht die schöne Nymphe in das Kraut, das wir heute in unserem Getränk genießen.«

»Ich habe eine andere Version gehört«, erwiderte Will, »aber auch in dieser wurde die arme Minthe letztendlich zertreten.«

»Die Moral lautet vermutlich, dass man den Mann einer anderen Frau nicht verführen soll.«

»Wohl wahr, aber wenn keine andere Frau Interesse hat, warum soll man dann seine Absicht nicht deutlich machen? Die Liebe kann eine Qual sein – und sie ist sicherlich für die meisten Männer ein verwirrendes Labyrinth.«

Clementines Lachen klang verführerisch.

Reggie erhob sich erneut, um an der Klingelschnur zu ziehen, die einen Bediensteten aus dem Untergeschoss des Hauses holte.

»Kommen Sie nach London«, murmelte Will Clementine kaum hörbar zu. »Bitte! Ich kenne Leute, die Verbindungen nach Kimberley haben. Ich kann Nachforschungen anstellen.«

Reggie ließ sich wieder seufzend auf seinen Stuhl nieder. Vorher jedoch nickte Clementine Will kaum merklich zu. Ein Adrenalinstoß durchfuhr Will.

»Äh, das war köstlich, vielen Dank an Sie beide«, sagte er, um seine Freude darüber zu verbergen, dass Clementine und er jetzt ein Geheimnis teilten.

Reggie blickte ihn mittlerweile nicht mehr so absichtsvoll an. »Kommen Sie, ich möchte Ihnen etwas zeigen. Die Leute halten Strom im Haushalt für selbstverständlich, aber mein Vater war ein Pionier auf dem Gebiet der Wasser-Elektrizität. Die Pumpenstation wird Ihnen gefallen.«

Will tupfte sich den Mund mit einer Serviette ab und stand gehorsam auf. Seine neue Vertraute warf ihm einen mitfühlenden Blick zu.

»Geht ihr zwei nur. Ich lasse Kaffee aufsetzen. Wann fährt Ihr Zug, Will?«

»Kurz nach vier«, erwiderte er. Ihm wäre es lieber gewesen, wenn Clementine sie begleitet hätte, da er vermutete, dass Reggie ein strenges Wort mit ihm reden wollte. »Ich wollte so gegen drei losfahren, wenn das keine Umstände macht?« Er blickte die beiden an.

»Onkel Reg, lass uns genügend Zeit, damit Will rechtzeitig zum Bahnhof fahren kann. Ich sorge dafür, dass die Kutsche bereitsteht.«

»Danke«, sagte er und folgte dem humpelnden Onkel aus dem Zimmer.

Will ließ sich von Reggie das Haus zeigen, und schließlich inspizierten sie den hydraulischen Aufzug. Reggie betrachtete ihn immer noch mit Ehrfurcht, obwohl er hier wohnte.

»Ehrlich gesagt schätzen die Dienstboten ihn mehr als wir, weil damit Kohlen zum Beispiel leicht in alle Räume in den oberen Stockwerken gebracht werden können.«

»Natürlich. Das habe ich nicht bedacht. Ich dachte mehr an die Vorteile für Sie und Clementine.«

»Mein Vater hat ihn immer benutzt, aber meine Nichte und ich tun das nicht. Clementine kümmert sich sehr um die Dienstboten. Es war ihre Idee, sie den Lift benutzen zu lassen, damit sie ihren Rücken schonen können. Und nicht nur für Kohle, sondern auch für Waschzuber, heißes Wasser, schwere Tabletts.«

»Und vermutlich auch, um Zeit zu sparen.«

»Ja. Unser ständiges Personal besteht aus acht Dienstboten, und Clementine tut alles, um sie bei Laune zu halten.«

»Ich wette, niemand, der bei Ihnen angestellt ist, will gehen, Reggie.« Er hatte das höfliche »Sir« weggelassen, bemühte sich jedoch immer noch, Respekt zu zeigen.

»Nein, tatsächlich, in den letzten Jahren ist niemand mehr gegangen. Clementine hat dafür gesorgt, dass vor allem den Jüngsten Lesen, Schreiben und Rechnen beigebracht wird. Viele unterrichtet sie sogar selbst, damit diese jungen Frauen mit Fähigkeiten aufwachsen, die ihnen später helfen können.«

»Sie ist wirklich erstaunlich, Ihre Nichte«, sagte Will,

bereute aber sofort, dass er seine Gefühle so offen gezeigt hatte.

»Sie ist sehr loyal, Will. Ich auch.« Er machte sich erst gar nicht die Mühe, seinem Tonfall die Spitze zu nehmen. »Unser Wildhüter ist seit einem Vierteljahrhundert mit seiner Familie bei uns, und der Obergärtner sogar noch zehn Jahre länger. Wir verlangen Loyalität, indem wir uns um die kümmern, die für uns arbeiten.«

Will seufzte. »Reggie, ich kann Ihnen nicht garantieren, dass unsere Firma …«

»Nein, aber Sie können mir die Garantie dafür geben, dass sie meine Nichte nicht gegen mich aufbringen.«

»Wie meinen Sie das?« Er wusste es natürlich, aber er musste Zeit gewinnen, um eine entsprechende Antwort formulieren zu können.

»Sie spürt, dass Sie eine Vertrauensperson sein könnten.«

»Sie hat mir gestanden, dass sie gerne nach Afrika zurückkehren möchte.«

»Setzen Sie ihr keine Flausen in den Kopf, die ihr schaden könnten. Sie ist sehr verletzlich hinsichtlich des Themas Afrika, Will. Stellen sie ihr keine Fragen. Dort erwartet sie nur Schmerz. Ich weiß es, ich war dort.«

Die Bitte klang vernünftig, aber Will konnte Clementines Geheimnis nicht ignorieren. Er musste ihr doch helfen!

»Ich schneide das Thema nicht wieder an«, versicherte er Reggie. Aber er hoffte, dass sie es wieder aufbringen würde, damit er nicht zum Lügner wurde.

»Sehr gut, Will, danke.« Reggies Tonfall war auf einmal völlig entspannt. »Und, was halten Sie denn von Woodingdene? Es lohnt sich darum zu kämpfen, oder?«

»O ja«, stimmte Will ihm zu. »Ich kann Ihre Leidenschaft verstehen.«

»Dann werden Sie also ...«

Will lächelte. »Ich werde mit meinem Vater über Ihre Idee reden. Sie sollten ein schriftliches Exposé erstellen – wenn er den Vorschlag nicht in Erwägung zieht, dann ich vielleicht.«

Reggie warf ihm einen erfreuten Blick zu.

»Ich würde lügen, wenn ich nicht zugeben würde, dass die Idee einer Versicherung gegen Brand und das vorzeitige Ende von Theaterproduktionen geschäftlich absolut Sinn macht.«

»Ich bin begeistert.«

»Aber, Reggie, wenn ich meinem Vater die Stirn bieten und mit meinen eigenen Mitteln einsteige, brauche ich eine Beteiligung von Ihnen. Eine finanzielle Beteiligung.«

Reggies erfreutes Grinsen erlosch.

»Ich bin im Risiko-Geschäft, aber ohne gewisse Sicherheit geht es auch da nicht. Sie müssen fünfzig Prozent beisteuern.«

»Fünfzig ...«, murmelte Reggie.

»Ich muss darauf bestehen. Dann erst können wir wirklich Partner sein, weil jeder von uns gleichermaßen ein Interesse daran hat, das Geschäft zu schützen.«

»Ich weiß nicht, woher Sie die Gewissheit nehmen, dass ich eine solche Summe aufbringen kann, Will.«

Will zuckte mit den Schultern, und dass er nichts erwiderte, sprach Bände. Er versuchte, die Wirkung seines Schweigens abzumildern. »Bei Clementine muss ich auf der gleichen Beteiligung bestehen, wenn wir ihre Pläne realisieren wollen. Für etwas so Innovatives müssen wir uns alle schützen.« Er tippte Reggie leicht auf den Arm. »Denken Sie darüber nach. Ich freue mich schon auf ihr schriftliches Exposé.« Er zog seine Taschenuhr heraus. »Wir lassen Ihre Nichte besser nicht mehr warten.«

Clementine ließ den Kaffee auf der Gartenterrasse servieren.

»Ich gebe ja zu, es ist ein bisschen kühl, aber ich habe Decken mit herausgebracht. Der Tag ist einfach zu schön, um drinnen zu sitzen.«

»Ganz richtig«, sagte Reggie fröhlich, obwohl Will vermutete, dass er sich nur seiner Nichte zuliebe diesen Anstrich gab.

»Hat Ihnen der Rundgang gefallen?«, fragte sie und goss dampfenden Kaffee aus einer Silberkanne mit Elfenbeingriff in seine Tasse. An der Seite der Kanne befand sich ein ziselierter Kranich, woran Will erkannte, dass sie aus der Londoner Silberschmiede Garrard stammte.

Clementine sah seinen bewundernden Blick. »Das haben meine Großeltern meiner Mutter zu ihrem sechzehnten Geburtstag geschenkt. Es ist ein merkwürdiges Geschenk für eine junge Frau, aber mir wurde gesagt, meine Mutter habe sich in den eingravierten Vogel verliebt. Meine Großmutter hatte schon immer einen Sinn für Praktisches. Sie schenkte ihr lieber so etwas als Schmuck.«

»Mein Vater war natürlich damit nicht einverstanden«, warf Reggie ein. »Er schenkte meiner Schwester eine wunderschöne Perlenkette – Teil einer byzantinischen Sammlung aus einem Harem des elften Jahrhunderts in Konstantinopel. Anscheinend war sie für die zweite Lieblingsfrau des Murads angefertigt worden.«

Clementine lachte leise. »Sie sollten die Geschichte von der Perlenkette hören, die er seiner Lieblingsfrau schenkte, die dann jedoch leider gestohlen wurde – sie war außergewöhnlich. Es heißt, sie durfte nur nackt getragen werden, und der Anhänger war ein großer Edelstein, der ... nun ja, der nach Süden zeigte.« Sie grinste. »Man sagt, der oberste Eunuch habe dieses prachtvolle Stück gestohlen und es verkauft. Niemand scheint zu wissen, wo auf der Welt es gelandet ist, aber oh, die junge, biegsame Odaliske, die es im Harem trug, hatte bestimmt ...«

»Nun, Clem. Über solche Dinge kannst du beim Tee mit anderen Damen sprechen.«

Will genoss das verschmitzte Funkeln in ihren Augen. »Ihr Onkel hat mir erzählt, wie gut Sie sich um die Bediensteten kümmern. Der hydraulische Aufzug macht ihnen anscheinend das Leben viel einfacher.«

»Will, haben Sie jemals einen Korb voller gestärkter Bettwäsche getragen?«

»Nein, das kann ich nicht behaupten«, erwiderte er und nahm eine zarte Porzellantasse mit Unterteller entgegen.

»Das ist wahrscheinlich schwerer als ich ohne Kleider.« Reggie schmunzelte, als Will verlegen hustete.

»Ja, nun, das kann ich mir nur vorstellen.«

»Meinen Sie, Sie können sich die Bettwäsche vorstellen oder mich ohne Kleider?«, fragte sie mit ernster Miene.

»Clem, hör auf! Neck unseren Gast nicht, bitte! Will, das hat sie schon als kleines Mädchen gemacht. Legen Sie sich bloß nicht mit ihr an – sie ist immer einen Schritt voraus.«

»Ich werde sehr vorsichtig sein«, gelobte Will und trank seinen köstlichen Kaffee aus. »Ich denke, ich muss mich jetzt auf den Weg machen.«

Alle standen auf. »Die Kutsche steht bereit und bringt sie zum Bahnhof nach Widdrington«, sagte Clementine.

»Es war ein großartiger Tag. Danke für Ihre großzügige Gastfreundschaft.«

»Es war uns ein Vergnügen«, sagte Reggie, obwohl Will wusste, dass jeder der beiden Grants auf seine Weise in einem Dilemma steckte.

Er küsste Clementine die Hand. »Danke. Ich hoffe, wir sehen uns wieder.«

»Das werden wir. Ich muss in ein paar Tagen nach London. Habe ich das schon erwähnt, Onkel Reggie?«

Reggie schüttelte den Kopf.

»Mittags esse ich mit Jennifer Hepburn, und abends bin ich mit Penelope Ireland zum Abendessen und einer Show verabredet. Und hoffentlich kann ich mir auch die Ausstellung mit den französischen Malern in der neuen Grafton Gallery anschauen. Haben Sie schon davon gehört, Will?«

»Ja. Ich habe ihre erste Ausstellung von Gemälden und Skulpturen gesehen, und kürzlich gab es auch in der Society of Portrait Painters eine Ausstellung.«

Clem sah ihn beeindruckt an. »Nun, in der jüngsten Ausstellung geht es um dekorative französische Kunst.«

»Das klingt schrecklich langweilig«, bemerkte Reggie. »Bitte mich lieber nicht mitzukommen.«

»Nein, das werde ich nicht, Onkel Reggie. Ich weiß doch, wie du sein kannst. Außerdem kannst du wohl kaum nach London reisen mit deinem kranken Knie.«

Jetzt erst verstand Will. Sie hielt ihren Onkel im Norden

fest mit den unschuldigsten Bemerkungen. Nach all seinem Seufzen und Humpeln heute konnte er seinen Zustand wohl kaum abstreiten. »Vielleicht möchten Sie mich begleiten, Will? Ich meine, nur wenn Sie es zeitlich erübrigen können.«

Tatsächlich, dachte Will. Clementine ließ sich von niemandem manipulieren.

»Ich werde mir die Zeit nehmen, da Ihr Onkel nicht mitkommen kann. Ich begleite Sie mit dem größten Vergnügen. Sie bestehen doch sicher auf einer Anstandsdame?«

»Wie langweilig, aber da lässt sich leicht etwas machen.«

»Werden Sie in London im Haus Ihres Onkels wohnen?«

»Das ist Clementines Haus, Will«, sagte Reggie ein wenig verkniffen. Offensichtlich hatte er einen Nerv getroffen.

»Nun, dann treffen wir uns wieder in Holland Park. Kennen Sie das Haus?«, fragte Clementine.

Er schüttelte den Kopf.

»Dann werden Sie entweder begeistert oder schockiert sein, Will, je nachdem, wozu Sie neigen.« Sie reichte ihm ihre Karte. »Ich bin ab Freitag da und bleibe übers Wochenende.«

Er lächelte. »Danke.«

Jane kam mit Wills Hut und Mantel. »Sir«, sagte sie, »der Kutscher ist bereit, wann immer es Ihnen recht ist.«

»Danke.« Will schüttelte dem Haushaltsvorstand die Hand. »Ich hoffe, Sie werden bald wieder gesund, Reggie.

Zweifellos sprechen wir uns in Kürze.« Er schlüpfte in seinen Mantel.

»Das werden wir.«

Will drehte sich um und verbeugte sich. »Clementine, es hat mich gefreut. Danke noch einmal für den schönen Tag. Bis zum Wochenende.«

19

London
November 1894

Clementine bedauerte nicht, Onkel Reggies Rat angenommen zu haben, William Axford kennenzulernen. Er hatte wahrscheinlich nicht so eine progressive Erziehung genossen wie sie, aber sie spürte bereits, dass er insgeheim gegen zu konservative Einstellungen aufbegehrte.

Es war leicht, sein Äußeres angenehm zu finden. Nicht nur die Jugend hielt ihn schlank; sie vermutete, dass er gut auf sich achtete. Seine Kleidung war untadelig, obwohl natürlich jeder mit dem richtigen Barbier, Schneider und der richtigen Adresse wie ein Gentleman aussehen konnte. Doch wirklich ein Gentleman zu sein kam von innen, das hatte ihre Mutter ihr beigebracht, und bis jetzt hatte Clementine seine Direktheit und seine freundliche Art als charmant empfunden.

Sie hatte erwartet, Dünkel umschiffen zu müssen, aber bei ihm hatte sie keine Spur davon entdeckt. Selbst sein Schnurrbart war nicht gewachst, sondern einfach nur sauber gestutzt. Seine Haare waren ordentlich gescheitelt, ohne dass er die goldenen Strähnen, die von der Sommersonne geblieben waren, verbergen konnte. Er kam ihr sehr zurückhaltend vor, und sie spürte, dass er einfach vorsichtig in seiner Wortwahl und aufrichtig war. Es war erfrischend. Will war eine äußerst angenehme Überraschung gewesen. Und jetzt stand er gerade vor der Haustür; es hatte geläutet.

Clementine wartete nicht darauf, dass Mrs Johnson zur Tür ging. Sie wollte Wills Gesichtsausdruck sehen, wenn er zum ersten Mal die andere Verrücktheit ihres Großvaters sah. Sie glättete ihren waldgrünen Rock, den sie heute ganz bewusst gewählt hatte, und öffnete die Tür. Will schaute sie überrascht an, aber auch sie empfand unerwartete Freude darüber, ihn wiederzusehen. Dass sie sich freuen würde, hatte sie sich eingestehen müssen, aber mit diesem tiefen Gefühl der Verbundenheit und der Freude, ihm wieder nahe zu sein, hatte sie nicht gerechnet.

Er war breitschultriger, als sie ihn in Erinnerung hatte; auch größer. Sie hatte sich sogar eingeredet, er habe Geheimratsecken, aber das war eine Lüge!

»Ich lege nicht viel Wert auf Etikette«, sagte sie in Beantwortung der stummen Frage, die in seinem Gesicht geschrieben stand. »Ich saß bereits im Wohnzimmer und war fertig.« Die Erklärung war viel zu komplex. Du liebe Güte, offensichtlich war sie nervös – das sah ihr gar nicht ähnlich.

Er grinste, setzte seinen Hut ab und stützte sich leicht auf den Schirm, den er bei sich trug. »Ich glaube, Sie warten einfach nur ungeduldig darauf, dass das Leben weitergeht.«

»Das auch«, gab sie zu. »Und, sind Sie gewappnet für den Anschlag?«

Will blickte sie verwirrt an. »Auf was sollte ich mich denn gefasst machen?«

»Dafür.« Sie riss die Tür weit auf und trat beiseite, damit er eintreten konnte.

Will trat auf den schwarz-weißen Mosaikboden der

Empfangshalle und wurde blass, genau wie Clementine es vorausgesehen hatte.

Sie klatschte lachend in die Hände. »Grausig, nicht wahr?«

Langsam drehte er sich um und betrachtete die wilde Stilmischung, die allein schon in der Empfangshalle vorzufinden war: von griechischen Alabastersäulen mit ihren Vogelkapitellen bis hin zu dem komplizierten Mosaik des römischen Fußbodens. Sein Mund stand leicht offen, als sein Blick hilflos zu den glänzend glasierten, mittelmeerblauen Fliesen an den Wänden glitt. Besucher, die zum ersten Mal da waren, beklagten sich oft über Schwindel, was Clementine meistens amüsiert mit der Bemerkung quittierte, sie seien vermutlich seekrank. Die meisten verstanden ihren Scherz nicht ganz, aber das spielte keine Rolle. Diese prachtvolle Wasserwand, wie sie sie gerne bezeichnete, wurde von byzantinischen Tafeln im strahlenden Blau und Violett, wie dem der Ottomanen unterbrochen. Der Überfall auf die Sinne ging noch weiter. Eine Freitreppe mit dickem Mahagonigeländer schwang sich ins Obergeschoss mit Blick auf einen sogar noch erstaunlicheren Raum mit arabischen Motiven. Als Wills Blick auf das geschnitzte Holzgitterwerk fiel, erklärte sie es ihm.

»Angeblich siebzehntes Jahrhundert aus Damaskus, wo es die Frauenräume abgetrennt hat. Sie konnten zwar auf die Straße oder in den Garten blicken, wurden aber nicht gesehen.« Grinsend fügte sie hinzu: »Die türkischen Fliesen sind mindestens ein Jahrhundert älter.«

»Äh ... nicht grausig«, stammelte er schließlich. »Aber ganz bestimmt überwältigend.«

Clementine lachte entzückt. »Will, Sie sind ein Meister der Untertreibung. Ich versichere Ihnen, dass Sie mich nicht beleidigen können. Der Geschmack meines Großvaters bei der Einrichtung dieses Hauses ist so außergewöhnlich und durcheinander, dass viele der Besucher ihn am Ende sogar mögen.«

»Man bräuchte allein in diesem Raum einen Tag, um alles genau betrachten zu können.«

»Ja, da haben Sie recht. Einzeln für sich gesehen ist jedes Element exquisit und von historischer Bedeutung. Aber er wusste schon gar nicht mehr, wo er alles unterbringen sollte.«

»Oder wie er es kuratieren sollte«, fügte Will lächelnd hinzu.

Die Haushälterin erschien, und Clem nickte ihr zu. »Wir sind fertig, danke.«

Sie führte ihn in den Salon. »Dieses ganze Zeug kann einen zum Husten reizen, was? Kaffee?«

»Bitte.«

Mrs Johnson kam mit einer Kanne auf einem Tablett und schenkte den Kaffee ein.

»Sie können das Tablett hierlassen, Alice. Ich bringe es Ihnen heute Nachmittag zurück.«

Die Haushälterin nickte und ging.

»Die habe ich gemacht«, sagte sie und bot ihm eine Platte mit einer süß aussehenden Delikatesse auf Sirup an. »Sie heißen *koeksisters*.«

»Können Sie es bitte noch einmal sagen?«

Sie wiederholte das Wort. »Es ist eine südafrikanische Süßigkeit, aber ursprünglich kommen sie aus Holland. Sie brauchen keine Angst davor zu haben, Will. Es ist ein Gebäck, geflochtene Teigstränge in Fett ausgebacken und dann in abgekühlten Zuckersirup getaucht.«

»Sie haben das gemacht?«, fragte er ungläubig.

»Ist das so seltsam?«

»In meinem Leben, ja. Die Frau im Haus stellt vielleicht die Speisekarte zusammen, aber das ist das Äußerste, was sie zur Vorbereitung des Essens beiträgt.«

»Ich habe schon als kleines Kind kochen gelernt.«

»Sie sind definitiv einzigartig, Clementine.«

Sie lächelte. »Nun?«, forderte sie ihn auf.

»Sie sehen klebrig aus«, gestand er.

»Ich verspreche Ihnen, dass sie köstlich schmecken, und ich glaube, Sie beleidigen mich, wenn sie nicht wenigstens ein Mal in eines hineinbeißen. Ich habe sie extra für Sie gemacht.«

Das klang sehr persönlich. Erschreckt blickte er sie an. »Ein Bissen also.«

»Na los – ich wette, dass Sie es dann auch aufessen«, sagte sie. Sie beobachtete, wie er versuchte, in ein Gebäckstück hineinzubeißen, ohne Zuckersirup an die Lippen zu bekommen. Wie sie es sich gedacht hatte, veränderte sich sein Gesichtsausdruck beim Kauen. Sie hatte gewusst, dass ihr Rezept sie nicht im Stich lassen würde.

»Du meine Güte!«, sagte er staunend. Erneut biss er in das Gebäck.

»Sie haben verloren.«

Will schluckte den letzten klebrigen Bissen, leckte sich den Sirup von den Fingern und warf ihr einen dankbaren Blick zu, als sie ihm eine Fingerschüssel mit warmem Wasser reichte, die sie vorausschauend auf den Tisch gestellt hatte. Sie musste den Blick von seinem Mund abwenden, der von Sirup glänzte, und der unerhörte Gedanke ging ihr durch den Kopf, wie angenehm es sein würde, diesen Zucker wegzuküssen.

Sie blinzelte, verwirrt über ihre albernen Gedanken.

Sie dachte doch sonst nicht so bei Männern. Clem vermutete, dass Will etwas gegen sein jungenhaftes Aussehen hatte. Ein Bart würde ihn vielleicht etwas älter machen, aber dann könnte sie seine feste Kinnlinie nicht mehr bewundern, und das wäre schade. Seine Nase war gerade, und er runzelte oft die Stirn. Nur wenn er lachte, wirkte er entspannt, und deshalb wollte sie ihn gerne so oft wie möglich lachen sehen; sie wollte ihm all seine Sorgen nehmen. Er hob den Blick und sah, dass sie ihn anstarrte.

»Was geht durch ihr kluges Köpfchen?«, fragte er.

Sie wagte es nicht, ihm die Wahrheit zu sagen. Stattdessen sagte sie: »Ich dachte gerade, dass ich heute am liebsten nicht mit alten Schulfreundinnen essen gehen möchte.«

»Ich habe es für einen Vorwand von Ihnen gehalten, um nach London fahren zu können.«

»Nein. Aber vielleicht sage ich ab.«

»Was möchten Sie denn stattdessen tun?«

»Nun, Sie haben sicherlich gedacht, dass wir die Galerie besuchen, aber wenn Sie Zeit haben, können wir dann den Tag zusammen verbringen? Wir könnten das Waisenhaus besuchen, das ich fördere. Und dann ...« Sie zuckte mit den Schultern.

»Ich kann mir den ganzen Tag freinehmen. Und nach dem Waisenhaus möchte ich mit Ihnen irgendwo hingehen. Darf ich Ihr Telefon benutzen?«

»Natürlich. Ich mache mich schnell fertig.«

»Lassen Sie sich Zeit. Ich rufe in der Zwischenzeit eine Kutsche.«

Clementine verbrachte ein paar Minuten in ihrem Schlafzimmer, um sich in einem der massiven venezianischen Spiegel ihres Großvaters zu betrachten. Ihre Lieblingsfarben waren immer schon unauffälliger gewesen als die Farben, die gerade in Mode waren. Sie fand das Scharlachrot und Violett viel zu grell. Ihrer Meinung nach passte es eher zu burlesken Kostümen. Ihr Rock war so schmal geschnitten, wie sie es nur wagen konnte, und viel enger, als die Mode es vorschrieb. Er war aus einem einfachen, leichten und luxuriösen Wollstoff, ohne jedes Muster abgesehen von einer geschwungenen Stickerei im gleichen Grün. Die obligatorische Tournüre war so klein, wie ihre Schneiderin es zuließ, ohne Seufzer der Verzweiflung auszustoßen.

»Ich will keinen Vorsprung auf meinem Hinterteil, Mrs Woodrow«, hatte sie sich beklagt. »Es ist eine so lächerliche Vorrichtung. Nähen Sie die Tournüre genauso, wie ich sie gezeichnet habe. Ohne Drähte, nur ein Polster.«

»Nun, aber dann sieht jeder ihre winzige Taille, das sage ich Ihnen, und Miss Grant, das ist beinahe …« Die Frau schluckte die Worte hinunter.

»Sagen Sie es ruhig«, ermunterte Clementine sie.

»Nun … es wirkt fast maskulin.«

»Welcher Mann würde denn so gekleidet ausgehen, Mrs Woodrow? Mit einer geschnürten Taille und einem Jackett, das über den unnötig gepolsterten Hüften absteht? Was ist mit all den Kleiderschichten? Seit wann gibt es unter einem Herrenanzug Unterröcke? Oder kommt es Ihnen maskulin vor, weil es weder Muster noch Farbe aufweist?«

Die Schneiderin holte Luft, um zu widersprechen, aber Clem kam ihr zuvor. »Ich will aufrichtig sein: Ich verabscheue es, auszusehen wie ein Vorhang.«

Die Schneiderin blickte sie schockiert an, und dann brachen sie beide in Lachen aus. Mrs Woodrow arbeitete schon lange genug für Clementine, um zu wissen, dass sie sich nicht nach der herrschenden Mode richtete.

»Sie sind so schwierig, Miss Grant. Was soll ich bloß mit Ihnen tun? Die jungen Frauen in dieser Gegend wollen sich von Ihnen inspirieren lassen.«

»Gut! Dann lehre ich sie, ihre albernen Tournüren wegzuwerfen, enge, praktische Röcke zu tragen, ihre ausladenden Puffärmel loszuwerden, ihre großen Hüte und albernen Haarteile ...«

»Genug! Ich nähe es so, dass es Ihnen passt wie eine zweite Haut, aber ich muss auf breiten, dekorativen Aufschlägen bestehen, und – hier gibt es kein Entkommen, ganz gleich, wie sehr Sie mich verfluchen – Sie werden leichte Puffärmel tragen, sonst leidet mein Ruf als Schneiderin.« Als Clementine widersprechen wollte, drohte sie ihr mit dem Finger, an dem ihr Fingerhut steckte. »Und für drunter werde ich eine leichte, sehr weibliche Seidenbluse nähen. Sie wird *nicht* praktisch sein, sondern aufregend feminin, sodass sie Ihre Schönheit betont.« Missbilligend musterte sie Clementine über den Rand ihres Kneifers. »Und diese Bluse wird hellrosa sein.«

»Stehkragen, keine Schleife«, beharrte Clementine. »Und vor allem keine Schleppe.«

»Dann nur ein Hauch von Stoff, der ab hier plissiert wird«, sagte sie und drehte Clem um, sodass sie ihr zeigen konnte, wo die Tournüre enden sollte.

Seufzend musterte Clem ihr Spiegelbild in dem langen Spiegel. Sie trug nur Unterwäsche aus einer ganz weichen Baumwolle, bestickt mit winzigen Rosenknospen und Bändern. Sie war nicht besonders groß und würde sich auch kaum als gertenschlank bezeichnen, doch sie wusste, dass ihr Körper attraktive Proportionen hatte. Ihre Taille war nicht so nahe an ihren Brüsten, und das bedeutete, dass Kleider bei ihr gut saßen. Ihre Brüste waren – ihrer

Meinung nach – weder besonders üppig, wie die von vielen anderen Mädchen, die sie kannte, noch waren sie zu klein. Und sie waren wenigstens fest. Ihre Hüften waren schmal, und ihre Beine waren vom täglichen Laufen über die Hügel und Schluchten von Woodingdene Estate stark und geschmeidig.

»Miss Grant, Sie müssen mir vertrauen. Es wird elegant aussehen.«

Clem nickte resigniert.

Jetzt, wo Will darauf wartete, mit ihr auszufahren, drehte sie sich so, dass sie ihre Silhouette bewundern konnte; ihre Schneiderin hatte letztendlich recht gehabt mit ihren Vorschlägen. Das Kostüm wirkte ausgewogen und elegant. Die außergewöhnlich feminine Bluse war aus einer durchsichtigen Seide genäht, so zart wie eine Wolke; sie war hervorragend gearbeitet, mit einem schmalen Perlenband um den Stehkragen.

»Du siehst gut aus, Clem«, sagte sie zu ihrem Spiegelbild.

Will wartete auf der Treppe vor dem Haus auf sie.

»Clementine, darf ich Sie überhaupt ohne Anstandsdame mitnehmen?«

Sie lächelte. »Ich habe mich noch nie an irgendwelche Regeln gehalten, Will. Meine Mutter auch nicht. Uns ist einfach nicht zu helfen.«

Will half ihr in die Droschke und wartete, bis sie ihre Röcke arrangiert hatte, bevor er ebenfalls zustieg.

»Sie haben mein Mitgefühl«, sagte er, als sie endlich richtig dasaß. »Ich habe die weibliche Mode nie verstanden.« Er drückte sich auf den Platz neben ihr. Macht es Ihnen etwas aus? Ich sitze nicht gerne rückwärts zur Fahrtrichtung.«

»Ich auch nicht.« Grinsend rückte sie sich auf der Bank zurecht. »Die Tournüre ist bestimmt von einem Mann erfunden worden – einer Frau würde so etwas Unpraktisches nie einfallen.«

»Wenigstens gibt es diese lächerlichen Krinolinen nicht mehr so häufig.«

»Oh, nun ja, sie hatten ihre Vorzüge.«

Er blickte sie erschrocken und erheitert zugleich an. »Die Korridore in Hotels und öffentlichen Gebäuden mussten besonders breit sein, damit zwei Frauen aneinander vorbeikamen.«

»Trotzdem waren sie leicht und luftig. Heutzutage sehen manche Frauen so aus, als wollten sie Werbung für Sofapolster machen. All diese Drapierungen und Troddel und die schweren Brokatstoffe in grellen Farben. Man trägt ein enormes Gewicht mit sich herum.«

Er lachte. »Machen wir das unserer Königin zum Vorwurf?«

»Besser nicht.«

»Und doch wirkt Ihr hübsches Ensemble leicht und mühelos. Sie sehen sehr schön aus.« Er wandte den Blick ab; offensichtlich hatte er nicht so direkt sein wollen.

»Danke«, erwiderte sie beiläufig, als habe er gerade gesagt: *Ich habe noch einen Schirm mitgebracht – es sieht nach Regen aus.*

Als die Droschke losfuhr, hatte Clementine auf einmal das Gefühl, sie stünde vor einer Wegbiegung in ihrem Leben – was dahinter lag, konnte sie noch nicht erkennen. Es war aufregend. Und ihre innere Stimme, auf die sie sich immer hatte verlassen können, warnte sie, dass dahinter Afrika und einige Wahrheiten, die sie noch erfahren musste, lagen.

20

»Nun, jetzt fühle ich mich ausgelaugt und motiviert zugleich«, gestand Will, als sie erneut in einer Kutsche saßen.

»Gut. Eine Mischung aus Schuldgefühl und Inspiration ist die ideale Grundlage für Spenden. Waren Sie noch nie zuvor in einem Waisenhaus?«

Verlegen schüttelte er den Kopf.

»Sie brauchen sich nicht zu schämen. Diese vergessene Gesellschaftsschicht wird leicht übersehen, wenn man ihr nicht in der alltäglichen Routine begegnet. Davon kann ich mich auch nicht freisprechen. Ich fahre mit der Kutsche und habe viele Kleider; ich gehe ins Theater und treffe mich mit meinen Freundinnen zum Tee. Ich bade gerne in heißem Wasser, habe nie Durst oder solchen Hunger, dass ich fast ohnmächtig werde, nie ist es mir so kalt, dass ich mich nicht mehr bewegen kann, und ich bin auch nie so müde, dass ich die Augen nicht mehr aufhalten kann.«

»Aber wenigstens tun Sie etwas; sie helfen tatkräftig.«

»Ja. Ich bin jedoch nicht mehr als ein Regentropfen, der auf die ausgedörrte Erde fällt. Jeder von uns kann immer noch mehr tun, aber auch wenn wir alle nur einer einzigen anderen Person helfen, die ärmer und weniger vom Glück begünstigt ist als wir, tun wir etwas, um unsere Menschlichkeit zu demonstrieren.«

»Ach, Clementine, ich weiß nicht, ob wir alle diesem Ideal entsprechen können. Aber es ist ein schöner Gedanke.«

»Ich weiß. Ich verurteile niemanden, Will. Ich engagiere mich auch nur so, weil ich eine Frau – ich glaube, sie war Hausangestellte – gesehen habe, die ein Kind von einem englischen Seemann hatte. Die Familie wollte sie und ihr uneheliches Kind nicht. Die Hand des kleinen Jungen war so winzig, dass er kaum die paar Pennys, die ich ihm gab, umfassen konnte, und in diesem Moment wusste ich, dass ich etwas Sinnvolles mit meiner Zeit, meiner Energie und meinem Geld anfangen musste. Wir haben diese Menschen aus Afrika versklavt und damit ihr Leben unwiderruflich verändert – wir nehmen sie als Soldaten, als Seeleute, als Dienstboten, aber zu Bürgern wollen wir sie nicht machen.« Traurig schüttelte sie den Kopf. »Manchmal denke ich, wir behandeln unsere Tiere besser. Dieser kleine Junge verdiente es, von dem Land, das ihm sein Leben gestohlen hatte, besser behandelt zu werden. Er küsste mir die Hand, und sein Händchen erinnerte mich daran, welche Macht ich hatte, sein Leben zu verändern. Sein Name ist Jacob. Er ist mittlerweile zwölf, ein hübscher, großer Junge, und arbeitet in unseren Stallungen. Seine Mutter arbeitet auf Woodingdene.« Sie nickte. »Fühlen Sie sich nicht nur schlecht – handeln Sie. Es gibt immer noch mehr Raum für Mitgefühl auf der Welt.«

»Sie inspirieren mich, Clementine.«

»Danke. Ich erwarte Ihren Scheck«, sagte sie und brachte ihn zum Lachen.

»Er kommt nächste Woche. Und, haben Sie außer Ihrem neuen Geschäftsprojekt und Ihrer wohltätigen Arbeit noch andere Leidenschaften?«

»Viele«, gab sie zu. »Ich liebe es, Schmuck zu entwerfen, und wenn ich einmal mehr Zeit habe, werde ich diesem Interesse nachgehen. Ich liebe Kunst, die alten Meister, aber auch zeitgenössische Maler. Ich bin daran interessiert, den Wollertrag der Schafe von Woodingdene zu steigern, und ich teile die Faszination meines Vaters für die Planeten.«

»Für den Himmel? Faszinierend.«

»Die Sterne verbinden mich mit Afrika, vor allem mit Joseph One-Shoe, weil er und ich uns viele Nächte gemeinsam um meinen Vater gesorgt haben. Wir haben uns abgelenkt, indem wir in das riesige schwarze Meer voller glitzernder Sterne über uns geblickt haben. Er brachte mir die Zulu-Namen der Sterne bei, und ich lehrte ihn unsere Namen dafür.«

»Ich beginne zu verstehen, warum dieser Mann in Ihrem Leben so wichtig war.«

Sie seufzte leise. »Onkel Reggie kümmerte sich um all meine körperlichen Bedürfnisse – er ist wirklich die beste Art von Vater geworden –, aber Joseph gab mir eine Art von spiritueller Liebe. Er lebt hier«, sagte sie und legte ihre Hand auf ihr Herz. »Aber jetzt genug davon. Wohin fahren wir?«

»Entschuldigung. Wir sind auf dem Weg zu meiner Tante.«

»Ich verstehe. Vermutlich beeindrucken Sie die Frauen in Ihrem Leben mit dieser Art von Ausflug?«

Er lachte. »Ich glaube, es wird Ihnen gefallen, wo sie wohnt.«

»Sie haben mich heute Nachmittag völlig in der Hand.«

»Das klingt großartig«, sagte er.

Sie verbarg ihre Vorfreude mit einer trockenen Antwort. »Es sollte sich aber auch lohnen, Will, schließlich haben wir die Kunstgalerie dafür sausen lassen.«

»Ich verspreche es, es wird besser als jeder alte Meister.«

»Ich nehme sie beim Wort. Wo ist es denn?«

»Primrose Hill. Ich habe den Kutscher gebeten, über den Strand zu fahren, um den dichten Verkehr zu vermeiden.«

»Jetzt sind Sie an der Reihe. Erzählen Sie mir von Ihrer Arbeit.«

Er hielt ihr einen kurzen Vortrag über Schiffsversicherungen. Die vertrauten Londoner Geräusche um sie herum traten zurück, und sie konzentrierte sich ganz auf seine Stimme, die sanfter war als die der anderen Männer in ihrem Leben, wie ein Sommerregen, leicht und amüsiert.

»Sie schließen also Versicherungen für das Schiff selbst, für seine Fracht und für die Menschen an Bord ab?«

»Korrekt. Das war bisher das Hauptgeschäft von Lloyd's, aber die neue Generation – Leute wie ich –, nun ja, wir suchen nach kreativen Wegen, um unser Wissen anzuwenden. Natürlich hätte ich nie gedacht, dass die Tochter eines Diamantengräbers mir einen Schritt voraus sein würde.«

»Mein Vater hat mir mal gesagt, ich würde denken wie ein Mann. Da war ich sieben.«

»Clementine, Sie scheinen sich weder so zu benehmen noch so zu denken wie die meisten Frauen Ihres Alters.«

Sie waren am Strand angekommen, und die Eisenräder der Droschke rumpelten über die breite Straße. Hier war es viel belebter, als Will gedacht hatte. Seufzend beugte er sich vor, als ein Pferd scheute, und die Leute, die die Straße überqueren wollten, zurückwichen. Eine Frau schrie. Irgendjemand hatte Ladung verloren und ein Chaos verursacht, und der Geruch nach Pferdemist war überwältigend. Der Kutscher traf die beste Entscheidung und bog von der berühmten Straße ab. Sie fuhren durch Covent Garden, wo die Zahl der Straßenhändler wieder größer wurde.

Clementine schnappte ihre Rufe auf, als sie vorbeifuhren. Sie priesen ihre Waren an, von gebackenen Kartoffeln, die in Zeitungspapier eingewickelt waren, bis hin zu den dicken Schinkenbroten, die bei den englischen Arbeitern so beliebt waren. Der letzte Schrei war Fisch mit Kartoffeln, die in Stäbchen geschnitten und in Fett ausgebacken wurden.

»Es riecht wundervoll, nicht wahr?«

Das konnte Clem nicht leugnen. Der fettige Geruch der frittierten Kartoffeln machte sie hungrig. »Oh, sehen Sie nur das arme Kind.« Clem zeigte auf ein Mädchen. »Was verkauft sie in ihrem Korb?«

»Wasserkresse, glaube ich. Es gibt eine klare Hierarchie bei all diesen Straßenhändlern. Sehen Sie diese Frau da, die Blumen in ihrem Korb verkauft? Sie wurde gerade weggestoßen, weil sie zu dicht an den Stand mit den Würsten geraten ist. Diese Männer sind skrupellos. Sie bezahlen für ihre Verkaufsfläche, und sie sind auf gute Tageseinnahmen angewiesen – davon hängt das Wohlergehen ihrer Familien ab. Aber sehen Sie hier die Bude?«, fuhr er fort, als sie wieder anhalten mussten. »Der Mann hier ist berühmt für seine Pasteten.«

»Haben Sie sie schon einmal gegessen?«

»Nein. Am Ende verarbeitet er Katzen oder Hunde ... oder beides.« Will zwinkerte.

Clem war sich seiner Nähe sehr bewusst. Sie roch den süßen Zitronenduft seiner Rasierseife. Sie schloss die Augen und für einen Moment lang war sie wieder in Afrika und beobachtete ihren Vater, der sich mit der gleichen Seife einschäumte. Sie konnte sein Gesicht nicht heraufbeschwören, nur seine Hände. Sie waren groß, mit schmutzigen Fingernägeln; damals war ihre Mutter bestimmt schon tot, sonst wäre er gepflegter gewesen. Ein Sonnenstrahl fiel durch einen Spalt in den Blechwänden ihrer Hütte, und sein Rasiermesser blitzte auf. Und dann war das flüchtige Bild auch schon wieder verschwunden, und sie stieß enttäuscht die Luft aus. Rasch sagte sie: »Erzählen Sie mir von den Frauen, die Sie vorhin erwähnt haben.« *Was für ein merkwürdiges Ansinnen*, schalt sie sich selbst. *Wie kommst du denn jetzt darauf, Clem?*

»Was kann ich sagen? Die Frauen, mit denen ich zusammenkomme, sind entweder hohle alte Jungfern, die von der idealen Ehe träumen, oder wütende Suffragetten, die einem Angst einjagen.«

Clementine lachte. »Das ist aber eine sehr grausame Einschätzung.«

Will zuckte mit den Schultern. »Viel schlimmer sind die älteren Frauen in diesen Kreisen, die wie Geier lauern. Sie haben ihre Töchter zu Frauen erzogen, die es für wichtiger halten, sich einen Mann mit Status und Reichtum zu angeln, als glücklich zu sein.« Er schüttelte den Kopf. »Ich will sie ja gar nicht verurteilen – sie tun natürlich ihr Bestes, um dafür zu sorgen, dass ihre Töchter und Enkeltöchter die besten Partien machen. Aber die Liebe bedeutet ihnen gar nichts, und auch nicht, ob die Paare zueinander passen. Für mich bedeutet die Ehe in erster

Linie eine erfreuliche Gemeinschaft. Wenn ich mein Leben mit jemandem verbringen soll, möchte ich sie doch auch wirklich mögen. Es geht nicht nur darum, wie sie aussieht oder wie sie mich behandelt – ich möchte sie als Mensch mögen; wie sie denkt, wonach sie strebt, wie sie sich durch die Welt bewegt.«

»Gott, Will, das klingt entmutigend.«

Resigniert presste er die Lippen zusammen. »Deshalb bin ich mit meinen zweiunddreißig Jahren auch noch nicht verheiratet, sehr zur Verzweiflung meines Vaters. Er will Enkel – Enkelsöhne, um genau zu sein.«

»Mädchen sind nicht gut genug, was?«

»Er ist altmodisch, Clementine. Und weil meine Mutter kurz nach der Geburt meines Bruders gestorben ist – und mein Bruder ebenfalls –, hat seiner mittelalterlichen Einstellung auch nie jemand widersprochen.«

Sie lächelte ihn traurig an. In diesem Zusammenhang verstand sie seine Einstellung besser. Sie hatte nicht gewusst, dass auch er seine Mutter und seinen Bruder verloren hatte. Das erklärte vielleicht, warum er manchmal traurig wirkte.

»Es muss schwer gewesen sein, mit einem strengen Vater und ohne Mutter aufzuwachsen.«

»Nicht schwerer als für Sie ganz ohne Eltern, Clementine.«

»Ja, aber ich wurde geliebt, Will. Mein Onkel überschüttet mich mit seiner grenzenlosen Zuneigung, und das sage ich ganz ohne Stolz. Aber ich liebe ihn ebenfalls von ganzem Herzen.« Sie verstand nicht, warum auf einmal so etwas wie Schmerz über sein ernstes Gesicht huschte. Er wandte den Blick ab, damit sie es nicht wahrnahm, aber es war ihr bereits aufgefallen.

»Nun, meine Tante Esme ist eine Persönlichkeit. Sie ist die Schwester meines Vaters und sein absoluter Gegenpart. Ich glaube, sie wird Ihnen gefallen.«

Sie hatten mittlerweile die Stadt verlassen und fuhren um den Regent's Park herum.

»O ja, ich weiß, wo wir sind«, sagte Clem. »Da drüben ist der Londoner Zoo.«

»Genau. Und gleich sind wir am Primrose Hill. Die gesamte Gegend hier gehörte ursprünglich zum berühmten Jagdgebiet von Henry VIII. Eton hat sie vor einem halben Jahrhundert gekauft, um hier Grünanlagen für die Armen im Londoner Norden zu schaffen, damit sie frische Luft atmen konnten.«

»Das gefällt mir«, sagte Clem. »Diejenigen von uns, die vermögend sind, müssen sich um die bemühen, die nichts haben.«

»Sie sprechen wie eine wahre Menschenfreundin.«

»Das will ich doch hoffen. Wozu sollte es sonst gut sein, Einfluss zu haben?«

Sie bogen in eine breite Straße ab, die in der Mitte durch eine öffentliche Grünanlage geteilt wurde. Die Reihenhäuser waren in pastelligen Eiscreme-Farben gehalten.

»Oh, Will, das ist ja hübsch. Diese Häuser haben bestimmt Modell gestanden für die Puppenhäuser, mit denen kleine Mädchen spielen.«

Er grinste. »Da könnten Sie recht haben. Aber das Haus meiner Tante ist nicht so schmal wie diese hier.«

Es stellte sich heraus, dass Tante Esmes Haus so breit war wie drei dieser Reihenhäuser. Es stand alleine auf einem großen Grundstück, das in eine offene Parklandschaft überging.

Wills Tante kam heraus, um sie zu begrüßen. Clem fand, sie sah aus, als trüge sie Vorhänge.

»Ach du liebe Güte. Nach unserem Gespräch wird mir klar, dass sie wirklich so aussieht, als hätte sie sich die Vorhänge aus dem Schlafzimmer umgehängt«, sagte Will.

Clem musste lachen. »Seien Sie nicht unhöflich!«, wies sie ihn zurecht.

Er half ihr aus der Kutsche. »Danke, Kutscher.« Er hatte den Mann bereits bezahlt, gab ihm aber jetzt noch eine Münze als Trinkgeld.

»Oh, meine Lieben!«, rief Esme und kam die Treppe heruntergeeilt wie eine Henne, die ihre Küken einsammeln will. »William«, sagte sie und bot ihm ihre gepuderten Wangen zum Kuss. »Umarme mich, du böser Junge. Du warst schon viel zu lange nicht mehr hier.«

Gehorsam zog er seine Tante in eine Umarmung, und Clem wappnete sich.

»Und wer ist dieses reizende Geschöpf, Will?«

»Tante Esme, darf ich dir Clementine Grant vorstellen?«

»Grant? Die Grants aus Chester oder die Grants aus Northumberland?«

»Letztere«, erwiderte Clem, ein wenig enttäuscht, dass seine Tante anscheinend Wert auf Dinge legte, die sie schrecklich fand.

»Mein liebes Mädchen, wie wundervoll. Ihr Großvater lebte zu einer Zeit, die nicht bereit war für ihn.«

Das überraschte Clem. Sie tadelte sich insgeheim, weil sie zu vorschnell geurteilt hatte. »Ja, so sagt man.«

»Ich sollte Sie warnen, dass meine Tante selten etwas vergisst. Sie liest ebenfalls die Zeitung, und bei Einladungen gehört sie zu den Gästen, die am besten informiert sind.«

»Deshalb werde ich auch nicht mehr so häufig eingeladen, meine Lieben. Ich glaube, Frauen fühlen sich in meiner Gegenwart nicht wohl, und die Männer reagieren verlegen. Ich ziehe einfach intelligente Unterhaltung banalen Plaudereien vor. Nun, liebe Clementine – ihr Name ist so spritzig und hübsch wie Sie ...« Will warf ihr einen entschuldigenden Blick zu, aber Clem war dem Zauber seiner Tante bereits erlegen. Bei ihr klang dieser Satz eher wie eine Beobachtung und nicht wie ein gezwungenes Kompliment. »Ich war bei Hofe, als Ihre Mutter debütierte. Sie war eine Schönheit, und meiner Meinung nach ist der Apfel sehr nah am Stamm geblieben.«

»Sie kannten meine Mutter?«

»Ich wünschte, es wäre so. Ich beobachtete sie, wie es viele taten, aber sie bewegte sich in ihrer eigenen Welt – wenn ich so sagen darf? Die Leute konnten kaum den Blick von ihr wenden.«

Clem folgte Wills Beispiel und küsste seine Tante auf beide Wangen. »Danke, dass Sie mich so kurzfristig in Ihrem Haus empfangen.«

»Unsinn. Das Vergnügen ist ganz auf meiner Seite. Ich liebe es, euch junge Leute um mich zu haben. Kommt herein, kommt herein!«

Sie führte sie durch die Empfangshalle direkt in eine Orangerie, in der es einen Wassergarten gab; das Geräusch des Wassers, das über bemooste Steine plätscherte, war beruhigend und angenehm.

»O mein Gott, Tante Esme – ich hoffe, ich darf Sie so nennen?«

Die ältere Frau nickte vergnügt.

»Das ist wunderschön.«

»Danke, aber den Ruhm kann ich nicht für mich beanspruchen. Das ist die Vision meines geliebten Freddie.«

»Onkel Fred lag viel an der Natur«, erklärte Will. »Er baute diesen Raum, damit meine Tante die Welt draußen mit dem Komfort von drinnen betrachten konnte.«

Tante Esme seufzte. »Freddie liebte diesen Raum, aber seine größte Errungenschaft wird Will Ihnen nach einer kleinen Erfrischung zeigen.« Sie zog an einer Klingelschnur.

»Du siehst so zufrieden mit dir aus, Tante Esme. Was hast du vor?«

»Oh, du kennst mich, Will. Setzt euch, meine Lieben.«

Clem setzte sich auf einen Korbsessel mit hoher Lehne. »Wie hübsch.«

»Mein Mann war ein begeisterter Reisender – wie Ihr Großvater. Diese Stühle hat er aus Indien mitgebracht. Die Bodenfliesen mit dem Harlekin-Muster sind aus Italien, und die Vasen aus China, die Zitronenbäume aus Amerika, und so weiter. Aber Sie wissen bestimmt über all das Bescheid, Clementine?«

»Ich bin sowohl in London als auch in Northumberland von der ganzen Welt umgeben«, erwiderte Clementine munter.

»Oh, ich wünschte, Freddie wäre hier, um Sie darüber erzählen zu hören. Ah, hier kommt unsere Leckerei. Haben Sie schon einmal den Biskuitkuchen, der nach unserer Königin benannt ist, probiert?«

»Ich glaube nicht.«

»Unser Rezept stammt aus dem königlichen Haushalt. Meine Köchin hat im Palast gearbeitet, als sie noch jung war, und sie hat dieses Rezept mitgebracht. Die Brombeermarmelade stammt aus unserem Garten.«

Clem bewunderte den zweistöckigen Biskuitboden, der von einem lächelnden Hausmädchen serviert wurde. Die oberste Schicht bestand aus Sahne, die wie eine Kumuluswolke über einem dunklen Himmel aus glänzendem schwarzem Gelee schwebte. Die Oberfläche war mit Puderzucker bestäubt. »Das sieht sensationell aus.«

»Und es schmeckt sogar noch besser. Ja, bitte, Holly, wenn Sie uns einschenken würden. Mit Zitrone oder Milch, Clementine? Es ist feiner Orange Pekoe aus Darjeeling.«

»Nur Zitrone. Kein Zucker, danke.«

»Ich habe euch nichts Herzhaftes angeboten, weil Will mich gebeten hat, euch beiden ein kleines Picknick einzupacken.«

»Ach ja?«, sagte Clem und nahm dankend ihr Stück Kuchen von Holly entgegen.

Die Viktoriatorte hielt, was sie versprach, und bald widmeten sich alle schweigend dem luftigen Zuckergebäck. Nur genussvolles Stöhnen war zu hören.

»Es schmeckt so leicht und köstlich«, sagte Clementine.

»Wir sollten dem Himmel für die Erfindung des Backpulvers danken«, sagte Esme und schob sich eine weitere Gabelvoll in den Mund.

»Und deiner Köchin, die es versteht, damit umzugehen«, ergänzte Will.

Clementine war von Esme fasziniert. Das war eine Frau nach ihrem Herzen. Sie war wesentlich mehr an der Welt um sie herum interessiert als an ihrer eigenen kleinen privilegierten Welt.

Ihre Unterhaltung drehte sich um die Einführung von Nummernschildern für Autos in Frankreich, die Befreiung Mazedoniens von den ottomanischen Türken und die Weltausstellung in Chicago, die letztes Jahr zum vierhundertsten Jahrestag von Christoph Kolumbus' Ankunft in der Neuen Welt stattgefunden hatte. Es hatte ein Unterhaltungsprogramm und einen Vergnügungspark gegeben, erklärte Esme. Dann ging es um Literatur, und sie fragte, ob Will Conan Doyles *Das letzte Problem* kannte. Er versicherte ihr, das Buch gelesen zu haben. Und schließlich sprachen sie über zwei außergewöhnliche persische Teppiche, die als Ardabil-Teppiche bekannt waren.

»Mitte sechzehntes Jahrhundert«, sagte Esme. »Freddie wäre über heiße Kohlen gelaufen, um sie sich anzuschauen. Sie sind anscheinend völlig zerfetzt, aber einer wird wahrscheinlich für den anderen geopfert, damit sie im Victoria and Albert Museum ausgestellt werden können.«

»Ich möchte sie definitiv sehen«, sagte Clementine.

»Lassen Sie uns zusammen dorthin gehen. Vermutlich findet eine öffentliche Spendensammlung statt, da die Restaurierung exorbitante Summen verschlingen wird. Es wird wahrscheinlich Jahre dauern.«

»Das ist ein Versprechen«, versicherte Clem ihr.

»Nun, Tante Esme, danke für alles. Ich glaube, es ist Zeit, Clementine mitzunehmen.«

»Wohin mitzunehmen?«, fragte Clementine. »Das ist alles so mysteriös.«

»Macht euch auf den Weg, ihr beiden. Betrachtet euch als begleitet. Ich muss mich eine Stunde hinlegen, und dann bin ich zum Abendessen eingeladen. Es ist eine weite Fahrt mit der Kutsche, deshalb bin ich wahrscheinlich nicht mehr hier, um euch zu verabschieden, aber das Picknick erwartet euch.«

Clem blickte auf die Uhr und fragte sich, wann dieses Picknick wohl stattfinden würde und warum. Es war schon später Nachmittag, aber Will hatte offensichtlich einen Plan.

»Auf Wiedersehen, meine Liebe. Es war mir ein aufrichtiges Vergnügen.«

»Danke. Ich habe die Zeit hier ebenfalls sehr genossen«, erwiderte Clem. Sie umarmte Tante Esme, wobei sie feststellte, dass die Frau unter ihren Puffärmeln und dem schweren Kleid ziemlich leicht und zerbrechlich war.

»Tante Esme, wie immer vielen Dank«, sagte Will und umarmte seine Tante fest. Dann bot er Clementine seinen Arm. »Sollen wir?«

»Ich kann es kaum erwarten. All die finsteren Andeutungen erregen meine Neugier.«

»Der Honig für dich ist an der Garderobe, Will«, sagte seine Tante beiläufig und wandte sich zum Gehen.

»Honig?«, fragte Clem.

»Seien Sie geduldig. Sie werden es herausfinden.«

21

»Onkel Fred nannte das hier sein ›Tropenhaus‹«, sagte Will, als sie um die Ecke des Gebäudes in den riesigen Garten traten. Der Honig in dem Glas, das er bei sich trug, schimmerte im Sommerlicht des späten Nachmittags und erinnerte mit seiner Farbe an den Moment, wenn die untergehende Sonne die Welt in goldenes Licht taucht und die Felder wie mit einem Bernsteinhauch überzieht, bevor die Dämmerung hereinbricht.

Clem hatte schon Tante Esmes Orangerie prachtvoll gefunden, aber dieses palastartige Glashaus raubte ihr den Atem. Staunend starrte sie es an. Es war ein großer, prächtig verzierter Bau aus Metall und Glas, der jedoch so spektakulär leicht aussah, dass er über dem Boden zu schweben schien. Offensichtlich hatte sie diesen Gedanken laut ausgesprochen, denn Will antwortete sofort darauf.

»Ja, ich vermute, die Wirkung war beabsichtigt, und das werden Sie verstehen, wenn wir hineingehen.«

»Sind die Scheiben feucht?«

»Wir haben Glück, weil heute ein kühler Tag ist. Kommen Sie. Ich lasse Sie entdecken, warum.«

Sie betraten das Gewächshaus, und Clem keuchte über die atemberaubende Wärme, die sie umfing.

»Ein tropischer Garten; seien Sie gewarnt. Es ist feucht hier drinnen, aber es lohnt sich. Vielleicht erinnert Sie die Hitze an Afrika.«

»Nein«, erwiderte sie und knöpfte ihre Jacke auf, die sich bereits jetzt viel zu warm anfühlte. Sie merkte nicht, welche Wirkung ihre Geste auf ihren Begleiter hatte. »Die Hitze dort war nicht so feucht. Sie war viel trockener.« Es überraschte sie, wie sie die Heftigkeit der afrikanischen Hitze auf einmal spüren konnte. Ihr Mund blieb ihr offen stehen, als ein Schmetterling, größer als ihre Hand, durch die Luft tanzte.

Sie keuchte. »Oh, Will!«

Er grinste sie aufrichtig erfreut an. »Es ist das Schmetterlingshaus meines Onkels. Vor seinem Tod sammelte er jede Spezies auf der Welt, derer er habhaft werden konnte, und hegte und pflegte die Puppen und die Raupen, um die jeweilige Art zu erhalten. Wir haben hier Schmetterlinge von jedem Kontinent, und meine Tante hat einen speziellen Schmetterlingspfleger eingestellt.«

»Außergewöhnlich«, hauchte sie staunend, als sie immer mehr der Schönheiten entdeckte. »Aber es geht doch sicher viel Wärme durch die Glasscheiben verloren?«

»Das stimmt, aber Onkel Fred wollte, dass jeder die Schmetterlinge betrachten und etwas über die Natur lernen kann. Manche Menschen haben Angst vor flatternden Tieren, und das Glas schützt die Schmetterlinge wie die Betrachter.«

»Er war wirklich ein richtiger Menschenfreund.«

»Kommen Sie. Ich zeige sie Ihnen.«

Er führte sie in dem riesigen Glashaus herum – es war so hoch wie breit, und unter dem tief hängenden Novemberhimmel kam es ihr vor, als schwebe sie durch die Luft, so viel Glas war um sie herum.

»Das ist hinreißend, Will. Ich komme mir vor wie in einer Märchenkathedrale.«

»Ausgezeichnet. Es freut mich, dass ich etwas für das Mädchen, das alles hat, gefunden habe.«

»Sie haben mich auf jeden Fall beeindruckt.« Sie seufzte glücklich, als sich ein Schmetterling auf ihren Arm setzte. Er war bräunlich mit cremefarbenen Flecken, sodass es aussah, als blickte sie ein Auge an.

»Man nennt ihn Eulen-Schmetterling. *Caligo memnon*, glaube ich.«

»Oh, Sie sind ein schrecklicher Angeber!«, sagte sie und verfiel seinem Charme noch ein wenig mehr.

»Ich habe schon als Jugendlicher die Namen jeder Spezies gelernt, und irgendjemandem muss ich mein Wissen doch präsentieren. Und jetzt passen Sie auf: Deshalb wird er die Eule genannt.« Sanft berührte er einen Flügel, und das zarte Geschöpf breitete beide Flügel aus.

»Oh!« In der Tat blickte sie das Gesicht einer Eule mit starrem, strengem Ausdruck an. »Prachtvoll!«, rief sie aus, als der Schmetterling schließlich davonflatterte.

»Dieser hier kommt aus Mittel- und Südamerika, und sehen Sie, dieser hier kommt von Mexiko bis zu den Anden vor. Er heißt *Heliconius hecale* oder Tiger-Passionsblumenfalter.«

Ein orange-schwarzer Schmetterling mit strahlend weißen Punkten tanzte an ihnen vorbei.

»Wunderschön«, hauchte sie.

Sie kamen mitten in das Gewächshaus, wo Palmen und Rhododendren wuchsen und tropische Blumen Nektar boten. Unzählige Farben schwirrten durch die Luft, weil überall Schmetterlinge umherflatterten.

Wieder kam es ihr so vor, als könne Will ihre Gedanken lesen. »Sie flattern so unberechenbar durch die Luft, weil sie dadurch nicht so leicht zur Beute werden. Ihren Flugweg kann niemand vorhersagen.«

»Kluge Geschöpfe«, sagte sie geistesabwesend, weil gerade ein prächtiger blauer Schmetterling um sie herumflatterte. »Lassen Sie mich raten. Südamerika?«

»Bravo!«, sagte Will. »Blauer Morphofalter. Ah, und sehen Sie sich diese Schönheit an, Graphium agamemnon, er stammt aus Asien.«

»Ich glaube, so ein Grün habe ich noch nie gesehen. Es ist, als trüge er sein eigenes Licht in den Flügeln.«

Will zeigte auf einen weiteren Falter. »Dort drüben ist eine Weiße Baumnymphe. Und dieser hier, der auf der Glockenblüte dieser Blume sitzt, ist einer meiner persönlichen Favoriten – die Flügel sind so elegant gestreift und dabei mit den leuchtend roten Kanten von einer so schönen Farbe. Das ist der scharlachrote Schwalbenschwanz. Er kommt von den Philippinen.«

»Wunderschön«, sagte sie. Sie zeigte auf einen blauen, gelben und schwarzen Schmetterling. »Machen Sie weiter.«

»Kallima paralekta, der Trockenes-Blatt-Schmetterling, und da, Cethosia cydippe, auch aus Indien.« Er drehte sich zu ihr und blickte sie seltsam zögerlich an. »Ich bin froh, dass es Ihnen so gut gefällt, aber darf ich Ihnen zeigen, warum wir hierhergegangen sind?«

Sie nickte.

Er ergriff ihre Hand, und ein Schauer durchströmte sie, als sie seine Haut auf ihrer spürte. Clem hätte sich gerne eingeredet, dass ihr auf einmal so schwindlig wurde, weil die Luft so feucht war, aber sein plötzlicher Ausruf lenkte sie davon ab, der Ursache nachzuforschen.

»Sehen Sie«, flüsterte er triumphierend. »Hier ist der *Danaus chrysippus*.«

Sie erkannte den Schmetterling sofort. Ihr stockte der Atem und das sinnliche Gefühl, das sie empfunden hatte, war vergessen. Beinahe wurde ihr kalt, obwohl es so schwül war im Treibhaus. Sie hätte schwören können, dass irgendwo tief in ihr Glocken läuteten.

Sie fühlte sich auf einmal frei und ungezwungen. Es war, als wäre eine Tür aufgesprungen, und der Schmetterling würde sie zurück in ihre Kindheit führen. Sie konnte Afrika riechen; in ihrer Seele schmeckte sie den Wind und hörte die eindringlichen Geräusche der Wildnis. Es war Frühling in Kimberley, und überall färbten Schmetterlinge die Luft mit ihren hellen orangefarbenen Flügeln. Als Kind hatte sie immer geglaubt, ein berühmter Künstler hätte das elegante Muster auf ihre Flügel gemalt, so dass sich das Orange leuchtend von den schwarzen und weißen Flügelspitzen abhob.

»Wir nennen sie Tiger«, sagte Will, der nicht mitbekommen hatte, wie tief der Anblick sie berührte.

»Und wir nennen sie afrikanische Königinnen«, flüsterte sie.

»Das habe ich noch nie gehört«, sagte er lächelnd.

Ihre Stimme klang wie von weither in der heißen feuchten Luft des Glashauses in Südengland. »Nein, die Bezeichnung wird nur am Kap verwendet. Joseph One-Shoe hat sie mir beigebracht. Er kannte alle Geschöpfe in unserer Region. Und während Sie ihre lateinischen Namen kennen, wusste er ihre Namen sowohl in seiner Stammessprache als auch auf Englisch oder Afrikaans. Warum musste er sterben, Will? Warum muss jeder, den ich liebe, sterben?«

»Es tut mir leid, Clementine«, durchbrach Will das Schweigen, das zwischen ihnen entstanden war.

Sie lächelte traurig. »Sie brauchen sich nicht zu entschuldigen. Das ist eine alte Wunde. Normalerweise habe ich sie unter Kontrolle, aber manchmal trifft mich die Erinnerung unvorbereitet, und dann werde ich sentimental. Diese Schönheit hier, und dass ich diese afrikanischen Königinnen noch einmal sehe ...« Ihr versagte die Stimme, und sie schüttelte den Kopf.

»Wie alt war er?«

»Das weiß ich nicht genau. Als ich ihn kennenlernte, war er vielleicht dreißig. Ich habe erst als Erwachsene begriffen, dass es bei den Diamantenfeldern anders zuging. In anderen Teilen Afrikas waren die Afrikaner getrennt von den Weißen, aber in New Rush bestand die Polizei aus ziemlich gewalttätigen Männern, die sich selbst nicht an die Gesetze hielten, und so weit draußen hatte das Militär keinen Zugriff auf sie – das bedeutete, dass wir alle so gut wie möglich versuchten zusammenzuleben. Viele Afrikaner arbeiteten zusammen mit den Weißen, und viele von ihnen waren befreundet. Joseph gehörte ganz einfach zu unserer Familie. Ich kann mich erinnern, dass viele der Afrikaner, die als Diamantengräber arbeiteten, sich selbst als zivilisierte Kolonialherren betrachteten, im Gegensatz zu den Stammesangehörigen, die noch nicht unter dem Einfluss der Europäer standen. Sie wurden von den Leuten in unserer Gemeinschaft, gleich ob weiß oder schwarz, als ›Decken-Kaffer‹ bezeichnet.« Clem schüttelte den Kopf. »Onkel Reggie hat nie verstanden, welche Beziehung wir zu Joseph hatten, aber er hat ja auch immer nur in seiner behüteten Welt in England gelebt.«

»Und warum ist Joseph so jung gestorben?«

»Er starb an einer Vergiftung. Ich habe Onkel Reggie so lange danach gefragt, bis er über seinen Londoner Club mit den Einheimischen Kontakt aufgenommen hat. Sie informierten uns, er sei an einer Maniok-Vergiftung gestorben, aber Genaueres erfuhren wir nicht. Außerdem wusste Joseph ganz genau, wie man Maniok zubereiten musste.« Auf Wills fragenden Blick hin zuckte sie mit den Schultern, als wolle sie sagen, dass das Gemüse nicht von Interesse sei.

»Und Sie glauben, was man Ihnen erzählt hat.«

»Das musste ich doch – ich war ja noch ein Kind. Ich hatte keine Stimme.«

»Aber jetzt haben Sie eine.«

»Ja. Jetzt habe ich eine Stimme. Ich habe die finanziellen Mittel. Und ich habe den Wunsch. Ich werde herausfinden, wo er beerdigt ist und ihm dann eine richtige Bestattung geben. Und ich will auch die Gräber meiner Eltern besuchen.«

»Lassen Sie mich Ihnen helfen.«

»Wie meinen Sie das?«

»Ihn zu finden. Ich habe Kontakte, die vielleicht sogar noch besser sind als das Netzwerk Ihres Onkels. Mein Club kann dem Kimberley Club ein Telegramm schicken.«

Clem grinste. »Sie haben auch Telefon – und die Eisenbahn und Elektrizität. Es ist eine der modernsten Gemeinden auf der Welt. Anscheinend ist es nicht schlimm, wenn ein Ort auf einem fernen Kontinent in der Wüste liegt, wenn jeden Tag ein Vermögen mit der Ausbeute an Diamanten erzielt wird.«

»Dann reicht ein Telefonanruf vielleicht sogar aus, um ihre Suche ernsthaft zu beginnen. Darf ich Ihnen helfen?«

»Will, Sie kennen mich doch kaum.«

»Ich kenne Sie, Clementine«, sagte er und zog sie an sich.

Ohne nachzudenken, gab sie ihm nach und sank in seine Arme, während Schmetterlinge sie umflatterten und sie sich festhielten.

»Danke«, flüsterte sie, die Wange an seine Brust gedrückt. In der Stille hörte sie seinen Herzschlag: Rhythmisch und stark drang er an ihr Ohr, und erneut regte sich etwas in Clem. Sie löste sich von ihm. »Verzeihung.«

»Es gibt nichts zu verzeihen. Ich mochte es.«

»Und der Honig?«

Will lachte. »Den habe ich ganz vergessen. Ich zeige es Ihnen.«

Will war dankbar für die Wärme im Treibhaus, die ihm offensichtlich die Röte in die Wangen trieb. Er war nicht daran gewöhnt, dass es ihm so wichtig war, jemandem gefallen zu wollen. »Es funktioniert allerdings nicht immer, muss ich Ihnen sagen«, erklärte er, als er das Glas herausholte.

»Mr Axford, Sie sollten ein Mädchen nicht necken und es dann enttäuschen.«

»Das war nie meine Absicht«, versicherte er ihr. »Los geht es.« Er zog den großen Korken aus dem Glas. Der Honig schimmerte im gedämpften Licht noch samtiger. Er tauchte den Zeigefinger hinein und tippte sich mit der klebrigen Masse auf die Nasenspitze, sehr zu Clementines überraschtem Entzücken.

»Was um alles in der Welt machen Sie da?«

»Haben Sie Geduld«, sagte er, aber sie brauchten nicht lange zu warten.

Einer der vorbeiflatternden afrikanischen Tigerschmetterlinge landete auf seiner Nase.

»Ihr Geschmackssinn ist in den Füßen«, flüsterte er.

»Lügen Sie mich nicht an!«

Er legte seine Hand aufs Herz. »Mit Sirup funktioniert es sogar noch besser, ehrlich gesagt. Mein Onkel hat das früher immer gemacht, wenn er mich zum Lachen bringen wollte. Es macht Spaß, die Tradition lebendig zu erhalten.«

»Ja, unbezahlbar«, gab sie zu. »Danke. Das habe ich gebraucht.«

»Kommen Sie, möchten Sie ein wenig spazieren gehen? Ich habe noch eine Überraschung.«

»Wie könnte ich da widerstehen?«, sagte sie, und er hatte auf einmal das Gefühl, alle Schmetterlinge seien in sein Herz geflogen.

22

Der Spätnachmittag war mild für November, aber als sie schließlich den Primrose Hill erklommen, stand ihr Atem weiß vor dem Mund. Sie blieben stehen, um Luft zu holen. Will hatte vorsichtshalber Decken mitgenommen.

»Wir haben Glück, dass hier oben niemand ist.«

»Machen Sie sich schon wieder Gedanken wegen einer Anstandsdame, Will?«

Er zögerte, gestand dann jedoch nickend: »Ich sorge mich um Ihren Ruf.«

»Das brauchen Sie nicht. Mir ist das Geschwätz der Klatschtanten gleichgültig. Sie wissen ja gar nicht, wie ehrenhaft Sie sind. Außerdem bin ich für Ihren Charme unempfänglich.« Sie grinste.

»Tante Esme schickt jemanden zu uns hinauf, damit der Schein gewahrt bleibt.«

Clem zuckte mit den Schultern.

»Sehen Sie die Eiche drüben am Abhang?« Will zeigte den Weg hinunter, den sie gekommen waren.

»Ja.«

»Sie wurde vor fast hundertfünfzig Jahren gepflanzt, zu Ehren des dreihundertsten Jahrestags von William Shakespeares Geburt. Deshalb nannte man sie »Shakespeares Baum«.

»Du liebe Güte«, sagte Clem. »Und sie gedeiht immer noch.«

»Ja«, sagte Will. »Ich bin sehr stolz darauf. Onkel Freddie ist immer mit mir hierhergekommen und hat mir gesagt, dass dieser Baum Englands Weisheit in seinem Herzen trägt.«

»Und Sie dachten, Sie könnten davon etwas abbekommen?«

Fast scheu hob er eine Schulter.

»Ich war ein Kind, dass Sicherheit suchte. Und wenn ich den Baum berührte, hatte ich das Gefühl, sie zu bekommen.«

»Was für eine Sicherheit, Will?«

»Dass der Tod meiner Mutter nicht meine Schuld war; als kleiner Junge glaubte ich, ich hätte sie irgendwie retten müssen. Und auch, dass mein Vater nicht meinetwegen unglücklich war.«

»Oh, Will! Wirklich?«

»Machen Sie sich keine Gedanken. Ich habe es überwunden. Meine Kindheit war zwar privilegiert, aber auch hart, und wenn ich hier bei Tante und Onkel war, dann war es schöner.«

»Wir verdanken unseren Onkeln beide viel.«

Touché, sagte sein Blick.

Will hatte etwas vor – daran zweifelte sie nicht. Sie umkreisten einander in sicherer Distanz, aber sie hatte trotzdem das Gefühl, als ob ihre Herzen einander zuflogen.

Es fühlte sich aufregend und leicht zugleich an – als ob ihr Zusammentreffen in den Sternen gestanden hätte. Die Sterne. Kurz schloss sie die Augen.

»Clem?«

»Alles in Ordnung. Ich muss ständig an die Sterne denken, so als ob sie wichtig wären.«

»Ah gut. Deshalb sind wir nämlich hier.«

»Ich habe mich schon gefragt, warum wir so spät hier hinaufgegangen sind.«

»Ein Polizist patrouilliert hier. Sie haben nichts zu befürchten.«

Sie öffnete die Augen und blickte in sein ernstes Gesicht. Es war wie ihr eigenes, ganz besonderes Geheimnis.

»Ich wäre gar nicht auf die Idee gekommen, mir Sorgen zu machen.«

»Kommen Sie«, drängte er und bot ihr den Arm. »Wir haben den gesamten Hügel für uns.«

Als sie oben angekommen waren, blickte Clementine zurück und seufzte vor Freude. »Will, Sie haben mir ein weiteres schönes Geschenk gemacht. Ich habe London noch nie aus dieser Höhe gesehen.«

Er lächelte. »Das Beste kommt erst noch.«

Clem beobachtete ihn, als er eine Decke ausrollte. Seine Bewegungen gefielen ihr. Er war ihr Gegenstück; harte Kanten gegen ihre weichen Rundungen. Ein starkes Kinn, eine gerade Nase, und selbst die dunkle Linie seiner Wimpern bog sich nicht nach oben, sondern wirkte wie ein gerader Strich. Seine Gesichtszüge waren regelmäßig. Bei Will Axford war alles an seinem Platz. Ordentlich in seiner Erscheinung, seinen Gedanken, seinen Worten und Emotionen.

Er hielt ihr die Hand hin, damit sie sich setzen konnte, und das Lächeln, dass über seine Lippen huschte, weckte in ihr den Wunsch, es mit einem Kuss in Unordnung zu bringen. Hoffentlich konnte er ihre Gedanken nicht lesen, denn bisher hatte er schon eine bemerkenswerte Tendenz gezeigt, ihre Fragen zu beantworten, noch bevor sie sie gestellt hatte.

»Tante Esme schickt uns freundlicherweise eine kleine Erfrischung. Sehen Sie nur.«

Ein Mann eilte mit einem Korb den Hügel hinauf.

»Oh, wirklich?«

Er schmunzelte. »Sie möchte wohl, dass Sie sich willkommen fühlen.«

»Was denkt sie sich dabei?«

Verlegen zupfte er am Gras. »Sie sollen mich mögen.«

»Aber ich mag Sie doch, Will. Das ist mir vom ersten Moment an so gegangen.«

Er hielt den Blick gesenkt. »Ich bin für gewöhnlich ein bisschen ungeschickt im Umgang mit Frauen – das sagt Esme wenigstens. Ich musste ihr versprechen, Ihnen gut zuzuhören.«

Clem öffnete den Mund, um etwas zu sagen, aber er kam ihr zuvor und fuhr fort: »Bevor Sie fragen, ob meine Tante mich beraten musste – nein. Ich finde es leicht, mit Ihnen zu reden ... mit Ihnen zusammen zu sein ... und es fällt mir nicht leicht, das zuzugeben.« Verlegen lächelnd schwieg er.

Der Diener war bei ihnen angekommen. »Mr Axford, Sir. Ich bin Johnny. Ich wurde gebeten, Ihnen das hier aus dem Haupthaus zu bringen und, äh, zu warten.«

»Ja, danke.« Will zog ein kleines Geldstück aus seiner Westentasche und warf es ihm zu. Geschickt fing der Mann die Kupfermünze.

»Könnten Sie sich dort drüben auf die Bank setzen?« Will zeigte auf eine Bank, die etwas weiter unten am Hügel stand.

»Ja, Sir. Ich werde eine rauchen, wenn Sie nichts dagegen haben.« Sie blickten ihm nach, als er sich zurückzog.

»Ist das unser Anstandswauwau?«

»Anscheinend.«

Kurz darauf war er auf der Bank nur noch undeutlich zu erkennen, und schließlich vergaßen beide, dass er da war.

Clem fiel auf, wie schnell es dämmerig geworden war. Das Parlamentsgebäude und die Kuppel der St Paul's Cathedral waren nur noch als dunkle Silhouetten zu erkennen, und der Himmel färbte sich dunkelrot.

Will packte den Korb aus, und in gemeinschaftlichem Schweigen verzehrten sie ihre Schinkenbrote mit Gürkchen, während die Natur ihnen ein buntes Schauspiel am Himmel bot.

»Ist Ihnen kalt?«

»Ein wenig.«

Er faltete die andere Decke auseinander und machte Anstalten, sie ihr um die Schultern zu legen. »Darf ich?«

Sie nickte und genoss es, seine Aufmerksamkeit zu spüren, als er sie in die Wolldecke einhüllte.

»Packen Sie sich gut ein.«

»Danke, Will.«

»Oh, Tante Esme würde nie …«

»Nein, ich meine, hierfür.« Sie wies auf den dunkler werdenden Himmel. »Es ist so wunderschön … auch eben das Schmetterlingshaus.«

»Sie brauchen mir nicht zu danken. Es ist mir eine Freude, diese Orte mit Ihnen teilen zu dürfen.«

»Sie bringen doch sicher alle ihre Begleiterinnen hierher?«

»Außer Onkel Freddies Lieblingsbulldogge Nelson habe ich noch nie jemanden mit hierhergenommen. Allerdings musste ich sie den Hügel hinauf die meiste Zeit tragen.«

Clementine kicherte. Erneut stieg ein warmes Gefühl in ihr auf bei dem Gedanken, dass dieser Ort für Will nur ihr gehörte.

»Nun, Sie haben mir heute zwei besondere Geschenke gemacht, und dafür bin ich sehr dankbar.« Es gefiel ihr, dass er nicht versuchte, sie mit eleganten Veranstaltungen, Pralinen oder Blumensträußen zu beeindrucken. »Wahrscheinlich schreiben Sie in Ihrer Freizeit Gedichte. Ich glaube, im tiefsten Herzen sind Sie ein Romantiker.«

»Das hoffe ich, Clem. Die Welt braucht Romantiker.«

Das war die richtige Antwort. Sie spürte, wie sie ihm noch ein bisschen näher rückte.

»Ist Ihnen nicht auch kalt?«

Er ballte die Faust und ließ seine Armmuskeln spielen.

Sie lachte und schlug ihre Decke auf. »Kommen Sie, es sieht doch keiner.«

Er blickte sich um. »Ich biete es Ihnen nicht noch einmal an«, warnte sie ihn.

Will ließ zu, dass sie auch ihn mit der Decke umhüllte. Clem war sich sicher, dass seine Tante genau diese Decke wegen ihrer Größe ausgewählt hatte. Vielleicht hatte sie diese Situation vorausgesehen?

Das Gefühl, von der alten Frau zusammengebracht zu werden, gefiel ihr – falls es so war.

Ihr blieb allerdings keine Zeit, weiter darüber nachzudenken, weil William auf etwas zeigte und kalte Luft in ihre gemeinsame Umhüllung drang.

»Deshalb habe ich Sie mit hierhergenommen.«

Sie folgte seinem ausgestreckten Arm mit ihrem Blick. »Der Polarstern?«

Er nickte. »Ich weiß ja, wie sehr Sie den Nachthimmel

lieben, deshalb dachte ich, Sie würden ihn sich hier, weit weg von den Lichtern der Stadt, gerne anschauen.

Clementine blickte zum Horizont, an dem der Tag gerade in die Nacht überging. Leuchtende Bernstein- und Scharlachtöne kämpften gegen den Tod an, und tiefes Violett schob sich darüber, um ihr Feuer zum Erlöschen zu bringen.

Clem wandte ihre Aufmerksamkeit dem Polarstern zu, der aus dem dunklen Samt des Universums funkelte, und sie fühlte sich auf einmal Will ganz nahe. Nicht nur seine romantische Natur zog sie an, sondern er besaß Eigenschaften, die sie nur bewundern konnte – vieles an ihm war so liebenswert, dass man sich leicht in ihn verlieben konnte. Oder war es schon zu spät? Hatte sie sich bereits in ihn verliebt? Sie war eigentlich sehr eigenständig, und doch war es wundervoll, jemanden zu brauchen. Bei ihm war es jedoch noch mehr, und das überraschte sie am meisten: Sie begehrte ihn. Seit sie nach England zurückgekehrt war, hatte sie in einer Welt voller Liebe und Zuneigung gelebt und nichts weiter gebraucht – bis zu diesem Moment. Niemand hatte ihre Leidenschaft entflammt, aber jetzt auf einmal schlug ihr Herz in einem eigenen Takt. Ihre Kehle schmerzte leicht, aber so, dass sie wünschte, es würde nie aufhören.

Er hob den Arm. »Nun, diesen da, den Polarstern, den hellsten Stern an unserem Himmel, kenne ich – aber erzählen Sie mir vom afrikanischen Himmel.«

Diese Bemerkung, die sie dazu zwang, sich auf den glitzernden Stern des Nordens zu konzentrieren, schnitt auf einmal so scharf wie das Skalpell eines Chirurgen durch das Narbengewebe und legte die ursprüngliche Wunde wieder frei.

Seine Worte trugen sie mit dem gleichen schwindelerregenden Tempo wie die afrikanische Königin zurück in ihre Kindheit. Plötzlich befand sich Clementine nicht mehr 1894 unter einer Decke auf dem Primrose Hill, sondern sie saß in New Rush am Großen Loch unter Joseph One-Shoes Decke, und neben ihr saßen ihr Freund und ihr Vater. Sie konnte sie so klar sehen, als ob sie daneben stünde und das seltsame Trio beobachtete. Ihr Vater trug die zusammengewürfelte Kleidung, die sie so gut kannte. Er hatte eine Flasche Bier an den Lippen. Joseph One-Shoes Kleidung war genauso zerlumpt; aber er verschmolz mit der Nacht, und nur das Blitzen seiner Augen und sein breites Lächeln brachten sein Gesicht zum Leuchten. Beide Männer lachten mit dem kleinen Mädchen zwischen ihnen. Sie hatte wirre Haare, trug eine viel zu große Bluse, die ihrer Mutter gehört hatte, und eine gebraucht gekaufte Hose, in der sie aussah wie ein kleiner Junge – obwohl ihr das völlig egal war. Sie zeigte auf den Oriongürtel und fragte, was wäre, wenn er reißen würde – würde er dann seine Hose verlieren und würden die Sterne vom Himmel fallen?

Wie ein alter Freund kam die Situation von damals zu ihr zurück. Sie brauchte kein Licht. Sie kannte jede einzelne Linie in Joseph One-Shoes Gesicht, bis hin zu der winzigen Kerbe in seinem Kinn, so als sei er fallen gelassen worden, als er auf die Welt kam. Sein Gesichtsausdruck war immer nachdenklich; sie hatte gelernt, dass er nicht viele Worte machte, deshalb brachte sie sich selbst bei, auf seiner Stirn zu lesen. Seine dunklen Augen hatten ihr eigenes Licht und gaben ihr immer Trost und Weisheit.

O Joseph, dachte sie verzweifelt und blickte zum Horizont, wo die Erde auf die andere Seite der Welt rutschte, dorthin, wo er war. *Folgst du mir, so wie du es versprochen hast?*

Will zog eine kleine Silberflasche aus dem Korb und öffnete den Deckel. »Das war Tante Esmes Idee«, erklärte er und bot ihr einen Schluck an.

Ohne zu zögern, nahm sie einen kleinen Schluck von dem weichen Cognac. Er schmeckte nach den Früchten, die in der Küche von Woodingdene für den Weihnachtskuchen eingelegt wurden. Sie stieß einen leisen, zufriedenen Seufzer aus und reichte ihm die Flasche zurück. Er setzte sie an die Lippen, um ebenfalls einen Schluck zu nehmen, und einen Moment lang fühlte es sich an wie ein Kuss, denn er hatte den Flaschenhals nicht abgewischt.

»Wir sagen auch Nordstern zum Polarstern«, sagte sie und grinste ihn an. »Doch er ist nicht der hellste Stern in unserem System.«

Sie hörte ihn leise lachen. »Sie wollen mich wahrscheinlich korrigieren, obwohl ich Sie warnen muss. Ich habe das von einem Amateur-Astronomen in seinem privaten Observatorium in Sussex gelernt.« Er packte die Flasche wieder in den Korb.

»Nun, wenn Sie ihn das nächste Mal treffen, können sie kenntnisreich klingen und trotzdem akkurat sein. Der Polarstern ist ein sehr heller Stern, der in der nördlichen Hemisphäre leicht zu erkennen ist. Aber sehen Sie einmal dort hinüber.« Sie zeigte auf einen anderen Stern. »Da ist er. Sehen Sie den schönen Sirius? Er ist der hellste Stern, den man von überall auf der Erde sehen kann, aber hier in England finden wir ihn im Süden.«

Will blickte genau hin, dann lächelte er. »Sie kluges Geschöpf. Und wie lautet der Zulu-Name für Sirius?«

»InDosa«, sagte sie.

»Ich verspreche, dass wir sein Grab finden werden.«

Es war dunkel geworden, und Clementine war froh, dass er nicht sehen konnte, was seine Worte bei ihr anrichteten. Sie wusste nicht, was sie sagen oder wie sie ihm danken sollte.

Doch das brauchte sie auch nicht. Will sagte es für sie, als er plötzlich seine Zurückhaltung aufgab, sich zu ihr herunterbeugte und sie küsste. Clem wehrte sich nicht. Sie empfand kein Schuldgefühl, im Gegenteil, sie schmiegte sich eng in seine Umarmung. Will sollte wissen, dass sie seine Berührung, seine Lippen, seine Schmetterlinge, seine Sonnenuntergänge, seine Aufrichtigkeit willkommen hieß.

Als sie sich voneinander lösten, blieb er nahe bei ihr, und sie konnte beide in ihrem Atem den winzigen Schluck Cognac riechen, den sie getrunken hatten.

»Verzeihen Sie mir.«

»Dass Sie mich geküsst haben?«

»Dass ich nicht gefragt habe ...«

»Sie müssen wirklich gefährlicher leben, Will«, hauchte sie. Dieses Mal übernahm sie die Führung und spürte seinen Schock, als sie seinen höflichen Kuss in etwas viel Tieferes verwandelte, erfüllt von der unterschwelligen Botschaft, dass sie diese Geste nicht leichtfertig machte. Er erwiderte ihre Leidenschaft, und für den Moment des Flügelschlags eines Schmetterlings, fühlte Clementine sich so, als schwebe sie durchs Universum.

Als sie atemlos den Kuss beendete, drehte sich alles um sie.

Er wollte sie nicht loslassen. »Ist alles in Ordnung?«

Clem nickte. »Ja, jetzt, wo ich dich gefunden habe.«

»Clementine«, flüsterte er. Seine Stimme war heiser vor Lust. »Ich will dir nicht nur helfen. Ich will bei dir sein ... immer.«

»Das ist eine große Forderung«, versetzte sie sanft.

»Bitte, Clem ...«

»Ich weiß«, flüsterte sie. »Ich empfinde genauso.« Sie merkte, auch ohne es in der Dunkelheit zu sehen, dass er erleichtert lächelte.

Er wollte sie gerade noch einmal küssen, als ihr plötzlich ein neuer Gedanke durch den Kopf fuhr wie ein glitzernder Diamant, der das Sonnenlicht einfängt und es in unzählige Farbe aufspaltet – wie die Strahlen von Sirius. Bei der Erinnerung stockte ihr der Atem, und sie fühlte plötzlich einen Schmerz, als sei sie von einem Dorn gestochen worden.

»Was ist?«, fragte er, weil er spürte, wie sie sich verkrampfte.

»Es gibt noch etwas, was ich dir zu Sirius sagen muss.«

»Sag es mir.«

»Wir haben einen riesigen Rohdiamanten nach ihm benannt. Anscheinend sollte er die Grundlage für unser Vermögen darstellen – damals war er sehr viel wert. Aber am nächsten Tag starb mein Vater, und seitdem habe ich ihn nicht mehr gesehen.«

Wills Lächeln erlosch in der Dunkelheit.

23

Als Will in seinem Haus am Berkeley Square ankam, schwankte seine Stimmung zwischen freudig und düster.

Er hatte mit wachsendem Entsetzen zugehört, als Clementine ihm die Geschichte des prächtigen Steins, den Joseph One-Shoe im Großen Loch entdeckt hatte, erzählte. Sie war es gewesen, die ihm einen Namen gegeben hatte, und dann hatten sie ihn versteckt, um ihn heimlich nach Hause mitzunehmen. Will war zutiefst beeindruckt gewesen, als sie sagte, dass sie, obwohl sie noch so klein gewesen war, geschworen hatte, über ihren Fund zu schweigen.

»Und du bist sicher, dass Joseph ihn nicht genommen hat?«, fragte er. »Vielleicht erinnerst du dich nur noch verschwommen.« Er hörte, wie sie verärgert Luft holte. »Es tut mir leid, aber ...«

»Nein, ich kann dir versichern, dass Joseph One-Shoe Sirius nicht wollte. Er sagte, kein Weißer würde ihm glauben, dass der Stein ihm gehöre, wenn er versuche, ihn zu verkaufen. Er behielt einige kleinere Diamanten, die mein Vater ihm geradezu aufdrängen musste. Sie waren schließlich Partner. Ich habe so lange nicht daran gedacht, aber die Diamanten waren in meiner Lumpenpuppe versteckt.«

»Bist du sicher?«

»Ja. Mein Vater führte mein Gedächtnis gern als Partytrick vor.«

Will runzelte die Stirn. Die Luft in der dunklen Kutsche vibrierte vor Spannung. Clementine ärgerte sich darüber, dass er ihrem Gedächtnis nicht traute; erst vor einer Stunde hatte er darauf gedrungen, ihm einfach freien Lauf zu lassen.

»Wie meinst du das?«

»Er versuchte, seine Trinkkumpane dazu zu bewegen eine Wette darauf abzuschließen, dass ich mich an zehn Gegenstände auf einem Tablett nicht fehlerfrei erinnern könnte – Münzen, Briefmarken, ein Foto, ein Brief, ein Kamm, alles, was sie gerade zur Hand hatten. Wenn er besonders guter Dinge war, erhöhte er den Wetteinsatz und ließ sie zwölf Dinge darauflegen. Von mir wurde erwartet, dass ich alle diese Dinge bis zum letzten rostigen Nagel aufzählen konnte. Wenn ich alles fehlerfrei aufgezählt hatte, konnte mein Vater am nächsten Abend frei trinken. Hätte ich das nicht, wäre ihm für die Woche nichts mehr übrig geblieben, da er allen Teilnehmern an der Wette Drinks hätte ausgeben müssen. Ich erzähle dir das, damit du verstehst, dass mein Vater sich meines guten Gedächtnisses so sicher war, dass er sein ganzes Geld darauf verwettete – unseren Lebensunterhalt.« Ihre Stimme klang jetzt traurig.

»Hast du jemals verloren?«

Sie schüttelte den Kopf. »Und bevor du fragst, ja, ich weiß so sicher, dass die Diamanten in meiner Puppe versteckt waren, wie ich weiß, dass ich jetzt hier neben dir sitze, Will. Ich habe bloß nicht mehr daran gedacht, seit ich Afrika verlassen habe.«

»Aber sie waren vermutlich nicht mehr in deiner Puppe, als ihr in England ankamt?«

»Nein. Als ich Onkel Reg danach fragte – als kleines

Mädchen –, sagte er, wenn sie darin gewesen wären, hätte mein Vater sie vermutlich vor seinem Tod herausgenommen. Aber Joseph hat mir einen anderen Eindruck vermittelt. Doch ehrlich gesagt war damals alles so verwirrend. Ich stand unter Schock und stieß mir auf dem Schiff den Kopf. Onkel Reg sagt, deshalb seien meine Erinnerungen wahrscheinlich verschwommen und falsch. Ich kann ihm nicht widersprechen; ich konnte mich einen ganzen Tag lang nicht an meinen Namen erinnern. Vielleicht erinnere ich mich ja nur an etwas, von dem ich glaube, es hätte sich so zugetragen.«

Will wünschte sich fast, dass Clementine nie von Sirius geredet hätte. Das Verschwinden des Steins bestätigte seine schlimmsten Vermutungen; es war die passende Antwort auf seine Fragen.

Zum Abschied gab er Clem einen Kuss auf die behandschuhte Hand, der vielleicht nur ein bisschen länger dauerte, als es schicklich war.

Sie blieb an der Tür stehen, eingerahmt vom goldenen Licht der Empfangshalle, und blickte ihm nach.

Will konnte sich noch nicht dazu entschließen, in die Kutsche zu steigen und dem Kutscher zu bedeuten, er solle weiterfahren. Er blieb stehen, drehte sich um und ging wieder zur Tür. Ihr Lächeln wurde breiter bei dem Gedanken, dass er ihr noch einen Kuss gab.

»Kannst du dich nicht fernhalten, Will?«, grinste sie ihn an.

»Du wirkst wie eine Droge auf mich«, erwiderte er. »Ich habe gedacht, ich liefere deinen Nachbarn etwas, worüber sie sich beim Abendessen unterhalten können.« Er küsste sie vorsichtig auf die Wange und schnaubte leise. »Ich wollte dir nur sagen, wie köstlich du riechst.«

»Danke. Ich benutze ein Parfüm, das um die Jahrhundertmitte herum entwickelt wurde. Duftende Rosen, Kräuter, Beere, sogar Gräser. Meine Mutter benutzte das gleiche Parfüm, und Onkel Reggie wollte sie in meiner Erinnerung lebendig erhalten. Danke für den heutigen Tag, Will, er war etwas ganz Besonderes.«

»Ich bin derjenige, der dankbar sein muss, weil der heutige Tag mir dich gebracht hat.« Er war es nicht gewöhnt, über seine Emotionen zu sprechen, und doch war es ihm nicht möglich, seine aufrichtigen Gedanken vor ihr zurückzuhalten.

Jetzt war die letzte Gelegenheit, um mit einer glücklichen, romantischen Note zu gehen, aber wie üblich stand ihm sein Ehrgefühl im Weg.

»Clem, würdest du bitte nichts über Sirius und seine Gefährten sagen? Die Angelegenheit hat offenbar seit deiner Kindheit geruht – es ist nicht nötig, sie jetzt allen ins Gedächtnis zu rufen.«

Sie verzog fragend das Gesicht, als sie versuchte, den Sinn hinter seinen Worten zu ergründen.

»Du drückst dich zwar sehr allgemein aus, Will, aber du meinst sicher nicht *alle*, sondern nur Onkel Reggie. Habe ich recht?«

Sie war nicht dumm. Ihre Stimme klang gleichmütig, aber ihr Tonfall war plötzlich schärfer geworden.

In der kalten Nacht stand sein Atem wie eine weiße Wolke zwischen ihnen, und leise Furcht stieg in ihm auf. Er hatte zu lange gezögert. Bevor er sie mit eleganten Worten beruhigen konnte, sagte sie in das verlegene Schweigen hinein: »Du glaubst, er hätte die Diamanten gestohlen.« Die Anschuldigung fühlte sich an wie ein Messerstich.

»Du nicht?«

Sofort hätte sich Will am liebsten die Zunge abgebissen. Die Worte waren ihm einfach so herausgerutscht. Unbehagliche Stille trat ein.

»Gute Nacht, Will«, sagte sie schließlich und schlug ihm die Tür vor der Nase zu.

Er stand da, fühlte sich lächerlich und starrte auf die glänzende schwarze Tür, an der sie eben noch gestanden und ihn zärtlich angelächelt hatte. Auch als im Haus das Licht ausging, bewegte er sich nicht. Er stellte sich vor, dass die Frau, die er heiraten wollte, in düsterster Stimmung die Treppe hinaufging.

Schließlich setzte er sich in die Kutsche und zog die Tür hinter sich zu, ohne der Versuchung nachzugeben, zu den Fenstern im ersten Stock zu schauen. »Fahren Sie los«, rief er dem Kutscher zu. »Mayfair, bitte.«

Jetzt, zu Hause, stand er am Kaminfeuer und starrte über die Gärten von Berkeley Square. Er trank seinen Armagnac und schwenkte ihn in dem bauchigen Glas hin und her. Er trank Armagnac nicht unbedingt lieber als Cognac, aber er war stolz darauf, dass er den Unterschied kannte. Im Moment brauchte er den höheren Alkoholgehalt des Armagnac, der ihn immer sofort wärmte.

Seine Gedanken wanderten seinem Blick hinterher. Er schaute auf die Platanen am Berkeley Square. Ein Eisenzaun sollte errichtet werden. Es würde bestimmt gut aussehen, aber was mochte es kosten? In der Regency Zeit wetteiferten Berkeley und Grosvenor Square darum, der schönste Platz zu sein. Will wusste nicht, wer von den beiden mittlerweile die Nase vorn hatte, und es war ihm eigentlich auch egal, im Gegensatz zu seinem Vater, der sich an der Diskussion immer eifrig beteiligte. Sein Vater wohnte am Grosvenor Square. Will hatte das Haus aus dem Familienvermögen geerbt, als er fünfundzwanzig wurde. Es war sein Zuhause, nicht mehr und nicht weniger. Er prahlte nicht mit seiner Adresse oder erwähnte sie in Gesprächen, wie es viele andere taten. Die Gaslaternen um den Platz herum verbreiteten ihr weiches Licht, und der Garten lag da wie mit einem goldenen Schimmer überzogen. Die Bäume waren kahl, und Will konnte bis zu der Nymphe am Brunnen schauen.

Ihre hübsche weibliche Gestalt erinnerte ihn an Clementine. Er konnte nicht von ihr erwarten, dass sie seine Theorie akzeptierte, nur weil er sie nicht aus dem Kopf bekam. Er würde ihr seine Vermutung beweisen müssen – aber wie sollte er das machen? Woher sollte er seinen Beweis nehmen?

Hinweise gab es genug. 1872 war Reggie pleite gewesen. Er hatte ein Imperium übernommen, das vor dem Bankrott stand. Fakt. Im selben Jahr war seine Schwester gestorben, und er wurde nach Afrika geschickt, um ihr Kind zu holen, die einzige Erbin des Privatvermögens der Mutter, der Großmutter und allem, was aus dem riesigen, komplexen Grant-Unternehmen gerettet werden konnte. Will dachte an Clems Aussage, dass ihr Onkel ihr Erbe nicht angerührt hätte. Und doch war er nach seiner Rückkehr aus Afrika in der Lage gewesen, das Unternehmen zu retten. Wills Vater erinnerte sich nur zu gut daran, wie merkwürdig es gewesen war, dass Reggie so schnell die notwendigen Mittel aufgebracht hatte. Und wann immer Will Geschäfte mit ihm machen wollte, hatte sein Vater ihm gegenüber erwähnt, dass mit Reggie Grant etwas nicht stimmte.

Und jetzt war das Imperium der Grants wieder in Schwierigkeiten. Will wusste es, Reggie natürlich auch, ebenso wie ein paar gut informierte Leute in Finanzkreisen, aber Clem hatte offenbar keine Ahnung.

Wie hatte Reggie überlebt? Wo war das Bargeld nach seiner Rückkehr aus Afrika hergekommen? *Es musste aus dem Verkauf der Diamanten in Clems Puppe stammen. Es musste einfach so sein*, dachte Will. Und doch hatte Reggie so getan, als ob er nur an die Diamanten gekommen sei, weil er zur rechten Zeit am rechten Ort gewesen war.

»Scheiße!«, sagte Will in einem für ihn untypischen vulgären Ausbruch. Er hob sein elegantes Glas, in dem der Armagnac schimmerte. »Ich lasse nicht zu, dass du sie mit dir ins Verderben reißt.«

Da war auch noch die Frage nach dem Sirius-Diamanten: wenn Will recht hatte, war er immer noch in Reggies Besitz. Und so wie Clem ihn beschrieben hatte, würde der Stein Aufsehen erregen, ganz gleich, wie verstohlen Reggie vorgehen würde. Die Leute, die sich in diesen Kreisen bewegten, würden davon hören.

Und wenn ich recht habe, dann brauchst du ziemlich bald neues Bargeld. Ich bin dir auf der Spur, Reggie.

Will wusste, was er zu tun hatte. Für Clementine würde es schmerzvoll sein, und möglicherweise verlor er dabei ihren Respekt und bestimmt ihre Zuneigung, aber er würde sich nicht mehr im Spiegel anschauen können, wenn er seinen Verdacht nicht verfolgte.

Er blickte auf die Uhr. Es war gerade erst sieben. Noch nicht besonders spät. Wenn er sich rasch umzog, konnte er noch in den Club fahren und dort vielleicht seinen alten Schulfreund Billy Maidstone treffen. Er würde Will mit den Leuten zusammenbringen können, mit denen er reden musste.

Will trank den letzten Schluck Armagnac. Der Geschmack nach Feuer und Erde des doppelt destillierten Cognacs spiegelte Wills Stimmung wider. Er war im Begriff, einen Namen, ein Imperium niederzubrennen – weil es bis auf den Kern verfault war.

Clementine wusste nicht, worum sich Wills Gedanken drehten, aber sie dachte in Holland Park über ähnliche Dinge nach, während sie Kakao trank. Sie hatte sich früh zurückgezogen und lehnte jetzt am grünen Samtkopfteil ihres Bettes, das wie ein Blatt geformt war, die Knie an die Brust gezogen. Ihr Großvater hatte das hübsche Bett in Frankreich gefunden und einige Räume im Haus für seine Tochter mit ähnlichen Möbeln eingerichtet. Und jetzt lebte seine Enkelin darin.

Für das Londoner Haus war das Dekor verhältnismäßig zurückhaltend, nicht weil es an Verzierungen mangelte – im Gegenteil, das Design war kühn –, sondern weil nur eine einzige Farbe vorherrschte. Dafür war ihre Großmutter Lilian verantwortlich gewesen, das wusste Clem mit Sicherheit. Die Wände waren wunderschön bemalt mit Zweigen und kleinen Blättern, als ob ihr Bett mitten in einem Wäldchen stünde. Wenn durch das geöffnete Fenster eine Brise hereinkam, hatte sie beinahe das Gefühl zu sehen, wie das Laub sich regte. Die blasse Hintergrundfarbe lag irgendwo zwischen einem hellen Salbeiton und Tee. Sie schlief in weißer Bettwäsche und ihr Nachthemd war aus weicher weißer Baumwolle. Aber trotz all dieser Ruhe sprangen ihre Gedanken hin und her, nicht nur aus Enttäuschung über Wills Attacke auf Onkel Reggie, sondern auch dessentwegen was seine Bemerkung bei ihr ausgelöst hatte.

Sie konnte einfach an nichts anderes denken. Und je mehr sie darüber nachdachte, desto weniger war sie überzeugt, dass ihr Vater die Diamanten versetzt hatte.

Wills Vermutung, Onkel Reggie hätte die Diamanten gestohlen, war abscheulich, aber das Szenario war nicht unplausibel. Aber hatte ihr Vater Reggie von Sirius erzählt? Wenn er das getan hatte, wäre seine einzige Chance die Diamanten noch zu versetzen am Abend seines Todes gewesen. Aber das war unmöglich. Er war am Großen Loch gestorben. Er war nicht nach Hause zurückgekommen und konnte deswegen die Diamanten nicht an sich genommen haben. Blieben nur noch Joseph und sie selbst, die einzigen beiden anderen Personen, die von den Diamanten wussten. Sie hatte sie nicht entfernt, und sie war zutiefst davon überzeugt, dass Joseph sie nicht angefasst hatte. Er hatte nur wenige Diamanten für sich haben wollen. Außerdem hatte er ihr extra noch einmal gesagt, wo die Diamanten versteckt waren, als sie sich verabschiedet hatten. Es war eine kluge List – auf die Idee, im Spielzeug eines kleinen Mädchens zu suchen, kamen die wenigsten. Ihre Gedanken überschlugen sich, aber sie kamen immer wieder zu demselben Punkt: Zu Wills Andeutung, dass ihr Onkel Reggie nicht nur über die Diamanten Bescheid gewusst, sondern sie auch nach dem Tod ihres Vaters an sich genommen hatte, vielleicht während der Überfahrt nach England.

Clementine schnürte es die Kehle zu. Konnte Onkel Reggie ihr das tatsächlich angetan und sie so belogen haben? Warum sollte er so etwas tun? Und wenn er es getan hatte, was war mit den Rohdiamanten passiert ... und mit Sirius?

Der Kakao schmeckte auf einmal sauer, und sie stellte die Tasse weg. Sie stützte ihr Kinn auf die Knie und schlang die Arme um ihre Beine. Die Steppdecke bauschte sich um sie, und das Feuer im Kamin begann langsam zu erlöschen, bis nur noch glühende Kohlestücke auf dem Rost lagen. Sie konnte um neue Kohle bitten, aber warum sollte sie den Haushalt wecken? Außerdem war ihr nicht danach, mit jemandem zu reden. Innerlich war sie starr vor Wut.

Warum hatte Will in dieses Wespennest gestochen? Ihre Gedanken richteten sich wütend auf ihn, suchten ein Ziel. Sie starrte auf die immer kleiner werdende Glut im Kamin, bis die Kohle zu Asche heruntergebrannt waren. Zitternd ignorierte sie den Druck auf ihrer Blase und kuschelte sich unter die Bettdecke. Sie hatte jetzt einen Plan. Sie wusste, was sie zu tun hatte.

24

Den ersten Teil des Vormittags verbrachte Clementine damit, ihre Nachbarin zu überreden, sie auf ihrer Fahrt in die Stadt zu begleiten, mit dem Versprechen, anschließend bei Charbonnel et Walker einzukehren. Sie wusste, dass Mrs Chattoway den köstlichen Pralinen und Bonbons des aus Paris stammenden Konditors auf der eleganten Bond Street nicht widerstehen konnte.

In der Zwischenzeit rief sie den Gentleman an, der sie kurzfristig empfangen musste.

Als die Kutsche langsamer wurde, erkannte Mrs Chattoway sofort, dass sie vor Izak's standen, einem der besten Juweliere in London.

»Du liebe Güte, Clementine. Ich hatte ja keine Ahnung, dass du mich nach Hatton Garden bringst. Was für eine Überraschung. Ich glaube, Charles hat meinen Hochzeitsring hier gekauft.«

Clem nickte. »Er ist der Juwelier unserer Familie.«

»Lässt du dir einen Ring machen?«, fragte Mrs Chattoway neugierig. »Hat Will Axford ...«

»Äh. Nein. Ich lasse Schmuck von meiner Mutter umarbeiten«, erwiderte Clem. Sie hasste es zu lügen, aber diese Notlüge war nötig, um alle Beteiligten zu schützen. Als sie aus der Kutsche ausstieg, fügte sie hinzu: »Also, vielleicht eine halbe Stunde. Wäre das in Ordnung für Sie, Mrs Chattoway?«

»Gewiss. Hier in der Gegend gibt es reichlich Abwechslung. Und nenn mich bitte Elspeth, Liebes. Ich bin dann in fünfundvierzig Minuten wieder hier. Ist das recht?«

»Danke. Ich freue mich schon auf eine veilchenduftende Creme.«

»Ich kann es kaum erwarten.« Sie tätschelte Clementine die Wange. »Diamanten, Liebes – zögere nicht. Davon kann man nie zu viele tragen.«

Clem lachte leise. Wenn Mrs Chattoway wüsste.

Ein Herr öffnete. Eine Glocke über der Tür verkündete ihre Ankunft, und dann wurde die Tür hinter ihr wieder verriegelt.

»Wir können dieser Tage nicht vorsichtig genug sein«, sagte der Mann mit verlegenem Schulterzucken, als er Clems fragenden Blick bemerkte. »Sie sind bestimmt Miss Grant? Mr Izak erwartet sie. Bitte, hier entlang.«

Auf dem Weg durch das Ladenlokal sah Clem ein lächelndes Paar, dessen Verlobung offensichtlich bevorstand – die Frau probierte einen Ring an, und der Mann hinter dem Tresen strahlte. Ein weiterer Herr betrachtete den Ring stirnrunzelnd, als ob er überlegte, ob er der Dame wohl gefallen würde. Sie hörte den Verkäufer leise murmeln: »Wir haben einen prächtigen ovalen Smaragd, wenn Ihnen der Saphir zu dunkel ist. Zusammen mit den Diamanten würde er ganz exquisit aussehen.«

Natürlich wurden im Laden nicht nur Ringe angeboten. Clementine wusste, dass man bei Izak's auch prächtige Perlenketten, Rubincolliers, Opalbroschen oder wunderschöne Amethyst-Armbänder bekam.

Der Assistent, der sie an der Tür in Empfang genommen hatte, ging mit ihr durch eine kleine Eingangsdiele nach hinten, wo ein paar Stufen ins Haus führten. Clem war erleichtert, dass das Gespräch unter vier Augen stattfinden würde. Ein kleiner Mann mit fröhlich funkelnden, klugen Augen erwartete sie oben an der Treppe. Er trug einen maßgeschneiderten Morgenanzug mit hohem Kragen, der ebenso wie seine Manschetten steif gestärkt war.

»Ich bin Sammy Izak. Willkommen in meinem Heim, Miss Grant.«

Sie trat durch die breite Mahagonitür in einen getäfelten Salon, dessen Wände in beruhigendem Hellblau gestrichen waren, mit weißen Stucksimsen. Es sah nach Wohlstand aus, der nicht zur Schau gestellt wurde. Natürlich wies der dekorative Kaminschutz auch goldene Schnitzereien auf, und die schweren dunkelblauen Samtvorhänge an den eleganten Fenstern wurden von goldenen Kordeln gehalten, aber darüber hinaus gab es keine Ornamente – und die einzigen Dinge, die ausgestellt waren, waren Bücher: so viele, dass sie die weichen Ledereinbände riechen konnte. Ein Tisch an einem der Fenster wurde offensichtlich als Schreibtisch genutzt, und darauf stand ein Kabinett mit Schmuck. Vielleicht überprüfte Mr Izak hier die letzten Stücke im Tageslicht, bevor sie für den letzten Schliff hinuntergebracht wurden. Eine schlichte Mahagonitür, die woanders hinführte, war verschlossen. Das hier war Mr Izaks Privatraum. Es war ein großes Zimmer, wahrscheinlich genauso groß wie der Laden unten, mit zwei Sitzecken. Ein paar Sofas am Kamin machten einen gemütlichen, intimen Eindruck, aber ihr Gastgeber führte sie zu dem anderen Bereich, in dem vier Armlehnstühle um einen niedrigen Tisch standen.

Clem war eigentlich selten nervös und stolz darauf, in jeder Lage die Haltung bewahren zu können. Aber heute nicht.

»Miss Grant«, sagte Mr Izak und bot ihr einen Platz an. »Es ist mir eine Ehre.«

»Das Vergnügen ist ganz auf meiner Seite. Ich bin Ihnen sehr dankbar, dass Sie mir gestatten, Sie hier zu besuchen.«

»Nun, ich gestehe, Sie haben mich neugierig gemacht.«

Clem lächelte und fragte sich, ob er immer noch so erwartungsfroh sein würde, wenn sie ihm erst gesagt hatte, weswegen sie hier war. Seufzend setzte sie sich, zog ihre Handschuhe aus und überlegte, wie sie am besten anfangen sollte. »Ich habe das Gefühl, es könnte etwas zwischen uns stehen, wenn ich mich nicht für den Mai 1883 entschuldige.«

Der Juwelier grinste. Er wusste genau, warum sie gerade dieses Datum nannte. »Sie brauchen sich nicht zu entschuldigen.«

»Ich gehe auch heute noch nicht gerne auf Partys und Bälle, aber mit achtzehn war ich wirklich völlig dagegen. Heute bin ich vernünftiger und kann überzeugt werden, gesellschaftliche Zusammenkünfte zu besuchen, die anderen wichtig sind. Genau das habe ich bei dem Queen Charlotte's Ball nicht gewusst – wie wichtig es für meinen Onkel war, mich während der Londoner Saison debütieren zu sehen.«

»Normalerweise wette ich nicht, Miss Grant, aber in diesem Fall könnte ich wetten, dass Mr Grant Ihnen deswegen nicht gram ist.«

»Danke. Mr Izak ...«

»Nennen Sie mich Sammy. Ich bestehe darauf.« Das Ansinnen machte Clem verlegen, weil der Mann fast dreimal so alt war wie sie, und obwohl er als äußerst bescheiden galt, gehörte er zu den Legenden, über die in Juwelierskreisen getuschelt wurde. »Bitte, es ist mir lieber. Alle nennen mich Sammy.«

Clem war noch nicht bereit, darauf einzugehen, deshalb blieb sie lieber auf sicherem Terrain. »Ich glaube, Sie haben den Verlobungsring meiner Großmutter gemacht.«

»Ja, das stimmt. Lilian Hatherby, bevor sie Ihren Großvater heiratete. Sie war sehr bestimmend – sie hatte ganz genaue Vorstellungen«, sagte er und lächelte gütig. »Aber Sie, meine Liebe, sind das Ebenbild Ihrer Mutter. Die Ähnlichkeit ist erstaunlich.«

»Sie kannten sie?« Das war eine unerwartete Überraschung, aber natürlich hatte sie ihre Mutter gar nicht lange genug erlebt, als dass sie ihr davon hätte erzählen können.

»Ich machte die Tiara, die Louisa Grant als Debütantin zu ihrem Queen Charlotte's Ball trug.«

»Oh, das wusste ich nicht! Es tut mir leid – meine Großmutter hatte es nie erwähnt.«

Er machte eine nachlässige Geste und fuhr fort: »Ihre Mutter brauchte ehrlich gesagt keinen Schmuck. Sie war eine echte Schönheit, und sie hatte auch Verstand.« Seine Stimme klang wie flüssiger Karamell: süß und weich. Es entspannte Clementine, bei ihm zu sein.

»Danke«, sagte sie gerührt darüber, hier mit einem Fremden zu sitzen, der ihre Mutter vielleicht besser gekannt hatte als sie.

»Nun, ich habe uns einen frischen Kaffee gekocht. Möchten Sie?«

»Ja, gerne. Ich bin Ihnen aufrichtig dankbar, Sammy, dass Sie mich hier unter vier Augen empfangen.«

Er schenkte ihr den Kaffee in ein Glas ein, was sie als köstliche Neuheit empfand. »Ihr Großvater und ich waren Freunde. Sie wissen wahrscheinlich nicht, dass ich Ihre Großeltern miteinander bekannt gemacht habe.« Er trank einen Schluck Kaffee und nickte zufrieden, als billige er den Geschmack.

»Nein, das wusste ich nicht«, erwiderte Clem und versuchte, ihr Erstaunen zu verbergen.

»Das war vor vielen Jahren, als Ihr Großvater noch dichte blonde Haare hatte. Er war so ein Strolch! Ihre schöne Großmutter konnte seinem Charme und seinem Ehrgeiz nie widerstehen.«

Clem trank einen Schluck Kaffee und genoss das volle, schokoladige Aroma. »Die Beschreibung meines Onkels von Henry Grant passt nicht ganz zu Ihrer.«

Sammy schmunzelte. »Es ist nicht immer hilfreich, das Ego eines Sohnes zu sehr zu fördern. Besser ist es, ihn nach der Anerkennung des Vaters streben zu lassen – vor allem, wenn der Vater so reich ist. Seinen Vertrauten gegenüber äußerte er sich hingegen zwar manchmal besorgt über Reggies Launenhaftigkeit, aber insgeheim war er von der Intelligenz seines Sohnes beeindruckt.« Er tippte sich an die Nase, als wolle er sagen, wie klug ihr Großvater war.

Clem wünschte sich, Onkel Reggie wüsste das, aber die schlechte Beziehung zu seinem Vater konnte sie wahrscheinlich durch nichts retten. »Und … und Ihre Familie, Sammy?«

»Sie wächst und gedeiht. Ich habe mittlerweile acht Enkelkinder. Sie machen mich fertig, aber mein Leben wäre ärmer ohne sie. Nun, Miss Grant …«

»Ich ziehe Clementine vor«, warf sie ein. »Fair ist fair, Sammy.«

Er nickte freundlich. »Bitte sagen Sie mir, wie ich Ihnen helfen kann.«

Jetzt konnte sie es nicht mehr hinauszögern. Sie legte ihm ihre Gedanken methodisch dar. Sammy schwieg, während sie redete, nickte nur ab und zu, um zu zeigen, dass er aufmerksam zuhörte. Schließlich lehnte Clem sich in ihrem Stuhl zurück. Sie kam sich vor wie eine Verräterin, weil sie ihr Dilemma jemandem mitgeteilt hatte.

»Was Sie wissen wollen kann Ihre Beziehung zu Ihrem Onkel beschädigen. Sind Sie darauf vorbereitet?«

»Ich habe während einer schlaflosen Nacht meinen Frieden damit gemacht. Sammy. Ich kann nicht dulden, dass etwas, das meinem Vater gehört hat, unehrenhaft von ihm weggenommen wurde. Und wenn es nichts zu entdecken gibt, dann wird mein Onkel von unserem Gespräch nichts erfahren.«

»Und würde es Ihnen nicht leichterfallen, diesen Verdacht zu ignorieren und einfach alles so weiterlaufen zu lassen? Sie haben beide schon viel Kummer erlebt.«

Clem hob die Hände. »Und mich dann immer weiter fragen, ob er etwas gestohlen hat? Ich könnte mir ja wünschen, dass der Gedanke nie an mich herangetragen worden wäre, aber jetzt ist er da und geht nicht mehr weg. Ich muss dem Verdacht nachgehen.«

»Sie brauchen eine Bestätigung, dass die Diamanten in ihrer Puppe waren und nicht in Afrika geblieben sind; Sie werden den Diebstahl beweisen müssen, Clementine«, sagte er. »Haben Sie noch Verbindungen nach Kimberley?«

Sie schüttelte den Kopf. »Nein, aber ich kenne

jemanden, der Verbindungen hat«, erwiderte sie. Will würde sicher Nachforschungen anstellen.

»In Ordnung, gut. Seien Sie versichert, ich habe nicht die Absicht, Nachforschungen über Mr Grant anzustellen – das ist nicht meine Aufgabe –, aber ich kann Nachforschungen in Verbindung mit dem Diamanten anstellen, den Sie erwähnen.«

»Ich habe das Gefühl, ihn alleine schon durch meine Worte zu verraten, aber ich weiß, dass er häufig nach Amsterdam fährt; ich habe mich oft gefragt, warum er gerade immer dorthin reist. Er begründete es damit, dass seine Mutter ihn als Kind in diese Stadt mitgenommen hatte und dass er dort glücklich gewesen sei. Aber wenn er die Diamanten tatsächlich gestohlen haben sollte, dann ist es nicht so schwierig, den Grund dafür zu erkennen.«

Sammy nickte. »Die kleineren Diamanten sind kaum ein Problem, und wenn er die richtigen Kontakte hatte, wurden mit Sicherheit keine Fragen gestellt, und er konnte sie rasch in Bargeld umwandeln. Doch wenn der Diamant so groß ist, wie Sie sich erinnern, dann reden wir von einem Vermögen. So einen Stein konnte er nicht so ohne Weiteres verkaufen, wenn überhaupt.«

»Sammy, mir ist klar, dass ich ein Kind war, als ich ihn zuletzt gesehen habe, aber ich übertreibe nicht, wenn ich sage, dass er so groß war wie ein Golfball.«

Sammy stieß einen leisen Pfiff aus. »Es hat ein paar große Steine gegeben, vor allem ganz früh, als die ersten Diamanten am Kap entdeckt wurden, aber jetzt kommt es nur noch selten vor, und deshalb würde das natürlich Aufregung verursachen. Über normale Kanäle hat er ihn bestimmt nicht verkaufen können, noch nicht einmal in Amsterdam – das wäre in der Welt der Edelsteine aufgefallen. Trotzdem, nehmen wir einmal an, er hat ihn unter der Hand verkauft, und er ist weg. Dann wäre er mittlerweile bestimmt in ein Dutzend oder mehr Steine aufgespalten worden und nicht mehr wiederzuerkennen.«

»Er ist nicht weg«, entgegnete sie zuversichtlich. »Die Person, die in mir die Zweifel geweckt hat, ist ein Geschäftspartner meines Onkels. Ich glaube, er macht sich Sorgen um die finanzielle Sicherheit meines Onkels. Es liegt nicht in seiner Absicht, mich gegen meinen Onkel aufzubringen oder Probleme zu schaffen. Eher im Gegenteil.«

»Er hat also seine Bedenken nicht leichten Herzens ausgesprochen, meinen Sie?«

»Genau. Ich denke, er verabscheut sich sogar dafür, aber sein Gewissen lässt eine andere Haltung nicht zu.«

»Ich verstehe. Und Ihres auch nicht.«

»Nicht bis ich Onkel Reggies Namen reingewaschen habe. Das hoffe ich jedenfalls. Ich möchte nicht, dass sein Ruf gefährdet ist, jedenfalls nicht in den Kreisen, in denen sich mein Freund bewegt.«

Es klopfte leise an der Tür, und Sammys Assistent trat ein. »Entschuldigen Sie die Störung, Mr Izak, Miss Grant, aber eine Mrs Chattoway ist eingetroffen.«

Clementine und Sammy erhoben sich und schüttelten einander die Hände.

»Ich melde mich bei Ihnen, Clementine«, sagte Sammy mit einer höflichen Verbeugung. »Ben bringt Sie hinaus. Ich muss jetzt erst einmal nachdenken und ein paar Telefonate führen.«

Unten im Verkaufsraum verdrängte Clementine entschlossen das hohle Gefühl, das sie überfiel, weil sie hinter

Onkel Reggies Rücken handelte, und setzte beim Anblick ihrer strahlenden Nachbarin ein Lächeln auf.

»Oh, meine Liebe – eine private Konsultation bei Mr Izak. Wie ist es gegangen?«

»Ausgezeichnet. Danke. Er arbeitet an Ideen für mich.«

»Wundervoll. Die Droschke wartet vor der Tür. Auf zur Bond Street?«

Clementine folgte ihrer Anstandsdame zur Kutsche und ließ Mrs Chattoway weiterreden. Sie erzählte irgendwelche Klatschgeschichten über die Familie, die in Holland Park gegenüber von ihnen wohnte. Clementine kannte diese Leute nicht, deshalb hatte sie auch kein schlechtes Gewissen, nur so zu tun, als würde sie zuhören. Die Geschichte war sowieso langweilig – irgendetwas über einen Verdacht, dass irgendjemand nicht legitim war – aber Elspeth war beschäftigt, und Clem konnte ihren eigenen Gedanken nachhängen, während ihre Begleiterin redete: »Und weißt du, ich habe schon lange gedacht, dass der Sohn gar nicht so aussieht wie der Vater.«

Sie fuhren durch den belebtesten Teil der Innenstadt. Clementine fiel auf, dass die Herrenschneider mittlerweile alle auch Anzüge von der Stange anboten. Offensichtlich hatte jeder der Männer, die hier durch diese eleganten Straßen eilten, seinen eigenen Schneider. Dunkle Anzüge mit Gehröcken und zunehmend schmaler werdenden Hosen waren immer noch die Norm. Sie überlegte, ob Will bei der Arbeit wohl auch einen Schwalbenschwanz trug; diese Form erlebte anscheinend einen neuen Aufschwung.

Sie sehen aus wie ein Krähenschwarm, dachte Clem, während sie auf die vorbeieilenden Gestalten in Schwarz und Anthrazit blickte. Zylinder und Spazierstöcke vervollständigten das Bild beschäftigter Vögel. Manche hatten auch Regenschirme dabei, für den Fall, dass dieser Novembertag noch nass werden würde.

Das Bild der düster gekleideten Männer verfolgte sie, und entschlossen konzentrierte sie sich auf Elspeths Unterhaltung.

»... das wusste ich natürlich nicht.«

»Entschuldigung, meine Gedanken sind abgeschweift.«

»Ich sagte gerade, ich wusste gar nicht, dass Charbonnel et Walker ihre köstlichen Schokoladen nummerieren. Daran sieht man, wie ernst Mrs Walker ihre Schokoladen-Manufaktur nimmt.«

»Ich liebe die Schachteln und die Satinbänder«, sagte Clementine und löste damit weiteres freudiges Geschnatter ihrer Freundin aus, das ihr half, die Fahrt zu überstehen und sie abzulenken.

Clementine saß auf ihrem Lieblingsplatz im Londoner Haus, ausgestreckt auf einer Chaiselongue neben dem antiken Fensterschirm, der ursprünglich aus Damaskus stammte und ihr aus dem Zimmer im Erdgeschoss einen Blick auf den Flur erlaubte. Es war ein dämmeriger Raum, der immer schon das arabische Zimmer genannt worden war. Nur eine einzige Lampe spendete Licht zum Lesen, und in dieser behaglichen, dunklen Ecke konnte Clementine sich vor allen verstecken. Sie hatte immer schon gerne die Bewegungen des Hauses beobachtet – das Personal, das Kommen und Gehen der Besucher, ihren Onkel, der von seinem Arbeitszimmer in den Salon ging –, ohne dass jemand wusste, dass sie da war. Aber heute saß sie nicht hier, um die Bewegungen im Haushalt zu beobachten. Da sie zurzeit die einzige Bewohnerin des Hauses war, gab es nicht viel Personal; sie aß nicht besonders viel, und die beiden Dienstboten im Haus hatten gemerkt, dass sie sie besser in Ruhe ließen.

Sie hatte noch nichts von Sammy Izak gehört. Es war jetzt eine Woche her, seit Will Axford seine schmerzhaften Worte ausgesprochen hatte.

Ein Tag, der auf einmal vom glücklichsten seit einem Jahrzehnt zu einem der schlimmsten geworden war. Sie war seitdem untypisch wütend, fühlte sich aber vor allem hintergangen.

Wie die meisten anderen Frauen träumte auch sie davon, einen Lebensgefährten zu finden, mit dem sie eine Familie und ein Zuhause gründen konnte, wusste jedoch auch, dass sie als unkonventionell und schwierig galt. Mit Absicht ließ sie nur wenige Menschen an sich heran. Onkel Reggie lachte oft darüber – nicht unfreundlich, denn es waren ernsthafte, gut erzogene und äußerst passende junge Männer, die ihr den Hof gemacht hatten, aber sie waren alle genauso altmodisch und langweilig wie er.

Auch Will Axford war natürlich konservativ. Er war privilegiert aufgewachsen, aber sie fand gewisse Dinge an ihm unwiderstehlich. Er arbeitete hart, um seinen Vater zu beeindrucken, nach dessen Zuneigung er sich sehnte. In dieser Beziehung war er wie Onkel Reggie, allerdings ohne dessen Bitterkeit. Sie sah seine Verletzlichkeit und verstand seinen Wunsch, modern zu denken, ohne dabei alle die Faktoren zu vernachlässigen, die ihm so ein schönes Leben ermöglichten. Und nur ein Romantiker konnte sich einen Besuch im Schmetterlingshaus und auf Primrose Hill ausdenken. Er war sogar das Risiko eingegangen, sich lächerlich zu machen, denn nicht viele Mädchen hätten so einen Ausflug zu schätzen gewusst.

Und am meisten sprach für Will, dass er nicht versucht hatte, sie mit seinem Reichtum, seinem Status, seinen Verbindungen oder der Macht, die mit seinem Familiennamen verbunden war, zu beeindrucken. Die meisten Männer, die ihr bisher den Hof gemacht hatten, waren von ihrem Reichtum leicht eingeschüchtert, aber auch erregt gewesen. Sie hatten nicht begriffen – wie Will von Anfang an –, dass sie nicht an materiellen Werten interessiert war. Sie wollte Romantik, Aufrichtigkeit und eine auf Liebe und Respekt basierende Zukunft.

Mit Will hatte sie Sandwiches auf einem kalten Hügel gegessen und Cognac aus einer Taschenflasche getrunken. Sie hatten sich unter eine alte Picknickdecke gekuschelt und in die Sterne geschaut. Einen Partner, mit dem sie mehr gemeinsam hatte, konnte sie sich kaum vorstellen. Und dann der Kuss. *Küsse*, rief sie sich ins Gedächtnis. Ein leichtes Ziehen machte sich in ihrem Bauch bemerkbar, und sie hätte am liebsten noch mehr dieser Küsse nur von Will bekommen. Anderen Männern war es nur um ihr eigenes Vergnügen gegangen, aber bei Will war es anders – die Küsse mit ihm waren geteilt. Sie fühlten sich so an, wie sich ihrer Meinung nach Liebe anfühlen sollte. Er küsste sie auf eine Art, die ihr sagte, dass für ihn dieser Kuss ein Leben lang andauern könnte. Und dass sie ihm auf ewig vertrauen konnte.

Und Clem hatte sich ihm hingegeben. Sie brauchte nicht mehr wachsam zu sein; das war der Mann, auf den sie gehofft hatte ... der Mann, der sie eines Tages finden würde, oder sie ihn.

Mit Will erwartete sie eine große Liebe, so wie ihre Eltern sie erlebt hatten.

Aber dann – ein solcher Verrat. Es tat weher als jeder andere Schmerz, an den sie sich erinnern konnte.

Er hatte sie auch wütend gemacht, und die Wut verwandelte den Schmerz in Kummer. Immer noch war sie zornig. Sie wollte Antworten. Sie musste ihm in die Augen blicken und eine Erklärung von ihm verlangen. Sie konnte seine Klugheit nur bewundern, ihr ein paar Tage Zeit zu lassen, um ihre Fassung wiederzugewinnen. Danach konnten sie wenigstens wie ruhige Erwachsene miteinander sprechen.

Aber eine ganze Woche, das grenzte schon an Missachtung. Diesen letzten Tag würde sie ihm noch geben, aber wenn er heute nicht auftauchte, um sie mit seiner Erklärung zu beeindrucken, würde sie morgen nach Woodingdene zurückkehren und Will Axford nie mehr empfangen.

Er stellte ihre Entschlossenheit auf die Probe. Weitere zwei Stunden las sie, um sich abzulenken, und dann endlich klopfte es an der Haustür. Die Haushälterin kam, ging leise über den Fliesenboden und blickte auf die Uhr, die sie an einer Uhrenkette in der Tasche ihrer dunklen Uniform trug.

Clementine hörte, wie die Tür aufging.

»Guten Morgen. Sir?«

»Guten Morgen. Ist Miss Grant zu sprechen, bitte?«

Beim Klang seiner freundlichen, leicht heiseren Stimme zuckte sie zusammen. Hatte er ihr heimliches Ultimatum gehört?

»Sie sind Mr Axford, nicht wahr?«

»Äh, ja.«

»Kommen Sie herein, Mr Axford. Ich werde nachfragen. Sie können hier im Vestibül warten. Darf ich Ihnen Hut und Schirm abnehmen?«

»Danke.«

Clem lauschte auf die Schritte, und dann waren sie neben ihr. Will trat in ihr Blickfeld, und sie konnte nicht anders, sie musste ihn durch den Wandschirm betrachten.

Ein Muskel an seinem Kinn zuckte. Er war entweder besorgt oder verlegen oder beides. Gut. Er sollte ruhig in der Defensive sein. Der dünne Sonnenstrahl, der durch die Bogenfenster drang, tauchte ihn in goldenes Licht, das auf seinen Haaren schimmerte und ihm eine Aura der Güte verlieh.

Im Stillen seufzte sie verärgert über so ein lächerliches Gefühl. Clem hörte Mrs Johnson oben an der Treppe ankommen, und als sie in der Tür stand, legte Clem den Finger auf die Lippen. Die Haushälterin nickte lächelnd.

Clementine huschte leise zu ihr und zog sie in den angrenzenden Raum. »Ich habe gelauscht«, sagte sie.

»Das haben Sie schon mit sieben Jahren gemacht, Miss Clementine.«

»Schreckliche Angewohnheit.«

Die Haushälterin lächelte liebevoll. »Empfangen wir Mr Axford?«

»Ja. Auf der Terrasse. Es ist so schönes Wetter, und ich könnte ein wenig frische Luft gebrauchen.« Was sie zu besprechen hatten, sollte keiner wissen, aber das sagte sie nicht.

»Sehr wohl. Möchten Sie etwas trinken?«

»Ich glaube nicht. Ich kann ja läuten, wenn wir etwas brauchen.«

»Selbstverständlich. Ich bringe ihn zur Terrasse.«

»Danke. Ich hole nur rasch meinen Schal.«

»Mr Axford?«, sagte sie, als sie auf die Terrasse trat, von der aus man die Rasenflächen und den Rosengarten überblickte. Die hohen Bäume, die im Sommer Schatten spendeten, wirkten verloren in ihrer Kahlheit. Sie reckten die Äste, als wollten sie darum bitten, bekleidet zu werden.

»Nicht, Clem.«

»Was nicht?«

»Sei nicht so förmlich zu mir.«

Sie musterte ihn und stellte fest, dass sie immer noch zornig war.

»Ich habe dich empfangen, Will, also bin ich offensichtlich in versöhnlicher Stimmung und möchte hören, was du zu sagen hast.«

»Möglicherweise gefällt es dir nicht.«

Ihre Hoffnungen sanken. »Ich verstehe.«

»Nein, das glaube ich nicht.«

»Du bist also hier, um mich noch mehr zu verletzen?«

»Das ist nicht meine Absicht, aber ...«

»Aber was, Will?« Sie trat auf ihn zu und zog die Wollstola noch fester um ihre Schultern. Der Schmerz, der in seinen Augen stand, freute sie nicht. »Was willst du denn damit erreichen, dass du die Glaubwürdigkeit meines einzigen lebenden Verwandten infrage stellst? Was geht es dich überhaupt an, dass du dich auf so einen Kreuzzug begibst? Und übrigens, ich entscheide, wen ich liebe – trotz seiner Fehler.«

Ah, das hatte gesessen. Sein Kopf fuhr hoch, als ob sie ihm einen von Joseph One-Shoes berühmten rechten Haken versetzt hätte.

»Sag einfach, was du zu sagen hast, Will, damit sich der Besuch gelohnt hat.«

»Ich bin nicht gekommen, um etwas zu sagen.«

Sie ging um ihn herum. Gott sei Dank konnte sie ihre Tränen in Schach halten. »Und weswegen bist du dann hier?« Sie runzelte die Stirn. »Offensichtlich doch nicht, um dich zu entschuldigen.«

»Nein. Nicht, weil ich die Wahrheit gesagt habe. Nicht weil ich dir all das gesagt habe, was mir wichtig ist, oder dass ich dir jetzt sage, dass ich dich liebe.«

Clem sog scharf die Luft ein. »Du kennst mich doch kaum!«

»Ich kenne dich, Clementine. Ich kenne deinen Schmerz und deine Traurigkeit. Ich kenne dein Afrika wie vielleicht sonst niemand. Ich weiß, was du willst.«

»Ach, wirklich?«, sagte sie. Sie wünschte auf einmal, dass er nicht so aufrichtig wäre.

»Ich glaube, du willst die Wahrheit wissen.«

»Und du willst unsere Möglichkeiten opfern?«

»Ja. Wenn es bedeutet, dass du die Wahrheit erfährst.«

»Dafür hasse ich dich noch mehr.« Sie verschränkte die Arme noch fester vor der Brust und starrte hinaus auf den Garten, wo der Frost des Morgens getaut war und die Pflanzen feucht glitzerten. Selbst der Garten weinte um sie.

Will fuhr fort: »Ich habe einen Freund aus dem Club gebeten, ob er etwas über Joseph One-Shoe nach 1873 herausfinden kann.«

Sie nickte. »Nun, dafür bin ich dir dankbar.« Plötzlich war Clem zu wütend, um ihm von ihrem Treffen mit Sammy oder ihrem Bedürfnis nach Beweisen zu erzählen. Sie musste zur Ruhe kommen. »Danke, Will.«

»Ist das alles?«

Sie drehte sich zu ihm um und fixierte ihn mit einem so

eisigen Blick, dass wahrscheinlich sogar ihre Großmutter stolz auf sie gewesen wäre. »Ja, ich brauche Zeit zum Nachdenken. Du kannst mich in drei Tagen anrufen.«

Sie atmeten beide schwer. Dampf stand vor ihren Gesichtern und vermischte sich, bevor er sich in der Luft auflöste.

Er verneigte sich knapp und ging ohne ein weiteres Wort.

25

Es war leichter, zu Fuß zu gehen, als in einer Kutsche nebeneinanderzusitzen, die Verlegenheit wie ein unwillkommener Fahrgast zwischen ihnen. Will hatte vorgeschlagen, den Rest zu Fuß zu gehen, als der Verkehr dichter wurde, und dankbar für seinen Vorschlag stieg sie rasch aus der Droschke.

Ihre Gefühle waren gemischt. Sie wollte so sehr, dass sich Wills Vermutungen – und mehr waren seine Behauptungen doch nicht – als falsch erwiesen. Andererseits war sie auch schrecklich neugierig auf das, was Sammy herausgefunden hatte. Er hatte am Tag zuvor eine höfliche Nachricht geschickt und um ein weiteres Treffen gebeten, und an jenem Nachmittag hatte auch Will sich, wie sie es verlangt hatte, erneut gemeldet. Sie musste ihn zu seiner Aufrichtigkeit beglückwünschen; es war ein Zeichen seiner ehrenhaften Natur, dass er noch einmal vorsprach, obwohl er fürchten musste, dass sie ihm erneut so kühl begegnete.

Gestern hatte Will dann von ihrem ersten Treffen mit Sammy erfahren. Dieses Mal hatte sie ihn in ihren privaten Salon gebeten, wo sie einander gegenübersaßen. Sie hatte ihm noch nichts zu trinken angeboten und würde es vielleicht auch nicht tun, denn sie sah, wie sich seine Miene bei ihren Neuigkeiten verfinsterte.

»Aber ich dachte ...«

Er blickte sie verwirrt an, und sie konnte ihn verstehen, aber ihr Mitgefühl hielt sich in Grenzen. »Sieh mal, Will, ich verabscheue mich selber dafür, dass ich mich daran beteilige. Aber was hast du denn von mir nach deiner offenen Anschuldigung erwartet? Du hast mir einen Dämon in den Kopf gesetzt, und ich kann ihn nur austreiben, wenn ich Antworten auf Fragen bekomme, die ich eigentlich lieber nicht stellen möchte.«

»Du hast sie aber gestellt, nehme ich an?«

»Ja, weil ich mich jetzt dazu verpflichtet fühle, seinen Namen reinzuwaschen.«

»Clem, meine Anschuldigung, wie du es nennst, hat einfach nur eine Reihe von Fragen ausgelöst, die dir seit Jahren durch den Kopf gegangen sind.«

»Du irrst dich.«

»Du hast doch selber zugegeben, dass du deinen Onkel nach den Diamanten gefragt hast.«

»Ja, aber damals war ich noch ein Kind. Und er hat mir eine Antwort gegeben, die ich akzeptiert habe.«

»Weil du noch ein Kind warst.«

»Ich glaube, du übersiehst bei dem Ganzen, Will, dass mir die Diamanten egal sind.« Das stimmte nicht ganz, aber sie hoffte, es würde ihn vom Kurs abbringen.

Das tat es aber nicht. Er beugte sich vor und sagte mit Nachdruck: »Das mag sein, Clem. Aber es ist dir vermutlich nicht egal, dass du angelogen worden bist. Und nur darum geht es. Mir sind die Diamanten auch gleichgültig. Aber ich will meinen guten Namen nicht mit dem eines Diebs zusammenbringen, der möglicherweise seiner eigenen Familie etwas Außergewöhnliches gestohlen hat – der Nichte, die er so zu lieben vorgibt.«

»Zu lieben vorgibt?«

»Entschuldige, das steht mir nicht zu. Ich weiß, dass dein Onkel dich liebt, aber vielleicht war ihm das damals noch nicht so klar.«

»Du verstehst es durchaus, Will, ein Mädchen zu umwerben, aber ich verstehe mittlerweile, warum du noch nicht verheiratet bist. Du hast etwas Grausames an dir.«

Sie sah ihm an, dass dieser Stachel tief ging. Sie hatte ihn verletzt. Sie war nicht besonders stolz darauf, aber sie konnte nicht zulassen, dass sie bei seinem Kreuzzug auf der Suche nach seiner Wahrheit – eine Wahrheit, die nur ihn zufriedenstellte, aber Ruin und Verderben hinterließ – zertrampelt wurde.

»Grausam? Ich habe gedacht, ich schütze dich.«

»Schützen? Will, sei nicht so anmaßend. Du hast mich verunsichert über den einzigen Aspekt meines Lebens, den ich immer für sicher gehalten habe.«

Er wirkte auf einmal zutiefst beschämt, als sei ihm dieser Gedanke noch gar nicht gekommen. Sie sah ihm an, dass er eine Erwiderung hinunterschluckte. Er war verärgert, weil es ihr gelungen war, ihn zu beschämen.

»Ich wünsche mittlerweile, ich wäre an unser Dilemma vorsichtiger und vielleicht mit weniger Eifer herangegangen.« Er räusperte sich und schüttelte bedauernd den Kopf. »Aber dich zu verunsichern lag nie in meiner Absicht, Clem. Ich würde um nichts auf der Welt die Frau schwächen wollen, die ich mehr als alle anderen bewundere.«

Clem schwieg, und zwischen ihnen entstand eine unbehagliche Pause.

»Nichtsdestotrotz«, sagte sie schließlich seufzend, »jetzt sind wir nun einmal in der Situation, und heute möchte Mr Izak mich sehen. Ich hoffe natürlich, er sagt mir nichts von Bedeutung, und dann wäre ich zufrieden und würde die Anschuldigung oder die Diamanten auf sich beruhen lassen.«

»Darf ich dich wenigstens zu deinem Gespräch mit Mr Izak begleiten?«

Sie überlegte kurz. »Ja, du darfst. Wir sind beide beteiligt, also kannst du dir auch anhören, was er zu sagen hat.«

»Wenn ich noch einmal die Gelegenheit hätte, Clem, würde ich nichts sagen – ich würde einfach mit deiner Familie keine Geschäfte machen. Ich muss jedoch eingestehen dass deine Idee scharf beobachtet und großartig geplant ist.«

Sie nickte. »Der Rückblick hilft uns nur, für die Zukunft zu lernen. Es ist egal, was sich ereignet hat. Du hast eine Wahl getroffen, und jetzt müssen wir mit den Konsequenzen umgehen. Mr Izak erwartet mich um elf. Sollen wir aufbrechen?«

»Wie oft warst du hier?«, fragte Will, um das Schweigen zwischen ihnen zu durchbrechen, als sie in Hatton Garden ankamen.

»Häufig.« *Eine jämmerliche Antwort, Clem,* mahnte sie sich insgeheim. Sie fügte hinzu: »Ich weiß, dass das Land, auf dem es liegt, ursprünglich ein Geschenk von Elizabeth I. an einen ihrer Favoriten war, Sir Christopher Hatton. Es wurde ein begehrtes Wohnviertel, nachdem er dort sein Herrenhaus errichtet hatte und die Obstgärten in der Gegend zu seinem Garten umgestaltet wurden. Und dann kamen zahlreiche Kaufleute.«

Er nickte. »Ich glaube, es war schon zu Shakespeares Zeit ein Viertel für Goldschmiede und Juweliere. Und dann tummelten sich auf einmal alle hier wegen Diamanten, etwa zu der Zeit, als deine Familie nach Afrika gegangen ist, um danach zu suchen.«

Sie fuhren an eleganten georgianischen Gebäuden vorbei, während sie immer tiefer in den Diamantendistrikt hineinkamen, den sie besser kannte, als sie zugeben wollte.

»Weißt du denn, warum hier das Zentrum für Diamanten war?«, fragte sie, froh darüber, dass sie sich über etwas unterhalten konnten und nicht verlegen schweigend nebeneinander hergehen mussten.

Will zuckte mit den Schultern. »Ich dachte, es läge an der natürlichen Ausweitung des Diamantenhandels.«

»Eigentlich nicht. Der König der Diamanten wurde ungefähr zu der Zeit, als ich von Kimberley nach England gebracht wurde, gekrönt. Sein Name war Cecil Rhodes.«

Er lächelte. »Ja, ich kenne ihn natürlich. Ich glaube, mein Vater ist ihm schon begegnet, aber er lebt wohl in Südafrika.«

»In Kapstadt«, sagte sie. »Heutzutage werden Diamanten vom Kap von Rhodes' Unternehmen De Beers kontrolliert – es beherrscht buchstäblich den Diamantenmarkt auf der ganzen Welt. Als mein Vater damals gegraben hat, hatte Cecil Rhodes gerade erst angefangen, aber er war klug genug, Claims aufzukaufen und andere Leute für sich graben zu lassen. Er und ein Mann namens Barney Barnato wetteiferten darum, wer mehr Claims besaß. Mr Barnato habe ich einmal kennengelernt, weil er als Boxer nach New Rush gekommen war und Joseph One-Shoe ihn beim Boxkampf besiegt hatte. Auf jeden Fall waren diese beiden Männer erbitterte Konkurrenten, aber letztlich kaufte Rhodes auch Barnatos Claims und gründete mit ihnen De Beers Consolidated Mines. Vor etwa einem Jahr lud er eine Gruppe jüdischer Firmen aus Hatton Garden ein, sich zu einer Art von Kaufsyndikat zusammenzuschließen. Und das bedeutete, dass alle De-Beers-Diamanten – also so gut wie alle Diamanten vom Kap – über die Diamantenhändler in Hatton Garden liefen. Und die Händler hier vertrieben sie weltweit.« Als sie aufblickte, stellte sie fest, dass er sie ehrfürchtig von der Seite anblickte.

»Clem, du erstaunst mich.«

»Warum denn? In den richtigen Kreisen weiß das jeder.«

»Aber nicht die Frauen, die ich kenne. Ein solches Gespräch könnte ich noch lange nicht mit jedem führen ... es müsste schon ein Kollege aus der Branche sein.«

»Wir sind unterschiedlich, Will, aber das bedeutet noch lange nicht, dass ich kein Kollege sein kann, und dann würde dich unser Gespräch gar nicht erstaunen. Du könntest mich wie jeden anderen Geschäftspartner behandeln. Wenn du natürlich auf das Versicherungsangebot nicht eingehen willst, ist es auch in Ordnung. Ich werde es auf jeden Fall weiterverfolgen. Sieh mal.« Sie neigte den Kopf in die Richtung eines Mannes, der einen dunklen, dreiteiligen Anzug und eine Melone trug. »In der Innenbrusttasche dieses Mannes befindet sich ein Diamantenversteck. Es gibt keinen Zweifel. Er gehört zu den Boten und bringt die Steine zu einem Juwelier, der sie vielleicht gerade braucht, um sie einem Kunden zu zeigen.«

»Woher weißt du das?« Will klang ungläubig.

»Ich habe sie beobachtet. Sieh nur, wie adrett und ordentlich er angezogen ist – du weißt einfach, dass er im

Büro arbeitet und für die Kunden präsentabel sein muss. Ich habe gelernt, sie an ihrem raschen Schritt und ihren verstohlenen Blicken zu erkennen. Genauso haben sich die Diamantengräber bewegt, wenn sie auf gute Steine gestoßen waren und ihre Ausbeute unter der Kleidung versteckt hatten. Sieh doch, ständig blickt er sich um, um zu sehen, ob ihm auch niemand folgt.« Sie lächelte. »Er ist gut – er pfeift sogar. Aber er ist definitiv eine Zielscheibe für die neue kriminelle Unterschicht, die in London gerade zur Pest wird. Wenn ich ihn erkennen kann, dann können das auch viele andere, die ihn vielleicht schon seit Monaten bespitzeln. Sie kennen wahrscheinlich alle Namen und Gewohnheiten der Boten, wo sie etwas trinken, für wen sie arbeiten, welche Routen sie gerne nehmen. Die Händler müssen schlauer sein, jeden Tag andere Wege gehen, die Männer austauschen, die ihre Diamanten überbringen, und vor allem müssen sie sich gegen Diebstahl versichern.«

»Das hätte ich nicht besser sagen können. Du solltest Beraterin werden«, sagte er.

Sammy kannte Will bereits über seinen Vater, Jerome Axford, und es stellte sich heraus, dass er auch schon Schmuck für Tante Esme gefertigt hatte. Sie setzten sich, nahmen beide Kaffee, aber als sie die Kekse ablehnten, sahen sie, wie Sammy enttäuscht das Gesicht verzog.

»Meine Frau und meine Töchter haben die Kipferl für Chanukka gebacken. Sie sind ganz frisch und köstlich – bitte, probieren Sie sie.«

Schon nach dem ersten Bissen sagte Clem: »Oh, sie sind wirklich lecker. Mandeln?«

»Ja, das macht sie knusprig.«

Lächelnd tranken sie ihren Kaffee und plauderten, und als schließlich keine weiteren höflichen Rituale mehr zu beachten waren, wurde Sammys Gesicht ernst, und er runzelte die Stirn.

Clem hielt unwillkürlich die Luft an, und sie war überzeugt, dass es Will genauso ging.

»Mr Axford ... äh, Entschuldigung, Will – Clementine hat mich gebeten herauszufinden, ob in der letzten Zeit bemerkenswerte Diamanten auf den Markt gekommen sind. Ich höre, Sie haben gewisse Zweifel daran, ob Mr Grant Diamanten, die Clementine gehören, ohne ihre Erlaubnis an sich genommen hat.«

Will warf Clem einen entsetzten Blick zu, als ob sie ihn geohrfeigt hätte.

»Entschuldigen Sie meine Direktheit«, fuhr Sammy fort, »aber es ist eine ungeheure Anschuldigung, und ich möchte Sie nicht im Unklaren darüber lassen, was ich herausfinden sollte oder wohin es führen könnte. Ich bin nur der Bote und möchte ansonsten mit diesen Anschuldigungen nichts zu tun haben.«

Clementine beobachtete, wie Wills Kiefer arbeiteten; offenbar lagen ihm mehrere Antworten auf der Zunge. Schließlich sagte er: »Es geht nur um die Wahrheit, Sir. Ich wollte nicht, dass Clementine mit einer Lüge durchs Leben geht.«

Sie neigte den Kopf leicht zur Seite. Ein Schmerz durchfuhr sie. Sie hätten so ein strahlendes Paar sein können, aber dieser Gedanke war jetzt wieder weiter entfernt als noch vor einer Stunde, als sie losgefahren waren.

»Oh, Will, bei der Wahrheit geht es so oft um Sichtweisen. Deine Wahrheit, meine Wahrheit, Mr Izaks Wahrheit – wir könnten alle über das gleiche Ding reden und es unterschiedlich auffassen. Und manchmal, Will, kann die Wahrheit, an die du so glaubst, auch wehtun.«

Sie hätte ihn wahrscheinlich nicht mehr verletzen können, wenn sie mit ihrem Schirm auf ihn eingeprügelt hätte. Sie war jedoch nicht darauf vorbereitet, wie entschlossen seine Miene wurde. Offensichtlich verfolgte er jetzt sein Ziel noch hartnäckiger.

»Es geht eigentlich, Clementine«, sagte er, ohne auf den armen Sammy zu achten, der gerade Luft geholt hatte, um zu antworten, »um Ehre. Ich kann nicht von einer Lüge wissen und sie einfach akzeptieren oder sogar von ihr profitieren, weil es nicht *meine* Lüge ist. In diesem Fall schadet sie potenziell jemandem, der mir sehr viel bedeutet. Das ist meine Entscheidung, also belehre mich bitte nicht, wie ich mich verhalten oder fühlen sollte.«

Ein Ausbund an Rechtschaffenheit, dachte sie gereizt. »Aber mein Onkel und seine Beziehung zu mir gehen dich nichts an, Will.«

»Es geht mich sehr wohl etwas an, wenn er am Tod deines Vaters beteiligt war und dann seine Diamanten und sein Kind gestohlen hat.«

Im Raum wurde es totenstill. Sie maßen einander mit Blicken, aber ansonsten waren sie alle wie erstarrt. Clem konnte nicht einmal mehr schlucken, so entsetzt war sie über das, was Will gesagt hatte. Auch ihm sah sie seine Verzweiflung darüber an, diesen Gedanken ausgesprochen zu haben. Wie ein Gifthauch hing er über ihnen und verpestete die Luft.

»Will?«, sagte Sammy flehend.

Will rieb sich über das Gesicht. »Clementine, ich entschuldige mich in aller Form.«

»Ich kann nicht so tun, als hättest du es nicht gesagt.«

Ihre Stimme klang rau, und ihre Gedanken überschlugen sich. Es war ein Schock, aber nicht wirklich eine Überraschung, da der Gedanke sich auch schon bei ihr wie ein hämischer Dämon eingenistet hatte. Sie hatte einen vagen, eigentlich sogar unwichtigen Verdacht, aber Will glaubte daran. Es stand ihm ins Gesicht geschrieben. Er würde nie ein guter Pokerspieler sein. Was mochte er wissen, was sie nicht wusste?

»Clementine, möchten Sie jetzt lieber gehen?«, fragte Sammy. »Ich kann Ihnen sofort eine Droschke rufen. Es tut mir so leid.«

Sie setzte sich noch aufrechter hin. »Nein, Sammy. Will hat eine schändliche Behauptung aufgestellt – er muss sie erklären, oder ich sehe mich gezwungen, mit dem Anwalt der Familie zu sprechen.«

Kurz sah Will so aus, als wolle er antworten, aber er besann sich und schlug die Augen nieder.

Sammy hob beschwichtigend die Hände. »Meine Lieben, es ist offensichtlich, dass hier so viel Leidenschaft im Spiel ist, weil ihr einander so sehr mögt. Es tut immer weh, wenn ein Freund gegen uns zu arbeiten scheint, aber manchmal kann es auch falsch interpretiert werden. Lassen Sie mich Ihnen jetzt mitteilen, was ich erfahren habe.«

Clems Magen zog sich zusammen, und ihr stockte der Atem. Irgendwo empfand sie körperlichen Schmerz, konnte die Stelle aber nicht lokalisieren – ihr Kopf war dumpf, alle Geräusche um sie herum wurden undeutlich, als sie auf Sammys Worte wartete.

»Ich weiß nichts über die Vorgänge in Ihrer Familie, Clementine«, begann er. Seine Augen wurden dunkel vor Kummer. »Aber ich weiß, dass ein bemerkenswerter Rohdiamant unter der Hand bei einer privaten Auktion angeboten wurde. Das war im Oktober, also etwa vor fünf Wochen. Der Herr, der diesen Diamanten anbot, sagte, er komme aus dem Großen Loch in Kimberley, und er wäre seit fast zwanzig Jahren in seinem Besitz. Er verlangte ausdrücklich, dass sein Name nicht mit dem Stein in Verbindung gebracht werden sollte.«

Clementine hatte das Gefühl, in ihrem Inneren sei mit einem lauten Klicken ein Tor zu einem Gewölbe der Angst geöffnet worden.

»Und der Erlös?«, warf Will ein.

»Er wollte lediglich den Wert des Steins wissen.«

Clem saß stumm dabei. Konnte das auch jemand anderer als Onkel Reggie gewesen sein?

»Und sein Wert?«, fragte Will.

»Man sagte ihm, wenn er ihn verkaufe, würde er wahrscheinlich in einen sehr großen, exquisiten Stein geschliffen werden und in eine Reihe kleinerer Steine, die entweder aufgeteilt und getrennt verkauft oder zu einer Kette verarbeitet werden könnten, in deren Mitte der große Stein säße. Der Preis, mit dem er beziffert wurde, ist schwindelerregend. Ich wage nicht, ihn zu wiederholen. Er geht in die Abertausende.«

»Hat der fragliche Gentleman einen Namen für den Rohdiamanten angegeben?«, fragte Clem.

Sammy warf ihr einen verwirrten Blick zu. »Nicht, dass ich wüsste.«

Will beugte sich vor. »Gibt es eine Beschreibung des Verkäufers?«

»Nein. Man sagte mir lediglich, er habe sich gewählt ausgedrückt, gute Manieren gehabt und sei gut gekleidet gewesen. Ihm lag daran, den Diamanten rasch zu Geld zu machen. Das erregt natürlich Verdacht.«

»Einen Namen hat er doch sicher angegeben?«

»Er sagte, er heiße James Milton.«

Will nickte und wiederholte den Namen, als ob er sich dadurch den Mann besser vorstellen könnte.

In Clems Kopf meldete sich eine zweifelnde Stimme.

James ist der Name deines Vaters. Milton unser Butler.

Bildete sie sich das ein, oder war der Zufall zu offensichtlich? Wenn es tatsächlich Onkel Reggie gewesen wäre, hätte er sich doch bestimmt einen weniger auffälligen Namen ausgesucht.

Wenn er unter Druck stand, dann nicht, sagte die Stimme.

»Dann wäre das also geklärt, meine Herren. Ich denke, ich habe genug gehört«, erklärte sie betont munter.

»Es könnte ein falscher Name sein«, meinte Will.

»Ja, das könnte so sein«, sagte sie mit vorgetäuschter Ruhe. »Aber du hast immer noch nicht begriffen, Will, dass du der Einzige bist, den das interessiert.«

Verwirrt kniff er die Augen zusammen. Fältchen kräuselten sich um die Augen, in die sie bis zu ihrem Lebensende hatte blicken wollen, aber jetzt wollte sie nur noch vor ihm davonlaufen.

»Ich brauche diesen Stein oder seinen Erlös nicht«, beharrte sie.

»Ja, aber er! Und er hat immer gewusst, dass er ihn eines Tages zu seinem eigenen Profit verkaufen würde, während du nichts davon ahnst und immer noch glaubst, er sei der Ritter in schimmernder Rüstung. Du weißt, dass Reggie deinen Stein unter der Hand angeboten hat. Und tief im Herzen weißt du, dass er die Diamanten deines Vaters gestohlen hat und mit dem Geld dem Familienunternehmen wieder auf die Beine geholfen hat, und jetzt ist er verzweifelt und hat nur noch den großen Rohdiamanten – den er vielleicht nie an die Öffentlichkeit bringen wollte. Aber dieser Stein wird ihm ungeheuren Reichtum bringen.«

»Ja, und?«, sagte sie so brüsk, dass Will entsetzt die Hände hob. »Das ist mir egal!«, fuhr sie fort und betonte die Wörter so überdeutlich, als verstünde er seine Muttersprache nicht. »Wenn er die Diamanten genommen und dazu verwendet hat, unser Familienunternehmen am Laufen zu halten, dann ziehe ich meinen Hut vor ihm. Mein Vater hätte das Vermögen nur verschleudert. Ich habe meinen Vater von ganzem Herzen geliebt, aber er war ein Taugenichts, Will. Er war verantwortungslos, unbezähmbar und steckte voller hochfliegender Pläne, die nie verwirklicht werden konnten. Als ich ein Kind war, war er mein Held – aber ich frage mich, was meine Mutter wohl auf ihrem Totenbett empfunden hat, als er nicht an ihrer Seite war, sondern weiter im Fluss gegraben hat.« Gequält sog sie die Luft ein. Sie durfte jetzt nicht die Fassung verlieren. »Mein Onkel hat sich nur um unser Geschäft und um das Kind seiner Schwester gekümmert. Er ist der Held.«

Sie sah Sammy an, wie peinlich ihm die Situation war. Er stand auf und trat ans Fenster.

»Ja, so ist es, obwohl, Clem, ich wollte dir das eigentlich nicht sagen …« Wills Gesichtsausdruck zeigte eine Mischung aus Scham und Mitleid.

»Was willst du mir nicht sagen, Will? Auf welche Weise willst du mich denn noch verletzen?«

Er starrte sie an und ballte die Faust, als ob diese Geste sie davon abhalten könnte, so grausam zu sein. »Ich will dir wirklich nicht wehtun.«

»Dann lass meinen Onkel in Ruhe. Wir sind glücklich. Wir sind sicher – wir haben ein schönes Leben.«

»Aber bald nicht mehr«, sagte er resigniert. »Die Bank hat ihm den Kredit gekündigt.«

Sie hatte das Gefühl, er habe ihr einen Schlag in den Magen versetzt. »Hast du das veranlasst?«

Er stieß ein keuchendes Lachen aus. »So viel Macht besitze ich nicht, Clem. Dein Onkel ist so weit mit seinen Hypothekenzahlungen im Rückstand, dass die Situation nicht mehr zu retten ist.«

»Woher willst du das denn wissen? Ach nein, du brauchst mir nicht zu antworten, ich kann es raten. White's Club und das Netzwerk der Gentlemen vermutlich.«

Das zumindest beschämte ihn. »Die Nachricht hat mich erreicht. Ich habe nicht nachgeforscht. Jemand hat es jemandem erzählt, und wahrscheinlich hatte wieder ein anderer gesehen, dass ich mit dir ausgefahren bin.«

Mit einem wütenden Seufzer wandte sie sich ab. »Dann kann er mein Geld haben. Es gehört sowieso der Familie.«

»Auch für seine Spielschulden, Clem?«

»Was für Spielschulden?« Langsam bekam sie Kopfschmerzen.

»Er schuldet zwielichtigen Personen ein Vermögen. Hast du nicht eben von der kriminellen Unterschicht gesprochen? Sie werden nicht so höflich sein wie die Bank. Sie werden ihm ohne große Umstände die Beine brechen, weil sie nur ihr Geld wollen. Und er hat keins.«

Sie hatte genug. »Was willst du von mir hören, Will?«

»Es reicht, Will«, befahl Sammy. Er trat zu Clem und legte ihr die Hände auf die Schultern. »Das ist nicht fair. Das ist ein Hinterhalt, und Clem kann nichts dafür.«

»Sammy, sie trägt Scheuklappen. Er wird sie so ruinieren, wie er ihren Vater ruiniert hat!«

»Oh, du schrecklicher Mann! Ich dachte, ich liebe

dich, Will. Aber jetzt hasse ich dich mehr als jeden anderen.« Sie schleuderte ihm diese Worte entgegen, als würde sie einen Speer auf ihn werfen. Er traf ihn mitten ins Herz.

Er war geschlagen, sein Blick flackerte, und seine Schultern sanken herab. »Ich kann dir nicht helfen, wenn du nicht einmal versuchen willst, klarzusehen. Sieh dir doch die Fakten an, um Himmels willen ... nein, um deiner selbst willen. Er wird dich mit sich ins Verderben reißen, und das wollte ich dir ersparen. Ich wollte dich zu meiner Frau machen, dir meinen Namen geben und dich beschützen, damit du in Sicherheit wärest, wenn es mit Reggie Grant abwärtsgeht, wie es unweigerlich geschehen wird.«

Clem schüttelte Sammys Hände ab und trat auf Will zu. »Was für ein Held du doch bist, Will Axford. Dein Heiratsantrag soll wohl eine große Gunst für mich sein. Nun, du kannst dir deinen Gedanken an Ehe sonst wohin ...«

Sammy packte sie erneut an den Schultern und mahnte sie: »Bitte, meine Liebe, regen Sie sich nicht mehr auf!«

Aber Will war anscheinend immer noch nicht fertig. »Und der Tod deines Vaters?«

Übelkeit stieg in ihr auf. »Bring mir Beweise, Will. Beweis mir, dass Onkel Reggie etwas mit seinem Tod zu tun hatte, und dann sage ich mich von ihm los.«

»Ist das ein Versprechen?«

»Es ist ein Schwur. Aber wenn es dir nicht gelingt, Will, dann hast du einen Feind in mir gewonnen.«

Sammy gab einen Laut der Verzweiflung von sich und rang die Hände. »Gehen Sie jetzt endlich, Will! Ich will keine bösen Worte mehr in diesem Raum hören. Ich werde dafür sorgen, dass Miss Grant sicher nach Hause kommt. Schämen Sie sich, Junge. Sehen Sie doch, sie zittert vor Aufregung.«

Will ging zur Tür. »Clem, ich ... ich werde dir diesen Beweis bringen.«

Sie schniefte. »Ich werde nicht darauf warten, dass es an der Tür klopft, weil ich nicht glaube, dass es einen Beweis gibt.«

Er riss die Tür auf und nahm Hut und Mantel vom Haken in der Diele. Dann trat er zurück und lüpfte seinen Hut. »Guten Morgen!«, sagte er mit einem entschuldigenden Blick zu Sammy. »Clementine, ich hoffe, du wirst irgendwann verstehen, dass ich das aus Liebe und Respekt für dich tue. Aus keinem anderen Grund. Denk an die Schmetterlinge, denk an die Sterne. Denk an alles, Clem, vor allem daran, dass du weggeholt wurdest, noch bevor dein Vater beerdigt war. Und dann frag dich, warum.«

Als seine Schritte auf der Treppe verklungen waren und sie entfernt die Ladenglocke bimmeln hörten, sank Clementine in Sammys Umarmung und weinte.

»Ach, mein liebes Kind. Die Axfords sind, wie soll ich sagen, nicht bekannt für emotionale Ausbrüche. Will muss Sie von ganzem Herzen lieben, sonst würde er sich nicht in solche Schwierigkeiten bringen.«

Ich weiß, dachte sie, sprach es jedoch nicht aus.

26

Woodingdene Estate, Northumberland
November 1894

»Mein geliebtes Mädchen!« Reggie legte die Zeitung beiseite, als Clementine in der Tür zum Vasenraum in Woodingdene stand. Der Schwall kalter Luft, den sie mitbrachte, ließ das Feuer flackern. »Du liebe Güte! Warum hast du niemandem gesagt, dass du heute Abend schon kommst?«

Er sprang auf und zog sie in eine feste Umarmung. Die liebevolle Geste war vertraut und tröstlich. Sein Jackett roch nach dem Cognac, den er gerade getrunken hatte, und der Duft seines Tabaks mischte sich mit dem Geruch der glühenden Pinienzapfen im Kamin.

Er sah, dass sie ihr auffielen. »Wenn du mir hier im Winter fehlst, werde ich ein sentimentaler alter Narr und mache so etwas – sitze alleine da und verbrenne Pinienzapfen, so wie früher, als du klein warst.« Er lächelte sie zärtlich an. »Willkommen zu Hause, Clem.«

»Hast du schon Zapfen für Weihnachten gesammelt?«

»Nein, noch nicht – ich habe heute nur ein paar beim Spaziergehen aufgehoben. Nein, nein, das ist unser Ritual«, sagte er und tat so, als sei er schockiert, dass sie überhaupt gefragt hatte. »Jetzt, wo du wieder zu Hause bist, schlüpfen wir morgen in unsere Galoschen und sammeln eine Menge, damit wir alles richtig schmücken können. Du lieber Himmel, ist morgen wirklich schon der erste Dezember? Ja, tatsächlich. Unglaublich! Oh, und sieh mal, Liebling, ich habe Milton gebeten, sie aus dem Keller zu holen.« Er zeigte in die andere Ecke des Zimmers.

Clem sah eine offene Truhe mit all dem vertrauten Christbaumschmuck, den sie in ihrer Zeit hier in England gesammelt hatten. Vieles davon hatte sie selbst gemacht, und an diesen Dingen hing Onkel Reg besonders. Aber es gab auch ein paar exquisite mundgeblasene Glaskugeln aus Europa – eine für jedes Jahr, seit sie hierhergekommen war.

»Milton hat da unten herumgekramt und nach etwas anderem gesucht, und da habe ich ihn einfach die Truhe schon so früh für uns bringen lassen. Er hat uns auch einen Baum besorgt. Er kommt in zwölf Tagen oder so. Er muss wohl riesig sein, deshalb stellen wir ihn vielleicht in die Empfangshalle und suchen uns für hier einen kleineren. Was meinst du?«

Lächelnd umarmte sie ihn erneut. »Klingt großartig, solange alle Bediensteten mithelfen dürfen, den Baum zu schmücken.«

»Gut. Ich möchte hinzufügen, dass die Weihnachtskugel für 1894 gerade hergestellt wird«, sagte er. Mit aufrichtiger Zuneigung küsste er sie auf beide Wangen.

»Und wie lautet dieses Jahr das Motto, Onkel Reg?«, fragte sie. Jede Kugel enthielt eine andere Szene, und jede trug ihren Namen und war handsigniert. Ihre Sammlung war beeindruckend. Sie konnte sich an eine Zeit erinnern, als die Kugel riesig in ihrer Hand lag, und Onkel Reggie seine großen Hände darum herumlegen musste, damit die zerbrechliche Kugel nicht kaputtging.

Ihre gemeinsame Geschichte kam ihr auf einmal kostbar vor. Mit niemandem sonst teilte sie so einen langen, liebevollen Weg. Bei dem Gedanken kam ihr der heutige Termin noch unangenehmer vor.

»O nein, das verrate ich dir nicht, aber es ist etwas ganz Besonderes.«

Ihr Herz klopfte dumpf. »Afrika, oder?« Hatte sich das Schicksal verschworen?

Sofort verzog er betrübt das Gesicht. »Ach, Liebling, jetzt verdirb es doch nicht«, sagte er, ohne ihren Schmerz zu bemerken. Rasch fuhr er fort: »Du warst schon immer zu klug für dein Alter. Halt dich zurück und tu sehr überrascht, wenn du die Schachtel öffnest.«

Ihr Lachen war aufrichtig. Sie liebte ihn wirklich.

So, und jetzt setz dich zu mir und wärm dich auf. Wie bist du nach Hause gekommen?«

»Mr und Mrs Evanston sind mit demselben Zug gefahren – sie haben mir angeboten, mich in ihrer Kutsche mitzunehmen.«

»Das ist sehr freundlich von ihnen. Ich will ja nicht klammern, aber es ist so ruhig hier, wenn du nicht nörgelst oder plauderst.« Spielerisch versetzte Clem ihm einen Schlag auf den Arm. »Nein, ich meine es ernst – ich habe dich vermisst. Ich weiß, dass du lieber in London bist, aber ...«

»London kann sich ohne mich vergnügen«, sagte sie und zog Handschuhe und Haube aus. »Hier bin ich viel glücklicher.«

»Das meinst du doch nicht ernst.«

»Doch, Onkel. *Du* liebst London, und deshalb glaubst du, ich müsse es genauso lieben, weil ich jung und unverheiratet bin. Das ist aber nicht so. Ich fahre dorthin, weil ich mich von Zeit zu Zeit unter Städter mischen muss. Aber wenn ich alle Tage meines Lebens nur noch Woodingdene hätte, wäre ich eine glückliche Frau.«

Er kniff leicht die Augen zusammen. »Ist irgendetwas geschehen?«

»Nein, eigentlich nicht.« Sie seufzte. »Ich glaube, ich muss noch etwas essen.«

Reggie war so vernünftig, es dabei zu belassen. »Ja, tu das. Und wenn keiner mehr in der Küche ist, dann störe Jane nicht. Ich komme herunter und stelle dir etwas zusammen.«

Sie grinste. »Du bist so süß, wirklich.«

»Nur bei dir«, sagte er. »Und jetzt wärm dich auf. Möchtest du einen Sherry oder so?«

»Ja, das wäre schön.«

»Ich habe gerade die Lieferung eines weichen Sherrys aus Pedro-Ximénez-Trauben aus Andalusien erhalten. Er ist so köstlich, dass ich am liebsten ein ganzes Fässchen bestellen möchte.«

Lächelnd nahm sie das kleine Kristallglas entgegen und nippte daran. »Ooh, der ist aber schwer.«

»Wie flüssiger Plumpudding«, stimmte er ihr zu. »So, und jetzt besorgen wir dir etwas zu essen.«

Später, im Schein von zwei Tischlampen und des prasselnden Kaminfeuers, den Bauch voll mit warmer Suppe und Brot, trank Clem ihren zweiten Sherry an diesem Abend. Ihr Onkel war zu seiner Zeitungslektüre zurückgekehrt, und das sanfte Knacken und Knistern des Kaminfeuers war vertraut und beruhigend.

Nur sie beide, wie es jetzt schon seit so vielen Jahren war. Er hatte nie Interesse an einer anderen Frau gezeigt, obwohl einige versucht hatten, seine Aufmerksamkeit zu erregen. Clem vermutete jedoch nicht einen Augenblick lang, dass er sein eigenes Geschlecht bevorzugte. Nein, Onkel Reggie mangelte es lediglich an Appetit – oder er verhielt sich sehr diszipliniert. Wenn er Beziehungen hatte, war er sehr diskret; er sorgte dafür, dass sich seine Welt nur um sie drehte. Ihr tat das Herz weh, weil sie zuließ, dass diese so kostbare Beziehung bedroht wurde. Erst jetzt kam sie dazu, nach den morgendlichen Enthüllungen und Anschuldigungen ihre Gedanken zu ordnen. Ihre Wut hatte sich in Verzweiflung verwandelt, wie ein alter Kummer, an den sich nur ihr Herz erinnerte: der Verlust ihrer Mutter, ihres Vaters und schließlich die Trennung von Joseph One-Shoe. Sie konnte diesen Schmerz nicht wirklich mit Händen greifen, aber ihr Unbewusstes holte ihn wieder hervor angesichts dessen, was sich zwischen ihr und Onkel Reggie ereignen konnte.

Warum begriff Will bloß nicht, dass es letztendlich nur gebrochene Herzen geben konnte? Niemand würde gewinnen, solange er seinen Kurs verfolgte. Und was Beweise anging – was redete er da? Seit dem Tod ihres Vaters waren fast zwei Dutzend Weihnachtsfeste vergangen. Sowohl er als auch ihre Mutter waren nur noch Staub in der afrikanischen Wüste. Die Leute, die mit ihnen dort gewesen waren, waren wahrscheinlich schon lange weg, verstreut in alle Winkel der Erde, oder sie waren selbst zu Staub geworden. Onkel Reggie hätte wohl kaum mit ihr das Kap verlassen können, überlegte sie, wenn jemand den Verdacht gehabt hätte, dass der Tod ihres Vaters kein Unfall war. Wills Behauptung war abscheulich; sie versicherte sich noch einmal, dass sie ihn und seine Taten zu Recht verachtete.

Clem beobachtete, wie ihr Onkel geistesabwesend seinen Zigarrenstummel drehte. Er hatte die seltsame Angewohnheit, eine Zigarre den ganzen Abend lang zu rauchen. »Dann rauche ich weniger«, behauptete er oft, aber Clem wusste, dass es in Wahrheit um Disziplin ging. Vielleicht hatte sein Arzt ihm geraten, mit dem Rauchen aufzuhören, und das war sein Kompromiss? *Oder vielleicht kann er es sich nicht mehr leisten, seine großen teuren kubanischen Zigarren aus Havanna zu rauchen?*, hörte sie Wills Stimme.

Nein, widersprach sie. Onkel Reggie war in den meisten Aspekten des Lebens sehr diszipliniert. Er befolgte Rituale, Traditionen, vollzog regelmäßige Aufgaben jeden Tag zur gleichen Zeit. Er hatte versucht, sie zur gleichen Ordnung anzuregen, aber Clementine hatte unzählige Male gehört, dass ihre Eltern – vor allem ihr Vater – ihr zu viel Freiheit gelassen hatten und sie unbezähmbar sei.

Sie dachte an ihren Vater in seinem Wüstengrab. Wer hatte ihn beerdigt? Wer hatte am Grab gestanden, die Kappe abgesetzt und ein Gebet für ihn gesprochen? Vielleicht hatte man Joseph One-Shoe noch nicht einmal erlaubt, an der Beerdigung teilzunehmen; vielleicht hatte er nur von Weitem zugesehen und sein Zulu-Gebet in den Himmel geschickt. Warum waren sie nicht länger geblieben? Jetzt, wo sie darüber nachdachte, fand sie es unschicklich, dass Onkel Reggie ihrem Vater nicht die letzte Ehre erwiesen hatte – und ihr nicht erlaubt hatte, um ihren Vater, der neben ihrer Mutter beerdigt war, zu weinen.

Es war schon merkwürdig. Und Wills Zorn war nötig gewesen, um ihr diese Tatsache ins Gedächtnis zu rufen. Früher hatte sie wohl nie darüber nachgedacht, weil es einfach zu tief in ihr eingepflanzt war. Onkel Reggie vermied Gespräche über ihre Eltern – er redete voller Liebe von ihrer Mutter, das stimmte, aber dabei handelte es sich nur um seine Erinnerungen an Louisa als Kind oder als junges Mädchen hier auf Woodingdene, nie von ihrem Leben als Clementines Mutter.

»Worüber denkst du so still in deiner Ecke nach?«, fragte er.

»Über nichts Besonderes.«

»Ach komm. Erzähl es mir.«

Sie lächelte, und bevor sie es zurückhalten konnte, entschlüpfte es ihr. »Ich habe an Afrika gedacht.«

Er warf ihr einen Blick zu, wandte sich aber rasch wieder seiner Zeitung zu, als ob er nicht erwischt werden wollte. »Ach ja?«, erwiderte er geistesabwesend.

»Mmm. Ich habe an ein paar Diamanten gedacht, die mein Vater ausgegraben hat.«

»Tatsächlich?«

Klang seine Stimme erstickt?

Er blickte über den Rand der Zeitung zu ihr hinüber. »Es ist doch etwas in London passiert, oder?«

Wie üblich versuchte er, sie abzulenken. Leider hatte er ihr jedoch die Eröffnung gegeben, die sie brauchte. »Ich habe Will getroffen.«

Reggie nickte. »Nun, ich finde, er ist eine gute Partie für dich, Clem«, sagte er.

»Oh ... äh, das meinte ich nicht.«

»Nein, aber ich vermute mal, er ist mit dir an all den schicken Orten gewesen und hat dich beeindruckt, was? Keine Sorge, ich werde nicht Nein sagen. Ich glaube, er wäre eine ausgezeichnete Wahl. Und, wo wart ihr überall?«

Sie merkte wieder einmal, wie gut Onkel Reg das Thema wechseln oder die Unterhaltung zumindest von ihrem ursprünglichen Pfad ablenken konnte. Erst jetzt wurde ihr klar, wie geschickt er darin war. Offenbar hatte er das ihr ganzes Leben lang so gemacht.

»Auf die mondänen Orte hatte er es nicht abgesehen. Ich habe seine Tante Esme kennengelernt.«

Reggie wirkte uninteressiert. »Sollte ich sie kennen?«

»Nein, nein«, erwiderte sie, als ob es nicht wichtig sei. »Eine reizende Person. Wir waren zum Tee bei ihr.«

»Und?« Er runzelte die Stirn.

»Und nichts. Ihr Ehemann war Naturliebhaber – zu Lebzeiten hat er viele Schmetterlingsarten in einem wunderbaren Tropenhaus gesammelt.«

Reggie warf ihr einen gelangweilten Blick zu. »Ich hoffe, die Pointe kommt noch, Liebling?«

Sie lachte lauter als sonst über seinen Sarkasmus. »Ich habe zum ersten Mal seit meiner Kindheit einen afrikanischen Königinnen-Schmetterling wiedergesehen, und es war wie ein goldener Schlüssel, der Erinnerungen aufgeschlossen hat.« Das war eine Notlüge, aber sie brauchte sie jetzt.

Er lächelte mitleidig. »Und wegen eines Schmetterlings hast du dich an Diamanten erinnert?«, fragte er mit leiser Herablassung. »Angesichts der Tatsache, dass du deine gesamte frühe Kindheit unter Diamantengräbern verbracht hast, überrascht es mich nicht, dass du dich lebhaft an Diamanten erinnerst, wenn dein Gedächtnis geweckt wird.«

»Ich möchte mich richtig an diese Zeit erinnern.«

»Du liebe Güte, warum denn? Setzt dir Will Axford Flausen in den Kopf?«

»Warum sagst du denn so etwas?«

»Ach, das weiß ich selbst noch nicht einmal«, erwiderte er fröhlich, als wolle er sagen: *Komm, lass uns das Thema wechseln.* »Ich will nicht, dass du dich zu sehr mit deiner Kindheit beschäftigst.«

»Ich aber. Du kannst dich an deine Kindheit erinnern, und das will ich auch.«

»Ach, mein liebes Kind, meine Erinnerungen bedeuten mir nichts. Es war keine glückliche Kindheit.« Er runzelte die Stirn. »Was ist denn los, Clem? Ist alles in Ordnung?«

Sie schüttelte den Kopf.

Er faltete seine Zeitung zusammen und legte sie beiseite. Vorsichtig streifte er die Asche von seiner Zigarre ab und legte sie in den Aschenbecher. Dann setzte er sich neben sie auf das Sofa.

»In Afrika gab es nur Trauriges für dich. Du hast als kleines Mädchen deine Mutter verloren und alle deine Liebe einem Vater geschenkt, der sich selbst in ein frühes Grab getrunken hat und betrunken in den Tod gestürzt ist. Ich rede nie darüber, weil ich wirklich nicht will, dass du daran erinnert wirst.«

»Ich bin aber erwachsen, Onkel Reg! Ich halte es für wichtig, dass wir darüber reden.«

Er lehnte sich zurück und schaute sie an. »Was möchtest du wissen?«

Das war es. Mit chirurgischer Präzision schnitt sie mitten in ihre Angst hinein. Sie wollte ihrem Onkel vertrauen, konnte ihm aber nicht mehr vorbehaltlos glauben.

»In meiner Lumpenpuppe waren Diamanten versteckt. Es waren die besten, die wir gefunden hatten – kurz bevor du gekommen bist, soweit ich mich erinnere. Sie stammten aus einem besonderen Fund, den Joseph One-Shoe ausgegraben hat.«

»In deiner Lumpenpuppe?« Er klang erstaunt.

Clem nickte und beobachtete ihn aufmerksam. »Wusstest du nichts davon?«

Jetzt blickte er sie gekränkt an. »Was sagst du da, Clementine?«

Sie war höflich, aber direkt. »Ich frage dich, ob du dich an Diamanten in meiner Lumpenpuppe erinnerst.«

»Du lieber Himmel, nein!«

»Nur wir drei wussten, dass die Diamanten in Gillie waren, und ich musste schwören, nichts zu verraten. Ich habe nie jemandem davon erzählt, das weiß ich ganz genau. Und Joseph One-Shoe hat das Geheimnis sicher mit ins Grab genommen.«

»Aber warte mal, Liebling.« Er runzelte die Stirn und blickte auf die zahlreichen Vasen im Zimmer. »An dem Tag, als ich zu euch kam, wart ihr beide nicht in der Hütte, die ihr als euer Zuhause bezeichnet habt. Der Zulu war da, und soweit ich verstanden habe, war dein Vater in einen anderen Ort gegangen, um einige Diamanten zu verkaufen.«

Clem runzelte ebenfalls die Stirn. Sie erinnerte sich jetzt. »Ja ... du hast recht – und wir haben Eiscreme gegessen.«

»Na, siehst du«, sagte Reggie, als habe er damit alle Probleme gelöst.

»Ja, aber ich stand neben meinem Vater, und er hat nur so viele Diamanten verkauft, wie er brauchte, um die Passage nach England zu bezahlen. Der Rest muss in Gillie geblieben sein. Ich habe die Puppe überallhin mitgenommen. Mein Vater schärfte mir ein, ich solle sie nie aus den Augen lassen.«

»Clementine, ich glaube nicht, dass dein Vater so viele Diamanten einem siebenjährigen Kind und ihrem Spielzeug anvertraut hätte. Ich glaube, er wird sie letztendlich herausgenommen haben.«

»Aber wann? Ich hatte Gillie die ganze Zeit bei mir, als ich am nächsten Tag erfuhr, dass mein Vater tot war. Ich trug sie immer im Arm und habe sie nicht losgelassen. Daddy ist am gleichen Abend gestorben, also kann er sie nicht herausgenommen haben.«

»Der Zulu ...«

»Onkel Reggie, Joseph One-Shoe wollte die Diamanten nicht haben. Er hat sich ein paar kleine Steine ausgesucht, um sie in Bargeld zu verwandeln. Und obwohl sie gleichberechtigte Partner waren, sagte er zu meinem Vater, er solle die übrigen behalten und mit nach Hause nehmen. Wir hatten alles schon für unsere Reise gebucht, und ich hatte Angst, weil es bedeutete, Joseph zurückzulassen. Nein, der größte Teil der Diamanten, die unser Leben hier in England sichern sollten, war in meiner Puppe.«

Sie fügte nicht hinzu, dass Gillie damals nur ihre Arme verlassen hatte, als Onkel Reggie ihr angeboten hatte, die Puppe für sie zu halten. Ihr war ganz übel bei dem Gedanken, dass ihre Erinnerungen Will Axfords Theorie bestätigten.

»Nun, Clem, ich weiß nicht, was ich sagen soll. Es ist so lange her. Ich kann mich nicht an irgendwelche Diamanten in deinem Besitz erinnern. Dieser Joseph hat sie mir gegenüber nie erwähnt.«

»Hat denn mein Vater etwas darüber gesagt, als du mit ihm gesprochen hast?«

»Wir haben ja kaum miteinander geredet. Nur ein paar

Worte im Streit. Er wollte, dass ich verschwinde. Er war an jenem Abend betrunken und redete wirres Zeug.«

»Wo hast du ihn denn getroffen?«

»Wie bitte?«

»Ich sagte, wo hast du ihn an jenem Abend denn getroffen? In der Hütte war es nicht, da war ich.«

»Nein, nein. Ich hatte mir schon gedacht, dass er nicht sonderlich begeistert sein würde, mich zu sehen, deshalb passte ich ihn ab, als er aus der Kneipe kam. Ich ging ein Stück Weg mit ihm. Er war natürlich feindselig, wollte nicht, dass ich ihn begleitete, aber ich musste mit ihm über dich sprechen, über deine Großmutter, die im Sterben lag, über den Grabstein für deine Mutter – es gab so vieles, was ich mit ihm besprechen wollte. Vor allem aber wollte ich ihm die Hand reichen und ihm Freundschaft und Familie anbieten. Ich wollte, dass ihr beide zurückkommt und wieder fest in Woodingdene wohnt. Er wollte jedoch nichts von mir oder meinen Vorschlägen wissen. Er beschimpfte mich, Liebling, und dann wurde er gewalttätig und schubste mich herum.«

»Was hast du gemacht?«

Reggie zuckte nachdenklich die Schultern. »Ich ging, Clem. Was hätte ich sonst machen sollen? Ich dachte, ich ließe ihn besser seinen Rausch ausschlafen und wollte es dann am nächsten Tag noch einmal versuchen – in der Hoffnung, er würde dann nüchtern sein. Er sollte sich keine Sorgen um Geld oder deine Zukunft machen – ich hatte schon alles für euch zwei vorbereitet.«

»Und dann ist er gestürzt?«

Reggie rückte näher und legte einen Arm um seine Nichte. »Ja. Tragisch. Eine lächerliche Verschwendung – das habe ich immer gesagt.«

»Ja, Onkel Reg. Danke, dass du mit mir darüber geredet hast.«

Er streichelte ihr über die Haare. »Clem, ich würde für dich sterben, Liebling. Ich habe über all das bisher nicht geredet, weil es dich so aufregt. Sieh dich doch an – jetzt siehst du ganz traurig aus, und das ist ja auch verständlich.« Er zog sie an sich und umarmte sie. »Lass uns morgen irgendetwas Fröhliches unternehmen – nur wir beide.«

Sie rang sich ein Lächeln ab und murmelte, wie nett das wäre. Doch hinter ihrem Lächeln stieg erneut die Angst auf. Er log. Sie erinnerte sich auf einmal daran, dass Joseph One-Shoe sie gewarnt hatte, dass dieser Mann, von dem Joseph glaubte, dass er sie liebte, nicht unbedingt die Wahrheit sagte.

In ihr breitete sich bebende Furcht aus: Dass sie ihren Onkel so sehr liebte, machte seinen vermeintlichen Verrat nur noch schlimmer. Sie dachte daran, wie viel Wärme sie im Herzen für ihn empfand. Er war ihr Fels und hatte sie ihr Leben lang beschützt, aber um ihn wieder so vorbehaltlos wie früher lieben zu können, musste sie die Wahrheit wissen, so wie Will es verlangt hatte. Sie musste die Teile des Puzzles zusammensetzen.

Und mit diesem Entschluss musste sie eine schreckliche Wahl treffen.

27

London
Dezember 1894

Vor zwei Tagen war Will aufrichtig überrascht gewesen, als Clementine Grant ihn anrief.

»Oh, Will. Äh ...«

Sie räusperte sich, sodass ihm Zeit blieb, seine Gedanken zu ordnen.

»Entschuldigung, dass ich dich störe«, sagte sie.

»Ist etwas passiert?«

»Nein ... äh, nicht wirklich, nein. Entschuldigung. Ich fange noch mal von vorne an. Wie geht es dir?«

Er blinzelte konsterniert. »Ich ... mir geht es gut, danke. Ich wollte gerade vom Berkeley Square aufbrechen.«

»Oh, Entschuldigung. Dann rufe ich später noch einmal an«, sagte sie verlegen.

»Nein, Clementine, ich will zwar ins Büro gehen, aber ich bin nicht in besonderer Eile«, log Will. »Schön, von dir zu hören«, fuhr er erleichtert fort. Er hatte schon befürchtet, ihre angenehme Stimme nie wieder zu hören. »Bist du in Woodingdene?«

»Nein, ich bin wieder in London.«

Hurra!, hätte er beinahe ausgerufen, aber er hielt sich noch im letzten Moment zurück. Stattdessen nickte er nur. »So schnell schon wieder?«, sagte er.

»Ja«, erwiderte sie seufzend. »Eigentlich wollte ich für eine lange Zeit nicht mehr in die Stadt zurückkommen, aber ich habe wichtige Geschäfte zu erledigen, die nicht warten können.«

»Ich verstehe.« Seine Enttäuschung war ihm deutlich anzuhören. Wie ein Vogel, der aus dem Käfig befreit wird, flog sie durch die Leitung. Hatte er wirklich geglaubt, sie sei wiedergekommen, um ihn zu sehen? Um sich zu entschuldigen? Um ihre Freundschaft wieder zu erneuern? *Was bist du doch für ein Idiot!*, sagte er zu sich.

Sollte er ihr sagen, was er in den letzten Tagen gemacht hatte? Sollte er das Telegramm erwähnen, auf das er ungeduldig wartete? Zu gerne hätte er diese Neuigkeiten mit ihr geteilt, aber er wollte sich nicht schon wieder ihrem Zorn aussetzen. Also ging er auf Nummer sicher. »Und, wie kann ich dir helfen?«

»Das würde ich lieber nicht am Telefon besprechen.« Will wurde hellhörig. »Können wir uns irgendwo treffen, wo du gut hinkommst?«

»Natürlich«, erwiderte er, ohne zu zögern. »Heute schon?«

»Ich ... Ja, aber nur, wenn du ...«

»Ich kann überall hinkommen, wo du es wünschst, Clementine. Hast du eine Anstandsdame?«

»Meine Nachbarin, Mrs Chattoway. Sie ist eine gute, alte Seele.«

Er begriff sofort, dass das heißen sollte, dass Mrs Chattoway sich wahrscheinlich nicht einmischte. »Und wo sollen wir uns treffen?«

»Wie wäre es mit Twinings?«

»Am Strand? Ja, kein Problem.«

»Mrs Chattoway hat gesagt, dort begegnet sie sicher Freundinnen.«

Vielleicht gab es ja doch noch Hoffnung für ihn. »Um welche Uhrzeit wäre es dir und deiner Begleitung denn recht?«

»Sollen wir sagen, drei Uhr?«

»Ja, gut. Bis dann.« Er zögerte, den Hörer vom Ohr zu nehmen.

»Will?«

»Ja?«

»Ich habe bei unserem letzten Gespräch sehr aufgebracht reagiert.«

Insgeheim seufzte er erleichtert auf. Es war zwar keine Entschuldigung, aber es war zumindest eine versöhnliche Geste. »Du warst wütend.«

»Das bin ich immer noch.«

Er runzelte die Stirn. »Ich will nicht wieder mit dir streiten, Clem. Ich habe tatsächlich das Gefühl, ich müsste Zugeständnisse machen, aber ich verfolge einen ähnlichen Kurs wie du.«

»Ach ja? Und welchen?«

»Ich glaube, eine deiner wichtigsten Eigenschaften, Clem, ist Geradlinigkeit. Keine Tricks, keine Abweichungen, keine Windungen um die Wahrheit herum. Du gehst direkt darauf zu.«

»Ich bin der Ansicht, dass ich immer direkt und aufrichtig bin, Will.«

»Gut. Ich bin genauso. Und wenn eine Entschuldigung erforderlich ist, sollte sie von mir kommen, weil ich so entschlossen der Wahrheit auf der Spur bin. Genau das tue ich – und zwar nicht nur für dich. Ich schütze mich selbst, meinen Ruf, die Firma unserer Familie und meinen Beruf.«

Darauf folgte Schweigen. Schließlich sagte Clementine: »Ich verstehe deine Motive und deinen Wunsch, ehrenhaft zu sein, aber die Auswirkungen verursachen mir Schmerzen. Danke, dass du einem Treffen zustimmst. Guten Morgen, Will.«

Das war es. Sie hatte aufgelegt, und die Leitung war tot. Er hatte sie doch nicht schon wieder beleidigt, oder? Warum nahm sie sich das Recht, so klare Worte zu sagen, wenn es ihm verwehrt wurde, gleichermaßen direkt zu sein?

Will fuhr zur Arbeit und grübelte den ganzen Weg in der Kutsche darüber nach. Am westlichen Ende des trapezförmigen Gebäudes zwischen der Cornhill und der Threadneedle Street stieg er aus und blickte zum Giebel hinauf. Auf dem Fries war der Handel dargestellt, und die lateinische Inschrift verkündete, dass die Royal Exchange in der Zeit von Queen Elizabeth gegründet worden war. Jetzt, etwa dreihundert Jahre später, unterstand sie ihrer Nachfahrin Queen Victoria.

Lloyd's vor Betrügern zu schützen lag in seiner Verantwortung als einer der Agenten, die seinen Namen und seine Geschichte hochhielten. Will fand die dicken Steinmauern, die den großen Hof umschlossen, beruhigend. Hier ging es nicht um ihn. Es ging um seine Pflicht und seine Ehre als Geschäftsmann.

Er hob das Kinn, zupfte an seinem gestärkten Kragen und zwang sich zu akzeptieren, dass sein Kurs der richtige war. Wenn Clementine Grant nicht das Bedürfnis verspürte, sich für ihr Verhalten zu entschuldigen, dann brauchte er es auch nicht zu tun.

Will half Clementine und ihrer Begleiterin beim Aussteigen aus der Kutsche. Sie waren in der Nähe von Temple Bar, einem der originalen Stadttore von London. Ihr Treffpunkt lag gegenüber des imposanten Royal Courts of Justice, ein schmaler, von schlichten weißen Säulen flankierter Hauseingang: die berühmte Tee-Firma Twinings hatte hier fast drei Jahrhunderte lang ihre Waren verkauft. Über der Tür war die vergoldete Statue eines britischen Löwen, die über den Figuren zweier chinesischer Händler thronte. In der Mitte darunter befand sich ein königlich aussehendes Wappen für das Unternehmen, das Ihre Majestät belieferte.

Im Inneren duftete es nach Erde mit Röstnoten, bei denen einem das Wasser im Munde zusammenlief. Überall waren Päckchen von Tee, Kaffee und Kakao, alle in großen Mengen für den Verkauf bestimmt.

»Haben Sie den Löwen gesehen?«, fragte Will, um etwas zu sagen, als sie darauf warteten, zu ihrem Tisch gebracht zu werden. Beide Frauen nickten. »Dieser Laden hieß Goldener Löwe, als zu Anfang hier nur Tee verkauft wurde. Ich glaube, der Maler Hogarth war hier so häufig Kunde, dass er beachtliche Schulden ansammelte, die er dann mit einem Porträt von Twining bezahlte.«

»Du liebe Güte, Sie wissen aber viel, Mr Axford!« Mrs Chattoway blickte sich strahlend im Laden um. Das dunkle Holz der Regale für die Waren und das sanfte Laternenlicht trugen zu einer etwas düsteren Atmosphäre bei, die an die exotischen Orte erinnerte, wo Tee, Kaffee und Kakaobohnen angebaut wurden.

Die Oberkellnerin brachte sie zu ihrem Tisch und nahm ihre Bestellungen entgegen.

»First oder Second Flush beim Darjeeling, Madam?«

Elspeth Chattoway kicherte. »Ich lasse mich überraschen, meine Liebe. Solange es Darjeeling ist, bin ich nicht so wählerisch.«

Clementine lächelte die Kellnerin an. »First Flush für meine Begleiterin. Ich hätte gerne eine Kanne von Ihrem ersten Assam, bitte.«

»Zwei Kannen Assam«, warf Will ein. »Meine Damen, etwas zu essen? Kann ich Sie vielleicht mit ein paar Keksen in Versuchung bringen?«

Beide lehnten ab, aber Clementine versicherte der Kellnerin, sie würde Earl Grey und Jasmintee erwerben, bevor sie gingen.

»Nun, junger Mann«, sagte Mrs Chattoway, als die Kellnerin gegangen war. »Die liebe Clementine hat erst beim Vorstellen erwähnt, dass sie William *Axford* sind. Wie geht es Ihrem Vater?«

»Er ist bei bester Gesundheit, danke, Mrs Chattoway. Manchmal ein wenig mürrisch ...« Grinsend ließ er seinen Charme spielen. »Aber er arbeitet und beteiligt sich noch immer am gesellschaftlichen Leben.«

»Oh, das ist wundervoll. Ich habe ihn seit Jahren nicht mehr gesehen. Die Frauen haben ihm zu Füßen gelegen.«

Will zog vielsagend eine Augenbraue hinauf. Er wusste, dass die alte Frau dann lachen würde.

»Ja, in der Tat. Es tut mir leid, dass Ihre Mutter gestorben ist – Sie waren noch so klein. Sie waren ein bezauberndes Paar. Aber nach ihrem Tod brach er so mancher Witwe das Herz, wenn sie fand, dass er und sie viel gemeinsam hatten.« Mrs Chattoway legte eine Hand an den Mundwinkel. »Ehrlich gesagt, Will, vergessen Sie die Witwen – ich kenne auch zahlreiche schöne junge Frauen, die ein Auge auf Ihren Vater geworfen hatten.«

Aufrichtig überrascht schüttelte er den Kopf; es war ein völlig neuer Gedanke für ihn, dass sein Vater romantische Neigungen hatte. »Er war schließlich erst in den Dreißigern. Ich frage mich, warum er keine neue Verbindung eingegangen ist? Ich meine, ich war in Rugby – ich war ihm ja wohl kaum im Weg.«

Die Kellnerin kam, und sie schwiegen, während ihr Tee serviert wurde.

»Und es sieht so aus, als hätten Sie es überlebt.«

Will gefiel das verschmitzte Funkeln in ihren scharfen Augen. »Ja, ich bin ohne große Probleme aufgewachsen.«

Sie nickte. »Das ist bei gut aussehenden, sehr reichen Menschen immer so.«

Er stimmte ihr nicht zu, sondern behielt seine Gedanken für sich. Verstohlen warf er Clem einen Blick zu. Sie musterte ihn auf diese intensive, großäugige Weise, die ihr eigen war, als ob sie seine geheimsten Gedanken lesen könnte. Er kämpfte gegen den Drang zu schlucken an und wünschte sich, zwischen ihnen wäre wieder alles in Ordnung, sodass er sie wieder küssen und sie auffordern könnte, mit ihm zur nächsten Kirche zu gehen und morgen zu heiraten. Aber er hatte gelernt, dass diese freigeistige Frau nur das tat, was sie wollte, und im Moment war es ziemlich unwahrscheinlich, dass sie den Mann heiratete, der für sie die Ursache des Zorns war, den er immer noch in ihrem Blick erkannte.

»Um Ihre Frage zu beantworten, Will«, fuhr Mrs Chattoway fort, »und es überrascht mich, dass Sie sie überhaupt stellen müssen. Ihretwegen hat der attraktive Jerome Axford nie mehr geheiratet.«

Will starrte Clems Anstandsdame an, wobei er unhöflicherweise einen Schluck Tee im Mund behielt. Er blinzelte, dann fiel ihm endlich ein zu schlucken. »Was soll das heißen?«, fragte er schließlich. Es war offensichtlich, dass er unter Schock stand.

Mrs Chattoway lachte perlend. »Genau das, was ich sage, lieber Junge. Das Leben Ihres Vaters kreiste immer nur um Sie. Keine andere Frau durfte in Ihr Leben treten und irgendeinen Einfluss auf Sie haben. Seine große Liebe war gestorben, und er war entschlossen, Sie auf seine Art großzuziehen.« Sie nickte, als ob sie sich daran erinnerte. »Ich erinnere mich noch an ein Gespräch, das Ihr Vater mit meinem Henry, Gott hab ihn selig, führte. Er wollte, dass Sie wieder nach London zu ihm zurückkommen, damit er und sein Kreis Sie beeinflussten, so wie Ihre Mutter es gewollt hätte. Er dachte nur an Ihre Zukunft.«

Will holte tief Luft. Redeten sie wirklich über ein und dieselbe Person?

»Ich weiß noch, wie entschlossen er davon ausging, dass es Ihnen gefallen würde, zu Hause aufzuwachsen, behütet und umsorgt von Ihrem Vater, und dass Sie sich in seiner Obhut viel besser entwickeln würden als bei jemand anderem. Warum schauen Sie mich so überrascht an?« Überrascht war noch untertrieben.

Will blickte Clem an, deren Gesichtsausdruck weicher geworden war. Er wünschte, es wäre nicht so. Er wollte ihr Mitgefühl nicht, wenn er damit nichts anfangen konnte. Er blickte wieder zu Mrs Chattoway. »Ich habe immer gedacht, ich hätte die Hoffnungen meines Vaters nicht erfüllt.« In dem Moment, als er die Worte ausgesprochen hatte, bedauerte er bereits, dieses Geheimnis geteilt zu haben.

Aber die alte Dame hob nur ihre beringte Hand. »Das

ist typisch für Jerome – er konnte noch nie Komplimente machen. Aber ich sage Ihnen etwas, William. Umgeben Sie sich mit den Jerome dieser Welt, vor den Glattzüngigen, die ihre Gedanken und ihre Zuneigung nur äußern, damit alle es mitbekommen, muss man sich hüten, das sage ich Ihnen.«

Will wollte eigentlich nicht zu Clem schauen, er wusste, sie würde verstehen, dass sein Blick ihrem Onkel galt – als ob Mrs Chattoway gerade Reggie Grant gemeint hätte. Er blinzelte empört über sich selbst, dass er sich ihr gegenüber in solch ein schlechtes Licht setzte.

»Du bist sehr ruhig, meine Liebe«, sagte Mrs Chattoway und drücke Clems Hand. »Ach, sieh mal, da ist ja Eugenie Collet. Sie kommt auf uns zu. Wenn ihr mich entschuldigen wollt, dann drehe ich mich einfach um und schwatze ein wenig mit ihr.«

Mrs Chattoway drehte sich mit ihrem Stuhl um, um mit einer Frau mit großem Busen zu sprechen, die ein viel zu enges Korsett aus einer längst vergangenen Modeepoche trug. Dadurch wirkte ihre Taille lächerlich schmal, und sie sah aus, als hätte sie einen Schwanenhals.

Will blickte Clem an. »Ist das inszeniert?«

Sie lächelte verlegen. »Es ist sehr nett von Elspeth. Sie wusste, dass ich ein paar Worte unter vier Augen mit dir reden muss.«

»Weiß sie über jeden Bescheid?«

Clementine lachte leise. »Ja, ich glaube schon.«

Er lächelte und freute sich über ihr Amüsement. Trotzdem war er vorsichtig; nur Clem konnte entscheiden, was als Nächstes geschah.

Sie hoben beide ihre Tassen und tranken einen Schluck Tee.

»Wir haben nicht viel Zeit, Will. Macht es dir etwas aus, wenn ich mich kurzfasse?«

»Keineswegs.«

Sie machte eine Pause, als ob es ihr schwerfiele, ihn um etwas zu bitten. »Ich brauche deine Hilfe.«

»Jederzeit«, murmelte er leise. Neue Hoffnung erfüllte ihn. »Wie kann ich dir helfen?«

Clementine erklärte es ihm in kurzen Worten, und als ihre Anstandsdame sich ihnen wieder zuwandte, war alles gesagt, was zu sagen war.

»Danke«, sagte Clem zu Elspeth.

»Ach, meine Lieben, ich habe nicht vergessen, was es heißt, jung zu sein und sich verzweifelt danach zu sehnen, mit der einzigen Person auf der Welt, mit der man nicht allein sein darf, allein zu sein«, sagte sie liebenswürdig. Mit einem zufriedenen Stöhnen trank sie ihren Tee.

Will hoffte, dass Clem die alte Dame nicht korrigierte. Mrs Chattoway sollte glauben, sie seien verliebt. Vielleicht half ihm das ja dabei, den Schaden zu reparieren?

»Es ging nur um geschäftliche Angelegenheiten. Will und ich wollen eine Geschäftsbeziehung eingehen ... mit dem Segen meines Onkels, möchte ich hinzufügen.«

»Natürlich, meine Lieben. Und die Tatsache, dass ihr beiden ein so reizendes Paar seid, ist völlig unerheblich. Sie könnten es nicht besser machen, Will Axford – und was dich angeht, Clementine Grant, was hält dich zurück?« Sie erhob sich, als ob sie gar nicht mit einer Antwort rechnete.

»Komm, meine Liebe. Es ist Zeit für mein Nachmittagsschläfchen. Danke, Will. Es war eine Freude, Sie kennenzulernen – ich hoffe, ich werde Sie in Zukunft häufiger sehen.«

Er stand auf und drückte einen Handkuss auf ihre behandschuhte Hand. »Das Vergnügen war ganz auf meiner Seite, Mrs Chattoway, und danke – ich werde vorbeischauen, ich verspreche es. Ich würde sehr gerne mehr über meine Mutter erfahren. Mein Vater spricht so selten von ihr.«

Sie tippte sich an die Nase. »Das liegt daran, dass er sie mit niemandem teilen will, William – noch nicht einmal mit Ihnen.«

Er wandte sich zu Clem. »Sehe ich dich bald wieder, Clementine?« Er küsste auch ihr die Hand, blickte ihr dabei aber in die Augen.

»Ja, das wirst du«, sagte sie, und er konnte nur hoffen, dass sie all seine Gefühle verstand.

»Bis dahin.« Er verbeugte sich leicht. »Meine Damen.«

Er begleitete sie bis in den Laden, aber dann scheuchten sie ihn weg, weil sie noch Tee kaufen wollten. Will begriff, dass er sich nur rehabilitieren konnte, wenn er über seine Recherche beim Kimberley Club herausfinden konnte, wo sich Joseph One-Shoes Grab befand, damit sie ihren Traum erfüllen und ihrem Freund einen echten Zulu-Abschied geben konnte.

28

»Ah, da bist du ja. Guten Morgen, mein liebes Mädchen«, sagte Reggie, der in Holland Park beim Frühstück saß. Er faltete den Brief zusammen, den er gerade gelesen hatte, und legte ihn wieder auf den Stapel Post. Dann hielt er Clementine, die sich zu ihm herunterbeugte, seine Wange hin. »Oh, du riechst ja köstlich! Ist das das Parfüm deiner Mutter?«

Sie schlang die Arme um seine Schultern und küsste ihn auf den Kopf. So konnte er den traurigen Ausdruck in ihren Augen nicht sehen, auch wenn sie sich darüber freute, dass er die Erinnerung an ihre Mutter immer noch wachhielt. »Ja.«

Er tätschelte ihr die Hand. »Und was hast du heute vor?«

Sie war vorbereitet. »Ich treffe mich mit einer Freundin in der Kunstgalerie«, log sie. »Möglicherweise begleitet Mrs Chattoway uns. Was ist mit dir?«

»Ach, Geschäfte, du weißt schon. Ich muss in die Stadt wegen finanzieller Dinge.«

»Du klingst sehr fröhlich heute Morgen, Onkel Reg.«

»Ja?«, sagte er und strich Butter auf seinen Toast. »Nun, ich bin tatsächlich auch so glücklich wie schon lange nicht mehr.«

»Oh. Warum denn?«

»Nichts, womit ich dich belasten möchte, mein Liebling. Geschäfte bereiten einem oft Sorgen, aber heute werde ich ausgezeichnete Nachrichten über eine Investition erhalten, die ich vor Jahren schon gemacht habe. Wenn alles nach Plan läuft, sollten wir feiern!«

Clem hätte am liebsten geweint. »Feiern?«

»Was hältst du davon, wenn wir uns zum Dinner treffen? Ich gehe mit dir in ein lächerlich mondänes Restaurant, und alle werden sich die Mäuler zerreißen. Was hältst du vom Criterion am Piccadilly?«

»Du liebe Güte – also richtig mondän?«

»Du hast es verdient, mein geliebtes Mädchen.«

Sie wusste nicht, was sie sagen sollte. »Wollen wir erst einmal abwarten, was mein Tag heute so bringt, Onkel Reg? Wenn ich mit den Damen zu Mittag esse, kann ich vielleicht nicht noch eine Mahlzeit zu mir nehmen.«

Er lächelte. »Iss etwas Leichtes«, sagte er. »Und zieh dich elegant an, damit ich mit dir angeben kann. Dieser Will Axford sollte sich besser beeilen und sich meine Erlaubnis holen, sonst werden wir noch von jedem Junggesellen in England verfolgt.«

Clem lachte, aber im Inneren empfand sie nur Beklemmung. Sie freute sich nicht auf den heutigen Tag. Der Morgen hatte mit einer Lüge begonnen – überhaupt nicht ihr Stil –, und er würde wahrscheinlich mit der Aufdeckung einer weiteren Lüge enden: eine, die ihr Leben unwiderruflich verändern würde.

»Soll ich klingeln, damit sie dir ein paar gekochte Eier bringen?«, fragte er und trank einen Schluck Tee. »Brot und Butter ist ja wohl kaum genug.«

»Du hast doch gesagt, ich soll etwas Leichtes essen!« Sie zwinkerte ihm zu. Ihr war so übel, dass sie das Brot kaum hinunterbekam. »Ich nehme mein Frühstück mit nach oben, Onkel. Ich habe gerade festgestellt, dass ich schon ein bisschen zu spät bin.«

»Ja, mach nur, Liebling. Ich wünsche dir einen wundervollen Tag – ich freue mich schon riesig auf heute Abend.« Er stand auf und gab ihr einen Kuss. »Bis später.«

Sie verließ den lichtdurchfluteten Frühstücksraum, wobei sie sich fragte, ob es wohl das letzte Mal gewesen war, dass sie und Onkel Reg miteinander gefrühstückt hatten. Hastig rannte sie die Treppe zu ihrem Zimmer hinauf, damit niemand ihre Tränen sehen konnte.

Einige Stunden später stand Clem im Hinterzimmer eines Juweliergeschäfts in Hatton Garden. Ihr scharlachrotes Tageskostüm leuchtete in der Werkstatt und passte vielmehr in einen Salon als hierher. Aber sie hatte sich passend für das Mittagessen mit den Damen kleiden müssen und konnte auf ihre düstere Stimmung keine Rücksicht nehmen. Vielleicht hatte sie es ja auch übertrieben in ihrem Verlangen, Onkel Reggie gegenüber so zu tun, als sei alles normal.

Will hielt sich höflich im Hintergrund. Sein schwarzer Anzug mit Gehrock für die Stadt passte zu den schwarzen Samtaufschlägen an ihrem Jackett. Sie trug immer noch ihre schwarzen Ziegenlederhandschuhe, auch wenn das Zittern ihres Körpers nichts mit der Kälte des Dezembertags zu tun hatte.

Es war Angst.

Sie dachte daran, wie Onkel Reggie ihr Gillie weggenommen hatte, und ihr fiel ein, wie schwer sich ihre Lumpenpuppe in Kimberley angefühlt hatte. Als sie schließlich die englische Küste erreicht hatten, war sie leicht gewesen, aber sie war zu sehr in ihrem Kummer, ihrer

Angst und Trauer gefangen gewesen, um auch nur einen Gedanken daran zu verschwenden. Sie wusste noch, wie Onkel Reggie die ganze Reise über mit ihr gespielt und gescherzt hatte. Er hatte ihr vorgelesen und ihr Geschichten erzählt. Er hatte sie sogar in den Schlaf gesungen, und wenn sie wach wurde, war er immer da gewesen. Als sie angekommen waren, hatte er sie auf seinen Armen vom Schiff getragen, und auf dem Weg nach Woodingdene hatte er nicht einmal ihre Hand losgelassen. Er war während ihrer gesamten Kindheit und bei jedem wichtigen Ereignis an ihrer Seite gewesen. Nie hatte er sie ausgeschimpft, er hatte sie bei jeder Gelegenheit gelobt und war immer an ihren Gedanken und Leidenschaften interessiert gewesen.

Er war der beste und zuverlässigste alle Väter gewesen. Aber der riesige Rohdiamant, den sie Sirius getauft hatten, war in Gillie versteckt gewesen, und tief im Herzen wusste sie, dass alle Diamanten nach dem Tod ihres Vaters noch in der Puppe gewesen waren. Sie dachte an den Hundsstern und daran, dass Joseph One-Shoe gesagt hatte, er würde ihr immer folgen. Folgte er ihr auch jetzt im Geiste?

Die Falle war aufgebaut. Sie war notwendig, damit die Wahrheit ans Licht kam, denn sonst würde der Zweifel für immer einen Schatten auf ihr Leben werfen. Will hatte es mit umstürzenden Dominosteinen verglichen. Sie hatten miteinander telefoniert, um die Details des Plans zu besprechen.

»Die Dominosteine stehen so dicht hintereinander – wenn der erste angestoßen wird und umfällt, fallen alle. Und genau so gehen wir vor, wenn wir deinen Onkel in die Ecke drängen, um die Wahrheit herauszufinden.«

»Die Wahrheit könnte aber genau das Gegenteil dessen sein, was du vermutest, Will.«

»Ich kann nur hoffen, dass es so ausgeht, Clem.«

»Was ist mit der Bank? Wissen Sie dort Bescheid?«

»Sie haben keine Ahnung, was wir tun, aber ich habe über meinen Vater ein wenig Druck ausgeübt.«

»Was er nur zu gerne für dich getan hat.«

»Clem, es ist nicht so, dass mein Vater Reggie nicht leiden kann – er traut ihm nur nicht. Er zieht es vor, keine Geschäfte mit ihm zu machen, aber er weiß, dass ich mit …« Sie war sich sicher, dass er »dir« sagen wollte, aber stattdessen fuhr er nach kurzem Zögern fort: »Dass ich mit deinem Onkel zu tun habe und er ein neues Geschäft vorgeschlagen hat.«

»Und hat die Bank Zwangsvollstreckung beantragt?«, fragte sie.

Wills Antwort kam ohne Zögern. »Nein. Soweit ich weiß, hat der Bankdirektor mit deinem Onkel telefoniert und ihm mitgeteilt, dass ihm die Zwangsvollstreckung droht, wenn er kein Geld zuschießt. Man könnte sagen, es war eine letzte Warnung. Und sie hat funktioniert – er handelte so, wie wir erwartet haben, um die öffentliche Demütigung eines Bankrotts zu vermeiden.«

Sie nickte und umklammerte den Hörer fester. Will hatte leider recht.

»Nun, wir werden es morgen herausfinden«, sagte sie. »Ich kann nicht behaupten, dass ich mich darauf freue.«

»Ich auch nicht, das kann ich dir versichern«, erwiderte er. »Ich wollte dir noch etwas sagen, Clem.«

»Will, können wir nicht … ich meine, bitte, kann es noch warten, bis diese unangenehme Angelegenheit ausgestanden ist?«

»Natürlich.« Er reagierte, wie jeder Gentleman es getan hätte, aber er klang enttäuscht. »Ich dachte nur, es muntert dich auf, und wenn du …«

»Nein, Will, bitte. Jetzt nicht. Im Augenblick kann ich kaum meinen Anblick im Spiegel ertragen – ich glaube nicht, dass ich im Moment etwas Fröhliches verdient habe, danke. Diese Stimmung ist besser für mich, sonst stehe ich das Ganze nicht durch.«

»Wie du willst, Clem …«

»Wir sehen uns morgen, wie besprochen.«

Jetzt murmelte Will etwas und riss sie aus ihren dunklen Gedanken. Sein besorgter Gesichtsausdruck machte ihre Gefühle für ihn wieder stärker. »Geht es dir gut, Clem?«

»Ich will nur, dass es vorbei ist«, flüsterte sie zurück. Dieses Wechselbad der Gefühle für Will war zu viel für sie.

Er nickte und blickte auf seine Taschenuhr. »Es ist jeden Moment so weit.«

Sammy Izak trat zu ihnen. »Ihr Onkel ist gerade aus der Droschke gestiegen, Clementine.«

»Danke«, sagte sie. Er wusste das wahrscheinlich, weil er Spione postiert hatte. In ihren Ohren dröhnte es, als hätte sie einen Bienenschwarm im Kopf, und ihr Mund war so trocken, als hätte sie die Asche ihres Vaters geschluckt.

29

Nur ein paar Tage zuvor hatte Reggie Grant das Gefühl gehabt, seine Welt erblühe zu ihrem vollen Potenzial. Seine Idee zu einer neuen Art der Versicherung für Theateraufführungen war großartig. Über Oper, Ballett und Konzertveranstaltungen hinaus sah er die geschäftliche Chance, Unterhaltung für die unteren Schichten zu sichern. Nicht nur Zirkusse oder Kuriositäten-Shows, sondern auch Vergnügungspaläste an der Küste und die neuen Music Halls. Damit konnte man wirklich Geld machen. Diese Lokalitäten boten den Massen alles von Akrobaten bis hin zu Sängern für ein kleines Eintrittsgeld; sie waren bunt, prächtig, lustig und jeden Penny wert. Diese Vergnügungsorte wurden so populär, dass jeden Monat eine neue Music Hall ihre roten Samtvorhänge öffnete.

Anfang der Woche war er beim Anblick seines eigenen Spiegelbilds während des Rasierens in fröhliches Gelächter ausgebrochen.

»Du bist wirklich eine Nummer, Reggie«, sagte er und zeigte mit seinem eingeseiften Rasierpinsel auf den Spiegel. »Du bist ein Grant, der aus eigenen Kräften reich werden wird, und Clementine wird stolz auf dich sein.«

Drei Tage danach war diese gute Laune empfindlich gestört worden, als sein Bankdirektor anrief und ihm mitteilte, dass er mit seiner Geduld am Ende sei. Reggie bettelte und scherzte und bot ihm sogar an, die Zinsen auf seine Hypothek zu verdoppeln, aber Sir Jeremy Jones blieb unerbittlich.

»Es ist bedauerlich, Reginald.« Er hatte ihn immer bei seinem vollen Namen genannt, wobei Reggie sich vorkam wie ein Schuljunge. Das war bestimmt die Absicht. »Es ist eine äußerst unangenehme Angelegenheit, aber wir haben Verpflichtungen dem Vorstand und unseren Aktionären gegenüber.«

»Jeremy, Sie kannten meinen Vater, noch bevor ich geboren wurde, und seit seinem Tod haben Sie immer mit mir zusammengearbeitet. Sie haben versprochen, mir noch ein paar Monate zu gewähren.«

»Nein, ich habe Ihnen lediglich versprochen, es zu versuchen. Ich bin nicht die Bank, Reginald. Ich bin nur ein Anteilseigner, und wir sind uns gegenseitig Rechenschaft schuldig. Ich habe mein Bestes für Sie getan, aber die Toleranz der Bank ist erschöpft.«

»Ich kann nicht glauben, dass sie mir nicht vertrauen ...«

»Mir ist nicht klar, warum Sie das nicht glauben können, Reginald. Es ist schließlich schon einmal passiert.«

»Nun, na ja. Sehen Sie das denn nicht? Ich habe diese Katastrophe mit den Eisenwerken aus eigener Kraft behoben, obwohl ich gar nicht daran schuld war«, beschwerte sich Reggie. »Das Geld ist doch gekommen.«

»Ja, aber seitdem haben Sie Ihr Konto ständig überzogen.«

»Sie wissen sehr wohl, dass ich aus guten Gründen so viel Geld ausgegeben habe. Sie wissen doch von den Renovierungen auf Woodingdene. Außerdem waren nicht alle meine Investitionen schlechte Entscheidungen – es wurden auch Dividenden ausgezahlt.«

»Trotzdem. Wir akzeptieren, dass es in den vergangenen zwanzig Jahren ein Einkommen gegeben hat, aber die Ausgaben können nicht länger ignoriert werden. Aus Respekt vor Ihrer Familie haben wir unser Äußerstes getan und beide Augen zugedrückt, aber immer mehr Leute verlangen von uns, dass wir handeln, und ich kann sie nicht länger vertrösten. Wir hatten einige Gespräche über den Verkauf von Vermögenswerten, und Sie haben immer behauptet, Sie hätten sich darum gekümmert, aber es haben keine größeren Einzahlungen auf das Konto stattgefunden.«

Die Vermögenswerte hatte Reggie unter der Hand verkauft, aber er konnte Sir Jeremy ja wohl kaum sagen, dass mit dem Erlös »andere Schulden« bezahlt worden waren. Die Bank war immer so tolerant gewesen. Er seufzte. »Na gut, in Ordnung. Wie viel Zeit können Sie mir geben?«

»Um was zu tun, Reginald?«

»Um das Konto wieder auszugleichen«, erwiderte er in einem Ton, der sagte: *Liegt das nicht auf der Hand?*

»Wir brauchen uns die Situation nicht schönzureden, mein lieber Junge. Was Sie sagen, ist unmöglich. Die Bank will zwangsvollstrecken, verstehen Sie das?«

»Das beantwortet meine Frage nicht.«

Der Banker seufzte. »Um Ihr Konto auszugleichen, brauchen Sie mindestens viertausend Pfund. Nun, ich sehe nicht ...«

»Abgemacht.«

Sir Jeremy klang verärgert. »Was meinen Sie mit ›abgemacht‹?«

»Dienstagmorgen werden viereinhalbtausend Pfund auf dem Konto sein.«

»Viereinhalb ...? Aber wir haben schon Freitag«, stammelte Sir Jeremy erstaunt.

»Das ist mir klar. Ich fahre nach London, und das Geld befindet sich frühestens bei Geschäftsschluss am Montag, aber spätestens bis Dienstagmittag auf dem Konto. Wie klingt das in Ihren Ohren?«

»Ehrlich gesagt klingt es anmaßend. Sie können unmöglich so viel ...«

»Ich kann, und ich werde. Geben Sie mir die Zeit und halten Sie die Wölfe in Schach«, sagte Reggie. »Wir treffen uns nächste Woche im Club auf einen Cognac und eine Zigarre. Guten Morgen, Sir Jeremy.«

Reggie legte den Hörer auf. Er schlüpfte in seine Gummistiefel, zog eine dicke Öljacke über seinen Wollpullover und ging über den gewundenen Pfad hinunter in den Garten. Die Treppe war an diesem eisigen Dezembertag zu gefährlich, deshalb nahm er einen Umweg von einer halben Stunde in Kauf, um den letzten Teil der Terrassen zu erreichen. Wie eine Bergziege ging er seitwärts, um den Hang zu überwinden, bis er auf den Weg traf, der ihn zu Louisas Brücke führte.

Er ging bis zur Mitte der Brücke, auf der seine Schritte metallisch hallten. Dort blieb er eine Zeit lang stehen, unempfänglich für alles um sich herum. Er merkte lediglich, dass es dunkler wurde. Schließlich hob er den Blick zu den Baumwipfeln, und erst da wurde ihm klar, dass die Sonne gleich hinter dem Horizont verschwinden würde, um bei den Menschen in den Kolonien wieder aufzugehen. Er dachte an Afrika, wo es bald wieder Tag wurde und die Sonne auf das Grab seiner geliebten Schwester und ihres verabscheuungswürdigen Gatten scheinen würde. Gleichermaßen würde sie ihr Licht auf die Lüge seines Lebens werfen – den Diebstahl ihres Kindes –, doch es war keine Lüge, dass er Clementine liebte.

Er hatte alles nur für sie getan. Und auch das, was er vorhatte, war nur für sie.

Der massive Rohdiamant und die sechs verbliebenen kleineren Diamanten würden verkauft werden müssen. Dabei war er so vorsichtig gewesen! Er hatte gehofft, dass die kleineren Steine ihm vielleicht aus der Notlage helfen würden – und das wäre ja auch der Fall gewesen, wenn die Bank keine Zwangsvollstreckung angeordnet hätte. Sir Jeremys Enthüllung war über ihm explodiert wie ein Feuerwerk.

Es war jedoch alles zu schaffen. Woodingdene hatte ein Einkommen – ein solides, beneidenswert hohes Einkommen – und er hatte auch noch das Einkommen aus seinen Investitionen, aber er hatte schneller Schulden angehäuft, als Geld hereinkam. Die neue Versicherungsidee hatte unendliches Potenzial, aber Sir Jeremy und die anderen Bankleute gaben nichts auf Potenzial – sie wollten keine modernen, zukunftsweisenden Ideen ohne Sicherheiten oder Erfahrungswerte. Was er vorschlug war so neu, dass es als seltsam und unverständlich empfunden werden würde, so wie das Telefon oder die Eisenbahn solchen Männern vor einem Jahrhundert vorgekommen sein mochten.

Er schlug mit der Faust auf das Eisengeländer und hörte, wie der Schall sich über die gesamte Brücke fortsetzte.

»Entschuldige, Louisa«, flüsterte er, wobei er sich selbst nicht sicher war, ob er sich dafür entschuldigte, dass er ihrem Mann das Leben, seine Diamanten oder ihr gemeinsames Kind genommen hatte. Es hatte sich alles zu einer schrecklichen Tat zusammengefügt, die Gier nach Clementine und die Freiheit, die sie ihm bringen würde. Er hatte erwartet, dass er sie lieben würde, aber nicht so sehr. Sie war sein Kind geworden, sie war der Grund, warum er jeden Morgen aufstand und sich aufs Leben und seine Pflichten freute.

Jetzt lag ihm noch diese eine Lüge auf der Seele, von der er sich lösen musste. Wenn er die Diamanten verkauft haben würde – einschließlich des großen Rohdiamanten – war jeder Beweis beseitigt. Dann würde ihn nichts mehr mit Afrika verbinden.

Den richtigen Händler zu finden war nicht einfach gewesen. Er brauchte jemanden, der nicht zu viele Fragen stellen würde, der ebenso gierig war wie er und doch in der Lage, den großen Diamanten aus dem Land zu bringen, vielleicht nach Amsterdam, wo er geschnitten und geschliffen werden konnte. Er hatte das Glitzern in den Augen des Juden gesehen, als sie sich vor zwei Monaten heimlich getroffen hatten, und der Mann den Rohdiamanten, der so groß war wie ein Ei, persönlich in Augenschein genommen hatte. Zu dieser Zeit hatte Reggie sich einfach nur daran gefreut, welche Verzückung der Stein auslöste.

»Das sind Hunderte von Karat«, murmelte der Diamantenhändler und betrachtete ungläubig den riesigen Stein in seiner Hand. Selbst unbearbeitet war der Oktaeder – der Stein erinnerte ihn an zwei Pyramiden, die am Fuß zusammengedrückt waren – faszinierend.

»Ich bin kein Fachmann«, sagte Reggie und zog grinsend an seiner Zigarre. »Ich möchte gerne seinen Wert wissen.«

Die Werkstatt hinter dem Laden war für den Abend geschlossen. An der Hintertür war Reggie von dem Mann und seinem Sohn hereingewunken worden. Beide schauten überwältigt, und wie Reggie fand, auch ein bisschen ängstlich, auf das, was er ihnen präsentierte. »Das ist ein privater Handel«, erklärte er. »All diese Diamanten«, sagte er und warf die Handvoll kleinerer Rohdiamanten auf das Samttuch des Tisches, wo sie im Licht einer kleinen Lampe funkelten, »gehören mir. Ich habe sie vor über zwanzig Jahren am Kap in meinen Besitz gebracht. Sie stammen aus einem kleinen Claim, den ich von einem verarmten Diamantengräber gekauft hatte. Sie haben lediglich sentimentalen Wert – ich hatte, ehrlich gesagt, gehofft, mich nie davon trennen zu müssen. Eigentlich wollte ich daraus einen prächtigen Schmuck für meine Nichte machen, den sie nach meinem Tod erben würde.«

Das war keine Lüge. Jahrelang hatte er davon geträumt, Clementine etwas Großartiges zu hinterlassen, sodass sie ihre Diamanten wiederbekam, ohne dass er ihre Vorwürfe fürchten musste.

»Und das wollen Sie jetzt nicht mehr?«, fragte der alte Händler überrascht.

Reggie schüttelte den Kopf. Der Sohn wirkte unsicher – er hatte Reggie höflich begrüßt, danach aber nichts mehr gesagt. Anscheinend wollte er mit dem Handel nichts zu tun haben. Das war Reggie egal. Ihm ging es nur um den Preis. Wenn er den großen Stein jemals auf die Schnelle verkaufen musste, dann war es wohl klug von ihm, sich einen Weg dafür offen zu halten.

»Ich habe noch nie einen so großen Rohdiamanten gesehen. Er ist mit nichts zu vergleichen ... Ich muss aufrichtig mit Ihnen sein, Mr Grant. Ich bin ratlos.«

»Ich verstehe. Aber Sie werden mir sicher zustimmen, dass wir es hier mit einem erstklassigen Stein zu tun haben.«

»Zweifellos«, murmelte der Mann und schüttelte ehrfürchtig den Kopf. »Ein Diamant von höchstem Reinheitsgrad, würde ich sagen.«

»Was auch immer das heißt«, sagte Reggie und bemühte

sich, nicht allzu triumphierend zu wirken. »Und wie hoch schätzen Sie ihn?«

»Mr Grant, um ihn zu bezahlen, bräuchte man vermutlich ein Syndikat oder einen ungeheuer reichen Kapitalgeber – und das finden Sie hier in England nicht. Der Stein dürfte in Hatton Garden nie gezeigt werden – er würde einen Aufruhr verursachen. Er müsste ins Ausland gebracht werden, vielleicht nach Amerika oder irgendwohin in Europa. Königshäuser würden ihn ohne Zertifikat nicht anfassen – in Afrika gibt es Diamantengesetze –, und ich akzeptiere zwar, dass der Stein Ihnen gehört, aber er hat vermutlich keine Papiere, oder?«

Reggie nickte. »Damals, 1872, gab es einige Todesfälle in meiner Familie. Und ich hing in der afrikanischen Karoo-Wüste fest. Es war wie im Wilden Westen, mit einem Haufen von Wahnsinnigen und allen möglichen Gefahren. Niemand durfte damals etwas von diesem Diamanten erfahren. Ich hatte Angst und war auch vor Trauer ein wenig außer mir, sodass ich nicht klar denken konnte. Deshalb brachte ich den Stein einfach mit nach Hause.« Die Lüge hatte so plausibel geklungen, als er sie erfunden hatte. Dieser Händler konnte ihm das Gegenteil nicht beweisen, wenn er nicht selbst schon in Afrika gewesen war.

»Der Stein ist zu groß für mich. Zwölf Karat bei einem Diamanten dieser Qualität würden ...« Wieder schüttelte er den Kopf. »... äh, würden fünfzehntausend Pfund bedeuten.«

Reggie konnte nur mit Mühe seine Freude zurückhalten, gestattete sich jedoch nur ein kleines Lächeln. »Ja, nun, das wissen Sie besser als ich. Und wenn es mehr als hundert Karat sind?«

»Eine unvorstellbare Summe, obwohl ehrlich gesagt, wenn Sie es mit dem Verkauf eilig haben, würde der Preis sich wahrscheinlich halbieren, vielleicht sogar auf ein Drittel schrumpfen.«

Reggie zuckte mit den Schultern. Seine Selbstbeherrschung erstaunte ihn. Er lächelte träge. »Ich habe keine Eile. Denken Sie darüber nach, Mr Reuben und kontaktieren Sie, wen immer Sie wollen. Ich werde wahrscheinlich eher früher als später verkaufen«, fügte er hinzu, um sich seine Optionen offenzuhalten. Er wusste, dass er den Händler verwirrte. »Die kleineren stehen zum Verkauf, und wenn Sie das nicht übernehmen möchten, fahre ich nach Antwerpen oder Amsterdam ...«

»Nein, nein, ich sage ja nicht, dass es nicht organisiert werden kann, aber ...«

»Vater ...?«

»Sei still, Benjamin. Mr Grant, ich glaube, ich kenne ein Syndikat, das interessiert sein könnte. Ich werde mal diskret meine Fühler ausstrecken.«

»Gut. Diskretion ist besonders wichtig bei diesen Steinen. Ich möchte nicht, dass mein Name damit in Verbindung gebracht wird. Diese Diamanten habe ich in einer Zeit großer Trauer erworben, und sie erinnern mich immer an dieses schmerzliche Kapitel in meinem Leben. Meine Nichte hat jedoch nur wenig Erinnerungen an diesen Kummer«, fügte er hinzu, bevor der Mann ihm eine Frage stellen konnte. »Sie hätte diesen Schmuck mit Stolz und Freude getragen.«

»Und warum verkaufen Sie die Steine dann?«, fragte der Sohn betont.

Reggie hatte bereits eine Lüge parat. »Ich glaube, meine Nichte wird bald heiraten. Und ich sterbe.«

Beide Männer keuchten auf, aber er lächelte.

»Ein langsamer Tod, nichts, was unmittelbar bevorsteht, aber meine Krankheit ist unheilbar. Ich bin in den letzten Wochen zu dem Schluss gekommen, dass diese Diamanten unserer Familie nur Unglück gebracht haben. Am Tag, als ich die Steine fand, heiratete meine Mutter einen Mann, den ich verabscheute, und meine geliebte Stiefmutter starb«, log er. Reggie schüttelte den Kopf. »Und am Abend des Funds erlitt Clementines Vater einen schrecklichen Unfall. Er stürzte in die Mine in Kimberley. Auch er starb, und ich musste sein Kind allein großziehen. Am Tag, als ich die Steine aus dem Tresor holte, in dem sie zwei Jahrzehnte gelegen hatte, erfuhr ich von meinem Arzt, dass ich todkrank bin. Nun, ich bin nicht abergläubisch, Mr Reuben, aber ich werde den Gedanken nicht los, dass diese Diamanten – so prachtvoll sie auch sind – Verderben über unsere Familie bringen. Ich halte es für das Beste, sie zu verkaufen. Und ganz bestimmt will ich sie nicht an Clementines Hals sehen. Sie ist auch so schön genug.« Er schnaubte. »Bringen wir es hinter uns. Tun Sie, was Sie können und finden Sie einen Käufer.«

Anscheinend hatte Mr Reuben genau das getan, und jetzt stieg Reggie in Hatton Garden aus einer Droschke. Erregung durchzuckte ihn wie eine kleine Flamme. Innerlich brannte er mit einer Mischung aus Angst und Vorfreude. Der Gedanke an so viel Geld, wie sein Vater selbst in seinen besten Zeiten nie besessen hatte, war unglaublich aufregend. Es war potenziell mehr Geld, als die Reichsten im Land besaßen. Selbst wenn ihm nur ein Drittel vom Wert des großen Rohdiamanten gezahlt würde, konnte er damit seinen Lebensunterhalt aufs Angenehmste bestreiten. Und Clementine würde sich nie mehr Gedanken um die Zukunft machen müssen. Sie wäre abgesichert. Und ihr Vermögen, das sie mit Sorgfalt und Bescheidenheit verwaltete – und nach seinem Geschmack in viel zu hohem Maße für ihre menschenfreundlichen Projekte einsetzte – würde ebenfalls sicher sein.

Er war besser als sein Vater. Besser als sie alle, weil er ein Vermögen hinterlassen würde, keine Schulden. Vielleicht würde er seinen Namen mit diesem Stein in Verbindung bringen müssen. Wenn es nicht zu vermeiden war, würde er eben gefälschte Besitzurkunden oder eine Lizenz für einen Claim beibringen. Er kannte Leute, die so etwas organisierten. Aber dazu würde es nicht kommen. Er legte keinen Wert auf den Ruhm, der mit einem solchen Stein einherging. Er wollte, dass er außer Landes geschafft und in Bargeld verwandelt wurde, mit dem er seine Schulden begleichen konnte. Vielleicht konnte er für eine Zeit lang nach Paris gehen ... möglicherweise würde Clementine ihn sogar auf einer Rundreise durch Europa begleiten.

Reuben hatte ihm ein Telegramm geschickt: *Wir haben einen Käufer. Erwarten Sie eine außergewöhnliche Summe. London, diesen Freitag.*

Er konnte sich auf die Schulter klopfen. Das Timing war perfekt. So sehr er es verabscheute, von Sir Jeremy gedrängt zu werden, es war ein glücklicher Zufall, dass die Entscheidung der Bank auf einen Zeitpunkt gefallen war, an dem er ihr etwas entgegensetzen konnte. Er freute sich schon darauf, mit Sir Jeremy im Club zu sitzen und ihn in dem Wissen anzulächeln, dass alle Schulden getilgt waren – und ein Glas auf Kosten des alten Bastards zu trinken.

Als Vorsichtsmaßnahme ließ er sich vom Droschkenkutscher am oberen Ende von Hatton Garden absetzen und machte sich zu Fuß auf den Weg in das Gewirr der schmalen Straßen. Sollte der Kutscher jemals gefragt werden, würde er sich bestimmt nicht erinnern können, wohin sein Fahrgast gegangen war. Beschwingt schritt er aus. Die Idee einer Reise durch die Hauptstädte Europas kam ihm immer reizvoller vor.

»Er kommt jeden Moment«, flüsterte Sammy im Atelier, in dem es in den letzten Minuten immer voller geworden war.

Clementine warf einen Blick auf die Männer, die dort versammelt waren. »Ist das wirklich nötig?«, flüsterte sie Will zu und blickte zu dem Polizeibeamten, der eingetreten war.

»Es war nicht meine Idee, die Polizei hinzuzuziehen. Ich glaube, es war Sauls Sohn, der Bow Street informiert hat.«

Sie gab einen Laut von sich, der irgendwo zwischen einem Seufzen und einem Zischen angesiedelt war, und warf dem kräftigen Mann mit den großen Füßen und dem schweren Mantel, den er nicht abgelegt hatte, einen finsteren Blick zu. Der Wollstoff des Mantels roch nach Regen.

Will beugte sich erneut vor. »Clem, ich wollte dir das schon früher sagen. Aber jetzt muss ich es wirklich loswerden, es ist wichtig – eigentlich sind es zwei Dinge, die ich dir sagen muss.«

»Na gut.« Sie seufzte. »Sag es.«

Nervös leckte er sich über die Unterlippe und rieb sich das Kinn, als suche er nach den richtigen Worten.

»Sag es einfach, Will. Die Situation kann nicht mehr schlimmer werden, als sie bereits ist.«

Resigniert stieß er die Luft aus. Dann sagte er: »Die schlechten Nachrichten zuerst. Bisher weiß es noch niemand, aber dein Onkel wird sich vielleicht für den Tod deines Vaters verantworten müssen.«

Sie schaute ihn an, als hätte er in einer fremden Sprache geredet. Es dauerte eine halbe Minute, bis sie begriff, was er da gesagt hatte und was die Anschuldigung bedeutete.

Will blickte sie gequält an. »Es war kein Mord«, fügte er hinzu.

»Das glaube ich auch nicht«, sagte sie geschockt.

»Aber es könnte sein, dass es sich um Totschlag handelt.«

Will sah ihr wahrscheinlich an, dass es sie ihre ganze Selbstbeherrschung kostete, keinen Wutschrei auszustoßen. Ihre guten Manieren ließen das einfach nicht zu. Vielleicht hatte er deshalb diese explosive Tatsache so lange zurückgehalten, um sie erst jetzt in Anwesenheit eines Polizisten zu äußern?

»Will, mein Vater ist infolge eines Sturzes gestorben«, sagte sie, als redete sie mit einem Kind. »Nichts kann das ändern.« Ärgerlich wich sie ihm aus, als er die Hand nach ihr ausstreckte.

»Warst du dabei?« Er zwang sie, ihn anzusehen.

Sie blinzelte vor unterdrückter Wut. »Du weißt doch, dass ich nicht dabei war.«

»Nun, jemand anderer war aber dabei.«

Bevor sie ihn um eine Erklärung bitten konnte, zischte Sammy warnend.

»Er ist da.«

Die gute Nachricht erfuhr sie vorerst einmal nicht.

30

Reginald Grant war auf Umwegen zu Saul Reuben, dem Diamantenhändler, gelaufen und hatte sich der schmalen Straßen, der Gassenjungen, der Straßenverkäufer und der Paare gefreut, die in die kleinen Schaufenster der Juweliere blickten. Er sah zu, wie ein altes Klavier auf einer Karre von zwei Männern über das Kopfsteinpflaster gezogen wurde und sprang zur Seite, um ihnen auszuweichen. Er ging um ein paar Leute herum, die bei einem Maronenofen anstanden. Blumenmädchen trugen Körbe und gutgekleidete Männer gingen mit schnellen Schritten durch die Menge – sie waren, so vermutete er, die Diamantenboten. Stolz stieg in ihm auf, als er an Clems kluge Idee dachte, die Händler und Juweliere, die diese Boten einsetzten, zu versichern.

Hier war es ruhiger als im nahe gelegenen Covent Garden, aber trotzdem herrschte noch so ein lebhaftes Treiben, dass er sich unbeobachtet hier bewegen konnte. Bevor er in eine Gasse einbog, kam er noch an einem großen Schild vorbei, auf dem der Ankauf von Altgold und Münzen gegen Bargeld angeboten wurde.

Dieser schmale Pfad würde ihn in die Zukunft führen. Innerhalb der nächsten Stunde war es ihm bestimmt, der reichste Mann in ganz England zu werden. Jetzt würden ihm seine Kritiker hoffentlich endlich den nötigen Respekt zollen.

Ihr sollt alle verrotten, dachte er. Nur für Louisa hielt er innerlich ein Lächeln bereit. Ihre Liebe und ihr Stolz auf ihn würden jetzt endlich gerechtfertigt sein.

Sein Ziel lag hinter einer unauffälligen grünen Tür mitten in der schmalsten Gasse genau zwischen Hatton Garden und Ely Place. Als er an Ye Olde Mitre Tavern vorbeikam, machte er sich im Geiste eine Notiz, dort zur Feier des Tages etwas zu trinken, wenn der Handel abgeschlossen war. Er ging die dunkle Gasse entlang, während die Klänge eines Leierkastens an der Ecke langsam leiser wurden.

Benjamin Reuben, der Sohn, öffnete ihm die Tür.

»Ben Reuben«, sagte er augenzwinkernd und hob seinen Hut. »Ich wünsche Ihnen einen guten Tag. Ich glaube, Ihr Vater erwartet mich.«

»In der Tat, Sir. Kommen Sie herein.«

»Brr! Ich bin froh, dass hier ein freundliches Feuer prasselt, Reuben. Der Nachmittag ist recht kühl.«

Der Sohn half ihm höflich aus dem Mantel.

Als er ihm anbot, Hut und Regenschirm zu nehmen, grinste Reggie und griff nach einem Päckchen, das er in der Krempe seiner Melone verstaut hatte. Um was es sich handelte, brauchte er nicht zu erklären, als er Reuben den Hut und den Regenschirm reichte.

»Ich sage gleich meinem Vater Bescheid, Mr Grant. Kann ich Ihnen einen Kaffee anbieten?«

»Ja, danke, sehr gerne, aber nur, wenn Ihr Vater auch einen nimmt. Sie brauchen für mich nicht extra einen aufzusetzen.« Reggie rieb seine Hände vor dem Feuer; er wusste gar nicht genau, ob es von der Kälte oder seiner Vorfreude kam.

Ben verschwand im hinteren Teil der Räumlichkeiten, und Reggie schaute sich im Zimmer um. Es war zum

Teil ein Salon, aber hauptsächlich doch ein Ort, an dem Geschäfte gemacht wurden. Er sah alle Utensilien eines Diamantenhändlers: eine Verkaufstheke, gute Beleuchtung, Vergrößerungsgläser, Pinzetten und Päckchen in allen Größen. Reggie öffnete das Leinenpäckchen, in dem der große Rohdiamant und seine Gefährten seit seiner Abreise aus dem Norden verpackt gewesen waren. Er würde nicht traurig sein, wenn er weg war, dachte er. Es war eine Bürde gewesen, die jedes Jahr schwerer auf ihm gelastet hatte. Bei den kleineren Diamanten, die er gestohlen hatte, war es ihm gleichgültig gewesen – sie waren lediglich Mittel zum Zweck und hatten seine Finanzen über die Jahre gesichert. Was er doch für ein Glück gehabt hatte, dass seine Probleme zufällig mit James Knights großem Diamantenfund zusammengetroffen waren. Clems Vater hätte den Ertrag verschleudert, da war er sich sicher: er hätte nur noch mehr schwachsinnige Ideen gehabt und noch mehr Alkohol getrunken. Er hingegen hatte Knights Diamanten wenigstens richtig eingesetzt – und jetzt würde Clementine in den Genuss ihres gesamten Erbes kommen und würde von niemandem mehr abhängig sein. Bald hatte sie einen Ehemann, ein neues Leben, und er konnte zufrieden seufzen, dass er ihr das alles ermöglicht hatte. Louisas Erbe war unangetastet. Sie konnte friedlich in ihrem Grab ruhen, seit ihr Bruder sich um ihren kostbarsten Besitz gekümmert hatte. Knights Tod war wirklich ein Segen gewesen, und wenn er sich erst einmal dieser letzten Diamanten entledigt hätte, konnte er Afrika endlich vergessen.

Er betrachtete das dunkle Holz der Wandtäfelung und die hellgrau getünchten Wände. Der extravagante Perserteppich, auf dem er stand, gefiel ihm. Er würde in jedes der Grant-Häuser passen. Vielleicht konnten Clem und er ja nach Persien fahren und dort einen Teppich in Auftrag geben, in dem irgendwie ihre Geschichte – oder zumindest ihre familiäre Liebe – eingewoben war. Das würde natürlich nicht gerade preiswert sein, aber er würde ja schließlich auch zu einem der reichsten Männer in ganz Großbritannien werden, wenn auch nur heimlich. Er konnte ohne Weiteres für jedes Zimmer einen solchen Teppich kaufen und würde es noch nicht einmal merken. Er überlegte, wie viel Saul Reuben von dem Verkaufspreis für sich selbst abzweigen würde. Aber spielte es überhaupt eine Rolle? Es ging um so viel Geld, dass er gar nicht wusste, wo er es überhaupt unterbringen sollte. Er würde ein Schweizer Bankkonto brauchen und hatte auch schon entsprechende Erkundigungen eingezogen – sofort nach dem Verkauf würde er nach Zürich reisen.

Er holte tief Luft und wischte das triumphierende Lächeln von seinem Gesicht, das immer wieder drohte durchzubrechen. Trotz seiner wachsenden Erregung bemühte er sich um eine ruhige, gelassene Miene. Es würde alles klappen.

Was Reggie Grant nicht sah, war der lange Schlitz des Gucklochs in der Seitenwand. Es saß direkt über einer Kommode und war so geschickt angebracht, dass man es leicht übersah.

Dahinter lag das Atelier. Das schmale Fenster, verborgen durch den Spiegel, der darüberhing, erlaubte Reuben und seinem Sohn, einen Kunden ankommen zu sehen, während sie im Atelier arbeiteten. Von diesem Ausguck aus wurde Reggie von der versammelten Gruppe beobachtet. Sammy Izak blickte zu Reuben, der gerade an Clementine vorbeiging.

»Es tut mir sehr leid, dass dies geschieht, Miss Grant«, murmelte Mr Reuben und trat aus dem Atelier in den Verkaufsraum, um seinen Kunden zu begrüßen.

Sie nickte. Mr Reuben traf ganz sicher keine Schuld. Schließlich war dies alles hier ihre Idee gewesen. Was als Nächstes passierte, war nur die Schuld ihres Onkels und natürlich auch ihre eigene. Clem kannte den Mann auf der anderen Seite der Wand besser als irgendjemand sonst hier, und sie konnte förmlich spüren, dass er blendender Laune war. Er wirkte so fröhlich und im Einklang mit der Welt – sollte sie das hier tatsächlich durchziehen? Auf einmal bedauerte sie alles zutiefst. Sie fragte sich, wie diese Falle hier ihr Leben zum Besseren wenden sollte. Tatsache war doch, dass ihr Vorgehen nur Schmerzen für alle Beteiligten bringen würde. Um sie herum herrschte eine Stille wie auf einer Beerdigung. Sie waren gerade dabei, Reggies Leben, so wie er es kannte, für immer zu beenden.

»Reuben, guten Tag«, sagte Reggie und schüttelte dem Mann die Hand. »Ich war entzückt, als ich Ihr Telegramm erhalten habe.«

Sie rückten wieder voneinander ab, und Reuben bat Reggie an den Verkaufstresen. Dadurch waren sie so nah an der Gruppe im Atelier, dass Clem beinahe das Gefühl hatte, ihren Onkel berühren zu können. Und wenn sie einen Laut von sich gegeben hätte, hätte sie ihn warnen können.

Will berührte sie am Ellbogen. Es war nur ein leichtes Drücken, und er ließ sie auch sofort wieder los, aber er blickte sie so traurig an, dass sie die Idee, ihren Onkel zu retten, wieder aufgab. Will schüttelte den Kopf, als wolle er sagen: *Lass alles so geschehen, wie es geschehen muss.* Er appellierte an sie, das Richtige zu tun.

Dann ist es so, dachte sie. Wieder einmal fiel ihr Joseph One-Shoes Warnung ein, dass Onkel Reggie sie zwar liebte, dass sie ihm aber nicht vertrauen konnte. Genau das hatte Joseph gemeint. Vielleicht hatte er die ganze Zeit über die Wahrheit über ihren Vater gewusst, hatte aber dennoch zugelassen, dass Reggie sie mit nach England nahm, wo sie ein besseres Leben erwartete.

Sie drängte ihre Trauer zurück und richtete ihre Aufmerksamkeit wieder auf die beiden Männer jenseits des Gucklochs.

»Ist es ein einzelner Käufer?«, fragte Reggie.

»Nein, Mr Grant. Es ist ein Syndikat in Amerika.«

»Ausgezeichnet. Wie funktioniert es?«

»Sie vertrauen darauf, dass ich den Wert der Steine für sie schätze. Ich gebe Ihnen eine Anzahlung zu ihren Lasten, um den Kauf zu sichern. Dann schicken sie jemanden, der die Steine begutachtet, und wenn alles nach Plan läuft, wird die gesamte Summe bezahlt.«

»Wie lange wird das dauern?« Reggie runzelte die Stirn.

Der Sohn trat mit einem Kaffeetablett ein.

»Vielleicht bis Februar. Aber ...«, Reuben hob einen Finger, »... die Anzahlung mache ich schon heute. Der Atlantik ist um diese Jahreszeit unberechenbar, Mr Grant, deshalb wird der amerikanische Vertreter die Reise antreten, sobald sie durchführbar ist. Ich brauche natürlich etwa zehn Tage, um die Steine richtig bewerten zu können, aber selbst ich sehe, dass wir über eine gewaltige Summe reden.« Er lächelte Reggie an. »Darf ich den Stein noch einmal sehen, Mr Grant?«

»Selbstverständlich.«

Während Reggie nach dem Leinenpäckchen griff, in dem der Rohdiamant in einer zusätzlichen Hülle lag, breitete der Diamantenhändler eine Samtmatte aus und holte eine große Lupe auf einem Fuß. Reggie blickte bewundernd auf eine elegante elektrische Lampe, die Reuben hochhielt, um die Rohdiamanten anzuleuchten. *Das ist bestimmt ein Kohle-Glühfaden*, dachte er. *Sie leuchtet schon so lange.* Das Licht war seit seiner Ankunft an gewesen.

»Welche Garantie geben Sie mir, wenn ich meine Steine hierlasse?«, fragte Reggie und legte ein paar kleinere Diamanten, die er in ein Taschentuch eingewickelt hatte, auf die Samtmatte. Wie gefallene Sterne glitzerten sie auf dem schwarzen Samt.

Es war der Sohn, der antwortete. »Unser Wort, Mr Grant.«

»Wirklich?« Er lächelte. »Benjamin, Ihr Vater will mit einem Diamanten ohne Papiere, ohne formelle Herkunftsurkunde handeln, obwohl die Gesetze über den Austausch von Diamanten streng sind. Ich glaube ehrlich gesagt nicht, dass da sein Wort – oder auch meines – ausreicht. Dies hier ist kein Abkommen unter Gentlemen. Hier geht es ums Geschäft, mein Sohn.«

»Es scheint … zumindest ein wenig zwielichtig«, erwiderte der Sohn, was ihm einen finsteren Blick seines Vaters eintrug.

»Mr Reuben, vielleicht möchte Ihr Sohn lieber Abstand von unseren Geschäften nehmen. Ich brauche sein Urteil nicht.«

»Entschuldigen Sie, Mr Grant«, sagte der Sohn hastig. »Ich habe die falschen Worte gewählt. Es macht mich über die Maßen besorgt, dass wir über einen Stein ohne Herkunftsurkunde verhandeln wollen.«

»Keine Angst, mein Junge«, beruhigte Reggie ihn und packte den großen Rohdiamanten aus. »Sein Anblick wird jeden Zweifel bei den Käufern ausschalten.«

Hinter der Wand schlug Clem sich die Hand vor den Mund, um ihr Keuchen zu ersticken, als Onkel Reggie einen Rohdiamanten, so groß wie ein Golfball, auf die Samtmatte legte. Alle beugten sich vor, um ihn besser sehen zu können. Onkel Reggie lächelte triumphierend.

»Brillant, nicht wahr? Also ... meine Sicherheit?«

»Wir werden darüber sprechen«, sagte der ältere Reuben.

Clem spürte, wie um sie herum die Spannung wuchs. Ihr wurde schwindlig, als sie zum ersten Mal seit ihrer Kindheit wieder auf Sirius blickte. Eine Flutwelle von Erinnerungen brach über sie herein. Plötzlich hörte sie die dumpfen Gesänge der Afrikaner, die für andere gruben. Es roch nach Erde aus dem Großen Loch, nach den ungewaschenen Körpern von Männern bei der Arbeit, nach Fleisch, das in den Unterkünften gekocht wurde. Sie konnte sogar den Duft von Josephs Haut heraufbeschwören, sein dröhnendes Lachen hören, spürte die Löckchen seiner Haare, wenn er sich zu ihr herunterbeugte, um ihr etwas zuzuflüstern.

»Mr Grant, nur zu meiner Beruhigung«, sagte Reuben, »würden Sie mir bitte alles von diesem Stein erzählen, damit ich es den Amerikanern in Ihren Worten wiedergeben kann.«

Clem starrte auf den matten Glanz des Rohdiamanten, der vielleicht der größte auf der Welt war. Ihr Herz begann heftig zu pochen, als ihr klar wurde, dass er über dreihundert Karat erreichen konnte. An seiner Qualität gab es keinen Zweifel. Sie erinnerte sich daran, wie sie ihn in ihrer Hütte ans Licht gehalten hatte; Joseph hatte ihre kleine Hand stützen müssen, damit sie ihn hochheben konnte.

»Lupenrein«, hatte Joseph vor all diesen Jahren gesagt. Sie hatte gelernt, dass dies der Ausdruck der Diamantengräber für absolute Reinheit war, hatte jedoch auch erfahren, dass Händlern »innerlich lupenrein« lieber war.

Die Stimme ihres Onkels holte sie wieder in die Gegenwart. »Er stammt aus einem Claim, den ich einem armen Teufel abgekauft habe. Möglicherweise war er Australier, ich weiß es nicht, auf jeden Fall aber war er betrunken und nur zu froh, sein Anrecht gegen Geld eintauschen zu können. Ich hatte ehrlich gesagt kein Gefühl für das, was ich da kaufte, ließ mich aber von der Romantik hinter der Angelegenheit anstecken. In Kimberley herrschte eine Art hektischer Energie. Es hatte etwas Gesetzloses, so als ob alles möglich sei. Und so war es ja wohl auch. Der arme Kerl hatte in seinem Claim nichts gefunden, aber die erste Grabung meiner Leute förderte das hier zutage.«

»Hatten Sie keine Angst davor, dass die Männer es weitererzählten?«

»Doch, Mr Reuben. Ich gab ihnen jede Menge Geld und Alkohol, damit jeder von ihnen auch am nächsten Tag noch betrunken war. Und da war ich bereits auf dem Weg nach Kapstadt.«

»Und Ihren Claim haben Sie einfach zurückgelassen? Es hätten doch noch mehr solcher Steine darin sein können«, sagte Reuben ungläubig. Er war offensichtlich unterwiesen worden, die richtigen Fragen zu stellen, dachte Clementine. Sie war erstaunt darüber, mit welcher Leichtigkeit ihr Onkel die Geschichte spann.

»Meinen Claim habe ich an jemandem im Kimberley Club verkauft. Ich hatte ja diesen riesigen Diamanten, und deshalb war es mir offen gestanden egal. Ich musste mit meiner Nichte nach England zurück, bevor ihre Großmutter ihren letzten Atemzug tat. Sehen Sie, ich bin nicht gierig, Mr Reuben, mir war egal, ob jemand anderer von dem Claim profitierte. Ich hatte ja meinen Gewinn«, sagte er und zeigte auf den Rohdiamanten. »Und ich hatte auch noch etwas anderes gewonnen. Ich musste für ein kleines Mädchen sorgen, und sie war mir wichtiger als alles andere.« Clem schluckte, als sie es hörte. Es war kein neues Gefühl, aber heute schien es irgendwie mehr Gewicht zu haben. »Ich hatte eine kostbare Fracht dabei. Dieses Kind hatte gerade seinen Vater auf tragische Weise verloren und hatte auch den Tod der Mutter noch nicht überwunden.«

»Und Sie liegen jetzt auch im Sterben, sagten Sie«, warf der jüngere der beiden Reubens ein.

Clem hielt den Atem an. Sie blickte zu Will, der bestürzt das Gesicht verzog.

»Das ist richtig. Man könnte sagen, ich ordne meinen Nachlass.«

»Und Sirius, wie Sie diesen Stein genannt haben, gehört zu den noch nicht abgeschlossenen Geschichten?«

»Wenn Sie es so sehen wollen, Benjamin, ja.«

Clementine beobachtete, wie ihr Onkel den Händlern einen Blick zuwarf.

»Nun, meine Herren, ich war aufrichtig mit Ihnen, und nun ist es an der Zeit, dass sie sich entweder zum Kauf entschließen, oder mir den Diamanten zurückgeben. Ich bin bereit, mich davon zu trennen, aber ich will eine

Anzahlung, einen Beleg, ein Dokument von Ihnen, in dem steht, dass sie den Rohdiamanten in Gewahrsam haben, aber nicht in ihrem Besitz, etcetera, etcetera, etcetera.« Lächelnd wartete er auf die Antwort der Händler.

»Darf ich noch eine Frage stellen?«, sagte Ben Reuben. »Sie stammt eigentlich von dem amerikanischen Syndikat.«

»Nur zu.«

»Sirius, der Name, den Sie diesem Stein gegeben haben. Die Amerikaner haben sich gefragt, wie sie darauf gekommen sind, ihn so zu nennen, und was es bedeutet.«

Zum ersten Mal sah Clementine ihren Onkel unsicher. Er runzelte die Stirn. »Oh, sie können ihn natürlich nennen, wie sie wollen. Das ist nur mein Kosename für den Stein.«

»Nein, er gefällt ihnen ja. Sie fragten nur nach dem Ursprung des Namens.«

Reggies Lächeln wurde schwächer. »Wissen Sie, ich kann mich gar nicht mehr erinnern. Es ist ein nordischer Name, oder?«

Die beiden Reubens blickten ihn erwartungsvoll an.

Er zuckte mit den Schultern. »Das ist schon so lange her. Vermutlich fand ich damals, dass der Stein so stark aussah und deshalb gab ich ihm einen Wikingernamen. Oder vielleicht ist es auch lateinisch. Ich kann mich nicht erinnern. Meinetwegen können sie ihm alle möglichen romantischen Namen verpassen – Wüstenstern, wie wäre das? Oder afrikanisches Licht? Das gibt ihm auch eine gewisse Distanz, was vielleicht besser ist.«

Er klang selbstbewusst, aber Clementine merkte ihm seine Unsicherheit an. Mit dieser Frage hatte er nicht gerechnet, und seine Stimme klang besorgt.

Clem blickte auf ihre Schuhspitzen. Er hatte schon vor langer Zeit zugegeben, nichts von Astronomie zu verstehen.

»Ich verstehe«, sagte Saul Reuben und nickte. »In Ordnung. Äh, Benjamin, holst du bitte meine Sachen aus dem Atelier? Wir wollen Mr Grant seine Anzahlung geben.«

»Ja, natürlich. Bitte, nehmen Sie sich doch noch Kaffee, Mr Grant.«

»Ja, gerne. Geld zu verdienen macht mich immer durstig.«

Als Benjamin ins Atelier kam, wandten sich alle dem Polizisten zu. Er blickte Clementine an.

»Clem?«, sagte Will.

Sie hörte, wie ihr Onkel und Mr Reuben sich im Nebenzimmer unterhielten. »Du hast gesagt, es gab einen Zeugen?«, flüsterte sie.

»Es ist an der Zeit, ihn zu stellen, Clem«, sagte Will leise. »Zumindest hat er die Diamanten deines Vaters gestohlen, korrekt?«

Sie nickte zögernd.

Ein wenig lauter sagte er, damit auch der Polizist es hörte. »Nun, es ist unerheblich, ob es dir gleichgültig ist oder nicht. Benjamin Reuben hatte solche Bedenken wegen dieses geheimnisvollen Diamanten, dass er sofort zur Polizei gegangen ist. Ich hatte damit nichts zu tun, und ich glaube kaum, dass es dem Detective gefällt, hier in diese Falle mit hineingezogen zu werden.«

Der Polizeibeamte nickte und murmelte: »Kein Richter würde das gutheißen.«

»Es freut mich, dass Sie das so sehen«, sagte Clem.

Sie hatte nie Angst vor Konfrontation gehabt, und sie

würde Will Axford zeigen, dass sie jetzt keinen Rückzieher machen würde. Sie musste ihren Onkel sofort aus dieser Situation herausziehen.

Sie drehte sich auf dem Absatz um und ging so schnell den schmalen Flur entlang, dass Will ihr nachlaufen musste. Als sie den Raum betrat, drehte ihr Onkel sich gerade vom Kamin um. Verwirrt blickte er sie an.

»Clem?« sagte er. Er hörte sich eher erfreut an. Dann fiel sein Blick auf Will Axford, der gefolgt von einem Fremden, einem großen Mann im Mantel, den Raum betrat. Als Nächster kam Sammy Izak. Es war ihm förmlich anzusehen, wie seine Gedanken sich überschlugen.

Clem beobachtete, wie seine beinahe selbstgefällige Miene einem dumpfen Ausdruck wich. Ein Licht war erloschen.

»Clem«, wiederholte er. Dieses Mal klang es wie eine Anschuldigung. *Wie konntest du nur?*

31

Trotz der Wärme im Zimmer war die Atmosphäre eisig. Alle standen da wie festgefroren. Nur ihr Onkel wirkte überrascht, alle anderen Mitspieler in dieser schrecklichen Szene blickten betreten vor sich hin.

Saul sprach als Erster. »Miss Grant, es tut mir schrecklich leid, dass Sie das mitansehen mussten.«

»Tatsächlich, Mr Reuben«, antwortete sie mit nur einem leisen Anflug von Sarkasmus. »Mir ist klar, dass Sie Ihren Ruf schützen müssen und deshalb die Polizei eingeschaltet haben. Nichtsdestotrotz bleibt die Tatsache bestehen, dass mein Onkel Sie als Händler gewählt hat. Er wird diese Entscheidung nicht leichtfertig getroffen haben – sicher nicht ohne solide Nachforschungen und einem starken Glauben an Ihre Fähigkeit, diese Steine ohne die notwendigen Dokumente zu verschieben.« Der Mann öffnete den Mund, um das abzuleugnen, aber sie fuhr fort: »Oder genauer gesagt, er wusste offensichtlich, dass er auf Ihre Diskretion ... und die Ihres Sohnes zählen konnte.« Sie beließ es dabei und blickte zu ihrem Onkel, der ihr reumütig dankend zuzwinkerte.

Will übernahm das Kommando. »Reggie, wir sind hier, weil wir glauben, dass diese Diamanten gestohlen sind.«

»Gestohlen?«, erwiderte Reggie stirnrunzelnd. »Wie lächerlich.«

»Clem?« Will sah sie an.

»Lass ihn sprechen«, erwiderte sie und blickte ihren Onkel an. »Nur zu, Onkel Reg.«

»Nun, meine Liebe«, sagte er mit neuem Selbstbewusstsein. »Das sind natürlich deine Diamanten. Sie waren in deiner Puppe versteckt. Dein Vater hat mir davon erzählt, und mir vor seinem Tod gesagt, wo sie waren.«

»Hat er dir auch erlaubt, sie an dich zu nehmen?«, fragte sie erstaunt.

»Nein«, gab er zu, und als die Männer um ihn herum aufgebracht murmelten, hob er die Hand. »Ich habe gelogen, als ich erzählte, wie ich an die Diamanten gekommen bin, weil niemand die Wahrheit geglaubt hätte, dass wir die Steine im Bauch einer Lumpenpuppe aus Afrika herausgebracht haben. Aber sie sind nicht gestohlen; ich habe sie einfach nur in Gewahrsam gehabt.«

»Aber Sie haben versucht, sie heimlich zu verkaufen«, rief Will aus. Er blickte von Clem zum Polizisten.

»Ich verkaufe sie, ja. Aber daran ist doch nichts Heimliches, Mr Axford. Ich habe keine Papiere, und deshalb kann ich sie nur unter dem Ladentisch verkaufen, wie man so schön sagt.« Clem war wider Willen beeindruckt von seiner Darbietung; sie hätte am liebsten applaudiert, als Onkel Reggie Will so verletzt ansah.

Sie war hin- und hergerissen. Reggie log, und sie konnte ihm leicht mit der Wahrheit widersprechen, aber sie konnte sich nicht daran beteiligen, ihren Onkel wegen ein paar Diamanten hinter Gitter zu bringen. Er hätte den Erlös sowieso für sie ausgegeben.

»Warum hast du mir nichts davon gesagt?«, fragte sie. Warum er ihr noch vor wenigen Tagen ins Gesicht gelogen hatte, wollte sie ihn lieber nicht fragen.

Reggie seufzte. »Ich weiß nicht. Ich hatte Angst, du

würdest mich verurteilen. Ich habe sie aus deiner Puppe genommen, als du klein warst. Wann hätte ich es dir sagen sollen? Als du zehn warst? Sechzehn?«

»Du hast immer gesagt, ich sei die reifste Einundzwanzigjährige, die du jemals erlebt hättest – warum nicht dann?«

»Weil, mein Liebling, du auf diesem dunklen Kontinent nur Kummer zurückgelassen hast. Ich wollte dich schützen. Wenn ich dir die Diamanten gezeigt hätte, hätte es für dich nur alle schlimmen Erinnerungen aufgewühlt. Du hast dir nie viel aus materiellen Dingen gemacht, und ich habe nicht einen Moment geglaubt, dass du die Diamanten, die deinen Vater ruiniert haben, behalten wolltest. Ich habe noch nicht einmal gedacht, dass du vielleicht Schmuck daraus haben und sie in irgendeiner Form tragen wolltest. Vielleicht habe ich mich da geirrt, aber ich habe es für dich getan.«

Glaubhaft. Wieder hätte sie am liebsten applaudiert für diese überzeugende Darbietung.

»Onkel Reggie, der Stein heißt Sirius. Es ist die lateinische Form des griechischen Wortes *seirios*, was ›brennend‹ oder ›glühend‹ bedeutet.«

»Wenn du es sagst, Liebling.«

»Aber das ist nicht der Grund, warum der Stein so heißt. Er ist nach Sirius, dem hellsten Stern in unserer Galaxis benannt. Mein Vater, Joseph One-Shoe und ich haben ihn so genannt am Tag, als Joseph ihn ausgegraben hat. Er gehörte ihm, nicht meinem Vater und mir. Er hat ihn gefunden, aber er hat ihn uns gegeben und wollte nichts davon. Mein Vater wollte mit mir nach Hause fahren und hat die Diamanten in meiner Puppe versteckt, um sie in Europa zu verkaufen. Die Größe des Steins hat ihm Angst gemacht, und er wusste, bei den Händlern in

Kimberley würde er nicht den besten Preis dafür bekommen.«

Reggie zuckte mit den Schultern. »Nun, das ist alles sehr schön, Liebes. Jetzt erklärst du uns allen, wo er herkommt.«

Beinahe hätte sie nervös aufgelacht. Irgendwie drehte Onkel Reggie immer alles zu seinem Vorteil. Sie trat an die Verkaufstheke, um die Rohdiamanten aus der Nähe zu betrachten.

Der Polizeibeamte sagte: »Erkennen Sie den Stein, Miss Grant?«

»Ja, natürlich. Onkel Reggie, das ist Detective Chief Inspector Burns von der Metropolitan Police.«

Resigniert nickte Reggie dem Mann zu.

Clem fuhr fort: »Ich würde den Diamanten auf dreihundert Karat schätzen. Und ich verwette mein Vermögen darauf, dass er von der Reinheit her »lupenrein« ist, wie der Diamantenhandel es nennt.«

»Da stimme ich Ihnen zu.« Sammy Izak nickte. »Schon ein einzelner Stein aus diesem Diamanten wäre, geschliffen und gefasst, eines Königs würdig.«

Clementine lächelte ihn traurig an. »Als er gefunden wurde, hing noch ein Stück Felsen daran. Aber dieser Fels ist zerbrechlich und wenn er der Luft ausgesetzt wird, zerbröckelt er. Wie Sie sehen können, ist jetzt nichts mehr davon übrig. Allerdings wird man in meiner Puppe noch etwas finden und auch dort, wo du ihn all die Jahre über aufbewahrt hast, Onkel Reggie.«

»In meiner Sockenschublade«, gab er zu und verzog beschämt das Gesicht. »Es gibt keinen sichereren Ort.«

Verlegenes Schweigen erfüllte den Raum, und Clem wusste, dass alle auf sie warteten.

»Detective Burns, ich möchte keine Anzeige gegen meinen Onkel erstatten. Mir ist egal, wie viele Steine er in der Vergangenheit verkauft hat – das ist sowieso nur zu meinem Besten geschehen.« Sie warf Reggie einen Blick zu. Sein Gesichtsausdruck sagte ihr, dass er sie in diesem Moment über alles liebte. »Der große Rohdiamant ist intakt, und ich glaube meinem Onkel, wenn er sagt, er habe ihn nicht gestohlen, sondern sich nur um mein Erbe gekümmert.«

»Obwohl er versucht hat, ihn ohne dein Wissen zu verkaufen?«, fragte Will.

»Ja«, erwiderte Clem. »Er wollte mir keinen Schaden zufügen. Mein Onkel ist ein wahrer Grant, der um unseren guten Ruf bemüht ist. Ich glaube, dass diese Diamanten verkauft werden sollten, um das Grant-Imperium zu schützen.«

»Danke, geliebte Clementine, dass du die Wahrheit siehst«, sagte Reggie.

Clem musste Will zugutehalten, dass er keinen Laut der Empörung von sich gab. Er seufzte nur, als ob er überlegte, das Thema anzuschneiden, das Clementine absolut nicht hören wollte.

Sie blickten einander an, und er überraschte sie, indem er den Mund hielt.

»Nun, meine Herren«, sagte Onkel Reggie mit wiedergefundener Selbstsicherheit und blickte in die Runde. »Ich glaube, damit ist unsere geschäftliche Angelegenheit beendet, nicht wahr? Mr Reuben, ich nehme an, das amerikanische Syndikat gibt es gar nicht?«

Reuben nickte verlegen.

»Detective Burns, haben Sie sonst noch etwas mit mir zu tun?«

Der Polizeibeamte holte tief Luft und schüttelte den Kopf. »Nicht, wenn Miss Grant keine Anzeige erstattet.«

»Dann nehme ich unseren Besitz, wenn Sie nichts dagegen haben, wieder an mich und bitte alle Anwesenden um Diskretion.« Rasch ergriff er den Diamanten und packte alles wieder in das Leinentuch. »Die Diamanten waren in Sicherheit, weil niemand davon wusste. Clementine, mein Liebling, sollen wir? Reuben, mein Hut und meinen Mantel bitte.«

»Ich würde vorschlagen, Sie bringen Sirius gleich in Ihren Banktresor, Mr Grant«, sagte Sammy Izak. Er warf Clementine einen Blick zu, um ihr zu verstehen zu geben, dass sie sofort Anspruch auf die Steine erheben und nicht zulassen sollte, dass ihr Onkel sie behielt.«

»Wir fahren von hier aus direkt dorthin«, sagte er und führte Clem zur Tür. Er bedachte den jungen Reuben mit einem so finsteren Blick, dass dieser erschreckt zur Seite trat. »Ich hole meine Sachen selbst, Ben. Guten Tag, die Herren.«

Und damit war es vorbei. Selbst Clementine, die ihm geholfen hatte, sich dem Arm des Gesetzes zu entziehen, schüttelte verwundert den Kopf, als Onkel Reggie mit beschwingten Schritten mit ihr die Gasse entlangging, vorbei an Ye Old Mitre.

»Es tut mir leid, dass du das miterleben musstest, Clem«, sagte er schließlich. »Und ich möchte ...«

»Clementine, warte!« Will kam hinter ihnen hergelaufen.

Onkel Reggie drehte sich um. »Ich weiß nicht, ob meine Nichte jetzt mit Ihnen sprechen möchte, Will«, sagte er höflich.

»Ich habe mit Clementine geredet, Reggie, nicht mit Ihnen.«

»Nicht hier, Will«, sagte Clem und blickte sich um.

»Onkel Reg, lässt du mich bitte einen Moment mit Will allein?«

»Ich besorge uns eine Droschke«, sagte er und warf Will einen verächtlichen Blick zu, bevor er an die Straße trat, um eine Droschke zu rufen.

»Clem, meinst du das ernst?«, fragte Will bestürzt.

»Ich habe nicht die Absicht, meinen Onkel in die Bow Street abführen zu lassen. Was glaubst du, wie sich das auf unseren Namen auswirken würde?«

Will presste die Lippen zusammen, um seine Empörung nicht laut zu äußern, aber sie wusste, dass er ihr Bedürfnis, den guten Namen der Familie zu schützen, verstand.

»Ich würde gerne die Situation auf meine Art regeln und nicht durch öffentliche Demütigung, wie sie sich dort abgezeichnet hat.«

»Wie meinst du das?«

»Ich meine, dass du offensichtlich noch ein Ass im Ärmel hast. Also lass uns alles besprechen.«

»Clementine?« Ihr Onkel winkte ihr. Er hielt die Tür einer Droschke für sie auf.

»Was soll ich tun?«

»Ich möchte, dass du das, was du unbedingt sagen möchtest, erst im Haus äußerst. Wenn du jemand anderem vorher davon erzählst, werde ich dich nie wieder auch nur eines Blickes würdigen. Dann wird es deinen Namen in meiner Welt nicht mehr geben.«

Will räusperte sich. »Ich komme in Kürze zu euch nach Hause.«

Sie nickte zornig. »Guten Tag, Will«, sagte sie und wandte sich ab.

32

Als sie in die Kutsche stieg, schwor Clementine sich im Geheimen, dass kein Mann sie jemals wieder manipulieren würde. Sie würde ihr Leben und ihre Zukunft in die eigene Hand nehmen.

»Onkel Reggie, ich weiß, dass du dich eben bei mir entschuldigen wolltest, aber ich will nichts hören.«

Er blickte sie überrascht an, wirkte aber nicht besonders erschreckt. »Du weißt aber schon, dass ich das für dich getan habe, oder?«

»Ach ja?« Ihr Tonfall war hart und ein wenig spöttisch.

Die Luft in der Droschke war zum Ersticken. Sie war sich nicht sicher, wohin es führen würde, aber sie spürte, wie ihre Wut leise brodelte und überzulaufen drohte. Sie hatten Handschellen und Schlagzeilen in der Zeitung nur deshalb knapp vermieden, weil Will geschwiegen hatte, aber seine explosiven Informationen würden bald herauskommen. Sie musste die ganze Wahrheit wissen.

»Clementine«, sagte Reggie bittend, »habe ich dich jemals verletzt?«

»Nicht körperlich, nein, aber offensichtlich hast du mich angelogen.«

»Ist denn, nicht die ganze Wahrheit zu sagen, dasselbe wie lügen – vor allem, wenn man es tut, um jemanden, den man liebt, zu schützen?«

»Nein, Onkel Reggie, deine semantischen Spitzfindigkeiten werden dieses Mal nicht funktionieren.«

Er nickte. »Du hast recht. Ich habe mich falsch verhalten«, sagte er und gab dem Gespräch eine andere Richtung. Plötzlich war er der Märtyrer, der ihr den Hals hinhielt, damit sie ihm den Todesschlag versetzte, wenn sie wollte. »Wie kann ich das zwischen uns wieder in Ordnung bringen?«

»Ich bin wütend, merkst du das nicht? Lass mir also bitte ein wenig Zeit, um mich zu beruhigen. Will Axford kommt ins Haus.«

»Er kann doch sicher mit seinem Besuch noch warten.«

»Es ist kein gesellschaftlicher Besuch, Onkel Reggie.«

Weiter sagte sie nichts, und auch er schwieg. Wahrscheinlich grübelte er die ganze Fahrt darüber nach, was sie damit meinen könnte. Clementine ließ ihn grübeln. So konnte sie in Ruhe ihre eigenen Gedanken ordnen, bevor erneut Anschuldigungen auf sie niederprasselten.

Will traf ein, als sie schon über eine Stunde zu Hause waren. Clementine hatte Zeit gehabt, sich das Gesicht mit einem feuchten Tuch zu kühlen, und sich umzuziehen. Ihr hellrosa Kleid aus Seide und Organza passte zum späten Nachmittag, der sich schon ein wenig wie Abend anfühlte; mittlerweile wurde es schon um halb fünf dunkel.

»Sie sehen sehr hübsch aus.« Eine ihrer Lieblingszofen war aus Northumberland mitgekommen, weil Clem gewusst hatte, dass sie sich dieses Mal länger als sonst in London aufhalten würde. »Soll ich Sie neu frisieren?«

»Ja, vermutlich.« Clem seufzte. »Nur einen lockeren Chignon, bitte, Edith. Ich bekomme Kopfschmerzen, wenn der Knoten zu fest sitzt.«

»Ich denke, Mr Axford gefällt es, wenn Ihre Haare nicht so streng zurückgekämmt sind.«

Clem warf ihrer Zofe einen warnenden Blick zu. »Ich mache das nicht für ihn.«

Edith erwiderte ihren Blick im Spiegel. »Sie haben erwähnt, dass er heute Abend vorbeikommt, und es kostet kaum Mühe, hübsch auszusehen. Haben Sie miteinander gesprochen?«

»Mehr als das. Ich glaube nicht, dass wir so gut zusammenpassen, wie ich dachte.«

Die Zofe wusste, wann sie den Mund zu halten hatte.

Clementine ging zu ihrem Onkel in den großen Salon, wo schon vor Stunden ein Feuer im Kamin entzündet worden war. Reggie hatte offensichtlich die letzte Stunde hier verbracht und über seine Zukunft nachgedacht. Er hatte sich keine Zigarre angezündet, und das Glas, aus dem er trank, war nur bescheiden gefüllt.

»Du siehst reizend aus«, sagte er und stand auf, um sie zu begrüßen.

»Danke.« Sie erlaubte ihm zwar, ihr die Wange zu küssen, wahrte aber höfliche Distanz.

»Sherry?«

»Nein, danke.«

Er musterte sie. »Ich habe mich in all den Jahren nicht ein Mal so unwohl in deiner Gegenwart gefühlt.«

Sie hörten, dass an der Haustür geklopft wurde.

»Ich hatte auch bisher nie Grund, an dir zu zweifeln.«

»Clem, was ist los?«

Eine Antwort blieb ihr erspart, weil nach kurzem

Klopfen die Haushälterin das Zimmer betrat. »Entschuldigung, Sir, Miss Grant. Mr Axford ist eingetroffen.«

Clem stand auf. »Danke, Mrs Johnson. Führen Sie ihn bitte herein. Und danach wünschen wir keine weiteren Unterbrechungen mehr.«

Die Frau zog sich zurück.

»Das klingt geheimnisvoll«, sagte Reggie. »Ich bin gar nicht daran gewöhnt, dich so kalt und geheimnistuerisch zu erleben.«

»Ich auch nicht, Onkel Reg.« Sie wandte sich zur Tür, und ein paar Sekunden später trat Will ein. Ihr Herz pochte so heftig, dass sie die Schläge fast mitzählen konnte. »Guten Abend, Will.«

»Clementine, Reggie.« Er nickte.

»Möchten Sie etwas trinken, um sich aufzuwärmen, Will? Clementine möchte keinen Sherry mit mir trinken«, sagte Reggie.

»Ich auch nicht, Reggie. Verzeihen Sie mir, aber ich brauche einen klaren Kopf.«

»Nun, das ist alles sehr melodramatisch und geheimnisvoll. Lasst es uns am besten schnell hinter uns bringen, ganz gleich, was für ein Geheimnis es ist.« Reggie trank sein Glas aus. Er klang gereizt.

»Onkel Reg, Will muss uns etwas mitteilen. Ich weiß auch noch nicht, um was es sich handelt, aber seine Andeutung hat so schlimm geklungen, dass ich nicht riskieren konnte, sie öffentlich bekannt zu machen. Ich bin Will überaus dankbar, dass er das, was er zu sagen hat, für sich behalten hat, bis wir unter uns sind.«

»Grundgütiger Himmel. Jetzt bin sogar ich fasziniert. Na los, Will, was ist Ihre lebensverändernde Enthüllung?«

Clem wäre es lieber gewesen, er hätte nicht so keck geklungen.

»Sie haben das Wort, Will.«

Will trat näher an Clementine heran, aber sie stellte sich sofort näher an einen Sessel. Sie wollte nichts mit seiner Anschuldigung zu tun haben. Erwartungsvoll blickte sie Will an. Die Zurückweisung war ihm sicher aufgefallen, aber die Gefühle der anderen waren ihr im Moment egal. Ihr Leben wurde gerade auf den Kopf gestellt, und in den nächsten Minuten musste sie sich darauf konzentrieren, sich selbst zu schützen.

Es war, als hätte sich der Wind gedreht: Die Wellen der Vergangenheit hatten ihre Richtung geändert und flossen in der Zeit zurück. Sie wünschte plötzlich, sie könnte die Vergangenheit ruhen lassen und zulassen, dass die Geschichte ihre Geheimnisse für sich behielt. Aber offensichtlich wollte Afrika sie zurückhaben.

»Reggie«, begann Will, »ich will nicht um den heißen Brei herumreden.«

Reggie zuckte gleichgültig mit den Schultern.

»Ich habe die tiefe Sorge, dass Sie beim Tod von James Knight eine Rolle gespielt haben.«

Clem schloss einen Moment lang die Augen, um diese Szene auszublenden; ihre tiefste Angst hatte sich erfüllt. Ohne Beweis würde Will eine solche Behauptung nicht äußern. Als sie die Augen wieder öffnete, sah sie, dass ihr Onkel aufgesprungen war.

»Wie können Sie es wagen! Was soll das denn für eine Anschuldigung sein?«

Will blieb unverändert ruhig. »Eine, die letztendlich das Ausmaß Ihrer Lügen gegenüber der Person enthüllen wird, die die Wahrheit verdient hat.«

»Hinaus!«, schrie Reggie und wies zur Tür. »Und wagen Sie es nicht, diese Schwelle noch einmal zu übertreten. Und was die Werbung um meine ...«

»Antworte ihm, Onkel Reg.« Clem hob ihre Stimme nicht, aber ihre Worte drangen zu ihm durch, und einen kurzen Moment lang schien die Zeit stillzustehen. Beide Männer starrten sie an, und sie erwiderte ihre Blicke, ohne zu blinzeln. Keine noch so hübsche Frisur und kein noch so schönes hellrosa Kleid aus Seide und Organza konnte die Hässlichkeit des Augenblicks mildern.

»Clem, erwartest du wirklich von mir, auf diese Anschuldigung zu antworten? Ich schleife diesen ungezogenen Bengel am Ohr zur Haustür.«

»Das können Sie versuchen«, erwiderte Will drohend.

»Schweigt, ihr beiden. Onkel Reg, ich erwarte, dass du die Anschuldigung ernst nimmst. Will hat sicher Beweise dafür.«

Er wurde blass. »Beweise?«, zischte er.

»Tu mir den Gefallen. Erzähl uns, was du vom Unfall meines Vaters weißt.«

Voller Wut richtete Reggie sein Dinnerjacket, zog seine Hose hoch und kehrte zu seinem Platz zurück. Er ließ sich Zeit und schenkte sich noch einen Sherry ein. Will stand bewegungslos neben dem Kamin; Clem war sich bewusst, dass er nur sie anschaute, aber sie ignorierte ihn geflissentlich.

Schließlich räusperte Reggie sich. »Ich tue das für dich, Clem, nicht weil ich das Gefühl habe, meinen Namen hier vor dem jungen Axford reinwaschen zu müssen.«

Clementine blickte ihren Onkel an und wartete.

Er erzählte ihnen von der schrecklichen Nacht.

»Und dann stieß er mich, Clem. Es war der gewalttätige

Akt eines Mannes, der sich nicht mehr im Griff hatte, den Alkohol und seine Sorgen um den Verstand gebracht hatten, aber ...« Reggie schüttelte die Faust, als er versuchte, sich diesen Moment wieder vor Augen zu führen, »... da war noch etwas anderes, das ich nur ahnen konnte. Ich glaube, es war Freude. Er war aufgeregt, und diese Erregung förderte noch seine Trunkenheit. Er hörte mir gar nicht zu, als ich sagte, ich sei in friedlicher Absicht gekommen, um euch beide zurück nach England zu holen und euch beim Start in ein neues Leben zu helfen. Wie ich bereits sagte, diese Mischung aus Wut, Alkohol und Angst verwandelte sich in die Gewalttätigkeit, die außer Kontrolle geriet.«

»Dann hat er *dich* also geschubst«, sagte sie, ohne auf seine Interpretation des geistigen Zustands ihres Vaters einzugehen. Onkel Reggie konnte unmöglich wissen, was ihr Vater empfunden hatte. Das konnte niemand. Ihr Vater war ein großes Rätsel gewesen – das wusste sie jetzt. »Und dann?«

»Nun, ich schubste ihn auch, schließlich musste ich mich verteidigen – er drohte, er würde mich umbringen.«

»Dich umbringen? Mein Vater? Das kann ich mir kaum vorstellen.«

»Du warst ja nicht dabei, Liebling. Er war wütend und gewalttätig – der Mann war nicht mehr bei Sinnen.«

Sie spürte, dass Will die Bombe hochgehen lassen wollte, hielt ihn aber mit einem Blick und einem kurzen Heben ihrer Hand zurück. »Na gut, du hast ihn also ebenfalls gestoßen – und was ist danach passiert?«

Reggie hob verzweifelt die Arme. »Nun, soweit ich mich erinnere, taumelte er herum, bedrohte mich wieder, und die Wut schien ihm neue Kräfte zu verleihen. Er war bereits dicht an der Kante dieses monströsen Lochs.«

»Hast du ihm gesagt, er solle aufpassen?«

»Natürlich! Für wen hältst du mich? Aber dein Vater hatte den Verstand verloren.«

Das passte nicht zu der Erinnerung an die Person, mit der sie jenen Tag verbracht hatte. Er war aufgeregt gewesen, wegen ihrer Zukunft; es war ein glücklicher Tag gewesen. Er hatte sich an jenem Abend aus Freude betrunken, nicht um seinen Kummer zu ertränken. »Dann sollen wir daraus also schließen, dass er abrutschte?«, sagte sie.

»Nun, der Boden gab unter ihm nach, und er fiel in das Große Loch. Er stürzte zu Tode.«

»Und mehr weißt du nicht?«

»Es gibt sonst nichts zu wissen. Durch den Sturz war er auf der Stelle tot. Ich ging sofort wieder zurück zum Kimberley Club und zeigte den Vorfall an – der Rest steht sicher in den Polizeiakten.«

»In Ordnung. Na gut. Jetzt ist Will an der Reihe.«

»Ich werde euch aus einem Brief vorlesen«, sagte Will, der mir vor ein paar Tagen per Telefon übermittelt wurde. Ich habe mitgeschrieben, und der Inhalt wurde von meinem Vater, der ebenfalls am Telefon mitgehört hat, bezeugt. Ich werde euch gleich seine Unterschrift zeigen. In Kimberley wurde das Telefongespräch vom Arzt des Krankenhauses in Kimberley bezeugt, einem hoch angesehenen Mann in der Gemeinde.«

Die Atmosphäre im Raum war so spröde, dass Clem das Gefühl hatte, sie würde beim leisesten Druck auseinanderbrechen wie ein Faden aus gesponnenem Zucker. Angespannt schweigend beobachtete sie, wie Will ein Blatt Papier aus der Innentasche seines Jacketts zog und auseinanderfaltete.

Er holte tief Luft und begann.

»Ich grüße dich, Miss Clementine. Du hast sicher all die Jahre geglaubt, ich sei tot. Ich wollte das gute Leben, dass du weit entfernt von Afrika geführt hast, nicht stören.«

Clem runzelte die Stirn. Sie wartete auf einen Hinweis, wer hinter diesem Brief stand. »Aber jetzt melde ich mich wieder, weil ich die Wahrheit über die Nacht sagen soll, in der dein Vater, mein bester Freund, starb.«

Clem bekam einen Kloß im Hals. »Joseph«, flüsterte sie. »Er lebt?« Halb war es eine Frage, halb eine Anklage, aber vor allem hörte man, wie erleichtert sie war. Es war wie Balsam auf verbrannter Haut, Wasser für einen Verdurstenden, Nahrung für den Hungernden, Erlösung für die Verdammten. Diese ersten Zeilen nahmen ihr ihre jahrelange Verzweiflung. Sie schlug die Hand vor den Mund.

Will fuhr fort: »Ich sah, was zwischen Mr Grant und Mr James geschah. Ich hatte dich zu Bett gebracht und mich auf die Suche nach deinem Vater gemacht. Ich fand ihn streitend mit seinem Schwager, den ich erkannte, weil er früher am Tag bei uns gewesen war. Mr Grant folgte Mr James. Dein Vater versuchte, schneller zu gehen, aber er war betrunken und taumelte. Er führte Mr Grant zur tiefsten Seite des Großen Lochs, weg von den Lichtern der Stadt. Du hast immer darüber gelacht, dass man mich im Dunkeln nicht sehen konnte, weil ich in der Dunkelheit der Nacht verschwand.«

Dass Tränen über ihre Wangen flossen, konnte Clem nicht verhindern, aber sie presste ihre Hand fester auf ihren Mund, damit sie nicht in hysterisches Schluchzen ausbrach. Die beiden sollten nicht hören, wie sehr es sie schmerzte, dass Joseph mit ihr redete. Er lebte, und sie jagte nicht länger einem Gespenst hinterher. Die Wut darüber, belogen worden zu sein, ließ nach, und in ihr stieg unermessliche Freude auf, dass Joseph One-Shoe nicht auch Asche war wie ihre Eltern.

»Dein Onkel wollte euch beide mit zurück nach England nehmen. Er bot seine Hilfe an, aber Mr James lehnte ab und sagte ihm, er habe jetzt selbst die nötigen Mittel. Dein Vater wurde aggressiv und stieß Mr Grant, der schließlich zurückstieß, und dein Vater fiel rückwärts in die Grube.«

»Das habe ich doch gesagt!« Beleidigt sprang Reggie auf. »Das ist doch genau das, was ich gesagt habe!«

»Warten Sie«, sagte Will leise. Er fuhr fort: »Mr Grant kniete an der Kante und entzündete ein Streichholz, um in die Grube zu sehen. Er starrte hinein, dann blickte er sich um. Es sah so aus, als versuche er, eine Entscheidung zu treffen.«

Reggie begann, Drohungen auszustoßen. »Das ist reine Fantasie ...«

»Sei still, Onkel. Hör bis zu Ende zu.« Finster starrte er sie an, aber es war ihr egal. »Lies weiter, Will!«, befahl sie.

»Nachdem Mr Grant sich in höchster Eile entfernt hatte, um in den Ort zu laufen, kletterte ich sofort in die Grube, weil ich hörte, dass Mr James seinen Schwager rief. Ich zweifle nicht daran, dass auch dein Onkel es hatte hören können. Ich hob Mr James auf meine Schultern und trug ihn nach oben, was eine Weile dauerte, weil ich erst einmal eine Leiter finden musste. Es war zu spät, um Hilfe zu holen. Er starb in meinen Armen. Seine letzten Worte galten dir: wie sehr er dich liebte, dass du deiner Mutter so ähnlich bist, dass er dich manchmal kaum anschauen konnte, aber doch sein einziger Grund zum Leben warst, und dass du viel Besseres verdient hättest, als was er dir jemals geben konnte. Es war wegen seiner letzten Worte, Miss Clementine, dass ich der Polizei nichts von deinem Onkel gesagt habe. Du sollst wissen, dass ich nicht geschwiegen habe, weil Mr Grant mich später auf der Polizeistation bedroht hat, sondern nur, weil ich wollte, dass die Hoffnungen deines Vaters erfüllt wurden und du ein besseres Leben führen konntest als er.

Dieses Geständnis wird dir vermutlich Schmerz bereiten, Miss Clementine, aber ich hoffe, dass es auch Klarheit in eine Situation bringt, über die du nie die Wahrheit erfahren hast. Klarheit bedeutet mir sehr viel, weil sie auch von den Diamanten spricht, nach denen dein Vater und ich gegraben haben, und von den Sternen, über die wir gesprochen haben, als du ein kleines Mädchen warst. Ich habe meinen Schwur an dich nicht vergessen. Wie der Hundsstern und sein Begleiter habe ich jeden Tag an dich gedacht, Miss Clementine, und bin dir unbemerkt gefolgt. Ich hoffe, du hast in deinem Leben in England das Glück gefunden, das du verdienst.« Will blickte auf. »Ich habe erfahren, dass er jetzt seinen richtigen Namen benutzt, Zenzele, aber die älteren Einheimischen kennen ihn noch als Joseph One-Shoe, und so hat er diesen Brief auch unterschrieben.«

Clems Zittern ließ nach, und sie tupfte sich die Augen mit einem kleinen Leinentaschentuch ab. »Du hast ihn gefunden.« Sie schniefte, erstaunt, dass sie ihre Gefühle beherrschen konnte.

»Über Kontakte im Kimberley Club. Ja. Er ist sehr beliebt.«

»Ist er immer noch in Kimberley?« Ihre ruhige Stimme

verriet nichts von der Verzweiflung, dass sie so lange getäuscht worden war.

»Er war dort. Er hat eine Schule für die Kinder der afrikanischen Minenarbeiter eingerichtet.«

Clem schluckte. Erneut überwältigten sie ihre Gefühle. Es sah Joseph ähnlich, etwas so Großzügiges zu tun.

»Clementine, solche Lügen könnte jeder erfunden haben«, flehte Reggie.

»Es ist keine Lüge.« Wieder schniefte sie ... aber diese Tränen waren die letzten, beschloss sie.

»Woher willst du das wissen? Will Axford wusste doch gar nicht, mit wem er am Telefon redete.«

»Aber ich weiß es, Onkel Reggie. Außer Joseph One-Shoe und mir wusste niemand von dem Hundsstern-Schwur, oder wie ich immer darüber gelacht habe, dass er in der Dunkelheit verschwand, wenn er nachts unter seiner Decke am Großen Loch saß. Nur er konnte solche Dinge sagen, und wahrscheinlich hat er sie auch deshalb erwähnt, um für mich deutlich zu machen, dass diese Worte von ihm stammen und ich ihnen vertrauen kann.«

Onkel Reggie blickte sie entsetzt an, und zum ersten Mal, solange sie sich erinnern konnte, wusste er nichts zu erwidern: keine schnelle Antwort, keine unmittelbare, plausible Entschuldigung. Aber jetzt redete sie.

»Onkel Reggie«, sagte sie und erhob sich, um die zerknitterte Seide ihres Rocks zu glätten. »Das ist hart, aber ich muss es jetzt sagen. Du wirst dieses Haus, mein Haus, heute Abend noch verlassen; du bekommst sicher ein Zimmer in deinem Club. Bitte lass deine Schlüssel da, du wirst keine Verwendung mehr dafür haben. Du bist hier oder auf Woodingdene nicht mehr willkommen. Ich gewähre dir vierzehn Tage Zeit, damit du nach Norden reisen und einpacken kannst, was dir gehört. Nimm jedoch nichts mit, was schon im Haus war, bevor du gekommen bist. Du weißt, dass wir eine Inventarliste haben, deshalb kann alles leicht überprüft werden, aber es wird ja hoffentlich nicht dazu kommen.«

»Clem …?«

»Ich werde Sir Jeremy kontaktieren und die ausstehenden Schulden bei der Bank aus meinem Privatvermögen bezahlen. Gibt es noch andere Schulden?«

Er nickte kläglich.

»Wie hoch sind sie?«

»Vielleicht tausend Pfund.«

Sie blinzelte zornig. »Hinterlasse die Einzelheiten auf meinem Schreibtisch. Du kannst sicher sein, dass ich auch diese Schulden sofort begleichen werde. Ich werde einen zuverlässigen Boten mit dem Geld schicken. Du musst mir nur einen Namen und eine Adresse nennen.«

»Was soll ich tun?«

»Ich will, dass du gehst, Onkel Reggie. Ist das nicht klar? Verlass mich, verlass London, verlass Northumberland … meinetwegen kannst du England verlassen.«

»Und wohin soll ich gehen?« Er blickte sie verängstigt an.

Clem schüttelte traurig den Kopf. »Geh nach Paris. Oder in die Schweiz. Du kannst ja wieder zu deiner Mutter fahren. Du hast schließlich oft genug davon gesprochen.«

»Liebling, ich bin todkrank. Dr Brayson kann das bestätigen.«

Clem spürte, wie Panik in ihr aufstieg, aber sie wusste auch, dass sie ihr Herz noch härter machen musste. »Es betrübt mich zutiefst, das zu hören, aber es ändert nichts.«

Er blickte sie an, als sei sie gerade vom Mond herabgestiegen. »Clem, ich sagte gerade, ich sterbe.«

»Das war bei meinem Vater auch so, als du ihn verlassen hast. Ich verzeihe dir alles – den Diebstahl der Diamanten, die Lügen darüber, sogar, dass du versucht hast, sie als deine eigenen zu verkaufen – aber nicht das. Du hast ihn sterbend im Dreck liegen lassen. Du hast mich wegen Joseph angelogen und mich all die Jahre glauben lassen, er sei tot.«

»Es hätte nichts geändert, wenn ich wegen deines Vaters um Hilfe gerufen hätte.«

»Onkel Reggie, du hast dich abgewandt, als er um Hilfe gerufen hat. Und das tue ich jetzt auch bei dir. Und du hast Joseph One-Shoe bedroht. Ich kann nur ahnen, wie grausam du zu ihm warst. Aber wie wir gehört haben, hatten deine Drohungen keine Wirkung. Seine Entscheidungen waren so rein, wie deine getrübt waren.«

»Clem, ich weiß nicht, was ich tun soll. Ich bin verloren.«

»Das ist nicht mein Problem. Ich gebe dir die Chance, dir ein neues Leben aufzubauen, statt ins Gefängnis zu gehen – ich bin sowieso sicher, dass keine deiner Sünden wirklich bewiesen werden könnte. Du bist frei, Onkel Reggie. Lass dein Chaos hinter dir und führe in der Zeit, die dir noch bleibt, ein Leben ohne Angst vor Gläubigern.«

»Du verbannst mich wirklich aus deinem Leben?«

»Ja. Es hat schon immer alles mir allein gehört, Onkel Reg, ich habe nur nie mein Recht ausgeübt, es für mich zu beanspruchen. Für dich gibt es in den Geschäften der Familie Grant keinen Platz mehr. Du bist jetzt wieder nur noch der uneheliche Sohn meines Großvaters ... und ich kann sagen, dass du genau dem entsprichst, was er von dir gehalten hat.«

Clem konnte es kaum fassen, dass sie etwas so Verletzendes gesagt hatte. Am liebsten wäre sie nach oben gerannt, um zu baden, sich den Mund auszuwaschen, sich den Schmutz und die Hässlichkeit dieses ganzen Tages abzuspülen.

»Das wird Ihnen noch leidtun«, sagte Reggie und zeigte auf Will. Er stürmte zur Tür, wo er sich noch einmal finster an Clem wandte. »Und dir auch, mein liebes Mädchen.«

»Onkel Reg?«

»Ja?«

»Ich glaube, du hast immer noch meine Diamanten.«

Will wartete mit ihr, bis sie die Haustür zuschlagen hörten. Sie zuckte zusammen bei dem Geräusch, das den Moment anzeigte, in dem sich ihr Leben wieder einmal geändert hatte. Es lag noch mehr Unangenehmes vor ihr.

Will blickte sie an. »Geht es dir gut? Soll ich dir einen Brandy einschenken?«

Sie starrte auf das Taschentuch, in dem sich die Diamanten befanden. »Nein, danke.«

»Ist alles in Ordnung, Clem?«

»Ja. Seltsamerweise habe ich einen völlig klaren Kopf.«

Will ergriff seine Chance und kniete sich vor sie. Sie wussten beide, dass es sich für ihn nicht schickte, mit ihr allein im Zimmer zu sein, aber dies waren keine gewöhnlichen Umstände. »Was kann ich für dich tun?«

Sie musterte ihn. »Du kannst auch gehen.«

Will runzelte die Stirn, als ob er sie nicht richtig verstanden hätte. »Wie meinst du das?«

»Ich meine, du sollst wie Onkel Reggie aus dem Haus und aus meinem Leben verschwinden.«

Will blinzelte schockiert. »Ich verstehe nicht.«

»Nun, dann will ich es dir erklären. Heute Abend geht es nur um Klarheit. Ich bin dir wirklich dankbar, Will, und ich bewundere dein Streben nach Wahrheit. In dieser Hinsicht bist du ein Ehrenmann. Zugleich bist du jedoch auch der Verursacher des Schmerzes, den ich heute empfinde. Wenn du dich – wie ich dich gebeten hatte – nicht in mein Leben eingemischt hättest, hätte ich es einfach so weiterführen können. Ich war glücklich. Ich hatte meinen Onkel nicht im Verdacht. Es gab vieles, auf das ich mich freute, und ich war gerade diesem wundervollen Mann mit der romantischen Seele begegnet und wusste, dass er mich glücklich machen könnte. Ich wollte ihn heiraten, eine Familie mit ihm gründen, an seiner Seite in die Sterne blicken und alt werden. Aber er hat alles ruiniert, weil sein persönlicher Kreuzzug ihm wichtiger war als die Liebe, die zwischen uns entstanden war.«

»Clem ... bitte ... ich ...«

»Ich weiß, ich weiß, Will. Das ist alles nur zu meinem Wohl geschehen und um mich zu schützen ... du klingst genau wie Onkel Reggie. Ihr beide habt immer nur meine besten Interessen im Sinn, aber ihr bringt mir nur Schmerz. Onkel Reggie ist auch ein guter Mann, Will. Er hat nur nicht so ein reines Herz wie du. Fakt ist, dank euch habe ich jetzt nur noch einen unglaublich wertvollen Diamanten und keine Familie mehr. Das ist genau dieselbe Situation, in der ich als Kind war, und die Jahre seitdem waren umsonst.« Sie wies auf das Zimmer. »Hier sitze ich, so leer und verlassen wie damals als Siebenjährige, nur dass ich jetzt erwachsen bin und für mich selbst sorgen kann. Ich kann Entscheidungen treffen und so handeln, wie ich es möchte. Niemand wird mich jemals mehr kontrollieren.«

»Was willst du tun?«

»Ich werde Joseph One-Shoe wiederfinden und den einzigen Mann umarmen, dem ich absolut vertraue.«

Will blickte sie niedergeschlagen an. »Ich kann es nicht ertragen, dass du jetzt nichts mehr für mich empfindest.«

»Das habe ich nicht gesagt.«

»Aber es gibt keine Hoffnung mehr für uns?«

Sie zuckte mit den Schultern. »Ich weiß nicht. Es heißt ja, die Zeit heilt alle Wunden, und vielleicht begegnen wir uns in einem Jahr wieder und entdecken, dass wir immer noch viel gemeinsam haben und uns mögen.«

»Ich werde nie jemanden so sehr lieben wie dich.«

»Oh, das könnte sehr leicht doch passieren, Will. Und du hast auch alle Freiheiten, weil ich mich jetzt um nichts anderes als um mein eigenes Glück kümmern werde. Und dazu gehörst du im Moment nicht.« Es klang hart, aber sie musste stark sein, wenn sie die beiden Männer, die sie liebte, in England zurücklassen wollte. Im Gegensatz zu den beiden Männern in Afrika, die sie einfach nur geliebt hatten, hatten Reggie und Will sie verletzt, und sie mussten dafür einige Zeit in einer anderen Art von Wüste verbringen. Sie mussten beide verstehen, dass sie dafür bezahlen mussten, ihr Leid zugefügt zu haben.

»Ich werde auf dich warten ... und hoffen, dass du mir vergibst.«

Sie beugte sich vor und küsste ihn sanft. »Ich bewundere deine Stärke und den Mut, den du brauchtest, um deinem eigenen Weg zu folgen. Ich kann in der Situation, in die deine Überzeugungen mich gebracht haben, nur nicht den nötigen Frieden finden.«

Er wirkte immer noch fassungslos, aber man konnte beobachten, wie seine stoische Einstellung langsam wieder die Oberhand gewann. Sie sah ihm an, wie sie sich durchsetzte, und wusste, dass er klarkommen würde.

»Lebwohl, Will.«

Teil III

33

Kimberley, Kapkolonie
Februar 1895

Der Schaffner balancierte das große Tablett geschickt auf einer Hand und blieb stehen, um an das Glas des Barometers zu klopfen. Er zog die Augenbrauen hoch und blickte nickend aus dem Fenster des Erste-Klasse-Zugabteils, bevor er weiter zu Miss Grants Kabine ging.

Er klopfte an die Tür und wartete, wobei er vorsichtig die Haube über der Teekanne richtete, damit sie die Kanne voll bedeckte. Miss Grant liebte ihren Tee glühend heiß, und er machte seinen besonderen Gästen gerne eine Freude.

»Kommen Sie herein«, sagte eine Stimme von innen. »Guten Morgen, John.« Sie strahlte, als er durch die enge Öffnung trat.

»Ich weiß nicht, ob es für Sie ein guter Morgen wird, Miss Grant. Es sieht so aus, als erreichten wir heute weit über dreißig Grad.«

»Puhh«, sagte sie und fächelte sich grinsend Luft zu. »Afrika ist strapaziös.«

Sie wirkte auf ihn keineswegs so, als würde sie sich nicht wohlfühlen. Eigentlich wirkte sie in ihrem hellen Leinenkostüm sogar frisch. Sie war fast überirdisch schön. Ihre Haare, nicht tizianrot, wie er es in einem Buch gesehen hatte, das ein Fahrgast zurückgelassen hatte, sondern kupferfarben, wenn das Licht darauftraf so wie jetzt. Er hatte während dieser Reise sein Herz an sie verloren – ein wundervoll warmes und angenehmes Gefühl, aber sie stand gesellschaftlich so hoch über ihm, dass es keinen Sinn hatte, solche jungenhaften Vorstellungen zu pflegen. Außerdem wollte er seinen Job behalten, aber zu träumen schadete ja nichts.

Ihm fiel auf, dass Miss Grant keinen Ring an der linken Hand trug, und er fragte sich, warum eine so schöne, strahlende Frau nicht von einem ganzen Rudel Verehrer verfolgt wurde. Sie brachte ihn jeden Tag zum Lächeln. Ihre Manieren dem Zugpersonal gegenüber waren untadelig, was sie auf dieser Reise zum beliebtesten Fahrgast gemacht hatte. Er war froh, dass sie in seinen Zuständigkeitsbereich fiel, die anderen Zugbegleiter beneideten ihn.

»Darf ich Ihren Morgentee hierhin stellen, Miss Grant?« Er blickte zu dem kleinen Tisch in ihrem Abteil.

»Ja, bitte. Ich bin schon ganz ausgetrocknet, und Sie bereiten ihn genauso zu, wie ich ihn mag. Ich werde Sie vermissen.«

»Es ist unser Ziel, Sie zufriedenzustellen, Miss Grant.«

Sie atmete ein. »Die Luft riecht nach Regen.«

Er runzelte leicht die Stirn über ihre präzise Vorhersage. »Waren Sie schon einmal in Afrika, Miss?«

»Ich habe als Kind hier gelebt.«

Damit hatte er nicht gerechnet. »Meinen Sie hier, also in …?«

Sie grinste. »Ja, in Kimberley – damals hieß es noch New Rush. Ich bin um das Große Loch herumgerannt.«

»Du liebe Güte, Miss Grant. Dann wissen Sie ja, wie unsere Gewitter sein können.«

»Ich liebe sie! Die Zulus glauben, dass die Blitzvögel bei Donner aus dem Himmel herunterfliegen, und man sie dort findet, wo der Blitz einschlägt. Manche behaupten sogar, zum Zeitpunkt des Blitzeinschlags würden sie ein Ei legen. Für manche sind sie gleichbedeutend mit dem Bösen, aber ich finde das Gefieder dieser Vögel wunderschön. Es erhellt den Himmel.«

Er starrte sie an, als sähe er sie zum ersten Mal. »Das habe ich noch nie zuvor gehört, und ich bin vor fast zwanzig Jahren nach Afrika gekommen.«

Sie lachte. »Ein Zulu hat es mir beigebracht.«

Er stieß einen ungläubigen Laut aus. »Ich liebe es, wenn Fahrgäste mich überraschen, Miss Grant. Warten Sie, ich schenke Ihnen Tee ein, bevor er kalt wird.«

»Nein, danke, John, ich lasse ihn noch ein wenig ziehen. Ich kann mir selbst eine Tasse einschenken. Wie lange fahren wir noch?«

Er zog seine Taschenuhr heraus. »In etwas weniger als einer Stunde, Miss Grant, erreichen wir den Bahnhof von Kimberley.«

»Kimberley war nicht mehr als ein Lagerplatz in der Wildnis, als meine Familie hier ankam; und als ich wegging, bestand es nur aus Wellblechhütten. Aber schon damals, in den 1870er-Jahren, war klar, dass es schnell wuchs. Ich muss mich kneifen, weil der Zug mich tatsächlich in eine richtige Stadt bringt.«

Er lächelte. »Eine ziemlich weitläufige Stadt, Miss Grant, mit allen modernen Annehmlichkeiten.«

»Ich freue mich auf die Überraschung.« Sie lächelte und entließ ihn mit einem Nicken.

»Fünf Minuten vor unserer Ankunft klopfe ich.«

Clem wusste, dass die anderen Fahrgäste wahrscheinlich darüber geredet hatten, dass sie ohne Ehemann oder Anstandsdame unterwegs war. Am ersten Abend hatte es einige hochgezogene Augenbrauen gegeben – vor allem von den Frauen –, als klar wurde, dass sie allein reiste. Sie hätte diese kurzsichtigen Leute am liebsten an den Schultern gepackt und geschüttelt, um ihnen klarzumachen, dass Frauen nie den mittelalterlichen Keuschheitsgürtel abgelegt hätten, ganz zu schweigen von den Tournüren und engen Korsetts der vergangenen Jahre, wenn nicht Frauen wie sie mutig genug wären, um archaischen Regeln zu trotzen.

Du lieber Himmel, wie sie es genoss, kein Korsett zu tragen – es fühlte sich so gut an, die leichten Baumwollstoffe und Leinen nur mit ein paar Unterröcken zu tragen. Es gefiel Clem, dass sie England gerade in den kältesten Monaten entkommen war. Der Februar konnte oben im Norden so hart sein, aber selbst in London hatte am Tag ihrer Abreise strenger Frost geherrscht. Niemand hatte sie am Pier verabschiedet, aber es fiel ihr leichter, Englands Küste zu verlassen im Wissen, dass niemand sie vermisste, so hatte sie sich gesagt.

Will hatte ein paarmal versucht, Kontakt zu ihr aufzunehmen, aber sie hatte seine Anrufe nicht angenommen. Seine Briefe hatte sie zwar gelesen, aber nicht beantwortet; zuerst hatte sie sie ignoriert, weil sie ursprünglich gedacht hatte, seine Entschuldigungen oder Liebesversprechungen würden ihre Entschlusskraft aufweichen. Aber sie hatte kapituliert und sich über seine Briefe insgeheim gefreut, zumal sie nicht voller glühender Liebeserklärungen waren, sondern er einfach liebevoll mit ihr plauderte. Es hatte sie all ihre Kraft gekostet, ihn fernzuhalten, weil sie ihn liebte. Dieses Band war nicht leicht zu zerschneiden; nur Zeit und Distanz konnten es angreifen.

Onkel Reggie hingegen war verschwunden. Sie hatte kein Wort mehr von ihm gehört, und er war auch in London nicht gesehen worden. Sie musste annehmen, dass er ihren Rat angenommen hatte und auf den Kontinent gereist war. Er hatte jedoch nichts zu befürchten, denn sie hatte sich um alle seine Schulden gekümmert; sie hatte auch dafür gesorgt, dass sich auf einem privaten Konto Geld für ihn befand, sodass er nichts entbehren musste.

»Ist das klug, Miss Grant?«

»Ich denke ja, Sir Jeremy«, hatte sie zu dem Bankdirektor gesagt. Sie hatte ihre Handschuhe ergriffen und sie langsam wieder übergestreift, jetzt wo diese abscheuliche Angelegenheit, Reggies Schulden von ihrem privaten Vermögen zu bezahlen, abgeschlossen war.

»Wollen Sie ihm wirklich so viel geben?«

»Er ist meine Familie. Und ich liebe ihn, Sir Jeremy. Ich will bloß nicht mehr, dass er sich in mein Leben oder die Familiengeschäfte einmischt. Mit diesem Geld kann er bequem und in dem sicheren Wissen, nicht arm zu sein, reisen.«

»Nun, Miss Grant, wenn ich Ihnen einen Rat geben darf...«

»Wenn ich Ihren Rat brauche, werde ich Sie gewiss darum bitten, Sir Jeremy«, sagte sie und zog ihre Handschuhe glatt. »Sie waren sehr freundlich, vielen Dank.«

Sein Gesichtsausdruck war unbezahlbar. Er erfüllte sie mit neuem Selbstvertrauen, dass sie in dieser von Männern beherrschten Welt mit all ihren ungeschriebenen Regeln, die Frauen zu befolgen hatten, einen Beitrag zur Veränderung leisten würde. Sie würde Sir Jeremy nicht erlauben, sie zu bevormunden, und indem sie ihm zu verstehen gab, dass die Bank ihr einen Dienst erwies und nicht umgekehrt, entfernte sie sich einen weiteren Schritt von der Beherrschung durch die Männer. Bald schon würde in aller Munde sein, dass Clementine Grant eine Frau war, die man nicht manipulieren konnte.

Clem dachte an die zwei jungen Mädchen, die sie später dieses Jahr in ihre Obhut nehmen würde. Sie würde ihnen beibringen, keine Angst vor einem unabhängigen Leben zu haben und ihre Träume zu verfolgen. Sie hatte bereits Vorsorge für Sarah getroffen und mit ihrem Einfluss und ihren finanziellen Mitteln dafür gesorgt, dass sie sich an der Krankenschwesternschule am St Thomas's Hospital einschreiben konnte. Der Name Dolly tauchte in ihren Unterlagen nicht mehr auf, und Clementine wusste, dass Sarah alle Hoffnungen, die sie in sie setzte, erfüllen würde.

Clem schenkte sich Tee ein und bewunderte das vergoldete Porzellan. Das reich verzierte Muster um den Tellerrand, um Tasse, Milchkännchen und den Ausguss der Teekanne glitzerte in der Sonne. Kurz fragte sie sich, ob das Gold aus den Minen in Südafrika stammte. Wahrscheinlich. Es gab einen neuen Goldrausch, seitdem zwei Männer vor sieben Jahren Gold in Witwatersrand entdeckt hatten. Clem hatte gelesen, dass die Kapkolonie ihren Schwerpunkt von Landwirtschaft auf die Ausbeutung seiner reichen Bodenschätze legen wollte. Sie hatte durchaus das Potenzial, Hauptstadt der Goldproduktion zu werden. Clementine schüttelte den Kopf, als sie sich all die Frauen vorstellte, die von ihren Männern während des Goldrauschs durch verschiedene Teile von Afrika geschleppt wurden. Dass ihr Vater im Diamantenfieber gewesen war, hatte ihre Mutter getötet, und im Goldrausch würden weitere Frauen sterben.

Seufzend ließ sie ihre Gedanken wandern. In der Karoo hatte sich anscheinend nichts geändert. Die Wildnis dort war zeitlos. Wenn sie die Augen zum Schutz vor der gleißenden Sonne mit der Hand abschirmte, erstreckte sich die endlose Ebene, an die sie sich aus ihrer Kindheit erinnerte, bis zum Horizont. Früher hatte sie immer versucht, zu blinzeln und irgendetwas in der Ferne zu entdecken. Aber da war nichts gewesen. Die trockene Landschaft nahm fast die Hälfte der Kapkolonie ein und wies eine solche Vielfalt an Flora und Fauna auf, dass Naturforscher scherzten, das Fleisch der Tiere der Karoo werde »beim Laufen gewürzt«.

Im Lauf der Reise hatte der Zug sich durch Schluchten geschlängelt, die sich im Bett eines riesigen, uralten Sees erstreckten, gesäumt von Hügeln, die in der Ferne blau erschienen. Die Hitze ließ die abgeflachten Gipfel flimmern, und nachts hatte Clem es geliebt, in den Sternenhimmel zu schauen.

Hier draußen war die Zeit unwichtig, dachte Clem. Zehn Leben konnten vergehen, und in der Karoo würde immer noch derselbe Staub herumgewirbelt. Vielleicht würde nur eine neue Eiszeit das ändern, dachte sie. Die unendliche Einsamkeit der Landschaft, die so viele Menschen beunruhigte, machte ihr keine Angst.

Nein, sie und ihre abenteuerlustigen Eltern hatten damals eine anstrengende Reise in einem Ochsenkarren gemacht. Sie musste an Joseph denken, der zu Fuß gelaufen war und seinen Stamm zurückgelassen hatte, alles, was ihm vertraut war, alle, die er liebte, zum Wohle seines Volkes. Sie blinzelte bei dem Gedanken, dass Joseph schon zum ersten Schürfort in Barkley West auf bloßen Füßen, ohne Schuhe, gegangen war. Er war der wahre Abenteurer.

Clem hob den Blick zum Himmel. Er war so tiefblau, dass es aussah, als wölbte sich ein festes, einfarbiges Tuch über der Erde. Aber es roch nach Regen, und irgendwo ballten sich Wolken zusammen.

Am Tag, als sie am Schürfort in der Nähe des Flusses angekommen waren, hatte es auch geregnet. Die Zelteingänge hatten im Wind geflattert wie auch die Haarsträhnen, die sich aus den strengen Frisuren gelöst hatten. Vielleicht würden auch heute, wo sie nach Afrika zurückkehrte, Himmelstränen fallen, wie eine Reminiszenz an damals.

Es klopfte leise an der Tür, und Clem riss sich aus ihren Gedanken. Sie zog ihr Jackett an und vergewisserte sich, dass sie nichts hatte liegen lassen. Dann ergriff sie ihre Reisetasche. Um das Ausladen ihres Schrankkoffers würde sich John kümmern. Seit er geklopft hatte, hatte sich die Landschaft verändert: von einem vertrockneten Braun zu den ersten Anzeichen von Grün, die auf Leben und eine Gemeinschaft hinwiesen. Dann kamen die ersten Gebäude in Sicht. Der Lokomotivführer ließ die Pfeife ertönen, und der fröhliche Pfiff kündigte die Ankunft neuer Fahrgäste in der Stadt Kimberley an.

Die Tür ging auf und John blickte herein. »Alles in Ordnung, Miss Grant?«

»Aufgeregt«, antwortete sie. »Was für eine wundervolle Reise, John – danke.«

»Das gehört alles zur Verwirklichung von Mr Rhodes' Traum einer roten Linie auf der Landkarte vom Kap nach Kairo, Miss Grant.« Höflich tippte er sich mit zwei Finger an die Mütze.

»Dann wollen wir hoffen, dass Cecil Rhodes nicht aufhört zu träumen, John.«

»In der Tat – ich würde gerne mit dem Zug nach Kairo fahren, Miss Grant.« Er zwinkerte. »Ich helfe Ihnen hinaus und sorge dafür, dass ihr Koffer ausgeladen wird. Sie steigen im Queen's Hotel ab, oder?«

»Korrekt«, erwiderte sie und folgte ihm in den Gang, wo sich bereits andere aufgeregte Fahrgäste versammelten.

Sie ging zum Ausgang vorne, wo das Gleis zu einem Bahnsteig erweitert worden war. Die Lokomotive stieß dicke Dampfwolken aus, und der Zug zischte langsam. Sie schenkte dem Zugbegleiter ein letztes Lächeln. Er würde sich bestimmt über den Inhalt des Umschlags freuen, den sie für ihn hinterlassen hatte. »Danke für Ihre Fürsorge.«

Als sie ausgestiegen war, hatte sie es auf einmal eilig, aus dem Bahnhof herauszukommen und endlich wieder den Boden in Kimberley zu betreten. Nichtsdestotrotz war ihr klar, dass sie erst einmal stehen bleiben und das große Gebäude anschauen sollte.

Die Steine, aus denen der Bahnhof gebaut war, hatten die Farbe der Erde, die einst an den aus der Tiefe geschürften Diamanten geklebt hatte. Es war außergewöhnlich, dass die Eisenbahnlinie aus Kapstadt quer über die Berge hinweg hierher verlief. Das Große Loch hieß nun offiziell Kimberley-Mine und gehörte fast vollständig einem einzigen Unternehmen, der De Beers Consolidated Mines Limited.

Wenn Rhodes, der Gründer, von Sirius erfahren hätte, wer weiß, was er alles getan hätte, um in den Besitz des Rohdiamanten zu gelangen.

Sie ging an den hohen Bogenfenstern vorbei durch die großen Flügeltüren. Es war schwer, genau zu bestimmen, wo sie sich befand. Ihr kam es mehr vor wie eine belebte Kleinstadt mit breiten Straßen, die in die Wohngegenden führten. Offenbar waren viele neue Einwohner zugezogen, während weiter nach den glitzernden Zeichen des Reichtums gesucht wurde.

Und dieser Reichtum war deutlich zu erkennen. Auf der Fahrt zu ihrem Hotel kamen sie an öffentlichen Parks vorbei, deren grüne Rasenflächen und bunter Blumenschmuck erstaunlich waren für eine Stadt, die mitten in der Wüste lag. Sie bat den Fahrer, eine Stadtrundfahrt mit ihr zu machen. Es gab Sportplätze mit gepflegten Rasenflächen und weiß gekleidete Menschen, die an einem prächtigen Clubhaus vorbeispazierten. Die Kutsche fuhr an Fußballfeldern, an Cricketplätzen, ja sogar an einer Sporthalle vorbei. Die windzerzauste Wildnis, die früher einmal gerade so als der Kimberley Turf Club zu erkennen war, war jetzt einer richtig angelegten Rennbahn gewichen, mit Tribünen. Clementine wünschte sich, ihr Vater könnte das sehen.

Schließlich hielten sie vor einem zweistöckigen Backsteingebäude. Um beide Stockwerke zogen sich, wie sie es aus ihrer Kindheit kannte, Veranden.

»Willkommen im Queen's Hotel.« Der Empfangschef strahlte sie an. »Wir sind diese Woche voll belegt, Miss Grant, aber der Besitzer hat darauf bestanden, dass wir Ihnen unser bestes Zimmer anbieten.«

»Ich glaube nicht, dass ich Ihren Besitzer kenne«, gestand sie, als sie das Anmeldeformular unterschrieb.

»Äh ...« Der Mann blickte stirnrunzelnd in ein großes Buch. »Ah ja, wir erhielten ein Telegramm von einem

Mr William Axford. Ich glaube, er kennt den Besitzer und hat wahrscheinlich darauf bestanden.«

Will schrieb ihr alle vierzehn Tage. Offensichtlich hatte er sich an ihr Schweigen gewöhnt, denn er sprach sie in seinen Briefen an, als führten sie ein fortlaufendes Gespräch. Aber er hatte offenbar durch andere Wege von ihrer Reise nach Kimberley erfahren. Wahrscheinlich von Milton. Sie hatte den Butler behalten, und er hatte sich als extrem loyal erwiesen. Zweifellos hatte er nur an ihre Interessen gedacht, als er Will die Information weitergegeben hatte. Unwillkürlich musste sie lächeln.

Will hatte sich um ihre Pläne, die Diamantenhändler zu versichern, gekümmert. Sie waren bereits weit fortgeschritten und standen kurz vor dem Abschluss. Ohne sie würde er den Schritt nicht vollziehen – vielleicht aus Angst, sie könne ihm vorwerfen, ihre Idee gestohlen zu haben. *Lieber Will, du bist wahrhaftig ein Ehrenmann*, dachte sie. Ihre Wut war während des einsamen Weihnachtsfestes im Norden abgekühlt und hatte sich über den Winter weiter gelegt, bis sie Ende Januar mit dem Schiff ans Kap gefahren war. War sie zu hastig vorgegangen? Der Empfangschef unterbrach ihre Gedanken.

»Und hier ist ein Brief für Sie, Miss Grant.«

Stirnrunzelnd nahm sie den Umschlag entgegen. Sie erkannte sofort Onkel Reggies Handschrift.

34

Während Clem ungeduldig auf die Ankunft ihres Schrankkoffers wartete, setzte sie sich an den kleinen Schreibtisch am Fenster in ihrem Zimmer. Sie nahm den Brieföffner aus Elfenbein zur Hand, wobei ihr auffiel, dass die Briefmarken auf dem Umschlag aus Italien stammten. Seltsamerweise stellte sie fest, dass sie sich freute, von Onkel Reggie zu hören, denn in ihr hatte immer eine kleine Sorge genagt, dass er vielleicht jetzt seinen Tod beschleunigen würde. Auch diese Sorge legte sie Will zur Last. Sie würde Reggies letzte Tage nicht an seiner Seite verbringen können. Sie hatten immer davon geredet, gemeinsam eine Weltreise zu machen, und seit letztem Jahr hatte er das Thema häufiger angeschnitten.

Sie schlitzte den Briefumschlag auf und entfaltete die Briefbögen mit einem Gefühl der Vorfreude. Ihr wurde die Kehle eng, als sie beim Lesen die vertraute Stimme im Kopf hörte.

Meine liebste Clem,
   ich schreibe dir von Elba, wobei ich mir genauso vorkomme wie Napoleon im Exil. Ich bin sicher, mit einem ähnlichen Gefühl des Widerwillens über diese toskanische Insel zu spazieren, nur dass es sich in meinem Fall um Selbsthass handelt, da ich mir all dies selbst zuzuschreiben habe. Ich könnte natürlich einige

überzeugende Argumente anführen, aber wenn ich es nüchtern betrachte, wird mir klar, dass ich damit die Qual, die ich dir verursacht habe, nicht wiedergutmachen könnte.

Daher versuche ich gar nicht erst, mich mit dir zu versöhnen, das musst du wissen. Ich habe jegliche Hoffnung aufgegeben, die Vergangenheit wieder in Ordnung zu bringen, um eine Zukunft mit dir zu haben. Möglicherweise hast du mir sogar einen Gefallen getan, indem du mich gezwungen hast, mich zum ersten Mal in meinem Leben so zu sehen, wie ich wirklich bin. Ich schäme mich jedoch nicht, Clem, denn ich sehe keinen bösen Mann in diesem Spiegel, sondern einfach einen einsamen Menschen, der sich den Respekt der Familie, die ihn ausgestoßen hatte, verdienen wollte. Ich habe es mir nicht ausgesucht, meines Vaters Sohn zu sein, und ich habe jeden Tag versucht, seinen Idealen zu entsprechen. Deine Großmutter verachtete mich allein deshalb, weil ich sein Kind war und nicht ihres. Ich verstand das. Am Ende habe ich sie wirklich bewundert, und wir hatten in der Liebe zu deiner Mutter und in unserer absoluten Liebe und Hingabe an dich eine Gemeinsamkeit gefunden.

Deine schöne Mutter war die Grant, die mich von ganzem Herzen liebte, und ich habe in dir ihr Spiegelbild gefunden, aber du bist noch eindrucksvoller als Louisa, Clem. Du bist stark, wo sie schwach war. Ich glaube, du bist die beste Verkörperung der Familieneigenschaften, und es ist offensichtlich, dass auch die Leidenschaft und Loyalität deines Vaters durch deine Adern fließt. Du bist die Beste von uns allen, Clem, und deshalb werde ich mich immer weiter hassen, weil ich dich enttäuscht und mir eingeredet habe, alles aus den richtigen Gründen geheim zu halten.

Wenn dieser Brief zu einem gut sein soll, dann, um dir den Frieden zu bringen, dass ich deinen Vater nicht getötet habe. Ich bin kein gewalttätiger Mann. Ich lernte früh, dass ich mit meinem Verstand mehr ausrichten kann als mit meinen Fäusten, und ich würde eher mit Worten den Ausweg aus einer Auseinandersetzung suchen, als mich herauszukämpfen. Ich glaube auch nicht einen Moment lang, dass dein Vater ein gewalttätiger Mann war. An diesem Abend jedoch war er so betrunken, dass all sein Kummer und seine Niedergeschlagenheit sich mit seiner Freude über den Diamantenfund zu etwas verbanden, das die meisten von uns nie verstehen werden. Wut entstand daraus, und ich – der Grant, der vor ihm stand – repräsentierte alles auf der Welt, auf das er wütend war.

Jeden Abend, wenn du deinen hübschen Kopf auf dein Kopfkissen legst, mein Liebling, kannst du sicher sein, dass dein Vater an den Verletzungen durch den Sturz starb. Ich half ihm in diesem Moment nicht, weil ich wirklich wusste, dass ihm nicht geholfen werden konnte, und ja, ich muss zugeben, dass mir in den Schocksekunden nach seinem Sturz klar wurde, dass dein Leben ohne ihn besser sein würde. Verzeih mir. Ich hatte deiner Großmutter geschworen, dich um jeden Preis zu ihr nach Hause zu bringen, damit sie dir das Leben geben konnte, das deine Mutter für dich gewollt hätte. An diesem schrecklichen Abend wurde mir klar, dass dein Vater niemals zulassen würde, dass wir die Hoffnungen deiner Mutter für dich ehren. Deine Großmutter wollte nicht sterben, ohne dich vorher noch einmal umarmt zu *haben. Natürlich hätte ich Hilfe holen können – ja –, aber ich war überzeugt, dass er bis dahin ohnehin tot gewesen wäre. Nichtsdestotrotz empfinde ich nur Bedauern darüber, nicht ehrenhafter gehandelt zu haben.*

Solltest du dich wundern, woher ich deine Adresse weiß – ich habe von Will Axford erfahren, dass du nach Afrika gereist bist. Es hat mich nicht überrascht.

Ich habe beschlossen, morgen mein selbst gewähltes Exil auf Elba zu verlassen. Ich weiß nicht, wie viel Zeit mir noch bleibt, aber ich möchte nicht hier sterben. Ich würde gerne alle Städte besuchen, die wir auf unserer gemeinsamen Reise sehen wollten. An diesen Orten möchte ich zumindest meine Spuren hinterlassen, und ich werde mir vorstellen, wie du an meinem Arm neben mir spazierst und mich stolz und glücklich machst.

Ich habe keine Angst vor dem Tod, Clem. Wenn das Ende kommt, werde ich mich wahrscheinlich sogar freuen, weil es für mich nicht mehr viel Grund zum Leben gibt. Ich werde meinen letzten Atemzug tun mit deinem Gesicht vor Augen und deinem Namen auf den Lippen.

Pass auf dich auf, geliebtes Mädchen. Und heirate nur, wenn du jemanden findest, der deiner absolut würdig ist. In Liebe, Onkel Reg

Den letzten Abschnitt konnte sie kaum lesen, weil ihre zitternden Hände das dünne Papier zum Beben brachten. Und schließlich zitterte sie vor Verzweiflung am ganzen Körper.

Ein Dämon in ihrem Kopf flüsterte ihr ein, dass Onkel Reggie selbst aus der Ferne noch versuchte, sie zu manipulieren, aber ihr Instinkt sagte ihr etwas anderes. Nein, es war eher Onkel Reggies Stil, so zu tun, als sei alles in

Ordnung. Wenn er etwas anderes im Sinn gehabt hätte, als ihr seine Liebe zu schicken und sie wissen zu lassen, dass er mit sich im Reinen war, dann hätte er mit all den wundervollen Orten geprahlt, die er gesehen hatte, mit seinen Plänen, wo er als Nächstes hinfahren würde, seinen Ideen für die Geschäfte der Grants. Er hätte mit positiven und liebevollen Äußerungen versucht, ihren Groll zu überwinden – sie zu beeindrucken, sie abzulenken und sie wieder in seine Arme zu locken. Nein, das hier war ein anderer Onkel Reggie: nicht so sehr zerknirscht, sondern eher resigniert und ihre Entscheidung akzeptierend. Er verabschiedete sich von ihr, wozu er bisher noch keine Gelegenheit gehabt hatte, für den Fall, dass sie sich nicht mehr wiedersähen.

Sie mochte ja verabscheuungswürdig finden, was er getan hatte, aber es würde nichts an der Tatsache ändern, dass sie ihn die meiste Zeit in ihrem Leben geliebt hatte. Und auch ihn hatte sie verloren.

War sie ein Fluch für alle, die sie liebten?

Wegen ihrer Entscheidung würde Onkel Reg auf Reisen gehen und still an einem Ort sterben, wo ihn niemand kannte. Niemand würde seinen Tod betrauern oder darauf achten, wo er beerdigt würde. Vielleicht würde sie nie von seinem Tod erfahren. Das Zittern wurde stärker. Konnte sie all das zulassen?

Als das Telefon in ihrem Zimmer läutete, zuckte sie zusammen. Sie wischte die Tränen weg und holte tief Luft, um wieder Fassung zu gewinnen.

»Hallo, Clementine Grant.

»Ah, Miss Grant, hier spricht Neville Moreton von De Beers. Ich rufe aus dem Kimberley Club an. Sie haben mir geschrieben?«

»Ja! Mr Moreton, wie schön, dass Sie daran gedacht haben, dass ich heute ankomme.«

»Nun, ich komme direkt zum Thema, Miss Grant, da Sie ja sicher die Neuigkeiten hören möchten. Leider hält sich Mr One-Shoe nicht mehr in Kimberley auf, wie ich erfahren habe.«

Clem hatte das Gefühl, um sie herum würde die Welt zusammenbrechen. Sie hatte immer die Möglichkeit bedacht, Joseph nicht mehr zu finden, aber sie hatte sich an die winzige Hoffnung geklammert, dass er wegen ihrer tiefen Verbindung zueinander die Veränderung in den Sternen erkennen würde. Sie hatte es nie laut geäußert, weil sie nicht wie eine Irre klingen wollte; sie konnte es sich ja selbst nicht erklären. Aber tief im Innern hatte sie ja auch nie akzeptiert, dass er tot war.

Die Wände des Hotelzimmers schienen sich um sie zu schließen, und der Dämon in ihrem Kopf flüsterte: *Keine Familie, kein Liebhaber, keine Heiratsaussichten, kein bester Freund, niemand in deinem Leben, dem du voll und ganz vertrauen kannst.*

»Miss Grant?« Moretons Stimme verbannte die Schatten, und das Zimmer wirkte wieder völlig normal mit seinem Vier-Pfosten-Bett, den dicken Kissen, der gestärkten weißen Bettwäsche, die so perfekt gebügelt war, dass man keine Falte sah. Das Duftpotpourri in der Schale roch nach Zimt und Anis. Alle ihre Sinne waren intakt. Sie musste ihre Ängste kontrollieren. *Konzentrier dich!*

»Äh, ja, Entschuldigung, Mr Moreton. Ich war in Gedanken.«

»Ich verstehe, meine Liebe. Ich weiß, es muss eine schreckliche Enttäuschung für Sie sein, nachdem Sie so eine lange Reise gemacht haben.«

»Können wir uns sehen, Mr Moreton?«

»Jetzt?«

»Ja. Ich habe tagelang im Zug gesessen.«

»Nun, natürlich. Wäre es in Ordnung, wenn ich bei Ihnen im Hotel vorbeikäme, Miss Grant? Wir können einen Kaffee auf der Veranda trinken.«

»Perfekt. Welche Uhrzeit würde Ihnen passen?«

Sie stellte sich vor, wie er auf seine Taschenuhr blickte.

»Sollen wir sagen, elf Uhr dreißig?«

»Das klingt ideal.«

»Ich bitte um Entschuldigung, dass ich Sie nicht in den Club einladen kann, Miss Grant. Dort sind leider nur Herren zugelassen.«

Sie hatte kaum den Hörer aufgelegt, als ein Page ihren Koffer brachte. Der Butler, der kurz darauf folgte, gab Anweisungen zum Auspacken und Verstauen ihrer Sachen. Beide Männer bekamen ein üppiges Trinkgeld.

Clem setzte sich an den Frisiertisch, um ihre Frisur zu richten. Allerdings glitten die kupferfarbenen Strähnen immer wieder aus den Haarnadeln heraus. Umziehen wollte sie sich nicht, da sie sich bereits im Zug heute früh passend für Kimberley gekleidet hatte. Sie war froh darüber, dass sie in den Kolonien kein Korsett tragen musste. Hier reichte das vernünftigere Nachmittagskleid mit seinem Glockenrock. Sie fühlte sich in der leichten Baumwolle wohl, und sie hatte das sichere Gefühl, dass solche Kleider in diesem Sommer auch an der englischen Küste zu sehen sein würden. Sie waren perfekt für das heiße Klima, an das sie sich erst wieder gewöhnen musste. Früher war sie über die bloße Erde gerannt – damals gab es kaum gepflasterte Straßen –, barfuß, ein ungezähmtes Kind. Ihr Vater hatte es lustig gefunden. Dann hatte sie eine Phase, in der sie mit nur einem Schuh herumgelaufen war und es spaßig gefunden hatte, wenn Mrs Carruthers sich darüber aufregte. Clem hatte darauf bestanden, wenn es für Joseph in Ordnung war, warum dann nicht auch für sie? Sie lächelte ihr Spiegelbild an, als ihr einfiel, dass sie ihren Vater gebeten hatte, sie auch als Clementine One-Shoe anzusprechen.

All diese Erinnerungen machten es Clem unmöglich, sich weiter im Zimmer aufzuhalten. Moreton kam erst in vierzig Minuten, und daher beschloss sie, zu Fuß durch den Ort zu gehen, um wegzukommen von diesem Brief, der auf dem Schreibtisch lag, und von dem Telefon, das noch mehr traurige Nachrichten gebracht hatte.

In Kimberley war nichts mehr so, wie es einmal gewesen war, und doch kam es ihr vertraut vor. Die Landschaft sah mit den vielen Gebäuden völlig anders aus, aber die Luft schmeckte genauso, wie sie sie in Erinnerung hatte: heiß, trocken und staubig. Allerdings roch es nicht mehr nach Latrinen oder schmutzigen Männern. Im Hotel war sie Leuten begegnet, die nach Parfüm und Eau de Toilette dufteten. Bei der Einfahrt des Zuges hatte sie am Rand von Kimberley Hütten gesehen und daraus geschlossen, dass die afrikanische Bevölkerung nach wie vor unter schlechten Bedingungen lebte, während hier im Zentrum eine britische Miniaturstadt entstanden war.

Die Bevölkerung hatte sich natürlich drastisch verändert, ebenso wie der Verkehr – Pferd und Kutsche, vor allem die Gibson-Postkutsche, waren jetzt eher die Norm als die Ausnahme. Vor den zahlreichen Hotels standen jeweils mehrere; die Kutscher rauchten, schwatzten und warteten darauf, gerufen zu werden. Besonders viele standen vor dem Grand Hotel. Sie hatte es als einstöckiges

Gebäude in Erinnerung, aber jetzt ragte es über drei Stockwerke auf. Es sah aus wie sonnenverbrannt, mit hellen, glänzenden Ziegeln und einem rostroten Vordach für die schwarzen Kutschen.

Mehr als einmal verirrte Clem sich in der neu angelegten Stadt. Es gab keine kleinen Warenhäuser mehr, in denen alles verkaufte wurde, was die Menschen brauchten. Jetzt waren die Geschäfte spezialisiert, und sie sah fasziniert, dass in einem Laden nur Damenschuhe verkauft wurden. Wenn ihre arme Mutter das sehen könnte, dachte sie.

Der weite Himmel über Kimberley hatte sich jedoch nicht geändert. Er war immer noch azurblau mit leichten Aufhellungen an den Rändern. Der frühe Morgen hatte wolkenlos begonnen, sodass nichts den Blick aufgehalten hatte, aber jetzt sah sie, wie sich am Horizont Wolken aufbauten. Es war Regenzeit, auch das hatte sich nicht geändert. Und Clem erinnerte sich nur allzu gut daran, wie sich diese blaue Kuppel über ihr innerhalb weniger Stunden komplett verändern konnte.

Während sie durch die Stadt spazierte, fühlte sie sich innerlich zerrissen; sie wollte sich mit Mr Moreton treffen, fürchtete sich jedoch vor dem, was er ihr sagen würde. *Denk nicht zu viel darüber nach – handle!*, sagte sie sich, wobei sie überrascht feststellte, dass dies einer der bewährten Ratschläge von Onkel Reggie war.

Mit raschen Schritten ging sie zum Hotel zurück. Als sie den Eingang erreicht hatte, stieg ein rundlicher Herr in einem hellgrauen Anzug und mit einer Schildpattbrille, die ebenso rund war wie sein Kopf, aus einer Kutsche. Das war bestimmt der Mann von De Beers.

»Mr Moreton?«

»Miss Grant!«, sagte er erfreut. »Wie wunderbar, Sie kennenzulernen.«

Sie saßen in den Korbsesseln auf der Veranda des Hotels, die im Schatten von Sträuchern lag. Die Blüten der Rhododendren und Azaleen leuchteten, und Clementine sah auch Strelitzien, die wie neugierige Lauscher dazwischen wuchsen; sie hatte sie als Kind Blitzvogel-Pflanze getauft, weil sie einem Kranich mit seiner prächtigen Krone aus orangefarbenen Federn glich. Früher hatte sie immer eine pro Woche abgeschnitten und sie wie ein Kuscheltier mit sich herumgetragen und mit ihr geredet.

»Oh, hier ist es immer so angenehm«, sagte Moreton. »Ich komme regelmäßig mit meiner Frau hierher, wegen der Zulassungsbestimmungen im Club.«

»Sie wissen schon, dass eines Tages die Frauen diese Clubtüren einreißen werden, Mr Moreton?«

Er schmunzelte. »Allerdings nicht in naher Zukunft.«

Clem zuckte leicht mit den Schultern, als wolle sie sagen: *Seien Sie sich da nur nicht zu sicher.* Ein Afrikaner in einer blendend weißen Uniform trat mit einem Tablett an ihren Tisch und schenkte ihnen aus einer hohen Silberkanne Kaffee ein. Clementine vermutete, dass er Äthiopier war. Sie dachte an eine ihrer langen, abendlichen Unterhaltungen mit Joseph One-Shoe, als sie ihn gebeten hatte, ihr etwas von den einzelnen Stämmen und ihren Ritualen zu erzählen. Sie erinnerte sich, wie ängstlich, aber auch fasziniert sie ihm zugehört hatte, als er von den verschiedenen Opferritualen sprach.«

»Danke, George«, sagte Moreton. Er zeigte damit, dass er den Mann kannte, gleichzeitig aber schickte er ihn auch höflich weg.

Clem war erst seit ein paar Stunden in Kimberley und empfand die Kluft zwischen Schwarzen und Weißen als immens groß. Als sie alle noch gemeinsam im Großen Loch gearbeitet hatten, war der Gemeinschaftssinn untereinander größer gewesen.

»*Salam*, George«, sagte sie, als ihr der muslimische Willkommensgruß einfiel, den sie als Kind gelernt hatte. Dann fügte sie, so gut sie sich erinnerte, eine traditionelle äthiopische Begrüßung hinzu, die Joseph ihr beigebracht hatte: »*Tena yistilin.*« Sie freute sich, dass ihr Gedächtnis noch so gut funktionierte, und fragte sich insgeheim, ob sie den armen Mr Moreton wohl mehr mit den äthiopischen Worten oder mit der Tatsache, dass sie dem Diener lächelnd zunickte, überrascht hatte. Wahrscheinlich mit Letzterem.

Und George sah sie einfach nur entsetzt an. Sein erschreckter Blick glitt zu Moreton. Clem beugte sich leicht vor und sagte auf Englisch: »Sie sind Äthiopier, George, nicht wahr?«

»Ja, Miss.« Er vermied jeden Blickkontakt und beschäftigte sich damit, das Milchkännchen und die Zuckerdose, die er bereits perfekt auf dem Tisch platziert hatte, neu anzuordnen.

»Wie sind Sie so weit in den Süden gekommen, George?«

Moreton schätzte es offensichtlich nicht, dass ein weiblicher Gast ein freundliches Gespräch mit einem afrikanischen Dienstboten führte. Da er nicht unhöflich sein wollte, beschloss er, für den Afrikaner zu antworten. »Äh, George ist als Waisenkind hierhergekommen, soweit ich weiß, Miss Grant. Er wurde von Missionaren mitgebracht und ist nicht weit entfernt von Kimberley aufgewachsen.«

»Danke, Mr Moreton. Und, George, wie lange arbeiten Sie schon im Hotel?« Sie hob die Hand, als Neville Moreton erneut antworten wollte, und hielt den Blick fest auf den Afrikaner gerichtet.

»Seit fünf Sommern, Miss.« Er verneigte sich und trat hastig einen Schritt zurück.

»Ich hoffe, der Kaffee stammt aus Ihrem Heimatland, George.«

»Jawohl, Miss. Ich hoffe, er schmeckt Ihnen.«

Sie lächelte. »Bestimmt.«

Während George sich zurückzog, trank Clem einen Schluck Kaffee und schmeckte den vertrauten fruchtigen Geschmack, der für äthiopischen Kaffee so charakteristisch war. Sie erinnerte sich daran, wie Joseph ihn jeden Morgen für ihren Vater aufbrühte … und oft auch mitten in der Nacht, damit er nüchtern wurde.

»Äh, wir versuchen, uns nicht so viel mit dem Personal zu befassen, Miss Grant.«

»Ach, Sie wollen ihnen wohl keine Flausen in den Kopf setzen, was, Mr Moreton?«

»Nein, nein, ich …«

»Das war nur ein Scherz, verzeihen Sie. Sie können sich wahrscheinlich vorstellen, dass ich aufgrund meiner Kindheit am Wohlergehen afrikanischer Menschen sehr interessiert bin.« Sie erzählte ihm vom Waisenhaus in Nordengland, von Sarah und den beiden jüngeren Mädchen, an denen ihr besonders viel lag.

»Du liebe Güte, wie wundervoll philanthropisch von Ihnen.«

Sie schüttelte den Kopf, um anzudeuten, dass das nicht ihre Motivation war. »Joseph One-Shoe war mein bester Freund und nach dem Tod meiner Mutter auch der meines Vaters. Er kümmerte sich um uns – und wir haben ihn alle verlassen. Ich glaube, das versuche ich seitdem wiedergutzumachen. Wollen Sie mir erzählen, Mr Moreton, was Sie über Joseph wissen?«

Er seufzte. »Ich kann Ihnen sagen, dass er von allen sehr gerne gemocht wird. Ich habe nie jemanden schlecht über ihn reden hören. Er hat über die Jahre für die Kinder der afrikanischen Arbeiter viel Gutes getan. Er hat exzellente Sprachkenntnisse – spricht fließend Englisch, sogar ein wenig Holländisch und Xhosa. Er war ein wertvoller Vermittler zwischen den afrikanischen Arbeitern und dem Management von De Beers und hat manchmal sogar Auseinandersetzungen geschlichtet.«

»Das überrascht mich nicht. Joseph mag in den Augen seines Stammes ein Krieger gewesen sein, aber er war auch ein großer Denker und Friedensstifter. Er besitzt die Art von Persönlichkeit, die einen Anführer ausmacht.« Sie runzelte die Stirn. »Warum sagen Sie Vermittler? Hat es Probleme gegeben?«

Die Luft zwischen ihnen schien dicker zu werden. »Äh ... nun, ich habe mit der Arbeit in den Minen nichts zu tun. Ich bin in der Verwaltung, Miss Grant.«

Sie zog die Brauen noch mehr zusammen.

»Wann sind Sie hier weggegangen?«

»Anfang der 1870er Jahre«, antwortete sie.

»Ah, nun, damals waren die Diamantenminen noch in den Anfängen, oder?« Er erwartete keine Antwort auf seine Frage, deshalb schwieg Clementine, sodass er fortfahren musste. »In den 1880er Jahren schickten Stämme südlich des Sambesi ihre Männer hierher. Es war eine Art Masseneinwanderung wegen Arbeit und Lohn.«

»Und ...?«

Er schwieg und suchte offensichtlich nach Worten, in die er sein schwieriges Thema packen konnte. »Wissen Sie, die Bedrohung durch Diebstahl ist allgegenwärtig, Miss Grant.« Sein Tonfall war versöhnlich – hoffnungsvoll sogar.

»Ich verstehe«, log sie, wobei sie sich fragte, wohin dieses Gespräch führte. »Und was hat das mit Joseph One-Shoe zu tun?«

»1880 hat er mit dem Diamantenschürfen aufgehört. Er hat einen kleinen Laden eröffnet, in dem er alle möglichen Waren an die Arbeiter und ihre Familien verkaufte, und danach hat er seine eigenen Mittel genutzt, um seine Schule für ihre Kinder aufzubauen.« Der Mann redete um den heißen Brei herum, dachte Clem.

»Bitte, fahren Sie fort, Mr Moreton«, sagte sie.

»Joseph One-Shoe lebte in Kimberley, nicht im Compound, hatte jedoch freien Zugang. De Beers vertraute ihm, und die Arbeiter auch.«

»Compound?«

»Ja, nun. Wie kann ich das erklären? Sie müssen verstehen, dass es hier in dieser Gegend um die fünfzigtausend Wanderarbeiter jedes Jahr gibt, Miss Grant. Um sie im Auge zu behalten und ihnen eine Unterkunft zu bieten, werden die Männer kaserniert.«

»Wie bei der Armee?«

Er kicherte nervös und trank seinen Kaffee aus. »Ja, vermutlich.«

»Aber sie können natürlich kommen und gehen, wie sie wollen?«

»Äh, nicht ganz. Es ist ein eingezäuntes Gelände.«

»Ein Gefängnis?«

»Ach du liebe Güte, nein. Nichts in der Art.«

Clem empfand das anders.

»Es ist einfach praktisch für sie. Sie haben einen Platz, wo sie sich ausruhen, schlafen und sich gegenseitig besuchen können, sie haben ein Dach über dem Kopf und jeden Tag eine warme Mahlzeit im Bauch. Ich glaube, das Wort ›Compound‹ wird manchmal von den Leuten, die nicht von hier sind, falsch verstanden.«

»Aber ich bin von hier, und auch ich finde, es hat einen düsteren Klang.«

»Es ist Teil der *lingua franca* im Diamantenschürfen. Im Malaiischen bedeutet das Wort *kampong* zum Beispiel ›Einfriedung‹, und ›Compound‹ bedeutet bei uns in Kimberley fast dasselbe.« Jetzt war er herablassend, um sich aus der Situation herauszuwinden. »Compounds waren völlig akzeptabel, als De Beers vor fast zehn Jahren seinen ersten hier eröffnete.«

»Aber warum müssen sie *eingezäunt* sein? Warum können sie nicht nach ihrer Schicht zu ihren Familien gehen?«

Er zuckte mit den Schultern. »Wir reden hier über einheimische Arbeiter, Miss Grant. Sie können unzuverlässig sein. Sie trinken, sie prügeln sich, sie laufen weg. Wenn man ein Unternehmen führt, muss man sich auf seine Arbeiter verlassen können, und deshalb haben wir ein großes Gelände mit einer Mauer umgeben, damit wir uns um einige tausend Männer gleichzeitig kümmern können.«

Empört stellte Clem ihre Tasse ab.

»So viele Menschen brauchen viele Lebensmittelläden, Geschäfte, eine Apotheke, eine Kirche, ein Krankenhaus. Wir haben sogar ein Schwimmbad für unsere Arbeiter. Sie haben Zimmer mit Elektrizität und große

Sport- und Erholungsflächen. Als Lohn erhalten sie bis zu dreißig Shilling pro Woche«, sagte er, als ob das dazu berechtigen würde, die Männer einzusperren. »Ich kann Ihnen versichern, dass der durchschnittliche Landarbeiter in England damals nicht so viel verdient hat.« Weil sie schwieg, wurde er immer defensiver. »Und wenn ein Mann einen großen Stein fand, dann bekam er einen Bonus von bis zu zwanzig Pfund! Das ist der Lohn für drei Monate Arbeit an einem einzigen Tag. Aber ... natürlich gibt es unter Männern, die in geschlossenen Quartieren untergebracht sind, Streitigkeiten.«

»Und Joseph.«

»Joseph One-Shoe war einer der Schlichter, an die wir uns wenden konnten. Doch Joseph – oder Zenzele, wie er sich nun nennt«, sagte Moreton, der offensichtlich gerne das Thema wechseln wollte, »teilte Dr Ashe im Kimberley Hospital mit, dass seine Arbeit hier beendet sei.«

»Dann sollte ich mich vielleicht mit Dr Ashe treffen?«

»Er wird mehr wissen. Ich glaube, sie waren sehr gut befreundet.«

Dr Ashes Kopf stieß fast an den niedrigen Türrahmen des Wartezimmers. Er kam mit freundlichem Lächeln auf Clementine zu und entschuldigte sich, dass er sie hatte warten lassen.

»Sie brauchen sich nicht zu entschuldigen. Ich habe gehört, dass Sie Sprechstunde hatten«, versicherte sie ihm.

»Ich habe immer Sprechstunde.« Grinsend nahm er seine zerbrechlich aussehende randlose Brille ab und putzte sie mit einem großen Taschentuch. Trotz seiner schmalen Lippen hatte er das freundlichste Lächeln.

»Ich freue mich sehr, eine Freundin von Joseph kennenzulernen.«

»Danke. Ich weiß, dass Sie ihn gerne mochten.«

»Ich mochte ihn nicht nur gerne, ich habe ihn sehr respektiert. Zenzele war wichtig für diese Stadt. Ich müsste noch viel mehr Personen aus der afrikanischen Gemeinde behandeln, wenn er durch seine Führungspersönlichkeit nicht so manchen Streit beigelegt hätte.«

Sie biss sich auf die Lippe. »Ich habe von den Arbeitersiedlungen erfahren.«

»Gehen Sie nicht dorthin. Gehen Sie nicht in die Nähe. Was Sie dort zu sehen bekämen, würde Ihnen nicht gefallen.«

»Es ist also doch ein Gefängnis?«

»Auf gewisse Weise, ja. Frauen oder Kinder sind nicht zugelassen. Die Männer sind monatelang isoliert und dürfen ihre Familien in den Townships, die entstanden sind, nicht besuchen. Natürlich verhindert man so, dass jemand flieht und dass die Männer körperlich so leistungsfähig wie möglich gehalten werden, weg vom Alkohol und anderen Versuchungen. Es hängt alles von der Perspektive ab, mit der man es sieht, nehme ich an, da die Besitzer der Mine logisch zu ihren Gunsten argumentieren. Man geht sofort davon aus, dass jeder Afrikaner die Diamanten stehlen würde – als Tatsache, Miss Grant, nicht nur als Möglichkeit.« Er hob den Finger, um seinen Standpunkt zu unterstreichen. »Und deshalb wurden diese Compounds nur gebaut, um den illegalen Diamantenhandel zu verhindern, ganz gleich, was De Beers behauptet. Die Männer werden am Ende jedes Tages einer Leibesvisitation unterzogen.«

Clem wurde blass. »Um Gottes Willen!«

»Ich weigere mich im Übrigen, auch die Körperöffnungen zu untersuchen.«

»Wie demütigend. Wenn man ihnen kein Vertrauen schenkt, warum sollten diese Männer dann loyal dem Unternehmen gegenüber sein?«

»Nun ...« Er lächelte traurig. »... die Arbeiter stehlen, das ist so. Nicht alle. Aber es reicht schon, wenn einer oder zwei es tun, und in den Diamantenminen sind es mehr. Ein Mann kann einen ganzen Monatslohn verdienen, wenn er ein paar kleinere Diamanten an oder sogar in seinem Körper versteckt und damit durchkommt. Es ist sehr verführerisch. Sie haben Familien – ganze Stämme sind von ihnen abhängig.«

»Damit sie etwas zu essen haben?«

»Nein, Miss Grant, um Waffen kaufen zu können. Dorthin fließt das Geld für gewöhnlich. Die Stammeshäuptlinge lieben die Gewehre des weißen Mannes.«

»Ich verstehe. Und Joseph hat geholfen?«

»Er war die Stimme, der die Arbeiter vertrauten, wenn es Streit gab oder die Männer streiken wollten. Er hat oft bessere Bedingungen für sie ausgehandelt, indem er direkt mit De Beers gesprochen hat.«

»Können Sie mir sagen, wo ich mit meiner Suche nach Joseph beginnen könnte?«

Er seufzte. »Ich fürchte, er hat Kimberley verlassen. Das war sein Plan, und ich habe ihn seit unserem letzten Schachspiel nicht mehr gesehen. Darin ist er übrigens ziemlich gut.«

Clem lächelte traurig. »Mein Vater hat ihm Schachspielen und Boxen beigebracht. Er hat nie verloren.«

»Nur seine Nase ist ein paarmal gebrochen worden.« Dr Ashe grinste. »Ihren Vater hat er erwähnt, obwohl

Joseph nicht viele Worte macht und mir seine Lebensgeschichte nicht freiwillig erzählt hat. Ich habe erst gemerkt, wie viel Ihre Familie ihm bedeutet hat, als er dann tatsächlich ging.«

»Wie meinen Sie das?«

»Das war direkt, nachdem Joseph mit Mr Axford über seine Erinnerungen an den unglückseligen Zwischenfall mit ihrem Vater gesprochen hat. Danach hatte er keine Lust mehr, in Kimberley zu bleiben. Es war eine unmittelbare Veränderung, als sei eine Last von ihm abgefallen.«

»Dr Ashe, als ich ein Kind war, wurde mir versichert, er sei tot, und dass das nicht stimmte, erfuhr ich erst, als Mr Axford diesen Brief laut vorgelesen hat.«

»Das muss ein schrecklicher Schock gewesen sein – nicht nur der Inhalt, sondern auch die Stimme dahinter.«

»Genau. Aber ich habe dadurch die wichtigste Person in meinem Leben, die mir gestohlen wurde, wieder zurückbekommen.«

»Ich bin mir sicher, er wusste, welche Wirkung das auf Sie haben würde. Ich kann mich irren, aber vielleicht war das der Grund, warum er Kimberley verlassen hat.«

»Damit ich nicht hierherkomme und nach ihm suche, meinen Sie?«

Der Arzt nickte. »Er war ein Mann der Sprache; er beherrschte das Schreiben in Englisch. Er hätte Sie jederzeit kontaktieren können, aber er entschied sich dagegen. So wie ich Joseph kenne, wollte er Ihr Leben nicht durcheinanderbringen.«

»Nun, das hat er aber doch getan, wie Sie sehen können«, sagte sie, milderte ihre Worte aber mit einem Lächeln ab.

»Vermutlich hoffte er, Sie würden Nachforschungen

anstellen, erfahren, dass er weg ist, und deshalb gar nicht erst die Reise antreten. Er ist verpflichtet, zu seinem Stamm zurückzukehren.«

»Er hätte daran denken können, dass ich schon als Kind spontan und immer ungeduldig war.« Sie grinste. »Er hat eine Schule?«

»Einen Laden und eine Schule, bis vor Kurzem. Beides lief erfolgreich. Den Laden hat er nach dem Gespräch mit Mr Axford innerhalb weniger Tage verkauft. Es gab viele Interessenten, aber er schlug alle Angebote aus, einschließlich eines hohen Angebots von De Beers, und verkaufte ihn stattdessen an eine Familie, neben deren Vater er früher einmal Diamanten geschürft hatte. Das war vor acht Wochen oder so, Miss Grant.«

»Wie ist er denn wohl zu seinem Stamm zurückgekehrt? Mit dem Ochsenkarren? Was meinen Sie?«

Ashe schüttelte den Kopf. »Nein. Er sagte mir, er sei damals zu Fuß hierhergekommen, und er würde, trotz aller wilden Tiere, auch zu Fuß wieder zurückgehen.« Das klang so typisch nach Joseph. »Wir haben zusammen gegessen und ein letztes Mal Schach gespielt. Dann hat er mich zum Abschied umarmt. Und ich schäme mich nicht zuzugeben, dass mir die Tränen gekommen sind, als er das Krankenhausgelände verlassen hat. Ich wusste, ich würde ihn nie wiedersehen.«

»Was ist mit der Schule?«

»Sie läuft von alleine, soweit ich weiß. Ihr Geld bezieht sie aus einer jährlichen Spendenaktion und der Unterstützung der Leute, die von der Arbeit der Eltern der Kinder profitieren. Sogar de Beers unterstützt sie, muss ich sagen. Es ist eine hervorragende Institution – gut für die Gemeinschaft.«

»Dann gehe ich da als Nächstes hin. Danke, dass Sie mich empfangen haben, Dr Ashe.«

Ashe stand groß und aufrecht vor ihr.

»Sie sind beide etwa gleich groß.«

»Ja. Wir haben immer gescherzt, wir könnten unsere Kleidung tauschen.«

»Aber nicht die Schuhe«, sagte sie lächelnd.

35

Es war schon später Nachmittag, als sie auf Zehenspitzen das einzige Klassenzimmer der Schule für die afrikanischen Kinder betrat. Es war leer. Aufgeräumt, aber leer. Das hohle Echo ihrer Absätze auf dem Dielenboden spiegelte perfekt wider, wie sie sich fühlte. Noch eine Sackgasse. Noch eine leere Stelle. Ein weiterer Ort, an dem Joseph hätte sein können, war nutzlos für sie. Sie blickte auf die Tafel. Mit Kreide stand dort für die Besucher geschrieben, dass die Kinder heute auf dem Sportplatz waren. Unterschrieben hatte eine Miss Londiwe.

Clem trat hinaus auf die schmale Veranda der kleinen Schule. Sie blickte auf ein Fundament, auf dem anscheinend ein weiteres Klassenzimmer gebaut werden sollte. Josephs Schule wurde größer. Er war bestimmt stolz darauf. Der Laden mochte ihm ein Einkommen gesichert haben, aber für ihn war die Schule wichtiger gewesen. So waren sie beide. Beide strebten sie danach, schwarzen Kindern Fürsorge und Bildung zu geben. Wie traurig, dass keiner vom Weg des anderen gewusst hatte. Sie hasste es, dass Joseph von seiner Schule weggegangen war.

Die Leere in ihr wuchs. Sie hatte heute noch nichts gegessen, aber nicht der Hunger nagte an ihr, sondern der Kummer. Sie hatte ihn verloren und wusste nicht, wo sie nach ihm suchen sollte.

Zenzele war barfuß; er war wieder Zulu und kehrte zu seinen Wurzeln zurück. Das sollte sie auch.

Gerade als Clem beschloss, sofort wieder nach England abzureisen, grollte es leise am Himmel. *Impundulu erwacht*, dachte sie. Bald würde der Blitzvogel herabschießen.

Es gab noch einen Ort, den sie sehen musste, bevor der Himmel seine Schleusen öffnete. Ihre Stiefel knirschten auf dem vertrauten roten Staub, jetzt, wo sie in den Außenbezirken der Stadt unterwegs war. Sie stellte sich den Gesichtsausdruck des Empfangschefs im Hotel vor, wenn sie ihm sagte, sie hätte ihre Pläne geändert. Er würde den Butler bitten müssen, ihren Koffer wieder zu packen, und das Hotel würde ihr bei der Umbuchung der Zugfahrt nach Kapstadt behilflich sein müssen.

Clementine schritt zielstrebig aus und versuchte, das Gefühl des Scheiterns zu überwinden. Sie stellte fest, dass Kimberley zwar eine blühende Stadt geworden war, mit eleganten Vororten voller großer Eigenheime mit weitläufigen, gepflegten Gärten, seinen Hüttenstadt-Charakter aber nicht ganz verleugnen konnte. Am äußeren Stadtrand sah sie Ansiedlungen, wie sie sie aus ihrer Kindheit kannte. Dort hatten sich die Afrikaner aus dem südlichen Teil des Kontinents niedergelassen. Kleine Dörfer waren wie Unkraut aus dem Boden geschossen. Die Unterkunft einer Familie bestand im Wesentlichen aus einer Hütte mit hölzernem Rahmen, mit Sackleinen bespannten Wänden und Wellblechdach. Manche hatten Holzzäune um ihre Häuser errichtet, damit ihnen die Hühner und Kinder nicht wegliefen. Sie spürte die Blicke im Township auf sich gerichtet, als sie vorbeiging.

Onkel Reggies wiederholte Lüge über Josephs Tod fühlte sich in diesem Moment an wie eine blutende Wunde. All die verlorenen Jahre, in denen sie ihn hätte finden können. Tränen brannten in ihren Augen, aber sie lief immer weiter bis an den Rand der Hüttenstadt, wo keine Menschen mehr lebten und Afrikas prachtvolle Wüste begann.

Clementine stand auf dem Pfad, der quer durch die einsamen Gräber verlief. Es passte zu ihren Gefühlen und ihrer Stimmung, dass der Friedhof verlassen war. Sie ging an den Grabstellen vorbei; manche waren nur aufgeworfene Erdhügel, die meisten unmarkiert, andere hingegen hatten wunderschöne Grabsteine mit Inschriften.

Der alte Baobab stand wuchtig da. Jeder Baum war eine eigene Persönlichkeit mit individuellen Merkmalen. Sie hatte gelernt, dass manche weit über tausend Jahre alt waren und noch dreimal so alt werden konnten. Als Kind hatte sie die Baobabs Flaschenbäume genannt, weil ihr Stamm den Bierflaschen ihres Vaters glich. Ihr fiel ein, wie sie als Kind den Stamm des Baumes umfassen konnte, unter dem ihre Mutter begraben war. Joseph One-Shoe hatte beide Arme um den Stamm geschlungen, und sie hatte von der anderen Seite seine Hände gefasst. So konnten sie gemeinsam um den Baum herumgehen und die Gebete für ihre Mutter sagen.

»Er passt auf Mummy auf«, hatte sie zu ihrem Freund gesagt.

»Diese Blätter«, hatte er gesagt und auf die frischen Blätter gezeigt. »Dieser weise Baum weiß, dass Regen kommt, und seine Blätter erwarten die Tränen des Himmels.«

»Dann weint sogar der Himmel um Mummy.«

Er nickte. »Sie weinen um dich, Miss Clementine, weil du ohne sie bist.«

Sie hatte von Joseph erfahren, dass viele Stämme glaubten, dieser Baum beherberge böse Geister, aber er hatte gemeint, er habe seine seltsame Form und seine wilden, zerzausten Äste immer gemocht. Wenn er kahl war, wirkte er wie eine seltsame Kreatur, die ihre Arme in alle Richtungen ausstreckte. Clementine stimmte ihm zu; auch sie mochte den Baum und seine komische Form, und vor allem glaubte sie, dass er über den Schlaf ihrer Mutter wachte.

Sie fand die Grabstelle ihrer Mutter, die jetzt auch die ihres Vaters war. Dass sie hier gemeinsam in der Umarmung des Todes lagen, fühlte sich richtig an, aber irgendetwas am Grab störte sie. Der Gedanke, dass Joseph lebte, aber nie erfahren würde, dass sie zu ihm gekommen war, wühlte sie jedoch so sehr auf, dass sie den nagenden Gedanken nicht fassen konnte.

Sie starrte auf den Grabstein. Seitdem sie das letzte Mal hier gestanden hatte, war der Name ihres Vaters hinzugekommen. Der Platz dafür war absichtlich freigelassen gewesen, das begriff sie jetzt. Vielleicht hatte ihr Vater immer gewusst, dass er in Afrika bleiben würde. Es fühlte sich an wie ein erneuter Verrat. Sie schloss die Augen, um den Stein nicht sehen zu müssen. Hatte er sie auch angelogen?

War Joseph die einzige ehrenhafte Person in ihrem Leben?

Sie ließ ihre Schultern sinken, um die Spannung zu lösen, die sich in ihrem Nacken aufbaute. Der Wind hatte aufgefrischt, und eine heftige Böe riss an ihrer Haube. Sie zog sie ab und ließ ihre Haare frei im Wind wehen, so wie sie es immer als Kind getan hatte.

Clem kannte diesen Wind. Er war ein altbekannter Gast, der den willkommenen Duft nach Regen mit sich brachte. Es war schwer zu beschreiben, aber sie kannte ihn, wie er um sie herumwehte, kleine, erdige Teilchen aus der Karoo mitbrachte, den Geruch von Kimberley selbst, den Geschmack der Minen, an denen er vorbeigekommen war und den der ausgegrabenen blauen Erde. Die Luft wurde schwerer und feucht, kam von weither, wo der Regen bereits auf das Land gefallen war. Sie schloss die Augen und lauschte dem Wind, der die Vögel in ihre sicheren Nester gejagt hatte; sie hatte schon seit einiger Zeit gewusst, dass der Blitzvogel kommen würde.

Hinter dem Friedhof, draußen in der Steppe zog eine Herde Gnus vorbei; der Wind packte den Staub, den sie aufwirbelten, während dicke Wolken sich zu hoch aufragenden Gebirgen über der flachen Landschaft aufbauten. In der Ferne grollte der Donner. Normalerweise wirkte er wie eine Warnung, aber der Sturm hatte Clementine in eine neue Stimmung versetzt, als er jetzt zu tanzen begann.

Sie empfand eine Sehnsucht nach ihrer Vergangenheit, den Wunsch, noch einmal in ihre Kindheit zurückversetzt zu werden, und wenn auch nur für einen kurzen Augenblick. Nur noch einmal die Hand ihrer Mutter halten, den Kopf zurückwerfen und mit ihrem Vater lachen, und vielleicht sogar die raue, melodische Stimme von Joseph One-Shoe hören, sein Lächeln zu sehen, das so hell war wie der Blitz, und ihn noch einmal zu umarmen.

»Noch einmal«, flüsterte sie in den Wind, der ihre

Haare über ihr Gesicht wehte und ihre Röcke zu einer Seite bauschte.

Die Götter grummelten missbilligend über ihre Bitte. Der Blitzvogel antwortete auf das Donnern mit einem freudigen Krachen und ließ sein Gefieder über den gesamten Himmel erglühen.

Ich komme zu dir, Clementine, drohte er und zuckte leuchtend über den Himmel.

Afrika stand im Einklang mit ihrer Frustration, spiegelte ihren Hunger nach Erlösung wider. Es war keine Wiedergutmachung, aber auf einmal empfand sie nur noch Schuldgefühle, weil sie Joseph verpasst hatte – nur um Tage, wie es schien. Wenn sie doch nur noch einmal seine Stimme hören oder ihn anschauen könnte; dann könnte sie zu ihrem Leben in England zurückkehren und sich irgendwie befreit fühlen, weil sie ihn lebendig und stark gesehen hatte.

Ein lauter Donner krachte; das Gewitter war näher gekommen. Der ganze Himmel wurde geisterhaft weiß und dann wieder dunkel, während die Blitzvögel zuckend herantanzten.

In der Ferne fiel schon Regen, der aussah wie eine Wand auf den Schultern einer unsichtbaren Armee, die auf sie zumarschierte. Bald würde sie bis auf die Haut durchnässt sein. Es war Zeit zu gehen. Clementine trat um das Grab herum, wobei sie sich am Baum festhielt. Seine Rinde war glatt unter ihren bloßen Händen, sie küsste den kühlen, hellen Marmor auf dem Grabstein ihrer Eltern.

»Lebt wohl, meine Liebsten. Haltet euch für immer an den Händen.«

Dann war der Regen da und ertränkte ihre Worte; große Tropfen, wie Glasmurmeln, die im Staub leichte

Dellen hinterließen. Es war großartig, die Erleichterung nach der Hitze zu spüren, aber jetzt musste sie wirklich laufen.

Sie drehte sich um, und ihr stockte der Atem.

Nur ein paar Schritte von ihr entfernt stand Joseph One-Shoe. Sie brauchte sein Gesicht, das von einem großen Regenschirm verdeckt war, gar nicht zu sehen. Sie kannte seine Gestalt, die leichte Beugung der Hüfte auf der Seite seines Standbeins, der große, kräftige Körperbau. In seiner Hand hielt er einen Strauß bunter Blumen, und endlich wurde ihr klar, was sie die ganze Zeit unbewusst gestört hatte. Die welken Blumen im Glas auf dem Grab ihrer Eltern waren von ihm.

»Du bist es, Miss Clementine«, sagte er, seine Stimme erfüllt von dem Staunen, das auch sie empfand.

»Ja, Zenzele.«

Ein Lächeln breitete sich auf seinem Gesicht aus. »Ganz erwachsen.«

Sie nickte. Die Tränen liefen ihr über die Wangen und vermischten sich mit den Regentropfen.

»Du wirst nass, Miss Clementine. Bitte?« Er breitete seine Arme aus, und sie rannte zu ihm wie ein Kind.

Es war ihnen beiden egal, ob es sich schickte oder nicht. Sie hatten ihre Liebe wiedergefunden. Ihre Familie war wiedervereint. Zenzeles Tochter war zurückgekehrt.

»Oh, Zenzele«, weinte sie.

Er hielt sie fest im Arm. »Ich bin sehr froh, dass Impundulu mich davon abgehalten hat, heute schon wegzugehen«, flüsterte er dicht an ihrem Ohr.

Sie saßen in der Schutzhütte des Friedhofswärters, der ihnen freundlicherweise erlaubt hatte, allein zu sein, und lauschten in behaglichem Schweigen dem Regen, der auf das Blechdach trommelte.

»Wie unsere Tage in der Hütte«, sagte sie lächelnd.

Er nickte. »Schon damals warst du so schön.«

Sie blickten einander an, und sie studierte die neuen Falten in seinem Gesicht, die davon zeugten, wie viel Zeit vergangen war, ebenso wie seine grauen Schläfen. Sie fand, er sah weiser aus. »Willst du wirklich weg?«

»Ja. Und du weißt auch, warum.«

»Wirst du das Leben hier nicht vermissen?«

»Für die Schwarzen ist es hier gerade nicht besonders gut, Miss Clementine. Ich denke, ich muss nach Hause.«

»Wirst du eine Frau finden?«

Er lachte. »Vielleicht. Ich hätte gerne eine Familie.«

»Du hast sie verdient. Danke, dass du das Grab so gut gepflegt hast. Ich werde veranlassen, dass es weiter gepflegt wird.«

»Das ist bereits geschehen, Miss Clementine. Das Grab wird jede Woche gefegt werden, und es werden immer frische Blumen im Glas sein. Sie schlafen fest.«

Clementine nickte.

»Wie geht es deinem Onkel?«

Sie zögerte, fragte sich aber eigentlich, warum. Schließlich erzählte sie ihm alles.

»Das ist schade.«

»Ich weiß. Er war mir wirklich ein guter Vater, und ...«

»Nein, ich meine, es ist schade, dass du ihn weggeschickt hast.«

Sie blinzelte überrascht. Gerade von Joseph hätte sie nicht erwartet, dass er Partei für ihn ergreifen würde. »Ich habe für ihn gesorgt, aber ich will ihn nicht sehen.«

»Vermisst du ihn denn nicht?«

»Jeden Tag.«

»Wem nützt das alles?«

Sie schüttelte unsicher den Kopf. »Nun, eigentlich keinem von uns, aber er hat mich betrogen. Er hat mir nicht die Wahrheit gesagt, weder über meinen Vater, noch über die Diamanten oder seine Absichten. Am wütendsten bin ich jedoch darüber, dass er in Bezug auf dich gelogen hat. Das ist seine Strafe.«

»Hmm«, murmelte Joseph und starrte aus der Hütte. Der Regen ließ schon wieder nach. »Und wenn ich dir sagte, dass ich beobachtet habe, wie du aufgewachsen bist, in Fotografien und in Briefen? Würdest du mir glauben?«

»Wie hättest du das machen sollen? Du wusstest weder, wo ich wohnte, noch wie du mich erreichen konntest. Will Axford kenne ich ja erst seit ein paar Monaten.«

Joseph wartete, blickte in den Himmel, der sich auf einen spektakulären Sonnenuntergang vorbereitete, jetzt wo das Gewitter vorüber war. Sie spürte, dass er versuchte, eine Entscheidung zu treffen, und schwieg. Schließlich seufzte er.

»Ich wusste seit über zwanzig Jahren, wo du warst, Miss Clementine.« Er nannte ihre Adressen in Northumberland und London. Clementine überlief ein Zittern, trotz der feuchten Wärme des Spätnachmittags.

»Woher weißt du das?«

»Eine von beiden Adressen stand immer auf der Rückseite des Umschlags, der mit jedem neuem Mond aus England eintraf.«

»Von wem?«, fragte sie erstaunt.

»Mr Grant hat sie geschickt. Er schrieb jeden Monat einen Brief, um mir von deinem Leben zu erzählen, was du gerade machst, was du lernst, worüber du geredet hast.

Einmal im Jahr lag eine Fotografie oder eine Zeichnung von dir im Umschlag – er konnte gut zeichnen. Und so sah ich durch seine Bilder und seine Worte, wie du dich vom Kind zur Frau entwickelt hast.«

Scham gekoppelt mit Ungläubigkeit stiegen in Clem auf. »Das hat Onkel Reggie getan? Warum?«

Joseph zuckte mit den Schultern. »Mit wem hätte er sonst seinen Stolz über dich teilen sollen? Ich glaube auch, er spürte, wie stark unser Band war. Er wollte deine Geschichte festhalten, und deshalb schrieb er mir über dich, damit jemand aus deiner Vergangenheit alles erfuhr. Ich sah, wie sehr er dich liebte. Er hat dich auf eine Weise großgezogen, die deine Mutter stolz gemacht hätte ... und mich machte es glücklich.«

Sie weinte jetzt wieder. »Nein, Zenzele, nein. Das kann nicht richtig sein. Er liegt im Sterben, und ich habe ihn aus seinem Heim verbannt. Ich habe ihm gesagt, ich wolle ihn wegen seines Verrats nie wiedersehen.«

»›Verrat‹ ist ein hartes Wort. Manchmal kommt es darauf an, wie man die Welt sieht, um sie in ein gutes Licht zu tauchen. Von einem Standpunkt aus hat dein Onkel sich so verhalten, dass du ihm nie wieder vergeben kannst; von einem anderen Standpunkt aus jedoch könntest du ihn als guten Mann sehen, der sich um dich kümmern wollte, ganz gleich, was ihn dazu trieb. Ich stimme dir zu, dass sein Verlangen nach Geld etwas damit zu tun hat, aber es ging ihm nicht zwangsläufig um Reichtümer für sich selbst. Er versuchte viele Male zu erklären, dass er den guten Ruf eurer Familie erhalten wollte – damit du eine sichere Zukunft hast.«

»Tu mir das nicht an. Du gibst mir das Gefühl, etwas falsch gemacht zu haben, obwohl ich doch all meinen

Mut zusammennehmen musste, um das zu tun, was ich für richtig hielt.«

»Letztes Jahr war das vielleicht auch das Richtige. Heute jedoch, wo du die ganze Wahrheit weißt, findest du in deinem Herzen sicher Vergebung für ihn, oder nicht?«

»Ich weiß nicht. Was ist mit meinem Vater und Reggies Mitschuld an seinem Tod?«

»Es war mir eine Last«, sagte er und legte die Hand auf seine Brust, »dass du nie die ganze Geschichte vom Tod deines Vaters erfahren hast. Deshalb bin ich hiergeblieben. Ich glaube, ich wusste immer, dass eines Tages der Zeitpunkt kommen würde, an dem meine Geschichte gehört würde. Aber ich musste sie in meinen Worten erzählen. Und als ich sie erzählt hatte, fühlte ich mich frei. Ich wollte nicht, dass du dich für mich verantwortlich fühlst. Du kennst die Wahrheit. Wie du sie interpretierst, liegt an dir. Er hat deinen Vater nicht getötet. Aber er hat deinem Vater nicht geholfen – das war seine Sünde, und vielleicht willst du ihm diese Sünde vergeben. Dein Vater befand sich auf einem zerstörerischen Weg. Die Diamanten haben ihm Hoffnung gegeben, aber hauptsächlich für dich. Ohne deine Mutter war er nicht mehr der Mann, der er sein wollte.«

»Wem soll ich daran die Schuld geben?«

»Gib niemandem die Schuld, Miss Clementine. Vergebung ist der Schlüssel zu einem leichten Herzen.« Er tippte sich an die Schläfe. »Und zu einem glücklichen Leben. Es gibt zwei Engländer, die dich lieben, und ich spüre, dass auch du sie liebst. Suche in deinem Herzen nach einem Weg, über das Afrika von damals hinauszuwachsen. Du hast ein Leben, dass du in Gesellschaft von beiden, von Mr Grant und Mr Axford, genießen kannst – oder du kannst allein bleiben und ...«

»Und was?«

»Ein bisschen selbstgerecht werden wie Mrs Carruthers.«

Sie lachte und weinte gleichzeitig. »Du hast schon immer gewusst, was das Richtige ist. Du hast Ordnung in die Dinge gebracht, wenn sich alles falsch anfühlte.«

»Dann vertrau mir jetzt auch. Du kannst mir nicht folgen, aber du kannst meinem Weg folgen, und wir können beide dorthin zurückgehen, wo wir hingehören. Du kannst mit den Männern, die du liebst, alles in Ordnung bringen.«

»Ich liebe dich auch.«

»Das habe ich immer gewusst.« Wieder legte er seine Hand auf sein Herz. »Dessen bin ich mir immer ganz sicher, Miss Clementine, ganz gleich, wo wir sind.« Er zeigte zum Himmel. »Der Hundsstern ... ich bin dir immer gefolgt, und ich werde dir folgen bis zu meinem letzten Tag.«

Seine Erinnerung kam zur rechten Zeit. Schniefend öffnete sie ihre Tasche und zog einen Umschlag heraus. »Das ist für dich. Ich habe es mitgebracht in der Hoffnung, es dir selbst geben zu können. Onkel Reggie hat nicht alle Diamanten verkauft. Ich habe selbst genug Geld, und ich brauche nicht mehr. Einen Diamanten habe ich aus Sentimentalität behalten, aber den Erlös für die übrigen sollst du haben.«

Er berührte den Umschlag nicht.

»Du und mein Vater, ihr habt gemeinsam nach Diamanten gegraben. Bitte erlaube mir, dass ich sie für den bestmöglichen Zweck verwende. In diesem Umschlag ist Geld. Bau weitere Klassenzimmer für deine Schule. Stell mehr Lehrer ein. Nimm mehr Schüler auf, kauf Bücher – was immer du willst. Ich will helfen, und ich schicke gerne noch mehr.« Clem drückte ihm den Umschlag in die Hand. »Oh, und das wollte ich dir auch noch geben. Einen Rohdiamanten«, sagte sie und kramte in ihrer Tasche nach einem zusammengebundenen Taschentuch.

»Ich will Sirius nicht«, sagte er alarmiert.

»Das verstehe ich. Ich will ihn auch nicht. Er gehört der Welt. Im Moment liegt er in einem Banktresor, aber ich bin im Gespräch mit dem Natural History Museum in London, um ihn nächstes Jahr ausstellen zu lassen. Ich möchte ihn Zenzele-Diamant nennen. Sirius bleibt unser persönliches Geheimnis. Das hier ist nur ein kleiner Diamant, weil ich sentimental bin und wissen muss, dass du auch einen hast.«

Er nahm den Diamanten an. »Ich werde dein Geld für den Bau weiterer Klassenzimmer für die Kinder meines Stammes verwenden. Vielleicht studieren meine Urenkel ja eines Tages in England und besuchen das Museum, um sich diesen mächtigen Rohdiamanten anzuschauen.«

Erneut öffnete sie ihre kleine Tasche und holte ein kleines Perlendeckchen heraus. »Ich habe es immer bei mir getragen, habe dadurch immer deine Zuneigung gespürt und immer darauf vertraut, dass du mich im Geiste nie verlässt.«

Er umschloss ihre Hand mit seiner. »Und das habe ich auch nicht, weil ich in diese Perlen mein Versprechen eingeflochten habe, und ich werde mein Versprechen an dich nie brechen. Behalte es für immer.«

Clem lächelte. So leicht ums Herz war ihr seit Monaten

nicht mehr gewesen. »Die Sonne geht unter. Wir können noch einmal gemeinsam in die Sterne blicken.«

Sie gingen zum Grab ihrer Eltern und lehnten sich dort an den Stamm des Baobabs. Grillen zirpten laut in den frühen Abend hinein.

»Bald wird alles für eine Weile grün werden. Das Gras war lange durstig«, sagte Joseph.

Nach all der himmlischen Aktivität wurde es still um sie; selbst die Insekten schwiegen. Die Wolken, die sich so dunkel in der Ferne geballt hatten, waren jetzt von einer goldenen Aura umgeben, als ob die Decke der Erde frisch vergoldet wäre. Hinter ihnen färbte der Himmel sich rosa, mit einem tiefen Violett an den Rändern, als die Dämmerung sich herabsenkte. Clementine wusste, dass der Mond hinter den Dornenbäumen aufgehen würde, deren dunkle Umrisse dann bald in der Dunkelheit verschwände.

Ein Schakal heulte, und sein Gefährte antwortete. Ein treues Paar, wie Clementine und Zenzele. Er hatte recht. Die Entfernung trennte sie nicht. Ihr Herz mochte sich nach Afrika sehnen, aber ihr Leben war hier ohne Bedeutung. Ihre Bestimmung lag in England, wo sie durch ihre wohltätige Arbeit das Leben vieler Waisen verändern konnte, und wo sie nach und nach Will Axford wieder in ihrem Leben willkommen heißen konnte. Und was noch wichtiger war, sie konnte ihre Fähigkeit zu Vergebung – das wahre Maß der Menschlichkeit – unter Beweis stellen und Onkel Reggie finden, um sein Leben mit ihm zu teilen, solange es ihm noch blieb. Vielleicht konnten sie ja gemeinsam das Heilige Land besuchen, wie sie es sich immer erträumt hatten.

Sie war dankbar für die Anwesenheit des einzigen Menschen, der immer alles im Licht der Wahrheit hatte leuchten lassen – des Menschen, der ihr gezeigt hatte, dass man auch vergeben konnte.

Clem schob ihre Hand in seine und schaute auf seine Füße. Er war barfuß. Das sagte viel. Morgen würde er wirklich wieder Zenzele werden, aber heute Abend würden sie gemeinsam den samtigen Himmel Afrikas betrachten und Mut schöpfen, dass Sirius und der kleine Hund nie getrennt sein würden, ganz gleich, wo sie und ihr Zulu waren.

Anmerkung der Autorin

Ich bin in einem Goldminen-Camp in Afrika aufgewachsen und hatte wundervolle Freiheiten, die heutzutage nur wenige Fünfjährige erleben. Die Afrikaner lebten zwar getrennt von uns, waren aber meine Freunde. Zu diesen Erinnerungen gehört ein wunderbarer Mann, der Anfang der 1960er Jahre als Zweiundzwanzigjähriger eingestellt wurde, um sich um Dad zu kümmern, als dieser schon in der Mine arbeitete, während wir noch in England waren. Adongo lernte zu kochen, aufzuräumen, Wäsche zu waschen, die Vorräte in der Speisekammer aufzufüllen und überhaupt den Haushalt zu führen, was er großartig machte. Dann kamen wir – Mum, Graham und ich. Wir verliebten uns alle in Adongo, aber ich ganz besonders. Niemand weinte bitterlicher als ich, als ich ihn nach fast zehn Jahren verlassen musste, und niemand vermisste Dad mehr als Adongo, nachdem wir uns zum letzten Mal von ihm verabschiedet hatten. Er gehörte zu unserer Familie – wir liebten ihn. Als er in Dads Leben trat, sprach er kein Wort Englisch, aber als er ging, beherrschte er die Sprache fließend. Ich lernte jeden Tag mit ihm, brachte ihm unser Alphabet und die Zahlen bei, und ich wünschte nur, er hätte mir auch seine Sprache beigebracht.

Clementines Geschichte ist Fiktion, aber der Kontext ist gründlich recherchiert. *Die Diamantenerbin* spielt in der Kapkolonie der späten viktorianischen Ära. In dieser Zeit kamen Glückssucher aus aller Welt in ihrer Gier dorthin und begingen abscheuliche Verbrechen an der einheimischen Bevölkerung.

Die Beziehung zwischen Clementine und Joseph One-Shoe ist inspiriert von meiner Freundschaft mit Adongo Fra-Fra. Ich habe großen Respekt vor allen Menschen aus allen Nationen, aber eine ganz besondere Zuneigung habe ich zu den Ghanaern. Unsere Haltung ihnen gegenüber in den 1960er Jahren würde wahrscheinlich heute noch auf Entsetzen stoßen. Um diesen Roman authentisch zu halten, muss ich darauf hinweisen, dass er die Einstellungen, Annahmen und Sprache der Zeit widerspiegelt und nicht die Akzeptanz und Integration, die wir heute schätzen. Es ist ein fiktives Werk, aber ich habe die Zeit um 1870 gründlich recherchiert. Alle Fehler, die in diesem Roman enthalten sind, sind mir zuzuschreiben.

Ich habe mir jedoch ein paar Freiheiten genommen. Zum einen mit der nussig schmeckenden Gemüsewurzel Maniok, die aus Südamerika nach Afrika gebracht wurde. Ich weiß genau, dass die Afrikaner in Ghana damit gekocht haben. Sie ist vielseitig und kann auf viele verschiedene Arten zubereitet werden, ist jedoch giftig, wenn man sie roh isst. Sie kommt in dieser Geschichte vor, aber ich vermute, sie war Ende des neunzehnten Jahrhunderts in der Kapkolonie noch nicht bekannt. Zum anderen der Baobab. Man findet diese Bäume zwar in Südafrika, aber so tief in der Karoo kommen sie nicht vor. Ich muss um Verzeihung bitten, dass ich nicht widerstehen konnte, diesen merkwürdigen, wundervollen Baum mit all seinen Mythen in der Geschichte zu erwähnen.

Danksagungen

Viele großzügige Menschen haben ihre Zeit, ihre Energie und ihr Wissen zu dieser Geschichte beigetragen. Sie entstand bei einer Kanne Tee in der prachtvollen Umgebung eines versteckten Teeraums in York, während ich noch eifrig dabei war, lose Enden in The Pearl Thief zu verknüpfen.

Ein Cousin, dem ich in meiner Kindheit sehr nahegestanden hatte, sagte, er wolle mich in York treffen, da ich immer so wenig Zeit hätte. Nachdem wir einander hastig aufs Laufende gebracht hatten und das Gespräch über einer weiteren Kanne Tee ein wenig ruhiger wurde, drängte Andrew mich, doch über Diamanten zu schreiben. Mit neunzehn waren wir zusammen in Paris gewesen, hatten über unsere Zukunft diskutiert und waren auf die Idee gekommen, er solle etwas mit Diamanten machen. Ich hatte ein paar Freunde in Brighton an der Küste von Sussex, wo ich geboren und aufgewachsen bin, die in der Diamantenindustrie waren. Andrew tat genau das – er bewarb sich bei De Beers, und dank seiner ausgezeichneten Ausbildung und seiner fließenden Französisch-Kenntnisse wurde er sofort in Afrika eingesetzt, wo er viele Jahre für die Firma arbeitete, bevor er ins Marketing wechselte und schließlich Leiter der Presseabteilung wurde. »Wenn du über Diamanten schreibst, kann ich dir helfen. Du kommst nach Kapstadt, und wir fahren von da aus nach Kimberley.« Und so muss ich meinem Cousin Andrew Cumine danken. Er erwartete mich tatsächlich in Kapstadt und reiste mit mir ans Große Loch nach Kimberley, wo er den Aufenthalt im Kimberley Club – der ursprünglich nur Herren vorbehalten war – für mich organisierte. Er öffnete mir Türen zu zahlreichen Organisationen, unter anderem auch die von de Beers in Kimberley, wo ich im ursprünglichen Konferenzsaal saß.

Ich begann, mit der Geschichte eines kleinen Mädchens aus England zu spielen, das in einem Schürfer-Camp in Afrika aufwächst. Das war nicht so weit von meinen frühen Jahren entfernt, da mein Vater in einem Goldschürfer-Camp in Westafrika gearbeitet hatte. Die Kindheitsfreuden und das sorglose Leben in einem Camp kannte ich aus meinen eigenen Erinnerungen. Außerdem hat Joseph One-Shoe aus diesem Roman Adongo aus Bibiani zum Vorbild, den ich als Kind ebenso liebte wie die kleine Clementine ihren Joseph.

An unserer Seite waren zwei ganz besondere Führer, die mir dabei halfen, die Kapkolonie im Afrika des ausgehenden neunzehnten Jahrhunderts lebendig werden zu lassen. Alistair Tite, ich liebe dein Kapstadt und alles, was du mir über die Fahrt in Ochsenkarren beigebracht hast, bis hin zu der Freude an warmen *koeksisters*!

Steve Lunderstadt ... wow! Du warst eine großartige Quelle, und fast zwei Jahre später berätst du mich immer noch. Danke. Ich glaube, das Große Loch wäre einfach nur ein großes Loch geblieben, wenn du mir nicht geholfen hättest, es mit der Welt der Diamantenschürfer von 1870 zu füllen. Danke für alles. Du bist einer der kundigsten Führer, die ich je gehabt habe.

Colin Blanckenburg, danke für deine Erinnerungen an

Kimberley. Mein Dank gilt auch Alan Moss, Martin Stallion und Avril Nanton für eure Hilfe, als es um viktorianische Polizeiarbeit und Waisen afrikanischer Herkunft ging.

Meine Bücher kann ich anscheinend nie ohne die Hilfe von zwei ganz besonderen Menschen schreiben. Der erste ist Pip Klimentou, der meine Manuskripte seit Buch eins im Jahr 2000 liest, und auf dessen Meinung über die Geschichte ich mich verlasse. Und Alex Hutchinson – ein ausgesprochen großer Einfluss –, mit der ich mich jedes Jahr entweder im Süden oder im Norden von England treffe, je nachdem, wo meine Geschichten stattfinden. Sie hilft mir dabei, wundervolle Orte und fabelhafte Juwelen von historischem Interesse zu finden. Eine Reise nach England wäre ohne Alex an meiner Seite unvollständig. Mir scheint, ihr Wissen über alles ist unerschöpflich, und ich bin begeistert, dass letztes Jahr ihr erster Roman, *The Quality Street Girls*, in England äußerst erfolgreich war. Beeil dich mit dem zweiten Roman, Alex! Ich kann es kaum erwarten!

Die Mannschaft bei Penguin Random House kommt mir vor wie ein besonderer kleiner Club, zu dem ich gehöre. Danke Ali Watts, für deine Freundschaft und deine Ratschläge ... und auch danke an Amanda Martin. Lou Ryan, Ali Hampton, Louisa Maggio und den Rest der Bande.

Für meine Familie ... ich bin so froh, dass ich euch habe.

Fx

Eine junge Frau mit einem großen Traum und ein Geheimnis, das die Macht hat, alles zu zerstören …

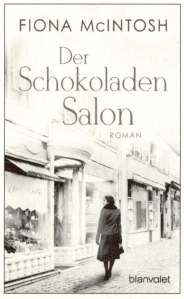

528 Seiten. ISBN 978-3-7341-0740-5

York, 1915: Die junge Alexandra hofft auf eine Karriere in Englands berühmter Schokoladenhauptstadt, doch ihre Eltern drängen sie stattdessen, endlich zu heiraten. Ihr Wunschkandidat Matthew ist gesellschaftlich angesehen, intelligent, charmant. Doch reicht eine freundschaftliche Verbindung, um ein erfülltes Leben zu führen?
Frankreich, nach dem Ende des Ersten Weltkriegs: Captain Harry stößt in einem Schützengraben auf einen toten Soldaten, der eine handgeschriebene Notiz bei sich trägt. Um die Absenderin der geheimnisvollen Nachricht ausfindig zu machen, reist Harry nach Nordengland, wo sein Schicksal schon bald unwiderruflich mit dem von Alexandra und Matthew verbunden sein wird …

Lesen Sie mehr unter: **www.blanvalet.de**